ICSE
MODEL SPECIMEN PAPERS
HINDI

Indian Certificate of Secondary Education Examination

Model Specimen Papers

HINDI

General Instructions for Students

(Three hours)

Answers to this Paper must be written on the paper provided separately.
*You will **not** be allowed to write during the first **15** minutes.*
This time is to be spent in reading the question paper.
The time given at the head of this Paper is the time allowed for writing the answers.
*This paper comprises two Sections—**Section A** and **Section B**.*
*Attempt **all** the questions from Section **A**.*
*Attempt any **four** questions from Section **B**, answering at least **one** question each from the **two** books you have studied and any **two** other questions.*
The intended marks for questions or parts of questions are given in brackets [ ].

OSWAL PUBLISHERS

Head office : 1/12, Sahitya Kunj, M.G. Road, Agra-282 002
Phone : (0562) 2527771– 4
E-mail : contact@oswalpublishers.com, sales@oswalpublishers.com
Website : www.oswalpublishers.com
Facebook link : https://www.facebook.com/oswalpublishersindia
Also available on : amazon.in, Flipkart, snapdeal

CONTENTS

Edition : 2018

ISBN : 978-93-87660-27-4

₹ 227·00

MODEL SPECIMEN PAPER–1

SECTION–A (40 Marks)

*(Attempt **all** questions)*

Question 1.

Write a short composition in Hindi of approximately 250 words on any one of the following topics : [15]

निम्नलिखित विषयों में से किसी एक विषय पर हिन्दी में लगभग 250 शब्दों में संक्षिप्त लेख लिखिए :

(i) 'परोपकार की भावना लोक-कल्याण से पूर्ण होती है।' हमें भी परोपकार से भरा जीवन ही जीना चाहिए। विषय को स्पष्ट करते हुए अपने विचार लिखिए।

(ii) ''आजकल देश में आवासीय विद्यालयों (Boarding Schools) की बाढ़ सी आ गई है। आवासीय विद्यालयों की छात्रों के जीवन में क्या उपयोगिता हो सकती है ?''—इस प्रकार के विद्यालयों की अच्छाइयों एवं बुराइयों के बारे में बताते हुए वर्तमान में इनकी आवश्यकता पर अपने विचार लिखिए।

(iii) संयुक्त परिवार के किसी ऐसे उत्सव के आनन्द का विस्तार से वर्णन कीजिए, जहाँ आपके परिवार के बच्चे-बुजुर्ग सभी उपस्थित थे।

(iv) एक ऐसी मौलिक कहानी लिखिए जिसके अन्त में यह वाक्य लिखा गया हो—'अन्ततः मैं अपनी योजना में सफल हो सका/हो सकी।'

(v) नीचे दिये गये चित्र को ध्यान में देखिए और चित्र के आधार बनाकर उसका परिचय देते हुए कोई लेख, घटना अथवा कहानी लिखिए, जिसका सीधा व स्पष्ट सम्बन्ध चित्र से होना चाहिए।

उत्तर—(i) मनुष्य एक सामाजिक प्राणी है। समाज में वह मिलजुल कर रहता है। एक-दूसरे के सुख-दुःख में भागीदार होता है। मानव समाज के सुसंचालन के लिए मानव हृदय में परोपकार की भावना का होना नितान्त आवश्यक है। मनुष्य तो स्वभाव से ही परोपकारी जीव है। दूसरों के कष्टों को देखकर हम प्रभावित होते हैं और उन्हें दूर करने का जो भाव हमारे दिल में उत्पन्न होता है तब यहीं परोपकार की भावना का जन्म होता है।

परोपकार शब्द पर + उपकार दो शब्दों से मिलकर बना है। जिसका अर्थ है दूसरों की भलाई करना।

परहित सरिस धर्म नहिं भाई,
परपीड़ा सम नहिं अधमाई।

अर्थात् कहने का तात्पर्य यह है कि इस संसार में अपने और दूसरों का भेद ही सांसारिक माया है। अनंत जलराशि का भार ढोने वाली नदियाँ अपने जीवन में सुबह से शाम तक लगातार सिर्फ दूसरों के कल्याण के लिए ही बहती हैं। वृक्ष भी आँधी तूफान सहते हुए चुपचाप खड़े रहते हैं ताकि थके, भूखे लोगों को अपनी छाया तथा फल प्रदान करके उनकी भूख और थकावट दूर कर सके।

मानवता का उद्देश्य तथा मानव जीवन तभी सार्थक हो सकता है जब वह अपने कल्याण के साथ-साथ दूसरों के कल्याण के विषय में भी सोचे। यदि हमारे पास धन है तो निर्धनों की मदद करें यदि विद्या है तो अशिक्षित को शिक्षा प्रदान करें अतः परहित साधना ही सच्ची मानवता है।

हमारे देश में अनेक परोपकारी महान पुरुषों ने जन्म लिया है। जिन्होंने परोपकारी अमरबेल को सींचा है। जैसे—रंतिदेव ने भूख से व्याकुल होने पर भी अपना भोजन से भरा थाल एक भूखे व्यक्ति को दे दिया। महाराज शिवि ने एक कबूतर की प्राण रक्षा के खातिर अपने शरीर का माँस तक दान कर दिया। महाकवि निराला जी का पूरा जीवन ही परमार्थ में बीता है।

परोपकार की शिक्षा किसी भी विद्यालय में नहीं सिखाई जाती है। परोपकार करने की शिक्षा अपने घर परिवार से ही प्राप्त होती है। परोपकार की भावना से मनुष्य का हृदय बिना पानी और बिना साबुन के ही निर्मल बन जाता है। देश के उत्थान के लिए सदैव ही परोपकारी व्यक्तियों की आवश्यकता होती है।

आज आवश्यकता इस बात की है कि मानव अपने स्वार्थ की भावना को त्याग करके, मानवता के कल्याण के लिए प्रयत्न करे। वास्तव में परोपकार से बड़ा न कोई पुण्य है न कोई धर्म।

(ii) प्रारम्भिक वर्षों में शिक्षा के लिए घर और स्कूल दोनों में पढ़ाई करने की आवश्यकता होती है अधिकांश घर में छोटे परिवार होते हैं और अधिकांश मामलों में माता-पिता दोनों जीविका चलाने के लिए कार्य करते हैं उस समय बच्चों को सबसे ज्यादा माता-पिता के प्यार की आवश्यकता होती है।

ऐसे परिदृश्य में अपने बच्चे को एक बोर्डिंग स्कूल में स्थानान्तरित करना हमेशा बेहतर होता है इसके लिए सबसे अच्छी आयु सात वर्ष की होती है।

बोर्डिंग स्कूल उनके लिए एक अच्छा समाधान है जिन बच्चों के माता-पिता बच्चों को बहुत अधिक समय नहीं दे पाते।

इसके कई लाभ हैं सबसे पहले सभी बच्चों को समान स्तर मिलता है सभी एक ही लाभ प्राप्त करते हैं। सभी बोर्डिंग स्कूल हर एक छात्र के समग्र विकास पर अधिक ध्यान देते हैं और दैनिक दिनचर्या और नियमों का पालन करने के लिए अनुशासन पैदा करने के साथ प्रारम्भ होता है। बोर्डिंग स्कूल में पढ़ने वाले युवाओं के व्यवहार में सकारात्मक परिवर्तन दिखाई देते हैं।

सभी छात्रों को खेल और अन्य सह-पाठ्यक्रम से जुड़ी गतिविधियों को अच्छी तरह सन्तुलित दिनचर्या के माध्यम से पर्याप्त रूप से अध्ययन कराया जाता है।

इसका फायदा यह भी है कि छात्रों की छोटी संख्या और शिक्षकों के साथ पूर्ण समय बिताने के कारण शिक्षकों और छात्रों के बीच घनिष्ठ सम्बन्ध विकसित हो जाता है। वे भावनात्मक, शारीरिक, शैक्षणिक सभी पहलुओं में छात्र के विकास के साथ शामिल होते हैं और उनके भविष्य में आने वाली हर परिस्थितियों का सामना अच्छे से कर सकें। इसके लिए तैयार करते हैं।

बोर्डिंग स्कूल का सबसे बड़ा नुकसान यह है कि लोग इसके नकारात्मक पक्ष के बारे में यह सोचते हैं कि यहाँ बच्चों से सख्ती की जा सकती है। वे अपना बचपन जी नहीं पाते हैं। माता-पिता तथा भाई-बहिनों के साथ भावनात्मक रूप से जुड़ नहीं पाते हैं। छात्र के लिए बोर्डिंग स्कूल में रहना कठिन होता है क्योंकि वहाँ नये लोगों को अपना दोस्त बनाने में समय लगता है परिवार के साथ समय नहीं बिता पाते हैं। नियम और कानून बोर्डिंग स्कूल के बहुत सख्त होते हैं। जिन्हें निभाना कठिन होता है।

लेकिन वर्तमान में अभिभावकों के पास समय की कमी के कारण वे अपने बच्चों को बोर्डिंग स्कूल में डालना पसन्द करते हैं।

(iii) भारत में बड़े गाजे-बाजे और शान से बारातें निकलती दिखाई देती थीं। हिन्दुओं में विवाह एक पवित्र बन्धन और धार्मिक कार्यक्रम माना जाता है।

पिछले साल गर्मियों की छुट्टियों में मुझे एक विवाह में जाने का अवसर मिला। मुझे मेरे मामा के बेटे की शादी में शामिल होने का निमन्त्रण मिला। शादी जून की दस तारीख को थी। मेरे मामा जी का घर एक गाँव में है।

हम एक दिन पहले सपरिवार उनके गाँव पहुँच गये। घर में बहुत रौनक थी। मेरे मामा जी ने हम सबका स्वागत किया। मेरे नाना जी व नानी जी मुझे देखकर बहुत प्रसन्न हुए। चाय नाश्ते के बाद सभी बातें करने लगे। एक तरफ गाँव की स्त्रियाँ ढोलक पर गीत गा रही थीं। दूसरी तरफ हलवाई मिठाइयाँ बना रहे थे। मेरे मामा जी का घर बहुत बड़ा था। बाहर घर के बुजुर्ग आपस में शादी की तैयारियों के बारे में चर्चा कर रहे थे।

अगले दिन दोपहर में हम सभी बाराती गाड़ियों द्वारा गाजियाबाद स्टेशन को रवाना हो गये। क्योंकि हमें वहाँ से ट्रेन द्वारा मुरादाबाद जाना था। बारात में बड़े-बुजुर्ग और बच्चे कुल मिलाकर सौ लोग थे। ट्रेन के आते ही हम सब डिब्बे में चढ़ गये। मामा जी ने पहले ही सबके लिए सीटों का आरक्षण करा लिया था। जिससे किसी को किसी भी प्रकार की कोई परेशानी नहीं हुई। ट्रेन में सभी अपने-अपने हम उम्र लोगों के साथ हंसी मजाक कर रहे थे। बच्चे ट्रेन में दौड़ रहे थे। बड़े लोगों ने उन्हें डाँटकर बिठा दिया उसमें मेरा बेटा भी शामिल था। रास्ते में मामा जी ने सभी को नाश्ता दिया जो कि उन्होंने बारात के चलते समय ही रखवा लिया था। इसी तरह हँसते गाते और मस्ती करते हुए हम सभी शाम को करीब चार बजे मुरादाबाद पहुँच गये। स्टेशन पर उतरकर मेरे मामा जी ने सभी को इकट्ठा करके गिनती की। स्टेशन पर कन्या पक्ष के लोग हमारा स्वागत करने के लिए आये थे। वहाँ से व हमें कारों द्वारा धर्मशाला ले गये। जहाँ बारात के ठहरने का बड़ा सुन्दर इन्तजाम किया गया था।

धर्मशाला के कमरों में हमने अपना-अपना सामान रखा। मामा जी ने मुझे वर के साथ ही ठहरने को कहा। धर्मशाला में हम सभी नहा-धोकर तैयार हुए वहाँ हमें नाश्ता कराया गया जो कि बहुत स्वादिष्ट था।

शाम सात बजे बारात के चलने की तैयारी शुरू हो गई। मैंने अपने मामा के लड़के को तैयार किया वह बहुत ही सुन्दर लग रहा था। उसे एकसुन्दर सी सजी हुई घोड़ी पर बिठाया गया। हम लोग रास्ते भर नाचते गाते हुए कन्या पक्ष के घर पहुँचे।

घर पहुँचते ही द्वार पर फूलों की माला पहनाकर हम सभी का स्वागत किया गया। हमें शीतल पेय पीने को दिया गया। दूल्हे को घोड़ी से उतार कर स्टेज पर ले जाया गया। जहाँ दुल्हन के आने पर वरमाला पहनाई गई।

तत्पश्चात् कुछ शादी की कुछ रस्में पूरी की गईं। फिर हम सभी को भोजन के लिए बुलाया गया। खाना बहुत स्वादिष्ट था। तरह-तरह के पकवान थे। हम सभी ने पेट भरकर खाया। भोजन समाप्त करने के बाद फेरों की तैयारियाँ शुरू हो गईं।

घर वालों को छोड़कर बाकी सभी बाराती धर्मशाला में आराम करने चले गये। प्रात: विदाई की तैयारियाँ शुरू हो गईं।

सभी बारातियों को सुबह का नाश्ता कराया गया और बारात विदा हो गई ? हम सभी फिर से ट्रेन द्वारा वापस गाजियाबाद आ गये।

विवाह एक ऐसा आनन्द का उत्सव है जिसमें पूरा परिवार आनन्दित होता है हर उम्र के लोग आनन्द प्राप्त करते हैं।

(iv) किसी शहर में रीता नाम की एक लड़की अपने परिवार के साथ रहती थी। उसके परिवार में उसकी एक छोटी बहन गीता एक छोटा भाई राजू तथा माता-पिता थे। उसके पिता एक सरकारी दफ्तर में काम करते थे। वह एक मध्यमवर्गीय परिवार था।

रीता पढ़ाई लिखाई में बहुत ही होशियार थी। हमेशा कक्षा में प्रथम श्रेणी में आती थी। पढ़ने के साथ-साथ वह खेलने, गाने नाचने में भी होशियार थी। विद्यालय का कोई भी सांस्कृतिक या खेल का कार्यक्रम हो रीता के बिना नहीं होता था। घर के कामों में भी वह अपनी माँ का हाथ बँटाया करती थी। सभी उसको बहुत पसन्द करते थे। दसवीं कक्षा में उसने प्रथम स्थान प्राप्त किया। वह बहुत खुश थी। फिर उसने ग्यारहवीं कक्षा में प्रवेश किया। उसी की कक्षा में एक नई लड़की ने प्रवेश लिया जिसका नाम मीरा था। वह एक बड़े व्यवसायी की इकलौती पुत्री थी। जिसको अपने पैसे का घमण्ड था। रीता भी उसकी सहेली बन गई थी। वह अब हर समय मीरा के साथ ही रहती थी। मीरा एक बिगड़ी हुई लड़की थी। फैशन करना, पिक्चरें देखना, पार्टियाँ करना उसके यही शौक थे। रीता भी धीरे-धीरे उसके रंग में रंगने लगी थी। अब उसका मन पढ़ाई में भी नहीं लगता था। उस पर भी फैशन करने का भूत सवार हो गया था। सीधी सादी रीता को अब पार्टियों में मजा आने लगा था।

अब वह घर से भी गायब रहती थी। तथा अपने माता-पिता से नाजायज माँगें करती थी। तथा महँगी ड्रेस या पिक्चर के लिए पैसे माँगती थी। उसके माता-पिता जब उसकी माँगें पूरी नहीं करते थे तो उनसे झगड़ा करती थी। कभी-कभी वह चोरी भी करने लगी थी। उसकी इन आदतों से उसके घर वाले और स्कूल के लोग भी परेशान थे।

एक दिन स्कूल की प्रधानाचार्या ने उसके माता-पिता को बुलाया और रीता के बारे में बताया। उसकी माँ ने प्रधानाचार्या से मिलकर एक योजना बनाई। अगले दिन जब वह सोकर उठी और स्कूल के लिए तैयार होने लगी तो घर में किसी ने उससे बातचीत नहीं की। उसने अपनी छोटी बहन और भाई से भी बात करनी चाही पर कोई नहीं बोला। सभी अपने-अपने काम में लगे रहे। उसके बहन भाई भी उसके साथ स्कूल नहीं गये। उसे अकेले ही जाना पड़ा। स्कूल में भी कक्षा में किसी ने भी उससे बात नहीं की न उसके साथ कोई बैठा। उसको बड़ा अजीब सा लगा। लेकिन उसने कोई ध्यान नहीं दिया और वह मीरा के साथ घूमने लगी तथा स्कूल के बाद पिक्चर देखने चली गई। रात को देर से घर आने पर भी न उसकी डाँट पड़ी। कई दिन तक ऐसा ही चलता रहा अब उसे कुछ भी अच्छा नहीं लग रहा था। वह रात को सो नहीं सकी। सारी रात वह अपने पिछले दिनों किये गये बर्ताव के बारे में सोचती रही और उसे अब पश्चाताप होने लगा वह सारी रात रोती रही।

सुबह उठते ही वह अपनी माँ के पास गई और अपने किये गये व्यवहार के लिए क्षमा माँगी और भविष्य में इस तरह का काम न करने की कसम खाई। माँ पिताजी व भाई बहनों ने उसे माफ कर दिया। विद्यालय में भी उसने सभी अध्यापिकाओं और प्रधानाचार्य जी से माफी माँगी। तभी उसके माता-पिता भी वहाँ आये और उन्होंने रीता को बताया कि तुमको सुधारने के लिए उन्होंने प्रधानाचार्या से मिलकर यह योजना बनाई थी। इस प्रकार मैं अपनी योजना में सफल हो सकी।

(v) **चित्र अध्ययन**

प्रस्तुत चित्र में एक गाँव दिखाया गया है जिसमें किसी विद्यालय के बच्चे दिखाये गये हैं। इस चित्र में चार लड़कियाँ और तीन लड़के दिखाई दे रहे हैं। सभी बच्चों के हाथ में लैपटॉप दिखाई दे रहे हैं। जो इनको विद्यालय की तरफ से बाँटे गये हैं। जिससे बच्चे नई तकनीकी से शिक्षा प्राप्त कर सके। आजकल शहरों में ही नहीं गाँवों में भी कम्प्यूटर पहुँच गये हैं।

शिक्षा के क्षेत्र को कम्प्यूटर ने बहुत अधिक प्रभावित किया है इसलिए सभी शिक्षण संस्थानों में इसकी शिक्षा अनिवार्य होती जा रही है। इसके द्वारा विश्वभर का ज्ञान पल भर में पी. सी. के स्क्रीन पर देखी जा सकती है। इसकी शिक्षा के बाद, भारी भरकम पुस्तकों को रखने, सँभालने और उन्हें उलटने पटलने की आवश्यकता समाप्त हो जायेगी। पुस्तकों से भरी बड़ी-बड़ी लाइब्रेरियों की जगह सी. डी. ले रही हैं। जिनमें हजारों पृष्ठ की सामग्री एक छोटी-सी डिबिया में सुरक्षित रखी जा सकती है। कम्प्यूटर के द्वारा सारा विश्व एक पाठशाला में बदल गया है।

कम्प्यूटर मशीनी मानव की तरह दिखता है कम्प्यूटर के कार्य का क्षेत्र बड़ा होने के कारण उससे जुड़ी हर जानकारी बहुत जरूरी है इसीलिए विद्यालयों में भी बच्चों को इसकी शिक्षा पर बल दिया गया है इसकी सहायता से बच्चे अपने विषय से सम्बन्धित जानकारी प्राप्त कर सकते हैं तथा उस विषय को अच्छे से समझ सकते हैं।

वस्तुत: आज का समय कम्प्यूटरों का ही समय है। कम्प्यूटर की सहायता से बहुत से कार्य सरल हो गये हैं। इनसे पढ़ाई-लिखाई आसान हो गई है जिससे विद्यार्थियों को नई शिक्षा और नई गति प्राप्त हुई है।

Question 2.

Write a letter in Hindi in approximately 120 words on any one of the topics given below : **[7]**

निम्नलिखित में से किसी एक विषय पर हिन्दी में लगभग 120 शब्दों में पत्र लिखिए :

(i) आप अपने विद्यालय के 'सफाई अभियान दल' के नेता हैं। एक योजना के अन्तर्गत आप छात्रों के एक दल को किसी इलाके में सफाई के प्रति जागरूक करने हेतु ले जाना चाहते हैं। अपने विद्यालय के प्रधानाचार्य/प्रधानाचार्या जी को इसके लिए स्वीकृति हेतु पत्र लिखिए।

(ii) पिछले महीने कुछ प्रयासों द्वारा आपके विद्यालय के छात्रों ने कुछ धनराशि एकत्रित करके मूक-बधिर (deaf and dumb) विद्यालय के विद्यार्थियों की सहायता की थी। इसका वर्णन करते हुए अपने मित्र को एक पत्र लिखिए और बताइये कि हमें समाज के विकलांग लोगों के प्रति कैसा व्यवहार रखना चाहिए व उनकी सहायता के लिए किस प्रकार के प्रयास करने चाहिए।

उत्तर—(i)

सेवा में,
प्रधानाचार्य जी
दिल्ली पब्लिक स्कूल,
नई दिल्ली
दिनांक : 10-2-18

विषय—लोगों को सफाई के प्रति जागरूक करने के लिए अपने विद्यालय के सफाई दल को ले जाने के लिए स्वीकृति पत्र।

महोदय,

सविनय निवेदन है कि जैसा आप जानते ही हैं कि आजकल देश में स्वच्छ भारत की एक मुहिम छेड़ी जा रही है। देशभर में लोगों में इसके लिए एक अच्छा खासा उत्साह है।

देश के बड़े-बड़े लोग चाहे वो खिलाड़ी हों, व्यवसायी हों, नेता हों या अभिनेता हों सभी सफाई के प्रति लोगों को जागरूक कर रहे हैं। मैं भी अपने विद्यालय के सफाई दल का नेता हूँ। इसलिए मैं भी अपने दल के साथ पास के एक झुग्गी झोंपड़ी बस्ती में रहने वालों को सफाई के प्रति जागरूक करने के लिए जाना चाहता हूँ। उन लोगों को सफाई के लाभ बताना चाहता हूँ। अत: आपसे निवेदन है कि आप हमारे दल को वहाँ ले जाने की स्वीकृति प्रदान करें। आपकी अति कृपा होगी।

धन्यवाद !

आपका आज्ञाकारी शिष्य
राजेश कुमार
कक्षा : 10 अ

(ii)

प्रिय मित्र रमेश
सप्रेम नमस्ते

आशा करता हूँ कि वहाँ पर सब कुशल मंगल होंगे। यहाँ पर सभी ठीक प्रकार से हैं। तुम्हारी पढ़ाई कैसी चल रही है ? मेरी परीक्षाएँ शुरू हो गई हैं। आशा है तुम्हारी परीक्षाएँ भी अच्छी चल रही होंगी।

मैं तुम्हें एक बात बताना चाहता हूँ। पिछले कुछ महीनों से हमारे विद्यालय की टीम ने एक अभियान चलाया था जिसमें हमने मूक-बधिर छात्रों की सहायता के लिए धनराशि एकत्रित की थी और उन लोगों की पढ़ाई तथा खाने-पीने रहने और कपड़े आदि में मदद की थी। इसके लिए सभी ने हमारी सराहना की थी। तुम भी इस प्रकार अपने विद्यालय के छात्रों की एक टीम बनाकर मदद कर सकते हो मैं तुम्हें बताना चाहता हूँ कि किस प्रकार और कैसा व्यवहार करना चाहिए कि इनकी जिन्दगी में रोशनी की एक किरण बनकर सपनों को साकार कर सकते हैं।

हमें विकलांगों के प्रति सकारात्मक रहना चाहिए। किसी भी विकलांग जैसे नेत्रहीन, शारीरिक असमर्थता से ग्रसित हो तो उनको सड़क पार करवाने, बस में बैठाने-उतारने में मदद करनी चाहिए। विकलांग छात्रों को सरकारी योजनाओं से लाभ प्राप्त करने में मदद कर सकते हैं किसी विकलांग छात्र के स्कूल की फीस या दवा का खर्च उठा सकते हैं। इस प्रकार छोटी-छोटी मदद करके हम उनकी सहायता कर सकते हैं। शेष फिर बताना कि क्या तुमने ऐसा करने की कोशिश की। घर पर अपने सभी बड़ों को चरणस्पर्श तथा छोटे को प्यार देना पत्रोत्तर की प्रतीक्षा में।

तुम्हारा मित्र,
सुरेश
15/13, राजपुर रोड
दिल्ली
दिनांक : 10-3-18

Question 3.

Read the passage given below and answer in Hindi the questions that follow, using your own words as far as possible :

निम्नलिखित गद्यांश को ध्यान से पढ़िए तथा उसके नीचे लिखे प्रश्नों के उत्तर हिन्दी में लिखिए। उत्तर यथासंभव आपके अपने शब्दों में होने चाहिए :

सूर्य अस्त हो रहा था। पक्षी चहचहाते हुए अपने नीड़ की ओर जा रहे थे। गाँव की कुछ स्त्रियाँ अपने घड़े लेकर कुएँ पर जा पहुँची। पानी भरकर कुछ स्त्रियाँ तो अपने घरों को लौट गईं, परन्तु चार स्त्रियाँ कुएँ की पक्की जगत पर ही बैठकर आपस में बातचीत करने लगीं। तरह-तरह की बातचीत करते-करते बात बेटों पर जा पहुँची। उनमें से एक की उम्र सबसे बड़ी लग रही थी। वह कहने लगी—''भगवान सबको मेरे जैसा ही बेटा दे। वह लाखों में एक है। उसका कंठ बहुत मधुर है। उसके गीत को सुनकर कोयल और मैना भी चुप हो जाती है। सच में मेरा बेटा तो अनमोल हीरा है।''

उसकी बात सुनकर दूसरी अपने बेटे की प्रशंसा करते हुए बोली—''बहन मैं तो समझती हूँ कि मेरे बेटे की बराबरी कोई नहीं कर सकता। वह बहुत ही शक्तिशाली और बहादुर है। वह बड़े-बड़े पहलवानों को भी पछाड़ देता है। वह आधुनिक युग का भीम है। मैं तो भगवान से कहती हूँ कि वह मेरे जैसा बेटा सबको दे।''

दोनों स्त्रियों की बात सुनकर तीसरी भला क्यों चुप रहती ? वह भी अपने को रोक न सकी। वह बोल उठी—''मेरा बेटा साक्षात् बृहस्पति का अवतार है। वह जो कुछ पढ़ता है, एकदम याद कर लेता है। ऐसा लगता है बहन, मानो उसके कंठ में सरस्वती का वास हो।''

तीनों की बात सुनकर चौथी स्त्री चुपचाप बैठी रही। उसका भी एक बेटा था। परन्तु उसने अपने बेटे के बारे में कुछ नहीं कहा।

जब पहली स्त्री ने उसे टोकते, हुए पूछा कि उसके बेटे में क्या गुण है, तब चौथी स्त्री ने सहज भाव से कहा—''मेरा बेटा ना गंधर्व-सा गायक है, न भीम-सा पहलवान और न ही बृहस्पति-सा बुद्धिमान।'' यह कह कर वह शान्त बैठ गई। कुछ देर बाद जब वे घड़े सिर पर रखकर लौटने लगीं, तभी किसी के गीत का मधुर स्वर सुनाई पड़ा, गीत सुनकर सभी स्त्रियाँ ठिठक गईं। पहली स्त्री शीघ्र ही बोल उठी—''मेरा हीरा गा रहा है। तुम लोगों ने सुना, उसका कंठ कितना मधुर है।'' तीनों स्त्रियाँ बड़े ध्यान से उसे देखने लगी। वह गीत गाता हुआ उसी रास्ते से निकल गया। उसने अपनी माँ की तरफ ध्यान नहीं दिया।

थोड़ी देर बाद दूसरी का बेटा दिखाई दिया। दूसरी स्त्री ने बड़े गर्व से कहा, ''देखो मेरा बलवान बेटा आ रहा है। वह बातें कर ही रही थीं कि उसका बेटा भी उसकी ओर ध्यान दिये बगैर निकल गया।''

तभी तीसरी स्त्री का बेटा उधर से संस्कृत के श्लोकों का पाठ करता हुआ निकला। तीसरी ने बड़े गद्‌गद् स्वर में कहा, ''देखो, मेरे बेटे के कंठ में सरस्वती का वास है। वह भी माँ की ओर देखे बिना आगे बढ़ गया।''

वह अभी थोड़ी दूर गया होगा कि चौथी स्त्री का बेटा भी अचानक उधर से आ निकला। वह देखने में बहुत सीधा-सादा और सरल प्रकृति का लग रहा था। उसे देखकर चौथी स्त्री ने कहा, ''बहन, यही मेरा बेटा है।'' तभी उसका बेटा पास आ पहुँचा। अपनी माँ को देखकर रुक गया और बोला, ''माँ लाओ मैं तुम्हारा घड़ा पहुँचा दूँ। माँ ने मना किया, फिर भी उसने माँ के सिर से पानी का घड़ा उतारकर अपने सिर पर रख लिया और घर की ओर चल पड़ा।

तीनों स्त्रियाँ बड़े ही आश्चर्य से देखती रहीं। एक वृद्ध महिला बहुत देर से उनकी बातें सुन रही थी। वह उनके पास आकर बोली, ''देखती क्या हो ? यही सच्चा हीरा है।''

(i) पहली तथा दूसरी स्त्री ने अपने-अपने बेटे के विषय में क्या कहा ? **[2]**

(ii) तीसरी स्त्री ने अपने बेटे को 'बृहस्पति का अवतार' क्यों कहा ? **[2]**

(iii) पहली स्त्री द्वारा पूछे जाने पर चौथी स्त्री ने क्या कहा ? **[2]**

(iv) चौथी स्त्री के बेटे ने अपनी माँ के साथ कैसा व्यवहार किया, यह देखकर तीनों स्त्रियों को कैसा लगा ? **[2]**

(v) बच्चों को अपने माता-पिता के साथ कैसा व्यवहार करना चाहिए ? समझाइए। **[2]**

उत्तर—(i) पहली स्त्री ने कहा भगवान सबको मेरे जैसा ही बेटा दे, उसका कंठ बहुत मधुर है। उसके गीत को सुनकर कोयल और मैना भी चुप हो जाते हैं। मेरा बेटा अनमोल हीरा है।

दूसरी स्त्री ने कहा, मेरा बेटा बहुत ही शक्तिशाली और बहादुर है। बड़े-बड़े पहलवानों को पछाड़ देता है। वह आधुनिक युग का भीम है।

(ii) तीसरी स्त्री ने अपने बेटे को बृहस्पति का अवतार इसलिए कहा क्योंकि वह जो कुछ पढ़ता है, एकदम याद कर लेता है। ऐसा लगता है मानो उसके कंठ में सरस्वती का वास हो।

(iii) चौथी स्त्री ने कहा कि उसका बेटा न गंधर्व सा गायक है और न भीम सा बलवान और न ही बृहस्पति सा बुद्धिमान।

(iv) चौथी स्त्री के बेटे ने जब अपनी माँ को पानी का घड़ा लेकर आते हुए देखा तो अपनी माँ के पास पहुँच कर बोला ''माँ लाओ मैं तुम्हारा घड़ा पहुँचा दूँ। माँ के मना करने पर भी उसने घड़ा अपने सिर पर रख लिया और घर की ओर चल दिया। यह देखकर तीनों स्त्रियाँ आश्चर्यचकित रह गईं।

(v) हम जीवन में चाहे कितनी भी उन्नति क्यों न करें लेकिन हमें अपने माता-पिता के साथ सम्मानजनक व्यवहार करना चाहिए एव उनकी आज्ञा को सर्वोपरि समझें। क्योंकि हमारी उन्नति के पीछे उनका त्याग, बलिदान व प्रेरणा शक्ति होती है। इसलिए जहाँ तक हो सके उनकी मदद करें और उन्हें खुशियाँ प्रदान करें।

Question 4.

Answer the following according to the instructions given :

निम्नलिखित प्रश्नों के उत्तर निर्देशानुसार लिखिए :

(i) *निम्नलिखित शब्दों में से **दो** शब्दों के विलोम लिखिए—* **[1]**

कीर्ति, निर्मल, विजय, निर्दोष।

(ii) *निम्नलिखित शब्दों में से किसी **एक** शब्द के दो पर्यायवाची शब्द लिखिए—* **[1]**

धनवान, किनारा, दूध।

(iii) *निम्नलिखित शब्दों से विशेषण बनाइए—* **[1]**

अपेक्षा, गुण।

(iv) *निम्नलिखित शब्दों में से किन्हीं **दो** शब्दों के शुद्ध रूप लिखिए—* **[1]**

प्रदर्षनी, लच्छमी, अपरीचीत।

(v) *निम्नलिखित मुहावरों में से किसी एक की सहायता से वाक्य बनाइए—* **[1]**

आसमान से बातें करना, उड़ती चिड़िया पहचानना।

(vi) *कोष्ठक में दिए गए निर्देशानुसार वाक्यों में परिवर्तन कीजिए—*

(a) *मोहन और रमेश सच्चे मित्र थे।* **[1]**

('मित्रता' शब्द का प्रयोग कीजिए।)

(b) *मुझसे कोई भी बात कहने में संकोच न करें।* **[1]**

(रेखांकित के लिए एक शब्द का प्रयोग करते हुए वाक्य को पुनः लिखिए।)

(c) *शिक्षक ने अपने शिष्य को आदेश दिया।* **[1]**

(वचन बदलिए)

उत्तर—4.

(i) विलोम शब्द—

कीर्ति — अपकीर्ति
निर्मल — मलिन
विजय — पराजय
निर्दोष — दोषी

(ii) दो-दो पर्यायवाची शब्द—

धनवान — धनी, धनाढ्य
किनारा — तट, कगार
दूध — पय, दुग्ध

(iii) अपेक्षा — अपेक्षित
गुण — गुणी

(iv) प्रदर्षनी — प्रदर्शनी
लच्छमी — लक्ष्मी
अपरीचीत — अपरिचित

(v) (a) **आसमान से बातें करना**—आजकल की इमारतें आसमान से बातें करती हैं।

(b) **उड़ती चिड़िया पहचानना**—रामू के दादा जी इतने अनुभवी हैं कि उड़ती चिड़िया पहचानने में देर नहीं लगाते।

(vi) (a) मोहन और रमेश में सच्ची मित्रता थी।

(b) मुझसे कोई भी बात निस्संकोच करें।

(c) शिक्षकों ने अपने शिष्यों को आदेश दिये।

SECTION–B (40 Marks)

Attempt ***four*** *questions from this Section*
You must answer at least ***one*** *question from each of the* ***two*** *books you have studied and any* ***two*** *other questions.*

साहित्य सागर (गद्य)

Question 5.

Read the extract given below and answer in Hindi the questions that follow :

निम्नलिखित गद्यांश को पढ़िए और उसके नीचे लिखे प्रश्नों के उत्तर हिन्दी में लिखिए:

आनन्दी की त्यौरी चढ़ गई। झुँझलाहट के मारे बदन में ज्वाला-सी दहक उठी। बोली, ''जिसने तुमसे यह आग लगाई है, उसे पाऊँ तो मुँह झुलस दूँ।

—'बड़े घर की बेटी'—
लेखक— प्रेमचंद]

(i) **आनन्दी की त्यौरी क्यों चढ़ी हुई थी ? वह किसका इंतजार कर रही थी ?** [2]

(ii) **श्रीकंठ सिंह ने आनन्दी से क्या जानना चाहा ?** [2]

(iii) **इससे पहले लालबिहारी और बेनीमाधव सिंह श्री कंठ सिंह से क्या कह चुके थे ?** [3]

(iv) **आनन्दी से घटना का हाल जानकर श्रीकंठ सिंह को कैसा लगा ? उन्होंने अपने पिता से क्या कहा ?** [3]

उत्तर—(i) आनन्दी की त्यौरियाँ इसलिए चढ़ गई थी क्योंकि उसके देवर लाल बिहारी ने खाने में घी न डालने पर उसके साथ बुरा बर्ताव किया था तथा खड़ाऊ फेंक कर मारी थी। इसलिए आनन्दी अपने पति श्रीकंठ सिंह का इन्तजार कर रही थी।

(ii) श्रीकंठ सिंह ने आनन्दी से लड़ाई का सच जानना चाहा कि असली बात क्या है। लड़ाई किस बात पर हुई थी ?

(iii) इससे पहले लालबिहारी और बेनी माधव श्रीकंठ से कह चुके थे कि भैया आप जरा भाभी को समझा दीजिएगा कि मुँह सँभालकर बातचीत किया करे नहीं तो एक दिन अनर्थ हो जायेगा। बेनी माधव ने कहा कि बहू बेटियों का यह स्वभाव अच्छा नहीं कि मर्दों के मुँह लगें। अपने मैके के सामने हमें कुछ समझती ही नहीं।

(iv) आनन्दी से घटना का हाल जानकर श्रीकंठ सिंह की आँखें लाल हो गई और बोले यहाँ तक हो गया छोकरे का साहस। उन्होंने अपने पिता से कहा दादा अब इस घर में मेरा निर्वाह न होगा।

Question 6.

Read the extract given below and answer in Hindi the questions that follow :

निम्नलिखित गद्यांश को पढ़िए और उसके नीचे लिखे प्रश्नों के उत्तर हिन्दी में लिखिए:

''रात को बड़े जोर का झक्कड़ चला। सेक्रेटेरियट के लॉन में जामुन का पेड़ गिरा। सुबह को जब माली ने देखा, तो उसे पता चला कि पेड़ के नीचे एक आदमी दबा पड़ा है।''

—'जामुन का पेड—
लेखक—कृष्ण चंदर

(i) **माली ने यह देखकर क्या किया और क्यों ?** [2]

(ii) **पहले, दूसरे और तीसरे क्लर्क ने क्या कहा ? क्या तीसरे क्लर्क को उस दबे हुए आदमी से सहानुभूति थी ?** [2]

(iii) **माली ने क्या सुझाव दिया ? मोटे चपरासी की बात सुनकर माली क्या बोला ?** [3]

(iv) **कहानी के अन्त में क्या हुआ था ? देर से मिलने वाला न्याय महत्वहीन होता है कैसे ?** [3]

उत्तर—(i) माली यह देखकर चपरासी के पास गया क्योंकि वह मिलकर पेड़ के नीचे दबे आदमी को निकाल सकें। क्योंकि पेड़ के गिरने से उसके नीचे एक आदमी दब गया था।

(ii) पहले क्लर्क ने कहा, ''बेचारा जामुन का पेड़ कितना फलदार था।'' दूसरे ने कहा, ''इसकी जामुनें कितनी रसीली होती थीं। तीसरे क्लर्क ने कहा, ''मैं फलों के मौसम में झोली भरकर ले जाता था। मेरे बच्चे इसकी जामुनें कितनी खुशी से खाते थे।'' नहीं, तीसरा क्लर्क स्वार्थी था उसे उस दबे हुए आदमी से कोई सहानुभूति नहीं थी। उसे सिर्फ जामुनों की चिन्ता थी।

(iii) माली ने सुझाव दिया कि पेड़ को हटाकर इसे जल्दी से निकाल लेना चाहिए। यह सुनकर एक सुस्त कामचोर मोटा चपरासी बोला ''पेड़ का तना बहुत मोटा और वजनी है। इस पर माली ने कहा अगर सुपरिंटेंडेंट साहब हुक्म दें तो अभी पन्द्रह बीस माली, चपरासी और क्लर्क लगा कर दबे हुए आदमी को निकाला जा सकता है।

(iv) कहानी का अन्त इस प्रकार हुआ कि जब तक दबे हुए आदमी को निकालने का फैसला आया तब तक दबा हुआ आदमी मर चुका था। इसीलिए कहते हैं कि देर से मिलने वाला फैसला महत्वहीन होता है। क्योंकि सरकारी कामों की लापरवाही से एक आम आदमी समाज में अपनी समस्याओं को लेकर संघर्ष करता रहता है लेकिन सरकारी विभाग समयानुसार उसकी कोई सहायता नहीं कर सकता है।

Question 7.

Read the extract given below and answer in Hindi the questions that follow :

निम्नलिखित गद्यांश को पढ़िए और उसके नीचे लिखे प्रश्नों के उत्तर हिन्दी में लिखिए:

''पर, 'सब दिन होत न एक समान' अकस्मात् दिन फिरे और सेठ को गरीबी का मुँह देखना पड़ा। संगी-साथियों ने भी मुँह फेर लिया और नौबत यहाँ तक आ गई कि सेठ व सेठानी भूखे मरने लगे।''

—महायज्ञ का पुरस्कार—

लेखक—यशपाल

(i) अकस्मात् बुरा समय किसका आ गया था तथा बुरा समय आने से पहले उसकी दशा कैसी थी ? [2]

(ii) अपना बुरा समय दूर करने के लिए सेठ ने क्या उपाय सोचा ? इस उपाय के लिए उन्हें किसके पास जाना पड़ा ? [2]

(iii) सेठ ने मार्ग में कौन-सा महायज्ञ किया था ? क्या वह वास्तव में महायज्ञ था ? समझाकर लिखिए। [3]

(iv) कहानी का उद्देश्य लिखिए। [3]

उत्तर—(i) अकस्मात् बुरा समय एक धनी सेठ का आ गया था। बुरा समय आने से पहले वे बहुत उदार थे। धर्मपरायण थे कि कोई भी साधु सन्त या याचक उनके दरवाजे से खाली हाथ नहीं जाता था। सभी को भरपेट भोजन मिलता था। कितने ही दीन-दु:खियों को धन देकर दान दिया करते थे।

(ii) अपना बुरा समय दूर करने के लिए सेठ ने अपने अच्छे समय में किये गये यज्ञ को बेचने का निश्चय किया। इसके लिए उन्हें दस-बारह कोस की दूरी पर कुन्दनपुर नगर में एक धन्ना सेठ के पास उनकी सेठानी को यज्ञ बेचने के लिए जाना था।

(iii) सेठ ने मार्ग में भूख से व्याकुल एक छटपटाते कुत्ते को अपनी सारी रोटी खिला दी थी। सेठ के अनुसार, यह महायज्ञ नहीं था क्योंकि किसी भूखे को भोजन कराना कोई यज्ञ नहीं बल्कि नि:स्वार्थ भाव से किया गया मानवोचित कार्य था। भूखे को अन्न देना सभी का कर्तव्य है।

(iv) प्रस्तुत कहानी 'महायज्ञ का पुरस्कार' यशपाल जी द्वारा लिखी गई कहानी है। इस कहानी में लेखक ने बताया है कि मानव सेवा ही ईश्वर सेवा होती है तथा जीवों के दु:ख दूर करने से हम ईश्वर को प्रसन्न कर सकते हैं। जैसे इसमें सेठजी ने अपने भोजन को स्वयं न खाकर एक भूखे, निर्बल, मरियल कुत्ते को खिला दिया था। ऐसा केवल नि:स्वार्थ भाव से उन्होंने किया था। लेखक ने बताया है भूखे को भोजन देना सभी का कर्तव्य है। इससे ईश्वर प्रसन्न होते हैं।

साहित्य सागर (पद्य)

Question 8.

Read the extract given below and answer in Hindi the questions that follow :

निम्नलिखित पद्यांश को पढ़िए और उसके नीचे लिखे प्रश्नों के उत्तर हिन्दी में लिखिए:

लाठी में गुण बहुत है, सदा राखिये संग।
गहरि नदी नारी जहाँ वहाँ बचावै अंग॥
वहाँ बचावै अंग, झपटि कुत्ता कहँ मारै।
दुश्मन दावागीर, होय तिनहूँ को झारै।।
कह 'गिरिधर कविराय' सुनो हो धूर के बाठी।।
सब हथियार न छाँड़ि, हाथ महँ लीजै लाठी।।

—कुंडलियाँ —

कवि—गिरिधर कविराय

(i) इस कुंडली में किसकी उपयोगिता बताई गई है ? कवि ने किस समय मनुष्य को लाठी रखने का परामर्श दिया है ? **[2]**

(ii) लाठी हमारे शरीर की सुरक्षा किस प्रकार करती है ? **[2]**

(iii) लाठी किन तीनों से निपटने में सहायक होती है और किस प्रकार ? **[3]**

(iv) कवि सब हथियार छोड़कर लाठी लेने की बात क्यों कर रहे हैं ? अपने विचार व्यक्त करते हुए कुंडलियाँ लेखन का उद्देश्य स्पष्ट कीजिए। **[3]**

उत्तर—(i) इस कुंडली में लाठी की उपयोगिता बताई गई है। कवि ने लाठी रखने का परामर्श तब दिया है जब हमें रास्ते में नदी या नाला मिलता है तो उसकी गहराई जानने के लिए, अगर जंगली जानवरों से सामना हो तो उनसे अपनी रक्षा के लिए और यदि कोई दुश्मन सामने आ जाये तो उसको पराजित करने के लिए लाठी अपने पास रखनी चाहिए।

(ii) लाठी हमारे शरीर की दुश्मनों से रक्षा करती है। नदी नाले को पार कराने में रक्षा करती है तथा जानवरों से रक्षा करती है।

(iii) पहला, रास्ते में यदि कोई नदी या नाला आ जाता है तो लाठी के सहारे से उसे पार कर सकते हैं।

दूसरा, दुश्मन से हमारी रक्षा करती है लाठी के द्वारा उससे लड़कर उस पर विजय प्राप्त कर सकते हैं।

तीसरा, जंगली जानवरों से लाठी हमारी रक्षा करती है, यदि कोई कुत्ता या जानवर आ जाये तो ये उसे भगा सकती है।

(iv) कवि सब हथियार छोड़कर लाठी लेने की बात इसलिए कर रहा है क्योंकि साधारण वस्तु भी जीवन में उपयोगी होती है। लाठी जैसी साधारण वस्तु भी हमारे जीवन में हर कदम पर हमारी मदद करती है और हमारी रक्षा करती है।

Question 9.

Read the extract given below and answer in Hindi the questions that follow :

निम्नलिखित पद्यांश को पढ़िए और उसके नीचे लिखे प्रश्नों के उत्तर हिन्दी में लिखिए:

''चाट रहे जूठी पत्तल वे कभी सड़क पर खड़े हुए,
और झपट लेने को उनसे कुत्ते भी हैं अड़े हुए।
ठहरो, अहो मेरे हृदय में है अमृत, मैं सींच दूँगा।
अभिमन्यु जैसे हो सकोगे तुम,
तुम्हारे दुःख मैं अपने हृदय में खींच लूँगा।''

—भिक्षुक—

कवि—सूर्यकान्त त्रिपाठी 'निराला'

(i) पहली दो पंक्तियों में कवि ने क्या दृश्य प्रस्तुत किया है ? **[2]**

(ii) इस भावुक दृश्य से हमारे हृदय में क्या भाव उत्पन्न होते हैं ? **[2]**

(iii) क्या भिक्षुकों की मदद करना मानवीय धर्म नहीं है ? यहाँ अभिमन्यु का उदाहरण कवि ने क्यों दिया है ? **[3]**

(iv) प्रस्तुत कविता का केन्द्रीय भाव लिखिए। **[3]**

उत्तर—(i) कवि ने प्रथम दो पंक्तियों में बताया है कि भिक्षुक के बच्चे अपनी भूख मिटाने के लिए सड़क पर दूसरों के द्वारा फेंके हुए झूठे पत्तल चाट रहे हैं और वहाँ खड़े कुत्ते भी उनसे वह झूठी पत्तलें छीननें के लिए तैयार खड़े हैं।

(ii) इस दृश्य को देखकर हमारे हृदय में उनके प्रति प्रेम, दया और सहानुभूति के भाव उत्पन्न होते हैं। उनके प्रति हमारे मन में संवेदनाएँ जाग्रत होती हैं।

(iii) भिक्षुकों की मदद करना हमारा मानवीय धर्म है। यहाँ अभिमन्यु का उदाहरण इसलिए दिया है क्योंकि भिक्षुकों को भी अभिमन्यु की तरह समाज के निर्दयी लोगों का साहस से सामना करना पड़ता है। अभिमन्यु की तरह ही उसे इस भुखमरी, गरीबी के चक्रव्यूह से बाहर निकलने का प्रयास करना पड़ता है।

(iv) **प्रस्तुत कविता लेखन का मुख्य भाव**—भिखारी के प्रति अन्तर्वेदना को जाग्रत करना है तथा एक गरीब किस प्रकार से अपना दुखमय जीवन व्यतीत करता है और हमारी उसके प्रति किस प्रकार की भावनाएँ होनी चाहिए। हमें गरीबों के प्रति संवेदनशील होना चाहिए। वह भी समाज का हिस्सा है उनके दुःखों को कम करने का प्रयत्न करना चाहिए।

Question 10.

Read the extract given below and answer in Hindi the questions that follow :

निम्नलिखित पद्यांश को पढ़िए और उसके नीचे लिखे प्रश्नों के उत्तर हिन्दी में लिखिए:

''मैं पूर्णता की खोज में
दर-दर भटकता ही रहा
प्रत्येक पग पर कुछ-न-कुछ

रोड़ा अटकता ही रहा
पर हो निराशा क्यों मुझे ?
जीवन इसी का नाम है।
चलना हमारा काम है।''

—चलना हमारा काम है—
कवि—शिवमंगल सिंह 'सुमन'

(i) कवि ने मनुष्य के जीवन के बारे में क्या कहा है तथा क्यों ? **[2]**

(ii) कवि के अनुसार जीवन का महत्व किसमें है ? स्पष्ट कीजिए। **[2]**

(iii) जीवन में सुख-दु:ख और आशा-निराशा के प्रति हमारा क्या दृष्टिकोण होना चाहिए ? अपने दु:खों और निराशा के लिए हमें किसको दोष देना उचित नहीं है तथा क्यों ? समझाकर लिखिए। **[3]**

(iv) प्रस्तुत कविता के माध्यम से कवि ने पाठकों को क्या सन्देश दिया है ? **[3]**

उत्तर—(i) कवि ने मनुष्य के जीवन के बारे में कहा कि जीवन से सफलता के साथ असफलता, सुख के साथ दु:ख और सरलता के साथ बाधाएँ लगी रहती हैं। इसलिए बाधाओं को देखकर निराश नहीं होना चाहिए।

(ii) कवि के अनुसार जीवन का महत्व निरन्तर चलते रहने में है। जो लोग अपने जीवन की गति को निरन्तर कायम रखते हैं वे ही जीवन में सफल होते हैं।

(iii) जीवन में सुख-दु:ख और आशा-निराशा आने पर भी हमें उनसे निराश नहीं होना चाहिए। इसके लिए हमें ईश्वर और भाग्य को दोष नहीं देना चाहिए कि मेरा भाग्य मेरे विपरीत चल रहा है या ईश्वर मेरा साथ नहीं दे रहा है। बल्कि अपने कर्म को निडरता और दृढ़तापूर्वक करते हुए आगे बढ़ना चाहिए और अपना भाग्य स्वयं बनाना चाहिए।

(iv) कवि पाठकों को सन्देश देता है कि जीवन में विकास की ओर हमेशा अग्रसर रहना चाहिए है कवि कहना चाहता है कि हमारे जीवन में सुख-दु:ख, आशा-निराशा आते जाते रहते हैं कभी-कभी अपने भी हमारा साथ छोड़ जाते हैं। लेकिन हार न मानते हुए अपने लक्ष्य की ओर बढ़ते रहना चाहिए क्योंकि चलना हमारा काम है।

नया रास्ता

Question 11.

Read the extract given below and answer in Hindi the questions that follow :

निम्नलिखित गद्यांश को पढ़िए और उसके नीचे लिखे प्रश्नों के उत्तर हिन्दी में लिखिए :

अमित मेज पर बैठा खाना खाने लगा। माँ भी उसके पास बैठ गईं। बैठे-बैठे वह न जाने किन विचारों में खो गई और एकटक अमित की ओर ही देखती रही।

(i) माँ अमित की तरफ देखते हुए क्या सोच रही थी ? **[2]**

(ii) दीपक कौन है ? उन्हें किस बात का कार्ड मिला ? **[2]**

(iii) मधु के बारे में माँ ने अमित से क्या कहा ? **[3]**

(iv) माँ को घर में बहू की कमी क्यों अखरती थी ? **[3]**

उत्तर—(i) माँ अमित की तरफ देखकर सोच रही थी कि दीपक अमित से दो वर्ष छोटा है और उसका विवाह हो रहा है।

(ii) दीपक अमित के मामा का लड़का है। अमित की माँ का भतीजा है और उन्हें दीपक की शादी का कार्ड मिला है।

(iii) मधु के बारे में माँ ने अमित से कहा कि उसकी परीक्षाएँ चल रही है वह जा नहीं पायेगी और अकेले घर पर किसके सहारे छोड़कर जाएँ।

(iv) अमित की माँ को घर में बहू की कमी अखरती थी क्योंकि अमित और उसके पिताजी फैक्ट्री चले जाते थे और मधु अपने कॉलेज, इसलिए अकेले होने पर उन्हें बहु की कमी अखरती थी। वे सोचती थी कि बहु घर में होती तो उन्हें अकेले न रहना पड़ता। घर में रौनक रहती और समय का पता ही नहीं चलता।

Question 12.

Read the extract given below and answer in Hindi the questions that follow :

निम्नलिखित गद्यांश को पढ़िए और उसके नीचे लिखे प्रश्नों के उत्तर हिन्दी में लिखिए:

''दूसरे ही क्षण मीनू उसके सामने आ गई और खुशी से उसके हाथ चूम लिये। अरे मीनू ! आज तो बहुत प्रसन्न दिखाई दे रही हो। क्या बात है ? नीलिमा ने पूछा।''

(i) मीनू कौन है ? उसकी प्रसन्नता का कारण क्या है ? **[2]**

(ii) 'उसके' सर्वनाम का प्रयोग किसके लिए किया गया है ? उसका संक्षिप्त परिचय दीजिए। [2]

(iii) मीनू के चेहरे पर किस बात को सोचकर उदासी छा जाती है ? मीनू की उदासी कब और किस प्रकार दूर होती है ? समझाकर लिखिए। [3]

(iv) प्रस्तुत उपन्यास का उद्देश्य स्पष्ट कीजिए। [3]

उत्तर—(i) मीनू 'नया रास्ता' नामक उपन्यास की नायिका है। वह दयाराम जी की सबसे बड़ी पुत्री है। उसकी खुशी का कारण था कि उसे देखने लड़के वाले आ रहे थे। वे मेरठ में रहते थे। उन्हें मीनू का फोटो पसन्द आ गया था। इसी खुशी को अपनी सहेली नीलिमा को बताने आई थी।

(ii) 'उसके' सर्वनाम का प्रयोग नीलिमा के लिए किया गया है। नीलिमा मीनू की पक्की सहेली थी। वह बहुत सुन्दर थी। वह अपने पति सुरेन्द्र के साथ एक सुखी जीवन बिता रही थी।

(iii) मीनू के चेहरे पर उदासी इसलिए छा जाती है कि उसकी फोटो तो सबको पसन्द आ जाती थी लेकिन रंग तथा कद के कारण लड़के वाले उसे नापसन्द कर जाते थे। उसकी उदासी तब दूर होती है। जब मीनू का भाई रोहित और नीलिमा की माँ आती हैं और रोहित बताता है कि मीनू एम. ए. में प्रथम श्रेणी पास हुई है और नीलिमा द्वितीय श्रेणी में।

(iv) उपन्यास का उद्देश्य नारी जीवन के संघर्ष को दर्शाना है। जीवन के नये आयाम को दिखाना है। इस उपन्यास की नायिका मीनू परिस्थितियों से निराश नहीं होती बल्कि जीवन का नवीन रास्ता चुनकर वह एक नए व्यक्तित्व के रूप में निखर कर आती है।

Question 13.

Read the extract given below and answer in Hindi the questions that follow :

निम्नलिखित गद्यांश को पढ़िए और उसके नीचे लिखे प्रश्नों के उत्तर हिन्दी में लिखिए:

''परन्तु तुम ये तो सोचो कि आजकल शादी के बाद ही दावत दी जाती है। यदि हम प्रीतिभोज नहीं देंगे तो दुनिया वाले क्या कहेंगे और फिर बड़े घर की लड़की आ रही है। दावत नहीं देंगे तो सब लोग बात बनाएँगे।''

(i) उपर्युक्त कथन किसने, किस अवसर पर कहा था ? [2]

(ii) 'बड़े घर की लड़की' किसको कहा गया है ? उसका संक्षिप्त परिचय दीजिए। [2]

(iii) उपर्युक्त कथन के विषय में अमित के क्या विचार हैं ? वह इस शादी से सहमत क्यों नहीं है ? धनीमल जी ने शादी के प्रस्ताव के साथ क्या लालच दिया था ? [3]

(iv) आजकल के मध्यमवर्गीय परिवारों में विवाह आदि रीति-रिवाजों के अवसर पर होने वाले फिजूलखर्चे पर अपने विचार लिखिए। [3]

उत्तर—(i) उपर्युक्त कथन अमित के पिताजी मायाराम ने अपनी पत्नी से कहा था जब उनके घर में अमित की शादी की तैयरियाँ चल रही थीं।

(ii) बड़े घर की लड़की सरिता को कहा गया है जो धनीमल जी की सबसे छोटी पुत्री है जिसका विवाह अमित के साथ तय हुआ है। वह अधिक सुन्दर नहीं है पढ़ाई में भी अच्छी नहीं है तथा उसे फैशन में रहने की आदत है। उसे पेंटिंग और ड्राइविंग का शौक है।

(iii) अमित अपनी शादी में कोई रुचि नहीं ले रहा था। पूछने पर कह देता था कि जैसा आप उचित समझें। वह इसलिए सहमत नहीं था क्योंकि उसे लगता था कि बड़े घर की बेटी माता-पिता की सेवा नहीं कर पायेगी। धनीमल जी ने शादी के प्रस्ताव के साथ-साथ यह लालच दिया कि वह अपनी बेटी को एक, तीन लाख का फ्लैट भी देंगे।

(iv) आजकल विवाह के रीति रिवाजों में आडंबर दिखावा और नये-नये खर्चे जुड़ते जा रहे हैं। बड़े-बड़े पार्टी हॉल, विभिन्न प्रकार के खाद्य व्यंजन, सौन्दर्य प्रसाधन आदि पर मध्यमवर्गीय परिवार भी दिखावा करने लगा है। एक मध्यमवर्गीय परिवार में जहाँ पहले तीन चार सौ लोग आमन्त्रित होते थे आज उनकी संख्या हजार के करीब पहुँच चुकी है।

एकांकी संचय

Question 14.

Read the extract given below and answer in Hindi the questions that follow :

निम्नलिखित गद्यांश को पढ़िए और उसके नीचे लिखे प्रश्नों के उत्तर हिन्दी में लिखिए:

''काश कि मैं निर्मम हो सकती, काश कि मैं संस्कारों की दासता से मुक्त हो सकती ! हो पाती तो कुल धर्म और जाति का भूत मुझे तंग न करता और मैं अपने बेटे से न बिछुड़ती।''

—संस्कार और भावना—

लेखक—विष्णु प्रभाकर

(i) वक्ता कौन है ? यह वाक्य वह किसे कह रही है ? [2]

(ii) 'संस्कारों की दासता सबसे भयंकर शत्रु है' यह कथन एकांकी में किसका है ? उसने ऐसा क्यों कहा ? [2]

(iii) संस्कारों की दासता के कारण वक्ता को किन-किन कठिनाइयों का सामना करना पड़ा ? **[3]**

(iv) प्रस्तुत एकांकी द्वारा एकांकीकार ने क्या सन्देश दिया है ? **[3]**

उत्तर—(i) वक्ता माँ है। यह वाक्य वह अपनी बहु और अतुल की पत्नी से कह रही है।

(ii) यह कथन एकांकी में माँ का है। उसने ऐसा इसलिए कहा क्योंकि वह संस्कार जैसी रूढ़िवादिता में फँसी हुई थी। इसी कारण वह विजातीय बहू को स्वीकार नहीं कर पाई और पुत्र से अलग होकर दु:खी जीवन जी रही है। अत: संस्कारों के गुलाम बन जीवन जीना हमारा सबसे बड़ा शत्रु है।

(iii) वह अपने मनमुताबिक जीवन नहीं जी सकी और अपने पुत्र से अलग होकर दु:खी जीवन जी रही थी। वह नवीन बातों को अपना नहीं पाई। कुल, धर्म, जातिवाद जैसी बातों की कट्टर दुश्मन बनी रही। साथ में रह रहे दूसरे बहु बेटे की निकटता भी प्राप्त नहीं कर सकी।

(iv) एकांकी द्वारा उन्होंने बताया है कि कई बार हमारे संस्कार हमारी बेड़ियाँ बन जाते हैं। उसके दास बन हम अपनी भावनाओं का गला घोंट देते हैं इसलिए आज के बदलते आधुनिक समाज में सही जीवन व्यतीत करने के लिए जात-पात रूढ़िवादिता से अलग होकर नये परिवेश में जीना चाहिए।

Question 15.

Read the extract given below and answer in Hindi the questions that follow :

''जानता हूँ युधिष्ठिर ! भलीभाँति जानता हूँ। किन्तु सोच लो, मैं थककर चूर हो गया हूँ, मेरी सभी सेना तितर-बितर हो गई है, मेरा कवच फट गया है, मेरे शस्त्रास्त्र चुक गये हैं। मुझे समय दो युधिष्ठिर ! क्या भूल गए मैंने तुम्हें तेरह वर्ष का समय दिया था ?''

—महाभारत की एक साँझ —

लेखक—भारत भूषण अग्रवाल

(i) वक्ता कौन है ? वह क्या जानता था ? **[2]**

(ii) वक्ता इस समय असहाय क्यों हो गया था ? क्या वह वास्तव में असहाय था ? **[2]**

(iii) श्रोता कौन है ? श्रोता को तेरह वर्ष का समय कैसे दिया था ? इस कथन को आप कितना सही मानते हैं ? **[3]**

(iv) वक्ता ने जो समय दिया था उसका उद्देश्य क्या था ? क्या वह अपने उद्देश्य में सफल हो सका ? स्पष्ट कीजिए। **[3]**

उत्तर—(i) वक्ता दुर्योधन है। वह जानता था कि महाभारत के युद्ध के लिए पाण्डव उसे ही दोषी मानेंगे। युद्ध का कारण पांडव उसकी राजहठ मानकर उसकी जान लेना चाहते हैं। दुर्योधन ने पांडवों को बहुत कष्ट दिया था। वे उसे जिन्दा नहीं छोड़ेंगे।

(ii) वक्ता अर्थात् दुर्योधन असहाय इसलिए हो गया था क्योंकि उसकी सारी सेना मारी जा चुकी थी। वह स्वयं अस्त्र-शस्त्र से विहीन हो गया था उसका कवच कट चुका था। वह थक चुका था। उसका मनोबल टूट चुका था। पांडवों के साथ युद्ध करने का उसमें साहस नहीं था। नहीं, वह असहाय नहीं था। वह मौका चाहता था कि पांडवों को कैसे परास्त कर सके।

(iii) श्रोता युधिष्ठिर हैं। श्रोता को तेरह वर्ष का समय देने की बात सरासर गलत है वह पांडवों को दूर रखके उन्हें शक्तिहीन करने के लिए, उनका मनोबल तोड़ने के लिए उसने यह युक्ति अपनाई थी।

(iv) वक्ता ने जो समय दिया था उसका उद्देश्य था पांडवों को सत्ता से दूर रखना तथा तेरह वर्ष के समय में वह अपनी सैन्य शक्ति को बढ़ा सके।

लेकिन ऐसा करके भी वह अपनी योजना में सफल नहीं हो पाया। क्योंकि वन में रहकर भी पांडवों ने अपनी शक्ति बढ़ाई और निकट सम्बन्धियों से मेलजोल बढ़ाया। देवताओं को प्रसन्न करके दिव्यास्त्र प्राप्त किये जिसके कारण वह महाभारत का युद्ध जीत सके।

Question 16.

Read the extract given below and answer in Hindi the questions that follow :

निम्नलिखित गद्यांश को पढ़िए और उसके नीचे लिखे प्रश्नों के उत्तर हिन्दी में लिखिए:

''आज कुसमय नाच-रंग की बात सुनकर मेरे मन में शंका हुई थी। इसलिए मैंने कुँवर को वहाँ जाने से रोक दिया था। सम्भव था कि कुँवर वहाँ जाते और बनवीर अपने सहायकों से कोई काण्ड रच देता।''

—दीपदान —

लेखक—डॉ. रामकुमार वर्मा—

(i) उपर्युक्त कथन का वक्ता कौन है ? उसका संक्षिप्त परिचय दीजिए। **[2]**

(ii) नाच-रंग का आयोजन किसने और किस उद्देश्य से किया था ? **[2]**

(iii) बनवीर कौन है ? उसका परिचय देते हुए उसका चरित्र-चित्रण कीजिए। **[3]**

(iv) 'दीपदान' एकांकी के शीर्षक की सार्थकता बताइये तथा एकांकी के माध्यम से एकांकीकार ने क्या शिक्षा दी है ? **[3]**

उत्तर—(i) उपर्युक्त कथन का वक्ता पन्ना धाय है। वह चित्तौड़ के महाराणा सांगा के पुत्र कुँवर सिंह की संरक्षिका है। वह सच्ची एवं कर्त्तव्यनिष्ठ सेविका है। राजभक्त है, ममतामयी है, बलिदानी और त्यागी, बुद्धिमान एवं भविष्यदर्शी है।

(ii) नाच रंग का आयोजन बनबीर ने करवाया था उसका उद्देश्य था कि नगर के लोग नाच रंग में डूबे रहेंगे और वह उदय सिंह को मार सकेगा, क्योंकि उसके रहते बनवीर कभी राजा नहीं बन सकता था।

(iii) बनबीर महाराणा के भाई पृथ्वीराज का दासी पुत्र है। वह अत्यन्त क्रूर, विलासी और धूर्त किस्म का व्यक्ति है जो राज्य के लालच में पहले विक्रमादित्य की हत्या करता है फिर कुँवर उदय सिंह को मारना चाहता है जिससे बिना किसी बाधा के राज्य कर सके।

(iv) इस एकांकी के लिए दीपदान शीर्षक सर्वथा उपयुक्त एवं सार्थक है। क्योंकि, किसी भी रचना का शीर्षक उसकी कथा के मूल के निकट उद्देश्यपूर्ण संक्षिप्त एवं रोचक होना चाहिए। इस एकांकी में पूरी कथा का सार निहित है। क्योंकि बनवीर उदयसिंह को मारने के लिए मयूरपंख नामक कुंड में तुलजा भवानी की पूजास्वरूप दीपदान का उत्सव आयोजित करता है तथा नाच रंग का कार्यक्रम अयोजित करता है। उसकी आड़ में वह उदयसिंह को मारने का प्रयास करता है लेकिन पन्ना धाय के कारण उसका षडयन्त्र पूरा नहीं हो पाता है। पन्ना अपने पुत्र चंदन का बलिदान कर देती है। चित्तौड़ के दीपक को बचाने के लिए अपने कुल के दीपक (चंदन) को दान कर देती है, इसलिए शीर्षक सार्थक है। इस एकांकी के माध्यम से नागरिक के कर्तव्य (राष्ट्र की सुरक्षा) को सफलता से दिखाया है। देश प्रेम की भावना की शिक्षा दी है। इस एकांकी में एकांकीकार ने शिक्षा दी है; कि राष्ट्रप्रेम पुत्र प्रेम से बड़ा और महान है।

❑❑

MODEL SPECIMEN PAPER–2

SECTION–A

Question 1.

Write a short composition in Hindi of approximately 250 words on any one of the following topics :

निम्नलिखित विषयों में से किसी एक विषय पर हिन्दी में लगभग 250 शब्दों में संक्षिप्त लेख लिखिए—

(i) उस घटना का वर्णन कीजिए जिससे आपने अपने जीवन का बहुमूल्य सबक सीखा। यह बताइए यह सबक क्या था ?

(ii) परिश्रम के महत्त्व पर अपने विचार व्यक्त कीजिए।

(iii) पर्वतारोहण एक बेहतरीन शौक एवं साहसिक कार्य है। पर्वतारोहण का महत्त्व बताते हुए पर्वतारोहण के लिए आवश्यक वस्तुएँ बताइए और कुछ पर्वतारोहियों के उदाहरण देते हुए पर्वतों की सुन्दरता का वर्णन कीजिए।

(iv) एक कहानी लिखिए जिसका आधार निम्नलिखित लोकोक्ति हो—'जैसे को तैसा'।

(v) नीचे दिए गए चित्र को ध्यान से देखिए। इस चित्र को आधार बनाकर यथोचित वर्णन कीजिए। आपने जो लिखा है उसका विषय या तो चित्र हो या आपने इस चित्र को रूपरेखा की तरह प्रयोग किया हो; परन्तु जो कुछ भी आपने लिखा हो उसका स्पष्ट तथा सीधा सम्बन्ध चित्र से ही होना चाहिए।

उत्तर—(i) यह बात तब की है जब मैं नौवीं कक्षा में पढ़ता था। मैं कक्षा में अग्रणी छात्र था , विद्यालय में एक अच्छा वक्ता था और हॉकी में विद्यालय का श्रेष्ठ खिलाड़ी था। मेरा एक मित्र अनुराग मेरा सहवक्ता था और हॉकी का खिलाड़ी भी था। वह स्वभाव से चंचल, शरारती और मनमौजी था, लेकिन उसका साथ मुझे भाता था। मैं उसके किसी प्रस्ताव का विरोध न तो करना चाहता था और न ही कर पाता था। एक दिन उसने मुझे सलाह दी कि आज विद्यालय न जाकर अवधपुरी के बाग में चलें। उस बाग का माली मेरा परिचित है अत: वहाँ मीठे-मीठे फल खाएँगे और खेतों में घूमकर मस्ती करेंगे। एकाएक मैं उस प्रस्ताव का विरोध न कर सका। मेरे मन में भी गुदगुदी होने लगी, लेकिन पकड़े जाने का भय, पिताजी का रौब और माताजी का स्नेह याद आया और मैंने अपनी असहमति प्रकट कर दी। उस दिन वह विद्यालय नहीं आया।

उसी दिन शाम को वह मेरे घर आया और बताया कि आज उसने पके-पके अमरूद और पेड़ों की शीतल छाया में बैठकर स्कूल का समय काटा। घर में किसी को भनक भी नहीं लगी। मुझे भी लगने लगा कि काश मैं भी उसके साथ गया होता। उसने अपने आनन्दमय समय को रोचकता से मेरे सामने प्रस्तुत किया कि मुझे भी लगने लगा कि एक-आध दिन इस प्रकार के मनोरंजन से कोई हानि नहीं है। उसने मुझे अगले दिन फिर से वहीं जाने के लिए तैयार कर लिया। उससे मुझे बस अड्डे के पीछे एक पानी के प्याऊ के पास मिलना था। ठीक समय पर वह मेरा इंतजार करता हुआ मुझे मिला। मुझे वहाँ बहुत डर लग रहा था। ऐसा लग रहा था मानों सभी लोग मेरी ओर देख रहे हैं। मुझे ऐसा लगा कि सभी साइकिल सवार मेरी शिकायत करने मेरे घर ही जा रहे हैं या वहीं से शिकायत करके आ रहे हैं। मैं डर ही रहा था कि अनुराग ने कहा—सोच क्या रहे हो ? डरा नहीं करते । लाओ, बस्ता यहीं पटको पनवाड़ी की दुकान पर। यह हमारा दोस्त है। फिर चलेंगे दोनों यार अवधपुरी के बाग में ।

मैं तुरंत अनुराग के साथ पनवाड़ी की दुकान पर बस्ता रखकर बाग की ओर चल दिया कि कहीं यहाँ खड़े-खड़े कोई देख न ले। राह-भर मैं डरता रहा। मुझे अनुभव हुआ कि अपराधी की आत्मा बहुत कमजोर होती है। मुझे लगा कि चेहरा सिमट कर छोटा हो गया है।

मैंने देखा, अनुराग बिल्कुल निश्चिंत था। शायद वह अक्सर वहाँ आया करता था। बाग के अंदर एक कुआँ था, जिसके बाहर एक जंजीर तथा बाल्टी लटकी हुई थी। कुएँ का चौड़ा-सा पाट था। अनुराग उस पाट पर लेट गया। उसने मुझे भी लेटने को कहा, किंतु मैं डर रहा था कि कहीं कोई आ न जाए। तभी वहाँ एक स्कूटर रुकने का स्वर आया। स्कूटर की घर्र-घर्र की आवाज से मुझे लगा कि लो, पिताजी आ गए

हैं। मेरी रंगत उड़ गई। अनुराग ने मुझे बताया कि घबराने की कोई बात नहीं, उसका मित्र मनीष आया है। सच ही, उसका मित्र मनीष अपने एक साथी के साथ वहाँ आया था। मैं हैरान था कि वे स्कूटर कहाँ से ले आए हैं। पता चला कि उनमें से दूसरा लड़का पढ़ाई छोड़कर स्कूटर-मैकेनिक का काम सीखने लगा था। वह अपनी दुकान से स्कूटर लाया था, जो किसी ग्राहक का होगा।

चारों के मध्य मुझे ऐसा अनुभव हुआ, जैसे मैं इनके बीच फँस गया हूँ या मुझे फँसाया गया है। अनुराग ने अपनी जेब से ताश निकाली। वे ताश खेलने लगे। मैंने उन्हें मना कर दिया। उसके दोनों मित्र मेरे भय को देखकर हँसने लगे। मैं अपमानित-सा, उखड़ा-सा वहाँ बैठा रहा। वे सिगरेट पीते हुए पैसे से खेलने लगे। जुआ का नाम सुनकर मैं घबरा गया।

जब वे दोनों एक घंटे बाद खेलकर स्कूटर पर चले गए तो, अनुराग ने बतलाया कि उसने उस दिन उनसे पचास रुपये जीते हैं। उसने मुझे फिल्म दिखाने का वचन दिया। बाग के साथ ही एक संन्यासी की कुटिया थी। अनुराग मुझे उस कुटिया में ले चला। बोला—वहाँ मोटे-मोटे बेर खाने को मिलेंगे। वहाँ जाकर मुझे बड़ा आनन्द आ गया। कुटिया का वातावरण सुन्दर, शांत तथा हरियाली से पूर्ण था। वहाँ मैं घास पर बैठ गया। कुटिया की दीवारों पर कुछ उपदेश लिखे थे। एक उपदेश पढ़ा तो मैं सोचता ही रह गया। वह उपदेश था—'एक झूठ बोलने पर, उसे छिपाने के लिए सौ झूठ और बोलने पड़ते हैं। इसलिए समझदार प्राणी को पहले झूठ पर ही रुक जाना चाहिए।' यह पढ़ते ही मेरे भीतर उथल-पुथल होने लगी।

दोपहर एक बजे, जब छुट्टी का समय हुआ, हमने पनवाड़ी की दुकान से बस्ता उठाया और घर जा पहुँचे। मेरा मन अब भयभीत नहीं था, बल्कि रुआँसा-सा था। मैं उस उपदेश पर सोचे जा रहा था और मन-ही-मन अपने अपराध पर पछता रहा था। आज चेहरे पर वैसी खुशी नहीं थी, जो पहले होती थी। घर पहुँचा तो पता चला कि मामाजी आए हुए हैं और वे मेरा ही इंतजार कर रहे हैं। मामा जी ने मुझे प्यार से उठा लिया, पिताजी ने भी मुझे प्यार किया, किंतु मैं अभी भी कुम्हलाया हुआ था। चेहरे पर प्रसन्नता न देखकर मामा ने पूछा—क्या बात है शिवम् ? तभी पिता ने कहा—शायद, आज इसकी तबीयत खराब है। पिता ने मेरी प्रशंसा करते हुए कहा—हमारा शिवम् पढ़ाई में बहुत तेज, सच्चा और ईमानदार बच्चा है। मुझे यह सुनकर लगा कि ये शब्द मेरा उपहास उड़ा रहे हैं। मैं अंदर के कमरे में भाग गया।

माता ने मेरी तबीयत का हाल पूछा तो मैं फूट-फूटकर रो दिया और मैंने अपनी गलती पर क्षमा माँगते हुए स्वयं सारी बात माँ को बता दी। मेरी माँ ने न मुझे मारा, न पीटा, न डाँटा, बल्कि स्नेह से मेरे बाल सहलाती रही और मैं माँ के आँचल में लिपटा रोता रहा। माँ ने बस मुझे यही कहा—बेटा ! रो मत ! मेरे लिए तो खुशी का दिन है। तू आज जिंदगी की परीक्षा में पास हो गया है। तूने आज पाप को हरा दिया है।

(ii) परिश्रम का महत्त्व

परिश्रम ही मनुष्य का सच्चा साथी है। परिश्रम के द्वारा ही मनुष्य अपना पूर्ण विकास करता है। परिश्रम शारीरिक हो या मानसिक हर प्रकार से मनुष्य की उन्नति करता है। जब मनुष्य किसी कार्य में सच्चे मन से प्रवृत्त होता है तो उसका हृदय आनन्द से भर जाता है। हृदय से दु:ख, निराशा, संशय और वासनाएँ उसी प्रकार मिट जाती हैं जिस प्रकार सूर्य की किरणों के निकलते ही अन्धकार नष्ट हो जाता है। परिश्रम के बीच ही मनुष्य जीवन का सच्चा विकास होता है। परिश्रम ही मनुष्य के जीवन में सद्भाग्य, उनके उत्कर्ष और महानता को लाने वाला है। लक्ष्मी, महत्ता और दृढ़ता परिश्रमी व्यक्ति को ही प्राप्त होती है। परिश्रम ही जीवन का सत्य है और ईश्वर की सच्ची उपासना है।

परिश्रमी मनुष्य के लिए कोई भी वस्तु दुर्लभ नहीं है। वह कठिन से कठिन कार्य सहज ही पूरा कर लेता है। वह चाहे तो बालू में से तेल निकाल सकता है और ऊसर भूमि में खेती लहलहा सकता है। सचमुच असम्भव को सम्भव बनाने के लिए इतनी बुद्धि, प्रतिभा, धन और दौलत की आवश्यकता नहीं है जितनी कि परिश्रम की। चींटी चलते-चलते सैकड़ों मील चली जाती है, परन्तु न चलता हुआ गरुड़ एक पैर भी नहीं चल पाता। अत: नीतिकार ने सच ही कहा है।

''गच्छन् पिपीलिको याति योजनानम् शतान्यपि।
अगच्छन् वैनतेयोपि पदमेकं न गच्छति॥''

मनुष्य जीवन का मूलमन्त्र परिश्रम ही है। सतत परिश्रम के द्वारा ही मनुष्य ने प्रकृति की अजेय शक्तियों पर विजय पाई है। केवल सोचने विचारने से कोई काम नहीं होता। परिश्रम से महान् बन सकते हैं, भाग्य के भरोसे बैठना सबसे बड़ी कायरता है। संस्कृत के एक नीतिकार ने कहा है—

''सकल पदारथ हैं जग माहीं। कर्महीन नर पावत नाहीं।''

परिश्रम चाहे शारीरिक हो या मानसिक दोनों ही श्रेष्ठ हैं। सच तो यह है कि मानसिक श्रम की अपेक्षा शारीरिक श्रम कहीं अधिक श्रेयस्कर है। गाँधीजी की मान्यता थी कि स्वस्थ और सुखी जीवन के लिए शारीरिक श्रम अनिवार्य है, परन्तु यह बड़ी खेद की बात है कि शारीरिक श्रम को नीची निगाहों से देखा जाता है। लोगों में झूठे बड़प्पन और थोथे अभिमान की प्रवृत्ति काम कर रही है। लोग अपना काम अपने हाथ से करने में लज्जा अनुभव करते हैं।

किसी भी राष्ट्र की उन्नति वहाँ के परिश्रमशील नागरिकों पर निर्भर करती है। उस देश की दयनीय दशा का अनुमान सहज ही लगाया जा सकता है, जहाँ के अधिकारी सुस्ती और लापरवाही से कार्य करें और नागरिकगण परिश्रम को जीवन का बोझा समझें। यदि हम सचमुच देश की उन्नति के इच्छुक हों तो सबसे पहले हमें परिश्रम को जीवन में स्थान देना होगा। विश्व की जितनी भी विभूतियाँ हुई हैं सबने परिश्रम के पाठ को ही अपने जीवन में उतारा है। रेमजे मैकडानल्ड एक निर्धन मजदूर होते हुए भी इंग्लैण्ड का प्रधानमन्त्री बन गया। यूनान का डेमस्थनीज निरन्तर परिश्रम द्वारा एक महान् वक्ता बन गया। नेपोलियन, ईश्वरचन्द्र विद्यासागर, इब्राहीम लिंकन भी तो साधारण मनुष्य थे, परन्तु परिश्रम ने उन्हें इतना महान् बना दिया कि विश्व के कीर्ति शिखर पर बैठे।

(iii) पर्वतारोहण एक बेहतरीन शौक एवं साहसिक कार्य

संसार में अनेक प्रकार के शौक हैं। विद्वान् लोग नई पुस्तकों को पढ़ने और साहित्यिक आनन्द उठाने के शौकीन होते हैं। कई लोग कविताओं का रसास्वादन करने के व्यसनी होते है। बच्चे ही नहीं, बूढ़े भी कहानियों को चाव से सुनते हैं। कुछ लोग कुत्ते रखने, कुत्तों को लड़ाने तथा मुर्गों और तीतरों का युद्ध देखने का चाव रखते हैं। इसी प्रकार और बहुत से शौक हैं। उनमें से पर्वतारोहण भी एक शौक है।

भारत में हिमालय, विन्ध्याचल, अरावली और पूर्वी घाट एवं पश्चिमी घाट के नेक अनेक पर्वत हैं। पर्वतों के ऊँचे और निचले शिखर, उन पर लगी वनस्पतियाँ, उनमें बहने वाले झरने, उनसे निकलने वाले खनिज, वहाँ के छोटे-छोटे खेत और उनके विभिन्न सम-सभी कुछ पर चढ़ने का साहस विरले लोग ही करते हैं। कहा जाता है—"पर्वता : तो रम्या: " अर्थात् पहाड़ दूर से ही सुहाने लगते हैं। जब उन पर चढ़ने लगो, तो साँस फूलने लगती है और पाँव भारी-भारी हो जाते हैं। अत: पर्वतों पर चढ़ने का शौक सब में होते हैं पर कुछ विरले लोगों में ही स्थाई रूप ले पाता है।

पर्वतारोहण करने के अनेक लाभ होते हैं। इससे सर्वप्रथम तो यह लाभ होता कि मनुष्य में साहसिक प्रवृत्ति के कारण जिस भी कार्य में हाथ डालते हैं, उसी में सफलता अनुभव करने लगते हैं। जीवन में भी पर्वतों के मोड़ों में समान भयंकर मोड़ आते हैं। पर्वतारोही इन मोड़ों को भी ऐसे साहस से पार कर जाता है, जैसे पर्वत के मोड़ों को किया जाता है।

पर्वतारोहण के शौक का दूसरा लाभ है—शुद्ध वायु की प्राप्ति और टाँगों एवं फेफड़ों आदि के लिए उत्तम व्यायाम का होना। स्वच्छ वायु के सेवन तथा पर्वतारोहण के व्यायाम सहायता से मनुष्य स्वस्थ एवं बलिष्ठ बनता है।

पर्वतारोहण के शौक का तीसरा लाभ है—पर्वतों पर ज्ञानवृद्धि करना। पर्वतारोही ही चीड़, देवदार, सागौन जैसे पेड़ों के सौन्दर्य का आनन्द उठा सकता है। वह ही पर्वतों पर होने वाली अनेक जड़ी-बूटियों को समझ कर उनसे लाभ ले सकता है। वह ही पर्वतों पर होने वाले अन्य प्राणियों एवं पक्षियों के स्वरूप, स्वभाव एवं उनसे होने वाले लाभों को जान सकता है। शेर, चीते, हिरण, हाथी, नीलगाय, जंगली-भैंस, भेड़िए, कस्तूरी मृग, चकोर तथा रंगबिरंगे पक्षी पहाड़ी जंगलों में ही देखे जा सकते हैं। पर्वतों की छोटी-छोटी गायें और भैंसों तथा गड़रियों के भेड़-बकरी के शिखरों की शोभा पर्वतारोही ही अनुभव कर सकता है।

पर्वतारोही ही हिम-शिखरों, नदियों, झरनों एवं स्रोतों के सौन्दर्य का अन्वेषण करने का अवसर पा सकता है। नदियाँ कैसे बनती हैं, उनकी लम्बी यात्रा में वे क्या-क्या करती हैं, हम तक वह जल कैसे पहुँचता है और लोग मार्ग में उससे क्या-क्या लाभ उठाते हैं, यह पर्वतारोहण का शौकीन प्रत्यक्ष जान लेता है।

पर्वतारोहण के महत्त्व के कारण ही सैनिकों को पर्वतारोहण की शिक्षा दी जाती है, पर्वतारोहण में चतुर सैनिक भारत की सीमाओं को सुरक्षित रखने में अपनी अच्छी भूमिका निभाते हैं।

पर्वतों पर बसन्त में फूलों की शोभा, वर्षा में उमड़ते-घुमड़ते पास जाने वाले बादलों के दृश्य, बाढ़ों की भयंकरता, शरद् ऋतु का शान्त वातावरण, सर्दियों में हिमपात का सुहावना दृश्य-सभी कुछ तो पर्वतारोही ही देख पाता है। एक ओर ऊँचे पर्वत-शिखरों और दूसरी ओर गहरी घाटियों के प्राकृतिक भयंकर परन्तु सुन्दर दृश्य पर्वतारोही ही देख सकता है। पर्वतारोहण के शौक वाला ही इन दृश्यों से आनन्द उठा सकता है।

सतपुड़ा के घने जंगलों वाले पर्वत और अरावली की सूखी पर्वतश्रेणियों में भी अपना-अपना सौन्दर्य पर्वतारोही ही जान पाता है। पर्वतों से पत्थर, लोहा, कोयला आदि खनिज कैसे निकाले जाते हैं, पर्वतारोही ही इस तथ्य को समझ पाता है।

एडमंड हिलैरी और शेरपा तेनजिंग के नौंवे ने पर्वतारोहण के शौक द्वारा ही विश्व के सबसे ऊँचे पर्वतशिखर माउण्ट एवरेस्ट को सन् 1956 में विजित कर संसार में यश और धन दोनों कमाए। भारत के दार्जिलिंग क्षेत्र में तो शेरपा तेनजिंह ने पर्वतारोहण का एक विद्यालय खोला था, जिसे भारत सरकार का पूर्ण सहयोग प्राप्त था यहाँ से प्रशिक्षित होकर कितने ही पर्वतारोही दलों ने अनेक पर्वतशिखरों पर विजय प्राप्त की। जो पर्वतशिखर पहले कभी अविजेय समझे जाते थे, पर्वतारोहण के शौकीनों ने उन्हें पद्दलित कर अपना नाम अमर कर दिया।

पर्वतारोहण के लिए अच्छे स्वास्थ्य का होना अति आवश्यक है। इसके लिए प्रशिक्षण प्राप्त करना चाहिए। पर्वतों पर बहुत अधिक सर्दी होती है। इसलिए गर्म वस्त्र साथ रखने चाहिए। इसके साथ कुदाल, रस्सी, लोहे की खूँटियाँ, छोटे टेंट का सामान, चाय बनाने के बर्तन, चूल्हा आदि भी रखने पड़ते हैं। यदि कई दिनों का पर्वतारोहण करना है तो पर्वतारोहण के लिए जूते भी विशेष प्रकार के होते हैं। पर्वतों की पगडंडियों पर कैसे चलना चाहिए। फिसलन से कैसे बचना चाहिए। पर्वतों पर चढ़ते समय पाँव कैसे रखा जाय और उतरते समय कैसे—इन बातों का प्रशिक्षण और अभ्यास दोनों आवश्यक हैं। मौसम को समझना, ऊँची चोटियों पर श्वास लेने के लिए आक्सीजन साथ रखना, रोगी होने पर चिकित्सा का प्रबन्ध भी रखना आवश्यक है। बर्फ से ढकी चोटियों के मध्य छिपी खाइयों से बचकर निकलना, खड़े ढालों पर रस्सों द्वारा चढ़ना आदि भी प्रशिक्षण में शामिल है।

आज के युवकों में पर्वतारोहण के लिए विशेष उत्साह है। पर्वतारोहण के प्रशिक्षण आदि के लिए सरकार का अलग विभाग है। दार्जिलिंग में तो शेरपा तेनसिंह की देखरेख में प्रशिक्षण चलता था। सभी पर्वतारोहण के विभागों से समार्थ कर विशेष सूचनाएँ और सुविधाएँ प्राप्त की जा सकती है। पर्वतारोहण में भारत का भविष्य सुनहरा है।

(iv) जैसे को तैसा

'जैसे को तैसा' कहावत हर समय में सत्य मानी गयी है। दुष्टों को दण्ड देने की प्रक्रिया पहले भी थी और आज भी प्रचलित है। जो जैसा व्यक्ति है, उसको वही भाषा समझ में आती है। जैसे स्वभाव का व्यक्ति है उसके साथ वैसा ही व्यवहार करना चाहिए। कौरवों ने अपने अगले दिन के युद्ध को ध्यान में रखकर अर्जुन को लड़ते-लड़ते पाण्डवों से दूर कर दिया और उसकी अनुपस्थिति में द्रोणाचार्य ने चक्रव्यूह

की रचना की। जब कौरवों ने युद्ध के लिये ललकारा तो युधिष्ठिर सोच में पड़ गए, क्योंकि अर्जुन ही चक्रव्यूह को तोड़ना जानता था, परन्तु सोलह वर्षीय अभिमन्यु ने बताया कि चक्रव्यूह के छः द्वारों को तोड़ना तो वह जानता है पर सातवें द्वार को तोड़ना नहीं जानता। इस पर भीम ने कहा कि सातवें द्वार को तो वह अपनी गदा से तोड़ देगा। अतः पाण्डव युद्ध के लिए तैयार हो गए। अभिमन्यु बड़ी वीरता के साथ लड़ा और छः द्वारों को भेदता हुआ सातवें द्वार की ओर बढ़ा। यहाँ पर कौरवों ने एक हाथी को शराब पिलाकर छोड़ दिया जो पाण्डवों की सेना को तहस-नहस करने लगा। भीम उस हाथी को काबू करने चला गया। इधर अभिमन्यु अकेला सातवें कक्ष में घिर गया। यहाँ पर कौरवों ने अधर्म युद्ध किया और सभी महारथियों ने निहत्थे अभिमन्यु का नृशंसतापूर्वक वध किया। अभिमन्यु की मृत्यु से सारी पाण्डव सेना में शोक छा गया और कौरवों की खुशी की कोई सीमा न थी। जब अर्जुन युद्ध से वापस आया तो अपने वीर पुत्र की मृत्यु का समाचार पाकर अत्यधिक दुःखी हुआ। पर अब क्या करता ? उसे यह जानकर भी बड़ी ग्लानि हुई कि अभिमन्यु को अधर्मपूर्वक मारा है। मृत अभिमन्यु के सिर पर पैर रखने वाले जयद्रथ को अगले दिन के युद्ध में अर्जुन ने कृष्ण की सहायता से मृत्यु की गोद में सुला दिया। अब बारी आई कर्ण की जो कि अभिमन्यु की मृत्यु के लिये जिम्मेदार था। युद्ध में कर्ण और अर्जुन का सामना हुआ। भीषण युद्ध हुआ। कर्ण का लक्ष्य अर्जुन था और अर्जुन का कर्ण। दानवीर कर्ण माता कुन्ती को वचन दे चुका था कि अर्जुन को छोड़कर वह किसी अन्य भाई को नहीं मारेगा। अतः उसने अपने वचन की रक्षा के लिए युधिष्ठिर आदि को छोड़ दिया था मारा नहीं। दोनों ही योद्धा बाण विद्या में निपुण थे। दोनों ओर से विकराल बाण चलने लगे। एक स्थान पर लड़ते-लड़ते कर्ण के रथ का पहिया जमीन में धँस गया। वह युद्ध छोड़कर रथ के पहिए को निकालने लगा। उसने धनुष बाण रख दिया और अर्जुन से कहा कि उसे पथ का पहिया निकाल लेने दे। अर्जुन ने अपने धनुष पर दिव्य बाण चढ़ा लिया। कर्ण समझ गया और बोला कि युद्ध धर्म से होना चाहिए। अर्जुन ने उत्तर दिया कि हे कर्ण ! तुम्हारा धर्म उस दिन कहाँ गया था जब निहत्थे अभिमन्यु को तुम सभी महारथियों ने मृत्यु की गोद में सुला दिया था। तुरन्त ही अर्जुन ने तीव्र बाण को छोड़ दिया जिसके लगते ही कर्ण धराशायी हो गया। अर्जुन ने जैसे के साथ तैसा ही व्यवहार किया। सत्य ही कहा है—'शठे शाठ्यं समाचरेत' यदि अर्जुन इस अवसर को चूक जाता तो कर्ण की मृत्यु नहीं हो पाती।

(v) चित्र प्रस्ताव

उक्त चित्र सड़क के सहारे खुले मैदान का है जिसमें दो स्टॉल वाले अपनी स्टॉल पर बैठे हैं। सामने जो स्टॉल है उसके ऊपर लिखा है। SHARMA भेलपूरी। उसके किनारे खाने वाली चीज का चित्र बना है। उसके पास एक और स्टॉल है जिस पर दो आदमी बैठे हैं जो दुकानदार ही होंगे और उनके पास खाद्य पदार्थ बेचने के लिए रखे हैं। सड़क पर एक कार जा रही है। इस स्टॉल पर एक दुकानदार टोपी लगाए हुए बैठा है और दूसरा काम करने वाला लड़का है। जो एक ग्राहक लड़के को खाने की चीज दे रहा है। लड़के के हाथ में एक नोट है जिसे वह दुकानदार को देगा। दुकान के किनारे पर एक साहब और एक मेम साहब कुछ खाने की चीजें ले रहें हैं। दुकान के ठीक सामने दो लड़के और एक लड़की कागज की प्लेटें लिए हुए हैं और उसमें रखे हुए खाद्य पदार्थ खा रहे हैं। दुकान पर चटपटी चीजें हैं जैसे—छोले-भटूरे, समोसे, चाऊमीन, दही-बड़े आदि। शाम के समय लोग ये चीजें खाना पसंद करते हैं। ये स्टॉल भी शाम को ही लगाए जाते हैं। स्त्रियाँ और बच्चे इन चीजों के खाने के शौकीन होते हैं। ठेल पर गोलगप्पे देखकर तो चलते लोगों का भी मन खाने को कर आता है।

चित्र का दूसरा रूप संवेदनशील है। मैदान में दो बड़े कूड़ेदान रखे हैं। लोग चीजें खाकर खाली पत्तल, दौने या कागज की प्लेट उन्हीं कूड़ेदान में डालते हैं। उन कूड़ेदानों में से दो गरीब जूठन इकट्ठी कर रहे हैं खाने के लिए। हमारे देश का दुर्भाग्य है कि गरीबों के लिए दो जून रोटी भी उपलब्ध नहीं है। इन बच्चों के पास कपड़े भी नहीं हैं। वे सिर्फ नेकर पहने हैं। उनके शरीर की हड्डियाँ निकल रही हैं जो उनकी भुखमरी को बयान कर रही हैं। सामने खड़े तीन बच्चों में से बीच में खड़ा बच्चा उस भिखारी बच्चे को देख रहा है। उसे इस बात पर जरूर दुःख हो रहा होगा कि बच्चों-बच्चों में कितना फर्क है। एक तरफ इतने लाचार बच्चे भूख को गले लगाए हुए और दूसरी तरफ इतने समर्थ कि सब कुछ उपलब्ध। यह भी विधि का विधान है जिसे समझना बड़ा ही कठिन है।

Question 2.

Write a letter in Hindi in approximately 120 words on any one of the topics given below :

निम्नलिखित में से किसी एक विषय पर हिन्दी में लगभग 120 शब्दों में पत्र लिखिए—

(i) अपने शहर की सड़कों की दुरावस्था की शिकायत करते हुए समाचार-पत्र के सम्पादक को एक पत्र लिखिए।

(ii) अपने प्रधानाचार्य को पत्र लिखकर अपने विषय परिवर्तन की प्रार्थना कीजिए।

उत्तर—(i)

सेवा में,

श्रीमान् सम्पादक महोदय,
दैनिक जागरण,
आगरा

विषय : शहर की सड़कों की दुरावस्था हेतु शिकायत-पत्र

मान्यवर,

आपके दैनिक समाचार-पत्र के माध्यम से सार्वजनिक निर्माण विभाग के अधिकारियों का ध्यान अपने शहर की सड़कों की दुरावस्था की ओर आकर्षित करना चाहता हूँ। आशा है कि आप इस पत्र को प्रकाशित कर अनुगृहीत करेंगे।

आगरा एक ऐतिहासिक नगर है। बाहर इसे 'ताज की नगरी' कहते हैं। नाम से लगता है कि यह बड़ी सुन्दर नगरी है और व्यवस्थित, चौड़े और सुन्दर राजमार्ग हैं पर स्थिति इसके विपरीत ही है। सड़कें छोटी और अव्यवस्थित हैं। जगह-जगह गड्ढे हो रहे हैं फलस्वरूप आए दिन दुर्घटनाएँ होती रहती हैं। सड़क एक बार बनकर अगले दस वर्ष तक मरम्मत की राह देखती रहती है। सड़कों का रख-रखाव नहीं होता है। स्थान-स्थान पर नल निकालने के लिये सड़कें खोद दी गई हैं उनकी पुन: मरम्मत नहीं हुई है। अन्य सड़कों की तो बात छोड़िए सिविल लाइन्स और माल रोड तक की सड़कें गड्ढों से भरी हुई हैं। सड़कों पर रोशनी की व्यवस्था नहीं है।

आशा है कि सम्बन्धित अधिकारी यथा स्थान सड़कों की मरम्मत करायेंगे और उन पर बिजली की रोशनी की व्यवस्था करेंगे ताकि आए दिन की दुर्घटनाओं से बचा जा सके।

भवदीय

नवल शाह

48, कमला नगर, आगरा।

दिनांक : 15.3.2008

(ii)

सेवा में,

श्रीमान् प्रधानाचार्य जी,

सेंट पीटर्स कॉलेज

आगरा।

विषय : विषय परिवर्तन हेतु प्रार्थना-पत्र

महोदय,

सविनय निवेदन है कि मैंने इस वर्ष आई. सी. एस. ई. की परीक्षा प्रथम श्रेणी में सेंट जॉर्जेज कॉलेज से उत्तीर्ण की है। मैंने आपके विद्यालय में प्रवेश के लिये प्रार्थना-पत्र दिया था और मैं आपके आदर्श विद्यालय में प्रवेश पाकर अपने को धन्य समझता हूँ। विज्ञान में मेरा प्रतिशत 70 है। मुझे प्रवेश भी विज्ञान वर्ग में मिला है। मेरे पिताजी चाहते हैं कि मैं वाणिज्य पढ़ूँ। अत: आप से प्रार्थना है कि मुझे विज्ञान के स्थान पर वाणिज्य दे दिया जाये। मैं समझता हूँ कि इस समय विषय परिवर्तन करने में आपको असुविधा होगी, लेकिन अपने छात्र का हित सर्वोपरि समझते हुए मेरा इच्छित विषय देकर मुझे अनुगृहीत करें।

मुझे हर्ष है कि मैं अपने प्रिय विद्यालय में शिक्षा प्राप्त कर अपना भविष्य बना रहा हूँ।

कष्ट के लिए क्षमा प्रार्थी हूँ।

आपका आज्ञाकारी शिष्य

हृदय सागर

कक्षा 11 अ

दिनांक : 15.3.2008

Question 3.

Read the passage given below carefully and answer in Hindi the questions that follow using your own language as far as possible :

नीचे लिखे गद्यांश को ध्यानपूर्वक पढ़िए और उसके नीचे लिखे गए प्रश्नों के उत्तर हिन्दी में लिखिए। उत्तर यथासम्भव आपकी भाषा में ही होने चाहिए।

एक बार रोम का राजा एक भीषण रोग से पीड़ित हो गया। उस समय के देश-विदेश के प्रख्यात एवं निष्णात चिकित्सक राजा के उपचार के लिये बुलाये गये, किन्तु अच्छी-से-अच्छी औषधियों के प्रयोग से भी वे राजा के रोग का निदान न कर सके। राजा का रोग पहले की अपेक्षा और अधिक बढ़ता चला गया। असाध्य रोग के कारण राजा के हृदय में विकलता और राज्य में उदासी छा गई।

एक दिन एक वृद्ध पुरुष राजा के प्रासाद में आया और उसने रोगग्रस्त राजा से कहा—"राजन् ! एक विशेष औषधि के सेवन से आपका रोग ठीक हो सकता है। यह विशेष औषधि किसी अन्य व्यक्ति के पित्ताशय (पित्त की थैली) 'GALL BLADDAR' से तैयार की जाती है। यह औषधि आपके रोग को मूल से उखाड़ने की क्षमता ही नहीं रखती अपितु आपको चिरंजीवी भी बना सकती है।"

वृद्ध के वचनों को सुनकर राजा के निराश मन में आशा का संचार हो गया। उसने वृद्ध के प्रति मन ही मन कृतज्ञता अभिव्यक्त करते हुए राज्य के चिकित्सकों को एक ऐसे व्यक्ति को तलाश करने का आदेश दिया जिसके पित्त की थैली से वह औषधि बनाई जा सके। अन्तत: चिकित्सकों को एक ऐसा परिवार मिल गया जिसे हाथ की तंगी के कारण भरपेट भोजन भी उपलब्ध नहीं होता था। इस परिवार में केवल तीन सदस्य थे—एक लड़का और उसके माता-पिता। चिकित्सकों ने लड़के के माता-पिता को प्रभूत धन का प्रलोभन देकर उनके एक मात्र पुत्र को खरीदने का प्रस्ताव रखा। धन की लालसा ने माता-पिता की आँखों पर पर्दा डाल दिया। उनकी दृष्टि में धन-मोह के सम्मुख पुत्र-मोह फीका पड़ गया और उन्होंने अपने घर के दीपक को चिकित्सकों के हाथों बेच दिया।

चिकित्सक लड़के को राजा के सामने लेकर आये। राजा ने लड़के की पित्त की थैली को लेने के विषय में राज्य-पुरोहित से विचार-विमर्श किया। पुरोहित ने कहा—"राजन् ! यद्यपि देश सर्वोपरि होता है, किन्तु उसका शासक उससे भी बड़ा होता है, क्योंकि वह देश की रक्षा करता है तथा अहर्निश उसकी समृद्धि के लिये प्रयास करता है। ऐसे शासक के लिये किसी भी व्यक्ति के जीवन की बलि देना कोई अपराध नहीं है।"

पुरोहित के वचनों को सुनकर लड़के को राजा के सम्मुख खड़ा कर दिया गया। जल्लाद भी तलवार लेकर वहाँ आ पहुँचा। चिकित्सक औषधि तैयार करने वाले उपकरणों को लेकर वहाँ खड़े हो गये। अब राजा के आदेश की प्रतीक्षा थी। उसी क्षण लड़का आकाश की ओर देखकर जोर-जोर से हँसने लगा। उसे हँसते देखकर, सम्राट् ने लड़के से हँसने का कारण पूछा। लड़के ने कहा, "जिस देश में माँ-बाप धन के लिये सन्तान को बेचें, पुरोहित निरपराध मनुष्य की हत्या को उचित ठहराये, देश और प्रजा की रक्षा करने वाला शासक निर्दोष प्राणी की जान लेकर अपनी जान बचाये, वहाँ तो ऊपर वाले के न्याय पर ही भरोसा करना पड़ेगा।"

लड़के की बातों को सुनकर सम्राट् की आँखें खुल गईं उसे अपनी भूल पर पश्चात्ताप होने लगा। उसका मन ग्लानि से भर गया। उसके अन्तस्तल में मानवता के अंकुर फूट पड़े। उसने जल्लाद को वापस कर दिया।

(i)राजा के प्रासाद में कौन आया ? उसने किस औषधि का सुझाव दिया ? उसको बनाने का क्या तरीका बताया ? उस औषधि के गुणों का उल्लेख कीजिए।

(ii)उस व्यक्ति की बात सुनकर राजा को कैसा अनुभव हुआ ? उसके प्रति राजा ने क्या किया ? उसके बाद राजा ने किसको क्या आदेश दिया ?

(iii)राजा के व्यक्तियों को तलाश करने पर कैसा परिवार मिला ? उस परिवार के कौन-कौन सदस्य थे ? राजा के व्यक्तियों ने उस परिवार को क्या प्रलोभन दिया ? प्रलोभन का उस परिवार पर क्या प्रभाव हुआ और फिर उस परिवार ने क्या किया ?

(iv)राजा और पुरोहित में किस विषय पर विचार-विमर्श हुआ ? पुरोहित ने राजा को क्या सलाह दी ? उसके बाद दरबार में क्या घटनाएँ घटीं ?

(v)राजा ने लड़के से क्या पूछा ? लड़के ने क्या उत्तर दिया ? उसके उत्तर का राजा पर क्या प्रभाव हुआ ? उसके बाद राजा ने क्या किया ?

उत्तर—(i) एक दिन एक वृद्ध पुरुष राजा के महल में आया। उसने राजा के रोग से छुटकारे के लिये एक विशेष औषधि तैयार करने की बात कही जो किसी अन्य व्यक्ति के पित्ताशय को निकालकर उससे तैयार की जाएगी। उस औषधि का गुण यह है कि वह राजा के रोग को जड़ से समाप्त कर देगी और उसे चिरंजीवी भी बना देगी।

(ii) उस वृद्ध व्यक्ति की बातें सुनकर राजा के मन में आशा का संचार हुआ। उसने वृद्ध के प्रति कृतज्ञता प्रकट की और राज्य के चिकित्सकों को एक ऐसे व्यक्ति की तलाश करने को कहा जिसके पित्त की थैली से औषधि बनाई जा सके।

(iii) खोज करते-करते चिकित्सकों को एक ऐसा परिवार मिल गया जिसे गरीबी के कारण भरपेट भोजन भी नहीं मिल पाता। उस परिवार में केवल तीन सदस्य थे—माता-पिता और एक बेटा। चिकित्सकों ने लड़के के माता-पिता को बहुत-सा धन देकर उनके एकमात्र पुत्र को खरीदने का प्रस्ताव रखा। धन के लालच ने माता-पिता की आँखों पर पर्दा डाल दिया। उन्होंने धन के लालच में अपने पुत्र को चिकित्सकों के हाथों में बेच दिया।

(iv) राजा ने लड़के की पित्त की थैली को लेने के विषय में राज-पुरोहित से विचार-विमर्श किया। पुरोहित ने बताया कि देश सबसे बड़ा होता है, लेकिन राजा उससे भी बड़ा होता है। वह देश की रक्षा करता है। ऐसे शासक के लिये किसी भी व्यक्ति के जीवन की बलि देना कोई अपराध नहीं है। पुरोहित के वचनों को सुनकर लड़के को राजा के सम्मुख खड़ा कर दिया और जल्लाद को बुला लिया गया। इसको देख वह लड़का हँसने लगा।

(v) राजा ने लड़के से यह पूछा कि तुम क्यों हँस रहे हो। लड़के ने कहा—जिस देश में माँ-बाप धन के लिये सन्तान को बेचें, पुरोहित निरपराध मनुष्य की हत्या को उचित ठहराए, देश और प्रजा की रक्षा करने वाला शासक निर्दोष प्राणी की जान लेकर अपनी जान बचाये, वहाँ तो ऊपर वाले के न्याय पर ही भरोसा करना पड़ेगा। शासक को अपनी भूल पर पश्चात्ताप हुआ और जल्लाद को वापस कर दिया। राजा ने लड़के को जाने दिया।

Question 4.

Answer the following according to the instructions given :

निम्नलिखित प्रश्नों के उत्तर निर्देशानुसार लिखिए—

(i) **निम्नलिखित शब्दों में से किन्हीं दो के अर्थ लिखिए—**

प्रख्यात, विकलता, लालसा, सम्मुख।

उत्तर—मशहूर, बेचैनी, इच्छा, सामने।

(ii) **निम्नलिखित शब्दों में से किन्हीं दो के विपरीतार्थक शब्द लिखिए—**

उदासी, क्षमता, सम्राट, निरपराध।

उत्तर—खुशी, अक्षमता, सम्राज्ञी, अपराधी।

(iii) निम्नलिखित शब्दों की भाववाचक संज्ञा बनाइए—
खेलना, कमाना।
उत्तर—खेल, कमाई।

(iv) निम्नलिखित में से किसी एक के दो पर्यायवाची शब्द लिखिए—
मुख, लक्ष्मी।
उत्तर—मुख—आनन, मुँह। **लक्ष्मी**—कमला, रमा।

(v) निम्नलिखित मुहावरों में से किसी एक से वाक्य बनाइए—
आँखों पर पर्दा डालना, घर का दीपक।
उत्तर—(a) प्रभात की आँखों पर पर्दा पड़ गया है जो बिना सोचे-समझे अपनी फैक्ट्री अपने मित्र के नाम कर दी।
(b) रामनाथ को अपने इकलौते पुत्र से बहुत आशाएँ हैं, वह उसके घर का दीपक है।

(vi) कोष्ठक में दिये गये निर्देशानुसार वाक्यों में परिवर्तन कीजिए—
(a) एक बार रोम का राजा एक भीषण रोग से पीड़ित हो गया।
(एक बार रोम के राजा को ······· से वाक्य प्रारम्भ कीजिए)
(b) धन की लालसा ने माता-पिता की आँखों पर पर्दा डाल दिया।
(धन की लालसा से ·········· वाक्य प्रारम्भ कीजिए)
(c) लड़के की बातों को सुनकर राजा की आँखें खुल गईं।
(लड़के की बातों ने ·········· से वाक्य प्रारम्भ कीजिए)
उत्तर—(a) एक बार रोम के राजा को एक भीषण रोग ने पीड़ित कर दिया।
(b) धन की लालसा से माता-पिता की आँखों पर पर्दा पड़ गया।
(c) लड़के की बातों ने राजा की आँखें खोल दीं।

SECTION–B
साहित्य सागर (गद्य)

Question 5.

Read the extract given below and answer in Hindi the questions that follow :
निम्नलिखित गद्यांश को पढ़िए और उसके नीचे लिखे प्रश्नों के उत्तर हिन्दी में लिखिए:
बालक कुछ ठहरा। मैं असमंजस में रहा। तब वह प्रेत गति से एक ओर बढ़ा और कुहरे में मिल गया। हम भी होटल की ओर बढ़े। हवा तीखी थी—हमारे कोटों को पार कर बदन में तीर-सी लगती थी।

—'अपना अपना भाग्य'—
लेखक—जैनेन्द्र कुमार

(i) यहाँ किस लड़के के बारे में लेखक कह रहा है। प्रेत गति से क्या तात्पर्य है ?
(ii) लेखक असमंजस में क्यों है ?
(iii) ठण्डी हवा कैसी लग रही थी ? वे दोनों कहाँ गये।
(iv) मित्र ने उस समय क्या कहा और लेखक ने क्या उत्तर दिया ? फिर उदास होकर मित्र ने क्या कहा ?

उत्तर—(i) नैनीताल की सर्द शाम का समय है। लेखक और उसका मित्र एक बैंच पर बैठे थे। जिस लड़के के बारे में कहा गया है वह एक पहाड़ी गरीब लड़का है जो अपने गाँव से भोजन के अभाव के कारण शहर भाग आया है और यहाँ किसी दुकान पर काम करता है। तीन गज की दूरी से उन्हें दिख पड़ा, एक लड़का सिर के बड़े-बड़े बाल खुजलाता चला आ रहा था। नंगे पैर, नंगे सिर, एक मैली-सी कमीज लटकाए है। प्रेत गति का मतलब होता है बहुत तीव्र गति से।

(ii) लेखक असमंजस में यह सोचकर है कि इतनी अधिक ठण्डी में बिना कपड़ों के ये लड़का कैसे रात काटेगा ? उनके प्रयास करने पर भी उनके होटल में ही ठहरे वकील साहब ने उसे काम पर नहीं रखा। यदि उसे नौकरी मिल जाती तो उसका कष्ट कम हो जाता।

(iii) ठण्डी हवा तीर की भाँति उनके बदन में लग रही थी। ऊनी कोट भी उस बर्फीली हवा से रक्षा नहीं कर पा रहे थे। वे दोनों वहाँ से उठकर अपने होटल की तरफ चल दिये।

(iv) ठण्डी से सिकुड़ते हुए मित्र ने लेखक से कहा कि भयानक शीत है और उस लड़के के पास बहुत कम कपड़े हैं।
लेखक ने लापरवाही से कहा कि 'यह संसार है' हम क्या कर सकते हैं। पहले बिस्तर में गरम हो लें फिर किसी और की चिन्ता करेंगे।
यह सुनकर मित्र उदास हो गया और कहा कि इसे लाचारी कहो, निठुराई कहो या बेहयाई।

Question 6.

Read the extract given below and answer in Hindi the questions that follow :

निम्नलिखित गद्यांश को पढ़िए और उसके नीचे लिखे प्रश्नों के उत्तर हिन्दी में लिखिए:

आनन्दी अपने नये घर में आई तो यहाँ रंग-ढंग कुछ और देखा। जिस टीम-टाम की उसे बचपन से ही आदत पड़ी हुई थी, वह यहाँ नाम-मात्र को भी नहीं था।

—'बड़े घर की बेटी'—

लेखक—प्रेमचन्द

(i) **आनन्दी कौन है ? वह किसकी बेटी है ? उस परिवार के बारे में बताइए ?**

(ii) **रंग-ढंग और टीम-टाम से क्या तात्पर्य है ? क्या उसकी यहाँ कमी थी ?**

(iii) **यह घर कैसा था ?**

(iv) **आनन्दी के पति कौन थे तथा उनका स्वभाव कैसा था ?**

उत्तर—(i) आनन्दी श्रीकण्ठ सिंह की पत्नी है, वह एक बड़े उच्च-कुल की लड़की है। उसके पिता भूपसिंह एक छोटी-सी रियासत के ताल्लुकेदार थे। विशाल भवन, एक हाथी, तीन कुत्ते, झाड़फानूस, आनरेरी मजिस्ट्रेटी और ऋण जो एक प्रतिष्ठित ताल्लुकेदार के अनुरूप विद्यमान थे।

(ii) रंग-ढंग का मतलब है आनन्दी की ससुराल का रहन-सहन और टीम-टाम का तात्पर्य है बनाव-शृंगार। यहाँ इन चीजों की कमी थी। हाथी-घोड़े तो छोड़ दें कोई सजी हुई सुन्दर बहली तक न थी। यह एक साधारण परिवार था।

(iii) आनन्दी की ससुराल का घर साधारण-सा था। मकान में खिड़कियाँ तक न थीं—न जमीन पर फर्श, न दीवार पर तस्वीरें। वह एक सीधा-सादा देहाती गृहस्थ का मकान था।

(iv) आनन्दी के पति श्रीकण्ठ सिंह गौरीपुर के गाँव के बेनीमाधव सिंह के बड़े पुत्र थे। बी. ए. की डिग्री होने के बाद भी पाश्चात्य सामाजिक प्रथाओं के विशेष प्रेमी न थे, बल्कि उनकी निन्दा करते थे। अपनी प्राचीन सभ्यता का गुणगान उनका स्वभाव था। वह सम्मिलित कुटुम्ब के समर्थक थे अत: गाँव की स्त्रियाँ उनकी निन्दा करती थीं।

Question 7.

Read the extract given below and answer in Hindi the questions that follow :

निम्नलिखित गद्यांश को पढ़िए और उसके नीचे लिखे प्रश्नों के उत्तर हिन्दी में लिखिए:

''श्यामा ! तुम्हारा कठोर व्रत, वैधव्य का आदर्श देखकर मेरे हृदय में विश्वास हुआ कि मनुष्य अपनी वासनाओं का दमन कर सकता है, किन्तु तुम्हारा अवलम्ब बड़ा दृढ़ है।''

—'सन्देह'—

लेखक—जयशंकर प्रसाद

(i) **वक्ता कौन है ? परिचय दीजिए।**

(ii) **श्यामा के बारे में उसने क्या कहा ?**

(iii) **वह कहाँ जाने के लिए सामान बाँध रहा है ?**

(iv) **मनुष्य को अधिक चतुर क्यों नहीं होना चाहिए ?**

उत्तर—(i) वक्ता रामनिहाल है जो श्यामा के घर में अपनों की तरह रहता है। वह भारत के भिन्न-भिन्न प्रदेशों में, छोटा-मोटा व्यवसाय, नौकरी और पेट पालने की सुविधाओं को खोजता हुआ जब श्यामा के घर आया तो उसे लगा कि वह अपने घर आ गया है। एक सन्दूक और थोड़ा-सा सामान उसके पास है जिसे वह अपने साथ लेकर चलता था।

(ii) श्यामा के बारे में उसने कहा कि वह वैधव्य के कठोर व्रत का पालन कर रही है। यह उसका आदर्श है। वक्ता को विश्वास हुआ कि मनुष्य यदि चाहे तो अपनी वासनाओं का दमन कर सकता है। वक्ता के हृदय में श्यामा के प्रति आदर की भावना है।

(iii) मनोरमा नाम की एक विवाहिता स्त्री ने कई पत्र लिखकर रामनिहाल को बुलाया है कि वह वहाँ आकर उसकी मदद करे। वहीं जाने के लिए वह अपना सामान बाँध रहा है।

(iv) मनुष्य को अधिक चतुर नहीं होना चाहिए। मनुष्य अधिक चतुर बनकर अपने को अभागा बना लेता है और ईश्वर की दया से वह वंचित हो जाता है। अधिक चतुरता मनुष्य को स्वार्थी बना देती है। वह दूसरे का अहित भी कर बैठता है। अधिक चतुर होने का अभिमान मनुष्य को नीचे भी गिरा सकता है।

साहित्य सागर (पद्य)

Question 8.

Read the extract given below and answer in Hindi the questions that follow :

निम्नलिखित पद्यांश को पढ़िए और उसके नीचे लिखे प्रश्नों के उत्तर हिन्दी में लिखिए:

''राजा के दरबार में, जैये समया पाय।
साईं तहाँ न बैठिये, जहँ कोउ देय उठाय।।
जहँ कोउ देय उठाय, बोल अनबोले रहिए।
हँसिये नहीं हहाय, बात पूछे ते कहिये।।''

—'कुंडलियाँ'—
कवि—गिरधर कविराय

(i) **ये कुंडलियाँ बहुत लोकप्रिय हैं—कैसे ?**

(ii) **कवि ने किसको अपना विषय बनाया है ?**

(iii) **राजा के दरबार में कैसा व्यवहार करना चाहिए ?**

(iv) **इन पंक्तियों का भावार्थ लिखिए।**

उत्तर—(i) कविराय गिरधर की कुंडलियाँ जनमानस में बहुत लोकप्रिय हैं। इनकी कुंडलियाँ नीति पर आधारित हैं। इस लोकप्रियता का सबसे बड़ा कारण है बिल्कुल सरल, सहज, व्यावहारिक तथा सीधी-सादी भाषा में गम्भीर तथा नीतिपरक तथ्यों का कथन।

(ii) कवि ने नीति, वैराग्य और आध्यात्म को ही अपनी कविता का विषय बनाया है। जीवन के व्यावहारिक पक्ष का इनके काव्य में प्रभावशाली वर्णन मिलता है जिसकी पैठ जनमानस में बहुत गहरी है।

(iii) राजा के दरबार में बिना बुलाये नहीं जाना चाहिए। हमें उस स्थान पर नहीं बैठना चाहिए जहाँ से कि कोई उन्हें उठा सकता है। बिना किसी के पूछे बोलना नहीं चाहिए और जोर से ठहाका मारकर हँसना नहीं चाहिए।

(iv) कवि कहता है कि राजा के दरबार में तभी जाना चाहिए जब बुलाया जाये और समय से पहुँचना चाहिए। उस स्थान पर नहीं बैठना चाहिए जहाँ से कोई उठा दे। बिना पूछे कोई बात नहीं करनी चाहिए और ठहाका मारकर नहीं हँसना चाहिए क्योंकि यह असभ्यता मानी जाती है।

Question 9.

Read the extract given below and answer in Hindi the questions that follow :

निम्नलिखित पद्यांश को पढ़िए और उसके नीचे लिखे प्रश्नों के उत्तर हिन्दी में लिखिए:

''जब तक मनुज-मनुज का यह सुख भाग नहीं सम होगा
शमित न होगा कोलाहल संघर्ष नहीं कम होगा।''

—'स्वर्ग बना सकते हैं'—
कवि —रामधारीसिंह 'दिनकर'

(i) **कवि की यह कैसी कविता है ? कवि क्या चाहता है ?**

(ii) **मनुष्यों का कोलाहल कब शान्त होगा ?**

(iii) **क्या यह सम्भव है कि सबका सुख भाग समान हो जाये ?**

(iv) **इन पंक्तियों का भावार्थ लिखिए।**

उत्तर—(i) कवि की इस कविता में राष्ट्रीयता की गूँज है। कवि चाहता है कि हम सब मिलकर इस जगत को स्वर्ग के समान सुन्दर और सुखदायी बना दें। यह तभी सम्भव है जब हम परस्पर एक-दूसरे की मदद करते हुए आगे बढ़ें।

(ii) जब मनुष्यों में समानता होगी, समान व्यवहार होगा और सुख-साधन भी सबको समान रूप से प्राप्त होंगे, तभी कोलाहल शान्त होगा। आपस में संघर्ष तभी होता है जब धन या सम्पत्ति का बँटबारा समान रूप से या न्यायोचित नहीं होता है।

(iii) सबका सुख-भाग समान हो जाये यह तभी सम्भव है जब सब लोग अन्य असहायों या निर्धनों को समान अधिकार दिलवायें और जो समर्थ हैं वे दीन-दु:खियों के प्रति मदद करें और त्याग की भावना रखें। सभी ईश्वर की सन्तान हैं यह मानकर एक-दूसरे की मदद करें और निर्धनों के सहयोग के लिए आगे आयें। सब लोग भाग्य को प्रधानता न देकर कर्म को प्रधानता दें। जिनके पास अधिक है उन्होंने अधिक परिश्रम किया होगा।

(iv) उक्त पंक्तियों में कवि कहता है कि जब तक मनुष्य-मनुष्य के बीच असमानता है तब तक न तो संघर्ष कम होगा और न ही कोलाहल कम होगा। सुख के साधन बराबर की मात्रा में बाँट दिये जायें, सबमें समता का भाव व्याप्त हो और परस्पर मिलकर एक-दूसरे को साथ लेकर चलें, एक-दूसरे का दु:ख-दर्द बाँटें और निर्धन व्यक्तियों की धन से या अन्य साधनों से मदद करें।

Question 10.

Read the extract given below and answer in Hindi the questions that follow :

निम्नलिखित पद्यांश को पढ़िए और उसके नीचे लिखे प्रश्नों के उत्तर हिन्दी में लिखिए:

''बूढ़े पीपल ने आगे बढ़कर जुहार की
'बरस बाद सुधि लीन्ही'
बोली अकुलाई लता ओट हो किवार की,
हरसाया ताल लाया पानी परात भर के।''

—'मेघ आये'—

कवि—सर्वेश्वर दयाल सक्सेना

(i) यहाँ पर किस ऋतु का वर्णन किया गया है ? 'बरस बाद सुधि लीन्हीं' का क्या तात्पर्य है ?

(ii) वर्षा ऋतु से क्या-क्या लाभ हैं ?

(iii) वर्षा ऋतु से क्या हानियाँ भी होती हैं। यदि हाँ तो बताइए ?

(iv) उक्त पंक्तियों का भावार्थ लिखिए।

उत्तर—(i) कवि की इस कविता में वर्षा ऋतु का वर्णन किया गया है। 'बरस बाद सुधि लीन्हीं' का तात्पर्य है कि बादलों ने एक वर्ष बाद पृथ्वी की प्यास बुझाने की सुधि (याद) ली है।

(ii) वर्षा ऋतु से अनेक लाभ हैं। यह भीषण गर्मी से आहत मनुष्य, पशु-पक्षी आदि को शीतलता प्रदान करती है। किसान वर्षा का स्वागत करता है, क्योंकि वर्षा ही उसकी खेती का आधार है। नदियों, ताल-तलैयों में पानी भर जाता है जोकि पीने के काम आता है। धरती पर चारों ओर हरियाली छा जाती है जिससे दृश्य बड़ा ही मनोरम लगता है। बागों की मोर की कुहू-कुहू की बोली बड़ी सुहावनी लगती है।

(iii) वर्षा ऋतु से कभी-कभी हानियाँ भी होती हैं। अधिक वर्षा होने से नदियों में बाढ़ आ जाती है जिससे फसलें नष्ट हो जाती हैं, गाँवों में लोगों के घर और पशुओं की हानि हो जाती है। यह तभी होता है जब वर्षा बहुत अधिक मात्रा में हो जाती है। गाँवों में कीचड़ खूब हो जाती है और विषैले जीव-जन्तुओं का खतरा बना रहता है।

(iv) कवि कहता है बूढ़े पीपल के वृक्ष ने आगे बढ़कर मेघों को सिर झुकाया। वह मेघों के आने से बहुत प्रसन्न है और उसने कहा कि हे मेघों ! तुमने एक वर्ष बाद यहाँ आकर बरसने की सुधि ली है। गर्मी से व्याकुल लता भी किवाड़ की ओट से झाँकी और प्रसन्न हो गई। ताल-तलैया भी हरसाये और मेघों के बरसने से पूरे पानी से भर गये।

नया रास्ता

Question 11.

Read the extract given below and answer in Hindi the questions that follow :

निम्नलिखित गद्यांश को पढ़िए और उसके नीचे लिखे प्रश्नों के उत्तर हिन्दी में लिखिए :

अपने जीवन की परिस्थितियों से विवश होकर मीनू के हृदय में कई बार हीन भावनाएँ उत्पन्न हुईं। कई बार उसे ऐसा आभास हुआ कि उसका जीवन बिल्कुल व्यर्थ है। परन्तु मीनू जैसी योग्य तथा होनहार युवती के लिए ऐसी भावनाएँ उचित नहीं थीं।

(i) मीनू के हृदय में हीन भावनाएँ क्यों उत्पन्न हुईं ?

(ii) मेरठ से जो पत्र आया उसमें क्या लिखा था ?

(iii) आशा का रिश्ता मेरठ वालों ने माँगा तो मीनू ने अपने घर में क्या कहा ?

(iv) दयाराम के घरवालों का हृदय मायाराम जी के परिवार के प्रति घृणा से क्यों भर गया ?

उत्तर—(i) अपने जीवन की परिस्थितियों को देखते हुए कई बार मीनू का हृदय हीन-भावना से भर गया। मीनू पढ़ी लिखी है, अच्छे संस्कारों वाली है और सुन्दर है, फिर भी कई लड़कों द्वारा वह नापसन्द कर दी गई है। वह अपने को अपमानित महसूस करती है। दृढ़ता और साहस की मूर्ति होते हुए भी कभी-कभी हीन-भावना उसके हृदय में भर जाती है और वह दु:खी हो जाती है।

(ii) मेरठ से लड़के वालों के यहाँ से जो पत्र आया उसमें लिखा था कि वे लोग मीनू के बजाय उसकी छोटी बहन आशा से शादी कर सकते हैं। यदि आपको स्वीकार हो तो खबर कर दें। इस पत्र को पढ़कर सभी लोग उदास हो गये।

(iii) मीनू की छोटी बहन मीनू से सुन्दर थी, लेकिन वह अभी छोटी थी। कायदे से पहले मीनू का विवाह होना चाहिए उसके बाद आशा का नम्बर आता है। मीनू का विचार था कि यदि मेरठ वालों ने आशा का रिश्ता माँगा है तो हमें कर देना चाहिए। आखिर आशा का विवाह भी तो करना ही है। मीनू की बात उसके पिताजी और माताजी को पसन्द आई और आशा का रिश्ता मेरठ वालों से करने का मन बना लिया।

(iv) दयारामजी मेरठ आशा के रिश्ते की बात करने गये लेकिन वहाँ उन्हें पता चला कि किसी धनवान व्यक्ति की लड़की से उनका रिश्ता करीब-करीब पक्का हो गया है। दयारामजी उदास होकर लौट आये। घर पहुँचने पर दयारामजी का उदास चेहरा देखकर सभी समझ गये कि आशा के रिश्ते के लिए भी मना हो गई है। जब उन्हें असलियत पता चली तो सबका हृदय मायारामजी के परिवार के प्रति घृणा से भर गया।

Question 12.

Read the extract given below and answer in Hindi the questions that follow :

निम्नलिखित गद्यांश को पढ़िए और उसके नीचे लिखे प्रश्नों के उत्तर हिन्दी में लिखिए:

''मायारामजी के घर में चर्चा का विषय था– धनीमलजी और उनकी बेटी सरिता। अमित की माँ के मुँह से तो हमेशा धनीमलजी की ही प्रशंसा सुनाई देती है। परन्तु अमित को इन सब बातों में कोई रुचि नहीं थी।''

(i) उनके घर में चर्चा का विषय क्या रहता था ?

(ii) अमित को उस रिश्ते में रुचि क्यों नहीं थी ?

(iii) अमित का रुझान किस तरफ था ?

(iv) अमित ने अपनी माँ से क्या बात की ?

उत्तर—(i) अमित के घर में उसके सम्बन्ध के लिए धनीमलजी की बेटी सरिता की चर्चा का विषय रहता था। धनीमल की तीन बेटियाँ थीं।उनकी पूरी सम्पत्ति उन्हीं के लिए थी। वे अपनी बेटी की शादी में पाँच लाख रुपये खर्च करने की बात कहकर गये थे। अमित की माताजी का झुकाव सरिता की तरफ था, क्योंकि वह अच्छा दहेज लेकर आयेगी।

(ii) अमित को सरिता के रिश्ते में रुचि नहीं थी। वह धनी घर की लड़की से शादी करके अपने को बेचना नहीं चाहता था। यह उसके स्वाभिमान के खिलाफ था। अभी हाल ही में उसने एक फैक्ट्री लगाई है। ईश्वर की कृपा से पैसे की भी कमी नहीं है। फिर सब पैसे वाले घर की लड़की को क्यों लेना चाहते हैं, यह उसकी समझ में नहीं आ रहा था।

(iii) अमित का रुझान दयाराम जी की बेटी मीनू की तरफ था। मीनू के भोले-भाले साँवले सलौने चेहरे ने पहली नजर में ही अमित का मन मोह लिया था। घर साधारण था, लेकिन सभी सलीके वाले थे। जब मीनू से सम्बन्ध के लिए मना कर दिया गया तो उसे बहुत बुरा लगा, लेकिन वह अपनी माँ और पिताजी के सामने बोल नहीं सका।

(iv) एक दिन अमित ने अपनी माँ के सामने बोलने का साहस किया कि वह सरिता से उसकी शादी क्यों करना चाहती है ? क्या उसने सरिता को देखा है जो उसे घर में लाने के लिए इतनी उतावली हो रही है ? फिर उसने कहा कि पहले देखी लड़की मीनू में कोई कमी नहीं है। वह पढ़ी-लिखी है और अच्छे खानदान की है। वह सारे काम करने में चतुर है और उसे विश्वास है कि वह एक कुशल गृहिणी बनकर घर को सँभाल लेगी।

Question 13.

Read the extract given below and answer in Hindi the questions that follow :

निम्नलिखित गद्यांश को पढ़िए और उसके नीचे लिखे प्रश्नों के उत्तर हिन्दी में लिखिए:

''हमारे भारतीय समाज में क्या नारी सदैव पुरुषों की दासी बनकर ही रहेगी ? क्या हर लड़की अपने माता-पिता के लिए अभिशाप बनकर रह जायेगी ?''

(i) ये प्रश्न किसके मस्तिष्क में उठ रहे थे और क्यों ?

(ii) जब वह पढ़ाई कर रही थी तो उसके मन में क्या खयाल आया ?

(iii) वह सहेली की शादी के लिए क्या भेंट देना चाहती थी ?

(iv) अगले दिन मीनू कहाँ चल दी ? वह वहाँ कैसे पहुँची ?

उत्तर—(i) ये प्रश्न मीनू के मस्तिष्क में उठ रहे थे नारियों के बारे में कि नारी समाज उच्च स्थान क्यों नहीं प्राप्त कर पाई है ? वह कब तक पुरुषों की दासी बनकर रहेगी। हर लड़की अपने माता-पिता के लिए अभिशाप क्यों है। हर लड़की को यह अधिकार होना चाहिए कि वह अपना जीवन अपने ढंग से जिये।

(ii) मीनू हॉस्टिल में रहकर अपनी पढ़ाई कर रही है पढ़ते हुए उसे अचानक खयाल आया कि उसे परसों उसकी सहेली नीलिमा की शादी में जाना है। नीलिमा उससे कुछ दिन पहले आने को कह गई थी, पर पढ़ाई की वजह से उसके लिए कुछ दिन पहले जाना सम्भव नहीं था।

(iii) मीनू को नीलिमा के लिए कुछ भेंट ले जानी थी। वह समझ नहीं पा रही थी कि क्या चीज खरीदे। अचानक उसे खयाल आया कि नीलिमा के लिए एक दीवार घड़ी ले ली जाये। वह झटपट बाजार जाकर नीलिमा को भेंट देने के लिए दीवार घड़ी खरीद लाई।

(iv) अगले दिन मीनू मेरठ से मीरापुर के लिए चल दी। उसके हृदय में विशेष उत्साह था। मीरापुर के स्टेशन पर पहुँचने के बाद उसने रिक्शे वाले को अवाज लगाई। इतने में ही उसे नीलिमा का बड़ा भाई अशोक दिखाई पड़ा। वह अपनी मौसी को लेने आया था, लेकिन मौसी उस बस से नहीं आई थी। वह अशोक के साथ कार में बैठकर नीलिमा के घर पहुँची।

एकांकी संचय

Question 14.

Read the extract given below and answer in Hindi the questions that follow :

निम्नलिखित गद्यांश को पढ़िए और उसके नीचे लिखे प्रश्नों के उत्तर हिन्दी में लिखिए:

''मैंने भी जब दुर्ग से अग्निवर्षा होती देखी तो मुझे कुछ आश्चर्य हुआ था और कुछ क्षणों के लिए सफेद झण्डा फहराकर मैंने युद्ध रोक दिया था।''

—'मातृभूमि का मान'—

लेखक—हरिकृष्ण 'प्रेमी'

(i) **यहाँ वक्ता किससे और किस सन्दर्भ में बात कर रहा है ?**

(ii) **वक्ता दुर्ग में गया तो उसने किस व्यक्ति से क्या बात की ?**

(iii) **दुर्ग के अन्दर बैठे उस व्यक्ति ने क्या उत्तर दिया ?**

(iv) **यह बात जानकर श्रोता (सुनने वाले) ने क्या कहा ?**

उत्तर—(i) यहाँ मेवाड़ का सेनापति अभयसिंह मेवाड़ के शासक महाराणा लाखा से बात कर रहा है। महाराणा लाखा की प्रतिज्ञा पूरी करने के लिए एक नकली दुर्ग मिट्टी का बनाया गया था। उसमें कुछ सैनिक दुर्ग की रक्षा के लिए तैनात थे। दुर्ग से अग्नि वर्षा को देखकर सेनापति ने सफेद झण्डा फहराकर नकली युद्ध रोक दिया। इसी सन्दर्भ में बात हो रही है।

(ii) अभयसिंह दुर्ग के अन्दर गया तो उसने देखा कि उनका ही एक सैनिक वीरसिंह जो बूँदी राज्य का रहने वाला था, लेकिन मेवाड़ की नौकरी में था, असली युद्ध कर रहा है। अभयसिंह ने उससे ही बात की। अभयसिंह चाहते थे कि युद्ध नकली तौर पर किया जाये।

(iii) दुर्ग में तैनात सैनिक वीरसिंह ने कहा कि महाराणा ने हाड़ाओं को चुनौती दी है। महाराणा हमारे प्राण ले लें, लेकिन हम अपने प्राण रहते हुए बूँदी का अपमान नहीं होने देंगे। मेवाड़ में जब तक एक भी हाड़ा है नकली बूँदी पर भी बूँदी की ही पताका फहराएगी।

(iv) यह बात जानकर मेवाड़ के शासक महाराणा लाखा ने कहा कि निश्चय ही वीरों का जन्मभूमि के प्रति आदरभाव सराहनीय है। इन लोगों के प्राणों की रक्षा करने का कोई उपाय नहीं है। इतने बहुमूल्य प्राण लेकर भी उन्हें अपनी प्रतिज्ञा पूरी करनी पड़ेगी। बड़े दु:ख के साथ उन्हें इस युद्ध को आगे बढ़ाना पड़ा।

Question 15.

Read the extract given below and answer in Hindi the questions that follow :

निम्नलिखित गद्यांश को पढ़िए और उसके नीचे लिखे प्रश्नों के उत्तर हिन्दी में लिखिए:

''और कैसे कही जाती है—जब से आई है यही तो सुना रही है—नौकर अच्छे हैं तो उसके मायके में, खाना-पीना अच्छा है तो उसके मायके में, कपड़े पहनने का ढंग आता है तो उसके मायके वालों को हम तो न जाने कैसे जी रहे हैं।''

—'सूखी डाली'—

लेखक—उपेन्द्रनाथ 'अश्क'

(i) **यहाँ कौन किससे किसके बारे में कह रहा है ?**

(ii) **वक्ता ने अपने को कैसा बताया ?**

(iii) **फिर वक्ता ने उससे क्या कहा ?**

(iv) **उनके पास कौन प्रवेश करते हैं ? एक ने वक्ता से क्या कहा ?**

उत्तर—(i) यहाँ छोटी भाभी की बेटी इन्दु बड़ी बहू से शिकायत के लहजे में कह रही है। यह बात वह दादाजी के पोते परेश की पत्नी बेला के बारे में कह रही है।

(ii) इन्दु ने नाक-भौं चढ़ाकर कहा कि यहाँ के लोगों को खाना-पीना, पहनना-ओढ़ना कुछ भी नहीं आता। यहाँ के नौकर गँवार, पड़ोसी गँवार और वे सब (इन्दु के घर वाले) गँवार।

(iii) इसके बाद इन्दु ने उससे कह दिया व्यंग्य में कि क्या बात है भाभी तुम्हारे मायके की ? एक नमूना तुम्हीं जो हो। एक मिश्रानी भी ले आतीं तो हम गँवार भी उससे सीख लेते।''

(iv) दायीं दीवार के कमरे से छोटी भाभी, इन्दु की माँ और छोटी बहू बेला की सास प्रवेश करती है। उसके पीछे मिश्रानी रजवा है। छोटी भाभी ने इन्दु से पूछा कि रजवा के साथ छोटी बहू की क्या बात हो गई कि रजवा रो रही है ? वक्ता ने बताया कि छोटी बहू जब भी कहती हैं कड़वी बात ही कहती हैं।

Question 16.

Read the extract given below and answer in Hindi the questions that follow :

निम्नलिखित गद्यांश को पढ़िए और उसके नीचे लिखे प्रश्नों के उत्तर हिन्दी में लिखिए:

''तो हमें उसका मन लगाना चाहिए। वह एक बड़े घर से आई है। अपने पिता की इकलौती बेटी है। कभी नाते-रिश्तेदारों में नहीं रही।..........''

—'सूखी डाली'—

लेखक—उपेन्द्रनाथ 'अश्क'

(i) यहाँ वक्ता कौन है और श्रोता (सुनने वाला) कौन है ? सुनने वाले का परिचय दीजिए।

(ii) वक्ता का परिचय दीजिए ?

(iii) वक्ता ने श्रोता को क्या राय दी ?

(iv) श्रोता ने उन्हें क्या उत्तर दिया ?

उत्तर—(i) यहाँ वक्ता घर के सबसे बड़े और बुजुर्ग व्यक्ति दादाजी हैं जो अपने पोते परेश से बात कर रहे हैं। परेश उनका छोटा पोता है जो अभी-अभी नायब तहसीलदार हुआ है। उसके नायब तहसीलदार होने से गाँव में दादाजी की प्रतिष्ठा बढ़ गई है। उसका विवाह लाहौर के एक प्रतिष्ठित तथा सम्पन्न कुल की सुशिक्षित लड़की से हुआ है। उसका नाम बेला है।

(ii) दादाजी अपने गाँव के एक प्रतिष्ठित व्यक्ति हैं। उनकी आयु 72 वर्ष है अत: सभी उनका आदर करते हैं । वह शरीर से स्वस्थ हैं। उनका बड़ा लड़का 1914 के महायुद्ध में वीरगति को प्राप्त हुआ था। अत: सरकार ने उन्हें 25 एकड़ जमीन दी थी। अपने साहस, परिश्रम, निष्ठा और दूरदर्शिता से और जमीन खरीद ली। उनका फार्म, डेयरी और एक चीनी की मिल भी है।

(iii) जब परेश ने दादाजी से कहा कि इस घर में उसकी पत्नी बेला का मन नहीं लगता तो दादाजी ने उसे समझाया कि मन लगता नहीं लगाया जाता है। इतनी जल्दी उसका मन कैसे लग सकता है। हमको उसका मन लगाना चाहिए। वह एक बड़े घर से आई है। अपने पिता की इकलौती बेटी है, कभी नाते-रिश्तेदारों में रही नहीं। इस भीड़-भाड़ में वह घबराती होगी। हम सब मिलकर उसका मन इस घर में लगायें।

(iv) परेश ने दादाजी से कहा कि घर में कोई उसे पसन्द नहीं करता। सब उसकी निन्दा करते हैं। सभी स्त्रियों ने आकर उसकी शिकायत की और कहा कि वह उसके (बेला) के हाथ बिक गया है। वह उसे समझाता क्यों नहीं है ? उधर बेला उन सबसे दु:खी है। सभी उसका मजाक उड़ाती हैं। उसे लगता है कि वह परायों में आ गई है। उसके अनुसार उसे यहाँ कोई अपना दिखाई नहीं देता।

❑❑

UNSOLVED

MODEL SPECIMEN PAPER–3

SECTION–A

Question 1.

Write a short composition in Hindi of approximately 250 words on any one of the following topics :

निम्नलिखित विषयों में से किसी एक विषय पर हिन्दी में लगभग 250 शब्दों में संक्षिप्त लेख लिखिए—

(i) किसी चुनाव-स्थल के दृश्य का वर्णन कीजिए।

(ii) बाल-दिवस के उपलक्ष्य में अपने विद्यालय में आयोजित कार्यक्रम का वर्णन कीजिए।

(iii) खेल जो आपको सर्वाधिक प्रिय है उसका वर्णन करिये।

(iv) एक कहानी लिखिए जिसका आधार निम्नलिखित लोकोक्ति हो :

''प्रत्येक चमकने वाली चीज सोना नहीं होती।''

(v) नीचे दिये गए चित्र को ध्यानपूर्वक देखिए। चित्र को देखकर इससे सम्बन्धित जो विचार आपके मन में उठे हैं उन्हें अपने शब्दों में लिखिए।

Question 2.

Write a letter in Hindi in approximately 120 words on any one of the following topics :

निम्नलिखित में से किसी एक विषय पर हिन्दी में लगभग 120 शब्दों में पत्र लिखिए :

(i) भारत की प्रगति का वर्णन करते हुए अपने विदेश में रह रहे मित्र को पत्र लिखिए।

(ii) अपने छोटे भाई को पत्र लिखकर विद्यालय में अनुशासन की आवश्यकता समझाइए।

Question 3.

Read the passage given below and answer in Hindi the questions that follow using your own language as far as possible :

नीचे लिखे गद्यांश को ध्यान से पढ़िए और उसके नीचे लिखे प्रश्नों के उत्तर हिन्दी में लिखिए। उत्तर आपके अपने शब्दों में होने चाहिए।

उन दिनों महात्मा गाँधी उड़ीसा का दौरा कर रहे थे। हरिजन कल्याण व राष्ट्रीय आन्दोलन के लिए वे गाँव-गाँव, नगर-नगर घूमकर चन्दा एकत्रित कर रहे थे। आम सभाओं में उनके भाषण भी हुआ करते थे। लोग उनका भाषण सुनने के लिए दूर-दूर से आते थे। अपने प्रिय नेता की मधुर और राष्ट्रीय वाणी सुनने के लिए शिक्षित ही नहीं, अशिक्षित भी आतुर रहते थे।

एक शाम कटक से कुछ दूर एक गाँव में उनके भाषण का आयोजन था। सभी आँखें बिछाए बैठे थे। गाँधी जी के आगमन पर सब शान्त होकर बैठ गए। गाँधी जी का भाषण हिन्दी में हो रहा था, लेकिन वे लोग तो हिन्दी नहीं जानते थे। इसलिए एक व्यक्ति उनके भाषण का

अनुवाद करके उन सभी को समझा रहा था। भाषण समाप्त होने पर गाँधी जी ने कहा, ''लो भाइयों, भाषण तो खत्म हुआ, अब कुछ लेन-देन की बातें करते हैं। आप लोगों को तो मालूम ही होगा कि मैं मुफ्त में भाषण नहीं देता। भाषण के बदले हरिजन-फंड के लिए कुछ रकम भी माँगता हूँ, तो आप लोग अब मेरी झोली में अपना-अपना हिस्सा डाल दीजिए।''

लोग तो जानते ही थे कि भाषण के अंत में बापू अपनी झोली फैलाकर हरिजन-फंड और राष्ट्रीय आन्दोलन के लिए चंदा जमा करते हैं। इसलिए सभी लोग पहले से ही तैयार होकर आए थे। सभी ने उनकी झोली में रुपये-पैसे डालने शुरू किए और देखते ही देखते झोली रुपये-पैसों से भर गई।

तभी एक छोटा-सा बालक हाथ में एक तरबूज लिए मंच पर आया और बापू के पास आकर बोला, ''महात्मा जी मेरे पास पैसे तो नहीं हैं, लेकिन यह तरबूज ले सकेंगे क्या ?'' आयोजकों ने बालक को हटाने की कोशिश की, तो बापू ने उन्हें रोक दिया और बालक से पूछा, '' यह तरबूज तुम कहाँ से लाए हो ?''

''अपने घर से लाया हूँ।'' बालक ने कहा।

बापू ने फिर पूछा, ''तुम्हारे घर पर यह कहाँ से आया ?''

बालक ने सहमते हुए कहा, मेरे घर के छप्पर पर तरबूज की बेल फैली हुई है। आज यह एक ही फल वहाँ मिला।''

बापू ने पूछा ''अगर आज मैं तुम्हारे गाँव में न आता तो तुम इस फल का क्या करते ?''

''मेरी माँ इसकी सब्जी बनाती और हम भाई-बहन खाते।''

''तो अब क्या खाओगे ? भूखे रहोगे तो इसे वापस ले जाओ।''

''रोज कुछ न कुछ खाते हैं, आज बिना खाए ही रह जाएँगे। पर आप तो रोज हमारे गाँव में नहीं आते हैं, आज आए हैं, पता नहीं फिर कब आएँगे। सभी ने कुछ न कुछ दिया है, मेरे पास देने के लिए यही है, आप इसे ले लीजिए।'' बालक की बात सुनकर बापू की आँखे भर आईं। उन्होंने वह तरबूज सभी लोगों को दिखाते हुए कहा, ''देखा आप लोगों ने, यह अनपढ़ अबोध बालक भी त्याग और कुछ देने की भावना रखता है। ऐसे लोगों की भावना से ही भारतीय संस्कृति का निर्माण हुआ है।''

(i) महात्मा गाँधी के दौरे का क्या उद्देश्य था ?

(ii) गाँधीजी ने अपने भाषण के अंत में क्या कहा ?

(iii) बालक ने बापू से क्या अनुरोध किया ? आयोजकों ने बालक को हटाने की कोशिश क्यों की ?

(iv) गाँधीजी की आँखों में आँसू क्यों आए ?

(v) कहानी आपको क्या शिक्षा देती है ?

Question 4.

Answer the following according to the instructions given :

निम्नलिखित प्रश्नों के उत्तर निर्देशानुसार लिखिए—

(i) निम्नलिखित शब्दों में से दो के अर्थ लिखिए :
सदाचार, दुर्गुण, आध्यात्मिक, नीति।

(ii) निम्नलिखित शब्दों के विपरीतार्थक शब्द लिखिए :
नास्तिक, धार्मिक, घृणा, झूठ।

(iii) निम्नलिखित मुहावरों में से किन्हीं दो के वाक्य बनाइए—
आँखों पर पर्दा डालना, घर का दीपक, अंकुर फूटना, आँखें खुलना।

(iv) कोष्ठक में दिए गए शब्दों के उपयुक्त रूपों से रिक्त स्थानों की पूर्ति कीजिए :

(a) वर्षों से ....धर्म का .... समाप्त हो गया। (पोषण, विश्वास)

(b) लोग .... दरवाजा तोड़कर सिनेमाघर में घुस गए। (बल)

(c) आप .... की बात करते हैं, क्या यह उचित है ? (समान)

SECTION–B

साहित्य सागर (गद्य)

Question 5.

Read the extract given below and answer in Hindi the questions that follow :

निम्नलिखित गद्यांश को पढ़िए और उसके नीचे लिखे प्रश्नों के उत्तर हिन्दी में लिखिए:

''मेरे कई भाई-बहन हैं, सो भाग आया। वहाँ काम नहीं, रोटी नहीं। बाप भूखा रहता था और माँ भूखी रहती थी, सो भाग आया। एक साथी और था। उसी गाँव का था, मुझसे बड़ा। दोनों साथ यहाँ आये। वह अब नहीं है।''

—'अपना-अपना भाग्य'—

लेखक—जैनेन्द्र कुमार

(i) यह कथन किसका है और किससे कहा गया है ?

(ii) वह कहाँ का रहने वाला था और यहाँ क्यों आया ?

(iii) क्या उसने यहाँ आकर कहीं काम किया था ?

(iv) उसके साथी का क्या हुआ होगा अपने अनुमान से बताइए ?

Question 6.

Read the extract given below and answer in Hindi the questions that follow :

निम्नलिखित गद्यांश को पढ़िए और उसके नीचे लिखे प्रश्नों के उत्तर हिन्दी में लिखिए:

''ठाकुर साहब के दो बेटे थे। बड़े का नाम श्रीकंठसिंह था। उसने बहुत दिनों के परिश्रम और उद्योग के बाद बी. ए. की डिग्री प्राप्त की थी। अब एक दफ्तर में नौकर था।''

—'बड़े घर की बेटी'—

लेखक—प्रेमचन्द

(i) ठाकुर साहब का परिचय दीजिए।

(ii) दूसरे लड़के के बारे में बताइये।

(iii) श्रीकंठसिंह के पास बी. ए. की डिग्री होने के बाद भी उन्हें किसमें रुचि न थी ?

(iv) गाँव की स्त्रियाँ उनकी निन्दक क्यों थीं ?

Question 7.

Read the extract given below and answer in Hindi the questions that follow :

निम्नलिखित गद्यांश को पढ़िए और उसके नीचे लिखे प्रश्नों के उत्तर हिन्दी में लिखिए:

''रामनिहाल अपना बिखरा हुआ सामान बाँधने में लगा। जंगले में धूप आकर उसके छोटे-से शीशे पर पड़ रही थी। अपना उज्ज्वल आलोक-खण्ड, वह छोटा-सा दर्पण बुद्ध की सुन्दर प्रतिमा को अर्पण कर रहा था, किन्तु प्रतिमा ध्यानमग्न थी।''

—'संदेह'—

लेखक—जयशंकर प्रसाद

(i) रामनिहाल अपना सामान क्यों बाँध रहा था ?

(ii) उसके हाथों में क्या था ? उसे वह कहाँ रखना चाहता था ?

(iii) उसने कौन-सा लिफाफा खोला तथा उसमें क्या था ?

(iv) कमरे का कैसा दृश्य था ?

साहित्य सागर (पद्य)

Question 8.

Read the extract given below and answer in Hindi the questions that follow :

निम्नलिखित पद्यांश को पढ़िए और उसके नीचे लिखे प्रश्नों के उत्तर हिन्दी में लिखिए:

''पानी बाढ़ै नाव में, घर में बाढ़ै दाम
दोऊ हाथ उलीचिए, यही सयानो काम।।
यही सयानो काम, राम को सुमिरन कीजै।
पर-स्वारथ के काज, शीश आगे धर दीजै।।''

—'कुंडलियाँ'—

कवि—गिरधर कविराय

(i) घर में दाम बढ़ जाने से क्या करना चाहिए ?

(ii) राम के सुमिरन को सयाना काम क्यों बताया है ?

(iii) पर-स्वारथ का अर्थ क्या है ? इससे क्या होता है ?

(iv) उपर्युक्त पंक्तियों का भावार्थ लिखिए।

Question 9.

Read the extract given below and answer in Hindi the questions that follow :

निम्नलिखित पद्यांश को पढ़िए और उसके नीचे लिखे प्रश्नों के उत्तर हिन्दी में लिखिए:

''क्षितिज अटारी गहराई दामिनी दमकी,
क्षमा करो गाँठ खुल गई अब भरम की।
बाँध टूटा झर-झर मिलन के अश्रु ढरके।
मेघ आये बड़े बन-ठन के सँवर के।।''

—'मेघ आये'—
कवि—सर्वेश्वर दयाल सक्सेना

(i) पहली पंक्ति का अर्थ समझाकर लिखिए।
(ii) मेघों के बन-ठन-सँवर के आने पर वातावरण कैसा हो गया है ?
(iii) किन-किन को वर्षा ऋतु अच्छी लगती है ?
(iv) तीसरी पंक्ति का अर्थ लिखिए ?

Question 10.

Read the extract given below and answer in Hindi the questions that follow :

निम्नलिखित पद्यांश को पढ़िए और उसके नीचे लिखे प्रश्नों के उत्तर हिन्दी में लिखिए:

''कबहुँ पलक हरि मूँदि लेत हैं, कबहुँ अधर फरकावै।
सोवत जानि मौन है के रहि, करि-करि सैन बतावै।
इहिं अंतर अकुलाइ उठे हरि, जसुमति मधुरै गावै।
जो सुख 'सूर' अमर मुनि दुरलभ, सो नँद भामिनी पावै।।''

—'सूर के पद'—
कवि—सूरदास

(i) सूरदासजी ने अपनी रचनाओं में किसका वर्णन किया है ?
(ii) इन पंक्तियों में बालकृष्ण की किस लीला का वर्णन है ?
(iii) जब कृष्ण अकुलाकर उठ जाते हैं तो यशोदा जी क्या करती हैं और क्यों ?
(iv) अन्तिम पंक्ति का अर्थ समझाकर लिखिए ?

नया रास्ता

Question 11.

Read the extract given below and answer in Hindi the questions that follow :

निम्नलिखित गद्यांश को पढ़िए और उसके नीचे लिखे प्रश्नों के उत्तर हिन्दी में लिखिए:

''वह समझ नहीं पा रही थी कि हमारे समाज में स्त्री और पुरुष में इतना भेद क्यों ? यदि कोई लड़का अकेला रहता है तो समाज उस पर अंगुलियाँ नहीं उठाता, चाहे वह कितना ही अपराध क्यों न करता हो। परन्तु एक लड़की, चाहे वह कितनी ही संयमशील जीवन व्यतीत करती हो, फिर भी समाज उस पर दोषारोपण करता है।''

(i) किसकी बातें सुनकर वक्ता इतनी परेशान है ?
(ii) समाज में स्त्री और पुरुष में इतना भेद क्यों है ?
(iii) लड़की के जीवन में इतनी कठिनाइयाँ क्यों आती हैं ?
(iv) इन पंक्तियों का भाव स्पष्ट कीजिए ?

Question 12.

Read the extract given below and answer in Hindi the questions that follow :

निम्नलिखित गद्यांश को पढ़िए और उसके नीचे लिखे प्रश्नों के उत्तर हिन्दी में लिखिए:

''मीनू दुल्हन बनी, उसकी डोली सजी और अपने पिया संग ससुराल को चल दी। मीनू को पा लेने पर अमित भी अब अपने को भाग्यशाली अनुभव कर रहा था।''

(i) मीनू दुल्हन कब बनी ?
(ii) मीनू के दुल्हन बनने के पीछे कितनी मेहनत और धैर्य था ?
(iii) अमित कौन है ?
(iv) अमित अपने को भाग्यशाली क्यों मान रहा है ?

Question 13.

Read the extract given below and answer in Hindi the questions that follow :

निम्नलिखित गद्यांश को पढ़िए और उसके नीचे लिखे प्रश्नों के उत्तर हिन्दी में लिखिए:

''दुल्हन के रूप में सजी मीनू आज साधारण पढ़ी मीनू नहीं, वरन् एक प्रसिद्ध वकील मीनू थी, जिसने आत्मविश्वास और लगन से विशेष ख्याति प्राप्त कर ली थी।

आज वह अपनी उस मंजिल तक पहुँच चुकी थी, जिसकी उसे तलाश थी।''

(i) 'आज मीनू का सपना पूरा हो गया' स्पष्ट कीजिए ?

(ii) क्या वकील बनना ही मीनू की मंजिल थी ?

(iii) सामाजिक बंधन से क्या मीनू मुक्त हो सकी ?

(iv) 'विशेष ख्याति' से क्या तात्पर्य है ?

एकांकी संचय

Question 14.

Read the extract given below and answer in Hindi the questions that follow :

निम्नलिखित गद्यांश को पढ़िए और उसके नीचे लिखे प्रश्नों के उत्तर हिन्दी में लिखिए:

(ठण्डी साँस लेकर) ''कह नहीं सकता संजय किसके पापों का परिणाम है, किसकी भूल थी जिसका भीषण विषफल हमें मिला। ओह ! क्या पुत्र मोह अपराध है, पाप है ? क्या मैंने कभी भी······कभी भी······।''

—'महाभारत की एक साँझ'—
लेखक—भारतभूषण अग्रवाल

(i) यह संवाद किसने किससे कहा है ? क्या इस संवाद में वक्ता का दु:ख प्रकट होता है ?

(ii) वक्ता क्या जानना चाहता है ?

(iii) पुत्र मोह कब अपराध बन जाता है ?

(iv) यह किस समय का वर्णन है ?

Question 15.

Read the extract given below and answer in Hindi the questions that follow :

निम्नलिखित गद्यांश को पढ़िए और उसके नीचे लिखे प्रश्नों के उत्तर हिन्दी में लिखिए:

''किन्तु यही बात मैं तुम्हारे लिए कह सकता हूँ युधिष्ठिर ! क्योंकि अर्त्यामी जानते हैं कि मैंने कोई बुरा आचरण नहीं करना चाहा। मैंने एकमात्र अपनी रक्षा की।''

—'महाभारत की एक साँझ'—
लेखक—भारतभूषण अग्रवाल

(i) यहाँ वक्ता कौन है ? वह युधिष्ठिर से क्या कह रहा है ?

(ii) उसे युद्ध क्यों करना पड़ा ?

(iii) अभिमन्यु के वध को भी वह उचित बताता है। कैसे ?

(iv) उसको किसने घायल करके जमीन पर गिराकर छोड़ दिया है और कैसे ?

Question 16.

Read the extract given below and answer in Hindi the questions that follow :

निम्नलिखित गद्यांश को पढ़िए और उसके नीचे लिखे प्रश्नों के उत्तर हिन्दी में लिखिए:

''कंकण बंधन रण चढ़ण, पुत्र बधाई चाव।
तीन दिहाड़ा त्याग रा, काँई रंक काँई राव।
काँई रंक काँई राव
काँई रंक काँई राव।''

—'दीपदान'—
लेखक—डॉ. रामकुमार वर्मा

(i) यह गीत कहाँ पर गाया जा रहा है ? इसे कौन गा रहा है ?

(ii) कुँवर उदयसिंह को किससे भय था ?

(iii) 'दीपदान' क्या है ? यह उत्सव किसने और क्यों करवाया था ?

(iv) उदयसिंह के प्राण किसने बचाये और कैसे ?

❑❑

MODEL SPECIMEN PAPER–4

SECTION–A

Question 1.

Write a short composition in Hindi of approximately 250 words on any one of the following topics :

निम्नलिखित विषयों में से किसी एक विषय पर हिन्दी में लगभग 250 शब्दों में संक्षिप्त लेख लिखिए—

(i) स्वावलम्बन सफलता की कुंजी है।

(ii) पुस्तकालय

(iii) हिंसा का बढ़ता हुआ दबाब

(iv) एक कहानी लिखिए जिसका आधार निम्नलिखित उक्ति हो—'सत्य ही जीवन का आधार है।'

(v) आगे दिए गए चित्र को ध्यान से देखिए। इस चित्र को आधार बनाकर यथोचित वर्णन कीजिए। आपने जो लिखा है उसका विषय या तो चित्र हो या आपने इस चित्र को रूपरेखा की तरह प्रयोग किया हो, परन्तु जो कुछ भी आपने लिखा हो उसका स्पष्ट तथा सीधा सम्बन्ध चित्र से ही हो।

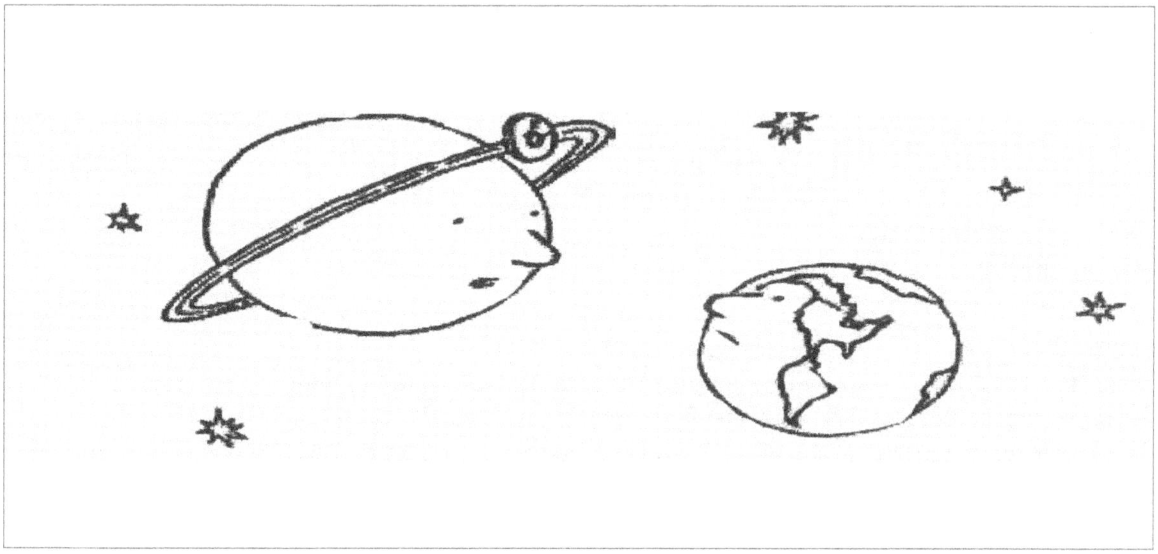

उत्तर—

(i) स्वावलम्बन सफलता की कुंजी है

स्वावलम्बन शब्द का अर्थ है—'स्व + अवलम्बन' अर्थात् अपने सहारे से ही अपना कार्य करना। दूसरे शब्दों में हम इसे आत्मनिर्भरता कह सकते हैं। भौतिक आवश्यकताओं के लिए और उनको पूरा करने के लिए मनुष्य को प्रयास करना पड़ता है। बचपन में और छात्रावस्था तक की आवश्यकताओं को माता-पिता पूरा करते हैं। उसके बाद की आवश्यकताओं के लिए उसे स्वयं प्रयास करना पड़ता है। व्यक्ति जब सफलता के लिये स्वयं प्रयत्नशील हो जाता है तो सफलता उसके कदम चूमती है।

वस्तुत: जीवन में सफलता पाने के लिए सबसे आवश्यक और सर्वप्रमुख स्वावलम्बन ही है। जिस व्यक्ति में आत्मनिर्भरता की भावना होती है, वही सब कार्य सफलता से कर पाता है, परन्तु जो व्यक्ति आत्मनिर्भर नहीं होता या दूसरे शब्दों में परावलम्बी होता है, वह कभी सफल नहीं हो पाता क्योंकि वह सफलता रूपी फल को तोड़ने के लिए स्वयं प्रयत्नशील नहीं होता। कर्त्तव्य मार्ग में आने वाली विघ्न बाधाओं का साहस स्वावलम्बी व्यक्ति में ही होता है। उसी में दृढ़ इच्छा शक्ति और आत्मविश्वास की भावना होती है। जो व्यक्ति स्वावलम्बी बनकर अपना काम स्वयं करते हैं, इच्छा शक्ति उन्हीं में जागरूक होती है, परन्तु जो अपने कार्य को दूसरों से करवाते हैं उनमें इच्छा शक्ति और आत्मशक्ति की कमी होती है। ज्ञान, विज्ञान, कला-कौशल, व्यापार, राजनीति, नौकरी आदि सभी क्षेत्रों में वे ही व्यक्ति आगे बढ़ पाते हैं जो स्वावलम्बी होते हैं। स्वावलम्बियों के लिये जीवन में कुछ भी असम्भव नहीं है। स्व. लाल बहादुर शास्त्री के पास पैसे न होते तो तैरकर नदी पार करते और स्कूल जाते, परन्तु किसी का अहसान लेना या दूसरे पर निर्भर रहना उन्हें अच्छा न लगता था। साधारण-सा यह गरीब बालक आगे चलकर अपने स्वावलम्बन, परिश्रम और लगन के कारण भारत का प्रधानमन्त्री होने का गौरव प्राप्त कर सका। श्री लाल बहादुर शास्त्री का नाम उनकी सरलता और स्वावलम्बन के कारण सम्पूर्ण विश्व में अमर हो गया।

इसी प्रकार एक साधारण सैनिक से जीवन आरम्भ कर एक दिन फ्रांस का सर्वेसर्वा बनने वाले नैपोलियन ने कहा था कि 'असम्भव' शब्द मूर्खों के शब्दकोश में ही होता है। संसार में धन, विद्या, मान, गौरव आदि की प्राप्ति स्वावलम्बी ही कर सकता है। सूर्य अपने प्रकाश से ही अन्धकार को दूर करता है और सबको गर्मी देता है, वह इसके लिए किसी और का सहारा नहीं लेता। वह अपनी सामर्थ्य से ही सब काम

करता है। चन्द्रमा अपने प्रकाश के लिये सूर्य पर निर्भर करता है, इसलिए सदा घटता-बढ़ता रहता है, सफलता रूपी मोती उसी को प्राप्त होते हैं जो स्वावलम्बी है और कर्मरूपी समुद्र में डुबकी लगाता है। कहा भी है—

जिन ढूँढ़ा तिन पाइयाँ गहरे पानी पैठ।

मैं बपुरी डूबन डरी, रही किनारे बैठ।।

जो व्यक्ति अपने काम के लिए दूसरों पर निर्भर रहते हैं, वे जीवन में कभी सफल नहीं होते हैं। ऐसे व्यक्ति जो अन्य का आश्रय लेते हैं वे परावलम्बी कहलाते हैं। परावलम्बी व्यक्ति में स्वयं कार्य करने की शक्ति शेष नहीं रह जाती। वह अपने को सब प्रकार से अयोग्य समझकर प्रतिक्षण दूसरों का ही मुँह ताकता है। इस कारण वह जीवन की दौड़ में पिछड़ जाता है। नगरों में आधे घण्टे के मार्ग को तय करने के लिए लोग अधिक देर तक बस की प्रतीक्षा में खड़े रहते हैं। परावलम्बन आलस्य का ही दूसरा रूप है और आलस्य शरीर का सबसे बड़ा शत्रु है। ''आलस्योहि मनुष्याणां शरीरस्थो महान रिपु:।'' आज हमें विद्या, विज्ञान, शिल्प, कला-कौशल में जितने उन्नत राष्ट्र दिखाई देते हैं, यह उनके स्वावलम्बन या आत्मनिर्भरता का ही परिणाम है। सब जानते हैं कि द्वितीय विश्वयुद्ध में जापान जर्जर हो गया था, परन्तु आज वह राष्ट्र वहाँ के लोगों के स्वावलम्बन और कठिन परिश्रम के कारण विश्व का उन्नत राष्ट्र बन गया है।

संसार में जितने भी महापुरुष हुए हैं वे सब स्वावलम्बन के कारण ही महान् बने। शिवाजी एक साधारण पिता के पुत्र होकर भी स्वावलम्बन के कारण मराठा राज्य की नींव डालने वाले बने। अमेरिका के सोलहवें राष्ट्रपति अब्राहम लिंकन साधारण बढ़ई से स्वावलम्बन के गुण के कारण उस उच्च पद को प्राप्त कर सके। महात्मा गाँधी जी अपने इसी स्वावलम्बन के गुण के कारण भारत को स्वाधीन कराने में सफल हुए। 'अपना हाथ जगन्नाथ' लोकोक्ति इसी गुण के महत्त्व को स्पष्ट करती है। अत: प्रत्येक व्यक्ति को स्वावलम्बी होना चाहिए।

(ii) पुस्तकालय

पुस्तकालय ज्ञान-वृद्धि का प्रमुख साधन है। इसकी उपयोगिता का प्राचीनकाल से ही अनुभव किया जा रहा है। प्राचीन भारत के नालन्दा और तक्षशिला विश्वविद्यालयों के पुस्तकालय विश्व के प्रमुख पुस्तकालयों में से थे। इसके उपरान्त विदेशी शासनकाल में पुस्तकालयों की ओर विशेष ध्यान न दिया गया। स्वतन्त्र भारत में पुस्तकालयों के विकास की ओर पुन: ध्यान आकर्षित किया जा रहा है। मनुष्य के लिए हर प्रकार की पुस्तक खरीद पर पढ़ना सम्भव नहीं है। पुस्तकालय मनुष्य की इस समस्या को बड़ी सरलता से हल कर देता है। प्रति मास या वर्ष के लिये साधारण शुल्क देकर हम पुस्तकालय के इस अनोखे स्वर्ग में प्रवेश पा सकते हैं। विश्व में साहित्य कला, विज्ञान, तर्क, नीति आदि के ज्ञान का जो विशाल भंडार भरा पड़ा है, उसका ज्ञान पुस्तकालय में ही हो सकता है। अच्छे पुस्तकालय की सबसे बड़ी विशेषता यह है कि यहाँ किसी भी विषय पर पूर्ण या अधिक से अधिक सामग्री प्राप्त हो सकती है। पुस्तकालय तीन प्रकार के होते हैं—

(i) व्यक्तिगत,

(ii) शिक्षण संस्थाओं के,

(iii) सार्वजनिक पुस्तकालय।

सभी पुस्तकालयों में सर्वसाधारण के अध्ययन के लिए पुस्तकों का संग्रह होता है। उससे जनता लाभ उठाती है। शिक्षण संस्थाओं के पुस्तकालयों में छात्रों की पढ़ाई के स्तर और आयु के अनुसार पुस्तकों का चयन किया जाता है। छोटे बच्चों के लिये बाल्य साहित्य की अधिकता होती है। बड़े छात्रों के लिए कला, विज्ञान तथा साहित्य की रुचि बढ़ाने वाली पुस्तकों का संग्रह होता है। कॉलेज के पुस्तकालयों में भिन्न-भिन्न विषयों पर प्रसिद्ध लेखकों की गहन अध्ययन की पुस्तकों की अधिकता होती है। सार्वजनिक पुस्तकालयों में धार्मिक, राजनीतिक तथा औद्योगिक विकास के साहित्य की प्रमुखता होती है।

समय के सदुपयोग के लिये पुस्तकालय से बढ़कर कोई अन्य उत्तम स्थान नहीं है। समय यों ही बेकार न बिताकर अच्छे साहित्य का अध्ययन करना चाहिए। दैनिक, साप्ताहिक या मासिक पत्रिकाओं को पढ़ने से सामान्य ज्ञान का विकास होता है। कथा-कहानी, उपन्यास, नाटक आदि की पुस्तकें मनुष्य बड़े चाव से पढ़ता है। बौद्धिक विकास में पुस्तकालय का योगदान सबसे अधिक है। चलते-फिरते पुस्तकालय ग्राम सुधार में बड़े उपयोगी सिद्ध हो रहे हैं। पुस्तकालयों में ज्ञान-विज्ञान सम्बन्धी नई-नई पुस्तकों का समावेश होते रहना चाहिए। कुछ पुस्तकालयों में पुस्तकों का रख-रखाव ठीक से नहीं होता। किताबें पुरानी हैं तथा दीमक बहुत-सी किताबों को खा जाती है। व्यवस्थापकों को पुस्तकालय को पूर्ण सावधानी से रखना चाहिए।

अन्य देशों की तुलना में हमारे देश के पुस्तकालय संख्या में कम हैं और बहुत छोटे हैं। व्यक्ति, समाज और देश की प्रगति में पुस्तकालय बहुत सहायक हो सकते हैं। प्राय: सभी पुस्तकालयों में वाचनालय भी होते हैं। इन वाचनालयों में दैनिक समाचार पत्रों के अतिरिक्त साप्ताहिक, पाक्षिक तथा मासिक पत्रिकाएँ भी आती हैं। इनमें सरकारी तथा गैर-सरकारी सभी प्रकार के विषयों की चर्चा होती है। स्वतन्त्रता प्राप्ति के पश्चात् ग्रामीण क्षेत्रों में भी पुस्तकालयों की स्थापना की गई। इन पुस्तकालयों में किसानोपयोगी विषयों, कृषि के ढंग, उत्तम बीज व खाद की पहचान व उपलब्धि के साधन, तकनीकी कृषि, फसलों के रोगों और कीटाणुओं से बचाने के उपायों को प्रकाशित किया जाता है। देखा जाये तो पुस्तकालय ज्ञान वृद्धि का प्रमुख साधन है।

(iii) हिंसा का बढ़ता हुआ दबाब

विश्व में जिस प्रकार हिंसा बढ़ती हुई दिखाई दे रही है, यह अति चिन्तनीय विषय है। गाँधी जी के शान्तिप्रिय देश में भी चारों ओर हिंसा का ही बोलवाला दिखाई दे रहा है। अखबार देखिए या टी. वी. हिंसा की खबरें ही दिखाई देती हैं। महात्मा गाँधी ने अहिंसा का जो मंत्र दिया था, वह माना फीका पड़ता जा रहा है। जब कोई व्यक्ति या समूह हिंसा करके अपने स्वार्थ को सिद्ध करता है तो उसे दहशतगर्दी कहिए या आतंकवाद। इस समाचार ने तो स्थिति की हद ही कर दी कि एक आठवीं कक्षा के छात्र ने दूसरे आठवीं के छात्र को ही अपने पिता की लाइसेंसी रिवाल्बर से गोली मार दी। इस प्रकार के अपराधी अपराध जगत में प्रवेश कर रहे हैं। इन्हें किसी प्रकार रोकना होगा। हिंसा के दौर से आज सभी देश गुजर रहे हैं। उन सिरफिरे लोगों को कौन समझाए कि दहशत फैलाने के लिए हिंसा करने से उनका भी कोई भला होने वाला नहीं है कबीरदास जी ने कितने सुन्दर ढंग से अहिंसा की भावना को समझाया है—

''जो तोकूँ काँटा बुबै, ताहि बोइ तू फल।
तोकूँ फूल के फूल हैं, बाको हैं तिरसूल ॥''

जब पूरा-का-पूरा समूह या देश आतंक के रास्ते को अपना लेता है तो वह क्षेत्र आतंकवाद से ग्रसित क्षेत्र कहलाता है। युद्ध हिंसा या आतंकवाद में मारे गए शहीदों की विधवाओं को विश्वास ही नहीं होता कि उनका पति शहीद हो गया है। वे जब कभी हृदय की पीड़ा को व्यक्त करते हुए गुनगुना उठती हैं—

''लौट आओ माँग के सिन्दूर की सौगन्ध तुमको
नयन का सावन निमन्त्रण दे रहा है।''

कितना दर्द भरा है इन पंक्तियों में, यह उससे पूछो जिसका सुहाग बेवजह हिंसा की भेंट चढ़ गया है।

युद्ध या आतंकवाद का कल्पनातीत नर-संहार, कितनी माताओं के इकलौते लाड़लों की, कितनी प्रेयसियों के जीवनधारों को, कितनी सधवओं के सौभाग्य बिन्दुओं को, कितनी बहिनों की राखियों को अपने क्रूर हाथों से एक साथ ही छीन लेता है। यह विचार भी नहीं किया जा सकता कि कितने बच्चे अनाथ होकर दर-दर की ठोकरें खाने लगते हैं, कितनी विधवाएँ अपने जीवन को सारहीन समझकर आत्महत्या कर लेती हैं, कितने परिवारों का दीपक सदा के लिए बुझ जाता है, कितने पिता अपने पुत्र को याद करते-करते अपना प्राणोत्सर्ग कर लेते हैं, कौन जाने ? असंख्य पुरुषों का संहार, नारियों के अवशेष जीवन में चरित्रहीनता ला देता है। पुरुषों के अभाव में देश का उत्पादन बन्द हो जाता है, वृद्ध रह जाते हैं जो न खेती कर सकते हैं और न कल-कारखानों में काम। देश के कलाकार, शिल्पकार, वीर, विशेषज्ञ, चिकित्सक सभी समय पड़ने पर आपातकालीन स्थिति में युद्ध में बुला लिये जाते हैं। परिणाम यह होता है कि युद्ध के बाद न कोई किसी कला का दक्ष बच पाता है और न ही वीर।

भारत मूलत: शान्तिप्रिय देश है। यहाँ की धरती ने बुद्ध, महावीर, महात्मा गाँधी जैसे अहिंसा के जनक पैदा किए हैं। हिंसा या आतंक की प्रवृत्ति यहाँ की भूमि से मेल नहीं खाती। परन्तु दुर्भाग्य से पिछले दो तीन दशकों से भारतवर्ष हिंसा और आतंक की लपेट में आता जा रहा है। सन् 1967 में बंगाल में नक्सलवाद का उदय हुआ। नक्सलवादी आन्दोलन में हुई खूनी हिंसा से आतंक ने जड़ें जमाना प्रारम्भ कर दिया। 1974 तक नक्सलवाद ने देश में भयंकर कहर बरसाया। फिर सन् 1981 से 1991 तक पंजाब प्रान्त आतंक की काली छाया से घिरा रहा। पंजाब के पश्चात् भारत का दूसरा ज्वलंत प्रान्त है—जम्मू-कश्मीर। वहाँ कुछ आतंकी गुट हिंसा फैलाने में सक्रिय हैं। सरकार के अथक प्रयास के बाद भी हिंसा में कुछ कमी अवश्य आई है लेकिन पूर्णरूप से रुकने का नाम नहीं ले रही।

आज आतंकवाद हमारे राष्ट्र के अलावा पूरे विश्व में अपना जाल फैला चुका है। ओसामा बिन लादेन ने अफगानिस्तान की भूमि पर रहकर अमेरिका के दो बहुमंजिले टावरों को दो विमानों को टकरा कर भूमिसात कर दिया था। धार्मिक कट्टरता भी हिंसा को फैला रही है। क्षेत्रवाद और राजनीतिक स्वार्थ उस प्रकार की हिंसा रूपी अग्नि को हवा दे रहे हैं। आतंकवाद की हठधर्मिता ने ही हमारे प्रिय नेता श्रीमती इन्दिरा गाँधी एवं श्री राजीव गाँधी को निगल लिया।

हिंसा और आतंक की समस्या मनुष्य के द्वारा ही उत्पन्न की गई हैं। अत: मनुष्य ही अपनी उदारता एवं प्रेम से इसका निराकरण करेगा। जिस दिन अमेरिका की तरह अन्य देश दृढ़ संकल्प कर लेंगे और आतंक को मिटाने को जीने-मरने का प्रश्न बना लेंगे, उस दिन धरती आतंक और हिंसा से रहित हो जाएगी। सौभाग्य से आज पाकिस्तान और भारत की जनता आपस में स्नेह से रहने की इच्छा प्रकट कर रही है , इसलिए एक आशा की ज्योति दिखाई दे रही है। यदि इसी तरह शान्ति के प्रयास चलते रहें तो आतंक और हिंसा से जन-समुदाय को मुक्ति मिल सकती है।

(iv) सत्य ही जीवन का आधार है

मानव-जीवन का आधार सत्य ही है। जीवन कभी भी असत्य की राह पर चलकर सफल नहीं हो सकता और न ही सुख से व्यतीत हो सकता है। राजा हरिश्चन्द्र ने सत्य का साथ नहीं छोड़ा चाहे उनका पूरा राजपाट चला गया और पत्नी और लड़के को भी बेचना पड़ा। एक बार गाँधीजी ने बचपन में 'सत्यवादी हरिश्चन्द्र' नामक नाटक देखा। उनके कोमल हृदय पर इसका इतना प्रभाव पड़ा कि उन्होंने सत्य को अपना लिया और जीवनभर सत्य का पालन किया। बड़े-बड़े महापुरुषों ने भी सत्य को अपनाकर अपने जीवन को आदर्श बनाया। निम्नलिखित दोहे से प्रकट होता है कि जिसके हृदय में सत्य है, उसी के हृदय में ईश्वर निवास करते हैं—

''साँच बराबर तप नहीं झूठ बराबर पाप।
जाके हृदय साँच है, ताके हृदय आप॥''

लेखक प्रेमचन्द जी ने अपनी एक कहानी में सत्य का महत्त्व प्रतिपादित किया है। एक सच्चा, ईमानदार, करुण हृदय शिक्षित युवक एक बड़े जमींदार के यहाँ नौकरी करने गया। जमींदार विशालसिंह ने उसकी योग्यता को परख कर ऊँची तनख्वाह देकर अपने इलाके का कारिन्दा बना दिया। उस समय जमींदारी का बोलवाला था। किसान जमींदार के नाम से थर-थर काँपते थे, लेकिन पं. दुर्गानाथ का व्यवहार किसानों के साथ बड़ा मधुर था। एक बार जमींदार ने किसानों के खिलाफ अदालत में नालिश दाखिल कर दी कि लगान न देने के कारण किसानों को खेती से बेदखल कर दिया जाय। असलियत में लगान तो किसान दे चुके थे, लेकिन उन्हें रसीद नहीं दी गई थी। अत: जमींदार ने पं. दुर्गानाथ को बुलाकर कहा कि वह न्यायालय में यह गवाही दें कि किसानों ने लगान नहीं दिया है। पं. दुर्गानाथ ने कहा कि यह तो असत्य है। तब जमींदार ने समझाया कि हर जगह सत्य बोलने से काम नहीं चलता। व्यापार में सत्य से निर्वाह नहीं हो सकता। केवल थोड़ा-सा झूठ बोलने से तुम्हारा कुछ बिगड़ नहीं जाएगा। न्यायालय में किसानों की पेशी हुई। पं. दुर्गानाथ के बयान पर ही फैसला होना था। बाकी गवाह तो जमींदार की तरफदारी कर ही रहे थे। अन्त में पं. दुर्गानाथ ने अदालत में सत्य ही कहा कि किसानों ने लगान तो दे दिया है, पर उन्हें रसीद नहीं दी गई है। नालिश खारिज हो गई। दुर्गानाथ नौकरी छोड़कर चुपचाप चले गए। उस समय तो जमींदार को बहुत क्रोध आया था, लेकिन अन्त में उन्होंने सत्य की कीमत को समझा। निम्नलिखित दोहा कितना सटीक है—

''चलोगे सच्चे मन से तुम निर्मल नियमों के अनुसार।
तो अवश्य प्यारे जानोगे सारा जगत-सच्चाई सार॥''

(v) चित्र प्रस्ताव

उक्त चित्र एक कार्टून है जिसमें चन्द्रमा और पृथ्वी का मानवीकरण किया है और चन्द्रमा और पृथ्वी का वार्तालाप दिया गया था। चित्र के नीचे अंग्रेजी में लिखा हुआ है—' Im afraid you have humans' यहाँ पर चन्द्रमा को पृथ्वी पर इन्सान के होने पर अफसोस है। उसके विचार में इन्सान वह जीव है जो एक दिन पृथ्वी को समाप्त कर देगा और स्वयं भी समाप्त हो जाएगा। क्या वास्तव में ऐसा ही है इस पर हमको विचार करना चाहिए। ईश्वर ने पृथ्वी को बड़े ही सुन्दर रूप में मनुष्य को रहने के लिए दिया है। यहाँ के प्राकृतिक दृश्य और बदलते मौसम स्वर्ग से भी सुन्दर हैं। प्रकृति ने अपनी गोद में मानव को खिलाया है। उसे रहने, खाने और पहनने के लिए हर वस्तु प्रदान की है। सुगन्ध और सुन्दरता के लिए पुष्प, खाने के लिए फल और अनाज, पीने के लिए पानी और स्वस्थ रहने के लिए अनुकूल आवोहवा दी है। चन्द्रमा की मनुष्य के प्रति जो आशंका है उस पर पृथ्वी भी थोड़ी-सी चिन्तित है क्योंकि मनुष्य की बेरोक-टोक बढ़ती हुई आबादी ने पृथ्वी के पर्यावरण को प्रदूषित कर दिया है। यह सब वह अपने विनाश के लिए ही कर रहा है। पृथ्वी को उसने देशों मे ंऔर देशों को जमीन के टुकड़ों में बाँट दिया है। मनुष्य का मनुष्य से प्रेम-भाव समाप्त होता जा रहा है। अणु बम बना कर उसने अपने को बारूद के एक ढेर पर बिठाल लिया है। यदि मूर्खतावश विश्व युद्ध हुआ तो शायद ही कोई बचेगा।

बेशक ! उसने विज्ञान का विकास कर अद्‌भुत उन्नति की है। उसने अपने लिए समस्त सुख-साधन जुटाए हैं। भौतिकवाद में वह निरन्तर बढ़ोतरी करता जा रहा है। चन्द्रमा तक का उसका सफर और फिर मंगल की ओर प्रस्थान एक अजूबे की तरह लगता है। उसने सभी सपने साकार करके दिखाए हैं। चन्द्रमा को यह भय हो सकता है कि कहीं मानव आकर मेरे ऊपर भी कब्जा न कर ले। हो सकता है भविष्य में मानव चन्द्रमा को भी अपने रहने लायक बना कर रहने लगे। ईश्वर उसे सद्‌बुद्धि दे कि वह विनाश की तरफ न बढ़कर निर्माण की तरफ ही बढ़े।

Question 2.

Write a letter in Hindi in approximately 120 words on any one of the topics given below :

निम्नलिखित में से किसी एक विषय पर हिन्दी में 120 शब्दों में पत्र लिखिए—

(i) बसें बढ़वाने के लिए समाचार-पत्र के सम्पादक को पत्र लिखिए।

(ii) दिल्ली में प्राप्त सुविधाओं और असुविधाओं का परिचय देते हुए मित्र को पत्र लिखिए।

उत्तर—(i)

सेवा में,
श्रीमान सम्पादक जी,
अमर उजाला, आगरा।

विषय—बसें बढ़वाने हेतु प्रार्थना पत्र।

महोदय,

आपके प्रतिष्ठित समाचार-पत्र द्वारा मैं आगरा परिवहन निगम का ध्यान, आगरा में यातायात के लिए बसों की संख्या में वृद्धि के लिए आकर्षित करना चाहता हूँ।

मेरा यह अनुभव है कि आगरा में प्रत्येक समय (खासकर प्रात: काल) में भीड़ बहुत बढ़ जाती है। कम बसें अधिक यात्री होने के कारण यात्रियों को उनमें स्थान नहीं मिलता। अपने गन्तव्य पर पहुँचने के लिए वे लटककर भी चले जाते हैं जिससे कभी जान से भी हाथ धोने पड़ते हैं। भीड़ में महिलाओं और वृद्धों की दुर्गति भी कम नहीं होती। ऐसी स्थिति में जेबकतरों की भी बन आती है।

इन सभी कठिनाइयों को देखते हुए आपके लोकप्रिय समाचार-पत्र के माध्यम से परिवहन निगम के अधिकारियों को अवगत कराना चाहता हूँ कि वे यथाशीघ्र आगरा में अधिक संख्या में नई बसें चलवाएँ जिससे जन-सामान्य की कठिनाइयाँ कम हों और वे यथासमय अपने गन्तव्य पर पहुँच सकें।

धन्यवाद सहित।

भवदीय,

निखिल बंसल

कमला नगर, आगरा।

दिनांक : 15-5-2007

(ii)

7, मयूर विहार,

नई दिल्ली

दिनांक : 15-05-2007

प्रिय मित्र वैभव,

सादर नमस्कार।

आशा करता हूँ कि तुम कुशलपूर्वक होंगे। मैं यहीं ठीक हूँ। मुझे यह जानकर प्रसन्नता हुई कि तुम छुट्टियों में दिल्ली घूमने मेरे घर आ रहे हो। इसलिए यह मेरा फर्ज है कि मैं तुम्हें अपने शहर दिल्ली में प्राप्त सुविधाओं और असुविधाओं से अवगत कराऊँ।

चूँकि दिल्ली हमारे देश की राजधानी है यहाँ हर प्रकार की, आधुनिकतम सुविधाएँ प्राप्त हैं। यातायात के सुलभ साधन, खरीददारी के लिये अच्छे बाजार और दुकानें, मनोरंजन के लिए नाट्य और छविगृह, भोजन के लिए शानदार होटल इत्यादि। प्राचीन होने के कारण, यहाँ घूमने के लिए अनेक प्राचीन स्थान हैं; जैसे कुतुबमीनार, लाल किला, जामा मस्जिद और बहुत से अन्य स्थल। पर्यटन के लिए उद्यानों की यहाँ कमी नहीं है। दिल्ली में हर वर्ग के लोग रहते हैं। साथ ही यहाँ पर कायदे कानून अत्यन्त कड़े हैं जिससे जीवन नियमित रहता है। बिजली, पानी की यहाँ पर अच्छी सुविधा है।

किन्तु अगर सिक्के का दूसरा पहलू देखा जाए तो बात विपरीत है। सुविधाओं के साथ-साथ यहाँ असुविधाओं की कमी नहीं है। दिल्ली में प्राप्त सुविधाओं की ओर आकर्षित होकर भारत के विभिन्न प्रदेशों के लोग यहाँ आकर बस गए हैं, जिससे यहाँ अत्यधिक भीड़ हो गई है। विभिन्न सुविधाओं के होते हुए भी, यहाँ इनका अभाव ही दीखता है। यातायात के विभिन्न माध्यमों द्वारा फैला हुआ प्रदूषण जीवन को दुखद बना देता है। भीड़ होने के कारण कुछ आवश्यक वस्तुओं के लिए तो कभी-कभी पंक्ति में लगना पड़ता है और इस कारण लोगों को अपने कार्यालयों या छात्रों को विद्यालय से छुट्टी लेनी पड़ती है।

मैं तो यही कहूँगा कि दिल्ली की सुविधाएँ, असुविधाओं को छिपा लेती हैं और फिर अब तो तुम खुद ही देख लेना। यहाँ के कड़वे-मीठे अनुभव तुम्हारा इन्तजार कर रहे हैं।

अंकल-आंटी को नमस्कार।

तुम्हारी प्रतीक्षा में

तुम्हारा मित्र,

निखिल

वैभव अग्रवाल

7, बसंत विहार, आगरा।

Question 3.

Read the following passage carefully and write answer to the questions given below it, in your own words :

निम्नलिखित गद्यांश को पढ़िए और उसके नीचे दिये गए प्रश्नों के उत्तर अपने शब्दों में लिखिये—

यज्ञभूमि अयोध्या से भी सौ गुनी सुन्दर एक विशाल नगरी के रूप में सुसज्जित थी। आज उस नगरी का प्रातः और भी महत्त्वपूर्ण और चमत्कृत हो उठा है। सारे नगर का जन-समाज आज यज्ञ की ही नहीं, अपनी दैनिक दिनचर्या तक की बात भूलकर जहाँ-तहाँ चित्र-लिखित-

सा खड़ा, अपने कानों द्वारा अलौकिक संगीत सुधा का पान कर रहा था; यहाँ तक कि अयोध्यापति भी एकाग्र मन से यज्ञ नहीं कर सके। चारों ओर से उमड़ती हुई जो मधुर संगीत-लहरी बढ़ी चली जा रही थी, सारे समाज की भाँति उनका चित्त भी उसी में डूबने उतराने लगा। पुरोहितगण मंत्र उच्चारण करना भूल गये। रामचन्द्र आहुति का पात्र हाथ में लिए उठ खड़े हुए। कदली पत्र से सुसज्जित वातायन से झाँक कर उन्होंने देखा—साक्षात् कामदेव के अवतार से दो बालक वीणा पर अपना मधुर स्वर झंकृत करते हुए उसी ओर बढ़े चले आ रहे हैं और उनके पीछे-पीछे अपार जन-समुदाय उसी संगीत लहरों में डूबता-उतराता चला आ रहा है।

राजा रामचन्द्र की दृष्टि उन बालकों की छवि का आभास पाकर मुग्ध हो गई। उस छवि में न जाने कैसा आकर्षण था कि उनका हृदय एक बारगी ही उन बालकों की ओर खिंचने-सा लगा। ये यज्ञ जैसे महत्त्वपूर्ण अनुष्ठान को भूलकर उन्हें देखने को खड़े हो गए।

भाई की यह दशा देखकर लक्ष्मण ने समीप आकर उनकी तन्मयता भंग की—''महाराज, कल संध्या-समय यज्ञशाला में महर्षि वाल्मीकि का शुभागमन हुआ है। ये दोनों बालक उनके शिष्य हैं। महर्षि ने एक महाकाव्य की रचना की है। दोनों बालक उसी काव्य को चारों ओर घूम-घूमकर यज्ञ में आए अतिथियों को सुना रहे हैं।''

(i) यज्ञभूमि की विशेषता क्या थी ?

(ii) अयोध्यापति क्यों अपना मन एकाग्र न कर सके ?

(iii) स्वर-लहरी का प्रभाव किन-किन पर और कैसा पड़ा ?

(iv) दोनों बालक किस ओर और कैसे बढ़े चले आ रहे थे ?

(v) लक्ष्मण जी ने रामचन्द्र जी का ध्यान कैसे भंग किया ?

उत्तर—(i) श्रीराम की यज्ञभूमि अयोध्या से भी सौ गुनी सुन्दर एक विशाल नगरी के रूप में सुसज्जित थी। चारों तरफ से यह यज्ञशाला फूलों से सजी हुई थी। प्रात: का सूर्य उस नगरी को और भी सुशोभित कर रहा था।

(ii) उन दो बालकों के द्वारा उच्चारित गीत व वीणा की मधुर संगीत लहरी सुनाई पड़ रही थी। अत: सारे समाज की तरह अयोध्यापति श्रीराम भी एकाग्र मन से यज्ञ नहीं कर पा रहे थे। उनका ध्यान भी उस संगीत लहरी की तरफ खिंचने लगा।

(iii) उस मधुर संगीत लहरी को सुनकर सम्पूर्ण समाज मंत्रमुग्ध-सा हो गया और चित्र-लिखित सा खड़ा रह गया। राजा राम भी एकाग्र मन से यज्ञ न कर सके और पुरोहितगण भी मंत्र उच्चारण करना भूल गए। ऐसा प्रभाव उस संगीत लहरी का समाज पर पड़ा।

(iv) कामदेव से भी अधिक सुन्दर दो बालक बीणा पर अपना मधुर स्वर झंकृत करते हुए उसी ओर बढ़े चले आ रहे हैं जिस ओर यज्ञशाला थी। उनके पीछे-पीछे अपार जन-समूह संगीत लहरी में डूबा हुआ चला आ रहा है।

(v) यज्ञ जैसे महत्त्वपूर्ण अनुष्ठान को भूलकर श्री राम उन दोनों बालकों की ओर निहारने लगे। तब लक्ष्मण जी ने यह कह कर उनका ध्यान भंग किया कि कल शाम को यज्ञशाला में महर्षि वाल्मीकि का शुभागमन हुआ है। ये दोनों बालक उनके शिष्य हैं। महर्षि द्वारा रचित महाकाव्य का पाठ ये बालक चारों ओर घूमकर यज्ञ में आए अतिथियों को सुना रहे हैं।

Question 4.

Answer the following according to the instructions given :

निम्नलिखित प्रश्नों के उत्तर निर्देशानुसार लिखिए—

(i) निम्नलिखित शब्दों में से किन्हीं दो शब्दों के समानार्थी शब्द लिखिए—

कामदेव, मधुर, सुधा, सूर्य

उत्तर—अनंग, मृदुल, अमीय, भानु।

(ii) किन्हीं दो शब्दों के अर्थ लिखकर वाक्य बनाइए—

अलौकिक, वातायन, आकर्षण, चमत्कृत

उत्तर—दिव्य—सच्चे सन्तों के मुखमण्डल पर अलौकिक तेज परिलक्षित होता है।

झरोखा—प्रात: शीतल हवा वातायनों से प्रवेश करती है।

प्रभाव—ताजमहल की सुन्दरता का आकर्षण विदेशियों को भारत आने का निमन्त्रण देता है।

चमत्कार से प्रभावित—कुछ तांत्रिकों द्वारा लोगों को चमत्कृत करके धन कमाया जाता है।

(iii) निम्नलिखित शब्दों में से एक के दो पर्यायवाची शब्द लिखिए—

वृक्ष, विघ्न

उत्तर—तरु, विटप

बाधा, रुकावट

(iv) निम्नलिखित शब्दों में से किन्हीं दो के विपरीतार्थक शब्द लिखिए—

अल्पायु, अतिवृष्टि, अर्थ, आधुनिक

उत्तर—दीर्घायु, अनावृष्टि, अनर्थ, प्राचीन।

(v) कोष्ठक में दिए गए निर्देशानुसार वाक्यों में परिवर्तन कीजिए—

(a) वह एक सुन्दर नगरी के रूप में सुसज्जित थी।

'सुसज्जित' के स्थान पर 'सजाया गया' प्रयोग करिए।

(b) अयोध्यापति एकाग्र मन से यज्ञ नहीं कर रहे थे।

'एकाग्र' के स्थान पर 'एकाग्रता' प्रयोग करिए।

(c) महर्षि ने महाकाव्य की रचना की।

'रचना' के स्थान पर 'रचा था' प्रयोग करिए।

उत्तर—(a) उसे एक सुन्दर नगरी के रूप में सजाया गया था।

(b) अयोध्यापति एकाग्रता से यज्ञ नहीं कर रहे थे।

(c) महर्षि ने महाकाव्य रचा था।

SECTION–B

साहित्य सागर (गद्य)

Question 5.

Read the extract given below and answer in Hindi the questions that follow :

निम्नलिखित गद्यांश को पढ़िए और उसके नीचे लिखे प्रश्नों के उत्तर हिन्दी में लिखिए:

''रुपया कमाने का यह कितना आसान तरीका है। मैं सारा दिन मजदूरी करता हूँ तब महीने भर बाद दस रुपये हाथ आते हैं।''

—'बात अठन्नी की'—

लेखक—सुदर्शन

(i) यह कथन किसका है और उसके अनुसार रुपये कमाने का आसान तरीका क्या है ? उसे किस बात का दु:ख है ?

(ii) उसने बाहर आकर किसे सारी बात बताई ? वह बात क्या थी ?

(iii) रमज़ान ने उसे क्या बताया ?

(iv) रमज़ान की बात सुनकर वह क्या सोचता रहा ? उसे फिर किसने बुलाया और क्यों ?

उत्तर—(i) यह कथन रसीला का है। उसके अनुसार रुपये कमाने का सबसे आसान तरीका रिश्वत लेना है। उसे इस बात का दु:ख है कि वह सारा दिन मजदूरी करता है, तब कहीं महीने भर बाद उसे दस रुपये मिलते हैं।

(ii) रसीला ने बाहर आकर सारी बात अपने दोस्त रमजान को बताई। उसने बताया कि उसके मालिक किसी से रिश्वत देने की बात कर रहे थे। इंजीनियर साहब को कोई आदमी पाँच सौ रुपये देने की बात कर रहा था।

(iii) इसी सन्दर्भ में रमजान ने उसे बताया कि उसके मालिक जिला मजिस्ट्रेट शेख सलीमुद्दीन के पास एक शिकार फँसा है। एक हजार से कम तय न होगा। इस गुनाह का फल मिलेगा या नहीं, यह तो भगवान जाने पर ऐसी ही कमाई से कोठियों में रहते हैं और एक वह है कि इतना परिश्रम करने पर भी हाथ में कुछ नहीं बचता।

(iv) यह सुनकर रसीला भी यह सोचने को मजबूर हो गया कि उसके हाथ से सैकड़ों रुपये निकल गये पर धर्म नहीं बिगाड़ा। एक-एक आना भी उड़ाता तो काफी रकम जुड़ जाती। इतने में इंजीनियर साहब ने आवाज लगाई कि वह दौड़कर पाँच रुपये की मिठाई ले आये।

Question 6.

Read the extract given below and answer in Hindi the questions that follow :

निम्नलिखित गद्यांश को पढ़िए और उसके नीचे लिखे प्रश्नों के उत्तर हिन्दी में लिखिए:

श्यामू ने सिर हिलाकर कहा, ''मैं यह पतंग ऊपर राम के यहाँ भेजूँगा। इसे पकड़कर काकी नीचे उतरेंगी। मैं लिखना नहीं जानता, नहीं तो इस पर उनका नाम लिख देता।''

—'काकी'—

लेखक—सियारामशरण गुप्त

(i) **श्यामू काकी किसको कहता है ? उसे क्या हुआ था ?**

(ii) **श्यामू ने पतंग का प्रबन्ध कैसे किया तथा इसमें उसका साथ किसने दिया ?**

(iii) **उसके साथी ने कौन-सी पते की बात बताई ?**

(iv) **श्यामू के सामने कठिनता क्या थी ? उसका प्रबन्ध उसने कैसे किया और दासी के पुत्र से क्या कहा ?**

उत्तर—(i) श्यामू अपनी माँ को काकी कहता है। कुछ दिन पहले उसकी माँ की मृत्यु हो गई थी। पहले तो लोगों ने उसे बताया कि उसकी माँ उसके मामा के यहाँ गई है, लेकिन मुहल्ले के लड़कों से उसे मालूम पड़ गया कि उसकी माँ ऊपर राम के यहाँ गई है।

(ii) श्यामू के दिमाग में आया कि पतंग उड़ाकर वह उसे राम के यहाँ भेजेगा। उसने अपने पिता विश्वेश्वर के कोट से एक चवन्नी निकाल ली और चुपचाप सुखिया दासी के समवयस्क लड़के भोला को देकर बाजार से एक पतंग और डोर मँगवा ली।

(iii) उसके साथी भोला ने एक पते की बात उसे बताई कि पतंग का डोर पतला है। इसे पकड़कर काकी नीचे उतर नहीं सकती। इसके टूट जाने का डर है। पतंग में मोटी रस्सी हो तो सब ठीक हो जायेगा।

(iv) श्यामू के सामने अब कठिनता ये थी कि मोटी रस्सी कैसे मँगाई जाये। घरवाले तो उसको पैसे देंगे नहीं। उस दिन श्यामू को रात में चिन्ता के मारे बड़ी रात तक नींद नहीं आई। पहले दिन की तरकीब से दूसरे दिन उसने पिता के कोट से एक रुपया निकाला और भोला को दिया और कहा कि वह चुपचाप दो मोटी रस्सियाँ ले आये। एक रस्सी छोटी पड़ेगी। जवाहर भैया से वह एक कागज पर 'काकी' लिखवाकर रखेगा। नाम की चिट रहेगी, तो पतंग उन्हीं के पास पहुँच जायेगी।

Question 7.

Read the extract given below and answer in Hindi the questions that follow :

निम्नलिखित गद्यांश को पढ़िए और उसके नीचे लिखे प्रश्नों के उत्तर हिन्दी में लिखिए:

''कुन्दनपुर की धर्मशाला के चबूतरे पर भूखे पेट जैसे-तैसे रात बिताकर पौ फटे वहाँ से चलकर, अगले दिन शाम को सेठ अपने घर आ पहुँचे।''

—'महायज्ञ का पुरस्कार'—

लेखक—यशपाल

(i) **ये कौन से सेठ थे तथा वह ये कुन्दनपुर क्यों गये थे ?**

(ii) **उन दिनों क्या प्रथा थी। सेठानी ने सेठ को क्या सलाह दी ?**

(iii) **सेठ के कुन्दनपुर जाने के लिए सेठानी ने क्या तैयारी की ?**

(iv) **भोजन के लिए वह कहाँ बैठे। वहाँ उन्होंने क्या देखा और फिर क्या किया ?**

उत्तर—(i) ये एक धनी सेठ थे—अत्यन्त विनम्र और उदार, धर्मपरायण थे और उनके भण्डार का द्वार सबके लिए खुला था। उन्होंने बहुत से यज्ञ किये थे। सभी दिन एक समान नहीं रहते। दिन फिरे और सेठ ने गरीबी का मुख देखा। वे कुन्दनपुर अपनी 'यज्ञ' बेचने के लिए गये थे।

(ii) उन दिनों यह प्रथा प्रचलित थी कि यज्ञों के फल का क्रय-विक्रय होता था। छोटा-बड़ा जैसा यज्ञ होगा उनके अनुसार मूल्य मिल जाता था। अत: सेठानी ने उन्हें उस तंगी से बचने के लिए अपनी एक यज्ञ बेचने की सलाह दी। सेठ पहले तो दु:खी हुए लेकिन फिर तैयार हो गये।

(iii) कुन्दनपुर में एक धन्ना सेठ थे जो यज्ञ का फल खरीद लेते थे। उनकी पत्नी को दैवी-शक्ति प्राप्त थी। मंजिल दूर थी अत: सेठानी जैसे-तैसे पड़ोसी से थोड़ा-सा आटा माँग लाई और रास्ते के लिए चार मोटी-मोटी रोटियाँ बनाईं और एक पोटली में बाँधकर सेठजी को दे दीं।

(iv) एक स्थान पर वृक्षों का कुंज और कुआँ देखकर सेठजी ने विचार किया कि भोजन करके थोड़ी देर विश्राम कर लिया जाये। पोटली से लोटा-डोर निकालकर कुएँ से पानी खींचा और हाथ-पैर धोकर एक जगह खाना खाने बैठ गये। सेठ ने देखा कि एक कुत्ता भूखा बैठा है और भूख से अत्यन्त निर्बल हो गया है। सेठ को दया आई और एक रोटी कुत्ते को खिला दी। कुत्ते में कुछ शक्ति आई और कृतज्ञता से सेठ की तरफ देखने लगा। सेठ ने दूसरी रोटी भी कुत्ते को डाल दी। कुत्ते में शक्ति आई और सेठ के पास आ गया। सेठ ने सोचा कि कई दिन का भूखा होगा अत: तीसरी और चौथी रोटी भी कुत्ते को खिला दी और सोचा कि उसका क्या है पानी पीकर भी काम चल जायेगा।

साहित्य सागर (पद्य)

Question 8.

Read the extract given below and answer in Hindi the questions that follow :

निम्नलिखित पद्यांश को पढ़िए और उसके नीचे लिखे प्रश्नों के उत्तर हिन्दी में लिखिए:

''अरुण लोचन, भौंह टेढ़ी, बार-बार जम्हात।
कबहुँ रुनझुन चलत घुटुरन, धूर धूसर गात।।
कबहु झुक के अलक खेंचत, नैन जल भर लात।
कबहुँ तुतरे बोल बोलत, कबहुँ बोलत तात।''

—'सूर के पद'—
कवि—सूरदास

(i) सूरदास कैसे कवि थे और किसके शिष्य थे ?

(ii) इस पद में किसका वर्णन है ? उनके नेत्र कैसे हैं और वे बार-बार क्या कर रहे हैं ?

(iii) लोचन, घुटुरन, जम्हात, धूर-धूसर और अलक शब्दों के अर्थ बताइए।

(iv) उक्त पंक्तियों का भावार्थ लिखिए।

उत्तर—(i) हिन्दी की कृष्ण भक्ति शाखा के कवियों में सूरदास का नाम सर्वोपरि है। ये महाप्रभु बल्लभाचार्य के शिष्य थे।

(ii) इस पद में कृष्ण की बाल-लीला का वर्णन है। उनके नेत्र लाल हैं और वे बार-बार जम्बाई ले रहे हैं।

(iii) लोचन — नेत्र। घुटुरन — घुटनों के बल चलना। धूर-धूसर — धूल से लिपटा हुआ शरीर। अलक — बाल।

(iv) कवि सूरदास कहते हैं कि कृष्ण की बाल छवि बड़ी सुन्दर है—उनके नेत्र लाल हैं, भौंहे टेड़ी हैं और बार-बार वे जम्हाई ले रहे हैं। अपने धूल से लिपटे हुए शरीर से घुटनों के बल चलते हैं तो उनके नूपुरों से रुनझुन शब्द होता है। कभी अपने बालों को खींचते हैं, तो उनके नेत्रों में आँसू भर आते हैं। कभी तुतला कर बोलते हैं और कभी 'तात' बोल लेते हैं।

कृष्ण की सुन्दरता का यह अनुपम वर्णन है।

Question 9.

Read the extract given below and answer in Hindi the questions that follow :

निम्नलिखित पद्यांश को पढ़िए और उसके नीचे लिखे प्रश्नों के उत्तर हिन्दी में लिखिए:

''जाके प्रिय न राम वैदेही।
तजिए ताहि कोटि वैरी सम जद्पि परम सनेही।।
तज्यो पिता प्रह्लाद, विभीषण वन्धु, भरत महतारी।
बलि गुरू तज्यो, कंत ब्रज बनितहि, भए-मुद मंगलकारी।।''

—'विनय के पद'—
कवि—तुलसीदास

(i) इस पद में तुलसीदास जी ने क्या बात कही है ?

(ii) प्रह्लाद ने अपने पिता और विभीषण ने अपने भाई को क्यों छोड़ा था ?

(iii) भरत ने अपनी माता को क्यों छोड़ दिया था ?

(iv) चौथी पंक्ति का अर्थ समझाकर लिखिए।

उत्तर—(i) प्रस्तुत पद में तुलसीदास जी ने यह बात कही है कि जिसे सीतारामजी से प्रेम नहीं है, उसे बैरी के समान छोड़ देना चाहिए, चाहे वे बेशक परम स्नेही हों। सीताराम जी से प्रेम करने वाला धार्मिक तो होगा ही साथ में न्यायप्रिय और सहृदय भी होगा। किसी को सतायेगा नहीं और अहिंसा पर चलने वाला होगा।

(ii) विष्णु भक्त प्रह्लाद के पिता हिरण्यकश्यप थे। ये राक्षसराज थे और विष्णु भगवान के घोर विरोधी थे। प्रह्लाद ने यद्यपि उन्हें बहुत समझाया, लेकिन उन्होंने भगवान से विरोध करना नहीं छोड़ा। यहाँ तक कि प्रह्लाद को कई बार मारने की कोशिश की। भगवान ने हर बार उसे बचाया। इस प्रकार प्रह्लाद ने उनको अपने हाल पर छोड़ दिया।

लंका के राजा रावण के भाई विभीषण ने अपने भाई से कहा कि वे श्रीराम से विरोध न करें और सीताजी को उन्हें लौटा दें, पर वह नहीं माना। अत: विभीषण ने रावण का त्याग कर दिया और राम की शरण ग्रहण की।

(iii) अयोध्या की रानी कैकेयी ने भरत की अनुपस्थिति में राजा दशरथ से भरत के लिए राज्य और राम के लिए चौदह वर्ष का वनवास, ऐसे दो वर माँग लिए थे। इस कारण राजा दशरथ का देहान्त हो गया। जब भरत को यह बात मालूम पड़ी तो उसने अपनी माता का त्याग कर दिया।

(iv) तुलसीदास जी कहते हैं असुरों के राजा बलि के दरबार में विष्णु भगवान 'वामन' के अवतार में दान माँगने आये थे। बलि के गुरू शुक्राचार्य ने उससे मना किया कि यह साधारण बालक नहीं है स्वयं 'हरि' हैं इन्हें दान मत दो। पर बलि इस बात से खुश हुआ कि स्वयं भगवान उसके द्वार पर आये हैं। उसने अपने गुरू की बात नहीं मानी और उनको (वामन) तीन पग भूमि दान में दे दी। उन्होंने दो पग में ही पृथ्वी और स्वर्ग नाप लिया बलि के मस्तक पर तीसरा पैर रखकर पाताल लोक भेज दिया।

द्वापर के युग में श्रीकृष्ण ने महायज्ञ किया था तो उसमें सम्मिलित होने के लिए ब्रज की स्त्रियों ने अपने पतियों के विरुद्ध जाकर 'रास' में भाग लिया और भगवान के सामीप्य में प्रसन्नता पाई।

Question 10.

Read the extract given below and answer in Hindi the questions that follow :

निम्नलिखित पद्यांश को पढ़िए और उसके नीचे लिखे प्रश्नों के उत्तर हिन्दी में लिखिए:

''वह आता
दो टूक कलेजे के करता पछताता पथ पर आता।
पेट-पीठ दोनों मिलकर हैं एक,
चल रहा लकुटिया टेक।''

—'भिक्षुक'—

कवि—सूर्यकांत त्रिपाठी 'निराला'

(i) **कवि ने भिक्षुक का कैसा वर्णन किया है ?**

(ii) **'पेट-पीठ दोनों मिलकर हैं एक' से क्या तात्पर्य है ?**

(iii) **पहली पंक्ति का अर्थ बताइये ?**

(iv) **हमारे देश में भिक्षुक समस्या बड़ी विकट है। क्या हमारी सरकार इनके लिए कुछ कर रही है ?**

उत्तर—(i) प्रस्तुत कविता में कवि ने भिक्षुक का सजीव वर्णन किया है। उनकी कविता में भिक्षुक का चित्र-सा उपस्थित हो जाता है। वह अत्यन्त कमजोर है लकड़ी टेक कर चल पा रहा है। वह भूखा भी है और लोगों की दया पाने को अपना हाथ फैलाये हुए है।

(ii) 'पेट-पीठ दोनों मिलकर हैं एक' से यह तात्पर्य है कि वह भूखा है। उसको भरपेट भोजन नहीं मिला है। जिसके कारण उसका पेट और पीठ आपस में मिले हुए दिखायी देते हैं। आज उसको कहीं से भिक्षा नहीं मिल पाई है इसलिए वह खाली पेट है। अक्सर ही भिखारियों को कभी-कभी भोजन या कुछ खाने को नहीं मिल पाता है।

(iii) 'दो टूक कलेजे के करता पछताता पथ पर आता' से तात्पर्य है कि उसे अपने हृदय में दु:ख है अपनी असहाय अवस्था पर वह पछताता हुआ अपने पथ पर आगे बढ़ रहा है इस आशा में कि शायद कुछ उसे मिल जाये।

(iv) भारत में भिखारियों की समस्या बड़ी विकट है। सरकार के अनेक प्रयत्न करने पर भी इस समस्या का कोई हल नहीं निकल पाया। दिन-पर-दिन भिखारियों की संख्या बढ़ती जा रही है। कुछ स्त्री-पुरुषों ने तो इसको अपना धन्धा बना लिया है क्योंकि इसमें बिना परिश्रम से जो कुछ मिल जाये अच्छा ही है। सरकार ने यह भी चाहा कि इनको शहर से हटाकर कहीं बाहर बसा दिया जाये और कुछ काम इनसे करवाया जाये, पर अभी तक यह सम्भव नहीं हो पाया है।

नया रास्ता

Question 11.

Read the extract given below and answer in Hindi the questions that follow :

निम्नलिखित गद्यांश को पढ़िए और उसके नीचे लिखे प्रश्नों के उत्तर हिन्दी में लिखिए :

''उनके जाने के पश्चात् दयाराम जी कुछ निढाल-से होकर सोफे पर बैठ गये। तभी उनकी पत्नी भी वहाँ पास में ही आकर बैठ गई। कुछ देर तक वे उनके चेहरे को देखती रहीं।''

(i) **उनके चेहरे के भावों को देखकर उसने क्या पूछा और दयाराम जी ने क्या उत्तर दिया ?**

(ii) **उनको कैसे लगा कि मीनू को अमित ने पसन्द कर लिया होगा ?**

(iii) **क्या आशा का मीनू के साथ जाकर बैठना माँ को अच्छा लगा ? यदि नहीं तो क्यों ?**

(iv) **अन्त में दयारामजी ने अपनी पत्नी से क्या कहा ?**

उत्तर—(i) दयाराम जी के चेहरे के भावों के देखकर उनकी पत्नी ने पूछा कि उनको क्या लगता है कि मीनू का रिश्ता यहाँ हो जायेगा। उन्होंने कहा कि कुछ कहा नहीं जा सकता वैसे अमित ने तो मीनू से काफी बातें की थीं। इससे लगता है कि उसे मीनू पसन्द आ गई होगी।

(ii) वे लोग जो मीनू को देखने आये थे उनके हाव-भावों से दयाराम जी ने यह अन्दाज लगाया कि उनको लड़की पसन्द आ गई होगी, क्योंकि मीनू में कोई कमी नहीं थी। फिर अमित (लड़के) ने भी मीनू से काफी देर बात की थी। इन सब बातों से संकेत तो अच्छी ही लगते थे।

(iii) मीनू की छोटी बहन आशा का मीनू के कमरे में जाकर उसके साथ बैठना माँ को अच्छा नहीं लगा। लेकिन लड़के वालों के सामने तो वह कुछ कह नहीं सकती थी। कारण यह था कि आशा का रंग मीनू के रंग से काफी साफ था। आशा के रंग के सामने मीनू का रंग दब गया। वैसे आशा ने ऐसा कुछ सोचा नहीं था, वह तो उत्सुकतावश वहाँ आकर बैठ गई थी।

(iv) अन्त में दयारामजी ने अपनी पत्नी से कहा कि अच्छा ही है यदि वहाँ रिश्ता हो जाये तो वैसे जहाँ संजोग होता है, होता तो वहीं पर है। अब उन्होंने तो सब ईश्वर के हाथों में सौंप दिया है। जो ईश्वर को मंजूर होगा वही होगा।

मनुष्य अपनी तरफ से काम की सफलता के लिए खूब प्रयत्न करता है, परन्तु सफलता-असफलता ईश्वर (भाग्य) के ऊपर छोड़ देता है।

Question 12.

Read the extract given below and answer in Hindi the questions that follow :

निम्नलिखित गद्यांश को पढ़िए और उसके नीचे लिखे प्रश्नों के उत्तर हिन्दी में लिखिए:

''नहीं बेटी, ये सब हमें अच्छा नहीं लगेगा ! बेटी, तुम्हारी मन:स्थिति को हम भली-भाँति समझते हैं। मेरी बच्ची, मैं तुम्हारे लिए इससे भी अच्छा वर देखूँगा।''

(i) यह कथन किसका है और किससे कहा गया है ? यह कहने की आवश्यकता क्यों पड़ी ?

(ii) मेरठ से पत्र आया तो उसमें क्या बात लिखी थी ?

(iii) पत्र में लिखी हुई बातें और अन्य लोगों की बातें मीनू कहाँ बैठकर सुन रही थी ? उसने अपने बारे में क्या सोचा ?

(iv) फिर उसने पिताजी से आकर क्या कहा ?

उत्तर—(i) यह कथन मीनू के पिता दयाराम जी का है और मीनू से सान्त्वना देने के लिए कहा गया है। मीनू को यह जानकर बहुत दु:ख हुआ कि लड़के वालों ने उसे नापसन्द कर दिया है। उसकी मन:स्थिति को समझकर ही उसके पिता ने उसे समझाने का प्रयास किया है।

(ii) मेरठ से लड़के वालों का पत्र आया तो सबने एक-एक करके पढ़ा और पढ़कर सब उदास हो गये। मीनू बगल के कमरे में बैठी उनकी बातें सुन रही थी। उन्होंने स्पष्ट तो नहीं लिखा कि मीनू पसन्द नहीं है, पर यह लिखा कि उसकी बहन आशा से हम रिश्ता कर सकते हैं।

(iii) मीनू बगल के कमरे में बैठी अपने परिवार वालों की बातें सुन रही थी। उसने अंदाज लगा लिया कि उसके साथ क्या निर्णय लड़के वालों ने लिया है। उसे नापसन्दगी का अनुभव पहले भी हो चुका है। उसने अपने बारे में यह निर्णय लिया कि वह अब शादी नहीं करेगी।

(iv) मीनू ने पिताजी के पास आकर कहा कि वे उसकी चिन्ता न करें। आशा की शादी वहाँ कर दें। उसके कारण आशा की जिन्दगी खराब न करें। उन्हें अब परेशान होने की कोई जरूरत नहीं है। अपनी चिन्ता वह स्वयं करेगी।

Question 13.

Read the extract given below and answer in Hindi the questions that follow :

निम्नलिखित गद्यांश को पढ़िए और उसके नीचे लिखे प्रश्नों के उत्तर हिन्दी में लिखिए:

''सरिता को कमरे में बुलाया गया। उसके साथ उसकी चाची भी आई। सरिता के चेहरे को देखते ही अमित के पैर तले से धरती खिसक गई। कितनी प्रशंसा की जा रही थी सरिता की।''

(i) सरिता कौन है और अमित यहाँ क्यों आया है ?

(ii) अमिता के पैरों तले जमीन क्यों खिसक गई ?

(iii) कौन अधिक चाह रहा था कि यह सम्बन्ध हो जाये और क्यों ?

(iv) सरिता के यहाँ आकर इन लोगों ने कैसा महसूस किया ? वहाँ का दृश्य कैसा था ?

उत्तर—(i) सरिता मेरठ के ही एक धनी व्यक्ति धनीमल जी की बेटी है। उनके यहाँ धन की कोई कमी नहीं है। उनकी तीन बेटियाँ हैं। अमित और उनके घर वाले अमित के लिए सरिता को देखने आये हैं।

(ii) सरिता को कमरे में बुलाया गया। उसके साथ उसकी चाची भी आई। सरिता के चेहरे को देखते ही अमित के पैर तले की धरती खिसक गई। सरिता की उसके घर पर बहुत प्रशंसा की जा रही थी। नाक-नक्श में सिर्फ उसकी आँखें ही बड़ी थीं। रंग तो मीनू के सामने कहीं ज्यादा गिरा हुआ था। या यों कहें कि सरिता साँवले रंग की थी।

(iii) अमित की माँ अधिक चाह रही थी कि धनीमल जी की बेटी सरिता से अमित का रिश्ता हो जाये। कारण यह था कि धनीमल जी के यहाँ से अधिक दहेज आयेगा। जब धनीमल जी अमित को देखने आये तो ये कह गये थे कि वे सरिता की शादी में पाँच लाख रुपये खर्च करेंगे और फिर उनकी तीन बेटियाँ ही हैं, उनके बाद सब उनका ही है। यह आकर्षण था। अमित की माँ ने तो यहाँ तक सोच लिया था कि यदि बहू (सरिता) घर का काम नहीं करेगी तो नौकर रख लेंगे।

(iv) मायाराम जी, उनकी पत्नी, अमित और उसकी बहन मधु—धनीमल जी की भेजी हुई कार से उनके यहाँ लड़की देखने के लिए आये। कार से उतरते ही मायारामजी को लगा कि वे एक बड़े अफसर से कम नहीं हैं। कोठी के बाहर लॉन में घास मखमल की तरह बिछी हुई है। लॉन में बेंत की सुन्दर रंग-बिरंगी कुर्सियाँ पड़ी थीं। रंग-बिरंगे फूलों के गमले कोठी की शोभा बढ़ा रहे थे।

ड्राइंग रूम में आते ही धनीमल जी ने उनका स्वागत किया। घर के सभी नौकर खाकी वर्दी में थे। अनेक प्रकार के मिष्ठान, फल और मेवे उनके सामने रखे थे। यह दृश्य बड़ा खुशनुमा था।

एकांकी संचय

Question 14.

Read the extract given below and answer in Hindi the questions that follow :

निम्नलिखित गद्यांश को पढ़िए और उसके नीचे लिखे प्रश्नों के उत्तर हिन्दी में लिखिए:

''हाँ माताजी उन्होंने यही कहा था। मुझे भी अचरज हुआ। मैंने पूछा, वे यहाँ आते हैं ? तो हँसकर बोली, डरो नहीं। वे यहाँ भाई के पास नहीं आते, दफ्तर के काम से आते हैं।''

—'संस्कार और भावना'—
लेखक—विष्णु प्रभाकर

(i) यह कथन किसने, किससे और किसके बारे में कहा है ?

(ii) जिसके बारे में वक्ता बता रही है उससे पहले उसकी क्या बातें हुई हैं ?

(iii) कौन बीमार रहा है और वह कैसे बचा ?

(iv) वक्ता का अर्न्तमन क्यों काँपने लगा था ?

उत्तर—(i) यह कथन माँ की छोटी बहू उमा का है और माँ से कहा गया है। यह कथन माँ के बड़े लड़के अविनाश की पत्नी के लिए कहा गया है।

(ii) उमा की इससे पहले अपनी जेठानी से बातें हुईं। जेठानी ने कहा कि वह अपने पति से बहुत प्यार करती है। यद्यपि माँ-बेटे का सम्बन्ध सबसे बड़ा होता है, लेकिन पति को दु:खी करके वह किसी और को खुश करने की कल्पना भी नहीं कर सकती। वह अपने पति को बहुत चाहती है। वह उसके विरुद्ध जाकर कोई काम नहीं कर सकती।

(iii) माँ का बड़ा बेटा अविनाश बहुत बीमार रहा है। उसकी बहू ने हर प्रकार से उसकी सेवा कर उसे बचा लिया। वह घर का सब काम भी करती थी और बाजार से दवा भी लाती थी। एक दो बार मिसरानी से दवा मँगाई थी वरना तो वह स्वयं ही दवा लाती थी। उसका पूरा ध्यान अविनाश पर ही रहता था। उसकी लगन और सेवा से ही अविनाश स्वस्थ हुआ है।

(iv) उमा ने माँ को बताया कि एक दिन वह उनसे (जिठानी) लड़ने गई थी कि उन्होंने बेटे को माँ से अलग कर दिया है। लेकिन उनके तर्कों के सामने वह कुछ न कह सकी। उसका अर्न्तमन काँपने लगा क्योंकि उनके प्रति उसके मन में मोह छा गया है। जैसे मोहग्रस्त आदमी होता भी है और नहीं भी होता है। उसके बाद वह (उमा) वहाँ से चली आई।

Question 15.

Read the extract given below and answer in Hindi the questions that follow :

निम्नलिखित गद्यांश को पढ़िए और उसके नीचे लिखे प्रश्नों के उत्तर हिन्दी में लिखिए:

''अब भी आँखें नहीं खुलीं ? जो व्यवहार अपनी बेटी के लिए तुम दूसरों से चाहते हो वही दूसरे की बेटी को भी दो। जब तक बहू और बेटी को एक-सा नहीं समझोगे, न तुम्हें सुख मिलेगा और न शान्ति।''

—'बहू की विदा'—
लेखक—विनोद रस्तोगी

(i) यह कथन किसका है और किससे कहा गया है ? वक्ता ने ऐसा क्यों कहा ?

(ii) इस कथन में कितनी सत्यता है। क्या इससे दहेज की समस्या कुछ कम होगी ?

(iii) ''अब भी आँखें नहीं खुलीं'' से क्या तात्पर्य है ?

(iv) अन्त में क्या निर्णय लिया गया ?

उत्तर—(i) यह कथन राजेश्वरी का है और अपने पति जीवनलाल से कहा गया है। राजेश्वरी ने उनसे ऐसा इसलिए कहा कि वह अपनी बहू को उसके भाई के साथ मायके नहीं भेज रहे थे क्योंकि उन्होंने शादी में उनको कम दहेज दिया था।

(ii) इस कथन में कि बहू को अपनी बेटी के समान समझना चाहिए यह एक सत्य विचार है, पर ऐसा होता नहीं है। बहुत कम लोग इसको स्वीकार कर पाते हैं। अधिकतर संख्या तो धन के लोभियों की है जो दहेज न मिलने के कारण बहू को अपमानित करते हैं। यदि सभी लोग इस बात को स्वीकार कर लें कि बहू और बेटी एक समान हैं, उनसे वो ही व्यवहार किया जाये जो बेटी से करते हैं तो दहेज की समस्या किसी हद तक कम हो सकती है।

(iii) ''अब भी आँखें नहीं खुलीं'' से तात्पर्य यह है कि जीवनलाल को अब तो समझ आ जानी चाहिए कि उनकी बेटी को भी उसकी ससुराल वालों ने कम दहेज मिलने के कारण मायके नहीं भेजा है। उनका बेटा जो बहन को लिवाने गया था, अकेला वापस लौट आया था। यही गलती वह अपनी बहू को उसके भाई के साथ न भेजकर कर रहे हैं।

(iv) अन्त में जीवनलाल को समझ आई कि उसे यह गलती नहीं करनी चाहिए। मनुष्य को इतना उदार तो होना ही चाहिए तथा इसी तरह हम बुरों के साथ अच्छे बनकर समाज में सकारात्मकता ला सकते हैं। उन्होंने बहू के भाई प्रमोद से अपनी बहन को ले जाने के लिए कह दिया।

Question 16.

Read the extract given below and answer in Hindi the questions that follow :

निम्नलिखित गद्यांश को पढ़िए और उसके नीचे लिखे प्रश्नों के उत्तर हिन्दी में लिखिए:

''जानता हूँ युधिष्ठिर ! भली-भाँति जानता हूँ किन्तु सोच लो, मैं थककर चूर हो गया हूँ, मेरी सभी सेना तितर-बितर हो गई है, मेरा कवच फट गया है, मेरे शस्त्रास्त्र चुक गये हैं।''

—'महाभारत की एक साँझ'—

लेखक—भारत भूषण अग्रवाल

(i) यहाँ वक्ता कौन है तथा वह इस समय कहाँ पर है ?

(ii) किसने उसे युद्ध करने को ललकारा है ?

(iii) पाण्डव उसे क्यों मारना चाहते थे ?

(iv) युधिष्ठिर ने 'लज्जा' के बारे में भीमसेन से क्या कहा ?

उत्तर—(i) यहाँ वक्ता दुर्योधन है। वह अपने प्राणों की रक्षा के लिए एक सरोवर में आकर छिप गया है। पाण्डव उसे खोजते हुए वहीं उस सरोवर के पास आ गये हैं। वहीं पर उससे बात हो रही है।

(ii) भीमसेन ने उसे युद्ध करने के लिए ललकारा। उसने कहा कि वह बाहर आकर अपना पराक्रम दिखाये। उसने सत्ता के लोभ और गलत नीतियों से अपनी सेना और भाइयों को मरवा दिया और अपने प्राणों को बचाने के लिए यहाँ आकर छिप गया है। जिस कालाग्नि को उसने वर्षों घी देकर उभारा है उसकी लपटों में साथी तो स्वाहा हो गये। उसके घेरे से वह क्यों बचना चाहता है। उसे अच्छी तरह जान लेना चाहिए कि उसकी आहुति के बिना वह अग्नि शान्त न होगी।

(iii) पाण्डव दुर्योधन को खोजते हुए उस सरोवर के पास आ गये जहाँ दुर्योधन छिपा हुआ था। वे उसे इसलिए मारना चाहते थे क्योंकि जब तक राजा या युवराज या कोई उत्तराधिकारी जीवित है, उनकी विजय अधूरी है। फिर दुर्योधन जैसा धूर्त जीवित रहने पर फिर से अपनी सेना एकत्रित कर फिर कुछ उपद्रव कर सकता है।

(iv) जब भीमसेन ने दुर्योधन से यह कहा कि उसे लज्जा नहीं आती तो युधिष्ठिर ने कहा कि जो अपने सगे सम्बन्धियों को गाजर-मूली की तरह कटवा सकता है, जो अपने भाइयों को जीवित जलवा देने की कोशिश में भी नहीं हिचकता, जो अपनी भाभी को भरी सभा में अपमानित करने में आनन्द ले सकता है, उसका लज्जा से क्या परिचय।

❑❑

MODEL SPECIMEN PAPER–5

SECTION–A

Question 1.

Write a short composition in Hindi of approximately 250 words on any one of the following topics :

निम्नलिखित विषयों में से किसी एक विषय पर हिन्दी में लगभग 250 शब्दों में संक्षिप्त लेख लिखिए—

(i) **आपने अपने मित्रों के साथ मिलकर निश्चय किया कि इस वर्ष अपने स्वास्थ्य को सुधारने का प्रयास करेंगे। बताइए आपने इसके लिए क्या किया है और कितना लाभ हुआ ?**

(ii) **खेलों में राजनीति नहीं होनी चाहिए। इस कथन पर विचार करते हुए बताइए कि विश्व के खेलों में भारत के स्तर को कैसे ऊँचा उठा सकते हैं ?**

(iii) **''दहेज समाज में फैला हुआ अभिशाप है।'' इस कथन से आप कहाँ तक सहमत हैं ?**

(iv) **''मेरे मन कछु और है हरि के मन कछु और'' कथन को आधार मानकर एक कहानी लिखिए।**

(v) **नीचे दिये गये चित्र का अध्ययन कीजिए। चित्र का वर्णन कीजिए या उसके आधार पर कोई कहानी लिखिए। आपके प्रस्ताव/कहानी का सम्बन्ध इस चित्र से होना आवश्यक है।**

उत्तर—

(i) तन्दरुस्ती हजार नियामत है

''तन्दरुस्ती हजार नियामत है।'' यह कथन अक्षरशः सत्य है। यदि मनुष्य स्वस्थ है तो संसार के सभी कार्य कर सकता है और अपने जीवन को आनन्दमय बना सकता है। संसार में उत्तम स्वास्थ्य ही मनुष्य के लिए सबसे बड़ा सुख है और वही उसके लिए सबसे बड़ा धन है। स्वस्थ मनुष्य ही जीवन के समस्त सुख भोगता है। अत: जो व्यक्ति अपना स्वास्थ्य खो देता है, वह अपना सब कुछ खो देता है। यद्यपि मनुष्य के लिए भोजन, वस्त्र और घर की आवश्यकताएँ सर्वोपरि हैं, किन्तु अच्छा स्वास्थ्य उससे भी आवश्यक है। स्वस्थ शरीर में स्वस्थ मन रहता है और स्वस्थ मन ही मोक्ष का दाता है। अत: हम कह सकते हैं कि स्वास्थ्य ही उन्नति का सर्वोच्च साधन है, वही सच्चा आभूषण और उत्तम धन है। संसार के सभी महापुरुष स्वस्थ तथा निरोग मनुष्य ही रहे हैं। महाभारत में सोलह वर्ष के अभिमन्यु ने अपने शारीरिक बल से चक्रव्यूह तोड़ डाला था और बड़े-बड़े महारथियों के दाँत खट्टे कर दिये थे। हमारे यहाँ के पहलवानों ने विश्व के अनेक पहलवानों को धरती सुँघाकर अपने देश का नाम ऊँचा उठाया है।

उत्तम स्वास्थ्य के लिए सन्तुलित, पौष्टिक और भली प्रकार पकाया हुआ भोजन आवश्यक है। मैंने अपने मित्रों के साथ सन्तुलित भोजन ही करने का निश्चय किया है। कुछ मनुष्यों का विचार है कि अधिक खाने से स्वास्थ्य अच्छा रहता है। यह बात सर्वथा निराधार है। वैसे भोजन पर्याप्त मात्रा में करना चाहिए न बहुत अधिक न बहुत कम। उसमें शरीर के अंगों की क्षतिपूर्ति के सम्पूर्ण तत्त्व होने चाहिए। हमने सोचा है कि सुबह जल्दी उठकर दूध लेने पैदल जाया करेंगे। इससे हमारा प्रात: भ्रमण भी हो जायेगा और शुद्ध दूध भी मिल जायेगा। दूध स्वास्थ्य के लिए आवश्यक है। दूध के साथ-साथ फलों का सेवन भी हम करेंगे।

मनुष्य के स्वास्थ्य पर वातावरण का अनुकूल प्रभाव पड़ता है। सुन्दर उद्यान, सुगन्धित तथा शुद्ध वायु आदि स्वास्थ्य को बनाते हैं। अत: स्वस्थ रहने के लिए मकान में पर्याप्त शुद्ध हवा और धूप का प्रबन्ध होना चाहिए तथा बाहर की ओर छोटा-सा उद्यान होना चाहिए। इससे वातावरण सुहावना रहेगा और मकान की सुन्दरता में भी वृद्धि होगी।

उसके बाद हम लोग प्रात: नियमित व्यायाम किया करेंगे। व्यायाम से शरीर तो पुष्ट रहता ही है साथ ही स्फूर्ति भी आती है। भोजन ठीक प्रकार से पच जाता है और रक्त तेजी से चक्कर लगाता है। रक्त के दूषित तत्त्व शरीर से बाहर पसीने में मिलकर निकल जाते हैं। बच्चों के लिए खेलना, कूदना और दौड़ना अच्छे व्यायाम हैं।

स्वस्थ रहने के लिए मनुष्य को चिन्ता से दूर रहना चाहिए। चिन्ता मनुष्य को भीतर ही भीतर खा जाती है। इसलिए हम मित्रों ने चिन्ता न करने का प्रण किया है। हम पूर्ण परिश्रम और लगन से काम करेंगे और फल ईश्वर के हाथ छोड़ देंगे। अपने कार्य पर ही सन्तोष करेंगे।

स्वास्थ्य मनुष्य के लिए अपूर्व वरदान है। अत: हमें अपने स्वास्थ्य की तन, मन, धन से रक्षा करनी चाहिए। उत्तम स्वास्थ्य ही सफलता की कुंजी है। जीवन में वही व्यक्ति सफल होता है जिसका स्वास्थ्य उत्तम होता है। अत: हम सभी को स्वास्थ्य रक्षा के साधनों को अपनाना चाहिए और उसमें प्रमाद नहीं करना चाहिए।

(ii) खेलों में राजनीति

खेल आपसी मृदुल, स्नेहिल सम्बन्धों को अधिक प्रगाढ़ करते हैं। विश्व के ध्रुवीकरण के समय में यह आवश्यक हो जाता है कि सभी राष्ट्रों के मध्य सम्बन्ध एक दूसरे के हितों के साधक हों, अवरोधक न हों। अन्य सभी स्तरों के अतिरिक्त खेल इस कार्य में निर्णायक भूमिका निभा सकते हैं। खेलों के साथ राष्ट्रीय एकता की भावना सम्बद्ध रहती है। संगठन को खेलों का पर्याय कह सकते हैं। यदि कोई एकल प्रतियोगिता है तो उसमें भी राष्ट्र की भावनाएँ उसे संगठनात्मक बना देती हैं और राष्ट्रीय ऊर्जा का प्रतीक बना देती हैं। मेरे देश के खिलाड़ी अधिक विजयी हों, वे स्वर्णपदक, रजतपदक और विभिन्न पुरस्कार जीतें। इसी में सभी देशवासी अपना गौरव अनुभव करते हैं।

भारत के खिलाड़ी इंग्लैड, अमेरिका, ऑस्ट्रेलिया, पाकिस्तान आदि से विभिन्न खेलों में प्रतियोगिताएँ करते रहते हैं। विश्व के देशों में क्रिकेट, हॉकी, कुश्ती आदि में हमारा नाम प्राय: आगे रहता है, परन्तु कुछ वर्षों से हम पिछड़ रहे हैं। संसार के छोटे-छोटे देश भी हमसे कई क्षेत्रों में आगे निकल गए हैं। हमें विचार करना है कि हम किस प्रकार खेलों में अपने स्तर को ऊँचा बनाए रख सकते हैं। इसके लिए निम्नलिखित कुछ उपाय हैं :—

खिलाड़ियों का चयन—खिलाड़ियों के चुनाव के लिए उनके शारीरिक स्वास्थ्य, मानसिक संतुलन और बौद्धिक चातुर्य को स्थान देना चाहिए। खेलों में राजनीति का दखल स्वीकार नहीं करना चाहिए। जो खिलाड़ी जिस खेल में देश भर में अधिक योग्य हों, उन्हें उसी खेल के लिए चुना जाना चाहिए। हमारे देश में क्षेत्रीय, मंडलीय, राज्य तथा अन्तर्राज्यीय स्तर पर प्राय: प्रतियोगिताएँ होती रहती हैं। यदि किसी खेल में नहीं होतीं तो प्रतियोगिताएँ करवानी चाहिए। जो खिलाड़ी अन्तार्ज्यीय क्षेत्र में प्रथम स्थान पर आयें, उन्हीं में से अन्तार्ज्यीय खेल-प्रतियोगिताओं में भेजा जाए। इसके लिए ऐसी चुनाव-समिति होनी चाहिए जो निष्पक्ष हो और जिसमें अनुभवी खिलाड़ी हों। प्रान्तीयता, जातीयता या भाई-भतीजावाद का पक्ष करके यह चुनाव नहीं होना चाहिए। इससे खिलाड़ियों का गलत चुनाव हो जाता है।

अभ्यास—'करत-करत अभ्यास के जड़मति होत सुजान' इस उक्ति के अनुसार विभिन्न खेलों के लिए चुने गए खिलाड़ियों को सतत अभ्यास करवाते रहना चाहिए। यह नहीं कि जब प्रतियोगिता करनी हो, तभी उन्हें अभ्यास के लिए कहा जाए प्रत्युत यह अभ्यास निरन्तर रहना चाहिए। अभ्यास प्रतिभा में निखार लाता है। श्रेष्ठ का विकास श्रेष्ठतर की ओर करता है। इससे जड़मति सुजान हो जाती है, और सुजान कार्यकुशल। अभ्यास क्षेत्रीय स्तर से लेकर राष्ट्रीय स्तर तक रहना चाहिए।

मेलों का आयोजन—देश के काने-कोने में बसन्त पंचमी, होली, बैशाखी, दीवाली, दशहरा आदि उत्सवों के अवसर पर विभिन्न प्रकार के खेलों के मेले आयोजित होने चाहिए। इन मेलों से खेलों के प्रति जन-जीवन की रुचि जागृत होगी और बहुत से बालक और युवक अपने खेल-कौशल का प्रदर्शन करने के लिए खूब अभ्यास करेंगे।

पुरस्कार—किसी भी कार्य में पुरस्कार प्रेरक का कार्य करता है। पुरस्कार विभिन्न प्रकार के हो सकते हैं—कहीं पदकों के रूप में, कहीं प्रमाण-पत्र में। सभी स्तरों पर जो खिलाड़ी अच्छा स्थान प्राप्त करते हैं, उन्हें पुरस्कार देते रहने से खेलों को प्रोत्साहन प्राप्त होगा और भारतीय खेलों के स्तरों में सुधार होगा।

आर्थिक सहायता—कई खिलाड़ी खेलने में कुशल होते हुए भी घरों की हीन आर्थिक स्थिति के कारण दूर-दूर के खेलों में भाग नहीं ले सकते। ऐसे खिलाड़ियों के मार्ग-व्यय की व्यवस्था तो होनी चाहिए। उन्हें घर से निश्चिन्त करने के लिए भी कुछ सहायता दी जानी आवश्यक है।

उत्तम प्रशिक्षक—खेलों के अच्छे प्रशिक्षकों के अभाव में खिलाड़ी अपनी छिपी हुई कुशलता का पूर्ण प्रदर्शन नहीं कर पाते। अत: यह आवश्यक है कि विभिन्न खेलों को सिखाने के लिए उत्तम प्रशिक्षक हों, जो वैज्ञानिक और मनोवैज्ञानिक पद्धति से खेलों का सरलतापूर्वक प्रशिक्षण कर सकें। हमें खेलों के स्तर तथा खिलाड़ियों से अधिक व्यस्त कार्यक्रम की दिशा में विदेशी प्रशिक्षकों से सहायता लेने में संकोच नहीं करना चाहिए।

खिलाड़ियों की खाद्य-सामग्री—बहुत से आहार ऐसे होते हैं, जिनसे चर्बी बढ़ती है, परन्तु बहुत से आहार चर्बी को न बढ़ाकर ऊर्जा की वृद्धि करते हैं। अच्छे खिलाड़ियों को शरीर बनाये रखने के लिए ऊर्जा देने वाले खाद्य-पदार्थ ही दिये जाने चाहिए। यदि कोई खिलाड़ी ऐसे पदार्थ निर्धनता के कारण प्राप्त नहीं कर सकता, तो सरकार की ओर से उसका प्रबन्ध होना चाहिए।

खिलाड़ियों के शिविर एवं खेलने के मैदान—साल में कम से कम दो बार भिन्न-भिन्न स्थानों पर खेलों के सभी स्तरों के शिविर लगाने चाहिए। इन शिविरों में देश के अलग-अलग प्रदेशों के उत्तम खिलाड़ियों को आमंत्रित करना चाहिए। यह सब निष्पक्ष हो राजनीति से प्रेरित न हो। यहाँ आए हुए अच्छे प्रशिक्षक खिलाड़ियों को चुने हुए खेलों में प्रशिक्षण दें और अभ्यास भी कराएँ। खेलों का स्तर सुधारने के लिए खेलों के मैदानों को महत्त्व दें। अनेक विद्यालयों में तो खेलों के मैदान ही नहीं हैं।

इन उपायों से विश्व के खेलों में भारत का स्तर सुधरेगा और राजनीति का दखल कम होगा। राजनीति के दखल से भारत की टीम के लिए गलत चुनाव हो जाते हैं और भारत को हार का मुख देखना पड़ता है।

(iii) ''दहेज समाज में फैला हुआ अभिशाप है''

दहेज प्रथा वर्तमान समाज में एक अभिशाप है। कितने ही परिवार इस प्रथा के कारण अपनी बेटियों का विवाह नहीं कर पाए। कितनी ही वधुएँ दहेज के कारण प्रताड़ना झेलती हैं। यह शिक्षित समाज के लिए एक कलंक है। इस कलंक को शिक्षित युवावर्ग ही मिटाने में सफल हो सकता है। समाज अपने स्तर से इस प्रथा का विरोध करे और दहेज लोभी व्यक्तियों का समाज से बहिष्कार करे। नवयुवक शिक्षित युवतियों से दहेज रहित विवाह करके एक आदर्श प्रस्तुत करें। धीरे-धीरे समाज उसको मान्यता देने लगेगा। दोनों पक्ष अनावश्यक खर्चे से बच जायेंगे और आपसी सद्भाव बढ़ेगा। समाज में सभी लड़के वाले हैं और सभी लड़की वाले हैं। अत: न तो अपनी लड़की के विवाह में दहेज दें और न ही लड़के के विवाह में दहेज लें। यदि ऐसा हो जाये तो सोचिए कितना भला होगा नारी समाज का। शिक्षा के प्रसार से धीरे-धीरे यह समाज में व्याप्त बुराई दूर हो सकेगी।

प्राचीनकाल में दहेज तो था, लेकिन उसका रूप दूसरा था और पुरस्कार स्वरूप था। न तो कोई दहेज माँगता था और न ही कन्या पक्ष वाले उसे बुरा समझते थे। विवाह के समय नये गृहस्थ जीवन को प्रारम्भ करने के लिए कन्या के सुन्दर भविष्य की कामना करते हुए माता-पिता एवं सम्बन्धियों की ओर से कुछ उपहार, गहने व अन्य गृहस्थी का सामान भेंट किया जाता था। इससे वर-वधू को अपना नया जीवन शुरू करने में सुविधा होती थी, किन्तु सद्भावना के साथ जिस प्रथा का प्रारम्भ हुआ था वही आज समाज में अभिशाप बन गई है। दहेज न जुटा पाने के कारण अनेक माता-पिता अपनी बेटी को विवाह का जोड़ा नहीं पहना पाते। धन के अभाव के कारण अनमेल विवाह भी होते हैं जिसका परिणाम आगे चलकर गृहक्लेश में परिवर्तित हो जाता है। दहेज एक गम्भीर प्रश्न है। इसके कारण अनेक युवतियों को अपने प्राणों की आहुति भी देनी पड़ जाती है। यदि समय रहते इसका समाधान न किया गया तो शीघ्र ही सारे समाज के लिए खतरा बन जायेगा। गम्भीरता से विचार किया जाये तो इस समस्या के मूल में लोभ, स्वार्थ और धनी बनने की महत्वाकांक्षा दिखाई देती है। नई वधू अपने साथ चाहे कितना ही धन और अन्य वस्तुएँ क्यों न लाये, उसके लोभी सास-ससुर, सम्बन्धी और कभी-कभी पति भी सन्तुष्ट नहीं होते। इस कारण वधू को खरी-खोटी सुननी पड़ती है। उसे नाहक ही परेशान किया जाता है। शिक्षित परिवार में भी देखने में आता है कि किसी वस्तु की पूर्ति के लिए बहू के माता-पिता पर दबाव डाला जाता है। कभी वर को विदेश जाने के लिए या कोई व्यवसाय करने के लिए धन की माँग की जाती है और यह कहा जाता है कि आपकी लड़की की सुख-सुविधा के लिए ही हम यह चाह रहे हैं नहीं तो हमें क्या करना ? दहेज न आने पर वधू को प्रताड़ित करना व अन्य यातनाएँ देना अमानुषिक कार्य है और यह सर्वथा निन्दनीय है और त्यागने योग्य है।

हमारा देश प्रगतिशील राष्ट्रों की पंक्ति में अग्रसर हो रहा है। यहाँ शिक्षा, औद्योगीकरण और कृषि उत्पादन का प्रतिशत बढ़ा है। प्राचीनकाल में भारत में नारी अति सम्माननीय थी, पूज्य थी। मनु ने कहा था कि जहाँ नारी की पूजा होती है वहाँ देवता निवास करते हैं और आज नारियों की ऐसी दुर्दशा। आधुनिक भौतिकवाद एवं अर्थ की प्रमुखता ने ही मनुष्य को अपने स्तर से गिरा दिया है। आज प्रधानता धन की है मनुष्य की नहीं। आज देश के जागरूक युवक-युवतियाँ इस चुनौती को स्वीकार करें और दहेज का बहिष्कार करें। जो शिक्षित नवयुवक दहेज की माँग करता है उसे अयोग्य समझ कर कन्या ठुकरा दे। इतना साहस तो कन्याओं में होना चाहिए कि जिस विवाह से उसके माता-पिता का घर बर्बाद हो रहा हो ऐसे विवाह से क्या फायदा ? दहेज लोभियों को कितना ही दहेज दे दो वे कभी सन्तुष्ट नहीं हो सकते। अत: कन्या इस बात को सोचे कि दहेज देकर भी उसे सुख-शान्ति न मिले तो ऐसे रिश्ते को तो ठुकराना ही अच्छा है। आत्मविश्वास रखने वाला स्वाभिमानी व्यक्ति दूसरों के दिये धन से सुख पाने की इच्छा नहीं रखता, उसे तो अपनी मेहनत से अर्जित धन से ही सुख प्राप्त होता है। सच्चा दहेज तो नववधू का मधुर स्वभाव और उसकी शिक्षा है जो उसके गृहस्थ को सुखी बनाती है। अत: दहेज के धन का लोभ त्याग कर युवकों को बिना दहेज लिए विवाह करने का निश्चय करना चाहिए। विवाह का बन्धन तो पवित्र बन्धन है जो दो परिवारों को मिलाता है और उन्हें सुख-दुख में सहयोग करने की प्रेरणा देता है। दहेज का लोभ आपस में कटुता ला देता है। समाचार-पत्र, रेडियो, दूरदर्शन, चलचित्र व नाटक आदि के माध्यम से दहेज के दुष्परिणामों का प्रचार किया जाना चाहिए। इस प्रकार दहेज-विरोधी लोकमत तैयार हो सकता है।

सरकार को भी नये सिरे से इस समस्या पर विचार करना चाहिए। यद्यपि दहेज कानून बना हुआ है फिर भी दहेज प्रथा में कमी नहीं आई है। इससे अधिक कारगर होगा दहेज-विरोधी वातावरण तैयार करना। यद्यपि इस ओर कई समाज-सुधारक समितियाँ ध्यान दे रही हैं, परन्तु और अधिक प्रयास की आवश्यकता है। दहेज प्रथा को जड़ से समाप्त करने के लिए हमें जन-चेतना अभियान चलाना होगा और नैतिक शिक्षा पर बल देना होगा। देश के बड़े-बड़े नेता, व्यापारी और बुद्धिजीवी अपने पुत्रों का दहेज-रहित विवाह करके समाज के सामने एक आदर्श प्रस्तुत करें जिससे कि आगे दहेज रहित विवाह करने का रास्ता खुले।

(iv) ''मेरे मन कछु और है हरि के मन कछु और''

संसार में कर्म के साथ-साथ भाग्य को भी मान्यता दी जाती है। विज्ञान कितनी भी उन्नति कर ले पर भाग्य का लेखा नहीं मिटा सकता। संसार में कई लोगों को बनते-बिगड़ते देखा है। प्रारब्ध के अनुसार ही मनुष्य जन्म लेता है और भाग्य अधीन हो कर्म करने को प्रेरित होता है। संसार ईश्वर की प्रेरणा से ही चलता है। ईश्वर को ही जगदाधार कहा जाता है। मनुष्य तो बस उसके इशारों पर नाचता है। जैसा ईश्वर चाहता है वैसा ही कार्य मनुष्य करता है।

प्राचीनकाल में रत्नाकर नाम का एक डाकू था जो कि यात्रियों को लूटकर अपना और अपने परिवार का पेट पालता था। लोगों ने रत्नाकर के भय से उस रास्ते से जाना छोड़ दिया था। ईश्वर की प्रेरणा से तीन साधु उस रास्ते से आए। रत्नाकर ने उनको रोककर कठोर आवाज में माल निकालने को कहा। साधुओं ने उसे बहुत समझाया कि उनके पास कुछ नहीं है पर वह न माना। अन्त में साधुओं ने कहा कि हमारे एक

प्रश्न का उत्तर दे दो तब हम तुम्हें जो चाहेंगे सो दे देंगे। उनमें से एक साधु ने कहा, **''जो पाप कर्म तुम अपना व अपने परिवार का पेट भरने के लिए नित्य करते हो क्या तुम्हारे घर वाले तुम्हारे पापों में भी हिस्सेदार होंगे या नहीं ?''** रत्नाकर का सिर चकराया; परन्तु उसने उत्तर दिया, ''हाँ, क्यों नहीं ? ये सब कार्य मैं उनके लिए ही तो करता हूँ।'' साधुओं ने रत्नाकर से कहा कि एक बार घर जाकर उनसे पूछ लो। रत्नाकर उन साधुओं को पेड़ से बाँधकर घर गया और अपनी पत्नी और बच्चों से वही प्रश्न पूछा। उसकी आशा के विपरीत उसको उत्तर मिला कि अपने परिवार का पालन करना उसका कर्त्तव्य है। वे उसके पाप में भागीदार नहीं होंगे। रत्नाकर दु:खी मन से साधुओं के पास आया। उसका मोह भंग हो चुका था। ईश्वर कृपा से उसके हृदय में ज्ञान जागा और वह साधुओं के चरणों में गिर पड़ा। उसने साधुओं को खोल दिया और उनसे क्षमा माँगी। रत्नाकर ने उनसे अपने उद्धार का मार्ग पूछा। साधुओं ने उस पर कृपा की और उपदेश दिया कि 'राम-राम' जपो, इससे तुम्हारा कल्याण होगा और सभी पाप दूर होंगे। रत्नाकर ने इसे ही अपने कल्याण का मार्ग जानकर, 'मरा, मरा, मरा, मरा ....' जपना प्रारम्भ कर दिया। कहते हैं दीमक ने इनके शरीर पर वामी बना ली थी। अत: इनका नाम 'वाल्मीकि' पड़ गया। तपस्या के प्रभाव से ये ऊँची पदवी पर पहुँच गये। **''उल्टा नाम जपत जग जाना। वाल्मीकि भये ब्रह्म समाना।''** ब्रह्माजी ने स्वयं आकर इनको दर्शन दिये और भूत एवं भविष्य जानने की दिव्य दृष्टि प्रदान की। उन्होंने आज्ञा दी कि वे 'रामायण ग्रन्थ' की रचना करें। सरस्वती ने भी इन्हें आशीर्वाद दिया। एक दिन वे नदी में स्नान कर अपने आश्रम की तरफ आ रहे थे तभी उन्होंने एक क्रौंच के जोड़े को पेड़ पर खेलते हुए देखा। एक बहेलिए के बाण से घायल हो नर क्रौंच पेड़ से नीचे गिरकर मृत्यु की घड़ियाँ गिनने लगा। उसके वियोग में मादा पक्षी की तड़प देखकर वाल्मीकि का हृदय करुणा से द्रवित हो उठा और रामायण का पहला श्लोक उनके होठों से प्रस्फुटित हुआ। उसी दिन से उन्होंने उस ग्रन्थ की रचना प्रारम्भ कर दी। बाद में सीता माता इन्हीं के आश्रम में आकर रही थीं। उनके दो पुत्र हुए—लव और कुश। वाल्मीकि ने ही उन्हें विद्या में पारंगत किया और बाण विद्या सिखाई। राजा रामचन्द्र के अश्वमेघ यज्ञ के समय लव-कुश ने उनको रामायण गाकर सुनाई।

अत: निष्कर्ष निकलता है कि रत्नाकर ने डाकू बनने के लिए जन्म नहीं लिया था। यानि जो रत्नाकर ने चाहा वह नहीं हुआ और जो ईश्वर ने चाहा वही हुआ। वैसा ही विधान बन जाता है, जैसा ईश्वर चाहता है। अन्त में हमें कहना पड़ता है—

''मेरे मन कछु और है, हरि के मन कछु और''

(v) चित्र प्रस्ताव

दिया गया चित्र पूना शहर में प्रारम्भ किए गये गाँधीगिरी क्लब का है। इस क्लब में महिला और पुरुष दोनों ही सदस्य हैं। यह चित्र बाजार की एक सड़क का है। दो महिला सदस्य सूट पहने हैं और सिर पर सफेद गाँधी टोपी लगाए हैं। इनके अलावा पुरुष सदस्य पेंट-शर्ट पहने हैं और गाँधी टोपी लगाए हैं। बाजार का दृश्य है। दुकानों पर 'सुव बधू', 'मोहिंते', 'ठाणेश्वरी', 'श्री गुरुदत्त रद्दी' डिपो आदि के बोर्ड लगे हैं। चित्र में कई सदस्यों के बीच एक स्कूटर सवार खड़ा है जिसे पीला सूट पहने महिला फूल भेंट कर रही है और दूसरे मोटर साइकिल को एक युवती फूल भेंट कर रही है। उनके सामने एक व्यक्ति हाथ जोड़ कर उनकी तरफ आ रहा है। दो व्यक्तियों के हाथों में दो तख्ती हैं जिन पर गाँधी गिरी क्लब लिखा हुआ है। जितने भी व्यक्ति गाँधी टोपी लगाए हुए हैं वे सभी गाँधीगिरी क्लब से सम्बन्धित हैं। ट्रैफिक के नियम तोड़ने पर ये लोग स्कूटर सवार और मोटर साइकिल सवार दोनों को फूल पेश कर बड़े ही अनुशासित ढंग से नम्रता पूर्वक प्रार्थना कर रहे हैं कि वाहन चालक सड़क के नियम न तोड़ें इस गाँधीगिरी की चारों तरफ प्रशंसा हुई और लोगों में सुधार आया। उत्तर प्रदेश की पुलिस ने भी कहीं-कहीं इस गाँधीगिरी का अभ्यास किया और सफलता और प्रशंसा प्राप्त की। जनता पर इस प्रकार के प्रयोग का बहुत असर पड़ता है। चित्र के नीचे बाएँ हाथ की तरफ लिखा है—''LAGE RAHO : Gandhigiri club members garland traffic violators in Pune.'' बिना टोपी के कुछ लोग आते-जाते दिखाई दे रहे हैं और कुछ लोग वहीं खड़े होकर इस दृश्य का अवलोकन कर रहे हैं। स्कूटर और मोटर साइकिल सवार को छोड़कर बाकी लोगों के चहरों पर मुस्कराहट फैली हुई है।

यह विचार 'लगे रहो—मुन्नाभाई' नामक फिल्म से प्राप्त हुआ। उस फिल्म में संजय दत्त ने गाँधीजी से प्रेरित होकर अहिंसात्मक आन्दोलन चलाया था और अन्त में वह उसमें सफल भी हुआ। यह एक नया विचार था। हर नई विचारधारा जनता पर असर करती है। यदि इसी प्रकार का आन्दोलन हमारे देश में चले तो काफी हद तक सुधार की अपेक्षा की जाती है। जब ऐसी जागृति जनता में आई है तो अवश्य ही इसका प्रयोग समाज में सुधार लाएगा। जब कोई बुजुर्ग व्यक्ति हाथ जोड़कर प्रार्थना करेगा तो सुनने वाले पर अवश्य ही सकारात्मक प्रभाव पड़ेगा। 'लगे रहो-मुन्ना भाई' फिल्म में भी जनता पर सकारात्मक प्रभाव दिखाई पड़ा' गाँधीजी ने अहिंसात्मक आन्दोलनों के द्वारा ही भारत को स्वाधीनता दिलवाई। घर-घर में अहिंसा, प्रेम और स्वदेशी वस्त्रों को अपनाने की बात पहुँचाई, लोगों में जागृति आई और सभी लोग गाँधीगिरी क्लब से भी जुड़ें तो काफी कुछ सुधार हो सकता है। यह एक नया विचार है जिसकी आज के दौर में आवश्यकता है। इससे अवश्य ही सुधार होगा।

Question 2.

Write a letter in Hindi in approximately 120 words on any one of the topics given below :

निम्नलिखित में से किसी एक विषय पर हिन्दी में लगभग 120 शब्दों में पत्र लिखिए—

(i) अपने मित्र को पत्र लिखकर अपनी दुर्घटना के बारे में प्रकाश डालिए।

(ii) समाचार के सम्पादक को पत्र लिखकर पुलिस की लापरवाही के कारण अपने नगर में बढ़ रही गुण्डागर्दी के प्रति प्रशासन का ध्यान आकृष्ट कीजिए।

उत्तर—(i)

2, एम. जी. रोड,

राजामण्डी चौराहा,

आगरा।

दिनांक : 15.5.2008

प्रिय मित्र रमेश,

सप्रेम नमस्कार।

कुशलपूर्वक रहकर तुम्हारी सपरिवार कुशलता की कामना करता हूँ। आगे जैसा कि तुम्हें पता ही है पिछले महीने 21 मार्च को जब मैं विद्यालय से घर जा रहा था तभी एक स्कूटर सवार की थोड़ी-सी असावधानी से मैं अपनी साइकिल से गिर गया और मेरी टाँग की हड्डी टूट गई। हड्डी की टूट थोड़ी गम्भीर थी। खैर किसी तरह मैं घर पहुँचकर अपने पिताजी के साथ चिकित्सक के पास गया जहाँ मेरी टाँग का एक्सरे किया गया और सूजन न होने के कारण प्लास्टर कर दिया गया, परन्तु साथ ही एक महीने का शय्या पर पूर्ण आराम करने की चिकित्सक की सलाह से मैं दु:खी हो गया। खैर वह स्वस्थ होने के लिए आवश्यक भी था। मैंने भी दोस्त खूब जमकर दूध, फल व कैल्शियम की गोलियाँ खाईं, साथ ही चिकित्सक के निर्देशानुसार पहले खूब आराम और फिर आवश्यक व्यायाम किया। फलस्वरूप अब मैं बिल्कुल स्वस्थ हूँ। अब मेरी टाँग बिल्कुल ठीक है। मैं दौड़ सकता हूँ। मेरे माता पिता का तुम्हें आशीर्वाद तथा तुम्हारे माता-पिता को मेरा सादर प्रणाम।

तुम्हारा अभिन्न

सत्येन्द्र कमार

ए-86, तानसेन नगर

ग्वालियर।

(ii)

सेवा में,

सम्पादक,

अमर उजाला प्रेस,

सिकन्दरा रोड, आगरा।

विषय—पुलिस की लापरवाही की शिकायत हेतु पत्र

महोदय,

मैं आपके सम्मानित समाचार-पत्र 'अमर उजाला' के माध्यम से प्रशासनिक अधिकारियों का ध्यान नगर में बढ़ती हुई गुण्डागर्दी और पुलिस की लापरवाही की ओर आकृष्ट करना चाहता हूँ। पिछले लगभग पन्द्रह दिन से नगर के सभी समाचार-पत्रों में गुण्डों द्वारा मारपीट छेड़छाड़, सामान छीनने, अपहरण आदि की घटनाओं का वर्णन पढ़कर जन साधारण में आतंक की लहर दौड़ गई है। जन जीवन पूर्णतया असुरक्षित हो गया है और पुलिस हाथ पर हाथ धरे बैठी है। ऐसा प्रतीत होता है जैसे पुलिस विभाग अपने कर्त्तव्य एवं जिम्मेदारी को भूल गया। प्रशासन से प्रार्थना है कि वह इस समस्या के समाधान हेतु कोई कठोर कदम उठाते हुए, पुलिस के विरुद्ध उचित कड़ी कार्यवाही कर साथ ही उन्हें उनके कर्त्तव्य के प्रति सचेत करें ताकि नगर की जनता अपने को सुरक्षित महसूस करे।

सधन्यवाद।

प्रार्थी,

हरी मोहन

6, दयालबाग रोड, आगरा

दिनांक : 15-3-2008

Question 3.

Read the passage given below carefully and answer in Hindi the questions that follow using your own language as far as possible :

नीचे लिखे गद्यांश को ध्यान से पढ़िए और उसके नीचे लिखे प्रश्नों के उत्तर हिन्दी में लिखिए। उत्तर यथासम्भव आपके अपने शब्दों में होने चाहिए :

पण्डित शादीराम को यह आशा न थी कि कोयलों में हीरा मिल जायेगा। घोर निराशा ने आशा के द्वार चारों ओर से बन्द कर दिए। वे उन हतभाग्य मनुष्यों में से थे, जो संसार में असफल, केवल असफल रहने के लिए उत्पन्न होते हैं। सोने को हाथ लगाते थे, वह भी मिट्टी हो जाता था। उनकी ऐसी धारणा ही नहीं, पक्का विश्वास था कि यह प्रयत्न भी कभी सफल न होगा, परन्तु लाला सदानन्द के आग्रह पर दिनभर

बैठकर तस्वीरें छाँटते रहे। न मन में लगन थी, न हृदय में चाव, परन्तु लाला सदानन्द की बात को टाल न सके। शाम को देखा दो सौ एक-से-एक बढ़िया चित्र हैं। उस समय वे उन्हें देखकर स्वयं उछल पड़े। उनके मुख पर आनन्द की आभा नृत्य करने लगी, जैसे फेल हो जाने का विश्वास करके अपने प्रारब्ध पर रो चुके विद्यार्थी को पास हो जाने का तार मिल गया हो। उस समय वह कैसा प्रसन्न होता है। चारों ओर कैसी विस्मित और प्रफुल्लित दृष्टि से देखता है। यही अवस्था पण्डित शादीराम की थी। वे उन चित्रों की ओर इस प्रकार देखते थे, मानो उनमें से प्रत्येक दस-दस रुपये का नोट हो। बच्चों को उधर देखने न देते थे। वे सफलता के विचार से प्रसन्न हो रहे थे, जैसे सफलता प्राप्त हो चुकी हो, यद्यपि वह अभी कोसों दूर थी। लाला सदानन्द की आशा उनके मस्तिष्क में निश्चय का रूप धारण कर चुकी थी।

लाला सदानन्द ने चित्रों को अलबम में लगाया और कुछ उच्च कोटि के समाचार-पत्रों में विज्ञापन दे दिया। अब पण्डित शादीराम हर समय डाकिये की प्रतीक्षा करते थे।

इस प्रकार एक महीना बीत गया, परन्तु कोई पत्र न आया। पण्डित शादीराम सर्वथा निराश हो गये, परन्तु फिर भी कभी-कभी सफलता का विचार आ जाता था, जिस प्रकार अँधेरे में जुगनू की चमक निराश हृदयों के लिए कैसी जीवनदायिनी, कैसी हृदयहारिणी होती है। इसके सहारे भूले हुए पथिक मंजिल पर पहुँचने का प्रयत्न करते हैं।

(i) पण्डित शादीराम को क्या विश्वास नहीं हो रहा था ? क्यों ?

(ii) लाला सदानन्द ने उन्हें क्या विश्वास दिलाया था ?

(iii) पण्डित शादीराम की आर्थिक स्थिति कैसी थी ? तस्वीरें मिल जाने पर शादीराम को कैसी प्रसन्नता हुई ?

(iv) पण्डित शादीराम आशा-निराशा के बीच कैसे झूल रहे थे ?

(v) समाचार-पत्रों में विज्ञापन क्यों दिया गया ?

उत्तर—(i) लाला सदानन्द ने पं. शादीराम की बनाई हुई तस्वीरें देखीं तो उन्हें बेचने की सलाह दी। पर पं. शादीराम को यह विश्वास नहीं हो रहा था कि कोई व्यक्ति आकर उनकी तस्वीरें खरीदेगा। उनकी बनाई हुई तस्वीरें उनके विचार से साधारण थीं और कोई व्यर्थ में ही उन तस्वीरों को क्यों खरीदेगा।

(ii) लाला सदानन्द ने उन्हें विश्वास दिलाया था कि शादीराम अपनी तस्वीरों की अलबम बना लें और उन्हें बेचने के लिए विज्ञापन दें तो अवश्य ही कोई अच्छे दाम देकर उन तस्वीरों को खरीद ले जायेगा।

(iii) पं. शादीराम की आर्थिक स्थिति अच्छी नहीं थी। बड़ी मुश्किल से वे अपने परिवार का खर्च चलाते थे। उनकी मदद करने की इच्छा से ही लाला सदानन्द ने उन्हें तस्वीरें बेचने की सलाह दी। पं. शादीराम को तस्वीरें मिल जाने पर ऐसी प्रसन्नता हुई जैसे फेल होने का विश्वास मान लेने वाले विद्यार्थी को उसके पास होने का तार मिला हो।

(iv) पं. शादीराम आशा-निराशा के बीच झूल रहे थे। लाला सदानन्द के विश्वास दिलाने पर उन्हें आशा बँधी थी कि उनकी तस्वीरें बिक सकती हैं। सफलता के विचार से वे प्रसन्न होते, यद्यपि सफलता अभी कोसों दूर थी। दूसरे ही क्षण उनका मन निराशा से भर जाता कि कोई काहे को इन तस्वीरों को खरीद कर अपना पैसा बर्बाद करेगा।

(v) लाला सदानन्द के समझाने पर पं. शादीराम ने अपने हाथ की बनी तस्वीरें खोजीं। शाम तक उन्होंने अपनी सभी तस्वीरें ढूँढ ली थीं। वे दो सौ एक-से-एक बढ़िया चित्र थे। उनकी अलबम बनाई और अच्छे-अच्छे समाचार-पत्रों में विज्ञापन दिया गया ताकि तस्वीरों को पसन्द करने वाले ग्राहक आयें और उचित मूल्य देकर उन चित्रों की अलबम को खरीद ले जायें।

Question 4.

Answer the following according to the instructions given :

निम्नलिखित प्रश्नों के उत्तर निर्देशानुसार लिखिए—

(i) निम्नलिखित शब्दों से विशेषण बनाइए—

वर्णन, खाना।

उत्तर—वर्णनीय, खाने योग्य।

(ii) निम्नलिखित शब्दों में से एक शब्द के दो पर्यायवाची लिखिए—

घर, दुनिया।

उत्तर—घर—गृह, निकेतन, **दुनिया**—विश्व, संसार।

(iii) निम्नलिखित शब्दों में से किन्हीं दो के अर्थ लिखिए—

पूर्ववत्, अतुलित, पण्डित, अन्यत्र।

उत्तर—पहले की तरह, अपार, विद्वान्, दूसरी जगह।

(iv) निम्नलिखित शब्दों की भाववाचक संज्ञा बनाइए—

विशाल, निपुण।

उत्तर—विशालता, निपुणता।

(v) निम्नलिखित मुहावरों में से किसी एक से वाक्य बनाइए—
बात लगना, कसौटी पर कसना।

उत्तर—(a) सेठजी को साधु की बात ऐसी लग गई कि उन्होंने अपनी सारी सम्पत्ति दान कर दी।
(b) सत्य और नेकी की कसौटी पर कसने से ही मनुष्य खरा उतरता है।

(vi) कोष्ठक में दिये गये निर्देशानुसार वाक्यों में परिवर्तन कीजिए—

(a) पं. शादीराम सर्वथा निराश हो गये।
(निराश के स्थान पर 'निराशा' लिखो)

(b) वे सफलता के विचार से प्रसन्न हो रहे थे।
(सफलता के स्थान पर 'सफल' और प्रसन्न के स्थान पर 'प्रसन्नता' लिखिए)

(c) परन्तु कोई पत्र नहीं आया।
(कोई के स्थान पर 'किसी ने' लिखो)

उत्तर—(a) पण्डित शादीराम को सर्वदा निराशा ने घेर लिया।
(b) सफल होने के विचार से उनके चेहरे पर प्रसन्नता दिखाई दे रही थी।
(c) परन्तु किसी ने उन्हें पत्र नहीं लिखा।

SECTION–B

साहित्य सागर (गद्य)

Question 5.

Read the extract given below and answer in Hindi the questions that follow :

निम्नलिखित गद्यांश को पढ़िए और उसके नीचे लिखे प्रश्नों के उत्तर हिन्दी में लिखिए:

पानवाला उदास हो गया। उसने पीछे मुड़कर मुँह का पान नीचे थूका और सिर झुकाकर अपनी धोती के सिरे से आँखें पोंछता हुआ बोला, ''साहब ! कैप्टन मर गया।''

—'नेताजी का चश्मा'—
लेखक—स्वयं प्रकाश

(i) पानवाला उदास क्यों हो गया ? किसने उससे क्या प्रश्न पूछा जिससे वह दु:खी हुआ ?

(ii) दो साल तक अपने काम के सिलसिले में वह व्यक्ति उस कस्बे से गुजरता रहा तो उसने क्या देखा ?

(iii) एक दिन क्या हुआ ?

(iv) पानवाले ने किस व्यक्ति का मजाक उड़ाया है और क्या कहा ?

उत्तर—(i) हालदार साहब जो जाते समय अक्सर यहाँ आते थे और एक पानवाले के पास रुककर पान खाते थे। उन्होंने पान वाले से पूछा कि क्या बात है कि आज नेताजी की आँखों पर चश्मा नहीं है। यह सुनकर पानवाला उदास हो गया। उसने बताया कि चश्मे लगाने वाला कैप्टन मर गया।

(ii) दो साल तक हालदार साहब अपने काम के सिलसिले में उस कस्बे से गुजरते रहे और नेताजी की मूर्ति में बदलते हुए चश्मों को देखते रहे। कभी गोल चश्मा होता तो कभी चौकोर, कभी लाल, कभी काला, कभी धूप का चश्मा, कभी बड़े काँचों वाला गोगो चश्मा···पर कोई-न-कोई चश्मा होता जरूर।

(iii) एक दिन ऐसा हुआ कि मूर्ति के चेहरे पर कोई भी किसी भी प्रकार का चश्मा नहीं था। उस दिन पान की दुकान भी बन्द थी। चौराहे की अधिकांश दुकानें बन्द थीं।

(iv) जब एक दिन हालदार साहब ने पानवाले से पूछा कि क्या चश्मेवाले नेताजी का साथी है या आजाद हिन्द फौज का भूतपूर्व सिपाही ? तो पानवाले ने चश्मेवाले का मजाक बनाते हुए कहा, नहीं साहब वो लँगड़ा क्या जायेगा फौज में ? पागल है पागल ! देखो वह आ रहा है। वह उसी से बात कर लें और उसका फोटो छपवा दे कहीं। हालदार साहब को पानवाले की ये बातें अच्छी नहीं लगीं।

Question 6.

Read the extract given below and answer in Hindi the questions that follow :

निम्नलिखित गद्यांश को पढ़िए और उसके नीचे लिखे प्रश्नों के उत्तर हिन्दी में लिखिए:

आनन्दी की त्यौरी चढ़ गई। झुंझलाहट के मारे सारे बदन में ज्वाला-सी दहक उठी। बोली, ''जिसने तुमसे यह आग लगाई है, उसे पाऊँ तो मुँह झुलस दूँ।''

—'बड़े घर की बेटी'—
लेखक—प्रेमचन्द

(i) आनन्दी की त्यौरी क्यों चढ़ी हुई थीं। वह किसका इन्तजार कर रही थी ?

(ii) श्रीकंठ सिंह ने क्या जानना चाहा उससे ?

(iii) इससे पहले लाल बिहारी और बेनीमाधव सिंह उससे क्या कह चुके थे ?

(iv) आनन्दी से घटना का हाल जानकर श्रीकंठ सिंह को कैसा लगा। उन्होंने अपने पिता से क्या कहा ?

उत्तर—(i) आनन्दी की त्यौरी इसलिए चढ़ी हुई थीं कि एक दिन खाना खाते समय दाल में घी न होने के कारण लाल बिहारी क्रोध से भन्ना गया और भोजन की थाली फेंक दी और एक खड़ाऊँ उठाकर आनन्दी की तरफ फेंकी। आनन्दी ने हाथ से उसे रोक लिया नहीं तो सिर फूटता। हाथ में जरूर चोट लगी। तभी से आनन्दी झुँझलाहट में थी और श्रीकंठ सिंह का इन्तजार कर रही थी जोकि नौकरी से शनिवार को लौटते थे।

(ii) श्रीकंठ सिंह ने आनन्दी से ही जानना चाहा कि आखिर ऐसी क्या बात हुई जिसका क्रोध उसे (आनन्दी) दु:खित कर रहा है। आनन्दी ने पूरी घटना की जानकारी उसे दी। यह सुनकर श्रीकंठ सिंह को भी बुरा लगा और क्रोध में भर गया। वह जानता था कि पत्नी की शक्ति उसका पति ही है।

(iii) इससे पहले लाल बिहारी श्रीकंठ सिंह को उस घटना की जानकारी अपने हिसाब से दे चुका था कि भाभी उससे यों ही उलझ पड़ीं। मैके के सामने उन लोगों को कुछ समझती ही नहीं। वे बड़े घर की बेटी हैं तो वह लोग भी कोई कुर्मी-कहार नहीं हैं। बेनीमाधव सिंह ने भी बेटे की साक्षी दी कि बहू-बेटियों का यह स्वभाव अच्छा नहीं कि मर्दों के मुँह लगें।

(iv) आनन्दी से पूरी घटना की जानकारी लेने के बाद श्रीकंठ सिंह को क्रोध आया। आँखें लाल हो गईं और बोले कि उस छोकरे का साहस यहाँ तक हो गया। आनन्दी स्त्री स्वाभावानुसार रोने लगी। श्रीकंठ धैर्यवान और शान्त पुरुष थे। उन्हें कदाचित ही क्रोध आता था, पर स्त्रियों के आँसू पुरुषों की क्रोधाग्नि भड़काने में घी का काम देते हैं। रातभर करवट बदलते रहे। रातभर पलक तक नहीं झपकी। प्रात:काल अपने पिता के पास जाकर बोले कि अब इस घर में उनका निर्वाह न होगा।

Question 7.

Read the extract given below and answer in Hindi the questions that follow :

निम्नलिखित गद्यांश को पढ़िए और उसके नीचे लिखे प्रश्नों के उत्तर हिन्दी में लिखिए:

''रात को बड़े जोर का झक्कड़ चला। सेक्रेटरिएट के लॉन में जामुन का एक पेड़ गिर पड़ा। सुबह को जब माली ने देखा, तो उसे पता चला कि पेड़ के नीचे एक आदमी दबा पड़ा है।''

—'जामुन का पेड़'—
लेखक—कृष्ण चंदर

(i) माली ने यह देखकर क्या किया ?

(ii) पहले, दूसरे और तीसरे क्लर्क ने क्या कहा ? क्या तीसरे क्लर्क को उस दबे हुए आदमी से सहानुभूति थी ?

(iii) माली ने क्या सुझाव दिया ? मोटे चपरासी की बात सुनकर माली क्या बोला ?

(iv) फिर क्या कार्यवाही हुई। क्या मानवता के लिहाज से ये कार्यवाही जरूरी थी ?

उत्तर—(i) माली ने सुबह वहाँ आकर देखा कि एक आदमी जामुन के पेड़ के नीचे दबा पड़ा है तो वह दौड़ा-दौड़ा चपरासी के पास गया। चपरासी क्लर्क के पास गया और क्लर्क दौड़ा-दौड़ा सुपरिटेंडेंट के पास गया। सुपरिटेंडेंट भागकर लॉन में आया। अब तक काफी भीड़ इकट्ठी हो गई थी।

(ii) पहले क्लर्क ने कहा कि जामुन का पेड़ कितना फलदार था। दूसरा क्लर्क बोला कि इसकी जामुन कितनी रसीली होती थीं। तीसरा क्लर्क लगभग रुआँसा होकर बोला कि फलों के मौसम में वह झोली भरकर जामुन ले जाता था और उसके बच्चे बड़े चाव से जामुन खाते थे। फिर उसने उस दबे हुए आदमी की तरफ इशारा करके कहा 'मगर ये आदमी ?'

(iii) माली ने सुझाव दिया कि पेड़ को हटाकर इस दबे हुए आदमी को जल्दी से निकाल लेना चाहिए। मोटे चपरासी की यह बात सुनकर कि पेड़ का तना बहुत मोटा और बजनी है माली ने कहा कि कुछ मुश्किल नहीं है। यदि सुपरिटेंडेंट साहब हुक्म दें तो अभी पन्द्रह-बीस माली, चपरासी और क्लर्क लगाकर दबे हुए आदमी को निकाला जा सकता है।

(iv) फिर कार्यवाही शुरू हुई सुपरिटेंडेंट अंडर-सेक्रेटरी के पास गया। अंडर-सेक्रेटरी डिप्टी-सेक्रेटरी के पास गया। डिप्टी-सेक्रेटरी ज्वाइंट-सेक्रेटरी के पास गया। ज्वाइंट-सेक्रेटरी चीफ सेक्रेटरी के पास गया। चीफ सेक्रेटरी मिनिस्टर के पास गया। मिनिस्टर ने चीफ सेक्रेटरी से कुछ कहा। चीफ सेक्रेटरी ने ज्वाइंट-सेक्रेटरी से कुछ कहा। ज्वाइंट-सेक्रेटरी ने डिप्टी-सेक्रेटरी से कुछ कहा। डिप्टी-सेक्रेटरी ने अंडर-सेक्रेटरी से कुछ कहा। इस प्रकार फाइल चलती रही और आधा दिन बीत गया और कुछ नहीं हुआ।

मानवता के नाते सबसे जरूरी काम था उस दबे हुए व्यक्ति के प्राणों को बचाना। दो-एक व्यक्ति ने उस दबे हुए व्यक्ति की तरफ इशारा भी किया लेकिन सरकारी कार्यवाही के चक्कर में महत्वपूर्ण प्रश्न उलझ गया। तुरन्त दस-बीस आदमी मिलकर उस तने को हटाकर दबे हुए आदमी के प्राणों को बचाते।

साहित्य सागर (पद्य)

Question 8.

Read the extract given below and answer in Hindi the questions that follow :
निम्नलिखित पद्यांश को पढ़िए और उसके नीचे लिखे प्रश्नों के उत्तर हिन्दी में लिखिए:

''काँकर पाथर जोरि कै, मसजिद लई बनाय।
ता चढ़ि मुल्ला बाँग दे, क्या बहरा हुआ खुदाय।।''

—'साखी'—
कवि—कबीरदास

(i) क्या कबीर पढ़े-लिखे थे। उनके बारे में क्या कहा जाता है ?
(ii) वे किसके उपासक थे और उन्होंने किसका विरोध किया ?
(iii) क्या कबीरदास जी ने हिन्दु-मुसलमानों की एकता का प्रयास किया ?
(iv) प्रस्तुत दोहे का अर्थ लिखिए।

उत्तर—(i) कबीरदास जी पढ़े-लिखे नहीं थे। इनकी भाषा को 'सधुक्कड़ी' या 'पंचमेल खिचड़ी' कहा जाता है। संकलित साखियों में इन्होंने समाज को विभिन्न प्रकार की सीख दी हैं। इनकी साखियों में एक समाज-सुधारक का निर्भीक स्वर सुनाई पड़ता है।

(ii) कबीरदास जी निर्गुण तथा निराकार ईश्वर के उपासक थे, इसलिए इन्होंने मूर्ति-पूजा, कर्मकांड तथा बाहरी आडम्बरों का खुलकर विरोध किया।

(iii) कबीरदास जी ने हिन्दू-मुस्लिम एकता का नारा भी बुलन्द किया तथा दोनों ही सम्प्रदायों में व्याप्त रूढ़ियों तथा धार्मिक कुरीतियों का खुलकर विरोध किया तथा राम-रहीम की एकता में विश्वास पैदा करने की कोशिश की। उन्होंने अपने दोहों के माध्यम से समाज को सीख दी। वे चाहते थे कि हिन्दू और मुसलमान एक होकर रहें तभी समाज का उद्धार होगा।

(iv) कबीरदास जी कहते हैं कंकड-पत्थर इकट्ठा करके मुसलमानों ने एक मस्जिद का निर्माण कर लिया। उस पर चढ़कर मुल्ला जोर-जोर से अल्लाह को पुकारता है जैसे कि खुदा बहरा हो जो उसकी धीमी गुहार को सुन नहीं सकेगा। उनका मन्तव्य यह था कि पूजा पाठ में दिखावा जरूरी नहीं है। खुदा तो दिल की धड़कन भी सुन लेता है फिर जोर से नमाज़ पढ़ने की जरूरत नहीं है।

Question 9.

Read the extract given below and answer in Hindi the questions that follow :
निम्नलिखित पद्यांश को पढ़िए और उसके नीचे लिखे प्रश्नों के उत्तर हिन्दी में लिखिए:

''सबको मुक्त प्रकाश चाहिए
सबको मुक्त समीरण
बाधा रहित विकास, मुक्त
आशंकाओं से जीवन।''

—'स्वर्ग बना सकते हैं'—
कवि—रामधारी सिंह 'दिनकर'

(i) यह कविता कवि की किस प्रकार की रचना है ?
(ii) इन पंक्तियों के माध्यम से कवि क्या कहना चाह रहा है ?
(iii) मनुष्य का विकास कब सम्भव है ?
(iv) प्रस्तुत पंक्तियों का भावार्थ लिखिए।

उत्तर—(i) कवि की यह रचना राष्ट्रीयता के भाव को लिए हुए है। कवि की राष्ट्रीय भावनाएँ इन पंक्तियों से जुड़ी हुई हैं। अपने राष्ट्र का विकास तभी सम्भव है जब उसके व्यक्तियों का विकास हो तथा उनको विकास के समान अवसर मिलें। समानता का अधिकार भी आवश्यक है।

(ii) प्रस्तुत पंक्तियों में कवि चाहता है कि सभी मनुष्यों को मुक्त-प्रकाश और मुक्त वायु चाहिए तभी उसका जीवन सफलता की ओर अग्रसर होगा। उसे न्याय मिलना चाहिए। सभी मनुष्य समान हैं इसलिए सभी एक-दूसरे का आदर करें और एक-दूसरे के सहायक बनें, बाधक नहीं।

(iii) मनुष्य का विकास तभी सम्भव है जब उसका जीवन अभावों से ग्रस्त न हो, उसे मुक्त प्रकाश और मुक्त समीरण मिले और उसके विकास में बाधाएँ न हों। आशंका या भय उसके जीवन में न रहे तभी उसका विकास सम्भव है। मनुष्य-मनुष्य में समानता हो और समाज में उसे न्याय मिले।

(iv) कवि कहता हैं कि मनुष्य तभी उन्नति कर सकता है जब उसे मुक्त प्रकाश और मुक्त व स्वच्छ वायु प्रदान हो। उसके विकास में कोई ऐसी बाधा न आये जिसे वह दूर न कर सके। उसके जीवन में कोई आशंका या भय का आगमन न हो क्योंकि यह दोनों ही मनुष्य को सफलता की ओर जाने से रोकता है। बाधाएँ उसके जीवन को विकास की तरफ जाने से रोकती हैं।

Question 10.

Read the extract given below and answer in Hindi the questions that follow :

निम्नलिखित पद्यांश को पढ़िए और उसके नीचे लिखे प्रश्नों के उत्तर हिन्दी में लिखिए:

''पेड़ झुक झाँकने लगे गरदन उचकाए,
आँधी चली, धूल भागी घाघरा उठाए,
बाँकी चितवन उठा नदी ठिठकी, घूँघट सरखाए।
मेघ आए बड़े बन-ठन के सँवर के।''

—'मेघ आये'—

कवि—सर्वेश्वर दयाल सक्सेना

(i) **प्रस्तुत पंक्तियों में किस ऋतु का वर्णन है तथा इसके आने पर कैसा वातावरण हो जाता है ?**

(ii) **पेड़ झुककर क्या देख रहे हैं ? क्या पेड़ों को भी पानी की चाह है ?**

(iii) **वर्षा को ऋतुओं की रानी क्यों कहा जाता है ?**

(iv) **प्रस्तुत पंक्तियों का भावार्थ लिखिए।**

उत्तर—(i) इन पंक्तियों में वर्षा ऋतु के आने का वर्णन किया गया है। वर्षा के आने से पहले काले-काले मेघ आकाश में छा जाते हैं और चारों तरफ अँधेरा-सा छा जाता है। वर्षा ऋतु में मौसम बड़ा सुहावना हो जाता है। भीषण गर्मी से राहत मिलती है। नदी, ताल-तलैया पानी से भर जाते हैं जिससे कृषि के लिए और जीवों को पीने के लिए पानी मिलता है।

(ii) पेड़ झुककर वर्षा के काले बादलों को देख रहे हैं। पेड़-पौधों को पानी की ही चाह होती है इसलिए वे वर्षा का बेसब्री से इन्तजार करते हैं। पानी के पड़ने से पेड़-पौधे फिर से हरे हो जाते हैं। पेड़ों पर लिपटी हुई लताओं को नया जीवन मिलता है। वन में खड़े वृक्षों को तो केवल वर्षा ऋतु में ही पानी मिलता है और उस जल को सोख कर वह हरे-भरे हो जाते हैं।

(iii) वर्षा को ऋतुओं की रानी इसलिए कहा जाता हैं क्योंकि यह सबको सुख प्रदान करती है। गर्मी से राहत देती है, कृषि के लिए लाभकारी व अत्यन्त आवश्यक है। यह सबको पीने का पानी देती है। मौसम अति सुहावना हो जाता है। पशु-पक्षी भी हर्षित हो जाते हैं। यद्यपि वर्षा आवश्यक है, पर अति वर्षा नुकसान भी करती है।

(iv) कवि कहता है कि मेघों के आकाश में आने की टोह जानकर, पेड़ झुककर और गर्दन ऊँची करके मेघों को देखने लगे। आँधी चली और धूल उसके साथ भागने लगी। मेघ बन-ठन कर आये तो नदी भी अपनी बाँकी चितवन से अपना घूँघट उठाकर उन्हें देखने लगी। प्रकृति की सुन्दरता का चित्रण यहाँ कवि ने किया है।

नया रास्ता

Question 11.

Read the extract given below and answer in Hindi the questions that follow :

निम्नलिखित गद्यांश को पढ़िए और उसके नीचे लिखे प्रश्नों के उत्तर हिन्दी में लिखिए :

''कितनी जालिम है ये दुनिया ! सब कुछ पैसा ही है इस दुनिया में ? इंसान की इंसानियत, शर्म, लज्जा कुछ भी तो नहीं रही है। पिताजी के मन में अन्तर्द्वन्द्व चल रहा था। घर पर सभी उम्मीद लगाये बैठे थे कि आशा का रिश्ता पक्का हो जायेगा।''

(i) **दयारामजी लड़के वालों के घर में बैठे थे तो किससे मुलाकात हुई ?**

(ii) **उस सज्जन ने उन्हें क्या बताया ?**

(iii) **दयारामजी ने वहाँ अधिक ठहरना उचित क्यों नहीं समझा ?**

(iv) **दयारामजी के घर पर सभी क्या आशा लगाये बैठे थे ? दयारामजी के चेहरे को देखकर वे क्या समझ गये ?**

उत्तर—(i) दयाराम जी मेरठ शहर लड़के वालों के घर अपनी छोटी बेटी आशा का रिश्ता अमित के लिए लेकर गये थे। बड़ी उम्मीद थी उन्हें क्योंकि आशा से रिश्ता करने की बात स्वयं उन्होंने ही पत्र में लिखी थी। घर में उस समय कोई नहीं था। नौकर ने दरवाजा खोला और उन्हें अन्दर बिठा दिया। इतने में ही कोई सज्जन चमचमाती कार से उतरकर आये और वहीं दयाराम जी के पास आकर बैठ गये।

(ii) उस सज्जन का नाम धनीमल था। उन्होंने बताया कि उनकी बेटी सरिता का रिश्ता अमित के साथ तय हो गया है और शादी में वे पाँच लाख रुपये लगा रहे हैं। दयाराम जी को बड़ा अजीब लगा कि उनसे उनकी लड़की के लिए लिखा था और अब यहाँ पर ये मामला है।

(iii) अमित का रिश्ता सरिता के साथ हो गया है यह ज्ञात होते ही दयारामजी के पाँव तले धरती खिसक गई। अब उन्होंने एक मिनट भी वहाँ ठहरना उचित नहीं समझा और वहाँ से उठ खड़े हुए। अब वहाँ ठहरने का कोई मतलब भी नहीं था क्योंकि स्थिति उनके सामने स्पष्ट हो चुकी थी।

(iv) दयारामजी के घर पर सब यह सोच रहे थे कि अमित के साथ आशा का रिश्ता तो तय हो ही जायेगा क्योंकि पत्र में अमित के पिता ने आशा से अमित की शादी करने की बात स्वयं स्वीकार की थी।

परन्तु घर पहुँचने पर दयारामजी का उदास चेहरा देखकर सभी परिवारजन समझ गये कि आशा के रिश्ते के लिए भी मना हो गई है। वास्तविकता जानने पर सबका हृदय मायारामजी के परिवार के प्रति घृणा से भर गया।

Question 12.

Read the extract given below and answer in Hindi the questions that follow :

निम्नलिखित गद्यांश को पढ़िए और उसके नीचे लिखे प्रश्नों के उत्तर हिन्दी में लिखिए:

''बस इतनी-सी बात सोच रहा है। अमित, तुम हमारे एक मात्र पुत्र हो। एक ही बहू घर में आनी है। दो-चार जगह से पसन्द करके ही तो ली जायेगी और फिर शादी गुड्डे-गुड़िया का खेल तो नहीं है, जो जब चाहे शादी कर ले और जब चाहे छोड़ दे।''

(i) यहाँ कौन किससे बात कर रहा है ? श्रोता क्या सोच रहा है ?

(ii) श्रोता (सुनने वाले) ने मीनू के बारे में क्या बताया ?

(iii) श्रोता ने वक्ता से सरिता के बारे में क्या कहा ?

(iv) मौसी का उदाहरण किसने और क्या कहकर दिया ?

उत्तर—(i) यहाँ अमित की माँ अमित से बात कर रही है। अमित यह सोच रहा है कि जब मीनू को देखने गये थे और बाद में मनाकर दिया था तो उन सबके दिल पर क्या बीती होगी। यह सोचकर उसका चेहरा उदास हो गया।

(ii) अमित ने मीनू के बारे में अपनी माँ को बताया कि मीनू में भी कोई कमी नहीं थी। देखने में भी ठीक है, पढ़ी-लिखी है, अच्छे खानदान की है और सबसे बड़ी बात है कि वह सारे काम में चतुर है। उसे विश्वास है कि मीनू एक कुशल गृहिणी की तरह घर को सँभाल सकेगी।

(iii) फिर अमित ने माँ को सरिता के बारे में बताया कि बड़े घर की लड़की यहाँ आकर न तो घर का कोई काम करेगी और न ही तुम्हें कोई आराम देगी। घर नौकरों के भरोसे छोड़ना पड़ता है।

(iv) अमित ने अपनी माँ को समझाने के लिए उसने अपनी मौसी का उदाहरण दिया। बड़ी मौसी ने अपने इकलौते बेटे के लिए बड़े खानदान की सुन्दर बहू ली। देख ली सुन्दर-सलोनी बहू ने क्या हालत बना रखी है मौसी की ? वह घर का सारा काम करती हैं, घर के काम से बहू को कोई मतलब नहीं है। हाँ क्लब जाने के लिए हमेशा तैयार रहती है। घर के काम के लिए उसने कह दिया कि घर के काम की तो उसे आदत ही नहीं है क्योंकि उसके पिता के यहाँ तो घर का सारा काम नौकर करते हैं।

Question 13.

Read the extract given below and answer in Hindi the questions that follow :

निम्नलिखित गद्यांश को पढ़िए और उसके नीचे लिखे प्रश्नों के उत्तर हिन्दी में लिखिए:

''नीलिमा का होस्टल की और सहेलियों ने भी स्वागत किया। कितना अच्छा लग रहा था उसे। कितना अपनापन था सब में। यह सब कल्पना करके ही नीलिमा का दिल प्रसन्नता से प्रफुल्लित हो गया।''

(i) होस्टल की लड़कियाँ कहाँ बैठी थीं और किसका इन्तजार कर रही थीं ?

(ii) टैक्सी में से कौन उतरा तथा मीनू ने उसका कैसे स्वागत किया ?

(iii) नीलिमा मीनू के कमरे में गई तो उसने क्या बताया ?

(iv) लड़के के बारे में नीलिमा ने मीनू को क्या बताया ?

उत्तर—(i) होस्टल की सभी लड़कियाँ बरामदे में बैठी थीं और चाय-समोसों का इन्तजार कर रही थीं। उन्होंने कैण्टीन के नौकर को बुलाकर बाहर की कैण्टीन से चाय और समोसे लाने को कहा था। सबकी निगाह गेट की तरफ थी कि कब नौकर सामान लेकर आये और वे चाय-समोसों का लुफ्त उठायें।

(ii) गेट के बाहर एक टैक्सी आकर रुकी। उसमें से एक सुन्दर-सी लड़की उतरी। पास आने पर मालूम पड़ा कि वह मीनू की घनिष्ट सहेली नीलिमा है। उसे देखते ही मीनू खुशी के मारे उछल पड़ी और तुरन्त उठकर नीलिमा के गले जा लगी। आज कितने दिनों बाद वह अपनी प्यारी सहेली से मिली थी। उन दोनों की खुशी का ठिकाना न था।

(iii) मीनू चाय-समोसा खाने के बाद उसे अपने कमरे में ले गई। वहाँ नीलिमा ने मीनू को अपनी शादी का कार्ड दिया। मीनू ने कहा कि उसे पहले क्यों नहीं बताया तो नीलिमा ने बताया कि उसे सरप्राइज देना चाहती थी। नीलिमा ने उससे पक्का कर लिया कि वह शादी से पहले आ जायेगी और काम करवायेगी।

(iv) मीनू के पूछने पर नीलिमा ने बताया कि लड़का मेरठ का ही है। उनकी अपनी फैक्ट्री है। काफी पैसे वाले आदमी हैं। उनका नाम सुरेन्द्र है। देखने में बहुत स्मार्ट है। रंग भी साफ है और नाक-नक्श भी अच्छे हैं। वह इस सम्बन्ध से बहुत खुश है।

एकांकी संचय

Question 14.

Read the extract given below and answer in Hindi the questions that follow :

निम्नलिखित गद्यांश को पढ़िए और उसके नीचे लिखे प्रश्नों के उत्तर हिन्दी में लिखिए:

''और तुम जानते हो कि महाराणा इस गढ़ को जीतकर अपनी प्रतिज्ञा पूरी करना चाहते हैं, किन्तु क्या हम लोग अपनी मातृभूमि का अपमान होने देंगे ?''

—'मातृभूमि का मान'—

लेखक—हरिकृष्ण 'प्रेमी'

(i) यहाँ कौन किससे वार्ता कर रहा है और किस सन्दर्भ में ?

(ii) वक्ता का परिचय दीजिए। वह इस समय कहाँ पर है ?

(iii) दूसरे साथी के 'नकली बूँदी कहने पर वक्ता ने क्या जवाब दिया ?

(iv) तीसरे साथी का विचार क्या था ?

उत्तर—(i) यहाँ पर राणा का वीर सिपाही वीरसिंह अपने साथी से बात कर रहा है। वह यहाँ बूँदी के नकली दुर्ग की रक्षा के लिए अपने साथियों के साथ तैनात है। बूँदी के दुर्ग के सन्दर्भ में ही वह बात कर रहा है।

(ii) वक्ता वीरसिंह महाराणा लाखा की मेवाड़ सेना का वीर सिपाही है। वह एक राजपूत है और राणा के यहाँ नौकरी करता है। वह बूँदी का रहने वाला देशभक्त सिपाही है, वह राणा की सेना में है, लेकिन इस समय उसे बूँदी के नकली किले की सुरक्षा में कुछ साथियों के साथ रखा गया है और उसको यह निर्देश दिया गया है कि लड़ाई नकली होगी और थोड़े समय बाद बूँदी के नकली किले पर अधिकार कर लिया जायेगा।

(iii) दूसरे साथी ने वीरसिंह को समझाना चाहा कि यह दुर्ग तो नकली है, हमें इस नकली दुर्ग के लिए ऐसा नहीं सोचना चाहिए। तब सच्चे मातृभक्त वीरसिंह ने उसे धिक्कारा और कहा कि नकली बूँदी भी प्राणों से प्रिय है। जिस जगह एक भी हाड़ा है, वहाँ बूँदी का अपमान आसानी से नहीं किया जा सकता। आज महाराणा देखेंगे कि यह खेल ही नहीं रहेगा, बल्कि यह भूमि सिसोदियों और हाड़ाओं के खून से लाल हो जायेगी।

(iv) वीरसिंह के तीसरे साथी का विचार यह था कि हम लोग महाराणा के नौकर हैं। महाराणा के विरुद्ध तलवार उठाना उचित नहीं है। उनका शरीर महाराणा के नमक से बना है। उन्हें महाराणा की इच्छा में बाधा उत्पन्न नहीं करनी चाहिए। स्वामिभक्त होने के नाते उसका विचार भी गलत नहीं है।

Question 15.

Read the extract given below and answer in Hindi the questions that follow :

निम्नलिखित गद्यांश को पढ़िए और उसके नीचे लिखे प्रश्नों के उत्तर हिन्दी में लिखिए:

''(चिन्ता से) फिर कैसे चलेगा ? हमारे घर में तो मिलकर रहना, बड़ों का आदर करना, अपने घर की रूखी को दूसरों की चुपड़ी से अच्छा समझना, नौकरों पर दया और छोटों पर........।''

—'सूखी डाली'—

लेखक—उपेन्द्र नाथ 'अश्क'

(i) यहाँ कौन किससे तथा किस सन्दर्भ में बात कर रहा हैं ?

(ii) मँझली बहू क्यों हँस रही है तथा उसने हँसते हुए क्या बताया ?

(iii) वक्ता की चिन्ता का कारण क्या है ?

(iv) इन्दु ने छोटी बहू का मजाक बनाते हुए क्या कहा ?

उत्तर—(i) यह कथन छोटी भाभी का है और वह बड़ी बहू से बात कर रही है। बातों का सन्दर्भ घर का अनुशासन है और उधर छोटी बहू जो आई है उसे घर का वातावरण पसन्द नहीं है।

(ii) मँझली बहू नई बहू बेला के व्यवहार पर हँस रही थी। उसने बताया कि वह परेश से इंगलिश में कुछ गिरपिट बात कर रही थी कि हमारी समझ में तो आया नहीं, लेकिन अपने पति परेश की वो गति बनाई कि वह सीधा दादाजी के पास भाग गया। हुआ यह कि परेश स्नान करके निकला तो बहू ने घर का सारा फर्नीचर निकालकर बाहर रख दिया। इसी बारे में कुछ बात हुई थी।

(iii) वक्ता छोटी भाभी की चिन्ता का कारण यह है कि छोटी बहू बेला उनके घर के अनुशासन में नहीं रहना चाहती। इस घर में तो सबको मिलकर रहना, बड़ों का आदर करना, अपने घर की रूखी रोटी को भी दूसरों की चुपड़ी रोटी से अच्छा बताना, नौकरों पर दया करना और छोटों से प्यार करना सिखाया गया है। उसे (बेला को) ये सब चीजें बेकार लगती हैं। उसे इस परिवार का खाना-पीना, पहनना-ओढ़ना कुछ भी पसन्द नहीं। उसे परिवार के लोगों से और पड़ोस से घृणा है।

(iv) इन सब बातों को इन्दु सुन रही थी। वह बोली कि बेला भाभी को तो बस अपने मायके वालों की ही पड़ी रहती है। उसकी तो बस जुबान ही जुबान है बात तो तब है जब काम भी हो। एक काम की कहो तो, सौ नाक भौंह चढ़ाती हैं। दादाजी ने चार कपड़े धोने को कहा था, वे तो पड़े गुलसखाने में गल रहे हैं।

Question 16.

Read the extract given below and answer in Hindi the questions that follow :

निम्नलिखित गद्यांश को पढ़िए और उसके नीचे लिखे प्रश्नों के उत्तर हिन्दी में लिखिए:

''मैं तो कह चुका हूँ युधिष्ठिर ! मुझे विरक्ति हो गई है। मेरी समझ में आ गया है कि अब प्राणों की तृप्ति की चेष्टा व्यर्थ है। विफलता के इस मरुस्थल में एक बूँद आयेगी भी तो सूख कर खो जायेगी।''

—'महाभारत की एक साँझ'—

लेखक—भारत भूषण अग्रवाल

(i) युधिष्ठिर ने किसे और क्या आश्वासन दिया ?

(ii) भीम ने क्या कहकर इसका विरोध किया। वह क्या चाहता था ?

(iii) दुर्योधन के वक्तव्य को समझाकर बताइए कि उसने आगे क्या कहा ?

(iv) दुर्योधन इस समय कहाँ पर है ? यहाँ आकर क्यों छुप गया है। पांडवों ने फिर क्या किया ?

उत्तर—(i) युधिष्ठिर ने दुर्योधन को यह आश्वासन दिया कि वे उसे दया करके छोड़ेंगे भी नहीं और उसकी भाँति अधर्म से हत्याकर बधिक भी न कहलायेंगे। वे उसे कवच और अस्त्र देंगे। केवल एक व्यक्ति ही उससे लड़ेगा। वह जिस अस्त्र से लड़ना चाहे बता दे। यदि वह जीता तो सारा राज्य उसका।

(ii) भीम ने यह कहकर अपने भाई युधिष्ठिर के कथन का विरोध किया कि इस दुराचारी के साथ ऐसा व्यवहार बिल्कुल अनावश्यक है। इसने हमारा सब कुछ छल करके छीन लिया और हमें निरन्तर कष्ट देता रहा है। इसके कारण ही महाभारत हुआ और असंख्य लोगों का विनाश हुआ।

(iii) दुर्योधन ने युधिष्ठिर से कहा कि उसे अब युद्ध से अरुचि हो गई है। उसकी समझ में यह भी आ गया है कि अब उसके प्राणों की रक्षा की कोशिश भी बेकार है। पराजय के रेगिस्तान में थोड़ी-सी तृप्ति आ भी जायेगी तो वह भी व्यर्थ है। अगर उसे (युधिष्ठिर) उसकी मृत देह पर ही अपनी विजय पताका फहरानी है तो यही सही। उसके कारण जिन्होंने अपने प्राण दिये हैं, उन्हें भी वह अपना मुँह दिखा सकेगा। उसे एक गदा दे दी जाये तभी वह लड़ेगा।

(iv) दुर्योधन की जब पूरी सेना चुक गई और सभी भाई मारे गये तो वह अपने प्राणों की रक्षा के लिए दूर एक सरोवर में आकर छिप गया। पाण्डव उसे तलाशते रहे। जब उन्हें पता लगा कि वह एक सरोवर में आकर छिप गया है तो वे वहीं आ गये और उसे युद्ध करने के लिए ललकारने लगे। जब तक दुर्योधन जीवित रहता तब तक उनकी विजय अधूरी है। इसलिए वे उसे मारना चाहते थे।

❑❑

UNSOLVED

MODEL SPECIMEN PAPER–6

SECTION–A

Question 1.

Write a short composition in Hindi of approximately 250 words on any one of the following topics :

निम्नलिखित विषयों में से किसी एक विषय पर हिन्दी में लगभग 250 शब्दों में संक्षिप्त लेख लिखिए:

(i) मेरी प्रिय ऋतु।

(ii) उस चलचित्र का वर्णन करिए जिसको देखकर आप विशेष रूप से बहुत प्रभावित हुए।

(iii) विद्यालय में मेरा पहला दिन।

(iv) एक कहानी लिखिए जिसका आधार निम्नलिखित कहावत हो :

''नौ नकद न तेरह उधार।''

(v) नीचे दिये गये चित्र को आधार बनाकर यथोचित वर्णन कीजिए।

Question 2.

Write a letter in Hindi in approximately 120 words on any one of the topics given below :

निम्नलिखित में से एक विषय पर हिन्दी में लगभग 120 शब्दों में पत्र लिखिए–

(i) स्थानीय समाचार-पत्र के सम्पादक के नाम एक पत्र लिखिए और बताइए कि आपके विद्यालय के रास्ते में एक विशेष मार्ग में बहुत-सी दुर्घटनाएँ होती हैं और वहाँ यातायात का सम्यक् रूप से नियन्त्रण नहीं किया जाता।

(ii) अपने मित्र को पत्र द्वारा बताइए कि इस बार आपने अपना शीतावकाश कहाँ और कैसे व्यतीत किया ?

Question 3.

Read the passage given below carefully and answer in Hindi the questions that follow, using your own language as far as possible :

नीचे लिखे गद्यांश को ध्यानपूर्वक पढ़िए और उसके नीचे लिखे प्रश्नों के उत्तर हिन्दी में लिखिए। उत्तर यथासम्भव आपके अपने शब्दों में होने चाहिए–

किसी दूसरे देश का राजा अपने घोड़े पर सवार होकर सिंधु नदी के तट पर घूम रहा था। पास ही गेहूँ के खेत लहलहा रहे थे। उसने अपने भूखे घोड़े को चरने के लिए खेत में खुला छोड़ दिया था। घोड़ा बंधनहीन होकर लहलहाती फसलों को चरता भी था और रौंदता भी था। तभी राजा की नजर कुछ दूर बैठे एक किसान पर गई। उसके मुख पर तटस्थता का भाव था। राजा ने माफी माँगने वाले अंदाज में कहा, घोड़े ने खेत का काफी नुकसान कर दिया है। पर आप बिल्कुल निश्चिंत रहें, मैं उसका हर्जाना दे दूँगा। किसान बुदबुदाया, यह खेत मेरा नहीं दूसरे का है। मेरी बला से ······ ''

''मेरा नहीं किसी और का है।'' यह वाक्य सुनते ही उस राजा की आँखें चमक उठीं। वह आश्वस्त हो गया कि इस देश पर अवश्य विजय प्राप्त की जा सकती है। हमारी इसी भेदकारी मानसिकता के चलते फिरंगियों ने भी यहाँ घुसपैठ की। जहाँ बिखराव है, वहीं इकाइयों का शोषण होता है।

सभी प्राणी हमें मित्रवत देखें। हम भी सभी प्राणियों को मैत्री भाव से देखें। इसी को एक अंग्रेज दरवेश ने इस तरह कहा है, मनुष्यों ! आप सब में परस्पर इतनी आत्मीयता हो कि यदि एक की आँखें आँसू बहाएँ, तो दूसरे को भी उसका खारापन महसूस हो।

संगति और संगठन में अदम्य ऊर्जा होती है। एक विख्यात दार्शनिक हुए हैं ··· मुरजिएका। वे कहते थे, प्रत्येक मनुष्य अपने आसपास एक इकाई ऊर्जा छोड़ता है। जब ये इकाइयाँ जुड़ती हैं, तो इनसे निकलने वाली ऊर्जा भी आपस में जुड़ जाती है। परिणामस्वरूप एक विराट और सघन ऊर्जा का सागर लहलहा उठता है।

एक हिन्दी लोकोक्ति भी है ···· यदि चिड़िया एका कर लें तो चील तक को पराजित कर सकती हैं, इसी तथ्य को नजर में रखकर सीनर्जा जैसा शब्द रचा गया जो इन दिनों बेहद प्रसिद्ध हो रहा है। जो वास्तव में दो ग्रीक शब्दों ···· सीन और एग्रोस से मिलकर बना है। सीन अर्थात् मिलकर और एग्रोस यानी कार्यरत रहना अत: तात्पर्य निकलता है— **—एकता पूर्वक कार्यरत रहना**

(i) राजा कहाँ घूम रहा था ? उसने किसान से माफी क्यों माँगी ?

(ii) राजा की प्रसन्नता का क्या कारण था ? उसके पश्चात् उसने क्या सोचा ?

(iii) किस प्रकार की मानसिकता हानिकारक होती है ? उसका क्या परिणाम होता है ?

(iv) हम किस प्रकार अधिक शक्तिशाली बन सकते हैं ?

(v) उपर्युक्त गद्यांश का उचित शीर्षक बताते हुए मिलने वाला संदेश भी लिखिए।

Question 4.

Answer the following according to the instructions given :

निम्नलिखित प्रश्नों के उत्तर निर्देशानुसार लिखिए—

(i) निम्नलिखित शब्दों से भाववाचक संज्ञा बनाइए—
भागना, स्वस्थ।

(ii) निम्नलिखित शब्दों में से दो के विशेषण बनाइए—
बुराई, भावुकता, बैर, शुद्धता।

(iii) निम्नलिखित शब्दों में से किन्हीं दो के अर्थ लिखिए—
ज्ञाता, प्रत्याशी, आग्रह, पदार्थ।

(iv) निम्नलिखित शब्दों में से किन्हीं दो के विपरीतार्थक शब्द लिखिए—
पवित्र, निराश, प्रश्न, भविष्य।

(v) निम्नलिखित मुहावरों में से किसी एक से वाक्य बनाइए—
छाती पर साँप लोटना, डूबते को तिनके का सहारा।

(vi) कोष्ठक में दिए गए निर्देशानुसार वाक्यों में परिवर्तन कीजिए—

(a) अन्त में आचार्य निराश हो गए। 'आशा' का प्रयोग करिए लेकिन वाक्य का अर्थ न बदले)

(b) दोनों युवक पदार्थ लेकर अपने-अपने घर चले गए। ('दोनों युवकों ने' से वाक्य प्रारम्भ करिए)

(c) युवक ने सकुचाते हुए उत्तर दिया। ('संकोच' का प्रयोग कीजिए)

SECTION–B

साहित्य सागर (गद्य)

Question 5.

Read the extract given below and answer in Hindi the questions that follow :

निम्नलिखित गद्यांश को पढ़िए और उसके नीचे लिखे प्रश्नों के उत्तर हिन्दी में लिखिए:

''मूर्ति की आँखों पर सरकंडे से बना छोटा-सा चश्मा रखा हुआ था, जैसा बच्चे बना लेते हैं। हालदार साहब भावुक हैं। इतनी सी बात पर उनकी आँखें भर आईं।''

—'नेताजी का चश्मा'—

लेखक—स्वयं प्रकाश

(i) किसकी मूर्ति की आँखों पर सरकंडे से बना चश्मा लगा था ?

(ii) यह चश्मा किसने लगाया होगा और क्यों ?

(iii) हालदार साहब यहाँ क्यों रुके ?

(iv) भावुक व्यक्ति कौन होता है उसके लक्षण बताइए ?

Question 6.

Read the extract given below and answer in Hindi the questions that follow :

निम्नलिखित गद्यांश को पढ़िए और उसके नीचे लिखे प्रश्नों के उत्तर हिन्दी में लिखिए:

''लालबिहारी दरवाजे की चौखट पर चुपचाप खड़ा बड़े भाई की बातें सुन रहा था। वह श्रीकंठ के सामने चारपाई पर बैठ जाये, हुक्का पी ले या पान खा ले। बाप का भी वह लिहाज न करता था जितना बड़े भाई का।''

—'बड़े घर की बेटी'—

लेखक—प्रेमचन्द

(i) लालबिहारी कौन था ? परिचय दीजिए।

(ii) आज क्या बात हुई है, जिसे वह सुनना चाहता है ?

(iii) बड़े भाई का उसके प्रति कैसा व्यवहार था ?

(iv) किस बात पर झगड़ा हुआ था ?

Question 7.

Read the extract given below and answer in Hindi the questions that follow :

निम्नलिखित गद्यांश को पढ़िए और उसके नीचे लिखे प्रश्नों के उत्तर हिन्दी में लिखिए:

''श्यामा दृढ़ स्वर में कहने लगी—''निहाल बाबू ! प्यार करना बड़ा कठिन है। तुम इस खेल को नहीं जानते। इस चक्कर में पड़ना भी मत। हाँ, एक दुखिया स्त्री तुमको सहायता के लिए बुला रही है।''

—'संदेह'—

लेखक—जयशंकर प्रसाद

(i) निहाल बाबू कौन हैं ?

(ii) श्यामा ने उन्हें क्या सलाह दी ?

(iii) वे किसकी सहायता करने जा रहे हैं ?

(iv) क्या निहाल बाबू ने श्यामा की सलाह को माना होगा ?

साहित्य सागर (पद्य)

Question 8.

Read the extract given below and answer in Hindi the questions that follow :

निम्नलिखित पद्यांश को पढ़िए और उसके नीचे लिखे प्रश्नों के उत्तर हिन्दी में लिखिए:

झरने अनेक झरते, जिसकी पहाड़ियों में,
चिड़ियाँ चहक रही हैं, हो मस्त झाड़ियों में।
अमराइयाँ घनी हैं, कोयल पुकारती है,
बहती मलय पवन है, तन-मन सँवारती है।

—'वह जन्मभूमि मेरी'—

कवि—सोहनलाल द्विवेदी

(i) कवि ने जन्मभूमि की क्या विशेषताएँ बताई हैं ?

(ii) जन्मभूमि के प्रति आपका क्या कर्तव्य है ?

(iii) भारतभूमि ने हम सबको क्या-क्या सुख प्रदान किये हैं ?

(iv) उपर्युक्त पंक्तियों का भावार्थ लिखिए।

Question 9.

Read the extract given below and answer in Hindi the questions that follow :

निम्नलिखित पद्यांश को पढ़िए और उसके नीचे लिखे प्रश्नों के उत्तर हिन्दी में लिखिए:

मेघ आये बड़े बन-ठन के सँवर के।
आगे-आगे नाचती-गाती बयार चली,
दरवाजे-खिड़कियाँ खुलने लगीं गली-गली,
पाहुन ज्यों आये हो, गाँव में शहर के।

—'मेघ आये'—

कवि—सर्वेश्वर दयाल सक्सेना

(i) पहली पंक्ति का तात्पर्य समझाइये।

(ii) उनके आगे कौन कैसे चल रही है ?

(iii) दरवाजे-खिड़कियाँ क्यों खुलने लगीं ?

(iv) वर्षा ऋतु से हमें क्या-क्या लाभ होते हैं ?

Question 10.

Read the extract given below and answer in Hindi the questions that follow :

निम्नलिखित पद्यांश को पढ़िए और उसके नीचे लिखे प्रश्नों के उत्तर हिन्दी में लिखिए:

जसोदा हरि पालने झुलावै।
हलरावै, दुलराइ मल्हावै, जोइ-सोइ कछु गावै।।
मेरे लाल को आउ निंदरिया, काहे न आनि सुवावै।
तू काहे नहिं बेगहिं आवै, तोकौ कान्ह बुलावै।।

—'सूर के पद'—
कवि—सूरदास

(i) यह पद किसका है ? वे कैसे कवि थे ?

(ii) इनकी रचनाओं में किसका वर्णन है ?

(iii) यहाँ यशोदा क्या प्रयत्न कर रही हैं ?

(iv) उपर्युक्त पंक्तियों में भावार्थ लिखिए।

नया रास्ता

Question 11.

Read the extract given below and answer in Hindi the questions that follow :

निम्नलिखित गद्यांश को पढ़िए और उसके नीचे लिखे प्रश्नों के उत्तर हिन्दी में लिखिए:

"वह स्वयं ही दृढ़ता व साहस की मूर्ति थीं। उतार-चढ़ाव हर इंसान की जिन्दगी में आते ही रहते हैं। उसने साहस से काम लिया। उसने विवाह का सपना देखना ही छोड़ दिया उसके सामने इतनी लम्बी जिन्दगी पड़ी थी, जिसका वह एक क्षण भी व्यर्थ नहीं होने देना चाहती थी।"

(i) लेखिका मीनू को साहस और दृढ़ता की मूर्ति क्यों कह रही है ?

(ii) विवाह के अलावा मीनू के जीवन का लक्ष्य क्या था ?

(iii) मीनू समाज के झूठे आवरण को हटाकर एक सत्य दिखाना चाहती है—स्पष्ट कीजिए ?

(iv) प्रस्तुत पंक्तियों का अर्थ अपने शब्दों में समझाइए।

Question 12.

Read the extract given below and answer in Hindi the questions that follow :

निम्नलिखित गद्यांश को पढ़िए और उसके नीचे लिखे प्रश्नों के उत्तर हिन्दी में लिखिए:

"इस निमन्त्रण पत्र को हाथ में लेकर वह फिर अतीत की स्मृतियों में डूब गई। वह अपने को अभागन महसूस कर रही थी। कई लड़के उसे देखकर नापसंद कर चुके थे। यह कल्पना करते ही उसका दिल भर आया। तभी उसने अपने को सँभाला और अपनी सहेलियों के साथ बाहर चली गई।

(i) यहाँ पर किसका निमन्त्रण आया है ?

(ii) अतीत की स्मृतियों में डूबकर मीनू उदास क्यों हो जाती है ?

(iii) कई लड़के उसे देखकर नापसंद कर चुके थे—स्पष्ट कीजिए।

(iv) मीनू अपनी सहेलियों के साथ कहाँ जा रही है ?

Question 13.

Read the extract given below and answer in Hindi the questions that follow :

निम्नलिखित गद्यांश को पढ़िए और उसके नीचे लिखे प्रश्नों के उत्तर हिन्दी में लिखिए:

"मीनू ने अमित के कमरे में प्रवेश किया, तो देखा अमित अपने पलंग पर लेटा हुआ अपनी माँ से बातें कर रहा है। मीनू को देखकर उन्होंने उसे प्रेमपूर्वक बैठाया। उसे देखकर अमित के मुरझाये चेहरे पर भी खुशी की लहर दौड़ गई।"

(i) अमित मीनू के आने पर खुश क्यों हो गया ?

(ii) यह वार्तालाप किस-किस के मध्य चल रहा है ? उनका आपस में क्या सम्बन्ध है ?

(iii) वक्ता के वकालत पास करने से उन्हें विशेष खुशी क्यों हो रही है ?

(iv) इन पंक्तियों का भाव अपने शब्दों में लिखिए।

एकांकी संचय

Question 14.

Read the extract given below and answer in Hindi the questions that follow :

निम्नलिखित गद्यांश को पढ़िए और उसके नीचे लिखे प्रश्नों के उत्तर हिन्दी में लिखिए:

''मैं कहा करता हूँ न बेटा कि एक बार वृक्ष से जो डाली टूट गई, उसे लाख पानी दो, उसमें वह सरसता न आयेगी और हमारा परिवार बरगद के इस महान पेड़ की भाँति है····।''

—'सूखी डाली'—
लेखक—उपेन्द्रनाथ 'अश्क'

(i) यहाँ कौन किससे बात कर रहा है और किस बारे में ?

(ii) वक्ता अपने परिवार को जोड़ के रखना चाहता है। क्यों ?

(iii) संयुक्त और एकल परिवार क्या होते हैं ?

(iv) संयुक्त परिवार के क्या-क्या लाभ हैं ?

Question 15.

Read the extract given below and answer in Hindi the questions that follow :

निम्नलिखित गद्यांश को पढ़िए और उसके नीचे लिखे प्रश्नों के उत्तर हिन्दी में लिखिए:

''हमें क्षमा कीजिए दादाजी, हमारी ओर से आपको कभी शिकायत का अवसर नहीं मिलेगा।''

—'सूखी डाली'—
लेखक—उपेन्द्रनाथ 'अश्क'

(i) दादाजी ने किन-दो को अपने पास बैठा लिया ?

(ii) वे उन दोनों को किसके बारे में समझाना चाहते थे ?

(iii) दादाजी ने उनको क्या समझाया ?

(iv) क्या दादाजी की बात उनकी समझ में आई ? कैसे ?

Question 16.

Read the extract given below and answer in Hindi the questions that follow :

निम्नलिखित गद्यांश को पढ़िए और उसके नीचे लिखे प्रश्नों के उत्तर हिन्दी में लिखिए:

''महाराणा साँगा के वंश के एक वही तो उजाले हैं। महाराणा रतनसिंह तीन ही वर्ष तक राज करके सूर्य लोक चले गये। विक्रमादित्य भी बनवीर की कूटनीति से अधिक दिनों तक····।''

—'दीपदान'—
लेखक—डॉ. रामकुमार वर्मा

(i) यहाँ कौन किससे और किसके बारे में बात कर रहा है ?

(ii) अन्तिम पंक्ति का तात्पर्य समझाइये।

(iii) वक्ता किसकी रक्षा करना चाहती है और क्यों ?

(iv) वक्ता का परिचय दीजिए।

❑❑

MODEL SPECIMEN PAPER–7

SECTION–A

Question 1.

Write a short composition in Hindi of approximately 250 words on any one of the following topics :

निम्नलिखित विषयों में से किसी एक विषय पर हिन्दी में लगभग 250 शब्दों में संक्षिप्त लेख लिखिए—

(i) एक झूठ को छिपाने के लिए अनेक झूठ बोलने पड़ते हैं। इस प्रकार झूठ एक मुसीबत बन जाता है—बताइए आपको कब, क्या झूठ बोलना पड़ा और इससे क्या-क्या मुसीबतें आपके सामने उत्पन्न हुईं ?

(ii) मनुष्य-जीवन में खेलों का महत्त्व बताते हुए अपने प्रिय खेल की जानकारी दीजिए।

(iii) भारत के प्रधानमंत्री डॉ. मनमोहन सिंह।

(iv) 'बिन माँगे मोती मिले, माँगे मिले न भीख'—इस उक्ति पर आधारित एक मौलिक कहानी लिखिए।

(v) दिये गए चित्र को ध्यान से देखिए और चित्र को आधार बनाकर वर्णन कीजिए। वर्णन का सीधा व स्पष्ट सम्बन्ध चित्र से होना चाहिए।

उत्तर— **(i) एक झूठ छिपाने के लिए अनेक झूठ**

कभी-कभी झूठ बोलकर परेशानी से बचा जा सकता है, लेकिन फिर भी हमें झूठ नहीं बोलना चाहिए। एक झूठ को छिपाने के लिए अनेक झूठ बोलने पड़ते हैं। सत्य की महत्ता अपना अलग ही महत्त्व रखती है। अनेक झूठ बोलने पर भी वह सत्य नहीं बन पाएगा। एक बार तो झूठ बचा लेगा, लेकिन दोबारा नहीं बचा पाएगा। जिस प्रकार एक गड़रिए बालक ने झूठ में ही जोर से 'भेड़िया आया ! भेड़िया आया !' चिल्लाना शुरू किया तो कई लोग लाठी लेकर उसकी रक्षा करने के लिए आए, लेकिन उसकी झूठ की पोल खुलते ही वे लौट गये। एक बार जब सचमुच भेड़िया आया तो किसी ने उसकी आवाज को सच नहीं माना और सहायता के लिए नहीं आए।

एक बार मेरे साथ भी ऐसी घटना घटी कि मुझे झूठ बोलना पड़ा। मेरी दसवीं कक्षा की अर्द्ध वार्षिक परीक्षा शुरू होने वाली थी। मेरे पिताजी मेरी पढ़ाई पर बहुत ध्यान देते थे। उनका घर में अनुशासन कठोर था। उन्हें मेरा बाहर घूमना, मित्रों से अधिक मिलना, सिनेमा जाना बिल्कुल पसन्द नहीं था और परीक्षा के दिनों में तो बिल्कुल भी नहीं। उन दिनों शहर में एक अच्छी पिक्चर लगी थी जिसे मेरे सभी मित्र देखना चाहते थे। मेरे मना करने पर भी वे तीन बजे वाले शो का टिकिट ले आए। अब मैं असमंजस में था कि किस बहाने से पिक्चर देखूँ। वास्तव में मैं भी पिक्चर जाना चाहता था। जैसे ही पिताजी अपने किसी काम से बाहर गए, मैं अपनी साइकिल लेकर निकला और मित्रों से जा मिला। हम सबने तीन बजे वाला शो देखा और सायं साढ़े छः बजे पिक्चर छूटी। मैं अपनी साइकिल लेकर चला और सोचने लगा कि पिताजी से क्या कहूँगा। मेरे मस्तिष्क में एक विचार आया और अपने मित्र के घर से एक किताब और कॉपी लेकर साइकिल के कैरियर में लगाकर घर चल दिया। मैं खुश था कि कह दूँगा कि अपने मित्र नरेन्द्र के यहाँ पढ़ने गया था।

मैं घर पहुँचा तो मालूम हुआ कि पिताजी अपने ऑफिस के कुछ कार्य कर रहे हैं। मैंने अपनी साइकिल रख दी और किताब निकाल कर मेज पर रख दी। मेरे आने की खबर लगते ही पिताजी ने मुझे अपने कमरे में बुलाया। मैं किताब लेकर उपस्थित हुआ। उन्होंने बड़े शान्त भाव से मुस्कराकर पूछा—"कहाँ गए थे ?" मैंने आश्वस्त भाव से कहा—"पिताजी मैं नरेन्द्र के यहाँ पढ़ने गया था।" "क्या पढ़ने गए थे ?" मैंने

कुछ घबराहट में कह दिया ''कैमिस्ट्री''। उन्होंने फिर पूछा—''कितने बजे से कितने बजे तक वहाँ रहे ?'' मैंने पुन: झूठ का सहारा लिया कि साढ़े चार से छ: बजे तक पढ़ा। पिताजी ने मेरे हाथ से किताब ले ली और बोले—''किताब तो भूगोल की है तुम्हारे हाथ में।'' उस किताब ने मेरी मिट्टी और पलीद कर दी। उनकी घूरती आँखों के सामने मेरे पैरों तले जमीन खिसक गई। उन्होंने फिर कहा—''सच बताओ कहाँ गये थे ?'' इस बार उनके स्वर में कड़ाई थी। मैंने सहमते हुए कहा—''पिताजी मैं सच कह रहा हूँ, आपको लग रहा हो कि मैं झूठ बोल रहा हूँ तो नरेन्द्र से पूछ लीजिएगा।'' यह कहते हुए मैंने सोच लिया था कि यह घटना मैं फोन से नरेन्द्र को बता दूँगा।

पिताजी के अगले कथन ने तो मेरी घबराहट और बढ़ा दी और अनेक झूठों की पोल खोल दी। उन्होंने कहा—''नरेन्द्र तो आज मेरे पास से ही थोड़ी देर पहले ही गया है—क्या मैं उसे बुलाऊँ ?'' अब मैं चुप था और सिर नीचा करके खड़ा था। बात साफ थी कि मैं चोरी-छिपे पिक्चर देखने गया। मेरी आँखों में पश्चात्ताप के आँसू थे। पिताजी बिना कुछ कहे बाहर निकल गये। अब मैंने सोच लिया कि झूठ बोलने से झूठ सच नहीं होता। झूठ बोलना कोई न कोई मुसीबत खड़ी कर देता है।

(ii) जीवन में खेलों का महत्त्व

जीवन में हर व्यक्ति स्वस्थ रहना चाहता है। स्वस्थ जीवन के लिए व्यायाम और खेलकूद आवश्यक हैं। बिना व्यायाम के शरीर सुस्त और रोगी हो जाता है। खेलकूद एक प्रकार का व्यायाम ही है जिसे मनुष्य अपनी आयु और रुचि के अनुसार चुन सकता है। शरीर को स्वस्थ रखने के लिए जीवन में खेलों का बहुत महत्त्व है। इसलिए विद्यालयों में खेलकूद अनिवार्य कर दिये गये हैं। विद्यार्थी वर्ग हॉकी, फुटबॉल, वॉलीबॉल, क्रिकेट खेलना पसन्द करता है तो अन्य लोग टैनिस, बैडमिण्टन आदि खेलना पसन्द करते हैं। विश्व के सभी लोग खेलकूदों में भाग लेते हैं और अन्य लोगों को प्रेरणा देते हैं।

मेरा प्रिय खेल हॉकी है। इस खेल में शरीर में बल, फुर्ती और सन्तुलन की आवश्यकता होती है। कबड्डी और हॉकी भारत में पुराने समय से ही खेला जाता रहा है। हॉकी खेल का प्रचलन देहातों में भी रहा है। स्कूल और कॉलेजों में तो ये खेल अधिक खेला जाता है। भारत वर्षों इस खेल का विश्व चैम्पियन रहा है। हॉकी के जादूगर माने जाने वाले भारतीय खिलाड़ी ध्यानचंद के हॉकी खेल की प्रशंसा जर्मनी के हिटलर ने भी की थी। मैं अपने कॉलेज की हॉकी टीम का कप्तान हूँ। हमारी टीम अन्य विद्यालयों से हॉकी मैच खेलती रहती है और विजयी होकर ही आती है। मेरी इच्छा है कि मैं अपनी टीम को प्रदेशीय स्तर तक खिलाऊँ और पुरस्कार लेकर आऊँ। खेल के साथ-साथ मुझे अपनी पढ़ाई पर भी ध्यान देना पड़ता है। मैं कभी भी अपनी कक्षा नहीं छोड़ता और खाली समय में ही खेलता हूँ। जब कभी हमारी टीम बाहर खेलने जाती है तब अवश्य पढ़ाई का नुकसान होता है, लेकिन मैं लौट कर पूरा कर लेता हूँ। हॉकी एक दो व्यक्तियों का नहीं, बल्कि दो समान शक्ति और निपुणता रखने वाली टीमों का खेल है। एक टीम में ग्यारह खिलाड़ी होते हैं। टीम के प्रत्येक खिलाड़ी को खिलाड़ी-भावना से मैदान में एक निश्चित स्थान पर ही खेलना पड़ता है। कभी आवश्यकतानुसार खिलाड़ी अपना स्थान छोड़कर अन्य स्थान पर जा सकता है और आवश्यकता समाप्त होने पर अपने स्थान पर आ जाता है। टीम का एक कप्तान होता है। प्रशिक्षक की सलाह और खिलाड़ी की योग्यता को ध्यान में रखकर वही खिलाड़ी का स्थान निश्चित करता है। एक खिलाड़ी गोलकीपर या गोलरक्षक होता है। गोलरक्षक बड़ा ही सावधान और चुस्त होता है। खेल खिलाने वाला रैफरी होता है जो सावधानी से खेल के नियमों के अनुसार दोनों टीमों को खिलाता है। उसकी आज्ञा का पालन करना आवश्यक होता है। वह किसी खिलाड़ी के गलत खेलने, नियम का उल्लंघन करने, खिलाड़ी के चोट लग जाने पर या गेंद के बाहर चले जाने पर सीटी बजाकर खेल को रुकवा देता है। पुन: खेल प्रारम्भ होता है। प्रत्येक टीम के पास कुछ सुरक्षित खिलाड़ी भी होते हैं जो मैदान के बाहर बैठे होते हैं। किसी के चोट लगने पर रिक्त स्थान पर सुरक्षित खिलाड़ी को बुला लिया जाता है।

हॉकी के लिए शरीर चुस्त, लचीला, भागने का अभ्यास वाला होना चाहिए। इसके साथ-साथ खेल के सभी नियमों से परिचित, आपसी तालमेल और सूझबूझ रखना भी आवश्यक है। मैं खेलता भी हूँ और दूरदर्शन पर प्रसारित अन्तर्राष्ट्रीय हॉकी के खेलों को गौर से देखता भी हूँ। इससे भी मुझे दक्षता प्राप्त हुई है। मैं अपने स्वास्थ्य का अधिक ध्यान रखता हूँ।

(iii) भारत के प्रधानमंत्री डॉ. मनमोहन सिंह

सरदार मनमोहन सिंह कांग्रेस पार्टी के मैम्बर रहते हुए 2004 में भारत के पहले सिख प्रधानमंत्री के पद पर सुशोभित हुए। डा. सिंह भारत के 14 वें प्रधानमंत्री हैं। ये भारत के सुशिक्षित एवं योग्य प्रधानमंत्री हैं। डा. मनमोहन सिंह का जन्म अविभाजित भारत के पंजाब प्रान्त के एक गाँव में 26 सितम्बर 1932 को हुआ था। 1948 में हाईस्कूल करने के बाद इनकी शिक्षा कैम्ब्रिज विश्वविद्यालय में हुई। वहाँ से 1957 में प्रथम श्रेणी में अर्थशास्त्र में डिग्री प्राप्त की। फिर 1962 में ऑक्सफोर्ड विश्वविद्यालय से अर्थशास्त्र में ही डी. फिल. किया। अपनी शिक्षित योग्यता प्राप्त करने के बाद भारत आकर पंजाब विश्वविद्यालय और देहली स्कूल आफ ऐकोनोमिक्स में अपनी सेवाएँ दीं।

डॉ. मनमोहन सिंह का विवाह 1958 में गुरुसरन कौर से हुआ। उनके तीन पुत्रियाँ हैं।

19 मई 2004 को तत्कालीन राष्ट्रपति ए.पी. जे. अब्दुल कलाम ने उनको अपनी सरकार बनाने के लिए आमंत्रित किया। स्वयं एक सुयोग्य अर्थशास्त्री रहते हुए भी उन्होंने वित्त-विभाग पी. चिदम्बरम् को दिया। उनकी छवि भारत में एक सुशिक्षित, ईमानदार, कर्त्तव्यनिष्ठ और कर्मठ कार्यकर्ता की है। उनके मस्तिष्क में भारत की प्रगति के साथ-साथ उसकी आर्थिक दशा के सुधार की बात है। वह भारत के बजट में नुकसान को घटाना चाहते हैं और साथ-साथ किसानों की आर्थिक दशा को सुधारना चाहते हैं। किसानों को ऋण मिलने में सुविधा हो यह उन्होंने चाहा है उन्होंने भारत के हिन्दू, मुसलमान, ईसाई और सिखों के तनाव को दूर करने का प्रयास किया है और भारत में सबसे मिलजुल कर रहने का आह्वान किया है। सच्चे अर्थों में वह भारत का हित चाहते हैं और भारत को धनधान्य से सम्पन्न कर एक बलिष्ठ राष्ट्र बनाना चाहते हैं।

उन्होंने भारत की विदेश नीति के अन्दर पाकिस्तान के साथ शान्ति के लिए वार्ता को जारी रखा है। पूर्व प्रधानमंत्री अटल बिहारी वाजपेयी ने भी अपने कार्यकाल में पाकिस्तान के साथ शान्ति-समझौते किए ताकि दोनों देश अपनी प्रगति पर ध्यान दें। अमेरिका ,इंग्लैण्ड आदि देशों ने आतंकवाद के विरोध में आवाज उठाकर भारत का साथ दिया। उनकी सरकार अमेरिका, चीन और यूरोपीय देशों से अपने सम्बन्ध बेहतर बनाने की कोशिश कर रही है। भारत को कुछ अफ्रीकी देशों के विरोध के कारण संयुक्त राष्ट्र में वीटोपावर का अधिकार नही मिल पाया है। डॉ. मनमोहन सिंह के प्रयास से ही अमेरिका और भारत के बीच परमाणु-समझौते की वार्ता चल रही है। वित्तमंत्री पी. चिदम्बरम् की सूझबूझ से भारत आर्थिक-क्षेत्र में प्रगति कर रहा है।

डॉ. मनमोहन सिंह को सार्वजनिक क्षेत्र में कई उपाधियों एवं पारितोषिकों से विभूषित किया गया है। उनको 1987 में पद्म विभूषण, 1995 में जवाहरलाल नेहरू बर्थ सेनेटरी अवार्ड, 1993 में एशिया मनी अवार्ड एवं यूरो मनी अवार्ड आदि से सम्मानित किया गया। डॉ. सिंह ने भारत का कई अन्तर्राष्ट्रीय सभाओं में प्रतिनिधित्व किया है। उनका राजनैतिक जीवन भी विवाद रहित श्रेणी का रहा है जिसका सभी भारतीय आदर करते हैं। वे 1991 में राज्य सभा के सम्मानित सदस्य रहे और 1998 से 2004 तक विरोध पक्ष के नेता के रूप में बैठे।

डॉ. मनमोहन सिंह की यद्यपि साझा सरकार है, फिर भी उनका प्रयास सबको साथ लेकर चलने का है। कांग्रेस की अध्यक्ष श्रीमती सोनिया गाँधी हैं, जिनका सहयोग और समर्थन डॉ. सिंह के साथ है। भारतवासी आशा करते हैं कि डॉ. मोहन सिंह अपनी सूझ बूझ से भारत को उन्नति के पथ पर अग्रसर करते रहेंगे। उन जैसा अर्थशास्त्री, कर्मठ कार्यकर्ता, ईमानदार व्यक्तित्व, सर्वधर्म समभाव को महत्त्व देने वाला व्यक्ति ही भारत को उन्नति के पथ पर प्रस्थापित कर सकता है। डॉ. मनमोहन सिंह यद्यपि उच्चशिक्षा के धनी हैं, फिर भी उनका स्वभाव सरल, विनम्र और बहुमुखी प्रतिभा वाला है। हमारे प्रधानमंत्री डॉ. मनमोहन सिंह सच्चे देशभक्त हैं और भारत के गौरव हैं।

(iv) बिन माँगे मोती मिले ......।

यह कहावत सत्य है कि ''बिन माँगे मोती मिले, माँगे मिले न भीख''। माँगने से सम्मान और प्रेम समाप्त हो जाता है। निम्नलिखित दोहे में बखूबी इस सिद्धान्त को प्रतिपादित किया गया है—

''आव गई आदर गया नैननि गया सनेह।
ये तीनों तब ही गए जबहिं कहा कछु देइ॥''

अत: माँगने से तो जहाँ तक हो बचना ही चाहिए और अपने पुरुषार्थ पर भरोसा कर कर्म करना चाहिए। हमारे देश में भिक्षावृत्ति बहुत बढ़ गई है। अपाहिज को तो छोड़ दीजिए, हट्टे-कट्टे लोग भीख माँग कर अपना आलसी जीवन बिताते हैं। ऐसे लोगों को भीख देने से हम भिक्षावृत्ति को प्रोत्साहित करते हैं। सरकार द्वारा भिखारी वर्ग के लिए कोई ऐसी योजना चलानी चाहिए जिससे कि उन्हें कुछ रोजगार मिले और भिक्षावृत्ति छूट जाय।

इसी कहावत पर मुझे ध्यान आ रहा है मेरे गाँव के मक्खन सिंह का। वह निहायत ही गरीब था। परिवार में उसकी पत्नी और दो छोटे-छोटे बच्चे थे। कहने को तो उसके पास एक खेत था, लेकिन काम न करने के कारण वह बंजर पड़ा था। वह रोज किसी न किसी से पैसे उधार ले लेता और अपना खर्च चलाता। वह उधार के नाम पर माँगता, लेकिन गाँव के लोग उसे खैरात समझ कर दे देते। कुछ दिन बाद लोगों ने उसे देना बन्द कर दिया। गाँव के लोग कुछ न कुछ बहाना बनाकर उससे पीछा छुड़ा लेते। भाग्य की बात एक दिन एक साहूकार को रात हो गई और वह मक्खन सिंह के घर पर रुक गया। मक्खन सिंह गरीब तो था, लेकिन उसकी दयानतदारी में कमी न थी। उसकी पत्नी ने पड़ोस से खाने का सामान उधार लेकर उस साहूकार के लिए भोजन बनाया और एक कमरे में उसके सोने का प्रबन्ध कर दिया। सुबह होते ही वह सेठ जाने को तैयार हुआ। वह मक्खन सिंह की आवभगत से प्रसन्न हुआ और उसकी ईमानदारी के लिए उसे पाँच सोने की मुहरें दे गया। मुहरें प्राप्त कर मक्खन सिंह का परिवार बहुत खुश हुआ। उसने उन्हें बेचकर अपने घर पर ही एक छोटी-सी दुकान खोल ली। वह दुकान चल निकली और मक्खन सिंह के वारे-न्यारे होने लगे। अब उसने अपने खेत को भी कराना शुरू कर दिया। अब उसके दिन खुशहाली में बीतने लगे। लोगों को उसके दिन फिरने पर आश्चर्य हुआ। बात ही बात में लोगों ने उसका रहस्य जान लिया कि उस साहूकार से उसे कुछ धन प्राप्त हुआ था जिसे उसने कारोबार करने में लगा दिया। ईश्वर की कृपा हुई और मक्खन सिंह के भाग्य ने पलटा खाया कि उसे बिन माँगे मोती मिल गए।

(v) अभूतपूर्व जनयात्रा

आज के ग्लोबल दौर में जनयात्रा एक आश्चर्य को लेकर आती है। राजनेता अपनी रैलियों में अपार जनसमूह इकट्ठा करते हैं, वह बस या रेल से यात्रा करके निद्रिष्ट स्थल तक पहुँचते हैं। उन लोगों को व्यवस्थित करने के लिए बहुत सारी पुलिस लगानी पड़ती है फिर भी अव्यवस्था फैल जाती है। लेकिन बिना किसी सरकारी तामझाम के 15-20 हजार लोगों को बैनर और पोस्टर लेकर पैदल दिल्ली के लिए कूच करना आश्चर्यजनक तो है ही साथ ही महात्मा गाँधी की पैदल यात्रा (दाँडी मार्च) की याद दिलाता है। ग्वालियर से दिल्ली तक पैदल मार्च, जिसमें हर प्रदेश का प्रतिनिधत्व हो, नर-नारी, वृद्धों और बच्चों की व्यवस्थित कतारें, अभूर्तपूर्व प्रेरणा देती है। यह यात्रा प्रारम्भ से लेकर अन्त तक व्यवस्थित और शान्तिप्रिय रही। राह में एक दुर्घटना हुई जिसमें तीन चार यात्री मृत्यु के ग्रास बने, लेकिन जनसमूह ने अपना धैर्य कायम रखा और दिल्ली तक पहुँचे अपनी भूमि, जल और आवास की माँग लेकर। अधिकतर लोग भूमिहीन हैं। बिहार से भी काफी लोग इस यात्रा में भाग लेने आए।

350 किलोमीटर दूर से आए जनादेश 2007 के तहत लगभग पच्चीस हजार कार्यकर्ता दिल्ली की सड़कों पर शान्तिपूर्ण विरोध जताने उतरे। महिलाएँ भी काफी तादाद में थीं। यात्रा में ट्राइसाइकिल पर सवार विकलांग, दृष्टिहीन, किशोर, धनुषवाण लिए आदिवासी, विदेशी समर्थक आदि लोगों की संख्या काफी थी। राजधानी की सड़कों पर उमड़े जन-सैलाव को देखकर यह मालूम पड़ रहा था कि लोकतंत्र में जनता की शक्ति ही मायने रखती है। जनादेश रैली को नेताओं ने भी सम्बोधित किया। इस रैली में कोई हिंसक घटना नहीं हुई। सभी कुछ शान्तिपूर्ण तरीके से चला। नेताओं ने कहा कि भूमिहीनों को जमीन मिलनी चाहिए। सामाजिक व्यवस्था बदलने के लिए वह अहिंसात्मक आन्दोलन था। रैली की ओर से प्रधानमंत्री को एक ज्ञापन सौंपा गया। उसमें भूमि प्राधिकरण की स्थापना, समस्त भूमिहीनों को भूमि का अधिकार, वनभूमि पर काबिजों को मालिकाना हक, आदिवासी दलित और वंचित समर्थित जनाधिकार नीति, भूमि सुधार प्रक्रिया सभी राज्यों में लागू करना, कृषि योग्य भूमि का गैर कृषि के लिए उपयोग पर पूर्ण रोक आदि माँगें थीं।

अन्त में देश भर में आए 25 हजार भूमिहीनों के जनादेश के समक्ष केन्द्र सरकार झुक गई और उनकी समस्त माँगों को जायज ठहराते हुए मान लिया। भूमि से सम्बन्धित सभी मामलों को हल करने के लिए दो समितियों बनाई जाएँगी। यह सब प्रधानमंत्री की देखरेख में होगा।

Question 2.

Write a letter in Hindi in approximately 120 words on any one of the topics given below :

निम्नलिखित में से किसी एक विषय पर हिन्दी में लगभग 120 शब्दों में पत्र लिखिए—

(i) मित्र को पत्र लिखकर उसे वाद-विवाद प्रतियोगिता में प्रथम आने के लिए बधाई दीजिए।

(ii) दक्ष मार्केट, आगरा रोड, जयपुर स्थित 'शर्मा साइकिल मार्ट' विद्यार्थियों को घटी दर पर साइकिलें' दे रही है। पूरी जानकारी प्राप्त करने के लिए पत्र लिखिए। जैसे साइकिल का नाम, मूल कीमत, घटी दर, पैकिंग खर्च, साथ मिलने वाले पुरजे, कीमत चुकाने का तरीका इत्यादि।

उत्तर—(i) 6, महात्मा गाँधी मार्ग,
आगरा।
दिनांक : 20-3-2008

प्रिय मित्र रोहित,

कल तुम्हारा प्यार-भरा पत्र प्राप्त हुआ। मुझे यह जानकर हार्दिक प्रसन्नता हुई कि तुम अपने विद्यालय में मनाए गए सांस्कृतिक सप्ताह में हिन्दी वाद-विवाद प्रतियोगिता में प्रथम आए हो। मित्र तुम इसके लिए बधाई के पात्र हो क्योंकि वाद-विवाद प्रतियोगिता का विषय 'हिन्दी राष्ट्रभाषा के रूप में देश के लिए हितकर है' एक गम्भीर विषय है। तुम्हारा विपक्ष में बोलना और भी मुश्किल विषय है। विपक्ष में बोलते हुए प्रथम आना वास्तव में प्रशंसनीय है।

हमें इस प्रकार की प्रतियोगिताओं में भाग लेते रहना चाहिए। इससे ज्ञानार्जन तो होता ही है साथ-साथ भाषण देने की कला भी आती है। मैं भी इस तरह की प्रतियोगिताओं में भाग लिया करूँगा।

शेष कुशल है। तुम्हारे माता-पिता को मेरा चरण स्पर्श व छोटे भाई को प्यार।

तुम्हारा मित्र,
गौरव सिंह
कक्षा 10

(ii)

28, एम. जी. रोड,
जयपुर।
दिनांक : 20– 3– 2007
मै. शर्मा साइकिल मार्ट,
आगरा रोड, जयपुर।

महोदय,

हिन्दुस्तान समाचार-पत्र में आपके विज्ञापन के अनुसार हमें विदित हुआ कि आप विद्यार्थियों को घटी दर पर साइकिलें दे रहे हैं। इसके लिए विद्यार्थी वर्ग आपका आभारी है। इस सम्बन्ध में मुझे जानकारी करनी है कि कौन-सी साइकिल आप दे रहे हैं। साइकिल की मूल कीमत क्या है ? कितनी रियायत हमें मिलेगी ? क्या इसके साथ पैकिंग का खर्चा भी लगेगा यदि हम इसे घर पर मँगवाएँ ? इसके साथ कौन-कौन से पुरजे दिए जाएँगे।

एक जानकारी और करनी थी कि कीमत किस प्रकार चुकाई जाएगी ? हमें साइकिल की पूरी कीमत एक साथ देनी है या कुछ किश्तों में भी दे सकते हैं ?

कृपा करके इन जानकारियों को देते हुए पत्र का उत्तर दें।

धन्यवाद !
भवदीय
अनुराग वशिष्ठ

Question 3.

Read the passage given below and answer in Hindi the questions that follow, using your own words as far as possible :

निम्नलिखित गद्यांश को ध्यान से पढ़िए और उसके नीचे लिखे प्रश्नों के उत्तर हिन्दी में लिखिए। उत्तर यथासम्भव आपके अपने शब्दों में होने चाहिए—

कौशल देश के वृद्ध राजा के चार पुत्र थे। उन्हें यह चिन्ता सताने लगी कि राज्य का उत्तराधिकारी किसे बनाया जाये ? सोच-विचार के बाद अपने चारों पुत्रों को बुलाकर राजा ने कहा—"तुम चारों में से जो सबसे बड़े धर्मात्मा को मेरे पास ले आयेगा वही राज्य का स्वामी बनेगा।" तत्पश्चात् चारों राजकुमार अपने-अपने घोड़ों पर सवार होकर चल पड़े।

कुछ दिनों बाद बड़ा पुत्र अपने साथ एक महाजन को लेकर आया और राजा से बोला—"ये महाजन लाखों रुपयों का दान कर चुके हैं, अनेक मन्दिर व धर्मशालाएँ बनवा चुके हैं तथा साधु-सन्तों और ब्राह्मणों को भोजन कराने के उपरान्त ही ये भोजन करते हैं। इनसे बड़ा धर्मात्मा कौन होगा ?"

"हाँ, वास्तव में ये धर्मात्मा हैं।" राजा ने कहा और सत्कारपूर्वक विदा किया।

इसके बाद दूसरा पुत्र एक कृशकाय ब्राह्मण को लेकर आया और राजा से कहा—"ये ब्राह्मण देवता चारों धामों की यात्रा कर आए हैं, कोई तामसी वृत्ति इन्हें छू नहीं गई है। इनसे बढ़कर कोई धर्मात्मा नहीं है।"

राजा ब्राह्मण के समक्ष नतमस्तक हुए और दान-दक्षिणा देकर बोले—"इसमें सन्देह नहीं कि ये एक श्रेष्ठ धर्मात्मा हैं।"

तभी तीसरा पुत्र एक साधु को लेकर पहुँचा और बोला—"ये साधु महाराज सप्ताह में केवल एक बार दूध पीकर रहते हैं। भयंकर सर्दी में जल में खड़े रहते हैं और गर्मी में पंचाग्नि तापते हैं। ये सबसे बड़े धर्मात्मा हैं।"

राजा ने साधु को प्रणाम किया और कहा—"निश्चय ही ये एक उत्तम साधु हैं।" साधु महाराज राजा को आशीर्वाद देकर विदा हुए।

अन्त में सबसे छोटा पुत्र एक निर्धन किसान के साथ आया। किसान दूर से ही भय के मारे हाथ जोड़ता हुआ चला आ रहा था। तीनों भाई छोटे भाई की मूर्खता पर ठहाका लगाकर हँस पड़े। छोटा पुत्र बोला—"एक कुत्ते के शरीर पर लगे घाव को यह आदमी धो रहा था। पता नहीं कि यह धर्मात्मा है या नहीं। अब आप ही इससे पूछ लीजिए।"

"तुम क्या धर्म-कर्म करते हो ?" राजा ने पूछा। किसान डरते-डरते बोला—"धर्म किसे कहते हैं, यह मैं नहीं जानता, करना तो दूर रहा। मैं जिसे भी दु:खी देखता हूँ, मुट्ठी भर अन्न अवश्य दे देता हूँ।"

"यह किसान ही सबसे बड़ा धर्मात्मा है।" राजा ने कहा। राजा की बात सुनकर तीनों बड़े लड़के एक-दूसरे का मुँह ताकने लगे। राजा ने पुन: कहा—"तीर्थ यात्रा करना, भगवत्-आराधना में लीन रहना, दान-पुण्य करना और जप-तप करना भी धर्म है, किन्तु बिना किसी स्वार्थ के किसी दीन-दु:खी और कष्ट में पड़े हुए प्राणी की सेवा करना सबसे बड़ा धर्म है। जो परोपकार करता है, वही सबसे बड़ा धर्मात्मा है।"

(i) राजा को क्या चिन्ता थी ? उसने अपने पुत्रों को बुलाकर क्या कहा ?

(ii) बड़े पुत्र की दृष्टि में बड़ा धर्मात्मा कौन था एवं क्यों ?

(iii) तीसरा पुत्र अपने साथ किसे लाया था ? उसने राजा से क्या कहा ?

(iv) किसान को देखकर तीनों भाई क्यों हँसने लगे ? राजा ने किसान को सबसे बड़ा धर्मात्मा क्यों कहा ?

(v) प्रस्तुत गद्यांश से आपको क्या शिक्षा मिली ?

उत्तर—(i) कौशल देश के राजा के चार पुत्र थे। राजा के विचारानुसार राज्य का उत्तराधिकारी योग्य राजकुमार हो। अत: उसे यह चिन्ता सताने लगी कि राजा का उत्तराधिकारी किसे बनाया जाय। अच्छी प्रकार से विचार करके उसने चारों राजकुमारों को बुलाकर कहा कि जो भी राजकुमार सबसे बड़े धर्मात्मा को उसके पास ले आएगा वही राज्य का स्वामी बनेगा।

(ii) सबसे बड़ा पुत्र एक महाजन को राजा के पास लाया। उसकी दृष्टि में वह महाजन सबसे बड़ा धर्मात्मा था क्योंकि उसने लाखों रुपए दान किये हैं, अनेक मन्दिर और धर्मशालाएँ बनवाई हैं। वह साधु-सन्तों और ब्राह्मणों को भोजन कराने के उपरान्त ही भोजन करता है।

(iii) तीसरा पुत्र एक साधु को राजा के पास लाया। उसने राजा से कहा कि ये साधु महाराज सप्ताह में केवल एक बार दूध पीकर रहते हैं, भयंकर सर्दी में जल में खड़े रहते हैं और गर्मी में पंचाग्नि तापते हैं। राजकुमार ने उसे ही सबसे बड़ा धर्मात्मा बताया।

(iv) छोटे पुत्र द्वारा लाए गए निर्धन किसान को देखकर तीनों भाई अपने छोटे भाई की मूर्खता पर हँसने लगे क्योंकि उनकी दृष्टि में गरीब किसान सबसे बड़ा धर्मात्मा तो हो ही नहीं सकता। राजा ने किसान को ही सबसे बड़ा धर्मात्मा बताया क्योंकि तीर्थ यात्रा करना, भगवत्-आराधना में लीन रहना, दान-पुण्य करना और जप-तप करना भी धर्म है, परन्तु बिना किसी स्वार्थ के किसी दीन-दु:खी और कष्ट में पड़े हुए प्राणी की सेवा करना सबसे बड़ा धर्म है। राजा के विचार में जो परोपकार करता है वही सबसे बड़ा धर्मात्मा है।

(v) प्रस्तुत गद्यांश से हमें यह शिक्षा मिलती है कि बिना किसी स्वार्थ के दीन-दु:खियों की सेवा करना और परोपकार करना ही सबसे बड़ा धर्म है। परोपकार वही है जो बिना किसी स्वार्थ के किया गया हो।

Question 4.

Answer the following according to the following instructions given :

निम्नलिखित प्रश्नों के उत्तर निर्देशानुसार लिखिए—

(i) निम्नलिखित शब्दों के विशेषण बनाइए—

विवशता, दुःख।

उत्तर—विवश, दुःखी।

(ii) निम्नलिखित शब्दों में से किसी एक शब्द के दो पर्यायवाची शब्द लिखिए—

युद्ध, उद्देश्य।

उत्तर—युद्ध—समर, रण।

उद्देश्य—लक्ष्य, हेतु।

(iii) निम्नलिखित शब्दों में से किन्हीं दो शब्दों के विपरीतार्थक शब्द लिखिए—

सन्नाटा, दुर्भावना, जड़ता, कलियुग।

उत्तर—सन्नाटा—कोलाहल **दुर्भावना**—सद्‌भावना

जड़ता—चेतनता **कलियुग**—सतयुग।

(iv) निम्नलिखित मुहावरों में से किसी एक से वाक्य बनाइए—

गिरगिट की तरह रंग बदलना।

सीधे मुँह बात न करना।

उत्तर—(a) कुछ लोग इतने चालाक होते हैं कि अपना काम निकालने के लिए गिरगिट की तरह रंग बदल लेते हैं।

(b) सोहन को शादी में इतना दहेज मिला है कि अब वह किसी से सीधे मुँह बात भी नहीं करता।

(v) भाववाचक संज्ञा बनाइए—

मधुर, स्वस्थ।

उत्तर—मधुरता, स्वास्थ्य।

(vi) कोष्ठक में दिए गए निर्देशानुसार वाक्यों में परिवर्तन कीजिए—

(a) कश्मीर में अनेक दर्शनीय स्थल देखने योग्य हैं।

(वाक्य शुद्ध कीजिए।)

(b) इस पत्रिका के संपादक मंडल में .... भी है।

(रेखांकित शब्द का लिंग परिवर्तन करके रिक्त स्थान की पूर्ति कीजिए।)

(c) मैं कलम से पत्र लिखूँगा।

(वाक्य को भूतकाल में बदलिए।)

उत्तर—(a) कश्मीर में अनेक दर्शनीय स्थल हैं।

(b) इस पत्रिका के सम्पादक मंडल में संपादिका भी है।

(c) मैंने कलम से पत्र लिखा था।

SECTION–B

साहित्य सागर (गद्य)

Question 5.

Read the extract given below and answer in Hindi the questions that follow :

निम्नलिखित गद्यांश को पढ़िए और उसके नीचे लिखे प्रश्नों के उत्तर हिन्दी में लिखिए:

''श्रीकंठसिंह शनिवार को घर आया करते थे। बृहस्पतिवार को यह घटना घटी थी। दो दिन तक आनन्दी कोपभवन में रही। न कुछ खाया, न कुछ पिया, बस श्रीकंठ की बाट देखती रही।''

—'बड़े घर की बेटी'—

लेखक—प्रेमचन्द

(i) बृहस्पतिवार को कौन-सी घटना घटी थी ?

(ii) क्या आजकल के घरों में कोपभवन होता है ? कोपभवन का अर्थ समझाइए।

(iii) रामचरित् मानस में कोपभवन का जिकर हुआ है। उसे संक्षेप में बतायें।

(iv) आनन्दी श्रीकंठसिंह की बाट क्यों देखती रही ?

उत्तर—(i) वृहस्पतिवार को आनन्दी का देवर लालबिहारी भोजन करने बैठा। घी समाप्त हो गया था इसलिए उसकी दाल में घी न था। उसने यह बात आनन्दी से कही। उसने सच्चाई बता दी कि पावभर रहा होगा वो माँस में डाल दिया। लालबिहारी ने क्रोध में उसके मायके वालों के लिए कुछ कह दिया। बात बढ़ गई तो क्रोध में तमतमाकर लालबिहारी ने खड़ाऊँ उठाकर आनन्दी की तरफ फैंक मारी। आनन्दी ने हाथ से रोक ली नहीं तो उसका सिर फट जाता।

(ii) आजकल के घरों में कोपभवन जैसा कोई स्थान या कमरा नहीं बनाया जाता। जब भी स्त्री ससुराल वालों से या पति से भी नाराज हो तो किसी भी कमरे में जाकर गुस्से में बैठ जाती है और वही कोपभवन बन जाता है। कोपभवन का मतलब है वह स्थान या कमरा जहाँ गुस्से में स्त्री जाकर बैठ जाये और घर का कोई व्यक्ति उसको मनाकर लाये तभी वह बाहर आये।

(iii) श्री रामचरित्मानस में तुलसीदास जी ने अयोध्या में राजा दशरथ के महल में कोपभवन का उल्लेख किया है। दासी मंथरा द्वारा कैकेयी (राजा दशरथ की तीसरी रानी) की बुद्धि दूषित कर दी कि वह महाराज से अपने दो वर जो महाराज ने पहले दिये थे, अब माँग ले जिनमें उनके बेटे भरत को राज्य और राम को चौदह वर्ष का वनवास। इस कारण वह क्रोधित होकर अपने गहने उतारकर कोपभवन में जाकर बैठ गई थी और महाराज से अपने दोनों वर पूरे करा लिए।

(iv) स्त्री का एकमात्र सहारा पति ही होता है। उसी पर उसका जोर चलता है। इस घर में कोई और नहीं था जो उसकी तरफदारी करता। उसके ससुर भी लालबिहारी के पक्ष में ही बोले। यह सुनकर उसे बड़ी ग्लानि हुई। क्रोध में वह तमतमा गई, लेकिन कुछ न कर सकी। अकेली करती भी क्या। इसलिए वह श्रीकंठसिंह की बाट देख रही थी जो शनिवार की शाम को आते थे। अपनी आप बीती श्रीकंठसिंह को सुनाकर उसे पूरी उम्मीद थी कि वह उसका पक्ष लेंगे।

Question 6.

Read the extract given below and answer in Hindi the questions that follow :

निम्नलिखित गद्यांश को पढ़िए और उसके नीचे लिखे प्रश्नों के उत्तर हिन्दी में लिखिए:

''मैंने स्वीकार कर लिया। ऑफिस में बैठा रहा। थोड़ी देर में भीतर से एक पुरुष के साथ एक सुन्दर स्त्री निकली और मैं समझ गया कि मुझे इन्हीं लोगों के साथ जाना होगा।''

—'संदेह'—

लेखक—जयशंकर प्रसाद

(i) यहाँ वक्ता कौन है और यह कथन किससे कहा गया है ?

(ii) वक्ता सुनने वाले को क्या समझता है ? उसने उसे क्या बताया ?

(iii) किसने उससे अपने सम्बन्धियों को घुमा लाने के लिए कहा ? वे कहाँ गये ?

(iv) वहाँ पहुँचकर कैसा लगा ? बताइए।

उत्तर—(i) यहाँ पर वक्ता रामनिहाल है और वह उसके घर की मालकिन श्यामा से यह कथन कह रहा है। वह उसी के घर में रह रहा है। यहाँ उसके साथ कोई भेदभाव नहीं है, घर का-सा सुख है। श्यामा उसे बहुत मानती है।

(ii) रामनिहाल श्रोता श्यामा को अपना शुभचिंतक, मित्र और रक्षक समझता है। उसने उसे बताया है कि कार्तिक की पूर्णिमा के दिन वह कामकाज से छुट्टी पाकर संध्या की शोभा देखने दशाश्वमेघ घाट गया था तभी उसकी मुलाकात एक सुन्दर स्त्री और उसके पति से हुई थी।

(iii) जब वह अपने कामकाज से छुट्टी पाकर संध्या की शोभा देखने दशाश्वमेघ घाट जाने के लिए तैयार था तभी ब्रजकिशोर बाबू ने उससे कहा कि वह तो गंगा किनारे टहलने जाता ही है, आज उसके सम्बन्धी आ गये हैं, अत: उन्हें भी अपने साथ ले-जाकर नाव में घुमा लाये क्योंकि उसे कुछ काम है।

(iv) रामनिहाल, सुन्दर स्त्री मनोरमा और उसके पति मोहन बाबू ये तीनों ही मान मन्दिर पहुँचे। बजरे (नाव) पर चाँदनी बिछी थी। मोहन बाबू जाकर ऊपर बैठ गये। मनोरमा को चढ़ने में जैसे डर-सा लग रहा था, इसलिए रामनिहाल ने उसका हाथ पकड़कर ऊपर चढ़ाया। ऊपर आते ही उसके (रामनिहाल) कान में धीरे से कहा कि उसके पति पागल बनाये जा रहे हैं। कुछ-कुछ हैं भी तनिक सावधान रहिएगा। नाव की बात है।

Question 7.

Read the extract given below and answer in Hindi the questions that follow :

निम्नलिखित गद्यांश को पढ़िए और उसके नीचे लिखे प्रश्नों के उत्तर हिन्दी में लिखिए:

''फाइल कल्चरल डिपार्टमेण्ट के अनेक विभागों से गुजरती हुई साहित्य अकादमी के सेक्रेटरी के पास पहुँची। बेचारा सेक्रेटरी उसी समय अपनी गाड़ी में सवार होकर सेक्रेटेरियेट पहुँचा और दबे हुए आदमी से इंटरव्यू लेने लगा।''

—'जामुन का पेड़'—

लेखक—कृष्ण चंदर

(i) यहाँ किसके सम्बन्ध में बात हो रही है ? उसे क्या हुआ था ?

(ii) माली ने रात को दबे हुए आदमी से क्या कहा ?

(iii) दूसरे दिन क्या अफवाह फैल गई ?

(iv) दबा हुआ आदमी कवि है, इसलिए कमेटी ने क्या फैसला किया ?

उत्तर—(i) यहाँ उस आदमी के बारे में बात हो रही है जो रात के आँधी के झक्कड़ में एक जामुन के पेड़ के गिर जाने से वह पेड़ के नीचे दब गया था। सुबह होते ही वहाँ भीड़ जमा हो गई और तरह-तरह की बातें होने लगीं।

(ii) दूसरे दिन रात को माली ने दबे हुए आदमी को दाल-भात खिलाते हुए कहा कि अब मामला ऊपर चला गया है। सुना है कि कल सेक्रेटेरिएट के सारे सेक्रेटेरियों की मीटिंग होगी। उसमें उसका केस रखा जायेगा उम्मीद है सब काम ठीक हो जायेगा।

(iii) दूसरे दिन माली ने चपरासी को बताया, चपरासी ने क्लर्क को, क्लर्क ने हैड क्लर्क को। थोड़ी ही देर में सेक्रेटेरिएट में यह अफवाह फैल गई कि दबा हुआ आदमी शायर है। लोगों का झुण्ड शायर को देखने के लिए उमड़ पड़ा। सेक्रेटरिएट का लॉन भाँति-भाँति के कवियों से भर गया।

(iv) चूँकि दबा हुआ आदमी कवि है इसलिए सेक्रेटेरिएट की सब-कमेटी ने फैसला किया कि इस फाइल का सम्बन्ध न एग्रीकल्चर डिपार्टमेंट से है, न हार्टीकल्चर डिपार्टमेंट से, बल्कि सिर्फ कल्चरल डिपार्टमेंट से है। कल्चरल डिपार्टमेंट से अनुरोध किया गया कि जल्द-से-जल्द मामले का फैसला करके अभागे कवि को इस फलदार पेड़ से छुटकारा दिलाया जाये।

साहित्य सागर (पद्य)

Question 8.

Read the extract given below and answer in Hindi the questions that follow :

निम्नलिखित पद्यांश को पढ़िए और उसके नीचे लिखे प्रश्नों के उत्तर हिन्दी में लिखिए:

''साथ दो बच्चे भी हैं सदा हाथ फैलाये,
बायें से वे मलते हुए पेट को चलते,
और दाहिना दया-दृष्टि पाने की ओर बढ़ाये।''

—'भिक्षुक'—

लेखक—सूर्यकांत त्रिपाठी 'निराला'

(i) कविता की पंक्तियों से लगता है कि कवि गरीबों के हमदर्द थे। आपका क्या विचार है ?

(ii) किसके साथ दो बच्चे हैं ? वह क्या कर रहे हैं ? क्या उन्हें यथोचित भिक्षा मिल पाती है ?

(iii) ऐसी धारणा है कि कुछ औरतें भिक्षा माँगने के लिए छोटे बच्चे किराये पर ले लेती हैं। क्या इसमें कुछ सच्चाई है ?

(iv) प्रस्तुत पंक्तियों का भावार्थ लिखिए।

उत्तर—(i) कवि सूर्यकांत त्रिपाठी 'निराला' वास्तव में गरीबों के समर्थक और हमदर्द थे। ये स्वभाव से विद्रोही और निर्भीक थे। साथ ही साथ वे स्पष्टवादी भी थे।

(ii) एक भिक्षुक के साथ दो बच्चे हैं। वे उसके साथ हाथ फैलाये हुए चल रहे हैं। उन्होंने हाथ इसलिए फैलाये हैं कि कोई दानदाता मिले और उन्हें रोटी मिल सके। बायें हाथ से अपना पेट मलते हुए और दायें हाथ को फैलाये हुए वे दोनों चल रहे हैं। कभी उन्हें भिक्षा मिल भी जाती है और कभी नहीं भी मिलती। अधिकतर लोग तो दया करके उन्हें कुछ दे देते हैं और कुछ उन्हें दुत्कार भी देते हैं।

(iii) यह धारणा लगता है सच्ची हो। हम जहाँ भी देखते हैं—स्टेशनों पर, चौराहों पर, बाजारों में कुछ औरतें छोटे बच्चों को गोद में लिए हुए भीख माँगती हैं। वे बच्चे भी फटेहाल होते हैं। जैसाकि हम फिल्मों में या न्यूज में देखते हैं। उससे तो लगता है कि भिक्षा को एक प्रकार का धन्धा बना लिया गया है। जो नौजवान हैं, काम करने लायक हैं उन्हें भी भीख माँगते हुए आजकल देखा जा सकता है।

(iv) कवि एक भिक्षुक का सजीव चित्र-सा खींचते हुए कहता है कि एक भिक्षुक पथ पर आता हुआ दिखायी दे रहा है। उसके साथ दो बच्चे भी हैं जो हाथ फैलाये हुए हैं ताकि कोई दाता उन्हें कुछ दे दें। वे अपने बायें हाथ से पेट को मलते हुए चल रहे हैं और दायें हाथ को राहगीरों के सामने फैलाये हुए हैं ताकि कोई दयावान उन्हें भिक्षा के रूप में कुछ दे दें।

Question 9.

Read the extract given below and answer in Hindi the questions that follow :

निम्नलिखित पद्यांश को पढ़िए और उसके नीचे लिखे प्रश्नों के उत्तर हिन्दी में लिखिए:

''गति प्रबल पैरों में भरी,
फिर क्यों रहूँ दर-दर खड़ा,
जब आज मेरे सामने

है रास्ता इतना पड़ा।
जब तक न मंजिल पा सकूँ, तब तक मुझे न विराम है,
चलना हमारा काम है।''

—'चलना हमारा काम है'—
कवि—शिवमंगल सिंह 'सुमन'

(i) **मनुष्य को जीवन में सफलता कब मिलती है ?**

(ii) **क्या असफलता से मनुष्य को निराश हो जाना चाहिए ?**

(iii) **कवि ने इस कविता में क्या प्रेरणा दी है ?**

(iv) **प्रस्तुत पंक्तियों का भावार्थ लिखिए।**

उत्तर—(i) मनुष्य को जीवन में सफलता तभी मिलती है जब वह संघर्ष करता है। अपने पथ पर बाधाओं को पार करता हुआ आगे बढ़ता है। अपने साहस एवं उत्साह से वह अपने लक्ष्य को प्राप्त कर लेता है। उसके कदम तब तक आगे बढ़ते रहते हैं जब तक वह अपनी सफलता को प्राप्त नहीं कर लेता है।

(ii) अपनी असफलता से मनुष्य को कभी भी निराश नहीं होना चाहिए। असफलता ही सफलता की सीढ़ी मानी जाती है। वह हमें सिखाती है कि हमारी चूक कहाँ पर हुई। अपनी कमियों को दूर करते हुए जब हम आगे बढ़ते हैं तो सफलता हमारा स्वागत करने को उद्यत रहती है। असफलता से हमें शिक्षा लेनी चाहिए। एक चींटी दीवाल पर चढ़ती है तो कई बार गिरती है, लेकिन अन्त में वह चढ़ ही जाती है।

(iii) प्रस्तुत कविता में कवि ने प्रेरणा दी है कि मनुष्य को अपने मजबूत (बलिष्ठ) पैरों से निरन्तर आगे बढ़ना चाहिए, बार-बार रुकना नहीं चाहिए। रुकने में समय बर्बाद होता है और पीछे चलने वाले आगे निकल जाते हैं। जब मंजिल दूर हो, रास्ता लम्बा हो तो हमें निरन्तर चलते रहना चाहिए ताकि मंजिल मिल सके।

(iv) कवि ने कहा है कि हमारे मजबूत पैरों में गति है तो हमें स्थान-स्थान पर खड़े नहीं हो जाना चाहिए। जब हमें मालूम है कि रास्ता अभी काफी लम्बा पड़ा है तो रुकना ठीक नहीं है। जब तक हमें मंजिल न मिल जाये, हमें चलना बन्द नहीं करना चाहिए। जीवन में हमारा काम ही आगे बढ़ना है। प्रगति के पथ पर बढ़ना ही मनुष्य का काम है। मंजिल मिल जाने के बाद ही हमें विराम लेना चाहिए।

Question 10.

Read the extract given below and answer in Hindi the questions that follow :
निम्नलिखित पद्यांश को पढ़िए और उसके नीचे लिखे प्रश्नों के उत्तर हिन्दी में लिखिए:

''किन्तु यह हुआ अचानक ध्यान
दीन हूँ, छोटी हूँ, अज्ञान।
मातृ मन्दिर का दुर्गम मार्ग
तुम्हीं बतला दो हे भगवान।''

—'मातृ मन्दिर की ओर'—
कवियित्री—सुभद्रा कुमारी चौहान

(i) **कवियित्री सुभद्राकुमारी चौहान की कौन-सी कविता उत्तर भारत के घर-घर में गाई जाती है ?**

(ii) **इस कविता में कवियित्री ने क्या भावना प्रकट की है ?**

(iii) **उसने अपने को दीन, छोटी और अज्ञान क्यों कहा है ?**

(iv) **प्रस्तुत पंक्तियों का भावार्थ लिखिए।**

उत्तर—(i) सुभद्रा कुमारी चौहान की यह कविता—''बुन्देले हरबोलों के मुख हमने सुनी कहानी थी, खूब लड़ी मर्दानी वह तो झाँसी वाली रानी थी।'' उत्तर भारत में बहुत प्रसिद्ध है। स्कूलों में भी यह कविता किताबों में पढ़ाई जाती है। यह झाँसी की रानी की वीरता को प्रदर्शित करती है। वह अंग्रेजों से बड़ी बहादुरी से युद्ध करती रही और कई मोर्चों पर अंग्रेजों को शिकस्त दी। ग्वालियर के एक मैदान में यह मारी गई थीं। उसी स्थान पर घोड़े पर बैठी हुई इनकी प्रतिमा शोभायमान है।

(ii) इस कविता में कवियित्री की देश-प्रेम की भावना प्रकट हुई है। वह अपनी मातृभूमि की रक्षा के लिए अपना बलिदान देना चाहती है। वह मातृमन्दिर की ओर जाना चाहती है और ईश्वर से प्रार्थना कर रही है कि इस दुर्गम मार्ग पर उसकी सहायता करे। वह छोटी, दीन और अज्ञान है। ईश्वर दीनों की सहायता करता है इसलिए उसने अपने दीन होने की दुहाई दी है।

(iii) कवियित्री ने अपने को दीन, छोटी और अज्ञान इसलिए कहा है क्योंकि वह ईश्वर की सहायता चाहती है। ईश्वर को दीन जन अत्यन्त प्यारे हैं इसीलिए उन्हें 'दीनबन्धु' भी कहा गया है। वह निरअभिमानी है। दीन, छोटी, अज्ञान शब्दों से ज्ञात होता है कि कवियित्री के हृदय में अभिमान कतई नहीं है। जिस हृदय में अभिमान रहता है उसमें ईश्वर नहीं रहते। कबीरदास जी ने कहा है—

''जब मैं था तब हरि नहीं, अब हरि हैं मैं नाहि।''

ईश्वर से याचना करते वक्त अपने को दीन-हीन ही समझना चाहिए।

(iv) प्रस्तुत पंक्तियों में कवियित्री ने भगवान से याचना की है कि वह उसे मातृमन्दिर में पहुँचा दे। वह निर्बल, दीन, छोटी और अज्ञान है और मातृमन्दिर का मार्ग दुर्गम है। यह मार्ग कैसा है, किस ओर है और कितना लम्बा है यह भी ज्ञात नहीं है। उसके अवलम्ब तो एकमात्र ईश्वर ही हैं वही उसे लक्ष्य तक पहुँचायेंगे। इस कविता में कवियित्री की भावना देश-प्रेम से जुड़ी है। वह अपनी मातृभूमि पर अपना सब कुछ यानी प्राण तक न्योछावर करना चाहती है।

नया रास्ता

Question 11.

Read the extract given below and answer in Hindi the questions that follow :

निम्नलिखित गद्यांश को पढ़िए और उसके नीचे लिखे प्रश्नों के उत्तर हिन्दी में लिखिए :

''आज कितनी खुश थी वह। उसकी परीक्षा समाप्त हो चुकी थी। कितना उत्साह था उसके हृदय में अपने घर जाने का। कमरे में पहुँचते ही उसने अपना सारा सामान सँवारना शुरू किया। परीक्षा के दिनों में वह अपने कपड़े नहीं धो पायी थी। इसलिए उसके गन्दे कपड़ों का ढेर लग गया था। उसने अपने गन्दे कपड़े बैग में भर लिए।''

(i) यहाँ किसकी बात हो रही है ? वह घर क्यों जा रही है ?

(ii) उसकी दूसरी सहेली भी अपने घर जाने की तैयारी कर रही थी। वह कौन थी और उसे कहाँ जाना था ?

(iii) पहली लड़की को अपने घर जाकर कैसा लगा ?

(iv) जब वह अपने कमरे में बैठी थी, पिताजी ने उससे आकर क्या कहा और उसने क्या जवाब दिया ?

उत्तर—(i) यहाँ कॉलेज के हॉस्टल में रहने वाली मीनू के बारे में कहा गया है। उसकी परीक्षा समाप्त हो चुकी थी। हॉस्टल की अन्य लड़कियाँ भी छुट्टी होने पर अपने-अपने घर चली जाती हैं। मीनू की भी दो माह की छुट्टी हो गई थीं। उसके हृदय में घर जाने का उत्साह भरा हुआ था।

(ii) मीनू की सहेली माया भी अपने घर जाने की तैयारी कर रही थी। उसने भी अपना सामान लगाया। उन दोनों के घर के रास्ते अलग-अलग थे। मीनू को मीरापुर जाना था और माया को अलीगढ़।

(iii) पहली लड़की मीनू को कहा गया है। जब वह अपने घर पहुँची तो पिताजी उस समय पूर्ण स्वस्थ हो चुके थे। पिताजी को स्वस्थ देखकर उसे बहुत अच्छा लगा। माँ ने उसे सीने से लगा लिया। आशा और रोहित तो खुशी से झूम उठे। माँ ने मीनू से उसके पेपर कैसे हुए हैं यह पूछा। मीनू के यह कहने पर कि पेपर तो अच्छे हुए हैं। माँ ने कहा कि तुम प्रथम श्रेणी में ही पास होगी क्योंकि अभी तक तो प्रथम ही आई हो।

(iv) अगले दिन जब मीनू अपने कमरे में बैठी साप्ताहिक पत्रिका पढ़ रही थी तब पिताजी आकर उसके पास बैठ गये और बोले, ''मीनू बेटी परसों तुम्हारी बुआजी का पत्र आया है। उन्होंने उसमें एक लड़के के विषय में बताया है। वह दिल्ली में इंजीनियर है। तीन हजार रुपये महीना पा रहा है। यदि तुम······।''

पिताजी अभी वाक्य पूरा भी नहीं कर पाये थे कि मीनू बोल पड़ी कि अपनी पढ़ाई बीच में छोड़कर वह शादी नहीं करेगी।

Question 12.

Read the extract given below and answer in Hindi the questions that follow :

निम्नलिखित गद्यांश को पढ़िए और उसके नीचे लिखे प्रश्नों के उत्तर हिन्दी में लिखिए:

''······मैंने तुम्हें यहाँ इसलिए बुलाया था कि एक बार मैं तुम्हें अपने दिल की बात बता दूँ, जिससे तुम मेरे अपराध को क्षमा कर सको। वैसे मेरे अपराध की सजा मुझे ईश्वर ने दे दी है। अब मैं चाहता हूँ कि तुम मुझे क्षमा कर दो।''

(i) यहाँ वक्ता और श्रोता कौन हैं ? कौन से अपराध को वह श्रोता से क्षमा करवाना चाहता है ?

(ii) वक्ता को क्या हुआ है और वह इस समय कहाँ पर है ? श्रोता को उसकी बात किसने बताई ?

(iii) मैडिकल कॉलेज पहुँचने पर श्रोता को क्या पता चला ? उसने वह समय कैसे व्यतीत किया ?

(iv) वक्ता के कौन से शब्द श्रोता (सुनने वाले) को बेचैन कर गये ? उसके सान्त्वना देने पर वक्ता ने क्या कहा ?

उत्तर—(i) यहाँ वक्ता मेरठ का रहने वाला अमित है और श्रोता मीनू है। वक्ता के घर वालों ने कुछ वर्ष पहले मीनू को अमित के रिश्ते के लिए ना कह दिया था। यद्यपि अमित को मीनू पसन्द थी, लेकिन अपने माता-पिता के सामने वह कुछ बोल नहीं पाया। यह दु:ख उसने मीनू को दिया था। इसी अपराध को वह मीनू से क्षमा करवाना चाहता है।

(ii) अमित का अपनी कार में एक्सीडेण्ट हो गया है। ब्रेक फेल हो जाने से उसकी कार एक पेड़ से टकरा गई थी। इस एक्सीडेण्ट से उसके हाथ-पैरों की हड्डियाँ टूट गई थीं और शरीर में भी चोट आई थी। वह इस समय मेरठ के मैडीकल कॉलेज में भर्ती है। यह बात मीनू को उसकी सहेली नीलिमा और उसके पति ने बताई थी और आग्रह किया था कि यदि हो सके तो उसे देख आये।

(iii) मीनू अमित को देखने मैडीकल कॉलेज पहुँची। वह नौ बजे ही पहुँच गई। मरीजों से मिलने का समय दस बजे से था। अत: एक घण्टा उसे इन्तजार करना था। तभी उसने एक पत्रिका खरीदी और पास की एक बैंच पर बैठकर पढ़ने लगी। हर दस मिनट बाद उसकी नजर घड़ी पर जाती। एक-एक पल काटना मुश्किल हो रहा था।

(iv) अमित के ये शब्द कि वह मृत्यु-शैया पर पड़ा है, न जाने कितने दिन की जिन्दगी है। जब तक वह उसे क्षमा नहीं करेगी तब तक वह चैन से मर भी नहीं सकेगा, मीनू के हृदय को बेचैन कर गये। मीनू के सान्त्वना देने पर अमित ने उदास स्वर में कहा कि यदि वह ठीक भी हो जायेगा तो पूर्णरूप से ठीक नहीं होगा। दोनों हाथों में और दोनों पैरों में प्लास्टर चढ़ा है। इस दशा में पूरी तरह स्वस्थ होने की क्या उम्मीद है।

Question 13.

Read the extract given below and answer in Hindi the questions that follow :

निम्नलिखित गद्यांश को पढ़िए और उसके नीचे लिखे प्रश्नों के उत्तर हिन्दी में लिखिए:

''रोहित को दिल्ली में अच्छी कम्पनी में नौकरी लग जाने के बाद से उसके अनेक रिश्ते आने शुरू हो गये थे; परन्तु मीनू के पिताजी सबको यह कहकर टाल देते कि अभी हमें अपनी बड़ी बेटी की शादी करनी है। उसके बाद ही बेटे की करेंगे।''

(i) मीनू इस समय क्या कर रही थी ?

(ii) मीनू जब अपनी छोटी बहन आशा से मिली तो उसे कैसा लगा ?

(iii) रोहित के माता-पिता ने रोहित की शादी के बारे में क्या कहा ?

(iv) दयारामजी ने जब घण्टी बजने पर दरवाजा खोला तो उन्होंने क्या देखा और उनसे क्या बात हुई ?

उत्तर—(i) मीनू को मेरठ में वकालत शुरू किये हुए आठ महीने हो चुके थे। इन आठ महीनों में उसने अपनी धाक जमा ली थी। दीखने में पतली, छोटी-सी दिखने वाली मीनू की आवाज में कितना जोश था, कितना उत्साह था, उसकी बुलन्दी के चर्चे चारों ओर फैल गये थे। उसकी रौबीली आवाज सबके मन को मोह गई थी। मीनू को साधारण रूप से देखने वाला व्यक्ति विश्वास ही नहीं कर सकता था कि वह इतनी साहसी होगी।

(ii) आशा अपने पति के साथ मीनू के पास उससे मिलने आयी। उनका एक प्यारा बेटा आशा की गोद में था। मीनू ने उसे अपनी गोद में ले लिया तो वह रोने लगा। मीनू आशा से लगभग आठ महीने बाद मिली थी। माँ बनने के बाद वह काफी मोटी हो गई थी। यद्यपि वह मीनू से छोटी थी, लेकिन मीनू उसके सामने काफी छोटी प्रतीत हो रही थी। दोनों बहनें आपस में मिलकर बहुत प्रसन्न हुईं।

(iii) दयारामजी और उनकी पत्नी दोनों को ही लड़की का फोटो पसन्द आया, परन्तु फिर भी वे अभी इस पक्ष में नहीं थे कि बड़ी बेटी के विवाह से पहले ही बेटे का विवाह कर दें। उन्होंने उस सज्जन को यह कहकर विदा किया कि अभी वे रोहित की शादी नहीं कर रहे हैं। न ही रोहित अभी विवाह के पक्ष में है।

(iv) दरवाजा खोलने पर मायारामजी और अमित को खड़ा देखकर दयाराम जी चकित रह गये यह सोचकर कि अचानक इनका आगमन कैसे हुआ। उन्हें आदर सहित अन्दर बिठाया गया। माँ अमित को देखकर आश्चर्यचकित हो गई। मीनू ने जैसा अमित का हाल बताया था, उससे नहीं लगता था कि अमित पूर्ण स्वस्थ हो जायेगा। इस समय तो अमित अच्छी तरह से चल-फिर रहा था। मायाराम जी को बोलने में कुछ संकोच हो रहा था, लेकिन उन्होंने अपनी चार साल पहले हुई भूल के लिए क्षमा माँगी और अब मीनू का रिश्ता स्वीकार करने की बात कही यदि दयारामजी स्वीकार कर लें तो। दयारामजी यह सुनकर प्रसन्न हुए और सत्कार के बाद यह कहकर विदा किया कि मीनू के आने के बाद उससे राय लेकर आपको जवाब दे देंगे। उनके जाने के बाद दयारामजी को अवश्य यह एहसास हो रहा था जैसे किसी ने उनके दु:खी हृदय को सान्त्वना दे दी हो।

एकांकी संचय

Question 14.

Read the extract given below and answer in Hindi the questions that follow :

निम्नलिखित गद्यांश को पढ़िए और उसके नीचे लिखे प्रश्नों के उत्तर हिन्दी में लिखिए:

''आ गई मेरी गौरी ! (राजेश्वरी से) अरे, खड़ी-खड़ी मेरा मुँह क्या देख रही हो ? अन्दर से मिठाई का थाल लाओ।'' राजेश्वरी उसी प्रकार खड़ी रहती है। उसकी दृष्टि द्वार की ओर है।

—'बहू की विदा'—

लेखक—विनोद रस्तोगी

(i) यहाँ वक्ता कौन है तथा वह किसका इन्तजार कर रहा है ? उसे लेने कौन गया था और वह कहाँ से आनी है ?

(ii) राजेश्वरी अन्दर क्यों नहीं गई ?

(iii) वक्ता का बेटा खाली हाथ क्यों लौट आया ?

(iv) दहेज के बारे में वक्ता ने क्या कहा और राजेश्वरी का क्या विचार था ?

उत्तर—(i) यहाँ वक्ता जीवनलाल है। वह अपनी बेटी (गौरी) का इन्तजार कर रहा है। बेटी को लेने उसका (जीवनलाल) बेटा गया था। वह अपनी ससुराल से मायके आनी थी।

(ii) जीवनलाल के बार-बार कहने पर भी राजेश्वरी अन्दर इसलिए नहीं गई क्योंकि उसने देख लिया था कि उसका बेटा रमेश अकेला ही लौटकर आया है उसके साथ गौरी नहीं है। वह दरवाजे की ओर देख रही थी।

(iii) जीवनलाल का बेटा रमेश अकेला ही लौटकर आ गया था क्योंकि गौरी के ससुराल वालों ने गौरी को उसके मायके नहीं भेजा। सावन के महीने में विवाहित लड़कियाँ अपने मायके में आती हैं और अपनी सहेलियों से मिल लेती हैं और सावन के गीत गाकर झूला झूलती हैं, गौरी की ससुराल वालों ने उसे इसलिए नहीं भेजा था क्योंकि उसके पिता ने उसकी शादी में दहेज पूरा नहीं दिया था।

(iv) दहेज कम देने की बात सुनकर जीवनलाल ने कहा कि उन्होंने तो जीवन भर की कमाई दे दी और उनकी नजर में दहेज पूरा नहीं दिया, कितने लोभी हैं वे। राजेश्वरी यद्यपि दहेज के खिलाफ है लेकिन वह अपने पति जीवनलाल को सुनाने के लिए कहती है कि बेटी वाले चाहे अपना घर-द्वार बेचकर दे दें पर बेटे वालों की नाक-भौं सिकुड़ी ही रहती है।

Question 15.

Read the extract given below and answer in Hindi the questions that follow :

निम्नलिखित गद्यांश को पढ़िए और उसके नीचे लिखे प्रश्नों के उत्तर हिन्दी में लिखिए:

''यह आप क्या कहते हैं महाराणा ? आपके विवेक पर सबको विश्वास है। मैं आपसे निवेदन करने आई हूँ कि यद्यपि समय के फेर से आप हाड़ा शक्ति और साधनों में मेवाड़ के उन्नत राज्य से छोटे हैं, फिर भी वे वीर हैं।''

—'मातृभूमि का मान'—
लेखक—हरिकृष्ण 'प्रेमी'

(i) वक्ता किसके बारे में बात कर रहा है ? उसने महाराणा को क्या सलाह दी ?

(ii) महाराणा ने उससे ऐसा क्यों कहा कि वह देर से आई ?

(iii) सेनापति ने उसे क्या कहकर बात साधी ?

(iv) वक्ता ने फिर सेनापति को क्या राय दी ?

उत्तर—(i) यहाँ वक्ता चारणी है। वह बूँदी राज्य के बारे में और वहाँ के हाड़ा वीरों के बारे में बात कर रही है। मेवाड़ राज्य से छोटे होते हुए भी हाड़ा वंश के राजपूत बड़े वीर हैं। उसने महाराणा को उचित सलाह दी कि वे मेवाड़ को विपत्ति के दिनों में सहायता देते रहे हैं। यदि उनसे कोई धृष्टता बन पड़ी हो, तो महाराणा उसे भूल जायें और राजपूत शक्तियों में स्नेह का सम्बन्ध बना रहने दें।

(ii) महाराणा लाखा को उसकी यह बात यद्यपि उचित लगी, लेकिन अब देर हो चुकी थी। बूँदी के शासक राव हेमू के इस उत्तर को सुनकर कि बूँदी राज्य स्वतन्त्र है और स्वतन्त्र ही रहेगा, किसी की अधीनता स्वीकार नहीं करेगा, महाराणा को बहुत दु:ख हुआ और वे बूँदी को जीतने की प्रतिज्ञा कर चुके थे।

(iii) चारणी की राय जो समयानुसार उचित थी, सेनापति अभयसिंह को भी अच्छी लगी, लेकिन उन्होंने उसे बताया कि महाराणा ने यह प्रतिज्ञा ले ली है कि जब तक वे बूँदी राज्य पर आक्रमण करके उसे जीत नहीं लेंगे तब तक अन्न-जल ग्रहण नहीं करेंगे। यह प्रतिज्ञा उनके प्राणों का संकट बन गई है क्योंकि बूँदी को जीतना कोई आसान काम नहीं है।

(iv) चारणी बड़ी चतुर और संस्कारित सेविका है। सभी उसका यथोचित आदर करते हैं। महाराणा भी उसकी बात मानते हैं। यह जानकर कि महाराणा के प्राण संकट में हैं, उसने राय दी कि इसका एक ही उपाय है कि यहीं पर बूँदी का एक नकली दुर्ग बनाया जाये। महाराणा उसे विध्वंस करके अपनी प्रतिज्ञा पूरी कर लें। यदि महाराणा को उसका यह प्रस्ताव स्वीकार हो तो ऐसा करें।

Question 16.

Read the extract given below and answer in Hindi the questions that follow :

निम्नलिखित गद्यांश को पढ़िए और उसके नीचे लिखे प्रश्नों के उत्तर हिन्दी में लिखिए:

''यह दम्भ है युधिष्ठिर ! यह मिथ्या अहंकार है। मैं तुम्हारी यह आत्म प्रशंसा नहीं सुन सकता, इसे तुम अपने भक्तों के लिए ही रहने दो। तुम विजय की डींग मार सकते हो, पर न्याय-धर्म की दुहाई मत दो।''

—'महाभारत की एक सांझ'—
लेखक—भारत भूषण अग्रवाल

(i) वक्ता कौन है ? वह यहाँ किस हालत में पड़ा है ?

(ii) युधिष्ठिर के किस कथन के उत्तर में उसने ऐसा कहा ?

(iii) अपने नाम के विषय में वक्ता ने क्या कहा ?

(iv) हस्तिनापुर के राज्य पर अपने अधिकार का तर्क वक्ता ने किस प्रकार दिया ?

उत्तर—(i) इस कथन का वक्ता दुर्योधन है। वह घायल अवस्था में सरोवर के पास पड़ा है। वहीं पर उसका युधिष्ठिर से वार्तालाप हो रहा है। पांडवों ने दुर्योधन को युद्ध करने के लिए विवश किया। भीम के साथ उसका गदा युद्ध हुआ। कृष्ण के संकेत पर भीम ने दुर्योधन की जंघा पर गदा का भीषण प्रहार किया। उस प्रहार से आहत होकर दुर्योधन मृत्यु की शैया पर लेटा हुआ है।

(ii) युधिष्ठिर ने उससे कहा कि उसने (युधिष्ठिर) सदा न्याय ही किया है। न्याय के लिए उसने बड़े-बड़े दु:ख उठाये हैं। सगे-सम्बन्धियों के प्राण त्यागने के दृश्य देखे हैं और अबलाओं की चीत्कार सुनी है। संसार के इन दृश्यों को भी शान्त-भाव से स्वीकार किया है न्याय के पथ पर चलने के लिए। युधिष्ठिर की इन बातों का उत्तर देते हुए दुर्योधन ने उपर्युक्त कथन कहा।

(iii) दुर्योधन ने अपने नाम के विषय में यह कहा कि उसका नाम सुयोधन था। लेकिन पाण्डवों ने दुष्प्रचार करके उसको दुर्योधन बना दिया है। इतिहास में भी वे उसके नाम को दुर्योधन ही लिखवायेंगे।

(iv) दुर्योधन ने अपना तर्क देकर यह प्रतिपादित करना चाहा कि हस्तिनापुर के राज्य का उत्तराधिकारी वह स्वयं है, क्योंकि हस्तिनापुर के राजा उसके पिता धृतराष्ट्र हैं। राज्य का अधिकारी हमेशा से बड़ा पुत्र रहा है। धृतराष्ट्र बड़े थे, लेकिन अन्धे होने के कारण राज्य का कार्यभार उनके छोटे भाई पाण्डु ने सँभाला। अन्यथा उस पर उनके (पाण्डवों के) पिता का कोई अधिकार न था, वह अधिकार तो उसके पिता (धृतराष्ट्र) का था।

❑❑

MODEL SPECIMEN PAPER–8

SECTION–A

Question 1.

Write a short composition in Hindi of approximately 250 words on any one of the following topics :

निम्नलिखित विषयों में से किसी एक विषय पर हिन्दी में लगभग 250 शब्दों में संक्षिप्त लेख लिखिए—

(i) भारत की राष्ट्रपति श्रीमती प्रतिभा पाटिल।

(ii) त्योहारों का व्यापारीकरण उनके वास्तविक महत्त्व को समाप्त कर देता है। स्पष्ट कीजिए।

(iii) किशोरावस्था और उत्तरदायित्व।

(iv) 'बुद्धि भगवान की देन है और विद्या गुरु की' इस उक्ति पर कोई कहानी लिखिए।

(v) नीचे दिये गये चित्र का अध्ययन कीजिए। चित्र का वर्णन कीजिए या उसके आधार पर कोई कहानी लिखिए। कहानी का सम्बन्ध इस चित्र से होना आवश्यक है।

उत्तर— **(i) भारत की राष्ट्रपति श्रीमती प्रतिभा पाटिल**

आजादी के साठ साल बाद प्रतिभा पाटिल को देश की पहली महिला राष्ट्रपति बनने का गौरव प्राप्त हुआ। इससे पहले वह राजस्थान की पहली महिला राज्यपाल रह चुकी हैं। 72 वर्षीय प्रतिभा पाटिल का नाम आश्चर्यजनक ढंग से 15 जून 2007 को भारत के राष्ट्रपति के चुनाव के लि यू. पी. ए.-वामदल की साझा उम्मीदवार के रूप में आया था। उसके बाद महिला सशक्तीकरण की दिशा में उम्मीद की किरण लेकर उन्होंने राष्ट्रपति के चुनाव में विजयश्री प्राप्त की।

प्रतिभा देवीसिंह पाटिल का जन्म 19 दिसम्बर 1934 को नादगाँव (महाराष्ट्र) में हुआ। उनके पिता नारायण राव का राजनीति से कोई सम्बन्ध नहीं था। प्रतिभा बचपन से ही बहुमुखी प्रतिभा की धनी थीं। स्कूल के दिनों में टेबिल टेनिस के खेल में उनकी रुचि थी। इण्टर कॉलेज की प्रतियोगिताओं में उन्होंने पदक भी जीते। इन्होंने मूलजी जैठा कालेज जलगाँव (महाराष्ट्र) से एम.ए. की परीक्षा पास की फिर गवर्नमेंट लॉ कॉलेज से एल.एल.बी. की डिग्री ली। कॉलेज के दिनों में ही उनकी रुचि राजनीति में जाग्रत हुई और पहली बार 1962 में कांग्रेस के टिकिट पर जलगाँव विधानसभा क्षेत्र से चुनाव जीता। ये भारत की उन गिनी-चुनी नेताओं में से हैं, जिन्हें कभी किसी चुनाव में पराजय का मुँह नहीं देखना पड़ा।

7 जुलाई 1965 को उनका विवाह देवीसिंह शेखावत से हुआ। राजनीति में होने के कारण उन्होंने 'पाटिल' उपनाम को बनाए रखा। उनके दो बच्चे हैं—बेटी ज्योति राठौर और बेटा राजेन्द्र। मराठा राजनीति में लगभग तेईस वर्ष तक वह जलगाँव अथवा एडलाबाद विधान सभा क्षेत्र से चुनी जाती रहीं। 1985 में वह क्षेत्रीय राजनीति से अलग होकर केन्द्र की राजनीति से जुड़ी और पहली बार राज्यसभा के लिए चुनी गईं। वहाँ दो वर्ष के लिए राज्यपाल की उपसभापति भी रहीं। 1991 के लोकसभा चुनाव में वह भारतीय राष्ट्रीय कांग्रेस की टिकिट से अमरावती सीट से विजयी घोषित हुईं। 1996 में वह राजनीति से अलग हो गईं फिर 2004 में उन्हें राजस्थान का राज्यपाल बनाया गया। राजस्थान में राज्यपाल के पद पर आसीन होने वाली वह पहली महिला थीं। राजस्थान के राज्यपाल के रूप में उन्होंने 2006 में वहाँ की भाजपा सरकार के विवादित धर्मांतरण विरोधी बिल पर हस्ताक्षर करने से मना कर दिया, जिसे उनकी बड़ी कामयावी के रूप में सराहा गया।

राष्ट्रपति पद के चुनाव के लिए उन्हें संयुक्त प्रगतिशील गठबन्धन ने अपना उम्मीदवार चुना। विपक्षी दलों के उम्मीदवार थे उपराष्ट्रपति भैरोंसिंह शेखावत। परिणाम आश्चर्यजनक रूप में सामने आया। प्रतिभा पाटिल बहुत अधिक वोटों से जीतीं और भारत के सर्वोच्च पद पर आरुढ़ हुई।

25 जुलाई 2007 को राष्ट्रपति पद के रूप में शपथ ग्रहण की। वह केवल राजनीति में ही नहीं, बल्कि अन्य क्षेत्रों में भी व्यस्त रहीं। उन्होंने अपने क्षेत्र में शिक्षा को बढ़ावा देने के लिए अपने पति के सहयोग से एक संस्था बनाई जिसका नाम रखा 'विद्या भारती शिक्षण प्रसार मंडल'। इस संस्था के अन्तर्गत जलगाँव और मुंबई में कई स्कूल और कालेज चल रहे हैं। कामकाज वाली महिलाओं के लिए उन्होंने दिल्ली और मुंबई में वर्किंग वूमन हॉस्टल भी खोले हैं।

राष्ट्रपति के चुनाव से पहले उनका कुछ लोगों ने विरोध भी किया, लेकिन वे सफल नहीं हुए। भारत को प्रतिभा पाटिल जैसी कर्मठ और समाजसेवी महिला राष्ट्रपति के रूप में मिल गईं। आशा है कि वह भारत के सुनहरे भविष्य मे अपना योगदान देती रहेंगी और भारत की छवि को उत्तरोत्तर बढ़ाती रहेंगी। गठबन्धन की सरकार को समझौता सरकार कहा जाता है क्योंकि इसमें सभी के समझौते से कार्य करना पड़ता है। भारत-अमेरिका के परमाणु समझौते के लिए वाम दलों ने विरोध किया अत: वह मसला अभी ज्यों का त्यों पड़ा हुआ है। फिर भी लोगों को काँग्रेस सरकार से काफी आशाएँ हैं। श्रीमती प्रतिभा पाटिल अपनी दूरदर्शी प्रतिभा से सरकार के कार्यों में सहयोग करती रहेंगी ऐसी उनकी अभिलाषा है। राष्ट्रपति के लिए भारत का हित सर्वोच्च महत्त्व का विषय है। भारत की तीनों सेनाओं की बागडोर राष्ट्रपति के हाथों में होने के कारण श्रीमती प्रतिभा पाटिल पर भारत की सुरक्षा का भार भी है।

(ii) त्योहारों का व्यापारीकरण उनके वास्तविक महत्त्व को समाप्त कर देता है।

त्योहार वह अवसर है जब हम उसे मनाकर हार्दिक प्रसन्नता का प्रदर्शन करते हैं। सभी लोग एक-दूसरे से मिलकर उल्लसित होते हैं। त्योहार नीरस जीवन को भी सरस बनाते हैं और समाज में शान्ति और खुशी लाते हैं। समाज में मेल-जोल और प्रेम बढ़ता है। सभी धर्मों के लोग अपने-अपने रंगीन त्योहार बड़ी खुशी से मनाते हैं। भारत विभिन्न धर्मों, विभिन्न भाषाओं और मिली-जुली संस्कृति का देश है इसलिए भारतीय पूरे वर्ष में अनेक त्योहार मिल-जुलकर कर मनाते हैं। लेकिन आजकल देखा जाता है कि त्योहारों के व्यापारीकरण ने उनके वास्तविक महत्त्व को कम कर दिया है। अब उन्हें किसी व्यापार के उच्चीकरण का साधन बना लिया गया है। भारतीय त्योहार अपने-अपने मतों के अनुसार भिन्नता रखते हैं। सभी धर्म के लोग अपना-अपना त्योहार मनाते हैं लेकिन उनका आधुनिक रूप पहले के रूप से भिन्नता रखता है।

राष्ट्रीय त्योहार जैसे स्वतन्त्रता दिवस, गणतन्त्र दिवस और गांधी जयन्ती देश-भक्ति की भावना से मनाए जाने चाहिए। इन त्योहारों पर पूरे राष्ट्र में छुट्टी घोषित रहती है और सभी प्रदेशों की राजधानियों में बड़ी धूम-धाम और सज-धज के साथ मनाए जाते हैं। लेकिन कभी-कभी देखने में आता है कि इन त्योहारों के संयोजक अपने निहित स्वार्थों के कारण आपस में लड़ने लगते हैं। भारत की राजधानी दिल्ली में सभी राष्ट्रीय त्योहार मुख्य रूप से बड़ी धूमधाम से मनाए जाते हैं। गणतन्त्र दिवस पर जो सेना के तीनों अंगों की परेड, प्रदेशों की झाँकियाँ और नई-नई मशीनों का प्रदर्शन हमें भारत के प्रति गौरवान्वित करता है लेकिन अक्सर देखा जाता है कि पारितोषिक उसी को मिलते हैं जिसकी सरकार में पहुँच है। व्यापारिक कम्पनियाँ अपने माल का प्रदर्शन करती हैं। विज्ञापन का बोलबाला शत-प्रतिशत बना रहता है। योग्यता के आधार पर पारितोषिक या पदक दिये जाने चाहिए। अत: हम अनुभव करते हैं कि राष्ट्रीय त्योहारों में भी व्यापारीकरण हावी होता जा रहा है।

अब आते हैं धार्मिक त्योहार। इन त्योहारों का धार्मिक महत्त्व समाप्त होकर व्यापारीकरण के अन्दर 'पियो, प्रसन्न रहो और जिओ' का सिद्धान्त अपना लिया है। दीपावली का त्योहार पूरे देश में मनाया जाता है। रात को लक्ष्मी की पूजा की जाती है। बाजार और घर रोशनी से सजाया जाता है। धार्मिक महत्त्व को भूलकर लोग पटाखों, शराब और जुआ खेलने में मस्त रहते हैं। पूरे भारत में अरबों के पटाखे जला दिये जाते हैं जो वातावरण को प्रदूषित करते हैं। त्योहारों पर व्यापारियों की खूब चाँदी होती है। सभी लोग त्योहारों पर अधिक खर्च करते हैं, नये कपड़े बनवाते हैं, घरों को रोशनी से सजाते हैं आदि आदि। अधिक रोशनी करने से बिजली की खपत अधिक होती है। संगीत के कार्यक्रम आयोजित किये जाते हैं। इससे लोग देर रात तक जागते हैं। पटाखों के चलने से ध्वनि प्रदूषण और वायु प्रदूषण बढ़ता है, लेकिन पटाखों के व्यापारियों को आर्थिक लाभ होता है। दिपावली पर अधिक खर्च करने के बजाय गरीबों की मदद करनी चाहिए।

इसी प्रकार होली भी रंगों का त्योहार हो गया है। रंगों की बिक्री होली के अवसर पर अधिक होती है। इस त्योहार में भी शराब पीकर दंगा करने की बुराई घुस गई है। ईद पर भी कम खुशी नहीं होती। यह त्योहार मुसलमान भाई बड़ी खुशी से और धूम-धाम से मनाते हैं। नये कपड़े बनते हैं, मीठी सिवइयाँ बनती हैं। यानी इस त्योहार पर भी खर्चा बहुत होता है। ऐसा लगता है कि सभी त्योहारों का व्यापारीकरण कर दिया गया। त्योहारों पर दिखावा अधिक होने के कारण वे लोग भी अधिक खर्च करते हैं जो खर्च करने लायक नहीं हैं। इससे कर्जदार हो जाते हैं और उन्हें अपने खर्चे के बजट में कमी करनी पड़ती है। राखी के त्योहार पर भी बहनें भाइयों के राखी बाँधती हैं। एक साधारण राखी इस त्योहार का प्रतीक थी। लेकिन आजकल बहुत महँगी-महँगी राखियाँ बाजार में महीनों पहले से ही सजाकर रख दी जाती हैं। दिखावे के लिहाज से महँगी राखी खरीदी जाती है।

जैसा कि हम जानते हैं कि त्योहार भारतीय संस्कृति से अटूट सम्बन्ध रखते हैं। ये हमारी दैनिक जिन्दगी में थोड़ा-सा बदलाव लाते हैं। इन त्योहारों के कारण ही हम एक-दूसरे से प्रेम से मिलते हैं। इनसे धार्मिक सद्भाव बढ़ता है और राष्ट्रीय एकता को बल मिलता है। इन त्योहारों के धार्मिक महत्त्व को समझकर हम अपने जीवन में पवित्रता लाएँ, आपसी प्रेम-भाव बढ़ाएँ और दिखावे या व्यापारीकरण की ओर न बढ़ें। इन त्योहारों से भाईचारा बढ़े और हम ऐसा प्रयास करें कि धार्मिक-सद्भाव बढ़ता चला जाय। हमें चाहिए कि हम लोगों को त्योहारों

का वास्तविक महत्त्व समझाएँ। एक-दूसरे में प्रेम बढ़े और पारस्परिक मन-मुटाव कम हो। यह तभी होगा जब हम त्योहारों के वास्तविक महत्त्व को समझेंगे।

(iii) किशोरावस्था और उत्तरदायित्व

आजकल के किशोर अपने उत्तरदायित्व से भटक रहे हैं। संसार की चमक-दमक, दिखावे की प्रवृत्ति, पाश्चात्य संस्कृति का प्रभाव, घर से मिली स्वतन्त्रता एवं आर्थिक मदद और भावना का अभाव उन्हें उनके लक्ष्य से भटका रहे हैं। वे अपने को अपने माता-पिता और गुरुओं से अधिक चतुर समझते हैं। उनमें स्वार्थ बढ़ता जा रहा है और माता-पिता व समाज के प्रति प्रेम घटता हुआ दिखाई देता है। माता-पिता के प्रेम के प्रति वे कृतज्ञ नहीं हैं। इस बात को हम सबके लिए नहीं कह सकते। कुछ किशोर अवश्य ही इसके अपवाद हैं।

आधुनिक समाज में लोग अपनी भावनाओं का प्रदर्शन करने में कंजूसी करते हैं। भावना से एक-दूसरे में प्रेम बढ़ता है। किशोरों में भावना की कमी दिखाई देती है। वे अपने परिवार से उतना ही सम्बन्ध रखते हैं जितने से उनकी आवश्यकताओं की पूर्ति होती रहे। माता-पिता या बड़े-बूढ़ों के साथ बैठना उन्हें बोझिल-सा लगता है। उनकी नसीहतें उन्हें उबा देती हैं। उन्हें तो बस स्वयं की कल्पना की उड़ान में उड़ना ही अच्छा लगता है। फैशन का बुखार उन्हें चढ़ा रहता है। वे बाहरी चमक-दमक की दुनिया में ही रमे हुए दिखाई देते हैं। किशोरावस्था में ही बुरे दोस्त उन्हें कुमार्ग पर बड़ी आसानी से ले जाते हैं—जैसे पढ़ाई के समय सिनेमा जाना, सिगरेट पीना, शराब पीना आदि। बुराइयों का कोई अन्त नहीं है।

पुराने समय में माता-पिता और उनके पुत्र-पुत्रियों का भावनात्मक लगाव बहुत अधिक था। पुत्र-पुत्रियाँ अपने माता-पिता का लिहाज करते थे और उनके निर्देशन में ही चलते थे। विद्याध्ययन कर ऊँचे लक्ष्य को प्राप्त करते थे लेकिन आज इसके विपरीत ही दिखाई देता है। आज के किशोरों का मानना है कि उनका पालन-पोषण करना, उन्हें पढ़ाना, उनकी हर इच्छा की पूर्ति करना माता-पिता का कर्त्तव्य है। हाँ, यह उनका कर्त्तव्य है और उसे पूरा करने के लिये दिन रात मेहनत भी करते हैं, लेकिन इसके बदले में वे चाहते हैं कि उनके पुत्र-पुत्रियाँ सद्मार्ग पर चलें, उनका कहना मानें, मितव्ययी और सदाचारी बनें। ऐसा सोचने पर उन्हें निराशा ही हाथ लगती है।उनकी मेहनत की कमाई फिजूल खर्ची में उड़ाई जा रही है। किशोरों को अपने कर्त्तव्य की ओर भी ध्यान देना चाहिए कि उनका माता-पिता के प्रति, गुरुओं के प्रति और देश के प्रति क्या कर्त्तव्य हैं। माता-पिता को उनसे बहुत आशाएँ होती हैं। यदि किशोर उनकी आशाओं पर खरे उतरते हैं तो उनका जीवन सफल हो जाता है। सन्तान सुखी तो माता-पिता सुखी।

किशोरावस्था में उचित-अनुचित का ज्ञान नहीं होता। कल्पना के बहाव में बहते चले जाते हैं। वे सपनों के महल में राज्य कर रहे होते हैं। उन्हें अपने कार्यों में टोका-टाकी अच्छी नहीं लगती। उनकी दिनचर्या व्यस्त रहती है यद्यपि उनके पास कोई विशेष कार्य नहीं होता। स्वच्छन्द घूमना, चौराहों पर मित्रों के साथ गपशप करना उन्हें अच्छा लगता है। यह सब करते हुए भी वे इस बात की सावधानी रख सकते हैं कि उनके समय का अपव्यय न हो, पढ़ाई में व्यवधान न पड़े और सद्मार्ग से न भटकें। माता-पिता तो बस यही चाहते हैं कि उनकी सन्तान आगे चलकर कुछ बने। जितने भी महान् पुरुष हुए हैं वे सभी किशोरावस्था से होकर ही गुजरे हैं। आज पढ़ने के लिये अनेक अच्छे-अच्छे विद्यालय हैं, तकनीकी विद्यालय हैं और व्यावसायिक कॉलेज हैं। जितनी सुविधाएँ आज विद्यार्थी को उपलब्ध हैं वे पहले नहीं थीं। अतः उसे इन सुविधाओं को लेते हुए सतत अध्ययन कर अपने बहुमूल्य समय का सदुपयोग करना चाहिए। कल्पना की उड़ान अलग बात है और वास्तविकता को पहचानते हुए कार्य करना अलग बात है।

अन्त में हम कह सकते हैं कि किशोरों को भटकाव में न आकर अपने असली उद्देश्य की तरफ अग्रसर होना चाहिए। अपने कर्त्तव्य को पहचानें, माता-पिता के निर्देशों का पालन करें, विद्यालय में गुरुओं का कहना मानें और शिक्षा प्राप्त करें और भारतीय संस्कृति पर चलते हुए देश का नाम रोशन करें।

(iv) 'बुद्धि भगवान की देन है और विद्या गुरु की'

एक समय की बात है कि एक राजा ने अपने पुत्र को ज्योतिष विद्या का अध्ययन करने के लिए एक सुविख्यात ज्योतिषी के पास भेजा। वह ज्योतिषी अपने पुत्र को भी ज्योतिष सिखाना चाहता था। अतः उसने राजा के पुत्र और अपने पुत्र दोनों को एक साथ ही ज्योतिष पढ़ाना शुरू कर दिया। अब वे दोनों एक ही गुरु के शिष्य बनकर गुरुगृह में साथ-साथ अध्ययन करते थे। दोनों में किसी प्रकार का भेदभाव न रखकर दोनों को ही समान रूप से अपना स्नेहास्पद विद्यार्थी समझ कर गुरुजी ने साथ-साथ ज्योतिष पढ़ाना आरम्भ कर दिया। दोनों शिष्य दिनों-दिन ज्योतिष शास्त्र का ज्ञान अर्जित करते रहे। दोनों का पुस्तकीय ज्ञान लगभग बराबर था, किन्तु वंशानुगत गुणों के कारण गुरुपुत्र के अन्दर ज्योतिष विद्या का व्यावहारिक ज्ञान राजा के पुत्र की अपेक्षा अधिक था। वह अपने पुस्तकीय ज्ञान को सफलतापूर्वक क्रियात्मक रूप दे सकता था। पुस्तकीय शिक्षण कार्य समाप्त हो जाने पर ज्योतिषी ने राजा के पास सन्देश भेजा कि आपके पुत्र ने ज्योतिष ज्ञान प्राप्त कर लिया है।

राजा को जैसे ही सन्देश मिला तो उन्होंने सूचना भेजी कि गुरु दोनों शिष्यों के साथ राजमहल में पधारने का कष्ट करें।

ज्योतिषी दोनों शिष्यों को लेकर राजदरबार में उपस्थित हुए। राजा ने दोनों विद्यार्थियों की परीक्षा लेनी चाही और अपनी मुट्ठी में चाँदी की अँगूठी रखकर पूछा, ''अपनी ज्योतिष विद्या द्वारा बताओ कि मेरी मुट्ठी में क्या है ?''

पहले राजकुमार से पूछा गया। उसने सोचकर बताया, ''ऐसा प्रतीत होता है कि आपकी मुट्ठी में श्वेत रंग की कोई वस्तु है जिसके बीच में सूराख है।''

पुत्र के उत्तर पर राजा ने प्रसन्न होकर कहा, ''तुमने वस्तु के विषय में तो जानकारी दे दी। लेकिन ऐसी कई वस्तुएँ हो सकती हैं, यदि तुम नाम बता दो तो मान लिया जायेगा कि तुम ज्योतिष विद्या में पारंगत हो चुके हो।'' यह सुनकर राजकुमार बोला—''यह वस्तु चक्की का पाट हो सकती है।'' राजा ने फिर वही प्रश्न गुरुपुत्र से पूछा। गुरुपुत्र ने मन में सोचा वस्तु सफेद है, बीच में छेद है और मुट्ठी के अन्दर रखी जा सकती है, उसने उत्तर दिया, ''चाँदी की अंगूठी।''

गुरुपुत्र का उत्तर सुनते ही राजा का पारा गर्म हो गया। उसने ज्योतिषी से कहा, ''गुरुजी ! आपने दोनों छात्रों को पढ़ाने में पक्षपात किया है, आपने अपने पुत्र को पूर्ण शिक्षा दी है और मेरे पुत्र को अधूरी शिक्षा दी है।''

राजा की यह बात सुनकर ज्योतिषी ने बड़े विनम्र भाव से महाराज को बताया, ''महाराज, गुरु तो अपने सभी शिष्यों को समान रूप से शिक्षा देता है। सभी शिष्य उसे गृहण करते हैं जो शिष्य बुद्धिमान होते हैं। वे गुरुशिक्षा को हृदयंगम करने के पश्चात् अपनी बुद्धि के विवेक से उसको क्रियात्मक रूप देते हैं और मन्दबुद्धि शिष्य पुस्तकीय ज्ञान को व्यावहारिक रूप नहीं दे पाते। सूर्य की किरणें मणि और मिट्टी के ढेले पर समान रूप से पड़ती हैं किन्तु मणि सूर्य की किरणों को चमकाती है और मिट्टी का ढेला उन्हें नहीं चमका पाता। ठीक यही अन्तर बुद्धिमान और मन्दबुद्धि शिष्य की शिक्षा गृहण करने की प्रवृत्तियों में है। बुद्धिमान शिष्य गुरु शिक्षा को चमत्कृत करता है और मन्दबुद्धि उसे चमकाने में असमर्थ रहता है।

बुद्धि ईश्वर प्रदत्त वस्तु है। वह राजा या रंक किसी में भी पाई जा सकती है। इसके विकास में वंशानुगत तत्त्व ही सहायक होते हैं। आपका पुत्र जानता था कि मुट्ठी में कोई सफेद वस्तु और उसके बीच में छेद भी है किन्तु उसे बुद्धि पर जोर देकर सोचना चाहिए था कि चक्की का पाट मुट्ठी में नहीं आ सकता। यही बुद्धि के उपयोग का फेर है। दोनों ने समान रूप से विद्या पाई है, अन्तर बुद्धि की उपयोगिता का है। गुरु विद्या दान करता है, बुद्धि नहीं देता। बुद्धि ईश्वर के द्वारा प्रदान दी जाती है। इसके लिए क्रोध करने की आवश्यकता नहीं है।''

ज्योतिषी की बात को राजा मान गया और पुरस्कार देकर उसे विदा किया।

(v) चित्र प्रस्ताव

नव वर्ष की शुभकामनाएँ हर वर्ष पहली जनवरी को दी जाती हैं। कुछ लोग कार्ड भेजते हैं, कुछ टेलीफोन से शुभकामनाएँ देते हैं। इसका आशय यह है कि हम आने वाले वर्ष में अपने मित्रों और रिश्तेदारों को शुभकामनाएँ देकर खुश देखना चाहते हैं। नई साल का पहला दिन खुशियाँ लेकर आता है। इस दिन विद्यालयों और व्यापारिक संस्थानों की छुट्टी रहती है। बच्चों को यह दिन विशेष प्रसन्नता देता है। वे घर पर ही अपने माता-पिता के साथ नववर्ष का दिन मनाते हैं या किसी दूसरे स्थान पर जाकर यह दिन मनाते हैं। चारों तरफ खुशी का वातावरण दिखाई देता है। 31 दिसम्बर को ही सभी होटल नववर्ष के दिन के कार्यक्रम के लिए बन्द कर लिए जाते हैं।

उपर्युक्त चित्र में एक बालिका दिखाई दे रही है जो शायद छत पर टँगे हुए सितारे को छू रही है। यह कमरा विशेष रूप से सजाया गया है। बालिका कितनी खुश दिखाई दे रही है। अन्य बच्चे भी यहाँ पर होंगे, लेकिन इस चित्र में दिखाई नहीं दे रहे हैं। सामने दीवार पर तस्वीर टँगी है। नीचे सोफा और टेबिल रखी हुई हैं। बालिका के पीछे डोरी पर HAPPY NEW YEAR के रंग-बिरंगे वर्ण टँगे हुए हैं जो बता रहे हैं कि नववर्ष के शुभ आगमन की तैयारी है। रात को ठीक बारह बजे यहाँ इकट्ठे बच्चे एक-दूसरे को नववर्ष की शुभ कामनाएँ देंगे।

नववर्ष लोग तरह-तरह से मनाते हैं। कुछ लोग तो घर पर ही सजावट कर लेते हैं और रात के बारह बजे एक दूसरे को शुभकामनाएँ देते हैं। उसके बाद फोन पर अपने मित्रों व रिश्तेदारों को शुभकामनाएँ देते हैं। यह रात 31 दिसम्बर की रात होती है। सभी लोग 12 बजे के बाद ही सोते हैं। टी. वी. पर भी 12 बजे तक रंगारंग कार्यक्रम आते रहते हैं। इसको मनाने का दूसरा तरीका होटलों में जाकर मनाने का है। वहाँ लोग इकट्ठे होकर खेलते हैं और नृत्य करते हैं। बच्चे अपनी अलग टोली बनाकर खेलते हैं। 12 बजते ही एक-दूसरे को नववर्ष की शुभकामनाएँ देते हैं और फिर खाना खाकर घर वापस आ जाते हैं।

कुछ लोग इस रात को किसी पहाड़ी स्थान पर जाकर गुजारते हैं। कहीं-कहीं पर सब लोग मिलकर स्टेज पर नृत्य, गाने और नृत्य-नाटिका का आयोजन करते हैं और संगीत का कार्यक्रम रखते हैं। बारह बजे एक-दूसरे को शुभकामनाएँ देते हैं। शुभकामना देना एक प्रकार का आशीर्वाद है जो आने वाले नये वर्ष के लिए होता है। यह आशीर्वाद काम भी करता है। यदि हम ईश्वर की व्यवस्था में श्रद्धा रखते हैं तो अवश्य ही हमारा नववर्ष शुभ-संकेत ही देता है।

Question 2.

Write a letter in Hindi in approximately 120 words on any one of the topics given below :
निम्नलिखित में से किसी एक विषय पर हिन्दी में लगभग 120 शब्दों में पत्र लिखिए—

(i) आप अपने गाँव में छुट्टियाँ बिताने के बाद भयानक बाढ़ के कारण निर्धारित समय पर अपने विद्यालय में नहीं पहुँच सके हैं। विद्यालय के प्रधानाचार्य महोदय को इस बात की जानकारी देते हुए छुट्टी के लिए प्रार्थना-पत्र लिखिए।

(ii) आपका छोटा भाई किसी दूसरे शहर में एक आवासीय विद्यालय में पढ़ता है। उसे एक पत्र लिखकर खेल-कूद में भाग लेने के लिए प्रेरित कीजिए। साथ ही यह भी लिखिए कि खेलकूद में भाग लेने से क्या लाभ होते हैं।

उत्तर—(i) नौगवाँ,
जिला-भरतपुर।
दिनांक : 14-5-2008

सेवा में,

श्रीमान् प्रधानाचार्य जी

सेण्ट कॉनरेड इण्टर कॉलेज,

आगरा।

विषय—समय पर विद्यालय न पहुँच पाने के कारण चार दिन के अवकाश के लिए प्रार्थना-पत्र।

महोदय,

सविनय निवेदन है कि मेरा गाँव इस समय बाढ़ की चपेट में आ गया है। मेरे गाँव के आस-पास के करीब दस गाँव बाढ़ की चपेट में आये हुए हैं। अभी तो गाँव में पानी प्रवेश नहीं किया है, लेकिन बाहर जाने की जो सड़क है उस पर पानी भरा हुआ है। आपने भी शायद समाचार-पत्र में पढ़ लिया होगा। अत: आपसे अनुरोध है कि मुझे कम-से-कम चार दिन का अवकाश प्रदान करने की कृपा करें। आशा है कि तीन-चार दिन में पानी उतर जायेगा। उसके बाद ही बसों का आवागमन शुरू होगा।

आशा है आप मेरी प्रार्थना पर विचार कर इसे स्वीकार करने की कृपा करेंगे।

आपका आज्ञाकारी छात्र,

अनुभव खण्डेलवाल

10 अ

(ii)

बी 8, कमला नगर,

आगरा।

दिनांक : 14-5-2008

प्रिय अनुज रमेश,

तुम्हारा पत्र मिला, पढ़कर प्रसन्नता हुई। पिछले हफ्ते ही तुम्हारे मित्र सुधीर का भी पत्र प्राप्त हुआ था जिसमें उसने कॉलेज के कार्यक्रमों और खेलकूल के बारे में लिखा था। मुझे यह भी मालूम हुआ कि कक्षा में प्रथम आने पर तुम्हें पुरस्कार मिला है। यह सुनकर यहाँ सभी लोग प्रसन्न हुए। इसके लिए तुम्हें बधाई हो।

तुम्हें खेलकूद में कोई पारितोषिक नहीं मिला इससे हमें आश्चर्य हुआ, क्योंकि पहले विद्यालय में तो तुम खेलकूद में भी प्रथम आते थे। अब शायद तुमने खेलना छोड़ दिया है या कम कर दिया है। देखो, रमेश पढ़ने के साथ-साथ खेलना भी आवश्यक है। खेलने से स्वास्थ्य अच्छा रहता है। कहते हैं—'स्वस्थ शरीर में स्वस्थ मस्तिष्क का निवास रहता है।' मानता हूँ कि पढ़ने के लिए ही तुम घर से दूर छात्रावास में रह रहे हो, लेकिन तुम्हारा स्वास्थ्य भी अच्छा रहना आवश्यक है। आशा है कि तुम मेरी इस बात पर ध्यान दोगे और अपने स्वास्थ्य को खेलकूद के माध्यम से ठीक रखोगे।

शेष कुशल है।

तुम्हारा अग्रज,

देवराज

मास्टर रमेश राज

कक्षा 10 ब

ब्राइट लैण्ड्स स्कूल

1 डिक रोड, देहरादून।

Question 3.

Read the passage given below and answer in Hindi the questions that follow using your own language as far as possible :

निम्नलिखित गद्यांश को ध्यानपूर्वक पढ़िये और उसके नीचे लिखे प्रश्नों के उत्तर हिन्दी में लिखिए। उत्तर यथासम्भव आपकी भाषा में होने चाहिए।

विदिशा नामक राज्य में एक सुरम्य वन था। उस वन का प्राकृतिक वैभव तथा असाधारण सौन्दर्य देखने के योग्य था। उसकी प्राकृतिक छटा को देखकर ऐसा लगता था मानो प्रकृति ने उस वन को अपूर्व सौन्दर्य, असीम सुख और अनुपम शान्ति का वरदान दिया हुआ हो।

उस वन में एक दयालु एवं परोपकारी सन्त का आश्रम था। आश्रम में एक बहुत बड़ा सरोवर था। वन के हिंसक और अहिंसक सभी पशु-पक्षी उस आश्रम में विश्राम करते थे। जंगल के हिंसक जीव-जन्तु भी सन्त की संगति में अहिंसक की तरह आचरण करते थे तथा पारस्परिक शत्रुता को भूलकर उस सरोवर में एक साथ एक ही घाट पर पानी पीते थे। राजा के आदेश से वहाँ शिकार करने पर कठोर प्रतिबन्ध था।

एक दिन राजा का एकमात्र पुत्र युवराज शिकार की तलाश में आश्रम में आ पहुँचा। वहाँ उसने एक मृग शावक पर अपना निशाना साधा। यह दृश्य देखकर सन्त बोला—'ठहरो युवराज ! यह निर्दोष, मूक मृग शावक इस आश्रम का निवासी है। यह निर्भीक होकर यहाँ विचरण करता है। आपके पिताजी की ओर से यहाँ शिकार करने पर प्रतिबन्ध है। आप उनके आदेश का उल्लंघन मत कीजिए।'

युवराज को सन्त की सलाह बुरी लगी। उसने क्रोध में आकर कहा—'मुझे आखेट करने से रोकने वाले तुम कौन हो ?' सन्त ने विनम्र भाव से उत्तर दिया—'यह राज्य आपका है। आप इसके स्वामी हैं। मैं तो आपको आपके पिता के आदेश का स्मरण करा रहा हूँ', किन्तु सन्त की बात को अनसुना कर युवराज मृग शावक पर निशाना साधने लगा। इस पर सन्त युवराज के बाण के सामने खड़े होकर कहने लगे—'नहीं, युवराज ! मुझे मारने के बाद ही मृग शावक को अपना निशाना बना सकते हो।' सन्त की बातों ने आग में घी का काम किया। युवराज क्रोध में आग बबूला हो उठा और उसने सन्त को अपने बाण का निशाना बना डाला।

सन्त की मृत्यु से सारा राज्य शोक-सागर में डूब गया। राजा ने युवराज को बन्दी बनाकर सामने लाने को कहा। बन्दी युवराज से राजा ने पूछा—'तुमने सन्त की हत्या की ?' 'वह उद्दण्ड था, मेरे शिकार में बाधा डाल रहा था।' युवराज ने उत्तर दिया। राजा ने कठोर स्वर में पूछा—'तुमने सन्त की हत्या की या नहीं ?' युवराज ने उत्तर दिया—'हाँ, मैंने ही उसकी हत्या की।'

युवराज का उत्तर सुनते ही महाराज का हाथ तलवार पर गया। यह देखकर दरबारी हाथ जोड़कर बोले—'राजन् ! युवराज प्रजा की आँखों का तारा है। सिंहासन का एकमात्र अधिकारी है इसलिए इन्हें क्षमा कर दें।' राजा ने कहा—'जो व्यक्ति एक त्यागी सन्त महात्मा का हत्यारा हो सकता है, वह सिंहासन का उत्तराधिकारी कदापि नहीं हो सकता। कौन कहता है, यह मेरा एकमात्र उत्तराधिकारी है ? राज्य का हर सपूत—जिससे राज्य का सिर ऊँचा होता है, सिंहासन का उत्तराधिकारी होता है। न्याय सबके लिए समान है। मेरे न्याय में पुत्र-मोह आड़े नहीं आ सकता। युवराज ने हमारे कुल पर धब्बा लगाया है। वह हत्यारा है और हत्यारे की सजा मौत होती है।' और देखते ही देखते राजा की तलवार से युवराज का सिर धड़ से अलग हो गया।

(i) सन्त का आश्रम कहाँ था ? उस आश्रम की क्या विशेषताएँ थीं ?

(ii) युवराज का सन्त के आश्रम में आने का क्या प्रयोजन था ? आश्रम में आकर उसने क्या किया ? सन्त ने उसे क्या कहा ?

(iii) युवराज ने सन्त को क्यों मार डाला ? युवराज का यह करना उचित था अथवा अनुचित, क्यों ?

(iv) सन्त की मृत्यु से राज्य पर क्या प्रभाव हुआ ? राजा ने युवराज को बन्दी बना कर क्या प्रश्न किए ? युवराज ने प्रश्नों के क्या उत्तर दिए ?

(v) युवराज के उत्तर को सुनकर राजा क्या करना चाहता था ? दरबारियों ने राजा से क्या निवेदन किया ? राजा ने दरबारियों से क्या कहा तथा अन्त में क्या न्याय किया ?

उत्तर—(i) विदिशा नामक राज्य में एक सुरम्य वन था। उस वन में एक दयालु एवं परोपकारी सन्त का आश्रम था। उस आश्रम में एक बहुत बड़ा सरोवर था। वन के हिंसक और अहिंसक सभी पशु-पक्षी उस आश्रम में विश्राम करते थे। उस आश्रम की प्राकृतिक छटा अत्यन्त सुन्दर थी।

(ii) विदिशा राज्य का राजकुमार शिकार खेलने के लिए आश्रम में आया था। उसने एक मृग शावक पर निशाना साधा। सन्त ने उससे कहा, 'ठहरो युवराज यह निर्दोष मृग शावक इस आश्रम का निवासी है। आपके पिताजी की ओर से यहाँ शिकार करने पर प्रतिबन्ध है। आप उनके आदेश का उल्लंघन मत कीजिए।'

(iii) जब युवराज मृग शावक को तीर मारने वाला था तो सन्त उसके तीर के सामने आकर खड़ा हो गया और युवराज से कहा कि तुम्हें मृग शावक को मारने से पहले मुझे मारना पड़ेगा। युवराज को क्रोध आ गया और उसने वह तीर सन्त को मार दिया। निर्दोष सन्त की हत्या करना अनुचित था। सन्त के आश्रम में राजा की आज्ञा से पशु-पक्षियों का शिकार करना वर्जित था। सन्त का यह कर्त्तव्य था कि वह किसी शिकारी को पशु-पक्षियों को मारने न दे, लेकिन युवराज के द्वारा सन्त का मारा जाना अनुचित और निन्दनीय था।

(iv) सन्त की मृत्यु से सारा राज्य शोक से भर गया। राजा ने युवराज को बन्दी बना लिया और उससे पूछा—'क्या तुमने सन्त की हत्या की ?' युवराज ने उत्तर दिया—'वह उद्दण्ड था, मेरे शिकार में बाधा डाल रहा था।' राजा ने क्रोध में आकर फिर पूछा, 'तुमने सन्त की हत्या की या नहीं ?' तब युवराज ने उत्तर दिया, 'हाँ, मैंने ही उसकी हत्या की।'

(v) युवराज का उत्तर सुनकर युवराज को दण्ड देने के लिए राजा का हाथ तलवार पर आ गया। यह देखकर दरबारी हाथ जोड़कर बोले कि युवराज प्रजा की आँखों का तारा है और सिंहासन का एकमात्र अधिकारी है। इन सब बातों को देखते हुए उसे क्षमा कर दें, लेकिन राजा को तो न्याय करना था। उसने तलवार लेकर युवराज का सिर धड़ से अलग कर दिया। राजा न्यायप्रिय था उसका पुत्र-मोह उसके न्याय के मार्ग में नहीं आया।

Question 4.

Answer the following according to instructions given :

निम्नलिखित प्रश्नों के उत्तर निर्देशानुसार लिखिए—

(i) निम्नलिखित शब्दों में से किन्हीं दो के अर्थ लिखिए—

वैभव, मूक, पारस्परिक, विचरण।

उत्तर—शान-शौकत, चुप रहना, आपसी, घूमना।

(ii) **निम्नलिखित शब्दों में से किन्हीं दो के विपरीतार्थक शब्द लिखिए—**

स्मरण, समान, महात्मा, क्रोध।

उत्तर—विस्मरण, असमान, दुरात्मा, शान्ति।

(iii) **निम्नलिखित शब्दों में से दो शब्दों के तत्सम (शुद्ध) शब्द लिखिए—**

हाथ, होठ, माथा, घर।

उत्तर—हस्त, ओष्ठ, मस्तक, गृह।

(iv) **निम्नलिखित में से किसी एक शब्द के दो पर्यायवाची शब्द लिखिए—**

हाथी, हिरण।

उत्तर—हाथी—गज, कुंजर। हिरण—मृग, सारंग।

(v) **निम्नलिखित मुहावरों में से किसी एक से वाक्य बनाइये—**

शोक सागर में डूबना, कुल पर धब्बा लगाना।

उत्तर—(a) महात्मा गाँधी की मृत्यु के समाचार ने पूरे विश्व को शोक सागर में डुबो दिया था।

(b) गाँव के बड़े-बूढ़ों ने सुनील को समझाया कि तुम अपने गलत कार्यों से अपने कुल पर धब्बा मत लगाओ।

(vi) **कोष्ठक में लिखे निर्देशानुसार वाक्यों को परिवर्तित कीजिए—**

(a) **मैं तो आपको आपके पिता के आदेश का स्मरण करा रहा हूँ।**
(मेरे द्वारा ······· से प्रारम्भ करें)

(b) **राजा ने अपनी तलवार से युवराज का सिर धड़ से अलग कर दिया।**
(राजा की तलवार ने ········ से प्रारम्भ कीजिए)

(c) **सन्त की मृत्यु से सारा राज्य शोक सागर में डूब गया।**
(सन्त की मृत्यु ने ··········· से प्रारम्भ कीजिए)

उत्तर—(a) मेरे द्वारा आपको आपके पिता के आदेश का स्मरण कराया जा रहा है।

(b) राजा की तलवार ने युवराज के सिर को धड़ से अलग कर दिया।

(c) सन्त की मृत्यु ने सारे राज्य को शोक सागर में डुबो दिया।

SECTION–B

साहित्य सागर (गद्य)

Question 5.

Read the extract given below and answer in Hindi the questions that follow :

निम्नलिखित गद्यांश को पढ़िए और उसके नीचे लिखे प्रश्नों के उत्तर हिन्दी में लिखिए:

''दोनों कुछ देर चुप रहे। ठाकुर साहब लड़के का क्रोध शान्त करना चाहते थे, लेकिन यह नहीं स्वीकार करना चाहते थे कि लालबिहारी ने कोई अनुचित काम किया है। इसी बीच और कई सज्जन हुक्के-चिलम के बहाने वहाँ आ बैठे।''

—'बड़े घर की बेटी'—
लेखक—प्रेमचन्द

(i) **ठाकुर साहब किस लड़के का क्रोध शान्त करना चाहते थे ? वह क्यों क्रोधित था ? उसने अपने पिता से क्या कहा ?**

(ii) **बेनीमाधव सिंह ने जब यह कहा कि स्त्रियाँ इसी तरह घर का नाश कर देती हैं तो श्रीकंठ सिंह ने क्या उत्तर दिया ?**

(iii) **लोग हुक्के-चिलम के बहाने से वहाँ क्यों आकर बैठ गये ?**

(iv) **बेनीमाधव सिंह ने बढ़ती बात को कैसे सँभाला ?**

उत्तर—(i) ठाकुर बेनीमाधव सिंह अपने बड़े लड़के श्रीकंठ सिंह का क्रोध शान्त करना चाहते थे। वह क्रोधित इसलिए था कि दो-तीन दिन पहले उसके छोटे भाई लाल बहादुर सिंह ने अपनी भाभी के ऊपर खड़ाऊँ फेंककर मारी थी। उसने अपने पिता से कहा कि उसका अब इस घर में निर्वाह नहीं होगा।

(ii) जब बेनीमाधव सिंह ने यह कहा कि स्त्रियाँ इसी तरह घर का नाश कर देती हैं तो श्रीकंठ सिंह ने कहा कि वह मूर्ख नहीं है। उसके ही समझाने से इस गाँव के कई घर बिगड़ते-बिगड़ते सँभल गये। पर जिस स्त्री की मान-प्रतिष्ठा का वह ईश्वर के सामने उत्तरदायी है, उसके प्रति ऐसा घोर अन्याय और पशुवत व्यवहार असहनीय है। उसके लिए यही कम नहीं है कि लालबिहारी को कुछ दण्ड नहीं दिया गया।

(iii) कुछ लोग हुक्का-चिलम के बहाने से वहाँ आकर बैठ गये कि वहाँ का नजारा देखने को मिले और उन दोनों की बातें सुनने को मिलें। गाँव में कुछ ऐसे कुटिल मनुष्य भी थे जो इस परिवार की नीतिपूर्ण गति पर मन ही मन जलते थे। उन लोगों की कामनाएँ आज पूरी होती दिखाई दे रही थीं। कोई हुक्का पीने और कोई लगान की रसीद दिखाने के बहाने से वहाँ आकर बैठ गया।

(iv) बेनीमाधव सिंह पुराने आदमी थे। इन भावों को ताड़ गये। उन्होंने निश्चय किया कि चाहे कुछ भी हो जाये पर इन द्वेषियों को ताली बजाने का अवसर नहीं देंगे। तुरन्त कोमल स्वर में बोले कि वह उससे बाहर नहीं है। उसका जी चाहे सो करे अब लड़के से अपराध तो हो ही गया है। बुद्धिमान लोग मूर्खों की बात पर ध्यान नहीं देते। वह बेसमझ लड़का है। वह बड़े होने के नाते उसे क्षमा कर दे।

Question 6.

Read the extract given below and answer in Hindi the questions that follow :

निम्नलिखित गद्यांश को पढ़िए और उसके नीचे लिखे प्रश्नों के उत्तर हिन्दी में लिखिए:

''मैं चतुर था, इतना चतुर जितना मनुष्य को नहीं होना चाहिए, क्योंकि मुझे विश्वास हो गया है कि मनुष्य अधिक चतुर बनकर अपने को अभागा बना लेता है और भगवान की दया से वंचित हो जाता है।''

—'संदेह'—

लेखक—जयशंकर प्रसाद

(i) **कौन चतुर है। उसके अनुसार अधिक चतुर मनुष्य को क्या-क्या नुकसान होते हैं ?**

(ii) **इस व्यक्ति की मृग-मरीचिका क्या थी ? मृग-मरीचिका का अर्थ समझाइए।**

(iii) **वक्ता ने श्यामा से क्या कहा ?**

(iv) **वक्ता कहाँ जाने को तैयार हो रहा है ?**

उत्तर—(i) इस कहानी में रामनिहाल अपने को चतुर बता रहा है। वह कह रहा है कि मनुष्य को इतना चतुर नहीं होना चाहिए क्योंकि मनुष्य अधिक चतुर बनकर अपने को अभागा बना लेता है और भगवान की दया से वंचित हो जाता है। अधिक चतुर मनुष्य दूसरे को मूर्ख समझने लगता है और अभिमान उसके अन्दर प्रवेश कर जाता है।

(ii) इस व्यक्ति के उन्नतिशील विचार इसको बराबर दौड़ाते रहे। वह अपनी कुशलता से अपने भाग्य को धोखा देता रहा। यह भी उसका पेट भर देता था। कभी-कभी उसे ऐसा मालूम होता कि यह दाँव बैठा कि वह अपने-आप पर विजयी हुआ और वह सुखी होकर, सन्तुष्ट होकर संसार के एक कोने में बैठ जायेगा, किन्तु यह उसकी 'मृग-मरीचिका' थी।

मृग-मरीचिका का तात्पर्य है—ऐसी तृष्णा जो सम्भव न हो। रेगिस्तान में बालू पर जब सूर्य की तीव्र किरणें पड़ती हैं तो दूर से वह बालू जल जैसी दिखायी देती है। प्यास से व्याकुल मृग उस जल को देखकर दौड़ता है पर उसे पकड़ नहीं पाता। वह और आगे दिखाई देता है। इसी को ही 'मृग-मरीचिका' कहते हैं।

(iii) वक्ता रामनिहाल ने श्यामा को देखकर कहा कि उसका कठोर व्रत, वैधव्य का आदर्श देखकर उसके हृदय में विश्वास हुआ कि मनुष्य अपनी वासनाओं का दमन कर सकता है, किन्तु उसका अवलम्ब बड़ा दृढ़ है। ऐसा पवित्र-जीवन और कहाँ देखने को मिलता। जब वह छोटा-मोटा व्यवसाय, नौकरी और पेट-पालने की सुविधाओं को खोजता हुआ उसके घर आया तो उसे विश्वास हुआ कि उसने वह घर पा लिया जिसे वह अपना समझ सकता है।

(iv) रामनिहाल के पास खत आया है एक स्त्री का जो पहले इससे मिल चुकी है। उसे सन्देह है कि शायद वह स्त्री उससे प्यार करने लगी है। वह रामनिहाल से कुछ मदद चाहती है। कोई उसके पति को पागल बनाना चाहता है। उसका पति थोड़ा-सा सनकी है भी, फिर भी वह षड्यन्त्रकारी से अपनी और पति की रक्षा चाहती है। श्यामा ने उसे समझाया कि प्यार-व्यार के चक्कर में न पड़े। प्यार बड़ा कठिन काम है। एक दुखियारी स्त्री ने उसे बुलाया है तो जाकर उसकी मदद करे और फिर यहाँ लौट आये।

Question 7.

Read the extract given below and answer in Hindi the questions that follow :

निम्नलिखित गद्यांश को पढ़िए और उसके नीचे लिखे प्रश्नों के उत्तर हिन्दी में लिखिए:

''हम लोग खुद इस पेड़ को नहीं हटा सकते। हम लोग व्यापार विभाग से सम्बन्धित हैं और यह पेड़ की समस्या है, जो कृषि विभाग के अधीन है। मैं इस फाइल को अर्जेंट मार्क करके कृषि-विभाग में भेज रहा हूँ। वहाँ से उत्तर आते ही इस पेड़ को हटवा दिया जायेगा।''

—'जामुन का पेड़'—

लेखक—कृष्ण चंदर

(i) **यह किसने कहा ? वह पेड़ को क्यों नहीं हटा सकता था ?**

(ii) **लेखक ने किसकी कार्यप्रणाली पर व्यंग्य किया है ? किस तरह एक महत्वपूर्ण कार्य को टाला जाता है ?**

(iii) **दूसरे दिन कृषि विभाग का क्या उत्तर आया ? और व्यापार विभाग ने क्या कहा ?**

(iv) यदि सरकारी विभागों की अड़चन न आती तो वहाँ इकट्ठे लोग क्या करते और इसका नतीजा क्या निकलता ?

उत्तर—(i) उस जामुन के पेड़ के नीचे दबे हुए आदमी के पास बहुत भीड़ इकट्ठी हो गई। कुछ लोग कहने लगे कि बिना हुकूमत के फैसले का इन्तजार किये वे खुद मिलकर इस पेड़ को हटा दें, तभी सुपरिंटेंडेंट फाइल लिए भागा-भागा आया और बोला कि वे लोग इस पेड़ को नहीं हटा सकते क्योंकि वे व्यापार-विभाग से सम्बन्धित हैं और यह पेड़ कृषि विभाग के अधीन है। वह फाइल को आगे अर्जेंट मार्क कर भेज रहा है।

(ii) इस कहानी के अन्तर्गत लेखक ने सरकारी कार्य प्रणाली पर व्यंग्य किया है कि किस प्रकार कानून की आड़ लेकर महत्वपूर्ण कार्य को भी टाला जाता है। यद्यपि यह कहानी तो काल्पनिक है, पर सरकारी-विभागों में कुछ-न-कुछ इसी प्रकार टालमटोल होती है। यदि अपनी बुद्धि लगाकर सोचा जाता तो अति महत्वपूर्ण कार्य पेड़ को हटाकर उस व्यक्ति के प्राण बचाना था। जैसे किसी दुर्घटना के शिकार घायल व्यक्ति को अस्पताल पहुँचाना जरूरी है बजाय इसके कि पुलिस कार्यवाही का इन्तजार किया जाये।

(iii) दूसरे दिन कृषि-विभाग का उत्तर आया कि पेड़ व्यापार-विभाग के लॉन में गिरा है, इसलिए पेड़ को हटवाने या न हटवाने की जिम्मेदारी व्यापार-विभाग पर पड़ती है। व्यापार-विभाग को इस बात पर क्रोध आया और उसने लिखा कि पेड़ को हटवाने या न हटवाने की जिम्मेदारी कृषि-विभाग पर लागू होती है। व्यापार-विभाग का इससे कोई सम्बन्ध नहीं है।

(iv) यदि सरकारी-विभागों की अड़चन न आती तो वहाँ इकट्ठे लोग उस पेड़ को हटा देते। इतनी भीड़ के लिए पेड़ को हटाना कोई बड़ी बात नहीं थी, पर लोग सरकारी कानून के चक्कर में स्वयं मुसीबत में नहीं पड़ना चाहते थे, इसलिए मूक-दर्शक बने रहे।

यदि वे लोग समझदारी दिखाते और निर्भय होकर उस पेड़ को हटा देते तो उस बेचारे दबे हुए आदमी की जान बच जाती।

साहित्य सागर (पद्य)

Question 8.

Read the extract given below and answer in Hindi the questions that follow :

निम्नलिखित पद्यांश को पढ़िए और उसके नीचे लिखे प्रश्नों के उत्तर हिन्दी में लिखिए:

''रहिए लटपट काटि दिन, बरु घामे माँ सोय।
छाँह न बाकी बैठिये, जो तरु पतरो होय।।
जो तरु पतरो होय, एक दिन धोखा दे हैं।
जा दिन बहै बयारि, टूटि तब जर से जैहैं।।''

—'कुंडलियाँ'—
कवि—गिरधर कविराय

(i) पहली और दूसरी पंक्ति में कवि ने क्या राय दी है ?

(ii) किसकी छाँह में नहीं बैठना चाहिए और क्यों ?

(iii) समर्थ व्यक्ति के साथ रहने से क्या लाभ है ?

(iv) प्रस्तुत पंक्तियों का भावार्थ लिखिए।

उत्तर—(i) पहली और दूसरी पंक्ति में कवि ने यह राय दी है कि चाहे घाम में सोकर दिन काटना पड़े तो काट दें, लेकिन पतले वृक्ष की छाँह में न बैठें। वह वृक्ष कभी भी आँधी आने पर गिर सकता है। इसमें संकेत गरीब और कमजोर व्यक्ति की तरफ है जो कठिनाइयों में अपने को भी नहीं सँभाल सकता वह दूसरों की मदद कैसे करेगा।

(ii) कवि ने कहा है कि पतले पेड़ की छाँह में नहीं बैठना चाहिए क्योंकि वह आँधी आने पर कभी भी गिर सकता है। अत: उसकी छाँह में बैठने में हानि भी हो सकती है।

(iii) बलवान और समर्थ व्यक्ति के साथ रहने में लाभ ही लाभ हैं। वह रक्षक का कार्य भी करता है। उसके साथ रहने में कोई खतरा नहीं है। धनाभाव में भी वह धन देकर सहायता करता है। निराशा को वह अपने पास फटकने नहीं देता। व्यवहार में हर प्रकार की कुशलता उसके साथ रहती है।

(iv) इन पंक्तियों में कवि ने कहा है कि चाहे घाम (धूप) में रहना पड़े फिर भी जल्दी से दिन को व्यतीत करें, लेकिन पतले पेड़ की छाँह में नहीं बैठना चाहिए। पतला पेड़ कभी भी धोखा दे सकता है। यदि तेज आँधी आ गई तो वह जड़ से उखड़ कर गिर जायेगा। उसके नीचे बैठने वाले को छाँह भी नहीं मिलेगी और नुकसान भी हो सकता है अर्थात् समर्थ और बलवान व्यक्ति का साथ ही करना चाहिए निर्बल और धनहीन का नहीं।

Question 9.

Read the extract given below and answer in Hindi the questions that follow :

निम्नलिखित पद्यांश को पढ़िए और उसके नीचे लिखे प्रश्नों के उत्तर हिन्दी में लिखिए:

''प्रभु के दिए हुए सुख इतने

हैं विकीर्ण धरती पर
भोग सकें जो उन्हें जगत में
कहाँ अभी इतने नर ?''

—'स्वर्ग बना सकते हैं'—
कवि—रामधारी सिंह 'दिनकर'

(i) प्रभु ने धरती पर क्या-क्या सुख दिये हैं ?

(ii) किस प्रकार मनुष्य को सुख-शान्ति प्राप्त हो सकती है ?

(iii) मानव के कल्याण के लिए मानव को क्या करना चाहिए ?

(iv) प्रस्तुत पंक्तियों का भावार्थ लिखिए।

उत्तर—(i) ईश्वर ने हमारे लिए धरती पर सभी सुख-सुविधाएँ प्रदान की हैं। अन्न, जल, धन, वायु सभी को प्राप्त हो ऐसी व्यवस्था प्रभु ने कर दी है। कोई अपने परिश्रम से अधिक धन प्राप्त कर लेता है कोई कम परिश्रम से कम धन प्राप्त कर पाता है। ईश्वर ने इसमें कोई भेदभाव नहीं किया है। मनुष्य को भाग्यवादी न बनकर कर्मवादी बनना चाहिए। जल और वायु सभी को बराबर-बराबर हिस्से में मिलती है।

(ii) मनुष्य को सुख-शान्ति तभी मिलेगी जब उसको समान अधिकार, समान सुख-भाग और परस्पर सहयोग मिले। मनुष्य अपने अधिकार के साथ कर्तव्य का भी ध्यान रखे। परस्पर सहयोग से मनुष्य विकास की राह पर बढ़ सकता है।

(iii) मानव सभी के कल्याण के लिए दया, प्रेम, सहयोग, सहिष्णुता और यथाभाव अपने अन्दर सँजोकर रखे। विकास पथ पर बढ़ते हुए परस्पर सहयोग करें और स्वार्थ से दूर रहें। जो लोग असहाय और असमर्थ हैं उनकी सहायता करें। देश-प्रेम की भावना सबके अन्दर होनी चाहिए।

(iv) कवि कहता है कि ईश्वर ने हमारे जीवन के लिए सभी सुख-सुविधाएँ धरती पर दी हैं। हम अपने कर्म से उन्हें प्राप्त करें। मनुष्य के भोगने के लिए धरती पर अनेक चीजें दी हैं जो सभी मनुष्यों को सन्तुष्ट कर सकती हैं। पृथ्वी पर जितने भी नर-नारियाँ हैं उन सबके लिए अमित वस्तुएँ पृथ्वी में छिपी पड़ी हैं। मनुष्य कर्म करके उन्हें प्राप्त करे।

Question 10.

Read the extract given below and answer in Hindi the questions that follow :
निम्नलिखित पद्यांश को पढ़िए और उसके नीचे लिखे प्रश्नों के उत्तर हिन्दी में लिखिए:

''सुनूँगी माता की आवाज
रहूँगी मरने को तैयार
कभी भी उस वेदी पर देव
न होने दूँगी अत्याचार।''

—'मातृमन्दिर की ओर'—
कवयित्री—सुभद्रा कुमारी चौहान

(i) कवियित्री की यह कविता कैसी कविता है ?

(ii) कवियित्री ने इस कविता में अपनी क्या इच्छा प्रकट की है ?

(iii) देश की रक्षा की पुकार हो तो हमारा क्या कर्तव्य है ?

(iv) प्रस्तुत पंक्तियों का भावार्थ लिखिए।

उत्तर—(i) यह कविता कवियित्री की देश-प्रेम की भावना से परिपूर्ण है। देशभक्ति का उच्चतम उदाहरण इस कविता में पेश किया गया है। 'मातृमन्दिर की ओर' कविता आत्म बलिदान की भावना से परिपूर्ण है।

(ii) कवियित्री ने अपनी इस कविता में यह इच्छा व्यक्त की है कि भारत-माता की बलिवेदी पर वह भी बलिदान देने को तैयार है। मातृभूमि की रक्षा के लिए यदि प्राण देने की भी बात आती है तो वह सदा तत्पर है। हँसते-हँसते वह अपना बलिदान दे देगी। वह अपने देश में अत्याचार नहीं होने देगी।

(iii) हमारी मातृभूमि की रक्षा की पुकार यदि होती है तो यहाँ के सभी निवासियों का कर्तव्य है कि प्राणपण से उसकी रक्षा करें। सभी नवयुवक आगे आयें और सैनिक बनकर अपने देश को बलवान बनायें। हर व्यक्ति अपनी मातृभूमि को प्यार करता है। चाहे उसका देश कैसा ही हो वह उसे प्रिय है। भारत के वीरों ने हमेशा मर मिट कर भी इसकी रक्षा की है।

(iv) कवियित्री कहती हैं कि मैं अपनी मातृभूमि की आवाज सुनूँगी और उसकी रक्षा के लिए मरने को भी तैयार रहूँगी। ईश्वर से भी उसकी प्रार्थना है कि मातृभूमि की वेदी पर वह उसकी सहायता करे कि वह उस पर अत्याचार न होने दे। मातृभूमि की वेदी पर वह अपने प्राण न्योछावर करने को प्रस्तुत है।

नया रास्ता

Question 11.

Read the extract given below and answer in Hindi the questions that follow :

निम्नलिखित गद्यांश को पढ़िए और उसके नीचे लिखे प्रश्नों के उत्तर हिन्दी में लिखिए :

''लगभग एक सप्ताह यही क्रम चलता रहा। हर समय एक व्यक्ति उनके पास बैठा रहता। कभी माँ तो कभी मीनू, कभी रोहित तो कभी आशा। उन सबकी सेवा और ईश्वर के आशीर्वाद से पिताजी की दशा में काफी सुधार हो गया।''

(i) मीनू अपने घर क्यों आई थी ?

(ii) अगले दिन कौन लोग पिताजी को देखने आये ?

(iii) मीनू क्यों चाहती थी कि बुआजी ज्यादा बात न करें ?

(iv) जाते समय बुआजी ने अपने भाई को क्या सलाह दी ?

उत्तर—(i) मीनू अपने कॉलेज के हॉस्टल में थी तो उसके पास एक टेलीग्राम आया जिसमें लिखा था कि उसके पिता बीमार हैं जल्दी आये। यह खबर पढ़कर वह बेचैन हो गई और मीरापुर जाने के लिए तैयार होने लगी। उसे लग रहा था कि कैसे जल्दी-से-जल्दी अपने घर पहुँचकर अपने पिताजी को देख ले। इस समय रात हो चुकी थी और रात में जाना ठीक नहीं था, इसलिए उसे कल सुबह का इन्तजार करना पड़ा। रात बड़ी बेचैनी से कटी। अगले दिन वह सुबह ही चल दी और कुछ समय में घर पहुँच गई।

(ii) पिताजी के पास बारी-बारी से घर का ही कोई-न-कोई व्यक्ति बैठा ही रहता। अगले दिन पिताजी को देखने बुआजी और फूफाजी आये। वे सीधे पिताजी के कमरे में ही गये। पहले बुआजी ने भैया से कुशलक्षेम पूछी और फिर इधर-उधर की बातें शुरू कर दीं। पास बैठी मीनू को लगा कि पिताजी से इतनी बातें करना उचित नहीं। क्योंकि उनके साथ पिताजी को भी बोलना पड़ रहा था।

(iii) पिताजी को दिल का दौरा पड़ा था और डॉक्टरों ने पूर्ण-आराम की सलाह दी थी। इसलिए मीनू नहीं चाहती थी कि बुआजी पिताजी से अधिक बात करें। उनके बात करने पर पिताजी को बोलना पड़ता था। मीनू ने बुआजी को अधिक थकान का बहाना ढूँढ़ कर वहाँ से हटाया। बुआजी मान गईं और वहाँ से उठ गईं।

(iv) जाते समय बुआजी ने पिताजी को सलाह दी कि उसकी दो-दो जवान बेटियाँ हैं उन्हें पढ़ाने के चक्कर में न पड़कर उनकी शादी कर दे। फिर रह गया रोहित तो उसकी कोई बात नहीं वह तो लड़का है। शादी के बाद उसकी जिम्मेदारी कम हो जायेगी। फिर उसकी तबियत भी तो ऐसी ही रहती है।

Question 12.

Read the extract given below and answer in Hindi the questions that follow :

निम्नलिखित गद्यांश को पढ़िए और उसके नीचे लिखे प्रश्नों के उत्तर हिन्दी में लिखिए:

धनीरामजी ने बड़े ही अन्दाज में कहा, ''भाई साहब यह बात तो आपकी सही है, पर मैं यह सोच रहा था कि तीन लाख का तो एक फ्लैट मैं सरिता के नाम कर दूँ।''

(i) धनीमलजी सरिता के नाम फ्लैट क्यों करना चाहते हैं ?

(ii) यह सुनकर मायाराम जी क्यों चौंक पड़े ?

(iii) उनके नाराज होने पर धनीमलजी ने बात को कैसे सँभाला ?

(iv) उनकी बातों से मायारामजी क्या समझ गये ?

उत्तर—(i) धनीमलजी अपनी लड़की की शादी में एक फ्लैट उसके नाम करना चाहते थे। उनका विचार था कि शादी के बाद लड़का-लड़की अलग ही रहना चाहते हैं। यदि उनका फ्लैट होगा तो उन्हें आसानी रहेगी। यह उनका विचार था, लेकिन यह बात लड़के वालों के विपरीत जा रही थी।

(ii) धनीमलजी की फ्लैट वाली बात सुनकर मायारामजी चौंक पड़े। उन्हें लगा कि शादी से पहले ही लड़की के पिता उनके लड़के को उनसे अलग करना चाहते हैं। जब मायारामजी के पास बड़ा-सा घर है, कई कमरे हैं उसमें और सब सामान है तो फिर अमित के अलग रहने की क्या आवश्यकता है। इस बात पर उन्हें कुछ क्रोध भी आया। उन्होंने कह ही दिया कि क्या अमित उनसे अलग रहकर अपनी गृहस्थी बसायेगा ?

(iii) मायारामजी के नाराज होने पर धनीमलजी ने बड़ी चतुराई से अपनी बात को सँभाला। उन्होंने कहा कि मैंने अपनी दोनों बड़ी बेटियों को भी एक-एक फ्लैट शादी में दिया था। इससे उन्हें शादी के बाद गृहस्थी बसाने में किसी प्रकार की समस्या का सामना नहीं करना पड़ा इसीलिए चाह रहा था कि सरिता को भी एक फ्लैट दे दूँ।

(iv) धनीमलजी की बातें सुनकर मायारामजी समझ गये कि ये महाशय उनके बेटे को उनसे अलग करना चाहते हैं। फिर भी उन्होंने पूछ ही लिया कि क्या सरिता उनके साथ नहीं रह पायेगी ? इस पर धनीमलजी ने कहा कि क्यों नहीं रहेगी। वह जरूर रहेगी पर उसे घर के काम करने की आदत नहीं है।

Question 13.

Read the extract given below and answer in Hindi the questions that follow :

निम्नलिखित गद्यांश को पढ़िए और उसके नीचे लिखे प्रश्नों के उत्तर हिन्दी में लिखिए:

''मीनू का चेहरा बुखार के कारण तमतमा रहा था। माया अपने पलंग से उठकर मीनू के पास आई और उसके माथे पर हाथ रखा तो दंग रह गई। उसका शरीर ज्वर से तप रहा था। चेहरा तमतमा रहा था।''

(i) इन दिनों हॉस्टल में कैसा वातावरण था ?

(ii) मीनू बचपन से ही पढ़ाई में कैसी थी ? परीक्षा के दिनों में उसका कार्यक्रम क्या रहता ?

(iii) माया जब दवाई लेने चली गई तो मीनू कौन-सी स्मृतियों में खो गई ?

(iv) माया कौन थी ? उसने मीनू की सहायता किस प्रकार की ?

उत्तर—(i) इन दिनों हॉस्टल का वातावरण कुछ शान्त-सा हो चला था। चहल-कदमी करते हुए लड़कियों के झुण्ड अब बाहर नहीं दिखाई दे रहे थे। सब अपने-अपने कमरों में बैठी अपनी पढ़ाई में व्यस्त थीं। उनकी परीक्षा शुरू होने में सिर्फ पन्द्रह दिन शेष रह गये थे।

(ii) मीनू बचपन से ही पढ़ाई में विशेष रुचि रखती थी। परीक्षा के दिनों में तो उसे खाने की भी सुधि नहीं रहती थी। वह आजकल कॉलेज भी नहीं जा रही थी। परीक्षा के पूर्व का अवकाश चल रहा था। वह हर समय अपने कमरे में अपनी पुस्तकों के साथ रहती। जब पढ़ते-पढ़ते थक जाती तो अपनी सहेली माया के साथ बैठकर पाँच मिनट बातें कर लेती।

(iii) माया जब मीनू के लिए दवाई लेने गई तो मीनू अतीत की स्मृतियों में खो गई। एक बार जब वह आठवीं कक्षा में पढ़ती थी तो उसे तेज ज्वर हुआ था। उसकी हालत देखकर माँ की आँखों में आँसू आ गये थे। माँ सारी रात उसके सिर पर बर्फ की पट्टियाँ रखती रही थी। माँ ने उसका कितना ध्यान रखा था ?

(iv) माया मीनू की सहेली थी। मीनू का बुखार देखकर वह बाजार गई और दवा लेकर आई। जैसे ही मीनू ने करवट लेने की कोशिश की वैसे ही माया ने कमरे में प्रवेश किया। वह डॉक्टर से मीनू के लिए दवाई लेकर आई थी। उसके लिए एक कप चाय बनाकर माया ने उसे दवाई दी और उसके बाद उसका सिर दबाने बैठ गई। मीनू को माया के व्यवहार में अपनापन देखकर बड़ा अच्छा लग रहा था। मीनू का मन माया के प्रति स्नेह से भर गया।

एकांकी संचय

Question 14.

Read the extract given below and answer in Hindi the questions that follow :

निम्नलिखित गद्यांश को पढ़िए और उसके नीचे लिखे प्रश्नों के उत्तर हिन्दी में लिखिए:

''उनके पौरुष की परीक्षा का दिन आ पहुँचा है ? महारावल बाप्पा का वंशज मैं, लाखा प्रतिज्ञा करता हूँ कि जब तक बूँदी के दुर्ग में ससैन्य प्रवेश नहीं करूँगा, अन्न-जल ग्रहण नहीं करूँगा।''

—'मातृभूमि का मान'—
लेखक—हरिकृष्ण 'प्रेमी'

(i) यह कथन किसका है और किससे कहा गया है। किस स्थान पर यह कथन कहा गया है ?

(ii) यह प्रतिज्ञा करने की आवश्यकता क्यों करनी पड़ी ?

(iii) अपनी प्रतिज्ञा वापस लेने के लिए किसने प्रार्थना की ?

(iv) इसका क्या उपाय निकाला गया ?

उत्तर—(i) यह कथन मेवाड़ के महाराणा लाखा का है और अपने सेनापति अभयसिंह से कहा गया है। यह कथन चित्तौड़ के राजमहल में कहा गया है जहाँ महाराणा लाखा व्यथित अवस्था में टहल रहे हैं।

(ii) महाराणा लाखा ने सोचा कि बूँदी राज्य पहले मेवाड़ के अधीन था लेकिन बाद में वह स्वतन्त्र हो गया। सभी राजपूतों को एक डोर में बाँधने के लिए उन्होंने चाहा कि फिर से बूँदी मेवाड़ की अधीनता स्वीकार कर ले। इसके लिए उन्होंने अपने सेनापति अभयसिंह को बूँदी के शासक राव हेमू के पास भेजा लेकिन राव हेमू ने इस प्रस्ताव को अस्वीकार कर दिया। इससे आहत होकर महाराणा लाखा ने ऐसी प्रतिज्ञा की।

(iii) इस कठिन प्रतिज्ञा जिसमें कि महाराणा लाखा के प्राणों का खतरा है, को वापस लेने के लिए सेनापति अभयसिंह ने उनसे प्रार्थना की। उसने कहा कि कहा नहीं जा सकता कि बूँदी को जीतने में कितना समय लग जाये और बूँदी के हाड़ा बड़े वीर और लड़ाके हैं। बूँदी को उसकी धृष्टता के लिए दण्ड दिया जायेगा लेकिन इसमें समय की सीमा न बाँधें। अत: इस भीषण प्रतिज्ञा को त्याग दें।

(iv) जब महाराणा किसी भी प्रकार अपनी प्रतिज्ञा तोड़ने को राजी न हुए तो उनके प्राण बचाने के लिए यह उपाय सोचा गया कि मिट्टी का एक नकली दुर्ग हूबहू बूँदी जैसा बनाया जाये और उसमें दोनों ओर से नकली लड़ाई की जाये और एक ही दिन में उस पर मेवाड़ का झण्डा फहरा दिया जाये। यह योजना महाराणा को पसन्द आ गई और कहा कि फिलहाल यही किया जाये।

Question 15.

Read the extract given below and answer in Hindi the questions that follow :

निम्नलिखित गद्यांश को पढ़िए और उसके नीचे लिखे प्रश्नों के उत्तर हिन्दी में लिखिए:

''जब सुयोधन आहत होकर भूमि पर गिर पड़े तो पाण्डव जयध्वनि करते और हर्ष मनाते अपने शिविर को लौट गये। संध्या होने पर पहले अश्वत्थामा आये और कुरुराज की यह दशा देखकर बदला लेने का प्रण करके चले गये। फिर युधिष्ठिर आये।''

—'महाभारत की एक साँझ'—
लेखक—भारतभूषण अग्रवाल

(i) यहाँ कौन किसको यह वार्ता सुना रहा है। उनके लिए महाभारत के युद्ध की कथा सुनाना कैसे सम्भव हुआ ?

(ii) सुयोधन किस प्रकार आहत होकर भूमि पर गिर पड़ा ?

(iii) अश्वत्थामा ने किस प्रकार बदला लिया ?

(iv) युधिष्ठिर वहाँ क्यों आये और सुयोधन से क्या कहा ?

उत्तर—(i) यहाँ राजमहल में बैठे हुए धृतराष्ट्र को महाभारत के युद्ध का वर्णन उनका मन्त्री संजय सुना रहा है। धृतराष्ट्र अन्धे थे अत: वेदव्यासजी ने संजय को 'दिव्य दृष्टि' प्रदान की जिससे कि वह युद्ध के मैदान का दृश्य धृतराष्ट्र को सुनाते थे।

(ii) सुयोधन की जब सारी सेना चुक गई, सभी भाई मारे गये तो वह अपने प्राणों की रक्षा के लिए एक सरोवर में आकर छुप गया। पाण्डव उसे ढूँढ़ते हुए उसी सरोवर के पास आ गये और उसे युद्ध करने के लिए ललकारने लगे। आखिर सुयोधन बाहर निकलकर आया और गदा लेकर भीम से युद्ध करने लगा। वह बहादुरी से लड़ रहा था तभी श्रीकृष्ण ने भीम को जंघा का इशारा किया। तभी भीम को अपनी प्रतिज्ञा भी याद आ गई और उसने सुयोधन की जंघा पर भीषण प्रहार किया और सुयोधन आहत होकर भूमि पर गिर पड़ा।

(iii) अश्वत्थामा ने जब दर्द से आहत दुर्योधन को भूमि पर पड़े हुए देखा तो उसे बड़ी वेदना हुई। वह पाण्डवों से बदला लेने की बात कहकर वहाँ से चल दिया। वह रात में पाण्डवों के शिविर में जाकर उनके सिर काटकर लाना चाहता था। रात में इस प्रकार का कार्य नियम के खिलाफ था। श्रीकृष्ण को कुछ आभास हुआ तो उन्होंने पाण्डवों का सोने का स्थान बदल दिया और उनकी जगह उनके पाँच पुत्रों को सुला दिया। अश्वत्थामा उन पाण्डव-पुत्रों को पाण्डव समझकर पाँचों के सिर काटकर ले गया। इस पर सुयोधन को भी बहुत दु:ख हुआ।

(iv) युधिष्ठिर युद्ध क्षेत्र में आहत पड़े हुए सुयोधन के पास आये। सुयोधन ने उनसे खूब बुरा भला कहा। यह सुनकर युधिष्ठिर ने कहा कि हे भाई ! वह तो उसे शान्ति देने आये थे। उन्होंने सोचा कि हो सकता है दुर्योधन को पश्चात्ताप हो रहा हो तो वे कुछ बात करके उसकी व्यथा को कुछ कम कर सकें।

Question 16.

Read the extract given below and answer in Hindi the questions that follow :

निम्नलिखित गद्यांश को पढ़िए और उसके नीचे लिखे प्रश्नों के उत्तर हिन्दी में लिखिए:

''बनवीर ने नगर भर में आज नाच-गाने का त्योहार मनवाया, जिससे नगरवासियों का ध्यान नाच-रंग में ही रहे। मौका देखकर वह राजमहल गया। अन्त:पुर में वह आता-जाता था किसी ने उसे रोका नहीं। उसने महाराणा के कमरे में जाकर उनकी हत्या कर दी।''

—'दीपदान'—
लेखक—डॉ. राजकुमार वर्मा

(i) यहाँ कौन किसको यह बात बता रहा है ? कौन-सी बात आकर उसने बताई ?

(ii) श्रोता ने यह सुनकर क्या कहा ?

(iii) वक्ता इस समय भागी हुई श्रोता (सुनने वाले) के पास क्यों आई है ?

(iv) श्रोता ने उसे क्या उत्तर दिया ? क्या उसका ऐसा कहना सत्य प्रतीत होता है ?

उत्तर—(i) यहाँ अन्त:पुर की परिचारिका सामली पन्ना धाय के पास आई है और उसे यह बात बता रही है कि बनवीर ने राजमहल के अन्त:पुर में जाकर महाराणा विक्रमादित्य की हत्या कर दी है। पन्ना धाय को यह सुनकर बहुत दु:ख हुआ। उसका ध्यान उदयसिंह की रक्षा पर गया।

(ii) यह बात सुनकर पन्ना धाय ने कहा कि आज कुसमय में नाच-रंग की बात सुनकर उसके मन में शंका हुई थी। इसलिए उसने कुँवर उदयसिंह को वहाँ जाने से रोक दिया था। सम्भव था कि कुँवर वहाँ जाते और बनवीर अपने सहायकों से कोई काण्ड रच देता।

(iii) सामली ने बनवीर को यह कहते हुए सुना कि वह कुँवर उदयसिंह को भी सिंहासन का अधिकारी समझकर जीवित नहीं रहने देगा। यह सुनकर वह भागी-भागी पन्ना धाय के पास आई क्योंकि कुँवर उदयसिंह पन्ना धाय के पास ही थे।

(iv) पन्ना धाय खीचो जाति की राजपूतानी थी। उसकी आयु तीस वर्ष की थी और वह कुँवर उदयसिंह का संरक्षण करने वाली धाय थी। उसका यह कहना कि विलासी और अत्याचारी राजा कभी निष्कंटक राज्य नहीं कर सकता। यह उसने अपने अनुभव के आधार पर कहा है। ऐसे राजा के शत्रु अधिक हो जाते हैं जो उसे चैन से नहीं बैठने देते।

❑❑

UNSOLVED

MODEL SPECIMEN PAPER–9

SECTION–A

Question 1.

Write a short composition in Hindi of approximately 250 words on any one of the following topics :

निम्नलिखित विषयों में से किसी एक विषय पर हिन्दी में लगभग 250 शब्दों में संक्षिप्त लेख लिखिए—

(i) अपने समुदाय में हुए एक विवाह का वर्णन कीजिए।

(ii) 'वह व्यक्ति जिसे आप भुला न सकें ऐसे व्यक्ति के बारे में लिखिए जिसने या तो आपकी सहायता की हो या आपके ऊपर अमिट छाप छोड़ी हो।'

(iii) आपके विचार में आपके शहर/गाँव में स्वास्थ्य से सम्बन्धित क्या समस्याएँ हैं ? सुझाव दीजिए कि आप वहाँ के नागरिकों के स्वास्थ्य को सुधारने के लिये क्या करेंगे या आपके विचार में अधिकारियों को क्या करना चाहिए ?

(iv) एक कहानी लिखिए जिसका आधार निम्नलिखित लोकोक्ति हो :

''असफलताएँ ही सफलता की सीढ़ियाँ हैं।''

(v) नीचे दिये गए चित्र को ध्यान से देखिए और इस चित्र का विवरण दीजिए या इसे देखकर आपके मन में जो विचार उठते हों उनका वर्णन कीजिए, परन्तु आप जो कुछ भी लिखें उसका सीधा तथा स्पष्ट सम्बन्ध चित्र से होना चाहिए।

Question 2.

Write a letter in Hindi in approximately 120 words on any one of the following topics :

निम्नलिखित में से किसी एक विषय पर हिन्दी में लगभग 120 शब्दों में पत्र लिखिए—

(i) आप अपनी छुट्टियाँ अपने प्रिय चाचा/चाची के साथ बिताना चाहते हैं जो किसी दूसरे शहर में रहते हैं। उन्हें अपने पहुँचने की सूचना देते हुए एक पत्र लिखिए और उस पत्र में यह भी बताइए कि आप उनके साथ अपनी छुट्टियाँ किस तरह बिताना चाहते हैं ?

(ii) आप किसी पत्रिका के नियमित ग्राहक बनना चाहते हैं उसके 'प्रसार-प्रबन्धक' (Circulation Manager) को एक पत्र लिखिए जिसमें उनको स्पष्ट रूप से बताइए कि आपने वह पत्रिका सबसे पहले कहाँ देखी और उसमें आपको सबसे अधिक क्या पसन्द आया ? उनसे यह बताने के लिए भी निवेदन कीजिए कि उस पत्रिका का वार्षिक शुल्क क्या है ?

Question 3.

Read the passage given below and answer in Hindi the questions that follow using your own language as far as possible :

नीचे लिखे गद्यांश को ध्यानपूर्वक पढ़िए और उसके नीचे लिखे प्रश्नों के उत्तर हिन्दी में लिखिए। उत्तर यथासम्भव आपके अपने शब्दों में होने चाहिए।

किसी भी जाति की सभ्यता और संस्कृति का परिचय हमें उसकी लोक-कलाओं और लोक-जीवन में मिलता है। मध्य हिमालय का गढ़वाल तथा कुमाऊँ क्षेत्र जिसे हम 'उत्तराखण्ड' के नाम से जानते हैं, प्राकृतिक वैभव के साथ ही भारतीय संस्कृति की कई प्राचीनताओं को भी अपने आँचल में समेटे है, लेकिन इधर कुछ वर्षों में पहाड़ का चेहरा बड़ी तेजी से बदलने के कारण उसके रूप में भी बदलाव आया है।

पहाड़ के गाँव कभी अपनी विविध लोक-कलाओं—काष्ठकला, आभूषण-निर्माण कला, वाद्यकला, भित्तिचित्र कला, चित्रकारी, मेले, लोकोत्सव और नृत्य आदि के लिये जाने जाते थे, लेकिन बदलाव की हवा ने उन्हें भी अपने रंग में रंगना शुरू कर दिया है। परिवर्तन की इस लहर ने यहाँ की लोक-कलाओं को ही नहीं, बल्कि भवन निर्माण शैली को सबसे अधिक प्रभावित किया है। चीड़ और देवदार के पेड़ों के बीच बने पक्के मकानों को देखकर सहज ही विश्वास नहीं होता कि ये वही पहाड़ हैं, जहाँ कभी मिट्टी, पत्थर और लकड़ी के छोटे-छोटे कलात्मक घर हुआ करते थे।

आधुनिकता के नाम पर बदलाव का यह सिलसिला चन्द गाँवों या शहरों तक ही सीमित नहीं रहा, बल्कि सुदूर क्षेत्रों में भी पहुँच चुका है। वहाँ भी सीमेण्ट, कंक्रीट के आधुनिक मकान दिखाई देने लगे हैं। यहाँ के पुराने मकानों को गौर से देखें तो इनमें कच्चे माल के रूप में उन्हीं वस्तुओं का उपयोग होता था, जो यहाँ आसानी से उपलब्ध थीं। ईंट के स्थान पर पत्थरों को अलग-अलग आकारों में काट-छाँटकर एक के ऊपर एक रखकर चिना जाता था। दो पत्थरों के बीच सीमेंट का कोई उपयोग नहीं होता था। बीच-बीच में शाल, सागौन, देवदार, चीड़ या दूसरी उपलब्ध लकड़ी के स्लीपर डाले जाते थे। दरवाजे और खिड़कियों में भी स्थानीय लकड़ी का भरपूर सदुपयोग किया जाता था। कुछ घरों में पशुओं के लिये नीचे व्यवस्था की जाती थी, जिसे 'सन्नी' या 'गोठ' कहा जाता था। परिवार पहली मंजिल पर रहता था। पारम्परिक मकानों के ऊपर की मंजिल पर एक खुला आँगन जिसे 'तिबारी' या 'खूटकूण' कहा जाता था, अवश्य निकाला जाता था जो एक तरह के बैठक का भी काम करता था। दिन-भर के काम से निपटने के बाद यहीं बैठकर पूरा परिवार हँसी-खुशी से बातें करता था। आज नये आधुनिक शैली के मकानों में यह परम्परा बड़ी तेजी से लुप्त हो रही है। मकानों के दरवाजों, खिड़कियों और छज्जों पर जो बारीक काष्ठकला का काम होता था वह भी अब लुप्तप्राय है। यह परिवर्तन न तो यकायक आया है और न ही जरूरतों की उपज है, बल्कि यह तथाकथित आधुनिकता के अन्धानुकरण का ही उदाहरण है।

(i) किसी भी जाति की सभ्यता और संस्कृति का परिचय हमें किससे प्राप्त होता है और किस प्रकार ? समझाकर लिखिए।

(ii) हिमालय के मध्य को किस नाम से जाना जाता है ? इस क्षेत्र की क्या विशेषताएँ हैं ?

(iii) यह क्षेत्र पहले किस बात के लिये जाने जाते थे ? इस समय इनकी क्या स्थिति है ?

(iv) आधुनिक परिवर्तन ने लोक-कलाओं के अलावा किसको अधिक प्रभावित किया है और कैसे ? यह प्रभाव कहाँ तक पहुँचा है ?

(v) इस परिवर्तन से पहले पहाड़ों में मकानों का निर्माण किस प्रकार होता था ?

Question 4.

Answer the following according to the instructions given :

निम्नलिखित प्रश्नों के उत्तर निर्देशानुसार लिखिए—

(i) निम्नलिखित शब्दों से विशेषण बनाइए—
राष्ट्र, नवीनता।

(ii) निम्नलिखित शब्दों से भाववाचक संज्ञा बनाइए—
कहना, जीतना।

(iii) निम्नलिखित शब्दों के विलोम शब्द लिखिए—
निर्माण, उपलब्ध।

(iv) निम्नलिखित अंशों में से किसी एक को अपने वाक्य में प्रयोग कीजिए—
आँचल में समेटे हैं, हँसी-खुशी।

(v) निम्नलिखित में से किसी एक शब्द के दो पर्यायवाची शब्द लिखिए—
बाग, भ्रम।

(vi) कोष्ठक में दिए गए निर्देशानुसार वाक्यों में परिवर्तन कीजिए—

(a) पहाड़ के गाँव कभी अपनी लोक-कलाओं के लिये जाने जाते थे। ('अपनी' से प्रारम्भ करें)

(b) परिवर्तन की इस लहर ने भवन-निर्माण शैली को भी प्रभावित किया है। (भवन-निर्माण शैली भी .... से प्रारम्भ करें)

(c) कुछ घरों में पशुओं के लिये नीचे व्यवस्था की जाती है। (पशुओं की .... से प्रारम्भ करें)

SECTION–B

साहित्य सागर (गद्य)

Question 5.

Read the extract given below and answer in Hindi the questions that follow :

निम्नलिखित गद्यांश को पढ़िए और उसके नीचे लिखे प्रश्नों के उत्तर हिन्दी में लिखिए:

''रात के समय जब हजार, पाँच सौ के चोर नरम गद्‌दों पर मीठी नींद ले रहे थे, अठन्नी का चोर जेल की तंग अँधेरी कोठरी में पछता रहा था।''

—'बात अठन्नी की'—
लेखक—सुदर्शन

(i) यहाँ कौन पछता रहा है और क्यों ?

(ii) हजार, पाँच सौ के चोर लेखक ने किनको बताया है ?

(iii) पछताने वाले का मित्र कौन था ?

(iv) रिश्वत लेना और देना दोनों ही गैर कानूनी हैं, अपनी राय दीजिए।

Question 6.

Read the extract given below and answer in Hindi the questions that follow :

निम्नलिखित गद्यांश को पढ़िए और उसके नीचे लिखे प्रश्नों के उत्तर हिन्दी में लिखिए:

भोला सकपकाकर एक ही डाँट में मुखबिर हो गया। बोला, ''श्यामू भैया ने रस्सी और पतंग मँगाने के लिए निकाला था।''

—'काकी'—
लेखक—सियारामशरण गुप्त

(i) भोला कौन था ? वह क्यों सकपका गया ?

(ii) वे दोनों कौन सा काम कहाँ कर रहे थे ?

(iii) उन दोनों के कार्य में किसने विघ्न डाला और क्यों ?

(iv) 'मुखबिर' कौन होता है ? समझाकर लिखिए।

Question 7.

Read the extract given below and answer in Hindi the questions that follow :

निम्नलिखित गद्यांश को पढ़िए और उसके नीचे लिखे प्रश्नों के उत्तर हिन्दी में लिखिए:

''सेठ और सेठानी इस दिव्य वाणी को सुनकर कृतकृत्य हुए। वहीं धरती पर माथा टेककर उन दोनों ने भगवान के चरणों में प्रणाम किया।''

—'महायज्ञ का पुरस्कार'—
लेखक—यशपाल

(i) सेठ और सेठानी का परिचय दीजिए ?

(ii) एक समय उन पर क्या विपदा आ पड़ी ?

(iii) उन दिनों क्या प्रथा थी ?

(iv) किस दिव्य वाणी को सुनकर वे कृतकृत्य हुए ?

साहित्य सागर (पद्य)

Question 8.

Read the extract given below and answer in Hindi the questions that follow :

निम्नलिखित पद्यांश को पढ़िए और उसके नीचे लिखे प्रश्नों के उत्तर हिन्दी में लिखिए:

''सात समंद की मसि करौं, लेखनि सब बनराय।
सब धरती कागद करौं, हरि गुन लिखा न जाये॥''

—'साखी'—
कवि—कबीरदास

(i) कबीरदास जी आस्तिक थे या नास्तिक। इन दोनों शब्दों का अर्थ देकर समझाइए ?

(ii) इस दोहे में किसके गुण लिखने को कहा है और क्यों ?

(iii) कबीर एक समाज सुधारक थे—कैसे ?

(iv) प्रस्तुत दोहे का अर्थ समझाकर लिखिए।

Question 9.

Read the extract given below and answer in Hindi the questions that follow :

निम्नलिखित पद्यांश को पढ़िए और उसके नीचे लिखे प्रश्नों के उत्तर हिन्दी में लिखिए:

कमरी थोरे दाम की, बहुतै आवै काम।
खासा मलमल वाफ्ता, उनकर राखै मान
उनकर राखैमान, बँद जहँ आड़े आवै
बकुचा बाँधे मोट, राति को झारि बिछावै।।

—'कुंडलियाँ'—
कवि—गिरधर कविराय

(i) कमरी से क्या तात्पर्य है ? वह बहुत काम क्यों आती है ?
(ii) वह किसका मान रखती है ?
(iii) इसके बारे में कवि क्या राय देते हैं ?
(iv) उपर्युक्त पंक्तियों का अर्थ लिखिए।

Question 10.

Read the extract given below and answer in Hindi the questions that follow :

निम्नलिखित पद्यांश को पढ़िए और उसके नीचे लिखे प्रश्नों के उत्तर हिन्दी में लिखिए:

''सब हो सकते तुष्ट, एक-सा
सब सुख पा सकते हैं
चाहें तो पल में धरती को
स्वर्ग बना सकते हैं।''

—'स्वर्ग बना सकते हैं'—
कवि—रामधारी सिंह 'दिनकर'

(i) कवि ने ये बात किससे कही है ?
(ii) सब हो सकते तुष्ट से क्या तात्पर्य है ?
(iii) धरती को स्वर्ग बनाने से क्या तात्पर्य है ?
(iv) स्वर्ग क्या है ? क्या ऐसा सम्भव है कि धरती को स्वर्ग जैसा बनाया जा सकता है ?

नया रास्ता

Question 11.

Read the extract given below and answer in Hindi the questions that follow :

निम्नलिखित गद्यांश को पढ़िए और उसके नीचे लिखे प्रश्नों के उत्तर हिन्दी में लिखिए:

उन्होंने लिफाफा खोलकर देखा तो वे प्रसन्न हो गयीं। उनके भतीजे दीपक की शादी का कार्ड था। कितनी प्रसन्न थीं आज वह। उनको अपने भाई के पास गये हुए भी कई वर्ष हो गये थे।

(i) दीपक कौन है ? वक्ता से उसका क्या सम्बन्ध है ?
(ii) शादी में जाने के लिए वे इतनी उत्साहित क्यों है ?
(iii) 'शादी' को सुनकर एक अजीब-सी प्रसन्नता वहाँ क्यों छा जाती है ?
(iv) 'शादी' के पीछे छिपे भाव को स्पष्ट कीजिए।

Question 12.

Read the extract given below and answer in Hindi the questions that follow :

निम्नलिखित गद्यांश को पढ़िए और उसके नीचे लिखे प्रश्नों के उत्तर हिन्दी में लिखिए:

''एक घण्टे का समय कहाँ व्यतीत करें, उसकी कुछ समझ में नहीं आ रहा था। तभी उसने एक पत्रिका खरीदी और पास में पड़ी बैंच पर बैठकर पढ़ने लगी। हर दस मिनट के बाद उसकी नजर घड़ी पर चली जाती। एक-एक पल काटना कठिन हो रहा था।''

(i) जिसके बारे में उपर्युक्त कथन कहा गया है वह परेशान क्यों है ?
(ii) उसे यह समय लम्बा क्यों लग रहा है ?
(iii) इस इन्तजार का वास्तविक उद्देश्य क्या है ?
(iv) यह कथन किस परिप्रेक्ष्य में कहा गया है ?

Question 13.

Read the extract given below and answer in Hindi the questions that follow :

निम्नलिखित गद्यांश को पढ़िए और उसके नीचे लिखे प्रश्नों के उत्तर हिन्दी में लिखिए:

''परन्तु दूसरे ही क्षण मीनू के कदम अस्पताल की ओर बढ़ चले। उसके हृदय में एक अन्तर्द्वन्द्व था। उसका अस्पताल जाना उचित होगा या नहीं। कई बार उसकी अन्त:प्रेरणा ने उसे वापस मुड़ जाने के लिए प्रेरित किया परन्तु वह इस अन्तर्द्वन्द्व में फैसला नहीं कर पायी।''

(i) मीनू अस्पताल की ओर क्यों बढ़ चली ?

(ii) उसके हृदय में क्या अन्तर्द्वन्द्व था ?

(iii) उसकी अन्त:प्रेरणा ने उसे वापस मुड़ जाने के लिए क्यों प्रेरित किया ?

(iv) अस्पताल में जाकर उसने क्या देखा ?

एकांकी संचय

Question 14.

Read the extract given below and answer in Hindi the questions that follow :

निम्नलिखित गद्यांश को पढ़िए और उसके नीचे लिखे प्रश्नों के उत्तर हिन्दी में लिखिए:

''मैं कुमार के घर गई थी। वहीं मिसरानी ने मुझे बताया। कहने लगी—तुम्हारा बेटा तो बहुत बीमार रहा, मर कर बचा है।''

—'संस्कार और भावना'—

लेखक—विष्णु प्रभाकर

(i) यहाँ वक्ता कौन है ? उसे शर्म क्यों आई ?

(ii) मिसरानी ने उसे किसके बारे में और क्या बताया ?

(iii) इस बात का वक्ता पर क्या प्रभाव पड़ा ?

(iv) उसने बेटे के बचपन के बारे में क्या सोचा ?

Question 15.

Read the extract given below and answer in Hindi the questions that follow :

निम्नलिखित गद्यांश को पढ़िए और उसके नीचे लिखे प्रश्नों के उत्तर हिन्दी में लिखिए:

''क्यों नहीं महाराणा ! हम युग-युग से एक हैं और रहेंगे। आपको यह जानने की आवश्यकता थी कि राजपूतों में न कोई राजा है, न कोई महाराज······ ।''

—'मातृभूमि का मान'—

लेखक—हरिकृष्ण 'प्रेमी'

(i) यहाँ कौन किससे बात कर रहा है ?

(ii) इस बातचीत का सन्दर्भ क्या है ?

(iii) क्या वे दोनों एक हो पाये ? कैसे ?

(iv) किसके बलिदान पर सब नतमस्तक हो जाते हैं ?

Question 16.

Read the extract given below and answer in Hindi the questions that follow :

निम्नलिखित गद्यांश को पढ़िए और उसके नीचे लिखे प्रश्नों के उत्तर हिन्दी में लिखिए:

''उस बेचारी ने कहा भी कि मैं दस पाँच दिन में सब कुछ सीख जाऊँगी। भला कै दिन हुए हैं मुझे आपका काम करते ? किन्तु बहूरानी न मानी।''

—'सूखी डाली'—

लेखक—उपेन्द्रनाथ 'अश्क'

(i) यहाँ कौन किससे बात कर रहा है ?

(ii) ये वार्ता किसके बारे में हो रही है ? क्या वह काम नहीं कर पाती है ?

(iii) बहूरानी क्या बात नहीं मानी ? फिर उन्होंने क्या किया ?

(iv) वक्ता ने जाकर क्या समझाया ?

❑❑

MODEL SPECIMEN PAPER–10

SECTION–A

Question 1.

Write a short composition in Hindi of approximately 250 words on any one of the following topics :

निम्नलिखित विषयों में से किसी एक विषय पर हिन्दी में लगभग 250 शब्दों में संक्षिप्त लेख लिखिए–

(i) वनों के कटाव से हानियाँ

(ii) परिवार बालक की प्रथम पाठशाला।

(iii) रंग में भंग पड़ना'—इस पंक्ति के आधार पर एक कहानी लिखिए।

(iv) सह शिक्षा।

(v) आगे दिए गए चित्र को ध्यान से देखिए। इस चित्र को आधार बनाकर यथोचित वर्णन कीजिए। आपने जो लिखा है उसका विषय या तो चित्र हो या आपने इस चित्र को रूपरेखा की तरह प्रयोग किया हो, परन्तु जो कुछ भी आपने लिखा हो उसका स्पष्ट तथा सीधा सम्बन्ध चित्र से ही होना चाहिए।

उत्तर–

(i) वनों के कटाव से हानियाँ

भारत प्राचीन काल से ही वन प्रधान रहा है। वनों से हमें भोजन बनाने के लिए ईंधन, फर्नीचर के लिए लकड़ी, कागज के लिए लुग्दी और स्वास्थ्य के लिए दवाइयाँ प्राप्त होती हैं। वन प्राकृतिक ऊर्जा के स्रोत हैं। किसी भी देश के आर्थिक विकास एवं उसकी समृद्धि के लिए वनों का महत्त्वपूर्ण स्थान है। पं.जवाहरलाल नेहरू ने कहा था—''एक उगता हुआ वृक्ष राष्ट्र की प्रगति का जीवित प्रतीक है। वे वन ही हैं जो पर्वतों को स्थिर रखते हैं, तूफानी वर्षा को दबाते हैं, नदियों को अनुशासन में रखकर बाढ़ को रोकते हैं, झरनों को बनाए रखते हैं और पक्षियों का पोषण करते हैं। वन हमारे लघु उद्योगों का स्रोत हैं। इनसे पशुओं को चारा मिलता है, राजस्व की प्राप्ति होती है और विदेशी मुद्रा हमारे देश में आती है। आयुर्वेद की अनेक जड़ी-बूटियाँ वनों से ही प्राप्त होती हैं। किसी ने ठीक ही कहा है—

''जीव जगत के रक्षक हैं वन, करते दूर प्रदूषण।
धन-सम्पत्ति-स्वास्थ्य दायक हैं, ये जगती के भूषण ॥''

इनके अनेक अप्रत्यक्ष लाभ हैं जैसे—जलवायु पर नियंत्रण, पर्यावरण सन्तुलन, वर्षा में सहायक, रेगिस्तान प्रसार पर रोक, बाढ़ नियंत्रण में सहायक, भूमि के कटाव पर रोक और पानी के स्तर में वृद्धि।

ईश्वर ने पृथ्वी पर वनों को देकर दुनियाँ को अत्यन्त सुन्दर बनाया है। पशु-पक्षियों का संरक्षण वनों से ही सम्भव है। आज चिन्ता का विषय है कि संसार में वनों की कटाई निर्द्वन्द्व चल रही है। आबादी के बढ़ने से वनों की कटाई जहाँ-तहाँ हो रही है। वनों से जितने भी लाभ हैं उनको यदि उलट दें तो क्या मनुष्य और पशु-पक्षियों का जीवन सम्भव है ? कदापि नहीं। ऋषि मुनियों ने तो वृक्षों को देवतुल्य बताया है। तभी तो पीपल, बिल्व, आँवले, बरगद, केला, तुलसी आदि पेड़-पौधे पूजनीय हैं। वनों का कटाव हमें खतरनाक स्थिति में ले जा रहा है। इनके न रहने से ओजोन लेयर में छेद हो रहे हैं। ओजोन लेयर सूर्य की विनाशकारी कुछ किरणों से हमारी रक्षा करती है। अधिकतर प्रदूषण

चारों तरफ फैल रहा है। जितने वृक्ष काटे जाते हैं उतने लगाए नहीं जाते। इससे प्रकृति का सन्तुलन बिगड़ रहा है। लोग अनेक बीमारियों से ग्रसित हो रहे हैं। पृथ्वी का तापमान बढ़ रहा है और जलवायु का परिवर्तन हो रहा है। यदि इसी तरह वनों की बेरोक टोक कटाई होती रही तो वह दिन दूर नहीं जब रेगिस्तान वन विहीन भूमि को अपने में समेट लेगा। बाढ़ों का भीषण प्रकोप मनुष्य के सामने सुरसा के मुँह की तरह बढ़ता जाएगा। वन में रहने वाले पशुओं का ह्रास हो जाएगा।

एक आकलन के अनुसार देश के भू-भाग के सम्पूर्ण क्षेत्रफल का न्यूनतम 33% भाग में वन होने चाहिए। इसके विपरीत भारत में यह प्रतिशत 19 तक जा पहुँचा है जो हमें खतरे की सूचना दे रहा है। इससे वातावरण में असन्तुलन व्याप्त हो गया है और जलवायु शुष्क और नीरस हो गई। प्राकृतिक रमणीयता कम हो गई है वनों के अभाव में वर्षा की मात्रा में कमी आई है, ऑक्सीजन की मात्रा भी कम हो गई है। पर्यावरण सन्तुलन बिगड़ गया है और भूमि की उर्वराशक्ति कम हो गई है।

वनों के ह्रास से मनुष्य और पशु-पक्षियों के जीवन पर विपरीत प्रभाव पड़ा है। जितने वन काटे जाते हैं उतनी मात्रा में वृक्ष नहीं लगाए पाते। वृक्षारोपण की खानापूरी तो होती है, लेकिन उन्हें लगाने के बाद उनकी देखभाल नहीं होती। फलस्वरूप उनमें से कुछ वृक्ष ही लग जाते हैं। 1950 में नए वृक्ष लगाकर वन महोत्सव प्रारम्भ हुआ। सरकार ने क्रमबद्ध योजनाएँ बनाईं। सिंचाई के अभाव में अनेक वृक्ष नष्ट हो गए। इस प्रकार वृक्षारोपण के प्रयास आज तक किए जा रहे हैं। वनों के संरक्षण में सहायक प्राचीन रूढ़ियाँ, परम्पराएँ, प्राचीन ग्रन्थ व मान्यताओं के अनुसार वटवृक्ष को भगवान विष्णु की संज्ञा देकर उसे पूजनीय बना दिया है। इसी प्रकार पीपल के वृक्ष पर देवताओं का निवास बताया गया है, ऐसा मानकर लोग उन्हें काटते नहीं। पहाड़ों और वनों में फैली वन-सम्पदा का विनाश देखकर सरकार ने वनों के काटने पर प्रतिबन्ध लगा दिया है। श्रीमती इन्दिरा गाँधी ने वन संरक्षण एवं वृक्षारोपण के क्षेत्र में सफल प्रयास किए। बाद में 20 सूत्रीय कार्यक्रम का एक हिस्सा बनाकर इसे एक अभियान के रूप में चलाया गया जिसका सकारात्मक परिणाम आज नगरों में बढ़ती हरियाली के रूप में दृष्टिगोचर हो रहा है। वन में रहने वाले पशुओं की सुरक्षा भी वनों की सुरक्षा पर ही आधारित है। यह निर्विवाद सत्य है कि वृक्षों के अभाव में मनुष्य का और वनैले प्राणियों का अस्तित्व खतरे में है। अत: वृक्षों का संरक्षण प्रत्येक भारतवासी को अपने जीवन का अंग समझकर करना चाहिए। आज मनुष्य वनों के संरक्षण के प्रति जागरुक है। राष्ट्रीय स्तर पर वन संरक्षण के कार्यक्रम चलाए जा रहे हैं। छोटे से लेकर बड़े लोगों तक सभी वृक्षों के महत्त्व को समझकर वृक्षारोपण और वन संरक्षण के क्षेत्र में महत्त्वपूर्ण भूमिका निभा रहे हैं । आशा की जाती है कि आगामी वर्षों में धीरे-धीरे खोई हुई वन-सम्पदा को पुन: प्राप्त कर सकते हैं। वन हमारी राष्ट्रीय निधि है। वृक्षों से हमारा जन्मजात सम्बन्ध है । वृक्ष और मनुष्य एक दूसरे के पूरक हैं। वृक्ष अनादिकाल से हमारे सहयोगी रहे हैं। पेड़-पौधों से ही मनुष्य को भोजन,वस्त्र और निवास मिलता है। सरकार ने 1976 में वृक्षों की कटाई पर रोक लगा दी। बाद में सुन्दरलाल बहुगुणा ने 'चिपको आन्दोलन, चलाकर वृक्षों की रक्षा का प्रयास किया। आज भी सरकार वन संरक्षण एवं वृक्षारोपण के प्रयास में रत है। वन विभाग वनों में से वृक्षों की कटाई को रोकता है और वृक्षारोपण भी करता है। वृक्ष हमें नैतिक शिक्षा भी देते हैं। जैसे—

''वृक्ष कबहुँ नहिं फल भखै, नदी न संचै नीर।
परमारथ के कारनै साधुन धरा शरीर ॥''

इन सब तथ्यों को ध्यान रखते हुए हमें स्वयं भी परस्पर मिलकर वृक्ष लगाने चाहिए।

(ii) परिवार बालक की प्रथम पाठशाला

इस सम्पूर्ण विश्व में जितनी भी सजीव वस्तुएँ हैं, उन सबका कभी न कभी जन्म हुआ होगा। मनुष्य भगवान के घर से सभी कार्यों में पारंगत होकर नहीं आता, बल्कि वह एक ऐसे अबोध बालक के रूप में जन्म लेता है, जो दुनिया की जद्दोजहद से दूर अपने भोलेपन के विशाल सागर में डूबा रहता है। उसे दुनिया से कोई मतलब नहीं होता, परन्तु दुनिया को उससे मतलब होता है। एक नन्हा-सा बालक हमारे इस समाज की कुरीतियों से परे होता है, परन्तु, जैसे-जैसे वह बड़ा होता जाता है, उसे उसके माता-पिता समाज के अनुरूप ढालने के लिए शिक्षा देते हैं।

एक परिवार में जब किसी शिशु का जन्म होता है, तो हर्षोल्लास का वातावरण बन जाता है। यह अपार हर्ष अनेक कारणों से होता है। जैसे कि लोगों को लगता है कि उनके बीच एक नया साथी आया है, उनके परिवार में एक नया सदस्य आया है। विवाह उपरान्त एक स्त्री का स्वप्न या दूसरे शब्दों में उसकी कामना केवल माँ बनने की होती है और माँ बनने के साथ-साथ वह एक सम्पूर्ण नारी बन जाती है। अपने बच्चे को देखकर उसकी ममता बढ़-चढ़ कर सामने आती है। उसमें मातृत्व का एक अनोखा संचार हो जाता है। एक निर्दयी से निर्दयी औरत भी माँ बनने के बाद एक दयालु और भावुक स्त्री के रूप में परिवर्तित हो जाती है।

माँ बनने के बाद वह अपना सारा ध्यान व समय अपने अबोध शिशु पर लगा देती है। उसकी हर संकट से रक्षा करती है और उस दिन का बेसब्री से इन्तजार करने लगती है जिस दिन वह नन्हा प्राणी उसे माँ कहे। धीरे-धीरे यह दिन भी आ जाता है कि बच्चा यह सम्बोधन करता है। अब उसके परिवारीजन उसे आगे बोलना सिखाते हैं। यहीं से उसका शैक्षिक जीवन आरम्भ होता है। उसे अपने सभी रिश्तेदारों का सम्बोधन कराया जाता है। ढाई-तीन साल का होते-होते वह अबोध बालक सबको पहचानने लगता है और उसकी किलकारियों से घर आँगन झूम उठता है। धीरे-धीरे बच्चा शरारती होने लगता है। शुरू में तो छोटी-मोटी शरारतें सबको अच्छी लगती हैं, लेकिन जब उसकी शरारतें बढ़ती जाती हैं, तब उसके माता-पिता उसके गुरु बनकर उसे समझाने लगते हैं। उसमें नवीन आदर्शों का समावेश कराते हैं और समाज में उठना-बैठना सिखाते हैं, उसे अच्छे और बुरे का अन्तर समझाया जाता है। उसे गलत काम करने पर रोका जाता है, परन्तु सही काम करने को प्रोत्साहित किया जाता है। अगर बच्चा यह सब बातें गृहण कर लेता है तो हम कहते हैं कि माता-पिता ने अपने बच्चों की मजबूत नींव डाली है।

बच्चे तो गीली मिट्टी की तरह होते हैं और उनके माता-पिता कुम्हार। जैसे कुम्हार मिट्टी को ढालेगा वैसा ही बर्तन बनेगा। अगर कुम्हार बर्तन को ठीक से नहीं बनाएगा तो बर्तन खराब हो जाएगा। ठीक इसी प्रकार से अनेक माता-पिता अपने बच्चे का सही तरीके से पालन-पोषण नहीं करते, उनका ध्यान नहीं रखते जिससे वह बिगड़ जाता है। बहुत से परिवारों में यह भी पाया जाता है कि बच्चे को अपने माता-पिता द्वारा डाँटा जाना दादा-दादी को अच्छा नहीं लगता है और वह अपने लाड़-प्यार से उसे बिगाड़ देते हैं। यद्यपि प्यार और स्नेह के जल से ही बालक रूपी पौधे को सींचना चाहिए लेकिन हर चीज की अति बुरी होती है।

चार वर्ष की आयु का होते-होते बालक को हिन्दी व अंग्रेजी के वर्ण सिखाये जाते हैं। उसको गिनतियाँ भी सिखाई जाती हैं, परन्तु यह सब तो माता-पिता तभी सिखा सकते हैं, जब वह स्वयं शिक्षित हों। बच्चों में अच्छे संस्कार डालने के लिए परिवारीजनों का स्वयं सांस्कारिक होना अनिवार्य है, परन्तु चूँकि हमारे देश में अत्यधिक गरीबी और निरक्षरता है इसलिए चाहते हुए भी वह अपने बच्चों को कुछ अच्छा नहीं सिखा पाते हैं, क्योंकि उनका पूरा समय अपनी आजीविका कमाने में निकल जाता है। वह हमारे देश के भावी कर्णधारों का गुरु बनने के सौभाग्य से वंचित रह जाते हैं और न ही बालक की प्रथम पाठशाला उसका परिवार बनता है।

निरक्षर लोग बच्चों को पाठशाला भेजने का सपना तो देखते हैं, परन्तु यह नहीं समझ पाते कि पाठशाला भेजने से पहले भी बालक को कुछ पढ़ाया जाता है, उसे कुछ सिखाया जाता है। बच्चों को सिखाने की सम्पूर्ण जिम्मेदारी गुरुजनों की नहीं होती, वह तो सिर्फ किताबी ज्ञान देते हैं, परन्तु अच्छे संस्कारों का श्रेष्ठ ज्ञान देने वाले उसके माता-पिता ही होते हैं, उसके परिवारीजन ही होते हैं, जो पाठशाला जाने से पहले ही उसमें अधिकांश गुणों का समावेश कर देते हैं, इसलिए हम कह सकते हैं कि परिवार ही बालक की प्रथम पाठशाला होती है।

(iii) 'रंग में भंग पड़ना'

बाबू गजाधर लाल रेलवे में स्टेशन मास्टर थे। पेंतीस साल के लम्बे अरसे से रेल की खटपट, भीड़भाड़ और शोरगुल की आदत हो गई थी। अक्सर उन्हें कई गाँव के लोगों को बहुत अधिक समझाना पड़ता और कभी-कभी उनकी आर्थिक सहायता भी करनी पड़ती थी। लेकिन इसका उन्होंने कभी बुरा नहीं माना। बल्कि यों कहें कि उन्हें स्टेशन से सम्बन्धित सभी लोगों से प्रेम हो गया था। इसी प्रकार उनका समूचा कार्यकाल लोगों के हृदय में प्रशंसनीय और आदरणीय था। इनके क्वाटर में एक नौकर गणेशी था जो उनका खाना बनाता था और घर के अन्य काम करता था। अधिकतर इनका स्थानान्तरण छोटी-छोटी जगहों पर होता रहता था, इसलिए उन्होंने अपने परिवार को अपने साथ नहीं रखा। उनके परिवार के सभी सदस्य कानपुर शहर में रहते थे। परिवार में इनकी पत्नी, दो लड़के और एक बड़ी लड़की थी जिसकी शादी की जुगति बैठा रहे थे। एक लड़के की शादी एक साल पहले हो चुकी थी। अपने परिवार को कोई परेशानी नहीं हो, इसलिए एक छोटा-सा मकान इन्होंने खरीद लिया था। इनकी पत्नी अनपढ़ थी, लेकिन परिवार की देखभाल अच्छी प्रकार कर रही थी।

पेंतीस वर्ष के सेवाकाल में उन्हें कभी-कभी घर की याद आती थी। घर से इतने साल अलग रहने के कारण उन्होंने सोच लिया था कि सेवा निवृत्ति के बाद बच्चों के साथ प्रेम से रहेंगे। घर के प्रति आत्मीयता बढ़ने लगी। जब सेवा निवृत्ति का समय एक महीना रह गया तो वे एक-एक दिन गिनने लगे। उन्हें ऐसा लगता कि कब वह दिन आए और वह उड़कर अपने घर पहुँच जाँय। आखिर वह दिन आ गया और रेलवे स्टाफ ने मिलकर उनका विदाई समारोह मनाया। उनके हृदय में दु:ख-सुख की मिश्रित प्रतिक्रियाएँ थीं। विदाई समारोह से वे घर आकर बगीचे में बैठ गए और अगले दिन अपने घर जाने की तैयारी करने लगे। उन्होंने जरूरी-जरूरी सामान ही अपने बक्से में रखा और काफी सामान और कपड़े अपने नौकर गणेशी को दे दिये। अगले दिन सुबह वह जल्दी उठ गए और जाने की तैयारी करने लगे। नौकर ने रास्ते के लिए पूड़ी-सब्जी बना दी और देशी घी के बेसन के लड्डू बना दिए। बेसन के लड्डू उन्हें बहुत प्रिय थे। गणेशी रिक्शा ले आया और उनका बक्सा रिक्शा में रख दिया। कुछ लोग उन्हें विदा करने के लिए आ गए थे।

विदाई का दु:ख उनकी आँखों से अश्रु बनकर निकल पड़ा। गणेशी की आँखों से भी अश्रु झलक रहे थे। नौकर ने उनके पैर हुए और रिक्शे में बिठाल दिया। रिक्शा सीधा बस स्टैण्ड पर रुका। जैसे ही वे रिक्शे से उतरे उन्हें कानपुर जाने वाली बस दिखाई दी। ऐसा लगा था माना वह बस इनका ही इन्तजार कर रही थी। उनके बैठते ही बस चल दी । जैसे-जैसे बस की रफ्तार बढ़ती जाती घर के दृश्य एक-एक कर उनके स्मृति पटल पर आते जाते । हर्ष का सागर उनके हृदय में हिलोरें लेने लगा। छ: घण्टे के सफर के बाद बस कानपुर पहुँच कर बस स्टैण्ड पर रुकी। गजाधर बाबू उतरे और बच्चों के लिए फल खरीदे। सबके लिए वह कोई-न-कोई तोहफा पहले ही खरीद चुके थे। उन्होंने अपने आने की सूचना घर पर नहीं भेजी, क्योंकि वह घर एकदम पहुँच कर सभी को चकित करना चाहते थे। उन्होंने रिक्शा किया और अपना सामान रख कर घर की ओर प्रस्थान कर दिया। रास्ते में अनेक विचार उनके मस्तिष्क में आने लगे। गली के मोड़ पर रिक्शा कुछ धीमा हुआ और गजाधर बाबू का दिल घर वालों से मिलने के लिए बेताव होने लगा। वह सोचने लगे कि न जाने कितना स्वागत उनका होगा और हर कोई हर्ष से झूमने लगेगा। घर के दरवाजे पर वह उतरे और रिक्शे वाले को पैसे दिया। एक हाथ में बक्सा उठाकर और दूसरे हाथ में फलों की पॉलाथीन लेकर उन्होंने घर में प्रवेश किया। घर का दरवाजा खुला हुआ था। उनकी पत्नी छत पर कपड़े सुखा रही थी। आंगन के बाद कमरे के दरवाजे पर पहुँचे तो उन्होंने अप्रत्याशित दृश्य देखा। टेप पर एक फिल्मी गीत जोर-जोर से बज रहा था। उन्होंने देखा कि उनका छोटा लड़का अपनी भाभी के साथ नृत्य कर रहा है और उनकी लड़की भी ठुमका लगा रही है। उनका बड़ा लड़का उनके नृत्य पर ताली बजा रहा है। बाबूजी को देखकर वे सब सन्न रह गए। उनकी नृत्य की मुद्राएँ जहाँ की तहाँ रह गईं। बहू ने अपने बाल संभालकर थोड़ा घूँघट लिया। टेप बन्द कर दिया गया। इस प्रकार बाबू गजाधर लाल के अचानक आने से उनके रंग में भंग पड़ गया।

(iv) सह-शिक्षा

आज के इस मशीनी युग में, हर इन्सान उन्नत होना चाहता है, समाज में अपनी एक जगह बनाना चाहता है। इन दोनों ही चीजों के लिए शिक्षा अति आवश्यक है। इससे ज्ञान तो बढ़ता ही है, साथ ही मानसिक या बौद्धिक विकास भी होता है। शिक्षा के अभाव में मनुष्य अधूरा है। गाँधी जी का भी कथन है—

''सामूहिक निरक्षरता न केवल पाप है प्रत्युत भारत के लिए लज्जाजनक बात है। इस समाज में नारी का एक विशेष स्थान है। माता-बहिन आदि अनेक रूपों में नारी पग-पग पर आदमी का साथ देती है। ऐसे में यदि वह अशिक्षित रहे, तो समाज का पतन निश्चित है।''

आज वह युग बीत चुका है, जब स्त्री शिक्षा के नाम पर कुछ लोग नाक-मुँह सिकोड़ते थे और 'स्त्री शुद्धो नाधीयाताम्' कहते थे। अब तो देश के विकास में स्त्रियों को भी समान अधिकार प्राप्त हुए हैं और वे शिक्षा में भी निरन्तर आगे बढ़ रही हैं। नगरों और कस्बों में ही नहीं गाँवों में भी कन्या पाठशालाएँ खुल गई हैं। इतना होने पर भी एक प्रश्न आज भी सबके सामने है कि क्या बालक-बालिकाओं को सह-शिक्षा दी जाए या नहीं ?

क्या उन्हें एक विद्यालय में साथ-साथ विद्याध्ययन का अवसर मिलना चाहिए ? इस विषय पर भारतीयों के विचार अलग-अलग तथा अति उग्र हैं।

छात्र-छात्राओं का एक ही विद्यालय में, एक श्रेणी में, एक ही शिक्षक के निर्देशन में एक साथ शिक्षा प्राप्त करने को सह-शिक्षा कहते हैं। यूरोपीय देशों में बहुत समय से सह-शिक्षा एक सामान्य बात हो गयी है, किन्तु भारत में आज भी जबकि कई स्थानों पर सह-शिक्षा है। इसके लाभ-हानियों के सम्बन्ध में विभिन्न विचारकों में तीव्र मतभेद हैं।

सह-शिक्षा के समर्थकों का कहना है कि आज कन्याओं में शिक्षा के प्रति अत्यधिक रुचि जाग्रत हो गयी है और वे सभी प्रकार के ज्ञान-विज्ञान, शिल्प, कला, कौशल की शिक्षा ले रही हैं। अत: छात्र-छात्राओं के लिए शिक्षा का पृथक्-पृथक् प्रबन्ध करना भारत जैसे निर्धन देश के लिए सम्भव नहीं, क्योंकि इससे शिक्षा का व्यय बहुत बढ़ जाएगा। दूसरा तर्क यह है कि स्कूलों और कालेजों की संख्या पहले ही कम है यदि उनमें से कुछ केवल छात्राओं के लिये ही सुरक्षित कर दिये जायेंगे तो अनेक छात्र जिनके ऊपर परिवार का सबसे अधिक भार पड़ता है, उच्च शिक्षा से वंचित रह जाएँगे। तीसरी बात पुरुष और नारी का परस्पर आकर्षण प्राकृतिक है। जब वह एक-दूसरे से दूर रहते हैं, तो एक-दूसरे को रहस्य मानते हैं। अत: यदि सह-शिक्षा होगी तो उनका पारस्परिक कौतूहल कम होगा। भय और शंका का वातावरण दूर होगा, उनमें निर्भयता और साहस का संचार होगा। प्रसिद्ध मनोविज्ञानवेत्ता **फ्राइड** का भी कथन है कि बालक-बालिकाओं के लिए सह-शिक्षा वरदान स्वरूप है। इसके साथ ही जब छात्र-छात्राएँ एक ही साथ पढ़ेंगे तो उनमें एक-दूसरे से आगे बढ़ने की प्रतिस्पर्धा जागेगी।

सह-शिक्षा के समर्थकों के इस तर्क का—कि इससे शिक्षा पर व्यर्थ का व्यय-भार बढ़ेगा—उत्तर देते हुए उसके विरोधियों का कहना है कि आज समाज में (कन्याओं में, उनके अभिभावकों में) पढ़ाई की ओर इतनी रुचि है कि अब विद्यालयों में छात्राओं की कोई कमी नहीं रहेगी। अत: उनके लिए पृथक् विद्यालयों के निर्माण से धन का अपव्यय कदापि नहीं होगा। यह जो तर्क है, कि एक साथ पढ़ने से उससे उत्कंठा की भावना कम होगी, यह गलत है। छात्राओं में निर्भरता तो ही सकती है, किन्तु पारस्परिक आकर्षण में कमी नहीं। कारण आज रेडियो, टी. वी., सिनेमा आदि ने विभिन्न प्रकार की उत्तेजक वेशभूषा तथा श्रृंगार का जो वातावरण बनाया है उससे पारस्परिक आकर्षण को बढ़ावा ही मिल रहा है।

परीक्षा-परिणाम में अवनति और उच्च श्रेणी में कम विद्यार्थियों के उत्तीर्ण होने में, एक कारण छात्र-छात्राओं का पारस्परिक आकर्षण भी है। तीसरी बात शिक्षा क्रम में कुछ विषय ऐसे हैं, जो पुरुषों के लिए अधिक उपयोगी हैं तो कुछ नारियों के लिए। छात्र-छात्राएँ इन विषयों का पृथक्-पृथक् अध्ययन करके ही समाज रूपी गाड़ी को चलाने में एक-दूसरे के सहायक बन सकते हैं।

इस प्रकार दोनों पक्षों के विचारों में कुछ सत्यता और कुछ असत्यता अवश्य है। मेरे मत में—यदि छात्र-छात्राओं के लिए पृथक् विद्यालयों की स्थापना सम्भव न हो, तो दस-ग्यारह वर्ष की अवस्था तक प्राथमिक श्रेणियों तक सह-शिक्षा ठीक है। बीस वर्ष के अनन्तर परिपक्व दशा में सह-शिक्षा दोषहीन है। सह-शिक्षा बुरी ही है, ऐसी धारणा रखकर किसी विषय की शिक्षा से वंचित रहना अनुचित है। इससे व्यक्ति और समाज दोनों का अहित होता है।

(v) चित्र प्रस्ताव

यह एक दन्तचिकित्सक का क्लीनिक है। क्लीनिक का दरवाजा बन्द है। डाक्टर वाश बेसिन के सामने खड़ा है और रबर के दस्ताने उतार कर हाथ धोने को प्रस्तुत है। मरीज कुर्सी पर बैठा है ओर उसके सामने दाँत साफ करने वाली मशीन लगी है। डाक्टर ड्रिल करके दाँतों की सफाई करता है। उसके सामने ही अन्य औजारों की मशीन, कम्प्यूटर, दवाइयों की शीशी आदि रखी हैं। मरीज की दाईं ओर एक कुर्सी, कम्प्यूटर और औजारों की छोटी मेज रखी है। दाँतों की सफाई और समय-समय पर दन्तचिकित्सक द्वारा परीक्षण करवाना आवश्यक है। इससे हमारे स्वास्थ्य पर अच्छा प्रभाव पड़ता है।

शहरों में दन्तचिकित्सक का उतना ही महत्त्व है जितना अन्य चिकित्सकों का। बिना चिकित्सक को दिखाए दाँतों में कीड़ा लग जाता है या पाइरिया हो जाता है। ये दो बीमारियाँ तो अधिकतर लोगों को हो जाती हैं। भोजन के अवयव दाँतों के बीच में फँसे रह जाते हैं और सड़न पैदा करते हैं और दाँतों में दर्द शुरू हो जाता है। कुछ दिन की लापरवाही के बाद उनमें कीड़ा लग जाता है। फिर तो दन्त चिकित्सक ही उस दाँत को उखाड़ कर दर्द से आराम दिलाता है। दाँत में क्षय हो जाने पर उसमें चाँदी आदि भरवा देते हैं जिससे कि उसमें कीड़ा न लगे। दाँतों की सफाई रखना अत्यन्त आवश्यक है। चिकित्सक के अनुसार दाँतों में खाने के बाद ब्रश करना चाहिए। एक तो दोपहर के खाने के बाद और रात को सोने से पहले ब्रश करना दाँतों के लिए आवश्यक है।

दूरदर्शन पर टूथ पेस्ट के अनेक विज्ञापन आते हैं, लेकिन उन पर विश्वास न कर वही पेस्ट प्रयोग में लाना चाहिए जो चिकित्सक बताए। मोटे मंजन रगड़ से दाँतों के मसूड़ों को नुकसान पहुँचाते हैं। इसलिए उनसे बचना चाहिए।

Question 2.

Write a letter in Hindi in approximately 120 words on any one of the topics given below :

निम्नलिखित में से किसी एक विषय पर हिन्दी में लगभग 120 शब्दों में पत्र लिखिए—

(i) अपने शहर के पुलिस अधीक्षक को त्यौहारों के दौरान आम व्यक्ति को होने वाली परेशानी से अवगत कराते हुए तथा कुछ सुझाव देते हुए पत्र लिखिए।

(ii) दशहरा की छुट्टियों में छात्रों के साथ सेवार्थ कार्य को जाने के लिए अनुमति माँगते हुए पिताजी को पत्र लिखिए।

उत्तर—(i)

सेवा में,

श्रीमान पुलिस अधीक्षक

पुलिस लाइन,

आगरा।

महोदय,

निवेदन है कि मैं आगरा की जनता की त्यौहारों के दौरान होने वाली परेशानी को समझते हुए आपकों अवगत कराने के लिए आपको पत्र लिख रहा हूँ। मान्यवर हमारे देश में दशहरा, दीपावली, होली, ईद और क्रिसमस प्रमुख रूप से धूमधाम से मनाए जाते हैं। प्रमुख रूप से दशहरा और दीपावली पर अधिक खरीदारी की जाती है इसलिए दुकानदार सड़क पर आगे तक अपनी दुकानें लगा लेते हैं इससे लोगों को बाजार में निकलने में परेशानी होती है। इसी कारण जाम की स्थिति बनी रहती है।

इसी प्रकार अन्य त्योहारों पर भी लोगों को जाम जैसी परेशानी का सामाना करना पड़ता है। आपसे प्रार्थना है कि जनता की परेशानियों का ध्यान रखते हुए अतिरिक्त पुलिस की व्यवस्था करने की कृपा करें। दुकानों को आगे न बढ़ने दें। ठेलों को निर्देश दें कि वे एक जगह खड़े न होकर घूमते रहें। दीवाली पर पटाखे वालों को निर्देश दें कि वे सावधानी रखें कि दुकान के सामने माचिस वगैरा न जलाई जाय।

शेष आपको सब ज्ञात है कि क्या प्रबन्ध करना है।

धन्यवाद !

दिनांक 7– 11– 2007

भवदीय

अरुन कुमार

18, मोती कटरा, आगरा।

(ii)

छात्रावास सेंट पीटर्स कॉलेज

आगरा।

दिनांक : 15.05.2007

आदरणीय पिताजी,

सादर चरण स्पर्श।

अत्र कुशलं तत्रास्तु। आपका कृपा पत्र पिछले हफ्ते मिला था। उसके बाद कोई भी पत्र आपकी ओर से प्राप्त नहीं हुआ। यहाँ पढ़ाई ठीक चल रही है। हमारी दशहरा की छुट्टियाँ चार दिन की हो रही हैं। इस बार हमारे माननीय प्रधानाचार्य ने भूकम्प पीड़ित के लिये धन इकट्ठा किया है। यह उनकी महानता है। हम सबने व अध्यापकों ने यथाशक्ति दान दिया है। हमारे प्रधानाचार्य भूकम्प पीड़ितों की सेवार्थ एक अध्यापक और चार विद्यार्थियों को भेज रहे हैं। उन चार विद्यार्थियों में मेरा नाम है। अत: मैं वहाँ जाने के लिए आपकी अनुमति लेना चाहता हूँ। कृपया आप अपनी अनुमति शीघ्र प्रधानाचार्य को भेज दें ताकि मैं महाराष्ट्र में जा सकूँ—भूकम्प पीड़ितों की सहायता करने के लिए। आशा है कि आप मुझे इस पावन काम में जाने के लिए आज्ञा अवश्य प्रदान करेंगे।

शेष कुशल है। माताजी को चरण स्पर्श और छोटे भाई को प्यार।

आपका पुत्र

दिवाकर मेहता

श्री अनिरुद्ध मेहता,

9, करोल बाग, दिल्ली।

Question 3.

Read the passage given below carefully and answer in Hindi the questions that follow using your own language as far as possible :

नीचे लिखे गद्यांश को ध्यानपूर्वक पढ़िए और उसके नीचे लिखे प्रश्नों के उत्तर हिन्दी में लिखिए। उत्तर यथासम्भव आपके अपने शब्दों में होने चाहिए।

संसार में कुछ भी असाध्य नहीं है। कुछ भी असम्भव नहीं है। असम्भव, **असाध्य,** कठिन आदि शब्द कायरों के लिए हैं। नेपोलियन के लिए ये शब्द उसके कोष में नहीं थे। साहसी पतले बापू ने विश्व को **चकित** कर दिया। क्या बापू शरीर से शक्तिशाली थे ? नहीं। वह तो पतली-सी एक लंगोटी पहने लकड़ी के सहारे चलते थे, परन्तु विचार **सशक्त** थे, भावनाएँ शक्तिशाली थीं, उनके साहस को देखकर करोड़ों भारतीय उनके पीछे थे। ब्रिटिश साम्राज्य उनसे काँप गया। अहिंसा के सहारे बिना रक्त-पात के उन्होंने भारत को स्वतन्त्र कराया। यह विश्व का एक **अद्वितीय** उदाहरण है। जब गाँधीजी ने अहिंसा का नारा लगाया तो लोग हँसते थे, कहते थे अहिंसा से कहीं ब्रिटिश साम्राज्य से टक्कर ली जा सकती है। परन्तु वे डटे रहे, **साहस** नहीं छोड़ा, अन्त में अहिंसा की ही विजय हुई। कहते हैं, अकेला चना क्या भाड़ फोड़ सकता है ? हाँ यदि उसमें **साहस** हो तो !

साहसहीन के लिए सब कुछ असम्भव है। उससे अगर कहा जाए कि भाई जरा वह काम कर देना; तो वह तुरन्त कहेगा, अरे ! इतनी दूर ! पैदल, एक दिन में ! नहीं भाई, यह मुझसे नहीं हो सकेगा, किसी और से करा लो। भला वह इस काम को कैसे करेगा ? करने वाला दूर और पैदल नहीं देखता ! उसके मार्ग में चाहे पर्वत आकर खड़े हो जाएँ, आँधी आए या तूफान, उसको उनसे क्या वास्ता ? उसको तो अपने लक्ष्य तक पहुँचना है, उसे कोई नहीं रोक सकता है। वह अपने लक्ष्य तक अवश्य पहुँच जाएगा। साहसी पुरुष दिन-रात नहीं देखा करते, आँधी तूफान, नदी-नाले, पहाड़-समुद्र नहीं देखा करते वे तो केवल एक ही चीज देखा करते हैं कि उन्हें अपने अमुक लक्ष्य तक पहुँचना है।

(i) साहस और असाध्य में परस्पर क्या अन्तर है ?

(ii) बापू के चरित्र की क्या विशेषता है ?

(iii) गाँधीजी की किस बात पर लोग हँसते थे ?

(iv) साहसी पुरुषों की क्या विशेषता होती है ?

(v) असम्भव शब्द किसके लिए उपयुक्त होता है ?

उत्तर—(i) वीरता के साथ जो भी कार्य किया जाता है उसमें साहस होता है और असाध्य वह कार्य है जो हो नहीं सकता। साहसी के लिए कोई भी कार्य असाध्य नहीं है। वह अपने साहस के बल पर हर कठिन काम को हल कर लेता है।

(ii) गाँधीजी दुबले पतले थे पर उनके विचार सशक्त थे। उनके साहस को देखकर करोड़ों भारतीय उनके पीछे थे। अहिंसा के सहारे बिना रक्त-पात के उन्होंने भारत को स्वतन्त्र कराया।

(iii) गाँधीजी ने जब अहिंसा का नारा लगाया तो लोग हँसते थे कि अहिंसा के सहारे क्या ब्रिटिश साम्राज्य से टक्कर ली जा सकती है ?

(iv) साहसी मनुष्य वीर होता है और उसका हृदय सशक्त होता है। वह किसी भी कार्य को पूरा करके ही विश्राम करता है। भय उससे कोसों दूर रहता है। साहसी मनुष्य ही परोपकार करते हैं और देश की रक्षा करते हैं। साहसी मनुष्य युद्ध भूमि में पैर आगे बढ़ाकर पीछे नहीं लौटाता।

(v) असम्भव शब्द साहसहीन व्यक्ति के लिए उपयुक्त होता है। वह हर काम को करने से पहले उसे असम्भव बताकर अपना दामन बचा लेता है। वह कार्य करने से जी चुराता है। काम शुरू करने से पहले ही वह निराश हो जाता है। अत: बना बनाया काम भी बिगड़ जाता है। इसलिए कहते हैं कि असम्भव शब्द साहसहीन व्यक्ति के लिए है।

Question 4.

Answer the following according to the instructions given :

निम्नलिखित प्रश्नों के उत्तर निर्देशानुसार लिखिए—

(i) निम्नलिखित शब्दों में से किन्हीं दो के अर्थ लिखिए—

सशक्त, अद्वितीय, अमुक, चकित।

उत्तर—शक्तिशाली, अनोखा, वह, आश्चर्य में डूबना।

(ii) निम्नलिखित में से किन्हीं दो शब्दों की संज्ञाएँ बनाइए—

साहसी, स्वतन्त्र, कायर, भारतीय।

उत्तर—साहस, स्वतन्त्रता, कायरता, भारतीयता।

(iii) निम्नलिखित शब्दों में से किन्हीं दो के विलोम शब्द लिखिए—

साध्य, दुर्भावना, अन्त, साहस।

उत्तर—असाध्य, सद्भावना, प्रारम्भ, साहसहीनता।

(iv) निम्नलिखित में से किसी एक के दो पर्यायवाची लिखिए—

विनीत, विपुल।

उत्तर—**विनीत**—शिष्ट, विनम्र। **विपुल**—प्रचुर, गाध।

(v) निम्नलिखित में से किसी एक मुहावरे का वाक्य बनाइए—

कमर कसना, कसौटी पर कसना।

उत्तर—शिवाजी ने अपने शत्रुओं का सामना करने के लिए कमर कस ली थी।

मित्रता की कसौटी पर कसने से ही अच्छे मित्र का चुनाव होता है।

(vi) कोष्ठक में दिये गये निर्देशानुसार वाक्यों में परिवर्तन कीजिए—

(a) संसार में कुछ असाध्य नहीं है। (स्वीकारात्मक वाक्य लिखिए)

(b) साहसहीन के लिए सब कुछ असम्भव है। (स्वीकारात्मक वाक्य लिखिए)

(c) बापू ने विश्व को चकित कर दिया। ('चकित' के स्थान पर 'आश्चर्य' लिखिए)

उत्तर—(a) संसार में सब कुछ साध्य है।

(b) साहसी के लिए सब कुछ सम्भव है।

(c) बापू ने विश्व को आश्चर्य में डाल दिया।

SECTION–B

साहित्य सागर (गद्य)

Question 5.

Read the extract given below and answer in Hindi the questions that follow :

निम्नलिखित गद्यांश को पढ़िए और उसके नीचे लिखे प्रश्नों के उत्तर हिन्दी में लिखिए:

''दूसरे दिन मुकदमा शेख सलीमुद्दीन की कचहरी में पेश हुआ। रसीला ने तुरन्त अपना अपराध स्वीकार कर लिया। उसने कोई बहाना न बनाया। चाहता तो कह सकता था कि यह साजिश है।''

—'बात अठन्नी की'—

लेखक—सुदर्शन

(i) कौन-सा मुकदमा शेख सलीमुद्दीन की कचहरी में पेश हुआ ?

(ii) इंजीनियर साहब ने क्रोध में आकर क्या किया ?

(iii) रसीला अपना अपराध स्वीकार न कर क्या कह सकता था ?

(iv) लेखक ने शेख साहब पर क्या व्यंग्य किया था ?

उत्तर—(i) इंजीनियर साहब ने अपने नौकर रसीला को पाँच रुपये देकर बाजार से मिठाई मँगवाई थी। रसीला ने उसमें से अठन्नी बचाकर साढ़े चार रुपये की मिठाई लाकर दी। इंजीनियर साहब को शक हुआ नौकर को हलवाई के पास ले जाकर असलियत मालूम की। इंजीनियर साहब ने नौकर पर दया न की, बल्कि उसे पुलिस में दे दिया। वही मुकदमा शेख सलीमुद्दीन की कचहरी में पेश हुआ।

(ii) इंजीनियर साहब जगतसिंह की आँखों से आग बरसने लगी। उन्होंने निर्दयता से रसीला को खूब पीटा फिर घसीटते हुए पुलिस थाने ले गये। सिपाही के हाथ में पाँच का नोट रखते हुए कहा कि वह उससे जुर्म मनवा ले।

(iii) यदि रसीला चतुर-चालाक होता तो अपना अपराध स्वीकार न कर कह सकता था कि यह उसके खिलाफ साजिश है। वह इंजीनियर साहब के यहाँ नौकरी नहीं करना चाहता, इसलिए हलवाई से मिलकर उसे फँसा रहे हैं, पर यह झूठ बोलने का अपराध वह न कर पाया।

(iv) लेखक ने जिला मजिस्ट्रेट शेख सलीमुद्दीन पर करारा व्यंग्य किया है कि शेख साहब न्यायप्रिय आदमी थे। उन्होंने रसीला को छह महीने की सजा सुना दी और रुमाल से मुँह पोंछा। यह वही रुमाल था जिसमें एक दिन पहले किसी ने हजार रुपये बाँधकर दिये थे।

Question 6.

Read the extract given below and answer in Hindi the questions that follow :

निम्नलिखित गद्यांश को पढ़िए और उसके नीचे लिखे प्रश्नों के उत्तर हिन्दी में लिखिए:

''सेठ ने आद्योपांत सारी कथा सुनाई। सुनकर सेठानी की सारी वेदना जाने कहाँ विलीन हो गई। हृदय उल्लसित हो उठा। विपत्ति में भी सेठ ने धर्म नहीं छोड़ा।''

—'महायज्ञ का पुरस्कार'—

लेखक—यशपाल

(i) सेठ ने कौन-सी कथा आद्योपांत सुनाई ?

(ii) सेठानी की कौन-सी वेदना क्या सुनकर विलीन हो गई ?

(iii) धन्ना सेठ की पत्नी ने कौन-सा यज्ञ बेचने को इस सेठ से कहा ? उसने किसे महायज्ञ बताया ?

(iv) सेठ ने उस यज्ञ को क्यों नहीं बेचा ? उनका वह कार्य क्या था ?

उत्तर—(i) सेठ ने अपने घर लौटकर अपनी पत्नी को वहाँ से जाने, रास्ते में अपने भोजन की चारों रोटी एक भूखे कुत्ते को खिलाने, धन्नासेठ के यहाँ जो बातचीत हुई उसे बताने और धन्नासेठ की पत्नी की 'महायज्ञ' खरीदने की बात और स्वयं के इन्कार करने की बात बताई। यही आद्योपांत कथा थी जो घर आकर थके-हारे सेठ ने अपनी पत्नी को सुनाई।

(ii) अगले दिन शाम को सेठजी अपने घर पहुँचे। सेठानी बड़ी-बड़ी आशाएँ लगाये बैठी थी। सेठ को खाली हाथ वापस लौटकर आया हुआ देखकर उसका हृदय वेदना से भर गया। जब उसे पता चला कि सेठ ने विपत्ति में भी अपना धर्म नहीं छोड़ा तो उसकी वेदना जाने कहाँ विलीन हो गई और उसका हृदय उल्लसित हो उठा।

(iii) कुन्दरपुर के धन्नासेठ की पत्नी को कोई दैवी शक्ति प्राप्त थी, जिससे वह तीनों लोकों की बात जान लेती थी। जब ये सेठ अपना यज्ञ बेचने वहाँ पहुँचे तो धन्नासेठ की पत्नी ने उस सेठ से आज दिन में भूखे कुत्ते को जो चार रोटी खिलाकर उसकी भूख से रक्षा की और इस योग्य बनाया कि किसी गाँव तक पहुँच सकेगा, वह 'महायज्ञ' वह खरीदने को तैयार है।

(iv) अपना 'यज्ञ' बेचने को आये सेठ ने कहा कि यह तो कोई 'यज्ञ' नहीं है। भूखे को अन्न देना सभी का कर्तव्य है। उसमें 'यज्ञ' जैसी कोई बात नहीं है। उन्हें मानवोचित कर्तव्य का मूल्य लेना उचित नहीं लगा। सेठ स्वभाव से विनम्र, उदार और धर्मपरायण थे तथा वे अपनी धनाभाव जैसी विपत्ति में भी अपने कर्तव्य से न हटे।

Question 7.

Read the extract given below and answer in Hindi the questions that follow :

निम्नलिखित गद्यांश को पढ़िए और उसके नीचे लिखे प्रश्नों के उत्तर हिन्दी में लिखिए:

''दूसरी बार जब हालदार साहब उधर से गुजरे तो उन्हें मूर्ति में कुछ अन्तर दिखाई दिया। ध्यान से देखा तो पाया कि चश्मा दूसरा है। पहले मोटे फ्रेमवाला चौकोर चश्मा था, अब तार के फ्रेमवाला गोल चश्मा है।''

—'नेताजी का चश्मा'—

लेखक—स्वयं प्रकाश

(i) हालदार साहब की जीप जब कस्बे से बाहर निकल गई तो हालदार साहब ने सोचने के बाद क्या निष्कर्ष निकाला ?

(ii) हालदार साहब को क्या आदत पड़ गई थी ?

(iii) उन्होंने पानवाले से क्या पूछा और उसने क्या जवाब दिया ?

(iv) आखिर में हालदार साहब की समझ में क्या बात आई ?

उत्तर—(i) हालदार साहब की जीप जब कस्बा छोड़कर बाहर निकल गई तो वह सोचते रहे और अन्त में इस निष्कर्ष पर पहुँचे कि कुल मिलाकर कस्बे के नागरिकों का यह प्रयास सराहनीय ही कहा जायेगा। महत्व मूर्ति के रंग-रूप का नहीं, उस भावना का है वरना तो देशभक्ति भी आजकल मजाक की चीज होती जा रही है।

(ii) हालदार साहब को यह आदत पड़ गई थी कि हर बार कस्बे से गुजरते समय चौराहे पर रुकना, पान खाना और मूर्ति को ध्यान से देखना। एक बार जब वे अपने कौतूहल को दबा न सके तो पानवाले से पूछ ही लिया कि नेताजी का चश्मा हर बार बदल कैसे जाता है ?

(iii) जब हालदार साहब की समझ में यह बात नहीं आई की हर बार मूर्ति की आँखों पर चश्मा बदल क्यों जाता है तो उन्होंने यह बात पानवाले से पूछी। इस प्रश्न को सुनकर पानवाला आँखों ही आँखों में हँसा और बोला कि यह काम कैप्टन चश्मेवाला करता है। जब कोई ग्राहक मोटे फ्रेमवाला चश्मा चाहता है तो वह मूर्ति से उतारकर उसे दे देता है और मूर्ति पर दूसरा चश्मा पहना देता है।

(iv) अब हालदार साहब को बात कुछ-कुछ समझ में आई। एक चश्मेवाला है जिसका नाम कैप्टन है। उसे नेताजी की बगैर चश्मे वाली मूर्ति अच्छी नहीं लगती है, बल्कि आहत करती है, मानो चश्मे के बिना नेताजी को असुविधा हो रही हो। इसलिए वह अपनी छोटी-सी दुकान में उपलब्ध गिने-चुने फ्रेमों में से एक नेताजी की मूर्ति पर फिट कर देता है। जब कोई ग्राहक उस फ्रेम को माँगता है तो वह उसे वह फ्रेम दे देता है और नेताजी की मूर्ति पर दूसरा फ्रेम लगा देता है।

साहित्य सागर (पद्य)

Question 8.

Read the extract given below and answer in Hindi the questions that follow :

निम्नलिखित पद्यांश को पढ़िए और उसके नीचे लिखे प्रश्नों के उत्तर हिन्दी में लिखिए:

''साँई सब संसार में, मतलब का व्यवहार।
जब लग पैसा गाँठ में, तब लग ताको यार।।

तब लग ताको यार, यार संग ही संग डोले।
पैसा रहे न पास, यार मुख से नहिं बोले।।''

—'कुंडलियाँ'—
कवि—गिरिधर कविराय

(i) कवि ने संसार को मतलब का व्यवहार वाला क्यों कहा है ?

(ii) पैसा संसार में बहुत बड़ा है, लेकिन मनुष्य से बड़ा नहीं है कैसे ?

(iii) सच्चे मित्र में कौन-कौन से गुण होते हैं ?

(iv) प्रस्तुत पंक्तियों का भावार्थ लिखिए ?

उत्तर—(i) कवि ने संसार को मतलब के व्यवहार वाला बताया है, क्योंकि संसार में मनुष्य एक-दूसरे को मतलब से ही प्यार करते हैं, अपना बनाते हैं। संसार में जितने भी सम्बन्ध हैं वे मतलब से ही हैं। कुछ सम्बन्ध ईश्वर द्वारा दिये जाते हैं और कुछ सम्बन्ध यहाँ पर मनुष्य बनाता है अपने मतलब से या अपने काम के आधार पर। पैसा भी मनुष्य को मतलब का व्यवहार करना सिखाता है। पैसे के लालच में मनुष्य दूसरे मनुष्य को अपना बनाता है और अपना मतलब निकालता है। जब उसके पास पैसा नहीं होता है तो वह उससे मुँह से भी नहीं बोलता है।

(ii) पैसा संसार में बड़ा माना जाता है और एक तरह से है भी। इससे बहुत कुछ खरीदा जा सकता है। सुख के साधन जुटाये जा सकते हैं। हारी-बीमारी में पैसा सहायक होता है। लेकिन संसार में पैसा ही सब कुछ नहीं है। मनुष्य से बड़ा पैसा नहीं है। मनुष्य ने ही पैसे को बनाया है, पैसे ने मनुष्य को नहीं बनाया। पैसे से मनुष्य का स्वास्थ्य, समय, आयु और मनुष्य का भाग्य नहीं खरीदा जा सकता। मनुष्य पैसे के बदले अपने समय को नहीं बदल सकता, न ही अपनी आयु का एक दिन भी बढ़ा सकता है।

(iii) कहते हैं सच्चा मित्र बड़े भाग्य से ही मिलता है। वह सच्चरित्र, मृदुभाषी, परोपकारी, सद्मार्ग पर चलने वाला और अपने मित्र का भला चाहने वाला होता है। मित्र सुख-दु:ख में साथ रहता है और हर प्रकार से अपने मित्र की सहायता करता है। मनुष्य अपने सच्चे मित्र पर भरोसा कर सकता है। वह पैसे को महत्व नहीं देता, मनुष्य को महत्व देता है। सद्व्यवहार और परोपकार उसके सामने लक्ष्य के रूप में रहते हैं। यह कहावत सच है—"A FRIEND IN NEED IS A FRIEND INDEED"

(iv) कवि कहता है कि इस संसार में मतलब का ही व्यवहार होता है। जब तक किसी के पास पैसा है तब तक ही कोई उसका मित्र बना रहता है और उसके साथ-साथ ही रहता है। जब उसके पास पैसा समाप्त हो जाता है तो वह मित्र उससे अलग हो जाता है और उससे बोलता भी नहीं है।

Question 9.

Read the extract given below and answer in Hindi the questions that follow :

निम्नलिखित पद्यांश को पढ़िए और उसके नीचे लिखे प्रश्नों के उत्तर हिन्दी में लिखिए:

''लेकिन विघ्न अनेक अभी
इस पथ पर अड़े हुए हैं
मानवता की राह रोककर
पर्वत खड़े हुए हैं।''

—'स्वर्ग बना सकते हैं—
कवि—रामधारी सिंह 'दिनकर'

(i) कवि ने इस कविता में क्या इच्छा व्यक्त की है ? क्या यह कविता 'राष्ट्रप्रेम' को प्रदर्शित करती है ?

(ii) कौन से पथ पर विघ्न अड़े हुए हैं तथा उनको कैसे दूर किया जा सकता है ?

(iii) अपने देश के लिए हमारे क्या कर्तव्य हैं ?

(iv) इन पंक्तियों का भावार्थ लिखिए।

उत्तर—(i) कवि रामधारी सिंह दिनकर ने इस कविता में यह इच्छा व्यक्त की है कि हम प्रयत्न करें तो इस देश को स्वर्ग के समान बना सकते हैं। इसके लिए परस्पर प्रेमभाव, सहयोग, एकता, न्याय और सुख का समभाव होना आवश्यक है। सभी मिलकर विकास की ओर कदम बढ़ाये। यह कविता राष्ट्रीयता से प्रेरित है।

(ii) हमारे विकास के पथ पर विघ्न-बाधाएँ खड़ी हुई हैं। हम अपने सच्चे उद्यम से उनको दूर कर सकते हैं। हर काम में बाधाएँ आती हैं, लेकिन सच्चा कर्मवीर वही है जो उनको पार करके आगे बढ़ता है। ईश्वर भी उसी व्यक्ति की सहायता करता है जो वीरता से अपने सच्चे पथ पर आगे बढ़ता है।

(iii) अपने देश की स्वतन्त्रता की रक्षा करना हमारा परम कर्तव्य है। हम प्राण देकर भी अपने देश की रक्षा करते हैं। अपने देश को उन्नति के पथ पर ले जाने के लिए एकता, परस्पर सहयोग, सहिष्णुता और देश प्रेम की आवश्यकता है। देश की आवश्यकतानुसार हम फौज में भर्ती होकर देश की रक्षा का प्रण लें।

(iv) कवि कहता है कि मनुष्य के विकास के पथ पर अनेक विघ्न आकर खड़े हो गये हैं और मानवता का रास्ता रोके अनेक रुकावटें पर्वतों के समान अडिग होकर खड़ी हुई हैं। लेकिन सच्चा वीर इन बाधाओं को पार करता हुआ मानवता की राह में आगे बढ़ता है। कहते हैं कि कर्मवीर के सामने से बाधाएँ ऐसे उड़ जाती हैं जैसे आँधी में तिनका।

Question 10.

Read the extract given below and answer in Hindi the questions that follow :

निम्नलिखित पद्यांश को पढ़िए और उसके नीचे लिखे प्रश्नों के उत्तर हिन्दी में लिखिए:

''ऊँचा खड़ा हिमालय, आकाश चूमता है,
नीचे चरण तले पड़, नित सिन्धु झूमता है।
गंगा, यमुना, त्रिवेणी, नदियाँ लहर रही हैं,
जगमग छटा निराली, पग-पग पर छहर रही हैं।''

—'वह जन्मभूमि मेरी'—
कवि—सोहन लाल द्विवेदी

(i) हिमालय को क्या कहा जाता है ? इसकी सुन्दरता का वर्णन करिये।

(ii) हिमालय से हमारे देश को क्या-क्या लाभ हैं ?

(iii) गंगा, यमुना कहाँ से निकलती हैं ? त्रिवेणी का क्या हुआ तथा ये नदियाँ कहाँ आकर मिलती हैं ?

(iv) प्रस्तुत पंक्तियों का भावार्थ लिखिए ?

उत्तर—(i) हिमालय पर्वत अति प्राचीन और अति सुन्दर है। प्रकृति की छटा यहाँ पर दर्शनीय है। चारों ओर बर्फ से ढँकी हुई इसकी चोटियों की छटा अत्यन्त मनोरम है। यह भारत के उत्तर में स्थित है तथा इसको भारतमाता का मुकुट कहा जाता है। धार्मिक पुस्तकों में भी इसका अभूतपूर्ण वर्णन है। इस पर स्थित कैलाश पर्वत पर भगवान शिव का निवास है। 'मान सरोवर' की यात्रा यहाँ के भक्तजन करते हैं।

(ii) हिमालय पर्वत हमारे देश की उत्तर दिशा में एक सबल प्रहरी की तरह खड़ा है। इससे भारत को अनेक लाभ हैं। यहाँ से निकली हुई नदियाँ भारतभूमि की सिंचाई करती हैं और पीने का पानी देती हैं। उत्तर से आने वाले आक्रमणकारियों से हिमालय भारत की रक्षा करता रहा है। अधिक ऊँचा होने के कारण प्राचीनकाल में आक्रान्ता इसे पार नहीं कर पाते थे। यहाँ पर अनेक दर्शनीय स्थल, धार्मिक स्थल और सैलानियों के लिए ठहरने के सुन्दर स्थान हैं। गर्मी से राहत पाने के लिए धनी लोग यहाँ आकर ठहरते हैं। यहाँ अनेक वन हैं जिनमें बहुमूल्य लकड़ियाँ और जड़ी-बूटी मिलती हैं। यहाँ की चोटियाँ बादलों को आकर्षित कर वर्षा कराती हैं। सबसे ऊँची चोटी 'ऐवरेस्ट' यहाँ का गौरव है। यहाँ अनेक तीर्थस्थान हैं। यहाँ की गुफाओं में आज भी ऋषि-मुनि तपस्या करते हैं। यहाँ के मान सरोवर का धार्मिक महत्व है।

(iii) पवित्र नदी गंगा हिमालय के गोमुख स्थान से गिरकर गंगोत्री में आती है और फिर वहाँ से आगे बढ़ती है जबकि यमुना का स्रोत 'यमुनोत्री' से है। कहते हैं पहले तीसरी नदी त्रिवेणी भी हिमालय से निकलकर मैदान में आती थी और इलाहाबाद में 'संगम' पर तीनों नदियाँ मिलती थीं। अन्तराल में सरस्वती नदी का लोप हो गया और वह धरती के नीचे चली गईं। अब 'संगम' पर मिलने वाली नदियाँ दो हैं—गंगा और यमुना। गंगा का सफेद जल और यमुना का सांवला जल साफ-साफ नजर आता है।

(iv) कवि सोहनलाल द्विवेदी कहते हैं यह जन्मभूमि मेरी है जहाँ ऊँचा पर्वत हिमालय खड़ा हुआ है जो आकाश को चूम रहा है। यह भारतमाता के मुकुट की तरह शोभित है और दक्षिण में हिन्द महासागर भारत माता के चरण धो रहा है। गंगा, यमुना, त्रिवेणी नदियाँ हर्षित होकर बह रही हैं। इसकी सुन्दर छटा अनुपम और दर्शनीय है।

नया रास्ता

Question 11.

Read the extract given below and answer in Hindi the questions that follow :

निम्नलिखित गद्यांश को पढ़िए और उसके नीचे लिखे प्रश्नों के उत्तर हिन्दी में लिखिए :

''बेटे के ये शब्द सुनकर दयाराम जी को लगा कि बेटे के साथ जबरदस्ती की जा रही है। एक बार पिता के नाते उनके हृदय में यह भाव उठा कि बेटे की जिन्दगी के साथ खिलवाड़ करना उचित नहीं।''

(i) घर पहुँचकर पिताजी और माताजी ने अपने क्या विचार प्रकट किये ?

(ii) बेटे के कौन से शब्द सुनकर दयारामजी को लगा कि बेटे के साथ जबरदस्ती की जा रही है ?

(iii) ये बातें सुनकर उनकी पत्नी ने क्या कहा ?

(iv) ऐसे व्यंग्यपूर्ण वचन सुनकर भी अमित चुप क्यों रहा ?

उत्तर—(i) घर पहुँचकर सबने सरिता के बारे में अपने-अपने विचार प्रकट किये। माँ ने कहा कि सरिता में कोई बुराई नहीं है। उसे तो अच्छी लगी है। रंग थोड़ा गिरा है लेकिन शादी के बाद रंग निखर जाता है। पिताजी के सामने तो धनीमल जी के पाँच लाख रुपये नाच रहे थे। वह बोले लड़की अच्छी है, रही रंग की बात तो रंग तो दो ही होते हैं गोरा या काला। मधु ने कहा कि हमारे घर में काली भाभी क्यों आये। अमित को तो सरिता बिल्कुल पसन्द नहीं आई।

(ii) अमित काफी उदास नजर आ रहा था। वह उदासी भरे स्वर में अपने पिताजी से बोला कि वे उससे क्या पूछते हैं। यदि उन्होंने उसकी शादी धनीमल जी की बेटी से करने की ठान ही ली है तो कर दें। जहाँ तक उसके पसन्द की बात है तो सरिता उसको बिल्कुल पसन्द नहीं है। बेटे की ऐसी बात सुनकर दयाराम जी को लगा की बेटे के साथ जबरदस्ती की जा रही है।

(iii) ये बातें सुनकर दयारामजी की पत्नी कहने लगीं कि उनके समय में कौन-सा लड़के-लड़कियों को दिखाया जाता था। सबकी शादी ऐसे ही हो जाती थी। आजकल लड़कों को लड़कियाँ क्या दिखाने लगे हैं कि बस, हजारों कमियाँ निकालते हैं लड़कियों में। क्या जमाना आ गया है। आजकल के लड़के-लड़कियों की पूछो मत। बहुत दिमाग खराब हो गये हैं।

(iv) ऐसे व्यंग्यपूर्ण वचन सुनकर भी अमित चुप रहा। पढ़ा-लिखा नवयुवक होने के फलस्वरूप भी उसमें इतना साहस न था कि माँ की बात का विरोध कर सके। माँ के व्यंग्य वचन उसके हृदय में चुभ रहे थे; लेकिन इतना साहस न बटोर पाया कि माँ से कुछ कह पाता। चुपचाप अपने कमरे में चला गया।

Question 12.

Read the extract given below and answer in Hindi the questions that follow :

निम्नलिखित गद्यांश को पढ़िए और उसके नीचे लिखे प्रश्नों के उत्तर हिन्दी में लिखिए:

''नीलिमा के घर जाने के लिए मीनू ने अपना हरे रंग का सलवार सूट निकालकर पहना। तभी माँ रसोई से बाहर निकली। मीनू को सलवार सूट पहना देखकर बोली, ''बेटी, आज तो साड़ी पहन लेती।''

(i) मीनू हॉस्टल से अपने घर क्यों आई है ?

(ii) हॉस्टल में और घर में क्या फर्क है ? उसने नाश्ते के लिए क्या बनवाया ?

(iii) आज मीनू के हृदय में विशेष उत्साह क्यों है ?

(iv) नीलिमा के यहाँ जाने के लिए वह तैयार हुई तो उसे कैसा लगा ?

उत्तर—(i) मीनू हॉस्टल से अपने घर इसलिए आई है, क्योंकि उसकी घनिष्ठ सहेली नीलिमा की शादी है और उसमें जाना आवश्यक था। नीलिमा तो उसे शादी से पहले ही आने के लिए बुला आई थी।

(ii) हॉस्टल में और घर में यह फर्क है कि वहाँ तो चाय भी अपने आप बनानी पड़ती है और घर में सुबह होते ही माँ उसे चाय लाकर बिस्तर पर ही दे देती है तथा नाश्ता भी अपनी पसन्द का मिल जाता है। घर तो घर है इसमें अपनापन होता है।

(iii) आज मीनू के हृदय में विशेष उत्साह इसलिए था क्योंकि आज उसकी सहेली नीलिमा की बारात आनी थी। तभी उसके हृदय में एक पीड़ा-सी अनुभव हुई कि काश वह भी नीलिमा जैसी सुन्दर होती। तभी किसी ने उसे पुकारा कि नीलिमा ने उसे बुलाया है। नीलिमा का भाई अशोक उसे लेने आया था।

(iv) माँ ने उसे साड़ी पहनने को कहा तो उसने माँ से कह दिया कि रात तक साड़ी सँभालना मुश्किल होगा, बरात आने से पहले वह साड़ी पहन लेगी। शीशे के सामने खड़े होकर मीनू ने सुन्दर ढंग से अपने केश सँभाले। इससे रूप और सलोना हो उठा। गेहुँआ रंग होने पर भी उसके तीखे नाक-नक्श उसकी सुन्दरता में चार-चाँद लगा रहे थे। परन्तु मीनू के हृदय में हीन-भावना घर कर गई थी, जिसके कारण वह अपने को सुन्दर नहीं समझती थी। फिर उसने दर्पण के सामने खड़े होकर अपने को हर ओर से देखा। उसे आभास हुआ कि वह बदसूरत तो नहीं है।

Question 13.

Read the extract given below and answer in Hindi the questions that follow :

निम्नलिखित गद्यांश को पढ़िए और उसके नीचे लिखे प्रश्नों के उत्तर हिन्दी में लिखिए:

''मीनू के पिताजी की हालत काफी नाजुक हो चली थी। डॉक्टरों ने पूर्ण आराम के लिए कह दिया था। घर में आशा, रोहित, माँ तीनों ही उनकी सेवा में लगे रहते। उनकी यह हालत देखकर माँ बहुत विचलित हो उठी थीं।''

(i) मीनू को कैसे पता चला कि उसके पिताजी बीमार हैं। उसके उदास चेहरे को देखकर उससे किसने पूछा कि क्या बात है ?

(ii) मीनू को अपने कपड़े रखते हुए देखकर उसकी सहेली ने उसे क्या समझाया ?

(iii) उसके मन में कैसी बेचैनी महसूस हो रही थी ?

(iv) मीनू की माँ के विचलित मन में कैसे विचार उठ रहे थे ?

उत्तर—(i) मीनू के पास हॉस्टल में एक टेलीग्राम आया जिसमें लिखा था कि पिताजी बीमार हैं। जल्दी आ जाओ। यह पढ़कर उसका दिल काँप गया कि आखिर ऐसी क्या बीमारी हुई कि उसे शीघ्र बुलाया है। यदि थोड़ी-बहुत तबियत खराब होती तो उसे शीघ्र बुलाया नहीं जाता। वह अपने घर जाने के लिए बेचैन हो उठी।

(ii) मीनू घर जाने के लिए अपने कपड़े लगाने लगी। उसकी सहेली माया ने उसके उदास चेहरे को देखा तो सोचा कि शायद उसकी तबियत ठीक नहीं है। पर बैग में कपड़े लगाते हुए देखा तो पूछा कि कहाँ जा रही हो। मीनू ने बताया कि उसके पिताजी बीमार हैं अत: वह मीरापुर जा रही है। माया ने उसे समझाया कि अब तो रात होने वाली है। इतनी रात में अकेले जाना उचित नहीं होगा और फिर रास्ता भी खराब है। कल सुबह चली जाना। मीनू ने खिड़की खोलकर देखा तो बाहर अँधेरा था इसलिए उसने सुबह जाना ही उचित समझा।

(iii) रात में मीनू पिताजी की बीमारी की चिन्ता में बेचैन रही। सोचने लगी कि किस प्रकार उड़कर पिताजी के पास पहुँच जाऊँ। एक परतन्त्र पक्षी के समान अपनी स्थिति जानकर उसकी आँखों में आँसू छलक आये। रातभर वह बेचैनी में करवट बदलती रही। अनेक अच्छे-बुरे विचार उसके मस्तिष्क में आते रहे। जिससे उसका मन और अधिक बेचैन हो उठता। उसे इन्तजार था प्रात:काल का जिससे कि वह जल्दी-से-जल्दी अपने घर पहुँच सके।

(iv) पिताजी की सेवा में आशा, रोहित और माँ तीनों ही लगे हुए थे। उनकी यह हालत देखकर माँ बहुत विचलित हो उठी थीं। जब उन्हें मीनू और आशा का खयाल आता तो उनका मन बहुत दु:खी हो जाता। वह सोचने लगतीं कि यदि पिताजी को कुछ हो गया तो कौन करेगा इनकी शादी ? ऐसे अनेक विचार माँ के मस्तिष्क में आकर उसे और दु:खी कर जाते। घर में सब मीनू के आने की प्रतिक्षा कर रहे थे।

एकांकी संचय

Question 14.

Read the extract given below and answer in Hindi the questions that follow :

निम्नलिखित गद्यांश को पढ़िए और उसके नीचे लिखे प्रश्नों के उत्तर हिन्दी में लिखिए:

''अतुल ! इसीलिए मैं कहती हूँ, तू एक बार मुझे उनके पास ले चल। वह निर्मम है, पर मैं माँ हूँ। मुझे निर्मम नहीं होना चाहिए। मैं उसके पास चलूँगी।''

—'संस्कार और भावना'—

लेखक—विष्णु प्रभाकर

(i) माँ का हृदय परिवर्तन कैसे हुआ ?

(ii) अतुल ने चलने से पहले माँ से क्या कहा ?

(iii) माँ की कौन-सी बात सुनकर अतुल प्रसन्न हो गया ?

(iv) अन्त में उमा ने क्या कहा ?

उत्तर—(i) माँ अपने बड़े बेटे अविनाश से नाराज थी, क्योंकि उसने एक विजातीय बंगाली लड़की से शादी कर ली थी। माँ को यह स्वीकार नहीं था इसलिए अविनाश उनसे अलग रहता था। माँ को पता चला था कि अविनाश बीमार रहा था और उसकी बहू ने लगन और मेहनत से उसे बचा लिया था। अब अविनाश की बहू बीमार पड़ी है और अविनाश उसे बचा नहीं पायेगा। यह बात जानकर माँ का हृदय परिवर्तन हुआ और उसका मातृत्व तड़प उठा अपने बड़े बेटे और बहू के लिए और कहने लगी कि वह अविनाश की बहू को अपने घर ले आयेगी और उसे बचा लेगी।

(ii) अतुल ने अपने बड़े भाई के पास चलने से पहले अपनी माँ से कहा कि यदि वह उस नीच कुल की विजातीय भाभी को इस घर में नहीं ला सकी तो वहाँ जाने से कोई लाभ नहीं होगा। माँ के स्वीकारात्मक संकेत से अतुल को प्रसन्नता हुई और उसने तुरन्त ताँगा लाने को रामसिंह से कहा।

(iii) माँ द्वारा मन से अविनाश को और उसकी बहू को अपनाने की बात जानकर अतुल प्रसन्न हो गया। अतुल और उसकी बहू उमा तो पहले से ही चाहते थे कि अविनाश और माँ के बिगड़े हुए सम्बन्ध फिर से ठीक हो जायें और माँ अविनाश को अपने घर में बुलाकर और मनमुटाव भुलाकर अपना लें।

(iv) इस समय वातावरण में शान्ति और स्निग्धता है। सहसा उमा को पुस्तक के वाक्य याद आते हैं और धीरे-धीरे फुसफुसाती है ''जिन बातों का हम प्राण देकर भी विरोध करने को तैयार रहते हैं एक समय आता है, जब चाहे किसी कारण से भी हो, हम उन्हीं बातों को स्वीकार कर लेते हैं।''

Question 15.

Read the extract given below and answer in Hindi the questions that follow :

निम्नलिखित गद्यांश को पढ़िए और उसके नीचे लिखे प्रश्नों के उत्तर हिन्दी में लिखिए:

''निश्चय ही इन वीरों की जन्मभूमि के प्रति आदरभाव सराहनीय है। यह मैं जानता हूँ कि इन लोगों के प्राणों की रक्षा करने का कोई उपाय नहीं।''

—'मातृभूमि का मान'—

लेखक—हरिकृष्ण 'प्रेमी'

(i) यहाँ वक्ता कौन है और किससे यह कथन कह रहा है ? किन लोगों की रक्षा की बात की जा रही है ?

(ii) उन लोगों के प्राणों की रक्षा का उपाय क्यों नहीं है ? वक्ता ने उनके बारे में क्या कहा ?

(iii) वक्ता को अपनी 'विजय' पर क्यों दु:ख हुआ ?

(iv) चारणी ने व्यंग्य भरे शब्दों में वक्ता से क्या कहा ?

उत्तर—(i) यहाँ वक्ता मेवाड़ के शासक महाराणा लाखा हैं और उन्होंने यह कथन अपने सेनापति अभयसिंह से कहा है। नकली दुर्ग के अन्दर उसकी रक्षा में बूँदी के रहने वाले वीरसिंह आदि सैनिकों की रक्षा के सन्दर्भ में यह कथन कहा गया है। ये लोग यद्यपि महाराणा की नौकरी में थे और बूँदी के रहने वाले थे। ये सैनिक नकली लड़ाई न लड़कर असली लड़ाई लड़ रहे थे।

(ii) महाराणा की प्रतिज्ञा पूरी करने के लिए बूँदी का नकली दुर्ग बनाया गया था और दोनों ओर के सैनिकों को नकली युद्ध ही करना था पर दुर्ग के अन्दर जो राणा के सैनिक थे उन्होंने बूँदी की रक्षा का वचन लिया और असली लड़ाई लड़ने लगे। इसलिए राणा ने कहा कि अब उनकी रक्षा का कोई उपाय नहीं है। इतने बहुमूल्य प्राण देकर भी उन्हें अपनी प्रतिज्ञा पूरी करनी पड़ेगी। उन्होंने कहा कि कितनी बहादुरी से वीरसिंह लड़ रहा है और उनके सैनिकों की टोली को आगे बढ़ने से रोके हुए है। वह दुर्ग की दरार में खड़ा होकर बाण वर्षा कर रहा था।

(iii) बूँदी का नकली दुर्ग जीत तो लिया गया, लेकिन अपने वीर सैनिकों को खोने का महाराणा को बड़ा दु:ख हुआ। उन्होंने माना कि इस विजय में उनकी सबसे बड़ी पराजय हुई है। व्यर्थ के दंभ ने आज कितने ही निर्दोष प्राणों की बलि ले ली।

(iv) चारणी ने आकर व्यंग्य पूर्ण शब्दों में महाराणा लाखा से कहा कि अब तो उनको शान्ति मिल गई होगी और उनके सिर का कलंक का टीका धुल गया होगा। देखिए बूँदी के दुर्ग पर मेवाड़ के सेनापति विजय-पताका फहरा रहे हैं और मेवाड़ की सेना में विजय-दुंदभि बज रही है। चारण के शब्द सुनकर पश्चात्ताप करते हुए महाराणा को और अधिक दु:ख हुआ।

Question 16.

Read the extract given below and answer in Hindi the questions that follow :

निम्नलिखित गद्यांश को पढ़िए और उसके नीचे लिखे प्रश्नों के उत्तर हिन्दी में लिखिए:

''मुझे कर्मचन्द से अभी पता चला है कि तुम्हारी बहू को रजाई के अबरे और मलमल का थान पसन्द नहीं आये।''

—'सूखी डाली'—

लेखक—उपेन्द्र नाथ 'अश्क'

(i) यहाँ कौन किससे बात कर रहा है ? आगे वक्ता ने क्या कहा ?

(ii) श्रोता (सुनने वाले) ने किस बात पर लज्जा प्रकट की तो वक्ता ने उससे क्या कहा ?

(iii) श्रोता ने वक्ता से झिझकते हुए क्या कहा ?

(iv) वक्ता ने उसका क्या उपाय बताया ?

उत्तर—(i) यहाँ दादाजी अपने पोते परेश से बात कर रहे हैं। उन्होंने बताया कि उन्हें कर्मचन्द से पता चला कि उसकी बहू को रजाई के अबरे और मलमल का थान पसन्द नहीं आये। उसके ताऊ ठहरे पुराने जमाने के आदमी वे नये फैशन की चीजें खरीदना क्या जानें। वह छोटी बहू को बाजार ले जाकर अपनी पसन्द की चीजें खरीद लाये।

(ii) परेश दादाजी को यह बताने में लज्जित हो रहा था कि उनके दिये हुए कपड़े उसकी बहू ने धोये नहीं हैं गुसलखाने में ही पड़े हैं। दादाजी ने यह जानकर कि कपड़े नहीं धुले हैं उससे कहा कि यदि कपड़े धुले नहीं हैं तो कोई बात नहीं फिर धुल जायेंगे। यह कोई परेशानी वाली बात थोड़े ही है।

(iii) दादाजी ने परेश को अपने पास बिठा लिया था। वे परेश से बोले कि वे सोचते थे कि अब बहू आ गई है तो इन्दु का दहेज तैयार करने में सहायता देगी। यह सुनकर परेश ने दादाजी से झिझकते हुए कहा कि बेला का इस घर में मन नहीं लगता है।

(iv) यह बात सुनकर दादाजी ने बड़ी अच्छी तरह से उसे समझाया कि इतनी जल्दी मन कैसे लग सकता है। मन लगता नहीं है मन लगाया जाता है। वह बड़े घर से आई है। अपने पिता की इकलौती बेटी है। कभी नाते-रिश्तेदारों में रही नहीं। इस भीड़-भाड़ में वह घबराती होगी। हम सबको मिलकर उसका मन लगाना चाहिए। मन धीरे-धीरे लग जायेगा।

❑❑

MODEL SPECIMEN PAPER–11

SECTION–A

Question 1.

Write a short composition in Hindi of approximately 250 words on any one of the following topics :

निम्नलिखित विषयों में से किसी एक विषय पर हिन्दी में लगभग 250 शब्दों में संक्षिप्त लेख लिखिए—

(i) 'सदाचार के समक्ष धन-सम्पत्ति एवं ऐश्वर्य सब तुच्छ हैं।' इस कथन पर अपने विचार व्यक्त कीजिए।

(ii) 'यदि देश में पुलिस न हो·········।' पर अपने विचार व्यक्त करते हुए आदर्श पुलिस की भूमिका का वर्णन कीजिए।

(iii) संयुक्त परिवार की घटती हुई मान्यता।

(iv) एक कहानी लिखिए जिसका आधार निम्नलिखित कथन हो—

''विनाश काले विपरीत बुद्धि''

(v) अग्रिम दिए गए चित्र को ध्यान से देखिए। इस चित्र को आधार बनाकर यथोचित वर्णन कीजिए। आपने जो लिखा है उसका विषय या तो चित्र हो या आपने इस चित्र को रूपरेखा की तरह प्रयोग किया हो, परन्तु जो कुछ भी आपने लिखा हो उसका स्पष्ट तथा सीधा सम्बन्ध चित्र से ही होना चाहिए।

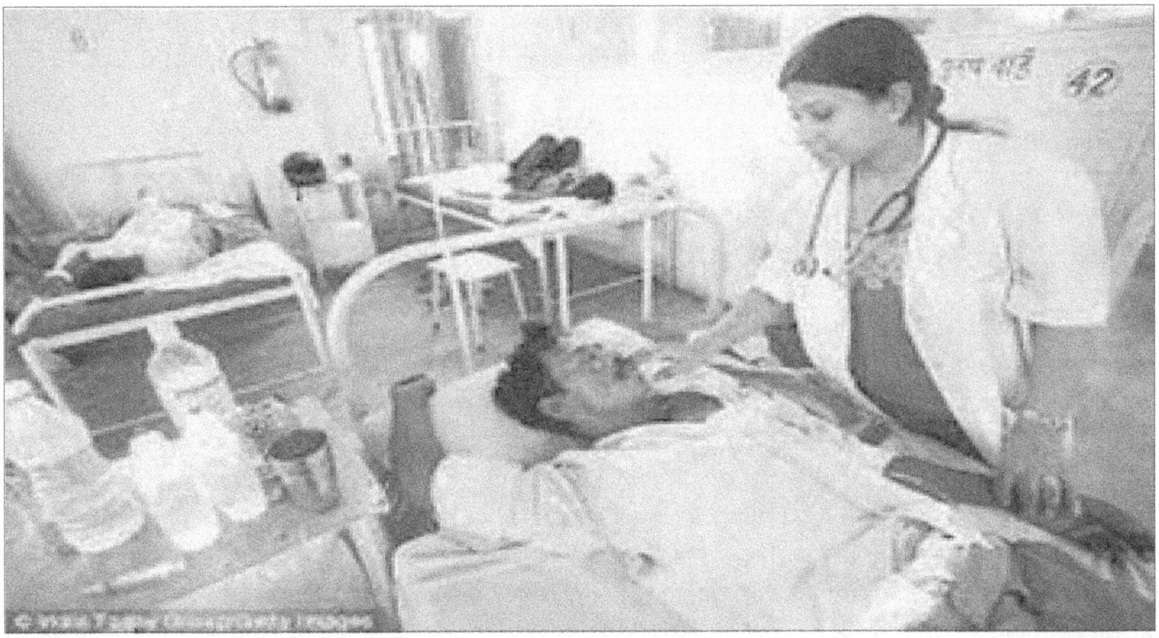

उत्तर— **(i) सदाचार**

सच्चरित्रता या सदाचार ही वस्तुत: जीवन का सार है। संसार की बड़ी से बड़ी सम्पत्ति, महान् साम्राज्य, कोई भी लौकिक वस्तु चाहे वह कितनी ही मूल्यवान हो, चरित्र के सामने उसका कोई भी मूल्य नहीं। धन से श्रेष्ठ स्वास्थ्य है, स्वास्थ्य से भी श्रेष्ठ चरित्र है। अंग्रेजी में एक कहावत है—''धन गया तो कुछ नहीं गया, स्वास्थ्य गया तो कुछ गया और यदि चरित्र गया तो सब कुछ ही नष्ट हो गया।'' सच्चरित्रता के सामने धन और स्वास्थ्य का कोई भी मूल्य नहीं है। चरित्रवान व्यक्ति हर स्थान पर समादरित होता है।

सदाचार अनेक गुणों का मिला-जुला रूप है। सत्य आचरण, श्रेष्ठ व्यवहार, अच्छा चाल-चलन, इन्द्रिय संयम, उदारता, पवित्रता, नम्रता, प्रेम और ईमानदारी इसके अन्तर्गत आते 0होता है जिसका अर्थ है—श्रेष्ठ आचरण। मन, वचन और कर्म से सदाचार का पालन करने वाला व्यक्ति महात्मा होता है और हर स्थान पर पूज्य होता है। विद्वान् की विद्वत्ता, शक्तिशाली की शक्ति, धनी का धन चरित्र से ही शोभित होते हैं। बिना सच्चरित्रता के बल, विद्या और धन का कोई मूल्य नहीं। दुराचारी ब्राह्मण से सदाचारी शूद्र अच्छा होता है। सदाचारी व्यक्ति को इसके लिए कड़ी साधना करनी पड़ती है। विनय ही मनुष्यों का आभूषण है। विनयशील मनुष्य सभी का प्रिय होता है और विनय सदाचार से ही उत्पन्न होती है। सदाचार से विनय के अलावा अन्य गुण जैसे—धैर्य, शिष्टाचार, संयम, आत्मविश्वास तथा निर्भीकता का विकास होता है। हमारे देश की प्रतिष्ठा सदाचार के कारण ही है। भारत में अनेक सदाचारी पुरुषों ने जन्म लिया है जैसे—पुरुषोत्तम राम, आद्य शंकराचार्य, महाराणा प्रताप, शिवाजी, स्वामी विवेकानन्द आदि। इन विभूतियों ने अपने चरित्र से इतिहास के पृष्ठों को उज्ज्वल किया है। इसी प्रकार चैतन्य महाप्रभु, रामकृष्ण परमहंस, स्वामी दयानन्द अपनी सच्चरित्रता के बल पर ही समाज का उद्धार कर सके। जो भी पुरुष महान् हुए हैं वे संयम और सदाचार से ही उन्नति को प्राप्त हुए हैं। सदाचार ही महिमा शास्त्रों में भी वर्णित है जैसे—

आचाराल्लभते ह्यायु राचाराल्लभते श्रियम्।
आचाराल्लभते कीर्तिम् आचार: परमं धनम्॥

अर्थात् सदाचार से आयु बढ़ती है, सदाचार से लक्ष्मी बढ़ती है, सदाचार से कीर्ति बढ़ती है और सदाचार ही सबसे बड़ा धन है। इसलिए सदाचार की सदा रक्षा करनी चाहिए। सदाचार के बिना मनुष्य के पास कुछ नहीं बचता। सदाचार से ही सम्मान प्राप्त होता है। सदाचारी संन्यासी सदाचारी मनुष्य और सदाचारी विद्यार्थी हर स्थान पर आदरणीय होता है।

सदाचार से ही अधार्मिकता मिटती है। देश में जो आज संकट की स्थिति बनी हुई है वह सदाचार के अभाव में ही है। लोग सदाचार का पाठ भूल गए हैं। भारतवासी दिव्य आर्यों की सन्तान हैं। उनका लक्ष्य देश, धर्म और समाज को उन्नत करना था। बड़े-बड़े ऋषियों ने समाज को सद्‌गुणों से अवगत कराया और मनुष्यों के चरित्र को ऊपर उठाया। आज सभी की यह अभिलाषा है कि हमारा देश उन्नति के पथ पर अग्रसर होता रहे। यह तभी सम्भव है जब सभी भारतवासी सच्चरित्र बनें, सहृदयता लाएँ, समानभाव से एक दूसरे से मिलें और धार्मिक सद्‌भाव रखें। हम ऐसे कार्य करें कि देश को हम पर गर्व हो।

अत: यह कहना उचित है कि सदाचार के समक्ष धन-सम्पत्ति एवं ऐश्वर्य सब तुच्छ हैं।

(ii) यदि देश में पुलिस न हो

आधुनिक वातावरण में पुलिस के बिना किसी राज्य की कल्पना नहीं की जा सकती। बिना पुलिस के जंगल कानून ही सर्वत्र लागू हो जायेगा। भय नाम की कोई चीज नहीं रहेगी। अत: हम कह सकते हैं कि पुलिस की भूमिका अहम् है। पुलिस के बिना अपराध व आतंकवाद रेगिस्तान की तरह आगे बढ़ते हैं। चोरी, डकैती व अन्य अपराध पुलिस के सामने निरन्तर कम होते जा रहे हैं। पुलिस अपने कर्त्तव्य पालन के कारण सबकी प्रिय होती जा रही है। अपराधियों के लिए कठोर व्यवहार अपनाने वाली पुलिस सज्जन से सज्जनता का व्यवहार करती है।

हमारे वर्तमान जीवन में पुलिस का बड़ा महत्त्व है। देश और समाज की सुरक्षा और शान्ति के लिए पुलिस की सेवाएँ आवश्यक ही नहीं, अनिवार्य भी हैं। इस दशा में पुलिस के अभाव की कल्पना विचित्र एवं असंगत-सी अवश्य लगती है।

पुलिस रास्तों पर यातायात का नियन्त्रण करती है। उसी के संकेत के अनुसार टैक्सियाँ, मोटरें, बसें, ट्रक, मालगाड़ियाँ आदि चलती या रुकती हैं, पुलिस के प्रबन्ध के कारण ही लोग सरलता से रास्ता पार कर सकते हैं और दुर्घटना से बच सकते हैं। अगर पुलिस न होती तो शहरों में वाहन व्यवहार पर कोई नियन्त्रण ही न रहता। जल्दबाजी में रोज न जाने कितनी दुर्घटनाएँ होतीं और कितने लोग उनका शिकार हो जाते।

पुलिस लोगों के जान-माल की रक्षा करती है। आजकल चोर, डाकू, शराबी, जुआरी, आदि की कमी नहीं है। इन समाज विरोधी तत्त्वों से लोगों को बचाना पुलिस का फर्ज है। जो लोग कायदे-कानूनों का उल्लंघन करते हैं उन्हें पुलिस पकड़ती है। अगर पुलिस न होती तो चोर-उचक्कों का ही राज हो जाता। फिर तो शराब की बोतलों की धूम मच जाती। पुलिस के न रहने पर डाकू दिन-रात लोगों, घरों, दुकानों और बैंकों को लूटते रहते। लोग बात-बात में हत्या पर उतारू हो जाते। इस प्रकार पुलिस के न रहने से समाज में बड़ी अव्यवस्था फैल जाती, जिससे भले आदमियों के लिए जीना भी मुश्किल हो जाता।

बड़े-बड़े जुलूस, सभा या मेलों के समय पुलिस की सेवाएँ विशेष रूप से प्राप्त होती हैं। दुर्घटनाओं में भी पुलिस लोगों की बड़ी सहायता करती है। साधारण लड़ाई-झगड़ों को निपटाने का काम भी पुलिस ही करती है। पुलिस की इन सेवाओं से हमारा जीवन अधिक सुरक्षित और शान्तिमय बना रहता है। अगर पुलिस न होती तो समाज को पलभर के लिए भी सुख चैन नसीब नहीं होता।

पुलिस के अभाव का एक लाभदायक पहलू भी है। यदि पुलिस न होती तो उस पर खर्च होने वाले देश के लाखों रुपये बच जाते। तब वे रुपये सार्वजनिक कार्यों के लिए खर्च हो पाते। सदा चोर-डाकुओं का भय बना रहने के कारण लोग अधिक सावधान रहते, बहादुर बनते और अपने जान-माल की रक्षा के उपाय स्वयं करते।

लेकिन इन थोड़े से लाभों से पुलिस का महत्त्व घटता नहीं। अब भी मनुष्य की पशुता का पूरा नाश नहीं हुआ है। इस परिस्थिति में अगर पुलिस न होती तो हमारा व्यक्तिगत और सामाजिक जीवन अशान्त और असुरक्षित बन जाता। फिर तो हम कभी चैन की साँस न ले पाते। सच तो यह है कि पुलिस हमारे जीवन का अंग बन गई है। उसके अभाव या अनुपस्थिति की कल्पना ही नहीं कर सकते।

(iii) संयुक्त परिवार की घटती हुई मान्यता

आधुनिक युग में संयुक्त परिवार अपनी उपयोगिता खोता जा रहा है। या यों कहें कि आजकल संयुक्त परिवार का महत्त्व कम हो गया है और एकल परिवार का प्रचलन बढ़ गया है। एकल परिवार का प्रचलन पश्चिमी देशों से ही प्रारम्भ हुआ। वहाँ पर कार्य की अधिकता के कारण संयुक्त परिवार नहीं चल पाता है। बढ़ते हुए फैशन ने भी संयुक्त परिवार को कम करना शुरू कर दिया है। आज के नौजवानों की संकुचित सोच भी किसी हद तक इसके लिए जिम्मेदार है। वे अपना परिवर छोटा रखना चाहते हैं। अपनी जिम्मेदारियों के बोझ से बचने के लिए भी संयुक्त परिवार की प्रथा कम होती जा रही है। विदेशों में नौकरी लगने या दूसरे शहर में नौकरी लगने से भी संयुक्त परिवार विभाजित हो जाता है। संयुक्त परिवार ही आदर्श परिवार होता है।

प्राचीन काल में संयुक्त परिवार ही आदर्श रूप में माना जाता था। बच्चों में अच्छे संस्कार परिवार के बुजुर्ग मुखिया से ही प्राप्त होते थे। उनके अनुभव सन्तान के काम आते थे। संयुक्त परिवार में रहने से कोई भी व्यक्ति स्वेच्छाचारी नहीं हो पाता था। सभी को परिवार के लिए बनाए गए नियमों को मानना पड़ता था। घर के मुखिया की राय ही सर्वोपरि होती थी। अनुशासन का पाठ संयुक्त परिवार में ही सीखा जा सकता है। इसके अलावा कमाने वाले व्यक्ति को परिवार के बड़े-बूढ़ों और अन्य सदस्यों की देखभाल का ध्यान रखना पड़ता था। गुरुकुल भी

संयुक्त परिवार की प्रणाली का ही रूप होते थे जिसमें छात्र गुरुकुल में रहकर गुरु से शिक्षा प्राप्त करते थे और सभी मिलजुलकर काम करते थे और प्रेम से रहते थे। संयुक्त परिवार में लोग एक दूसरे के दु:ख-सुख में सम्मिलित होते हैं। किसी व्यक्ति की अनुपस्थिति में कोई काम रुकता नहीं हैं। उदाहरण के तौर पर पाण्डव संयुक्त परिवार में ही रहते थे और दु:ख-सुख में सहभागी थे। जब मनुष्य वृद्ध हो जाता है तो उसे अपने बेटे या बेटी की सहायता की आवश्यकता होती है। वह सहायता संयुक्त परिवार में ही सम्भव है एकल परिवार में नहीं। एकल परिवार में व्यक्ति मँहगाई और खर्चे की दुहाई देकर वृद्धों की जिम्मेदारी से बचने की कोशिश करता है। वह माता-पिता की देखभाल का उत्तरदायित्व दूसरे भाइयों पर डालना चाहता है। कभी-कभी तो ऐसा होता है कि कई लड़के होने के बावजूद भी कोई भी उनकी सहायता नहीं करता। विदेशों में तो एकल परिवार का ही बोलवाला है, इसलिए वहाँ वृद्धाश्रम बना दिए गए हैं जहाँ वृद्ध माता-पिता रहते हैं और औपचारिकता निभाने के लिए उनके बेटे-बेटी एक दो हफ्ते बाद मिल आते हैं। अत: वे वृद्धजन अपने बच्चों के प्रेम से प्रथक रहते हैं। भारत में भी कहीं-कहीं वृद्धाश्रम बना दिए गए हैं, लेकिन अभी गनीमत है कि माता-पिता को वहाँ रहने के लिए बाध्य नहीं किया जाता है। यदि वे अपनी मर्जी से वहाँ रहना चाहें तो सन्तान को भी कोई ऐतराज नहीं होता।

भारत के ग्रामों में तो अभी भी संयुक्त परिवार प्रथा द्रष्टव्य है। एक ही घर में माता-पिता, दादा-दादी, भाई-बहन, चाचा और बुआ आदि रहते हैं। घर की आमदनी एक जगह इकट्‌ठी होती है और उसी से सम्पूर्ण परिवार का खर्चा चलता है और भविष्य के लिए कुछ बचत भी हो जाती है। परिवार के सदस्यों के कार्य बँटे हुए होते हैं। कर्ज आदि की जिम्मेदारी सभी की होती है। बड़े व्यक्ति की बात का आदर किया जाता है। एक दूसरे के प्रति सभी अपने-अपने उत्तरदायित्व का पालन करते हैं। बच्चों में अच्छे संस्कार प्रस्थापित होते हैं। पहले यदि कोई व्यक्ति परिवार से अलग होना चाहता था तो उसे बुरा समझा जाता था और उस व्यक्ति को समाज तिरस्कृत दृष्टि से देखता था। तब उस व्यक्ति को स्वयं ही अपने स्वार्थ का अहसास होता था और परिस्थितिवश वह फिर से परिवार में जुड़जाने का प्रयत्न करता था। लेकिन आधुनिक समय में स्वार्थवश नौजवान लोग एकल परिवार में रहना पसंद करते हैं। ऐसे में उन पर अनुशासन लागू नहीं होताा और फैशन के बदलते परिवेश में आमदनी से अधिक खर्चा हो जाता है। बाद में उन्हें कर्ज लेना पड़ता है। ऐसी स्थिति संयुक्त परिवार में नहीं आने पाती। बच्चों की हारी-बीमारी में दादी के घरेलू नुस्खे काम आ जाते हैं। विदेशी संस्कृति में और भारतीय संस्कृति में काफी फर्क है। विदेशों में तो एकल परिवार की ही मान्यता है क्योंकि वे अपनी स्वतन्त्रता को अधिक महत्त्व देते हैं। वे किसी बन्धन में नहीं रहना चाहते। उनके बच्चे भी स्वतन्त्र प्रकृति के होते हैं और स्वतन्त्र जीवन में ही अपना वर्चस्व समझते हैं। उनके लिए तो संयुक्त परिवार एक बोझा ही की तरह है और उनके मतानुसार उनके विकास में बाधक हो सकता है। ये नहीं है कि वे अपने माता-पिता को न चाहते हों। वे भी उनसे प्यार करते हैं और उनका खर्च उठाते हैं, लेकिन रहते अलग हैं।

भारत में संयुक्त परिवार प्रणाली ही प्राचीन काल से चली आ रही है। इस प्रणाली के लोगों से सभी परिचित हैं। यद्यपि भौतिकवाद की चकाचौंध में संयुक्त परिवार का महत्त्व दृश्यहीन हो रहा है। फिर भी अधिकतर लोग संयुक्त परिवार में ही रहते हैं। एकल परिवार में तो लोग तभी रहते हैं, जब नौकरी के लिए घर से दूर जाना हो। ऐसे में घर से उनका सम्पर्क बना रहता है। ऐसे लोग अपने परिवार के दु:ख-सुख में सम्मिलित होते हैं और आर्थिक रूप से सहायता भी करते हैं। अत: हम कह सकते हैं कि आज के बदलते युग में भी संयुक्त परिवार की मान्यता सशक्त रूप से उभरकर सामने आती है और उसके महत्त्व को प्रधानता दी जाती है।

(iv) ''विनाशकाले विपरीत बुद्धि''

पुराने समय में अरब देश में एक व्यापारी रहता था। वह बड़ा ही परिश्रमी था। अपने परिश्रम के कारण वह एक धनी व्यापारी बन गया। सुल्तान नाम का उसका एक बेटा था। सुल्तान अपने पिता की सम्पत्ति का पूरा-पूरा उपभोग कर रहा था। कुछ दिन बाद उसके पिता का देहान्त हो गया और सुल्तान पिता की पूरी सम्पत्ति का मालिक बन गया। अनपढ़ होने के कारण वह अपने पिता की सम्पत्ति का सदुपयोग नहीं कर सका। वह बैठे-बैठे उस धन को खर्च करने लगा। कमाई के साधनों का अभाव और अपव्यय के कारण कुछ ही दिनों में वह गरीब हो गया। पिता की कमाई के सौ ऊँट ही उसके पास शेष रहे।

सुल्तान ने अब ऊँटों को बेचने की बात सोची। मित्रों ने बहुत समझाया कि जब तक तुम स्वयं नहीं कमाओगे तब तक आराम की जिन्दगी नहीं जी सकते लेकिन सुल्तान पर इस सुझाव का कोई प्रभाव नहीं पड़ा। वह ऊँट लेकर मेले में चल दिया। रास्ते में उसे एक साधु मिला जो उदार और परोपकारी था। साधु ने सुल्तान के चेहरे से पहचान लिया कि यह अमीर बाप का बेटा है। साधु ने उससे ऊँटों के बारे में पूछा। सुल्तान ने बताया कि वह उन्हें बेचकर कुछ दिन आराम से रहेगा। साधु ने उससे कहा कि मैं तुम्हें पैसा कमाने की तरकीब बताता हूँ। इस तरकीब से जो भी पैसा कमाया जाएगा उसे हम दोनों आधा-आधा बाँट लेंगे। सुल्तान ने साधु की बात मान ली तो साधु ने धन कमाने का भेद बताया—''वे देखो, सामने पहाड़ी है। उसके पास सोने की बहुत बड़ी खान है। चलो, वहाँ चलें और सोना ऊँट पर लादकर ले आएँ।'' दोनों पहाड़ी के समीप पहुँचे। साधु ने जमीन खोदकर सोना निकाला और ऊँट पर लाद दिया। इस प्रकार ऊँटों पर सोना लादकर नगर की ओर चल दिए। रास्ते में दोनों ने पचास-पचास ऊँट बाँट लिए।

चलते-चलते सुल्तान के मन में लालच आया। उसकी नीयत खराब हो गई और साधु से बोला, ''महाराज ! मैं गृहस्थ हूँ। आप बड़े दयालु तथा सोने-चाँदी से मोह न करने वाले हैं। आप इन सोने के ऊँटों का क्या करेंगे ? यदि आप मुझे दस ऊँट और दे दें तो मेरा रोम-रोम आपको दुआएँ देगा।''

साधु ने सुल्तान की बात मान ली। किन्तु सुल्तान का लालच समाप्त नहीं हुआ। वह कई बार साधु के पास गया और अनुनय-विनय करके सभी ऊँट ले आया। अन्त में साधु ने सुल्तान को एक पुड़िया दी। यह पुड़िया उसे सोने के साथ ही मिली थी। साधु ने बताया कि इस पुड़िया में एक चीज है यदि उसका लेप तुम बायीं आँख पर करोगे तो तुम अपनी कोई भी इच्छा पूरी कर सकते हो और यदि इसका लेप दायीं आँख पर करोगे तो तुम अन्धे हो जाओगे।

सुल्तान ने अनेक बार, उस पुड़िया का बायीं आँख पर लेप करके अपनी मनोकामना पूरी की। किन्तु जब मनुष्य का विनाश होने को होता है तो उसकी बुद्धि उल्टे काम करने लगती है। सुल्तान ने मन में सोचा कि मैं इसका लेप दायीं आँख में लगाकर देखूँ कि क्या प्रभाव पड़ता है।

जैसे ही उसने पुड़िया का लेप दायीं आँख में किया वह तुरन्त अन्धा हो गया। उसके ऊँट भी उसके हाथ से निकल गए। दर-दर ठोकर खाता हुआ वह अपने घर लौटा और दु:खी जीवन बिताने लगा। किसी ने सच ही कहा है—''विनाशकाले विपरीत बुद्धि।''

(v) चित्र प्रस्ताव

अस्पताल वह भवन है जहाँ हर बीमारी के मरीज अपना इलाज कराते हैं। सरकार इसका भार वहन करती है और हर योग्यता वाले चिकित्सक सेवा करते हैं। आजकल नर्सिंग होमों का प्रचलन बहुत अधिक हो गया है, लेकिन इससे अस्पतालों की उपयोगिता कम नहीं हो जाती। गरीब लोग तो अभी भी अस्पतालों में जाकर अपना इलाज कराते हैं या लम्बे इलाज के लिए भर्ती हो जाते हैं। यह चित्र अस्पताल के एक कक्ष का प्रदर्शन करता है जिसमें दो पलंग दिखाई दे रहे हैं। यह चित्र अस्पताल में एक कक्षा का प्रदर्शन करता है। एक पलंग पर दो औरतें बैठी हैं जिनकी एक-एक आँख का ऑपरेशन हुआ है। एक औरत हरी धोती पहने है और दूसरी औरत पीली-सी धोती पहने हुए है। इस अस्पताल में इनके मोतियाबिन्द का ऑपरेशन सीनियर डॉक्टर ने किया है। अस्पताल के नेत्र-विभाग में आँखों के ऑपरेशन के साथ-साथ आँखों का प्रत्यारोपण भी किया जाता है। जो लोग नेत्र दान करते हैं उनको नेत्र-हीन लोगों को प्रत्यार्पण कर दिया जाता है। इन मरीज स्त्रियों के पास जो तीन लोग खड़े हैं वे सीनियर डॉक्टर हैं। ये अपने मरीजों को देखने आए हैं। इस चित्र में दो आदमी और तीन औरतें खड़ी हैं वे इन मरीजों के रिश्तेदार हैं जो इनसे मिलने आए हैं। एक औरत की गोद में छोटा बच्चा है।

कुछ दवाइयाँ तो अस्पताल से मिल जाती हैं बाकी दवाइयाँ बाजार से खरीदनी पड़ती हैं। मरीजों से मिलने का समय शाम 4 से 6 बजे तक का होता है। वे लोग अपने साथ फल, दूध, चाय और शाम का खाना लेकर आते हैं। अस्पताल में सबसे बड़ी सुविधा तो यह है विशेष डॉक्टर यहाँ उपलब्ध रहते हैं। उन्हीं के निर्देश पर जूनियर डॉक्टर और नर्स कार्य करते हैं। हर प्रकार के इलाज की सुविधा होती है। साधन-हीन मनुष्यों के लिए तो अस्पताल ही एकमात्र सहारा है। आजकल सरकार का ध्यान अस्पतालों की ओर गया है। आधुनिक मशीनें और दवाइयाँ हर अस्पताल में होनी चाहिए। गरीब लोगों को तभी कुछ राहत मिलेगी। दो चार दिनों में इन दोनों को छुट्टी मिल जाएगी और एक हफ्ते की दवा का पर्चा मिल जाएगा। हो सकता है डॉक्टर आठ दिन बाद पुन: परीक्षण के लिए बुलाए। जो भी हो अभी भी अस्पताल गरीबों की सेवा कर रहे हैं। नर्सिंग होम तो सिर्फ पैसे वालों के लिए बने हैं। अस्पतालों की अत्यन्त आवश्यकता है। शहरों के साथ-साथ गाँवों में भी अस्पतालों की नितान्त आवश्यकता है। सरकार को चाहिए कि तीन-चार गाँवों के लिए किसी एक स्थान पर अस्पताल अवश्य खोले ताकि किसानों को राहत मिले।

Question 2.

Write a letter in Hindi in approximately 120 words on any one of the following topics :

निम्नलिखित में से किसी एक विषय पर हिन्दी में लगभग 120 शब्दों में पत्र लिखिए—

(i) अपने पिताजी को पत्र लिखकर वन-विहार या किसी बाँध को देखने जाने की अनुमति प्राप्त कीजिए।

(ii) आपने अपने घर पर दूरभाष लगवाने के लिए प्रार्थना-पत्र दिया था। दूरभाष विभाग के अध्यक्ष को पत्र लिखकर अपनी आवश्यकता बताते हुए शीघ्रातिशीघ्र दूरभाष लगवाने की प्रार्थना कीजिए।

उत्तर—(i) हैरो पब्लिक स्कूल,
मुरादाबाद।
दिनांक : 10.05.2008

पूज्य पिताजी,

सादर चरण स्पर्श।

आपका प्यार भरा पत्र मिला, पढ़कर बेहद खुशी हुई। मुझे प्रसन्नता है कि आप हर हफ्ते पत्र लिख देते हो। बड़े भाई ने तो कई हफ्तों से कोई पत्र नहीं लिखा है। मेरी पढ़ाई अच्छी तरह से चल रही है। अगले महीने परीक्षा होगी।

हमारे विद्यालय में फरवरी में एक-दो दिन के लिये दसवीं कक्षा के छात्र वन-विहार या किसी बाँध को देखने के लिए जाते हैं। इस वर्ष मेरी कक्षा नरोरा बाँध को देखने के लिए जा रही है। हमारे प्रधानाध्यापक ने वहाँ के अधीक्षण अभियन्ता से सम्पर्क कर एक रात वहाँ रुकने और एक दिन बाँध का निरीक्षण करने के लिए कह दिया है। हमारे साथ दो अध्यापक जाएँगे। बाँध की जानकारी हमें वहाँ के एक कुशल अभियन्ता द्वारा दी जायेगी। इस बहाने हमें गंगा स्नान भी मिल जाएगा। इसके लिए हर छात्र को 200 रुपये जमा करने हैं। पहले तो मुझे आपसे वहाँ जाने के लिये आज्ञा चाहिए। यदि आप हाँ कहते हैं तो फिर मैं जाने की तैयारी करूँ और कक्षा अध्यापक को अपना नाम दे दूँ। यदि मैं वहाँ जाता हूँ तो इस माह की फीस के साथ 200 रुपये जमा करने पड़ेंगे।

माताजी एवं बड़े भाई को चरण स्पर्श।

पत्र की प्रतीक्षा में,

आपका पुत्र,

संजय

कक्षा 10-अ

श्री गौरीशंकर जी,

3/164, विद्यानगर,

अलीगढ़।

(ii) 19 ए, कमला नगर,

आगरा।

दिनांक : 15.03.2008

सेवा में,

श्रीमान् अध्यक्ष महोदय

दूरभाष विभाग,

आगरा।

विषय—शीघ्रातिशीघ्र दूरभाष लगवाने हेतु प्रार्थना-पत्र।

श्रीमान्

निवेदन है कि मैंने गत वर्ष अपने मकान में दूरभाष लगवाने के लिए आवश्यक शुल्क जमा करके आवेदन-पत्र भरा था। कई बार मैंने अधिकारियों से बात की, लेकिन उत्तर यही मिला कि मेरी तरफ जमीन के नीचे तार डाले जा रहे हैं जब काम पूरा हो जायेगा तो लग जायेगा। मुझे कोई निश्चित उत्तर नहीं मिला है।

मैं कपड़े का व्यापारी हूँ। शहर के बाहर भी मेरा काम है। अत: दूरभाष से सम्पर्क करने में मुझे आसानी होगी। समय और आने-जाने में जो धन खर्च होता है वह भी बचेगा। देश से बाहर भी मैं अपना दूसरा काम खोलना चाहता हूँ। दूरभाष के अभाव में, मैं अन्य व्यापारियों से सम्पर्क नहीं कर पाता और अनेक आवश्यक सूचनाओं से वंचित रह जाता हूँ। इसका सीधा असर मेरे व्यापार पर पड़ता है।

मुझे आशा है कि आप मेरी आवश्यकता और समस्या को अवश्य समझेंगे और मेरा कार्य शीघ्रातिशीघ्र कराने की कृपा करेंगे।

सधन्यवाद।

भवदीय

राजीव जैन

Question 3.

Read the passage given below and answer in Hindi the questions that follow using your own language as far as possible :

निम्नलिखित गद्यांश को ध्यानपूर्वक पढ़िए और उसके नीचे लिखे गए प्रश्नों के उत्तर हिन्दी में लिखिए। उत्तर यथासम्भव अपने शब्दों में होने चाहिए।

भारत के स्वातन्त्र्य-युद्ध में जिन हुतात्माओं ने अपने जीवन तक की सहर्ष आहुति दे दी उनमें एक प्रमुख नाम है श्री चन्द्रशेखर आजाद। किसी विशाल एवं **भव्य** प्रासाद या दुर्ग की नींव में डाले गए शिला-खण्ड की भाँति आजाद ने अपनी मातृभूमि की स्वाधीनता प्राप्ति के लिये अपने प्राणों का **उत्सर्ग** किया। आजाद को अद्वितीय लोकप्रियता मिली और इसका प्रमुख कारण था उनकी रोमांचकारी मृत्यु तथा उनका दृढ़ चरित्र-बल। उन्होंने पाषाण की भाँति चूर-चूर होना स्वीकार किया किन्तु झुके नहीं। उन्होंने अपने नाम को सर्वरूपेण **सार्थक** किया और आजीवन 'आजाद' ही रहे। अपने आदर्शों पर मर मिटने की उन्हें सच्ची लगन थी। निम्नलिखित घटना उनके स्वभाव की इस विशेषता पर पर्याप्त प्रकाश डालती है।

एक बार आजाद के क्रान्तिकारी दल की गतिविधियाँ धनाभाव के कारण ठप्प-सी हो गयीं, किन्तु पैसा आए तो कहाँ से ? यह उस समय की बात है जब विदेशी शासन के विरुद्ध किसी भी सहायता करने वाले अस्तित्व को मिट्टी में मिला दिया जाता था। निदान आजाद और उनके साथी श्री रामप्रसाद बिस्मिल आदि ने किसी धनी के घर डाका डालकर धन जुटाने का सामयिक निर्णय किया। दल का एक सर्वमान्य सिद्धान्त था कि महिलाओं पर हाथ न उठाया जाय। आजाद को घर के भीतर रहने का आदेश दिया गया और श्री मन्मथ नाथ गुप्त को उनकी सहायता के लिये नियुक्त किया गया। दोनों के हाथों में भरी हुई रिवाल्वरें थीं। धनी के घर की स्त्रियाँ समूह बनाकर दोनों पर टूट पड़ीं, परन्तु दल के अनुशासन एवं अपनी सिद्धान्त-प्रियता के कारण तथा अपनी प्रतिज्ञा के विरुद्ध वे उन पर हाथ भी न उठा सके। जबानी डाँट-डपट से तो काम चल ही नहीं सकता था। परिणाम यह हुआ कि उन स्त्रियों ने इन दोनों सज्जनों की खूब मरम्मत की। यहाँ तक कि आजाद की रिवाल्वर तक इनसे छीन ली गयी। उसी समय दल के नेता ने कूच करने का आदेश दे दिया और सब भाग खड़े हुए। आजाद को यह बात

सर्वदा अखरती रही कि एक स्त्री उनकी भरी हुई रिवाल्वर छीनकर ले गयी, परन्तु प्रतिज्ञा के **पाश** में बद्ध होने के कारण वे तब कुछ भी नहीं कर सकते थे।

(i) 'शिला-खण्ड' का अर्थ लिखिए और बताइए कि इस तुलना के माध्यम से क्या कहा गया है ?

(ii) 'सामयिक निर्णय' का अर्थ समझाइए और बताइए कि यह किसने किया और क्यों ?

(iii) कौन-सी 'महिलाएँ' किस पर टूट पड़ीं और कब ?

(iv) दोनों 'सज्जन' महिलाओं पर हाथ क्यों नहीं उठा सके ?

(v) आजाद को क्या 'अखरता' रहा और क्यों ?

उत्तर—(i) शिला-खण्ड का तात्पर्य है पत्थर का टुकड़ा। जिस प्रकार विशाल भवन की आधार शिला उसकी नींव में पड़े हुए प्रस्तर-खण्ड होते हैं जिन पर कि वह भवन खड़ा रहता है, उसी प्रकार चन्द्रशेखर आजाद बलिदान देकर स्वतन्त्रता रूपी भवन की नींव के पत्थर बन गए। नींव के पत्थरों के बिना भवन खड़ा ही नहीं हो सकता। अत: नींव के पत्थर अति महत्त्वपूर्ण स्थान रखते हैं।

(ii) सामयिक निर्णय का अर्थ है—समय के अनुसार निर्णय लेना। धनाभाव के कारण क्रान्तिकारी संगठन का कार्य रुक गया था। अत: उसे आगे बढ़ाने के लिये धन की आवश्यकता थी। इसी कमी को पूरा करने के लिए आजाद व उसके साथी रामप्रसाद बिस्मिल ने यह निर्णय किया कि किसी धनी के यहाँ डाका डालकर धन की कमी को पूरा किया जाये।

(iii) जिस धनी के घर डाका डालने गए थे, उस घर की स्त्रियाँ समूह बनाकर चन्द्रशेखर आजाद और मन्मथ नाथ गुप्त पर टूट पड़ीं।

(iv) दोनों व्यक्तियों के हाथों में भरी हुई रिवाल्वरें थीं; परन्तु इस दल का यह सिद्धान्त था कि स्त्रियों पर हाथ नहीं उठायेंगे। अत: उस सिद्धान्त का पालन करने हेतु उन्होंने स्त्रियों पर हाथ नहीं उठाया।

(v) आजाद को यह बात अखरती रही कि एक स्त्री उनकी भरी हुई रिवाल्वर छीनकर ले गई; परन्तु प्रतिज्ञा के कारण वह कुछ न कर सके। आजाद सिद्धान्त प्रिय व्यक्ति थे और स्त्रियों का आदर करते थे। शिवाजी महाराज की भी ऐसी ही आज्ञा थी कि किसी स्त्री पर न तो हाथ उठाया जाय और न ही उसे बंदी बनाया जाय। फिर आजाद वीर थे और उनके हाथ से रिवाल्वर एक अबला के द्वारा छीना जाना उन्हें अपमानजनक लगा होगा; लेकिन सिद्धान्त व आदर्श के लिये उन्होंने सब कुछ सह लिया।

Question 4.

Answer the following according to the instructions given :

निम्नलिखित प्रश्नों के उत्तर निर्देशानुसार लिखिए—

(i) निम्नलिखित शब्दों में से किन्हीं दो के अर्थ लिखिए—

भव्य, उत्सर्ग, सार्थक, पर्याप्त।

उत्तर—आलीशान, बलिदान, अर्थपूर्ण, काफी।

(ii) निम्नलिखित शब्दों में से किन्हीं दो के विशेषण बनाइए—

काँटा, निर्णय, समूह, भीतर।

उत्तर—कंटकित, निर्णायक, सामूहिक, भीतरी।

(iii) निम्नलिखित शब्दों में से किन्हीं दो के विपरीतार्थक शब्द लिखिए—

खिन्न, लालसा, गोपनीय, चपल।

उत्तर—प्रसन्न, विरक्ति, प्रत्यक्ष, गम्भीर।

(iv) निम्नलिखित शब्दों में से एक के दो पर्यायवाची शब्द लिखिए—

राजा, मनुष्य।

उत्तर—**राजा**—नृप, भूप। **मनुष्य**—मानव, नर।

(v) निम्नलिखित मुहावरों में से एक से वाक्य बनाइए—

अगर मगर करना, अच्छे दिन आना।

उत्तर—(a)सोहन ने मोहन से साफ शब्दों में कह दिया कि अगर मगर करने की जरूरत नहीं—तुम्हें नहीं देना है तो स्पष्ट मना कर दो।

(b) मोहन की लाटरी लग जाने से उसके अच्छे दिन आ गये हैं।

(vi) निम्नलिखित वाक्यों को दिये गए 'आरम्भ' से शुरू करके फिर से लिखिए—

(a) आजाद को अद्वितीय लोकप्रियता मिली। (आजाद को ऐसी ....)

(b) आजाद झुके नहीं। (आजाद ने ....)

(c) अपने आदर्शों पर मर मिटने की उन्हें सच्ची लगन थी। (उन्हें यह सच्ची ....)

उत्तर—(a) आजाद को ऐसी लोकप्रियता मिली जो अद्वितीय थी।

(b) आजाद ने झुकना स्वीकार नहीं किया।

(c) उन्हें यह सच्ची लगन थी कि आदर्शों पर मर मिटा जाय।

SECTION–B

साहित्य सागर (गद्य)

Question 5.

Read the extract given below and answer in Hindi the questions that follow :

निम्नलिखित गद्यांश को पढ़िए और उसके नीचे लिखे प्रश्नों के उत्तर हिन्दी में लिखिए:

''ऐसे भाई के मुँह से आज ऐसी हृदय विदारक बात सुनकर लालबिहारी को बड़ी ग्लानि हुई। वह फूट-फूटकर रोने लगा। इसमें सन्देह नहीं कि अपने किये पर वह पछता रहा था।''

—'बड़े घर की बेटी'—

लेखक—प्रेमचन्द

(i) लालबिहारी के बड़े भाई कौन हैं ? उन्होंने कौन-सी हृदय-विदारक बात कह दी थी ?

(ii) अपने किस किए पर लालबिहारी पछता रहा था ?

(iii) क्या आनन्दी को भी कुछ पछतावा हो रहा था ?

(iv) अन्त में क्या हुआ ? गाँववालों ने क्या कहा ?

उत्तर—(i) लालबिहारी के बड़े भाई श्रीकंठसिंह हैं। वे बाहर नौकरी करते हैं और शनिवार को ही घर आते हैं। उन्होंने आवेश में आकर अपने पिता से कहा कि उसकी (लालबिहारी) दुष्टता को वह कदापि नहीं सह सकते। या तो वह इस घर में रहेगा या वे स्वयं। यदि वह उनको अधिक प्यारा है तो उसे (श्रीकंठसिंह) जाने की आज्ञा दीजिए। वह अपना भार सँभाल लेंगे। यदि उसे (श्रीकंठसिंह) रखना चाहते हैं तो उसे (लालबिहारी) यहाँ से विदा कीजिए। यह उनका अन्तिम निर्णय है।

(ii) लालबिहारी से दो-एक दिन पहले एक गलती बन गई थी। भोजन करते समय दाल में घी न होने के कारण क्रोध में आकर उसने आनन्दी के ऊपर खड़ाऊँ उठाकर फेंकी थी। आनन्दी ने हाथ से उसे रोक लिया नहीं तो सिर फूट जाता। सिर्फ उसके हाथ में चोट लगी।

(iii) आनन्दी ने लालबिहारी की शिकायत अपने पति श्रीकंठसिंह से की थी लेकिन अब वह पछता रही थी। उसने नहीं सोचा था कि बात इतनी अधिक बढ़ जायेगी। वह मन ही मन अपने पति पर झुँझला रही थी कि इतने गरम क्यों होते हैं ?

(iv) जब आनन्दी ने लालबिहारी को यह कहते हुए सुना कि अब वह जा रहा है, उसे क्षमा करें, तो उसका रहा-सहा क्रोध भी गायब हो गया जब श्रीकंठसिंह ने आनन्दी से कहा कि लालबिहारी बाहर खड़े रो रहे हैं। आनन्दी का दिलभर आया और लालबिहारी का हाथ पकड़ कर उसे रोक लिया। गाँववालों ने जब यह सुना तो कहा—''बड़े घर की बेटियाँ ऐसी ही होती हैं।''

Question 6.

Read the extract given below and answer in Hindi the questions that follow :

निम्नलिखित गद्यांश को पढ़िए और उसके नीचे लिखे प्रश्नों के उत्तर हिन्दी में लिखिए:

''उनका हृदय परिवर्तन हो गया है। वे आज सात दिनों से घास खा रहे हैं। रात-दिन भगवान के भजन और परोपकार में लगे रहते हैं। उन्होंने अपना जीवन जीवमात्र की सेवा में ही अर्पित कर दिया है।''

—'भेड़ें और भेड़िये'—

लेखक—हरिशंकर परसाई

(i) यह कौन कह रहा है और किससे ? इस बात का सन्दर्भ क्या है ?

(ii) एक बार भेड़ों ने क्या सोचा ?

(iii) वक्ता ने भेड़िये के बारे में और क्या-क्या बातें बताईं ?

(iv) पंचायत के चुनाव में किसको चुना गया ? चुने जाने के बाद उसने क्या कानून बनाया ?

उत्तर—(i) यहाँ बूढ़े सियार ने एक स्थान पर इकट्ठी हुई भेड़ों से कहा कि वे भेड़िये से भय न करें क्योंकि भेड़िया राजा सन्त हो गये हैं। उन्होंने हिंसा बिल्कुल छोड़ दी है। यह सियार पंचायत के चुनाव के लिए भेड़िये के समर्थन में बोल रहा है।

(ii) एक बार भेड़ों ने सोचा कि वन-प्रदेश में ऐसी शासन-व्यवस्था की जाये कि कोई पशु दूसरे पशु को न तो मारे न सताये। शान्ति, स्नेह, बन्धुत्व और सहयोग पर समाज आधारित हो। इस वन-प्रदेश में भेड़ें अधिक थीं इसलिए वे पंचायत चुनाव में अपना प्रतिनिधि चुनकर शान्ति से रहेंगी।

(iii) बूढ़े सियार ने भेड़िये के प्रचार में कहा कि वे किसी का दिल नहीं दुखाते, किसी का रोम तक नहीं छूते। भेड़ों से उन्हें विशेष प्रेम है। इस जाति ने जो कष्ट सहे हैं, उनको याद करके कभी-कभी भेड़िया सन्त की आँखों में आँसू आ जाते हैं। वे अपना शेष जीवन उनकी (भेड़ों की) सेवा में लगाकर भेड़ियों के तमाम पापों का प्रायश्चित करेंगे। अब वे अपना सर्वस्व त्याग चुके हैं। अब वे उनसे भय न करें, उन्हें अपना भाई समझें।

(iv) पंचायत का चुनाव सम्पन्न हुआ। भेड़ें बड़ी भोली और सीधी-सादी होती हैं इसलिए भेड़िये की चाल में फँस गईं और भेड़िये को वोट देकर उसे चुन लिया। पंचायत में भेड़ियों ने भेड़ों की भलाई के लिए पहला कानून यह बनाया—हर भेड़िये को सवेरे नाश्ते के लिए भेड़ का एक मुलायम बच्चा दिया जाये, दोपहर के भोजन में एक पूरी भेड़ तथा शाम को स्वास्थ्य के ख्याल से कम खाना चाहिए, इसलिए आधी-भेड़ दी जाये।

इस कहानी में लेखक ने सामाजिक और राजनैतिक जीवन में व्याप्त भ्रष्टाचार और शोषण पर करारा व्यंग्य किया है।

Question 7.

Read the extract given below and answer in Hindi the questions that follow :

निम्नलिखित गद्यांश को पढ़िए और उसके नीचे लिखे प्रश्नों के उत्तर हिन्दी में लिखिए:

''विदेश जाकर चित्रा तन-मन से अपने काम में जुट गई। उसकी लगन से उसकी कला को निखार आया। विदेश में उसके चित्रों की धूम मच गई भिखारिन और दो अनाथ बच्चों के उस चित्र की प्रशंसा में तो अखबारों के कॉलम-के-कॉलम भर गये।''

—'दो कलाकार'—

लेखिका—मन्नू भण्डारी

(i) जब चित्रा अपने घर जाने को थी तो अरुणा ने उसे क्या बताया ?

(ii) चित्रा ने यह सुनकर क्या किया ? फिर वह कहाँ गई ?

(iii) विदेश में उसके किस चित्र की धूम मच गई ?

(iv) वह अपने देश कब लौटी, फिर क्या हुआ ?

उत्तर—(i) जब चित्रा अपने जाने की तैयारी कर रही थी, तो अरुणा ने उसे बताया कि गर्ग स्टोर के सामने पेड़ के नीचे अक्सर एक भिखारिन बैठी रहती थी। वह वहीं मरी पड़ी थी और उसके दो छोटे बच्चे उसके सूखे शरीर से चिपककर बुरी तरह रो रहे थे। यह बड़ा कारुणिक दृश्य था।

(ii) चित्रा ने उस दृश्य की कल्पना की और एक रफ-सा स्कैच बना डाला। फिर वह अपना सामान लेकर स्टेशन पर आ गई। बहुत सारी लड़कियाँ उसे छोड़ने स्टेशन तक गईं। बहुत देर तक चित्रा अरुणा को देखती रही कि अरुणा अब आये तब आये, पर अरुणा न आई। आखिर उसकी ट्रेन चल दी और चित्रा अरुणा से न मिल पाई।

(iii) विदेश में जाकर चित्रा तन-मन से अपने काम में जुट गई। उसकी लगन ने उसकी कला को निखार दिया। विदेश में उसके चित्रों की धूम मच गई। 'भिखारिन और दो अनाथ बच्चों' के उस चित्र की प्रशंसा में तो अखबारों में खूब लिखा। शोहरत के ऊँचे कगार पर बैठी चित्रा जैसे अपना पिछला सब कुछ भूल गई।

(iv) तीन साल बाद चित्रा अपने देश भारत लौटी तो उसका बड़ा स्वागत हुआ। अखबारों में उसकी कला पर, उसके जीवन पर अनेक लेख छपे। उसके पिता अपनी इकलौती बिटिया की इस सफलता पर बहुत प्रसन्न थे। दिल्ली में उसके चित्रों की प्रदर्शनी का विराट आयोजन किया गया। उद्घाटन करने के लिए चित्रा को ही बुलाया गया।

साहित्य सागर (पद्य)

Question 8.

Read the extract given below and answer in Hindi the questions that follow :

निम्नलिखित पद्यांश को पढ़िए और उसके नीचे लिखे प्रश्नों के उत्तर हिन्दी में लिखिए:

''मैया मेरी, चंद्र खिलौना लैहौं।
धौरी को पय पान न करिहौं, बेनी सिर न गुथैहौं।
मौतिन माल न धरिहौं उर पर, झुंगली कंठ न लैहौं।।
जैहौं लोट अबहिं धरनी पर, तेरी गोद न ऐहौं।।''

—'सूर के पद'—

कवि—सूरदास

(i) कवि ने इस पद में किसका वर्णन किया है ? वह अपनी माँ से क्यों नाराज है ?

(ii) उन्होंने गुस्सा होकर क्या-क्या न करने को कहा है ?

(iii) 'बाल लीलाएँ' कैसी लगती हैं ? क्या ये हमें आनन्द देती हैं ?

(iv) प्रस्तुत पंक्तियों का भावार्थ लिखिए।

उत्तर—(i) भक्त कवि सूरदास ने इस पद में बालकृष्ण की लीला का वर्णन किया है। वह आसमान में निकले हुए चन्द्रमा को खिलौना समझकर उसे माँग रहे हैं। इस बात से वह नाराज हैं कि यशोदा माँ उन्हें वह खिलौना नहीं दे पा रही हैं।

(ii) बालकृष्ण ने क्रोधित होकर उनसे कहा कि वह न तो धौरी गाय का दूध पियेंगे, न अपने सिर की चोटी गुहायेंगे। वे न तो अपने गले में झुगली पहनेंगे और न गले में मोतियों की माला ही पहनेंगे। वे धरती पर लोट जायेंगे। और उसकी (यशोदा) गोद में न आयेंगे। यहाँ कवि ने बाल-क्रोध का बड़ा सुन्दर वर्णन किया है। बच्चों की ऐसी रिस-भरी बातें मन को बड़ी अच्छी लगती हैं।

(iii) बाल-लीलाएँ बड़ी सुहावनी लगती हैं। उनके अजीब-अजीब खेल, उनका रूठना और गुस्से में माँ-बाप या भाई को नन्हें-नन्हें हाथों से पीटना हमारे मन को आनन्द से भर देता है। हम बार-बार उनके साथ खेलना चाहते हैं, उन्हें खिजाना चाहते हैं। इससे उनकी स्वाभाविक प्रतिक्रिया देखने लायक होती है। बचपन फिर लौटकर नहीं आता अत: हम अपने बचपन को नन्हें-मुन्ने बच्चों में तलाशते हैं।

(iv) कवि कहता है कि आसमान में खिले हुए चन्द्रमा को बालकृष्ण खिलौना समझकर माँगने लगे। यशोदा ने उसे न देकर बहाने लगाने लगीं तो कृष्ण नाराज हो गये। वह कहने लगे कि यदि तुम मुझे चन्द्र-खिलौना नहीं दोगी तो मैं धौरी गाय का दूध नहीं पिऊँगा और न सिर पर चोटी गुहाऊँगा। न तो वह गले में झुगली पहनेंगे और न ही गले में मोतियों की माला। वह धरती में लोट जायेंगे और उनकी (यशोदा) की गोद में नहीं आयेंगे।

Question 9.

Read the extract given below and answer in Hindi the questions that follow :

निम्नलिखित पद्यांश को पढ़िए और उसके नीचे लिखे प्रश्नों के उत्तर हिन्दी में लिखिए:

''ऐसो को उदार जग माहीं।
बिनु सेवा जो द्रवै दीन पर राम सरिस कोउ नाहीं।।
जो गति जोग विराग जतन करि नहिं पावत मुनि ज्ञानी।
सो गति गीध सबरी कहूँ प्रभु न बहुत जिय जानी।।''

—'विनय के पद'—
कवि—तुलसीदास

(i) कवि ने राम को उदार क्यों कहा है ?

(ii) गीध को कौन सी गति मिली ?

(iii) सबरी का ज़िक्र यहाँ क्यों आया ?

(iv) प्रस्तुत पंक्तियों का भावार्थ लिखिए।

उत्तर—(i) तुलसीदास जी ने श्रीराम को संसार में सबसे अधिक उदार बताया है। वे बिना सेवा के ही दीन पर कृपा करते हैं उनके अतिरिक्त और कोई ऐसा देवता नहीं है जो बिना सेवा-पूजा के ही कृपा कर दे। अन्य देवताओं के अलग-अलग पूजा विधान हैं उन विधान के अनुसार पूजा करने पर ही वह फल देते हैं पर श्रीराम का ऐसा कोई विधान नहीं है वे अकारण ही कृपा करते हैं।

(ii) त्रेता युग में जब सीता-राम और लक्ष्मण वनवास काट रहे थे तो राम की पत्नी सीता को लंका का राजा रावण हरण करके अपने विमान में ले जा रहा था तो जटायु नाम के गिद्द ने उसका विरोध किया और अपनी चोंच से उसे घायल कर दिया। रावण ने क्रोध में आकर अपनी तलवार से उसके दोनों पंख काट दिये। वह घायल होकर नीचे गिर गया। वह विकल नेत्रों से राम की राह देख रहा था। जब राम और लक्ष्मण आये तो उसने पूरा वृतान्त सुनाया तथा अपने प्राण त्याग दिये। तब राम ने स्वयं अपने हाथों से उसका दाह-संस्कार किया।

(iii) जब राम और लक्ष्मण सीताजी की खोज में जा रहे थे तभी वे दोनों सबरी के आश्रम में आये। सबरी के गुरू (मतंग ऋषि) उससे कह गये थे कि तुम्हारी कुटिया पर श्रीराम आयेंगे और तुम्हें दर्शन देंगे। तभी से सबरी नित्य अपनी कुटिया के सामने पुष्प बिछातीं और उनकी प्रतिक्षा करती हैं। आखिर वह दिन आया जब राम और लक्ष्मण उसकी कुटिया पर पधारे। बड़े हर्ष से सबरी ने उनका सत्कार किया। राम ने उसे नवधा-भक्ति का उपदेश दिया। इस प्रकार सबरी को उन्होंने कृतार्थ किया।

(iv) तुलसीदासजी कहते हैं कि संसार में राम के समान उदार कोई देवता नहीं है। वे तो बिना सेवा के ही दीन पर कृपा करते हैं। ऐसा कोई दूसरा देवता नहीं है। जो सुगति ज्ञानी मुनि जोग, जतन और वैराग्य से भी प्राप्त नहीं कर पाते वह 'सुगति' जटायु और सबरी को उन्होंने दी। यह देते हुए उन्होंने कोई भेद नहीं किया। इन दोनों भक्तों को दुर्लभ-दर्शन दिये। गिद्द का तो अपने हाथों से दाह-संस्कार किया और सबरी को दर्शन देकर नवधा (नौ प्रकार की)भक्ति का उपदेश दिया।

Question 10.

Read the extract given below and answer in Hindi the questions that follow :

निम्नलिखित पद्यांश को पढ़िए और उसके नीचे लिखे प्रश्नों के उत्तर हिन्दी में लिखिए:

''इस विशद विश्व-प्रवाह में
किसको नहीं बहना पड़ा
सुख-दु:ख हमारी ही तरह
किसको नहीं सहना पड़ा
फिर व्यर्थ क्यों कहता फिरूँ मुझ पर विधाता वाम है।''

—'चलना हमारा काम है'—
लेखक—शिवमंगल सिंह 'सुमन'

(i) यह संसार ईश्वर ने कैसा बनाया है ?

(ii) संसार में सुख-दु:ख आते रहते हैं, बताइए।

(iii) हमें व्यर्थ में क्या नहीं कहना चाहिए ?

(iv) उक्त पंक्तियों का भावार्थ लिखिए।

उत्तर—(i) ईश्वर ने यह संसार कर्म प्रधान बनाया है। यहाँ पर सभी सुख-सुविधाएँ पर्याप्त हैं, बस मनुष्य को श्रम करके उन्हें प्राप्त करना है। तुलसीदास जी ने कहा है—''कर्म प्रधान विश्व करि राखा। जो जस करिअ सो तस फल चाखा॥'' हमें निरन्तर आगे बढ़ना चाहिए क्योंकि चलना हमारा काम है। रुकने से हम पीछे रह जायेंगे।

(ii) संसार सुख-दु:ख का मिश्रण है। सुख के बाद दु:ख और दु:ख के बाद सुख आते रहते हैं। जैसे दिन के बाद रात आती है और रात के बाद दिन आता है, उसी प्रकार सुख-दु:ख का आना जाना चलता रहता है। हमें दु:ख आने पर निराश नहीं होना चाहिए क्योंकि जाते हुए हमें वह सुख दे जाता है। यह नियम सभी के लिए एक-सा है। दु:ख आने पर ही हमें सुख का सच्चा अर्थ मालूम पड़ता है। सुख आने पर हमें न तो ईश्वर को भूलना चाहिए और न ही अभिमान करना चाहिए।

(iii) दु:ख आने पर हमें कदापि यह नहीं कहना चाहिए कि हमारे ऊपर विधाता वाम (प्रतिकूल) है। संसार में सुख-दु:ख सभी पर आता है। विधाता का इसमें कोई कार्य नहीं है। न तो विधाता किसी को सुख देता है और न ही दु:ख देता है। सुख-दु:ख तो संसार में एक चक्र की भाँति चलते रहते हैं। इनमें से कोई स्थिर नहीं है।

(iv) कवि कहता है कि इस महान विश्व के प्रवाह में सभी को बहना पड़ता है। अर्थात् संसार के साथ चलना ही पड़ता है। यहाँ रुकने से काम नहीं चलता। यह कर्म का प्रवाह है जिसमें अपने जीवन को चलाने के लिए कर्म करना ही पड़ेगा। जैसे हम सुख-दु:ख भोगते हैं उसी प्रकार प्रत्येक मनुष्य को सुख-दु:ख भोगने पड़ते हैं। हम अपनी आँखों के सामने देखते हैं, कोई सुखी है तो कोई दु:खी। लेकिन सुख और दु:ख स्थिर नहीं हैं, आते-जाते रहते हैं। इसलिए हमें विधाता को दोष नहीं लगाना चाहिए क्योंकि विधाता तो संसार के कामों से निर्लिप्त है।

नया रास्ता

Question 11.

Read the extract given below and answer in Hindi the questions that follow :

निम्नलिखित गद्यांश को पढ़िए और उसके नीचे लिखे प्रश्नों के उत्तर हिन्दी में लिखिए :

''सड़क पर घोर अंधकार था। शायद सड़क पर लगी बिजली की ट्यूबें खराब हो गई थीं। अंधकार में मीनू अशोक के पीछे-पीछे चलने लगी, मीनू का पैर एक पत्थर पर पड़ने से उसका सन्तुलन बिगड़ गया। तभी उसने अपने को सँभाला, दो कदम पर उसका घर था।''

(i) मीनू कहाँ से आ रही है ? उसे देर क्यों हो गई ?

(ii) वह वहाँ क्यों गई थी ? उसे अपनी सहेली से मिलकर कैसा लगा ?

(iii) उसकी सहेली ने अपने भाई को उसके साथ क्यों भेजा ?

(iv) अशोक को देखकर पिताजी ने क्या कहा ? मीनू फिर कहाँ चली गई ?

उत्तर—(i) मीनू नीलिमा के घर से आ रही थी। उसे देर इसलिए हो गई क्योंकि नीलिमा की माँ ने उससे खाना खाकर जाने को कहा। अत: उसको रुकना पड़ा। नीलिमा ने भी उससे आग्रहपूर्वक खाना खाकर ही जाने की बात कही।

(ii) मीनू को अपनी सहेली नीलिमा से मिले हुए बहुत दिन हो गये थे। इसलिए वह उससे मिलने उसके घर गई। नीलिमा से मिलकर उसे बहुत अच्छा लगा। मीनू के आते ही नीलिमा ने उसे गले से लगा लिया। ऐसा लग रहा था कि मानों दोनों सहेलियाँ एक लम्बे समय के बाद मिल रही हों।

(iii) खाना बनने और मीनू के खाना खाने से रात को 10 बज गये थे। मीनू को डर था कि कहीं उसके पिताजी व माँ इतनी रात गये लौटने पर नाराज न हों। तभी नीलिमा ने अपने भाई अशोक को बुलाया और उससे कहा कि वह मीनू को घर तक छोड़कर आये।

(iv) अशोक को देखकर पिताजी ने बड़े प्रेम से उसे बुलाया और बैठने को कहा, परन्तु रात अधिक हो जाने के कारण उसने बैठने के लिए इन्कार कर दिया और अभिवादन कर चला गया।

इधर मीनू सीधे अपनी माँ के कमरे में गई और कुछ देर दोनों बात करती रहीं। फिर मीनू को नींद आ गई और वह सो गई।

Question 12.

Read the extract given below and answer in Hindi the questions that follow :

निम्नलिखित गद्यांश को पढ़िए और उसके नीचे लिखे प्रश्नों के उत्तर हिन्दी में लिखिए:

''यद्यपि मीनू ने कत्थक नृत्य बचपन में सीखा था, परन्तु वह शुरू से ही अपने स्कूल में व फिर बड़े होने पर कॉलेज में नृत्य का कार्यक्रम देती रही। इसलिए अभी भी कत्थक काफी कुशलतापूर्वक कर लेती थी। हमेशा अपने कत्थक नृत्य में पुरस्कार लिए थे।''

(i) **सहेलियों ने मीनू के सामने क्या प्रस्ताव रखा ?**

(ii) **वह इस प्रस्ताव के लिए मना क्यों नहीं कर सकी ?**

(iii) **वह लेटे-लेटे किन स्मृतियों में खो गई ?**

(iv) **हर कार्य में मीनू की प्रतिभा मुखरित हो उठती ? कैसे ?**

उत्तर—(i) हॉस्टल में मीनू को देखकर सभी सहेलियों ने उसे चारों ओर से घेर लिया। एक बार उसने बातों-बातों में माया के सामने कहा था कि उसने कत्थक नृत्य सीखा है। माया ने ही यह प्रस्ताव रखा कि मीनू का कत्थक नृत्य कॉलेज के वार्षिकोत्सव में कराया जाये। उसकी सभी सहेलियों ने आकर उसके सामने कत्थक नृत्य करने का प्रस्ताव रखा।

(ii) सभी सहेलियों के बहुत आग्रह के कारण मीनू नृत्य करने के लिए मना न कर सकी। यद्यपि वह इन सब बातों में विशेष रुचि नहीं रखती थी। इस समय उसके सामने एक ध्येय था, एक मंजिल थी, जिस पर पहुँचने के लिए उसे विशेष परिश्रम की आवश्यकता थी और फिर नीलिमा की शादी में भी उसके तीन दिन बेकार हो गये थे।

(iii) मार्ग की थकान के कारण वह अपने कमरे में आकर लेट गई। लेटे-लेटे वह अतीत की स्मृतियों में खो गई। उसने बचपन में ही कत्थक नृत्य सीखा था। उसके कस्बे में एक कत्थक नृत्य का स्कूल खुल गया था। वहाँ उसने नृत्य सीखा और अपने स्कूल में भी इस नृत्य का कार्यक्रम दिया था।

(iv) हर कार्य में मीनू की प्रतिभा मुखरित हो उठती। वह हर कार्य लगन के साथ करती। कत्थक नृत्य में भी उसने पूर्ण रुचि दिखाई। दो वर्ष में ही वह कत्थक नृत्य में निपुण हो गई थी। बाद में भी स्कूल में वह निरन्तर नृत्य करती रही, जिससे उसका अभ्यास निरन्तर बना रहा।

Question 13.

Read the extract given below and answer in Hindi the questions that follow :

निम्नलिखित गद्यांश को पढ़िए और उसके नीचे लिखे प्रश्नों के उत्तर हिन्दी में लिखिए:

''लगता है भाई साहब, आप मेरी बात से नाराज हो गये हैं, मैंने किसी बुरे विचार से कोई बात नहीं कही है—ठीक है, इस समय तो मैं चलता हूँ। आप विचार कर लीजिए कि इतना रुपया किस तरह से खर्च कराना है।''

(i) **यहाँ वक्ता कौन है और किससे बात कर रहा है ? किस सम्बन्ध में बात हो रही है ?**

(ii) **यह सुनकर श्रोता (सुनने वाले) पर क्या प्रभाव पड़ा ?**

(iii) **वह बात जानकर उनकी पत्नी ने क्या सोचा ?**

(iv) **पिताजी ने अमित से क्या कहा ?**

उत्तर—(i) यहाँ पर वक्ता धनीमल जी हैं और लड़के के पिता मायारामजी से बात कर रहे हैं। वे मायारामजी के बेटे अमित के लिए अपनी लड़की सरिता का रिश्ता लेकर आये हैं। उसी सम्बन्ध में लेन-देन की बात हो रही है।

(ii) धनीमलजी की बातों ने मायारामजी के मस्तिष्क पर ऐसा प्रभाव छोड़ा कि उनका सिर चकरा गया। उनकी समझ में नहीं आ रहा था कि वह क्या करें क्या न करें ? धनीमलजी की अपनी लड़की को अलग फ्लैट देने वाली बात हजम नहीं हो रही थी। इसका सीधा-सीधा मतलब था कि विवाह के बाद लड़की अलग रहेगी।

(iii) यह बात जानकर कि आने वाली बहू के लिए अलग से फ्लैट दिये जाने की बात कहकर गये हैं धनीमलजी, मायारामजी की पत्नी को भी गुस्सा आ गया। उन्होंने कहा कि ऐसा कहने की हिम्मत कैसे हुई उनकी ? क्या वह उनके बेटे को उनसे अलग करना चाहते हैं। उनके कोई बेटा नहीं है तो वह क्या जाने बेटे के अलग होने का दु:ख क्या होता है ?

(iv) मायारामजी इन बातों से परेशान हो गये। उन्होंने अपने बेटे अमित से कहा कि अब फैसला उसके हाथ में है, जैसे वह उचित समझे वैसा करे। अभी कुछ नहीं बिगड़ा है। उनका मतलब था कि अमित यदि उनकी शर्त पर राजी है तो सम्बन्ध होगा और यदि उसे वह शर्त पसन्द नहीं है तो अभी भी सम्बन्ध के लिए मना भी हो सकती है।

एकांकी संचय

Question 14.

Read the extract given below and answer in Hindi the questions that follow :

निम्नलिखित गद्यांश को पढ़िए और उसके नीचे लिखे प्रश्नों के उत्तर हिन्दी में लिखिए:

''ठीक कह रहा हूँ। मेरा फैसला आखिरी है। विदा तभी होगी जब पाँच हजार नगद (दायाँ हाथ फैलाकर) इस हाथ पर रख दोगे।''

—'बहू की विदा'—

लेखक—विनोद रस्तोगी

(i) वक्ता कौन है वह किससे पाँच हजार रुपये वाली बात कह रहा है ? पाँच हजार रुपये किस बात के हैं ?

(ii) श्रोता (सुनने वाला) कौन है और यहाँ क्यों आया है ?

(iii) इसके उत्तर में श्रोता ने क्या कहा ?

(iv) रमेश बाबू की बात पर वक्ता ने क्या कहा ?

उत्तर—(i) वक्ता जीवनलाल है जो एक धनी है। वह पाँच हजार रुपये देने की बात अपने बहू के भाई प्रमोद से कर रहा है जो अपनी बहन को लिवाने आया है। वक्ता के अनुसार पाँच हजार रुपये दहेज में कम दिये थे वे हैं।

(ii) श्रोता प्रमोद है जो जीवनलाल के पुत्र रमेश का साला है। वह अपनी बहन को लिवाने आया है क्योंकि विवाहित लड़कियाँ अपना पहला सावन मायके में बिताती हैं। वहाँ जाकर वे अपनी सभी सहेलियों से मिल लेती हैं और सब मिलकर झूला झूलती हैं।

(iii) पाँच हजार वाली बात पर प्रमोद ने कहा कि यह तो अन्याय है, उनकी शिकायत उससे है तो बेचारी लड़की का क्या कसूर है। उसे विदा न करके वह उससे बदला ले रहे हैं। अगर रमेश बाबू होते तो······।

(iv) रमेश बाबू का नाम सुनकर जीवनलाल भड़क गये और बोले कि रमेश की इतनी हिम्मत नहीं है कि उनके सामने मुँह खोले। वह उनका बेटा है। उसकी (प्रमोद) की तरह बड़ों के मुँह लगने की बदतमीजी करने वाला कोई आवारा छोकरा नहीं है। जीवनलाल हर प्रकार से अपने परिवार को उच्च, सुसंस्कृत और धनवान समझकर अपने अन्दर अहम पाले हुए हैं।

Question 15.

Read the extract given below and answer in Hindi the questions that follow :

निम्नलिखित गद्यांश को पढ़िए और उसके नीचे लिखे प्रश्नों के उत्तर हिन्दी में लिखिए:

''बूँदी राज्य सदा से मेवाड़ के आश्रित, यह तुम क्या कहते हो अभयसिंह जी ! हाड़ा वंश किसी की गुलामी स्वीकार नहीं करेगा। चाहे वह विदेशी शक्ति हो, चाहे वह मेवाड़ का महाराणा हो।''

—'मातृभूमि का मान'—

लेखक—हरिकृष्ण 'प्रेमी'

(i) इस कथन का वक्ता कौन है ? अभयसिंह कौन है और वक्ता के पास क्यों गया था ?

(ii) वक्ता के इस कथन को सुनकर अभयसिंह ने क्या उत्तर दिया ?

(iii) क्या अभयसिंह का लाया हुआ प्रस्ताव वक्ता ने स्वीकार किया ?

(iv) ''अनुशासन का अभाव हमारे देश के टुकड़े किये हुए है। यह बात सुनकर वक्ता ने क्या कहा ?''

उत्तर—(i) इस कथन का वक्ता बूँदी के शासक राव हेमू है जो हाड़ा-वंश के वीर राजपूत है तथा अपने स्वाभिमान और देशप्रेम को श्रेष्ठ समझता है। अभयसिंह मेवाड़ के शासक महाराणा लाखा का सेनापति है। वह महाराणा लाखा का यह प्रस्ताव लेकर आया है कि बूँदी पहले कभी मेवाड़ के अधीन था। राजपूतों को एकता की डोर में पोने के लिए बूँदी फिर से मेवाड़ के अधीन हो जाये तो राजपूतों की शक्ति महान हो जायेगी और बाहरी शक्तियों का मुकाबला करने में सक्षम होगी।

(ii) अभयसिंह ने राव हेमू का यह कथन सुना तो कहा, महाराज आज राजपूतों को एक सूत्र में बाँधे जाने की आवश्यकता है और जो व्यक्ति यह माला तैयार करने की ताकत रखता है, वह है महाराणा लाखा।

(iii) अभयसिंह का लाया हुए प्रस्ताव बूँदी के शासक राव हेमू ने स्वीकार नहीं किया। सही भी है—एक वीर राजपूत गुलामी की जंजीर में बँधना क्यों स्वीकार करेगा। हर राजपूत को अपनी ताकत पर नाज होता है।

(iv) ''अनुशासन का अभाव हमारे देश के टुकड़े किये हुए है'' अभयसिंह की यह बात सुनकर राव हेमू ने कहा कि प्रेम का अनुशासन मानने को हाड़वंश सदा तैयार है परन्तु शक्ति का नहीं। मेवाड़ के महाराणा को यदि अपनी ही जाति के भाइयों पर अपनी तलवार अजमाने की इच्छा हुई है, तो उससे उन्हें कोई नहीं रोक सकता। बूँदी स्वतन्त्र राज्य है और स्वतन्त्र रहकर वह महाराणाओं का आदर कर सकता है, अधीन होकर नहीं।

Question 16.

Read the extract given below and answer in Hindi the questions that follow :

निम्नलिखित गद्यांश को पढ़िए और उसके नीचे लिखे प्रश्नों के उत्तर हिन्दी में लिखिए:

''मैं तो उधर ऊपर सामान रखने गई थी। बहुत बातें तो मैंने सुनी ही नहीं बहुत-सी समझ भी नहीं पाई। अंग्रेजी में गिरपिट कर रहे थे। छोटी बहू का पारा कुछ चढ़ा हुआ था''''' ।''

—'सूखी डाली'—

लेखक—उपेन्द्रनाथ 'अश्क'

(i) वक्ता कौन है और किसके बारे में बात कर रहा है ?

(ii) वक्ता ने बहू रानी के बारे में क्या बताया ?

(iii) परेश ने अपनी बहू से फर्नीचर के बारे में क्या कहा ?

(iv) उसकी बात सुनकर बहू की क्या प्रतिक्रिया हुई ?

उत्तर—(i) इस कथन की वक्ता मँझली बहू है। वह ऊपर कुछ सामान रखने गई तब उसने छोटी बहू बेला को अंग्रेजी में कुछ गिटपिट कहते हुए सुना। समझ में आया कुछ नहीं। लेकिन इतना समझा कि छोटी बहू बेला का पारा चढ़ा हुआ था।

(ii) मँझली बहू ने बताया कि बहू रानी ने सारा फर्नीचर बाहर निकालकर रख दिया। वह उन टूटी-फूटी कुर्सियों को और सड़े-गले फर्नीचर को अपने कमरे में न रहने देगी। परेश ने कहा कि ये तो बुजुर्गों की निशानी है तो उसने तपाक से जवाब दिया कि हमारे बुजुर्ग तो जंगलों में नंगे-बुच्चे घूमा करते थे तो क्या हम भी ऐसा ही करें।

(iii) इस उत्तर के जवाब में परेश ने कहा कि इस फर्नीचर पर उसके दादा बैठते थे, पिता बैठते थे। उन लोगों को कभी शर्म नहीं आई, उन्होंने कभी फर्नीचर के सड़े-गले होने की शिकायत नहीं की। अब यदि वह इसे रखने पर आपत्ति करेगा तो दादाजी कहेंगे कि तहसीलदार होते ही लड़के का सिर फिर गया है।

(iv) परेश की बात सुनकर उसकी बहू ने जवाब दिया कि वह न कहे—वह (बेला) तो इस गले-सड़े सामान को कमरे के पास तक न फटकने देगी। इस बेडौल फर्नीचर से तो नीचे धरती पर चटाई बिछाकर बैठे रहना अच्छा है।

उसके बाद उसने अपने मायके के बड़े-बड़े कमरों और बहुमूल्य फर्नीचर का बखान किया और परेश की एक न चलने दी।

❑❑

UNSOLVED

MODEL SPECIMEN PAPER–12

SECTION–A

Question 1.

Write a short composition in Hindi of approximately 250 words on any one of the following topics :

निम्नलिखित विषयों में से किसी एक विषय पर हिन्दी में लगभग 250 शब्दों में संक्षिप्त लेख लिखिए—

(i) पुलिस के सिपाही के कर्त्तव्यों का वर्णन कीजिए।

(ii) समाचार-पत्र का देशोत्थान में योगदान।

(iii) मनोरंजन के आधुनिक साधन।

(iv) एक कहानी लिखिए जिसका आधार निम्नलिखित लोकोक्ति हो—

''एक मछली सारे तालाब को गन्दा करती है।''

(v) नीचे दिए गए चित्र को ध्यान से देखिए। इस चित्र को आधार बनाकर यथोचित वर्णन कीजिए। आपने जो लिखा है उसका विषय या तो चित्र हो या आपने इस चित्र को रूपरेखा की तरह प्रयोग किया हो, परन्तु जो कुछ भी आपने लिखा हो उसका स्पष्ट तथा सीधा सम्बन्ध चित्र से ही होना चाहिए।

Question 2.

Write a letter in Hindi in approximately 120 words on any one of the topic given below :

निम्नलिखित में से किसी एक विषय पर हिन्दी में लगभग 120 शब्दों में पत्र लिखिए—

(i) अध्ययन के लिए विदेश गए हुए अपने मित्र को पत्र लिखकर अपने भविष्य के कार्यक्रम के बारे में सलाह लीजिए।

(ii) अपने विद्यालय में मनाए गए स्वतन्त्रता दिवस का वर्णन करते हुए अपने मित्र को पत्र लिखिए।

Question 3.

Read the passage given below and answer in Hindi the questions that follow using your own language as far as possible :

निम्नलिखित गद्यांश को ध्यानपूर्वक पढ़िए और उसके नीचे लिखे प्रश्नों के उत्तर हिन्दी में लिखिए। उत्तर यथासम्भव आपके अपने शब्दों में होने चाहिए—

भगवान महावीर तब राजगृह में एकान्त साधना कर रहे थे। बीच-बीच में उनका प्रवचन चलता, फिर से एकान्त साधना में लीन हो जाते। स्वर्ग में भी महावीर की इस कठोर तपस्या की जोर-जोर से चर्चा थी। सभी देवता उनकी तपस्या की भूरि-भूरि प्रशंसा कर रहे थे। यह बात इन्द्र की सभा के एक देवता को रास नहीं आई। उसने महावीर की तपस्या को खण्डित करने की सोची।

क्षण भर में ही वह महावीर की साधना-स्थली तक पहुँचा और अपने देव बल से उनकी तपस्या को भंग करने की चेष्टा करने लगा, कभी घनघोर वर्षा करवाई तो कभी तेज गर्मी। कभी पत्थरों की बरसात की तो कभी हिंसक पशुओं की भंयकर ध्वनियों द्वारा महावीर को साधना से डिगाने का प्रयत्न किया परन्तु पूरे छः माह तक कठोर यातनायें सहकर भी वे थोड़ा भी विचलित न हुए तो देव बोला, ''मुनिश्रेष्ठ

क्षमा करें! क्षमा करें! आप तपस्वियों में श्रेष्ठ हैं, यह मैंने जान लिया है।'' आप साधनारत् रहे, मैं जाता हूँ। मेरे योग्य कोई सेवा हो तो कहने में संकोच न करें।

यह सुनकर महावीर का शांत बदन असीम वेदना से भर उठा। देव ने पूछा ''मुनिवर, कहिए, क्या कष्ट है आपको, मैं आपके सभी कष्ट दूर कर सकता हूँ।

महावीर बोले, ''नहीं यह सम्भव नहीं, क्योंकि कर्मों का फल तो भोगना ही पड़ता है।'' फिर भी अपनी वेदना का रहस्य तो कहना ही होगा। देव ने कहा।

महावीर ने कहना आरम्भ किया, ''देखो, तुमने छः माह तक मुझे पीड़ा पहुँचाने का यत्न किया, लेकिन इससे मुझे वेदना नहीं हुई। पर इस कर्म से तुम्हारे ऊपर एक बोझ आ गया है, जिसे तुम्हें भोगना ही पड़ेगा। मेरी वेदना यह है कि तुम्हारे पतन का मैं कारण हूँ। मेरे कारण तुम्हें कष्ट पहुँचेगा, मुझे इसी की वेदना है।''

देव हतप्रभ रह गया। उसका समस्त अहंकार चूर-चूर हो गया। स्वयं को समर्थ समझने वाला कितना अकिंचन है। उदारता और महानता का वृहद् ज्योतिपुंज उसके समक्ष सत्य प्रकाशित कर रहा था। अनजाने में पहुँचाई पर-पीड़ा के लिए इतनी व्याकुलता, धन्य है यह आत्मज्ञान और वह मौन नतमस्तक लौट गया।

(i) महावीर की तपस्या से किसे कष्ट पहुँच रहा था और क्यों ?

(ii) देव ने महावीर की साधना भंग करने के लिए क्या-क्या प्रयत्न किये ?

(iii) महावीर पर उनकी क्या प्रतिक्रिया हुई ?

(iv) देव ने महावीर से क्या आग्रह किया ?

(v) महावीर की पीड़ा का क्या कारण था ?

Question 4.

Answer the following according to the instructions given :

निम्नलिखित प्रश्नों के उत्तर निर्देशानुसार लिखिए—

(i) निम्नलिखित शब्दों से विशेषण बनाइए—
मानव, सम्मान।

(ii) निम्नलिखित शब्दों में से किन्हीं दो के अर्थ लिखिए—
मथानी, अनमोल, पारिजात, अधिष्ठाता।

(iii) निम्नलिखित शब्दों में से किन्हीं दो के विपरीतार्थक शब्द लिखिए—
अमृत, निश्चित, लाभकारी, अन्याय।

(iv) निम्नलिखित मुहावरों में से किन्हीं दो के वाक्य बनाइए—
उल्टी गंगा बहाना, कान कतरना, तिल की ओट पहाड़, पानी-पानी होना।

(v) कोष्ठक में दिए गए निर्देशानुसार वाक्यों में परिवर्तन कीजिए—

(a) देव-दानव अमृत पीकर अमर हो जाना चाहते थे।
('अमर' के स्थान पर 'अमरत्व' शब्द का प्रयोग करें)

(b) शिव ने विष को अपने कंठ में धारण कर लिया।
('शिव' के स्थान पर 'शिव द्वारा' प्रयोग करिए)

(c) दानवों ने इसकी चिन्ता भी नहीं की।
('चिन्ता' के स्थान पर 'चिन्तित' शब्द का प्रयोग करिए)

SECTION–B

साहित्य सागर (गद्य)

Question 5.

Read the extract given below and answer in Hindi the questions that follow :

निम्नलिखित गद्यांश को पढ़िए और उसके नीचे लिखे प्रश्नों के उत्तर हिन्दी में लिखिए:

''लोग बड़ी कठिनता से उसे हटा पाये। काकी के दाह-संस्कार में उसे नहीं जाने दिया। एक दासी राम-राम करके उसे घर पर ही सँभाले रही।''

—काकी—

लेखक—सियारामशरण गुप्त

(i) लोग कठिनता से किसे हटा पाये तथा वहाँ क्या हुआ था ?

(ii) 'दासी राम-राम करके उसे घर पर ही सँभाले रही' इस पंक्ति को समझाइए ?

(iii) किसी अपने प्रिय के गुजर जाने पर बच्चे पर क्या असर पड़ता है ?

(iv) बुद्धिमान गुरुजनों ने उस बच्चे को क्या बताया तथा उसे सत्य का पता कैसे लगा ?

Question 6.

Read the extract given below and answer in Hindi the questions that follow :

निम्नलिखित गद्यांश को पढ़िए और उसके नीचे लिखे प्रश्नों के उत्तर हिन्दी में लिखिए:

''उन दिनों एक प्रथा प्रचलित थी। यज्ञों के फल का क्रय-विक्रय हुआ करता था। छोटा-बड़ा जैसा यज्ञ होता, उसके अनुसार मूल्य मिल जाता।''

—महायज्ञ का पुरस्कार—
लेखक—यशपाल

(i) इस पाठ के प्रधान पात्र के बारे में बताइए ?

(ii) इनकी पत्नी ने क्या निर्णय लिया ?

(iii) सेठ को अपना यज्ञ बेचने कहाँ जाना था ?

(iv) उनकी पत्नी ने क्या तैयारी की ?

Question 7.

Read the extract given below and answer in Hindi the questions that follow :

निम्नलिखित गद्यांश को पढ़िए और उसके नीचे लिखे प्रश्नों के उत्तर हिन्दी में लिखिए:

''हालदार साहब को हर पन्द्रहवें दिन कम्पनी के काम के सिलसिले में उस कस्बे से गुजरना पड़ता था।''

—नेताजी का चश्मा—
लेखक—स्वयं प्रकाश

(i) कस्बा कैसा था ?

(ii) नगरपालिका का क्या काम था ?

(iii) शहर के मुख्य चौराहे पर किसकी प्रतिमा लगवा दी गई ?

(iv) प्रतिमा कैसी थी और किसने बनाई थी ?

साहित्य सागर (पद्य)

Question 8.

Read the extract given below and answer in Hindi the questions that follow :

निम्नलिखित पद्यांश को पढ़िए और उसके नीचे लिखे प्रश्नों के उत्तर हिन्दी में लिखिए:

''पाहन पूजे हरि मिले, तो मैं पूजूँ पहार।
ताते ये चाकी भली, पीस खाय संसार।।''

—'साखी'—
कवि—कबीरदास

(i) कबीर मूर्ति पूजा के खिलाफ थे। क्यों ?

(ii) कबीर के गुरू कौन थे ?

(iii) कबीर ने किन-किन चीजों का विरोध किया ?

(iv) प्रस्तुत पंक्तियों का अर्थ समझाकर लिखिए।

Question 9.

Read the extract given below and answer in Hindi the questions that follow :

निम्नलिखित पद्यांश को पढ़िए और उसके नीचे लिखे प्रश्नों के उत्तर हिन्दी में लिखिए:

''न्यायोचित सुख सुलभ नहीं
जब तक मानव-मानव को
चैन कहाँ धरती पर तब तक
शान्ति कहाँ इस भव को।''

—'स्वर्ग बना सकते हैं'—
कवि—रामधारी सिंह 'दिनकर'

(i) संसार को शान्ति कैसे मिलेगी ?

(ii) क्या समाज में प्रेम और सद्भाव से देश की एकता को बल मिलता है ?

(iii) मनुष्य समाज में क्या चाहता है ?

(iv) उक्त पंक्तियों का अर्थ लिखिए।

Question 10.

Read the extract given below and answer in Hindi the questions that follow :

निम्नलिखित पद्यांश को पढ़िए और उसके नीचे लिखे प्रश्नों के उत्तर हिन्दी में लिखिए:

''जन्मे जहाँ थे रघुपति, जन्मी जहाँ थी सीता,
श्रीकृष्ण ने सुनाई, वंशी पुनीत गीता।
गौतम ने जन्म लेकर, जिसका सुयश बढ़ाया,
जग को दया दिखाई, जग को दिया दिखाया।''

—'वह जन्मभूमि मेरी'—
कवि—सोहनलाल द्विवेदी

(i) रघुपति का जन्म कहाँ हुआ था और ये किसके पुत्र थे ?

(ii) सीताजी का जन्म तथा पालन-पोषण कहाँ हुआ था ?

(iii) श्रीकृष्ण ने कहाँ और किसको गीता सुनाई और क्यों ?

(iv) इन पंक्तियों का अर्थ समझाकर लिखिए।

नया रास्ता

Question 11.

Read the extract given below and answer in Hindi the questions that follow :

निम्नलिखित गद्यांश को पढ़िए और उसके नीचे लिखे प्रश्नों के उत्तर हिन्दी में लिखिए:

''भइया मैं सच कह रही हूँ। जवान बेटियों की तो बड़ी भारी जिम्मेदारी होती है। इनकी शादी हो जायेगी तो मुझे कम-से-कम छुट्टी तो मिल जायेगी।''

(i) यह महिला कौन है और भइया को क्या समझा रही है ?

(ii) किसके विवाह की चिन्ता कर रही है ?

(iii) समाज में लड़के के विवाह की अपेक्षा लड़की के विवाह को आज भी इतना महत्व क्यों दिया जाता है ?

(iv) लड़की का विवाह माता-पिता के लिए समस्या क्यों है ?

Question 12.

Read the extract given below and answer in Hindi the questions that follow :

निम्नलिखित गद्यांश को पढ़िए और उसके नीचे लिखे प्रश्नों के उत्तर हिन्दी में लिखिए:

तभी नीलिमा ने मीनू से शादी के बारे में पूछ लिया, ''मीनू तू शादी नहीं कर रही है अभी ? मैंने सुना है आशा का रिश्ता हो गया है।''

(i) नीलिमा कौन है तथा वह मीनू से क्या बात कर रही है ?

(ii) शादी के नाम से मीनू उदास क्यों हो गई ?

(iii) नीलिमा उसकी शादी के लिए इतनी उत्साहित क्यों है ?

(iv) मीनू ऐसा क्यों सोचती है कि कौन करेगा उससे शादी ?

Question 13.

Read the extract given below and answer in Hindi the questions that follow :

निम्नलिखित गद्यांश को पढ़िए और उसके नीचे लिखे प्रश्नों के उत्तर हिन्दी में लिखिए:

''यह कैसी विचित्र घड़ी होती है। माता-पिता जिस बेटी का लालन-पालन इतने वर्षों तक लाड़ प्यार से करते हैं, उसी बेटी को सदा के लिए दूसरे के हाथों में सौंप देते हैं।''

(i) यहाँ विचित्र घड़ी से क्या उद्देश्य है ?

(ii) किसका विवाह हो रहा है ?

(iii) वर्षों के लाड़-प्यार के बाद लड़की को बिछुड़ना क्यों पड़ता है ?

(iv) 'बेटी पराया धन होती है' का अर्थ स्पष्ट कीजिए।

एकांकी संचय

Question 14.

Read the extract given below and answer in Hindi the questions that follow :

निम्नलिखित गद्यांश को पढ़िए और उसके नीचे लिखे प्रश्नों के उत्तर हिन्दी में लिखिए:

"अपराध और किसका है, सब मुझी को दोष देते हैं। मिसरानी कह रही थी, बहू कैसी भी हो, पर अपने प्राण देकर उसने पति को बचा लिया।"

—'संस्कार और भावना'—
लेखक—विष्णु प्रभाकर

(i) वक्ता किससे और किसके बारे में बात कर रही है ?

(ii) मिसरानी ने उसे क्या बताया ?

(iii) क्या वक्ता इसके लिए अपने को दोषी मान रहा है। यदि हाँ तो क्यों ?

(iv) जो बीमार था वह वक्ता का कौन है ? वह उससे अलग क्यों है ?

Question 15.

Read the extract given below and answer in Hindi the questions that follow :

निम्नलिखित गद्यांश को पढ़िए और उसके नीचे लिखे प्रश्नों के उत्तर हिन्दी में लिखिए:

"रमेश गया है गौरी को विदा कराने (कलाई पर बँधी घड़ी देखकर) कुछ देर में उसे लेकर आता ही होगा। मेरी बेटी पहला सावन यहाँ बितायेगी।"

—'बहू की विदा'—
लेखक—विनोद रस्तोगी

(i) यहाँ कौन किससे बात कर रहा है ?

(ii) श्रोता (सुनने वाला) यहाँ क्यों आया है ?

(iii) सावन के महीने में ब्याही लड़कियाँ अपने मायके क्यों आती हैं ?

(iv) वक्ता अपनी बहू को उसके मायके क्यों नहीं भेज रहा है ?

Question 16.

Read the extract given below and answer in Hindi the questions that follow :

निम्नलिखित गद्यांश को पढ़िए और उसके नीचे लिखे प्रश्नों के उत्तर हिन्दी में लिखिए:

"प्रत्येक राजपूत को अपनी ताकत पर नाज है। इतने बड़े दम्भ को मेवाड़ अपने प्राणों में आश्रय न दे, इसी में उसका कल्याण है।"

—'मातृभूमि का मान'—
लेखक—हरिकृष्ण 'प्रेमी'

(i) यहाँ कौन किससे बात कर रहा है ?

(ii) सुनने वाला क्या सन्देश लेकर आया था ?

(iii) वक्ता ने उसे क्या सलाह दी ?

(iv) आने वाले का प्रस्ताव स्वीकार हुआ या नहीं ? यदि नहीं तो क्यों ?

❑❑

MODEL SPECIMEN PAPER–13

SECTION–A

Question 1.

Write a short composition in Hindi of approximately 250 words on any one of the following topics :

निम्नलिखित विषयों में से किसी एक विषय पर हिन्दी में लगभग 250 शब्दों में संक्षिप्त लेख लिखिए—

(i) 'यदि दृढ़ संकल्प है तो विकलांगता कोई समस्या नहीं है।' इस कथन पर अपने विचार व्यक्ति कीजिए।

(ii) राष्ट्रवादी एवं धार्मिक संगठन लोगों को एक करने के बजाय विभाजित करते हैं—इस कथन के पक्ष या विपक्ष पर अपने विचा व्यक्त कीजिए।

(iii) 'सार्वजनिक स्थलों पर सिगरेट पीना बन्द होना चाहिए।' इस कथन के पक्ष या विपक्ष में अपने विचार व्यक्त कीजिए।

(iv) एक कहानी लिखिए जिसका आधार निम्नलिखित कथन हो—

''करत-करत अभ्यास के जड़मति होत सुजान।''

(v) नीचे दिए गए चित्र को ध्यान से देखिए। इस चित्र को आधार बनाकर यथोचित वर्णन कीजिए। आप जो लिखेंगे उसका विषय या तो चित्र हो या आपने इस चित्र को रूपरेखा की तरह प्रयोग किया हो, परन्तु जो कुछ भी आपने लिखा हो उसका स्पष्ट तथा सीधा सम्बन्ध चित्र से ही होना चाहिए।

उत्तर— **(i) 'यदि दृढ़ संकल्प है तो विकलांगता कोई समस्या नहीं है।'**

संसार में स्वास्थ्य ही सर्वोपरि है। जो स्वस्थ हैं उन पर ईश्वर की असीम कृपा है। लेकिन जो विकलांग हैं उन पर भी ईश्वर कृपा करता है। शरीर में एक चीज कम है तो उसके स्थान पर कोई विशेष गुण ईश्वर उस शरीर में देता है। जो अंधे हैं उनमें आसपास के वातावरण की अनुभूति और विशेष स्मरण शक्ति होती है। गूँगे-बहरों में समझने की विशेष शक्ति होती है। जो हाथ या पैरों से विकलांग हैं उनमें दृढ़ शक्ति होती है। विकलांग व्यक्ति मनुष्य की सहानुभूति प्राप्त करता है। देश में अनेक सेवा संस्थान हैं जो विकलांगों की भरपूर सहायता करते हैं और अस्पतालों में उपचार भी करते हैं। 'नारायण सेवा समिति' तो विकलांगों की सेवा में समर्पित है ही। इसके साथ-साथ सरकार भी ऐसे व्यक्तियों को पढ़ने-लिखने में सहायता करती है और नौकरियों में आरक्षण प्रदान करती है। जयपुर में इनके लिए विशेष सुविधाजनक कृत्रिम अंग बनाए जाते हैं। जिनके पैर नहीं हैं वे कृत्रिम पैरों से चल सकते हैं। कृत्रिम हाथ भी लगाए जाते हैं। जो व्यक्ति चल नहीं सकते उनके लिए ह्वील चेयर उपलब्ध कराई जाती है। वे हमारी तरह ही समाज के अंग हैं। उन्हें हर प्रकार से उत्साहित किया जाता है। उनकी क्रीड़ा क्षेत्रों में प्रतियोगिताएँ होती हैं और पारितोषिक दिये जाते हैं। ऐसा करने से उनमें उत्साहवर्धन होता है और कार्य करने की प्रेरणा मिलती है।

मेरे पड़ोस में एक देसाई परिवार है। उसी परिवार के बड़े पुत्र हरवंश देसाई पैरों से अपाहिज हैं। आजकल वे बनारस में एक कॉलेज में विज्ञान के प्रोफेसर हैं। वे वहीं कॉलेज के हॉस्टल में रहते हैं और ह्वील चेयर पर आते जाते हैं। इसके लिए उन्हें कॉलेज की ओर से दो नौकर

मिले हुए हैं। तीव्र प्रतिभा और अपूर्व ज्ञान के बल पर अच्छे-अच्छे वैज्ञानिक उनका लोहा मानते हैं। भक्ति-भावना की उनमें कमी नहीं है। अपने कमरे की अलमारी में ही उनके इष्टदेव विराजते हैं और दोनों समय पूजित होते हैं। उनका कष्टकर जीवन भी उनकी आदत में आ गया है। वह रोज समय पर अपनी दिनचर्या पूरी करते हैं। छात्र उनसे शिक्षा प्राप्त करके अपने को भाग्यशाली मानते हैं। उन्हें अच्छे शिक्षक का पुरस्कार मिल चुका है। उनका विवाह तो नहीं हुआ है, लेकिन इसका उन्हें कोई आभास भी नहीं है। बचपन से ही उन्हें किसी न किसी का सहारा लेना पड़ा। इसमें उनकी माँ और बड़े भाई की महत्त्वपूर्ण भूमिका रही है। बचपन में माँ ने उनकी सेवा की और विद्यालय जाने पर उनके बड़े भाई ने उनकी सहायता की। रोजाना ह्वील चेयर पर बिठाल कर स्कूल ले जाना और वापस घर लाना उनके बड़े भाई की जिम्मेदारी थी। कभी भी उन्होंने किसी काम में कमी नहीं आने दी। इसलिए मि. देसाई अपने बड़े भाई के बहुत आभारी हैं। स्कूल में उन्हें उपेक्षित भी होना पड़ा लेकिन हिम्मत नहीं हारी और दृढ़ संकल्पित होकर सभी परीक्षाएँ उत्तम श्रेणी में उत्तीर्ण की। सभी शिक्षक उनकी मेहनत, लगन और तीव्र बुद्धि से प्रभावित रहे। वे अपने विद्यार्थी जीवन में विनम्र और आज्ञाकारी रहे। सभी गुरुओं का सम्मान कर उनसे आशीर्वाद प्राप्त करते थे।

यदि मन में कुछ करने की उमंग हो तो विकलांग व्यक्ति भी ऊँचे लक्ष्य को छू सकता है। मि. देसाई बनारस में अपनी ख्याति अर्जित कर चुके हैं। सुना है उनका नाम शिक्षक दिवस पर उपहार पाने के लिए राष्ट्रपति को भेजा गया है। यदि यह सिफारिश स्वीकार कर ली गई तो राष्ट्रपति से पुरस्कार प्राप्त कर वे अपने जीवन को सफल कर लेंगे। एक शिक्षक के रूप में उनका जीवन आदर्श है। अपने काम में व्यस्त रहना और गरीब विद्यार्थियों को अपने घर पर निःशुल्क पढ़ाना उनके जीवन का मानो लक्ष्य हो। हमारे देश में अनेक विकलांग ऐसे हुए हैं जिन्होंने कीर्तिमान स्थापित किए हैं। हम लोगों को उनके कठिनाइयों से भरे जीवन से सीख लेकर अपने कर्त्तव्य का पालन करते हुए कठिन परिश्रम से घबराना नहीं चाहिए।

(ii) राष्ट्रवादी एवं धार्मिक संगठन लोगों

भारत अनेक धर्मों, जातियों और भाषाओं का देश है। धर्म, जाति एवं भाषाओं की दृष्टि से विविधता होते हुए भी भारत में प्राचीन काल से ही एकता की भावना विद्यमान रही है। जब कभी उस एकता को खण्डित करने का प्रयास किया जाता है भारत का हर नागरिक सजग हो उठता है और राष्ट्रीय एकता को खण्डित करने वाली शक्तियों के विरुद्ध आन्दोलन आरम्भ हो जाता है। राष्ट्रीय एकता हमारे राष्ट्रीय गौरव की प्रतीक है और जिस व्यक्ति को अपने राष्ट्रीय गौरव का अभिमान नहीं है वह नर नहीं पशु के समान है। राष्ट्र की आन्तरिक शान्ति, सुव्यवस्था और बाहरी दुश्मनों से देश की सुरक्षा के लिए राष्ट्रीय एकता आवश्यक है। लेकिन हमारे राष्ट्रवादी और धार्मिक संगठन अपने-अपने हितों की पूर्ति हेतु भारतीयों को एक करने के बजाय विभाजित करने की कोशिश करते हैँ। इस कर्त्तव्य में उनका हित हो सकता है, लेकिन भारत का अहित होता है। 'भारतीय राष्ट्रीय एकता सम्मेलन' में बोलते हुए पूर्व प्रधानमंत्री स्व. श्रीमती इन्दिरा गाँधी ने कहा था—''जब-जब भी हम असंगठित हुए, हमें आर्थिक और राजनीतिक रूप में इसकी कीमत चुकानी पड़ी। जब-जब विचारों में संकीर्णता आई, आपस में झगड़े हुए और जब कभी नए विचारों से अपना मुख मोड़ा हानि ही हुई और हम विदेशी शासन के अधीन हो गए।'' उनका कथन अक्षरशः सत्य है। राष्ट्रवादी संगठन राष्ट्र को महान मानते हुए अपनी मान्यताओं के अनुसार चलाना चाहते हैं जिसे सब लोग पसंद नहीं करते और विचारों में दरार पड़ जाती है। दूसरी ओर धार्मिक संगठन अपने धर्म को ही प्रमुखता देते हैं। दूसरे धर्मों के प्रति समभाव नहीं रखते। भारत में सभी धर्मों के लिए समान अधिकर हैं। जो लोग धर्म को लेकर लोगों को बाँटते हैं वे देश का अहित करते हैं। राष्ट्रवादी संगठन भी धर्म की भावना को समझें और लोगों को बाँटने का काम न कर उन्हें एकता के सूत्र में बाँधें।

स्वतन्त्रता प्राप्त करने के बाद हमारे कर्णधारों ने सोचा था कि पारस्परिक भेदभाव की खाई पट जाएगी, किन्तु साम्प्रदायिकता, क्षेत्रीयता, अनेकता ने हम सब को अलग-अलग बाँट रखा है। यदि राष्ट्र को एक सूत्र में बाँधना है तो हमे साम्प्रदायिक विद्वेष और राष्ट्र विरोधी भावों को अपने से दूर रखना होगा। राष्ट्रवादी भावना ऐसी होनी चाहिए जो पूरे देश को जोड़ के चले। वहीं धार्मिक संगठन दूसरे धर्मों के प्रति समभाव रखें और विद्वेष की भावना को त्याग दें तभी देश का भला हो सकता है। हमारे देश के विचारक, साहित्यकार, दार्शनिक और समाज-सुधारक अपनी-अपनी सीमाओं में निरन्तर इस बात के लिए प्रयत्नशील हैं कि देश में भाईचारे और सद्भावना का वातावरण बने अलगाव, पारस्परिक तनाव और विद्वेष की भावना समाप्त हो लेकिन हम देखते हैं कि धार्मिक उन्माद भड़कता है और देश जल उठता है। ऐसे में राष्ट्रवादी संगठन भी एक दूसरे पर दोषारोपण करने लग जाते हैं। इससे लोगों के दिलों में नफरत पैदा हो जाती है। अप्रिय घटनाओं की पुनरावृत्ति इस बात का संकेत देती है कि टकराव और बिखराव पैदा करने वाले तत्वों को हम रोक नहीं पा रहे हैं। इन समस्याओं का समाधान केवल नेताओं अथवा प्रशासनिक अधिकारों के स्तर पर नहीं हो सकता, इसके लिए हम सबको मिल जुलकर प्रयास करना चाहिए। धर्म हमारे लिए आध्यात्मिक उन्नति का साधन है। धर्म अलग हो सकता है लेकिन राष्ट्र अलग नहीं हो सकता। आज विकास के साधन बढ़ते जा रहे हैं और भौगोलिक दूरियाँ कम होती जा रही हैं तब भी आदमी और आदमी के बीच दूरी बढ़ती जा रही हैं। डा. गिरिजाशरण अग्रवाल की निम्न पंक्तियाँ देखिए—

''साधनों की मुट्ठियों में धरतियाँ सिमटी हुईं,
और फिर भी फासला ही फासला चारों तरफ।''

उनका तात्पर्य यह था कि साधनों के बढ़ने और देशों की दूरियाँ कम होने से इन्सान को इन्सान के निकट आना चाहिए दूर नहीं।

राष्ट्रवादी संगठन अपनी देशभक्ति के प्रवाह में कुछ ऐसे काम कर जाते हैं। जिससे दूसरे धर्म अपने को प्रभावित समझकर बैरभाव मानते लगते हैं और अलगाव शुरु हो जाता है। इन दोनों संगठनों को मिलजुल कर कार्य करना चाहिए। ये दोनों लोगों को अलग न करके जोड़ने का प्रयास करें तभी देश का भला होगा। सभी धर्मों, जातियों और भावनाओं को मिलाकर ही देश बनता है। इनमें अलगाव नहीं होना चाहिए।''

(iii) 'सार्वजनिक स्थलों पर सिगरेट पीना बन्द होना चाहिए।'

जीवन में कुछ कार्य ऐसे हैं जिन्हें मनुष्य अपने आनन्द के लिए करता है। कुछ कार्य ऐसे भी हैं जो उसके स्वास्थ्य को नुकसान पहुँचाते हैं, लेकिन फिर भी उन्हें वह करता है। सिगरेट पीना एक ऐसी आदत है जो उसके और उसके आस-पास खड़े लोगों को नुकसान पहुँचाती है। लोग सिगरेट अपने घर में और सार्वजनिक स्थलों पर भी पीते हैं। उन्हें रोकने या टोकने वाला कोई नहीं होता। यद्यपि सार्वजनिक स्थलों जैसे रेलवे स्टेशन, बस स्टैण्ड, पार्क आदि पर नोटिस लगा होता है जिसमें लिखा होता है कि 'सिगरेट पीना मना है' पर उसे कोई नहीं मानता। मैं तो इसके खिलाफ हूँ कि सार्वजनिक स्थलों पर सिगरेट पी जाय। यह उन लोगों को भी प्रभावित करती है जो सिगरेट पीने वाले के पास बैठे हैं। ऐसे में बड़ी घुटन-सी हो जाती है और साफ हवा नहीं मिल पाती। इससे फेफड़े खराब हो जाते हैं और अधिक सिगरेट पीने वालों को कैंसर भी हो जाता है।

सार्वजनिक स्थलों जैसे सिनेमाघर, रेलगाड़ी में सिगरेट जलाने के लिए माचिस की तीली जलती हुई फेंक देते हैं जिससे अग्नि दुर्घटना हो जाती है। सार्वजनिक स्थलों पर सिगरेट पीना तहजीब के खिलाफ भी है। यह तो हर प्रकार से बन्द होना ही चाहिए। सरकार ने सार्वजनिक स्थलों पर सिगरेट पीने से रोक लगा दी है, पर इसका पालन अभी नहीं हो रहा है। यदि स्वयंसेवक इस जिम्मेदारी को सँभालें तो सिगरेट पीना बन्द हो सकता है। पुलिस भी इसमें सहयोग करें और जो ऐसा करते पाया जाय उस पर काफी जुर्माना हो। कहते हैं कि 'हर सिगरेट मनुष्य के जीवन के पाँच मिनट कम कर देती है।' यह कथन सत्य है। बस में भी कुछ लोग सिगरेट, बीड़ी पीते हैं। यह बहुत गलत है। अन्य लोगों को उन्हें रोकना चाहिए। उन्हें तो नुकसान होता ही है लेकिन जो पास में बैठे हैं उन्हें बिना सिगरेट पिए भी नुकसान होता है। अतः हम सबका कर्त्तव्य है कि सार्वजनिक स्थलों पर सिगरेट पीने वालों को रोकें।

जो चीज स्वास्थ्य को नुकसान पहुँचा रही है उसे तो रोकना ही चाहिए। सिगरेट पीने की आदत को कम सिगरेट पीकर धीरे-धीरे छोड़ा जा सकता है। बहुत से लोग जो पहले कई पैकेट सिगरेट पी जाते थे उन्होंने बिल्कुल ही सिगरेट पीना छोड़ दिया। दृढ़ आत्म शक्ति की आवश्यकता है।

(iv) ''करत-करत अभ्यास के जड़मति होत सुजान''

निरन्तर अभ्यास से मूर्ख भी विद्वान् बन जाता है। विद्या अभ्यास से ही आती है। किसी भी बात का अभ्यास मनुष्य को निपुण बना देता है। इस सम्बन्ध में महाभारत कालीन एक कथा है :

गुरु द्रोणाचार्य पाण्डवों और कौरवों के गुरु थे। धनुष विद्या का अभ्यास रोज कराते थे। अर्जुन की ओर उनकी विशेष रुचि थी क्योंकि वही एकाग्रचित्त होकर अध्ययन कर रहे थे। एक बार एक निषाद का बेटा एकलव्य गुरु द्रोणाचार्य के पास आया और प्रार्थना की कि उसे भी धनुष-विद्या की शिक्षा देने की कृपा करें। गुरु द्रोणाचार्य ने उससे यह कहकर मना कर दिया कि उनके पास अन्य समय नहीं है। पर उसने तो उनको ही गुरु मानने का निश्चय कर लिया था। अतः वह वन में गया और अपनी कुटिया के पास ही उसने अपने गुरु की एक प्रतिमा बनाई। उसकी विधिवत पूजा करके धनुष-विद्या का अभ्यास शुरू किया। यह अभ्यास वह निरन्तर एकाग्रचित्त होकर करने लगा।

समय बीतता गया। एक दिन गुरु द्रोणाचार्य के साथ पाण्डव हस्तिनापुर के जंगलों में घूम रहे थे। उन्हें एक विचित्र दृश्य दिखाई दिया कि एक कुत्ते का मुँह बाणों से बन्द किया हुआ था, किन्तु इससे वह तनिक भी आहत नहीं हुआ था। वह भौंकने में असमर्थ था। धनुर्विद्या का ऐसा प्रदर्शन अर्जुन भी नहीं कर सकता था। थोड़ी दूर चलने पर उन्हें एक निषाद की कुटिया मिली। कुटिया के सामने एक वल्कलधारी किशोर बड़ी एकाग्रता के साथ धनुर्विद्या का अभ्यास कर रहा था। कुटिया के सामने एक मूर्ति थी। अर्जुन को उससे ईर्ष्या हुई क्योंकि गुरु ने उससे कहा था कि तुम संसार के सर्वश्रेष्ठ धुनर्धारी बनोगे। द्रोणाचार्य ने उस बालक से पूछा, ''तुम कौन हो बालक और तुम्हारे आचार्य कौन हैं ? बालक ने उत्तर दिया, ''मैं निषादराज हिरण्यधनु का पुत्र एकलव्य हूँ और आचार्य द्रोण के आशीर्वाद से इस विद्या का अभ्यास कर रहा हूँ।'' यह उत्तर उसने अति शालीनता से दिया। गुरु को ध्यान आया कि पहले एक दिन वही युवक उनसे धनुर्विद्या सीखने की इच्छा लिए आया था और उन्होंने उसे यह विद्या सिखाने के लिए मना कर दिया था। गुरु ने यह भी सोचा कि उनका वचन जो उन्होंने अर्जुन को दिया था भंग हो रहा है। अतः वे चिन्तित मुख से एकलव्य के पास गए और बोले, ''वत्स यदि तुम कहते हो कि मैं तुम्हारा गुरु हूँ तो मुझे गुरुदक्षिणा दो।'' गुरु के चरणों में गिरकर एकलव्य ने कहा, ''यह मेरा परम अहोभाग्य होगा, गुरुदेव मुझे आदेश करें।'' गुरु ने गुरुदक्षिणा में एकलव्य के दाहिने हाथ का अँगूठा माँगा। एकलव्य ने तुरन्त ही अपने दाहिने हाथ का अँगूठा काटकर गुरु के चरणों में अर्पित कर दिया। अर्जुन और स्वयं द्रोणाचार्य का सिर लज्जा से झुक गया। एकलव्य की अनुपम गुरुभक्ति का उदाहरण दूसरा नहीं मिलता।

पुनः एकलव्य ने बाएँ हाथ से धनुर्विद्या का पहले जैसा अभ्यास किया। गुरु के प्रति उसकी श्रद्धा किंचित भी कम नहीं हुई। पुनः अभ्यास करने से वह पहले जैसा निपुण हो गया। अतः ठीक ही कहा गया है कि—

''करत-करत अभ्यास के जड़मति होत सुजान।
रसरी आवत जात ते सिल में पड़त निसान॥''

(v) चित्र प्रस्ताव

प्रस्तुत चित्र एक अति आधुनिक रसोईघर का है चित्र में रसोईघर में सब्जी काटते हुए गृहिणी दिखाई दे रही है। वह प्रसन्न मुख से रसोई

बनाने में व्यस्त है। हर वस्तु व्यवस्थित तरीके से रखी है। हर बर्तन को रखने के लिए अलग स्थान नियत है, वहीं रखा हुआ है। रसोईघर अत्यन्त स्वच्छ व हवादार है। गैस पर कढ़ाई रखी है और दूसरे बर्नर पर भगौने में कोई चीज गरम हो रही है। गृहिणी खड़े होकर ही सब्जी काट रही है। खाना भी खड़े-खड़े ही बनाएगी। रसोईघर स्वच्छ और आधुनिक सुविधाओं सहित हो तो भोजन बनाने में आनन्द आता है। यहाँ पर एक वाटर फिल्टर भी दिखाई दे रहा है। इसमें जल स्वच्छ होता है कीटाणु रहित। रसोईघर की आवश्यकता महिलाओं को चार बार होती है—सुबह नाश्ता बनाने के लिए, दोपहर को खाना बनाने के लिए, शाम की चाय बनाने के लिए और फिर रात के भोजन के लिए। बड़े घरों में रसोई महाराजन या महाराज बनाते हैं। इनकी कमी हो तो भोजन बनाने के लिए कोई जानकार नौकर रख लेते हैं। लेकिन मध्यम वर्ग के लोगों का भोजन तो गृहिणी ही बनाती हैं। जो महिलाएँ बाहर काम करती हैं वे रसोई में काम नहीं करती हैं। वे अपनी पसंद की चीजें तो बना ही नहीं सकतीं। आजकल तो अधिकतर लोग गृहिणियों के हाथ का बना भोजन ही पसंद करते हैं। इसलिए माताएँ अपनी पुत्रियों को रसोई में काम करने के लिए प्रोत्साहित करें और उन्हें नये से नये व्यंजन बनाना सिखाएँ। यह तभी सम्भव है जब महिलाएँ स्वयं भोजन बनाया करें और अपनी पुत्रियों को भोजन बनाना सिखाएँ। स्वादिष्ट और पौष्टिक भोजन परिवार को एक कड़ी में जोड़ने का काम करता है। गृहिणी की भोजन बनाने की कला सीख कर पूरे परिवार को अपने वश में रख सकती है। पहले समय में भोजन चूल्हे पर बनाया जाता था और लकड़ियाँ जलाई जाती थीं। गाँव में तो अब भी चूल्हे पर भोजन बनता है। अब चूल्हे की जगह गैस ने ली है। गैस के चूल्हे हर शहर में तो हैं ही गाँवों में भी पहुँच गए हैं। जिनके घर में गैस नहीं है वह मिट्टी के तेल के स्टोव पर खाना बनाते हैं।

रसोईघर यदि आधुनिक है तो गृहिणी सुविधापूर्वक अपना सब काम आसानी से कर सकती है। रसोईघर को आर्कीटैक्ट सुरक्षा की दृष्टि से बनाते हैं। फिर भी कोई न कोई दुर्घटना गैस के लीक होने से हो ही जाती है। अत: स्वयं की सावधानी आवश्यक है।

रसोई प्रत्येक घर का प्रमुख स्थान है। इसकी पवित्रता का प्रभाव भोजन पर पड़ता है और भोजन का प्रभाव मनुष्य के मन और चरित्र पर पड़ता है। जिस प्रकार का भोजन मनुष्य करता है उसी प्रकार का मन बनता है और तद्नुसार उसकी प्रकृति सात्विकी, राजसी एवं तामसी बनती है अर्थात् सात्विकी प्रकृति के लिए सात्विक भोजन पवित्रता के साथ बनाया जाना चाहिए। यह गृहिणी के ऊपर निर्भर है कि कितनी पवित्रता रसोईघर में रखी जाती है ?

Question 2.

Write a letter in Hindi in approximately 120 words on any one of the topics given below :

निम्नलिखित में से किसी एक विषय पर हिन्दी में लगभग 120 शब्दों में पत्र लिखिए :

(i) अपने मित्र को पत्र लिखकर अपने विद्यालय में हुए सांस्कृतिक सप्ताह के बारे में बताइये।

(ii) परीक्षा में उत्तीर्ण होने पर मित्र को बधाई देते हुए पत्र लिखिए।

उत्तर—**(i)** 46, कमला नगर,
आगरा।
दिनांक : 10.05.2008

प्रिय मित्र मोहन,

मैं यहाँ कुशलपूर्वक रहकर तुम्हारी कुशलता की कामना करता हूँ। तुम्हारे प्रश्नानुसार, तुम्हें अपने विद्यालय में हुए सांस्कृतिक कार्यक्रम के विषय में, मैं तुम्हें यह पत्र लिख रहा हूँ।

हमारे विद्यालय में यह कार्यक्रम दिनांक 5.05.2008 को आरम्भ होकर आज दिनांक 10.05.2008 को समाप्त हुए। इस प्रकार पूरे सप्ताह हमने इन कार्यक्रमों का आनन्द उठाया।

सर्वप्रथम अर्थात् पहले दिन भाषण तथा विवाद प्रतियोगिताएँ आयोजित की गयी थीं। दूसरे दिन गीत-संगीत प्रतियोगिताएँ थीं। तीसरे दिन वाद-विवाद सुनने में बड़ा आनन्द आया। चौथे दिन कवि सम्मेलन ने समा बाँध दिया। यह सांस्कृतिक सप्ताह का मुख्य आकर्षण था। पाँचवें दिन 'प्रश्नोत्तरी' हुई। तरह-तरह के सवाल हमें सोचने पर मजबूर कर देते थे। वह बड़े रोचक होते थे। छठवें दिन 'फैन्सी ड्रेस प्रतियोगिता'। अपने ही सहपाठियों को विभिन्न रूपों में देखकर पहले तो हम सब हँस पड़े।

अन्तिम दिन अर्थात् आज नाटकों का आयोजन किया गया था। इन रोमांचक नाटकों को देखकर हम हर्ष विभोर हो उठे। संक्षेप में यह सांस्कृतिक सप्ताह बहुत अच्छा बीता।

मनोरंजन के अतिरिक्त यह अनमोल सप्ताह मेरे शब्दों में तो हमारे अन्दर प्रतियोगिता का विकास होना है। हर बालक में दूसरे से अच्छा कार्य करने की इच्छा होती है। अनेक बच्चों की तरह मैंने भी कुछ प्रतियोगिताओं में हिस्सा लिया था। वाद-विवाद प्रतियोगिता में मुझे द्वितीय पुरस्कार भी प्राप्त हुआ।

अन्त में, मैं यही कहूँगा कि वैसे तो यह सप्ताह हर वर्ष ही होता है पर हर बार इसमें एक नया मजा होता है। इसी के साथ मैं पत्र लिखना बन्द कर रहा हूँ। अंकल, आंटी को मेरा सादर प्रणाम और बंटी को प्यार।

तुम्हारे पत्र के इन्तजार में।

तुम्हारा मित्र,

निखिल जैन

मोहन लाल गुप्ता

होली गेट, मथुरा।

(ii) 46/10, बल्केश्वर कौलोनी,

आगरा।

दिनांक : 15.03.2008

प्रिय मित्र सौरभ,

सप्रेम नमस्कार।

आशा है कि तुम कुशलपूर्वक होंगे। मैं यहाँ ठीक हूँ। आज ही तुम्हारा स्नेहपूर्ण पत्र प्राप्त हुआ और उसके द्वारा तुम्हारे परीक्षा परिणाम की सूचना भी मिली।

जैसे-जैसे मैं पत्र को आगे पढ़ता जा रहा था, मेरी खुशी में चार चाँद लगते जा रहे थे। पहले ही तुम्हारे द्वारा प्राप्त किए 82% अंक मुझे प्रसन्न कर रहे थे कि तुम्हारे विद्यालय में प्रथम स्थान प्राप्त करने का समाचार पढ़ मैं तो बल्लियों उछलने लगा। मुझे ऐसा प्रतीत होता था कि जैसे तुम नहीं, मैं ही प्रथम आया हूँ।

प्रियवर इस श्रेष्ठ परिणाम के लिए मैं तुम्हें हार्दिक बधाई देता हूँ। मैं इतना खुश हूँ कि मेरी अतुलनीय प्रसन्नता शब्दों में नहीं समा रही है। तुम्हारी इस अपूर्व सफलता से मुझे भी प्रेरणा मिली है। तुम्हारे समान अंक प्राप्त करने की तीव्र इच्छा लेकर मैं अपने अध्ययन में लगा हुआ हूँ।

इस आशा के साथ कि तुम आगे भी इसी प्रकार सुन्दर अंक प्राप्त करते रहोगे, मैं अपना यह पत्र बन्द कर रहा हूँ। मेरे माता-पिता भी तुम्हें इस अवसर पर बधाई और आशीर्वाद दे रहे हैं। अपने माता-पिता को मेरा सादर प्रमाण कहना।

शेष शुभ।

तुम्हारा प्रिय मित्र,

अश्वनी

सौरभ कुमार

15, चाँदनी चौक, देहली।

Question 3.

Read the passage given below and answer in Hindi the questions that follow using your own words as far as possible :

निम्नलिखित गद्यांश को ध्यान से पढ़िए और उसके नीचे लिखे प्रश्नों के उत्तर हिन्दी में लिखिए। उत्तर यथासम्भव आपके अपने शब्दों में होने चाहिए :

मनुष्य बड़ा स्वार्थी और **दम्भी** जीव है। वह **अपने मुँह मियाँ मिट्ठू बनता है।** अपनी तारीफ, अपनी **शेखी के पुल बाँधता है।** जो जीव या प्राणी उसकी सहायता करता है। आदमी उसका उपकार मानना तो दूर रहा उल्टे उसकी निन्दा करता है। अपने रक्षक, उपकारी और **हितैषी** के साथ वह छल करता है। उसे धोखा देता है। अवसर मिलते ही उसे काट डालता है। मनुष्य बड़ा प्रतिक्रियावादी है, वह खुदगर्ज है।

वह अपने को संसार का सबसे अधिक बुद्धिजीवी समझता है, किन्तु अवसर आने पर चूहे, बिल्ली, मच्छर और खटमल सभी उसे **चर्का देकर चारों खाने चित्त कर देते हैं।** वह उनके सामने **भीगी बिल्ली** और पराजित **सैनिक की तरह लाचार हो जाता है।**

मित्र को धोखा देना, हितैषी के विरुद्ध बातें करना और माता-पिता की पगड़ी उछालना वह भली-भाँति जानता है। उसमें गर्व है, गरूर और झूठी शान है। अपने आगे वह किसी को कुछ नहीं समझता। गुस्से में वह कभी-कभी **अनर्थ** कर बैठता है।

जहाँ तक जानवरों का प्रश्न है, वे अपने मालिक के साथ प्रेम, सद्भाव और **समर्पण** का भाव रखते हैं। कुत्ते-बिल्ली की बात तो न्यारी है, भयंकर हिंसक जानवर शेर, चीता, भेड़िया और भालू भी सिखाने पर पिंजड़े में भोजन डालने वाले को नुकसान नहीं पहुँचाते।

जानवर और पक्षी स्वामिभक्त होते हैं वे सामने से दुश्मन को ललकारते हैं। धोखे से उस पर हमला नहीं करते। मित्र के सामने तो आदर और प्रेम से **दुम हिलाते हैं।** यहाँ तक कि साँप भी, जिसको विषधर कहा गया है, दूध पिलाने वाले को नहीं काटता। जब किसी से उसे खतरा लगता है तो दूर से फुफकारता है, शत्रु को भी **आगाह** करके उस पर **टूट पड़ता है।** शेर भी दहाड़ करके ही दबोचता है। किन्तु नीच आदमी कब आपकी नाक काट लेगा, कहा नहीं जा सकता। मनुष्य को **कृतघ्न** बनते देर नहीं लगती।

(i) **मनुष्य के स्वभाव में क्या दोष मिलते हैं ?**

(ii) **मनुष्य छोटे-छोटे जीवों के सामने कैसे निर्बल हो जाता है ?**

(iii) स्वार्थी मनुष्य अपने प्रियजनों के साथ कैसा व्यवहार करता है ?

(iv) जानवरों में मनुष्यों की अपेक्षा क्या अच्छाई पाई जाती है ?

(v) स्वार्थी मनुष्य किस तरह की नीचता कर सकता है ?

उत्तर—(i) मनुष्य के स्वभाव में कुछ दोष पाए जाते हैं। कुछ मनुष्य स्वभाव से स्वार्थी और दम्भी होते हैं। अपनी शेखी मारना और किये गए उपकार को भूल जाना, दूसरों से छल करना और निन्दा करना उसके स्वभाव के अवगुण हैं जो उसके जीवन पर प्रभाव डालते हैं।

(ii) कभी-कभी मनुष्य छोटे-छोटे जीवों जैसे चूहे, बिल्ली, मच्छर और खटमल के सामने असहाय हो जाता है। ये जीव उसे परास्त कर देते हैं और उनके द्वारा काटे जाने पर पीड़ा से कराह उठता है। मच्छर और खटमल तो उसे रात को सोने नहीं देते। मनुष्य की वीरता और साहस मच्छर और खटमलों के सामने काफूर हो जाते हैं।

(iii) स्वार्थी मनुष्य अपने प्रियजनों एवं हितैषियों के साथ अविश्वास का भाव रखते हैं। वे प्रतिक्रियावादी होते हैं और उनसे छल करते हैं जो उनका उपकार करते हैं। धोखा देना उनकी प्रवृत्ति बन जाती है।

(iv) जानवर स्वाभिभक्त होते हैं। वे अपने मालिक के साथ प्रेम, सद्भाव और समर्पण का भाव रखते हैं। वे मनुष्य के साथ बैरभाव नहीं रखते। न ही वे धोखे से हमला करते हैं। हिंसक जानवर शेर, चीता आदि अपने पिंजड़े में भोजन डालने वाले को नुकसान नहीं पहुँचाते। वे सामने से दुश्मन को ललकारते हैं धोखे से उस पर हमला नहीं करते। साँप भी दूध पिलाने वाले को नहीं काटता।

(v) स्वार्थी मनुष्य प्रतिक्रियावादी और खुदगर्ज होता है। जो भी मनुष्य उसकी सहायता करता है, उसका उपकार मानना तो दूर रहा उल्टे उसकी निन्दा करता है। अपने रक्षक, उपकारी और हितैषी के साथ वह छल करता है। मौका मिलने पर वह नहीं चूकता और उसे धोखा देता है।

Question 4.

Answer the following according to the instructions given :

निम्नलिखित प्रश्नों के उत्तर निर्देशानुसार लिखिए :

(i) निम्नलिखित शब्दों के तत्सम शब्द लिखिए—

हड्डी, निठुर।

उत्तर—अस्थि, निष्ठुर।

(ii) निम्नलिखित शब्दों में से किन्हीं दो के अर्थ लिखिए—

कृतघ्न, दम्भी, हितैषी, समर्पण।

उत्तर—जो उपकार न माने, पाखण्डी, हित चाहने वाला, देना।

(iii) निम्नलिखित शब्दों के विलोम शब्द लिखिए—

निन्दा, विरुद्ध।

उत्तर—स्तुति, अनुकूल।

(iv) निम्नलिखित मुहावरों में से किसी दो के वाक्य बनाइए—

शेखी के पुल बाँधना, दुम हिलाना, भीगी बिल्ली बनना, टूट पड़ना।

उत्तर—(a) सोहन अपनी तारीफ में शेखी के पुल बाँध देता है।

(b) मालिक के आने पर चापलूस मोहन अपनी दुम हिलाने लगता है।

(c) भेड़िए को देखकर बकरी भीगी बिल्ली बनी चुपचाप खड़ी रही।

(d) हिरनों के झुण्ड को बैठा हुआ देखकर शेर उन पर टूट पड़ा।

(v) कोष्ठक में दिए गये निर्देशानुसार वाक्यों में परिवर्तन कीजिए—

(a) जो जीव उसकी सहायता करता है।

('जो' के स्थान पर 'जिस' का प्रयोग कीजिए)

(b) वह खुदगर्ज है।

('खुदगर्ज' के स्थान पर 'खुदगर्जी' का प्रयोग करें)

(c) जानवर और पक्षी स्वामिभक्त होते हैं।

('स्वामिभक्त' के स्थान पर 'स्वाभिभक्ति' का प्रयोग कीजिए)

उत्तर—(a) जिस जीव की वह सहायता लेता है।

(b) वह खुदगर्जी में रहता है।

(c) जानवर और पक्षियों की स्वामिभक्ति सभी मानते हैं।

SECTION–B

साहित्य सागर (गद्य)

Question 5.

Read the extract given below and answer in Hindi the questions that follow :

निम्नलिखित गद्यांश को पढ़िए और उसके नीचे लिखे प्रश्नों के उत्तर हिन्दी में लिखिए:

अब श्यामा ने हँसकर कहा—''तो क्या तुम समझते हो कि मनोरमा तुमको प्यार करती है और वह दुश्चरित्रा है ? छि: रामनिहाल, यह तुम क्यों सोच रहे हो ? देखूँ तो हाथ में यह कौन-सा चित्र है, क्या मनोरमा का ही है ?''

—'संदेह'—

लेखक—जयशंकर प्रसाद

(i) मनोरमा कौन है ? इसका ज़िक्र यहाँ क्यों आया है ?

(ii) चित्र देखकर श्यामा ने उससे क्या कहा ?

(iii) प्यार के बारे में श्यामा ने क्या कहा रामनिहाल से ?

(iv) श्यामा ने उसको क्या राय दी ?

उत्तर—(i) मनोरमा एक विवाहिता सुन्दर स्त्री है जिससे एक बार रामनिहाल की मुलाकात हो चुकी है। उसे और उसके पति को रामनिहाल ने गंगा में नाव में बिठाकर घुमाया था। रामनिहाल उसकी तरफ थोड़ा आकर्षित हुआ था। रामनिहाल ने ही श्यामा को बताया है कि उसने (मनोरमा) उसे (रामनिहाल) बुलाया है कुछ मदद करने के लिए।

(ii) रामनिहाल के हाथ से चित्र लेकर श्यामा ने देखा कि यह चित्र अवश्य ही मनोरमा का होगा; लेकिन वह चित्र श्यामा का ही था। उसने आश्चर्य से कहा कि यह तो उसका चित्र है तो क्या वह उसे (श्यामा से) प्यार करने का लड़कपन करता है। मनोरमा उसको प्यार करती है और वह उसे (श्यामा को) मन के विनोद के लिए उसने अच्छा साधन जुटाया है। तभी कायरों की तरह यहाँ से भागने की तैयारी वह कर रहा है।

(iii) श्यामा ने उसे समझाया कि प्यार करना बड़ा कठिन है। वह इस खेल को नहीं जानता। इसके चक्कर में वह पड़े भी नहीं। नहीं तो वह एक दिन पछतायेगा।

(iv) श्यामा ने उसे सलाह दी कि एक दुखियारी स्त्री उसे अपनी सहायता के लिए बुला रही है। वह जाये और उसकी सहायता करके लौट आये। उसका सामान अभी यहीं रहेगा। उसको अभी यहीं रहना है। उसे अभी उसके (श्यामा के) संरक्षण की आवश्यकता है।

Question 6.

Read the extract given below and answer in Hindi the questions that follow :

निम्नलिखित गद्यांश को पढ़िए और उसके नीचे लिखे प्रश्नों के उत्तर हिन्दी में लिखिए:

''एक बार एक वन के पशुओं को ऐसा लगा कि वे सभ्यता के उस स्तर पर पहुँच गये हैं, जहाँ उन्हें एक अच्छी शासन-व्यवस्था अपनानी चाहिए और एकमत से यह तय हो गया कि वन-प्रदेश में प्रजातन्त्र की स्थापना हो।''

—'भेड़ें और भेड़िये'—

लेखक—हरिशंकर परसाई

(i) इस वन के पशुओं ने क्या सोचा ? क्या उनका यह सोचना उचित था ?

(ii) प्रजातन्त्र क्या होता है ? समझाकर लिखिए।

(iii) भारत में कौन-सा तन्त्र है ? क्या आपके मतानुसार यह सफल है ?

(iv) हरे रंग का सियार जो धर्मगुरू बन गया था दिखावे में उसने भेड़ों को क्या उपदेश दिया ?

उत्तर—(i) एक बार एक वन के पशुओं को ऐसा लगा कि वे सभ्यता के उस स्तर पर पहुँच गये हैं, जहाँ उन्हें अच्छे शासन व्यवस्था की आवश्यकता है और सबने मिलकर तय किया कि प्रजातन्त्र के शासन को अपनाना चाहिए।

(ii) प्रजातन्त्र का तात्पर्य है प्रजा के द्वारा शासन व्यवस्था सँभालना। भारत के साथ-साथ कई देशों में प्रजातन्त्रात्मक शासन व्यवस्था है। इस व्यवस्था में प्रजा सर्वोपरि मानी जाती है। वह अपने प्रतिनिधि चुनकर संसद में भेजती है और पाँच वर्ष तक वे चुने हुए प्रतिनिधि कानून बनाते हैं और देश की शासन व्यवस्था देखते हैं। इसमें दो सदन होते हैं लोकसभा और राज्यसभा। यदि कोई प्रतिनिधि अच्छी तरह काम नहीं करता है तो पाँच साल बाद के चुनाव में उसे वोट न देकर दूसरे ईमानदार और कर्तव्यनिष्ठ देश-प्रेमी को चुन सकते हैं। सबसे बड़ा पद

राष्ट्रपति का होता है और फिर प्रधानमन्त्री और उसका मन्त्रिमण्डल होता है। इसी प्रकार प्रदेशों में भी व्यवस्था होती है। पहले राज्यपाल और फिर मुख्यमन्त्री और उसका मन्त्रिमण्डल।

(iii) भारत एक बड़ा प्रजातन्त्रात्मक देश है। जब से भारत स्वतन्त्र हुआ तभी से प्रजातन्त्रात्मक शासन-व्यवस्था चल रही है। शुरू में कांग्रेस का शासन रहा। अब बीजेपी की शासन व्यवस्था चल रही है। हर पाँच साल बाद चुनाव होते हैं। लेकिन खेद है कि अच्छी छवि वाले नेता कम ही चुनकर आते हैं। एक तो भ्रष्टाचार घर कर गया है। दूसरे परिवारवाद पनप रहा है। नेताओं को देश की फिकर कम है अपनी फिकर ज्यादा है। लेकिन सभी नेता ऐसे नहीं हैं। चुने हुए नेता संसद में एक-दूसरे की टाँग खींचते हुए दिखाई देते हैं। इसका मतलब यह बिल्कुल नहीं है कि यह शासन व्यवस्था अच्छी नहीं है। हमारे समाज को शिक्षित, निर्लोभ, देशप्रेमी और परोपकारी होना पड़ेगा तभी यह शासन व्यवस्था पटरी पर आयेगी।

(iv) हरे रंग का सियार भेड़ों और भेड़ियों का धर्मगुरू बन गया। उसने पहनावा भी धर्मगुरू जैसा पहन लिया। उसने सीधी-सादी भेड़ों को उपदेश दिया जो यहाँ त्याग करेगा, उस लोक में पायेगा। जो यहाँ दुःख भोगेगा वहाँ सुख पायेगा। जो यहाँ राजा बनायेगा, वह वहाँ राजा बनेगा। जो यहाँ वोट देगा वह वहाँ वोट पायेगा। इसलिए सब मिलकर भेड़िये को वोट दो। ये दानी हैं, परोपकारी हैं, संत हैं।

Question 7.

Read the extract given below and answer in Hindi the questions that follow :

निम्नलिखित गद्यांश को पढ़िए और उसके नीचे लिखे प्रश्नों के उत्तर हिन्दी में लिखिए:

अरुणा लिफाफा फाड़कर पढ़ने लगी। जब उसका पत्र समाप्त हो गया तो चाय-पीते पीते चित्रा बोली, ''पिताजी का भी पत्र आया है, लिखा है जैसे ही यहाँ कोर्स समाप्त हो जाये, मैं विदेश जा सकती हूँ। मैं तो जानती थी, पिताजी कभी मना नहीं करेंगे।''

—'दो कलाकार'—

लेखिका—मन्नू भण्डारी

(i) इन दोनों सहेलियों का परिचय दीजिए।

(ii) पहले चित्र को देखकर अरुणा ने क्या कहा ?

(iii) चित्रा ने किस चित्र को कन्फ्यूजन का प्रतीक बताया ?

(iv) चित्रा का पत्र सुनकर अरुणा ने क्या कहा ?

उत्तर—(i) अरुणा और चित्रा दोनों घनिष्ठ सहेलियाँ हैं। ये दोनों हॉस्टल में रहकर पढ़ाई कर रही हैं। अरुणा एक साधारण परिवार से है और उसका झुकाव समाज-सेवा की तरफ है। चित्रा एक धनी परिवार से है और चित्र बनाने की उसकी हौवी (रुचि) है। वह एक अच्छी चित्रकार है।

(ii) चित्रा ने उसको अपनी पहली पेंटिंग दिखाई। अरुणा की समझ में नहीं आई। वह बोली कि वह उस चित्र को किधर से देखे। वह अपने चित्र पर नाम लिख दिया करे जिससे पता चले यह किसका चित्र है और गलतफहमी न हो। वह नहीं समझ पा रही थी कि यह चित्र चौरासी लाख योनियों में से किस जीव का है।

(iii) चित्रा ने अपने दूसरे चित्र का मतलब अरुणा को समझाया कि जिस चित्र में सड़क, आदमी, ट्राम, बस, मोटर मकान सब एक-दूसरे के ऊपर चढ़ रहे हैं, वह कन्फ्यूजन का प्रतीक हैं।

(iv) चित्रा ने अपने पिताजी के पत्र के बारे में अरुणा को बताया कि उन्होंने लिखा है कि यहाँ जब भी कोर्स समाप्त हो जाये तो वह विदेश जा सकती है। इस पर अरुणा ने जवाब दिया कि वह धनी बाप की इकलौती बेटी है। उसकी इच्छा कभी नहीं टाली जा सकती। पर उसे (अरुणा) को तो उसकी सारी कला निरर्थक-सी लगती है। किसी के समझ में नहीं आती। समाज के लिए भी इसका उपयोग समझ में नहीं आता यह उसका (अरुणा) अपना विचार है।

साहित्य सागर (पद्य)

Question 8.

Read the extract given below and answer in Hindi the questions that follow :

निम्नलिखित पद्यांश को पढ़िए और उसके नीचे लिखे प्रश्नों के उत्तर हिन्दी में लिखिए:

''कान लाय कछु कहत जसोदा, दाउहिं नहिं सुनैहौं।
चन्दा हूँ ते अति सुन्दर तोहिं, नवल दुलहिया ब्यैहौं॥
तेरी सौं मेरी सुन मैया, अबहीं ब्याहन जैहौं।
'सूरदास' सब सखा बराती, नूतन मंगल गैहौं।।''

—'सूर के पद'—

कवि—सूरदास

(i) जब यशोदा बालकृष्ण को चन्द्र खिलौना नहीं दे सकी तो दूसरा क्या कार्य करने को कहा ?

(ii) दुल्हनियाँ कैसी होगी ?

(iii) क्या इस प्रस्ताव से बालकृष्ण खुश हुए ?

(iv) प्रस्तुत पंक्तियों का भावार्थ लिखिए।

उत्तर—(i) बालकृष्ण यशोदा मैया से चन्द्र खिलौना माँग रहे थे। जब यशोदा चन्द्र खिलौना नहीं दे सकीं तो उन्होंने दूसरा बहाना बनाया कि वह उसके लिए एक सुन्दर दुल्हनिया लाकर देंगी। लेकिन ये बात दाऊ भैया को मत बताना।

(ii) दुल्हनिया बहुत सुन्दर होगी। वह चन्द्रमा से भी अधिक सुन्दर होगी। इस नई दुल्हनिया के साथ वह उसका विवाह कर देंगी।

(iii) नई सुन्दर दुल्हनिया की बात सुनकर बालकृष्ण बहुत प्रसन्न हुए। वह कहने लगे कि हे मैया ! मैं अभी ब्याहने चला जाऊँगा और मेरे सखा बाराती होंगे।

(iv) सूरदास कहते हैं कि बालकृष्ण अपनी माता यशोदा से रूठ गये हैं क्योंकि उन्होंने उन्हें चन्द्र खिलौना नहीं दिया। उन्हें मनाने की युक्ति निकाली कि वह उसके लिए चाँद से भी सुन्दर नई दुल्हनिया के साथ उसका विवाह कर देंगी। लेकिन यह बात वह दाऊ को न बताये। वह यह सुनकर बहुत प्रसन्न हुए और कहने लगे कि तेरी सौगन्ध है हे मैया ! मैं अभी ब्याहने जाऊँगा। मेरे सभी सखा बाराती बनेंगे और सभी मंगल गीत गायेंगे।

Question 9.

Read the extract given below and answer in Hindi the questions that follow :

निम्नलिखित पद्यांश को पढ़िए और उसके नीचे लिखे प्रश्नों के उत्तर हिन्दी में लिखिए:

''नाते नेह राम के मनियत, सुहृद सुसेव्य जहाँ लौ।
अंजन कहा आँख जेहि फूटै, बहु तक कहौं कहाँ लौं॥
तुलसी सो सब भाँति परमहित पूज्य प्रान ते प्यारो।
जासों होय सनेह राम-पद, एतो मतो हमारो।।''

—'विनय के पद'—
कवि—तुलसीदास

(i) पहली दो पंक्तियों में कवि ने क्या बात कही है ?

(ii) मनुष्य का परम हित किसमें है ?

(iii) भरत ने अपनी माता को क्यों छोड़ दिया था ?

(iv) उक्त पंक्तियों का भावार्थ लिखिए।

उत्तर—(i) पहली दो पंक्तियों में तुलसीदास जी ने कहा है कि नाते (सम्बन्ध) और प्रेम का नाता राम से मानना चाहिए या जो राम से प्रेम करता है उसी से सम्बन्ध बनाना चाहिए। उसी व्यक्ति को सच्चा मित्र और सुसेवक मानना चाहिए। अर्थात् वही हमारा हितैषी है जो राम से प्रेम करता हो। वे बहुत क्या कहें, उस अंजन से क्या लाभ जिसके लगाने से आँख ही फूट जायें। अर्थात् जो राम का प्रेमी नहीं है उससे नुकसान ही होगा।

(ii) मनुष्य का परम हित राम से प्रेम करने में है। उनसे ही अपने सम्बन्ध बनाये और जो भी नर राम से प्रेम करते हैं उन्हें ही अपने सुहृदय समझें। वही हमारे हितैषी होने चाहिए। उनसे ही हमारे सब काम सिद्ध होंगे।

(iii) राजा दशरथ के तीन रानियाँ थीं—कौशल्या, सुमित्रा और कैकेयी। जब अयोध्या के राजा दशरथ अपने बड़े बेटे राम को राज्य पद देना चाहते थे तो कैकेयी की दासी ने कैकेयी को झड़काया कि वह राजा से अपने दो वरदान माँग ले—एक में भरत को राजगद्दी और दूसरे में राम को चौदह वर्ष का वनवास। कैकेयी ने ऐसी ही किया। कैकेयी के पुत्र भरत ननिहाल में थे। वे राम से बहुत स्नेह करते थे। जब वे अयोध्या आये तो उन्हें इस बात का पता चला। इधर राजा दशरथ भी परलोक सिधार गये। अत: ग्लानिवश भरत ने अपनी माता का त्याग कर दिया।

(iv) तुलसीदास जी कहते हैं कि नाता (सम्बन्ध) और नेह (प्रेम) राम से मानना चाहिए। जहाँ तक सुहृदय और सुसेवक की बात है वह भी राम से प्रेम करने पर ही मानें। यानी जो भी सम्बन्ध संसार में बनायें वे सब राम के नाते ही बनायें। जो राम से प्रेम करे वही हमारा हितैषी है। उस अंजन से क्या लाभ जिससे आँख ही फूट जाये। कवि का कहना है कि संसार में हमारा हितैषी, पूज्य और प्राण से प्यारा वही है जिसके द्वारा हमारा राम के चरणों में पहुँचने का प्रेम हो। हम राम को ही अपना सब कुछ मानें। उसके नाते ही संसार में सब काम पूरे होंगे।

Question 10.

Read the extract given below and answer in Hindi the questions that follow :

निम्नलिखित पद्यांश को पढ़िए और उसके नीचे लिखे प्रश्नों के उत्तर हिन्दी में लिखिए:

''कुछ साथ में चलते रहे
कुछ बीच ही से फिर गये।
पर गति न जीवन की रुकी

जो गिर गये सो गिर गये
चलता रहे हरदम, उसी की सफलता अभिराम है।
चलना हमारा काम है।''

—'चलना हमारा काम है'—
कवि—शिवमंगल सिंह 'सुमन'

(i) प्रस्तुत पंक्तियों में कवि क्या कहना चाह रहा है ?

(ii) क्या हमें असफलता मिलने पर निराश होना चाहिए ?

(iii) क्या आपके ही मार्ग में रोड़ा (कठिनाइयाँ) अटकता है या सभी के ?

(iv) प्रस्तुत पंक्तियों का भावार्थ लिखिए।

उत्तर—(i) प्रस्तुत पंक्तियों में कवि यह कहना चाह रहा है कि जीवन में मनुष्य का काम चलना है, आगे बढ़ते जाना है, रुकना नहीं है। कुछ लोग अपने रास्ते से लौट लेते हैं, कुछ चलते रहते हैं। कहने का तात्पर्य है कि चलना ही जीवन है।

(ii) असफलता मिलने पर हमें बिल्कुल भी निराश नहीं होना चाहिए। असफलता ही सफलता की पहली सीढ़ी है। असफलता से हमें अपनी त्रुटियाँ ज्ञात होती हैं और हम फिर पूरी लगन से काम करते हैं। उदाहरण के लिए एक चींटी दीवार पर चढ़ रही थी। वह गिरती बार-बार लेकिन उसने चढ़ना नहीं छोड़ा। और अन्त में वह चढ़ ही गई। अत: हमें असफलता से न तो घबराना चाहिए और न ही निराश होना चाहिए।

(iii) ऐसा नहीं है कि हमारे मार्ग में ही बाधाएँ आती हैं। बाधाएँ तो हर मनुष्य के मार्ग में आती हैं। कर्मवीर उन बाधाओं को साहस के साथ पार कर लेते हैं। कुछ लोग तो मंजिल तक पहुँच जाते हैं और कुछ बीच मार्ग से ही लौट आते हैं। यह उचित नहीं है। काम शुरू करके उसे पूरा करना ही चाहिए। कठिनाइयों से घबराना नहीं चाहिए।

(iv) कवि कहता है कि जीवन में मनुष्य का काम चलना है। कुछ लोग साथ-साथ चलते रहते हैं और कुछ बीच में से ही लौट पड़ते हैं। या तो वे दूसरे रास्ते को चुन लेते हैं या निराश होकर बैठ जाते हैं। जीवन तो चलने का ही नाम है। इन्सान की चलने की गति रुकती नहीं है, जो चलते-चलते गिर गये वे गिर गये। यहाँ संकेत है कि उनका तो जीवन ही समाप्त हो गया। जो जीवन में निरन्तर चलता रहता है उसे ही सुख देने वाली सफलता मिलती है। चलना ही हमारा काम है।

नया रास्ता

Question 11.

Read the extract given below and answer in Hindi the questions that follow :

निम्नलिखित गद्यांश को पढ़िए और उसके नीचे लिखे प्रश्नों के उत्तर हिन्दी में लिखिए :

''आशा का रिश्ता पक्का हो गया। लड़के वालों को यह बात बता दी गई थी कि इसकी बड़ी बहन की अभी शादी नहीं हुई है, क्योंकि वह अभी वकालत पढ़ रही है।''

(i) आशा के देखने के लिए कौन-कौन लोग आये ?

(ii) वे लोग कहाँ से आये ? उनकी क्या माँग थी ?

(iii) जब मीनू टेलीविजन देख रही थी तो अशोक ने आकर उसे क्या बताया ?

(iv) जब मीनू नीलिमा के पास पहुँची तो उनमें क्या बातें होती रही ?

उत्तर—(i) आशा सुन्दर तो थी ही। उसे देखने के लिए इंजीनियर आलोक उसके मम्मी-पापा और उसकी बड़ी भाभी आये। ये लोग दिल्ली से आये क्योंकि लड़का दिल्ली में ही नौकरी कर रहा था। आशा जब उन लोगों के पास पहुँची तो उस समय आशा ही चमक रही थी। और सब लोग जो उसे देखने आये साधारण रूप-रंग के थे। अत: आशा पसन्द कर ली गई।

(ii) लड़का दिल्ली में इंजीनियर के पद पर कार्यरत था। ये लोग दिल्ली से आये थे। लड़का देखने में अच्छा था। पिताजी उसे देखने दिल्ली गये तो उन्हें लड़का पसन्द आ गया। उनसे दान-दहेज की बात हुई। माँग के नाम पर उन्हें सिर्फ सुन्दर लड़की चाहिए थी।

(iii) रविवार का दिन था, मीनू अपने कमरे में बैठी टेलीविजन पर कार्यक्रम देख रही थी कि नीलिमा के भाई अशोक ने उसे आकर बताया कि नीलिमा मेरठ से आई है और तुम्हें याद कर रही है।

(iv) मीनू नीलिमा के पास पहुँची तो दोनों घुल-मिलकर बातें करने लगीं। मीनू ने बताया कि उसकी छोटी बहन आशा का रिश्ता हो गया है। लड़का दिल्ली में इंजीनियर है। घर भी अच्छा है। नीलिमा ने उससे पूछा कि क्या वह अपनी शादी नहीं कर रही है। मीनू ने उदास होकर कहा कि उससे शादी कौन करेगा ? नीलिमा ने तुरन्त ही उत्तर दिया कि उसके अशोक भैया तो उसकी बहुत प्रशंसा करते हैं, वह करेंगे शादी। मीनू को यह सुनकर अच्छा लगा कि कोई तो है जो उसकी प्रशंसा करता है।

Question 12.

Read the extract given below and answer in Hindi the questions that follow :

निम्नलिखित गद्यांश को पढ़िए और उसके नीचे लिखे प्रश्नों के उत्तर हिन्दी में लिखिए:

''जैसे ही वह अन्दर कमरे में गई, एकान्त में उसका हृदय रो पड़ा। उसके नेत्रों में आँसू टपक पड़े। इतने में ही आशा ने कमरे में

प्रवेश किया। आशा को देखकर उसने झटपट अपने आँसू पोंछे और अपने को संयत करके आशा से बातें करनी शुरू कर दीं।''

(i) किसकी शादी की रश्में शुरू हो गईं। बड़ी बहन को आरती उतारनी थी तो बुआजी ने क्या कहा ?

(ii) मीनू को बुआजी की बात सुनकर कैसा लगा ?

(iii) अगले दिन घर का कैसा माहौल था ?

(iv) मीनू का ध्यान किन महिलाओं की ओर गया ?

उत्तर—(i) मीनू की छोटी बहन आशा की शादी की रस्में शुरू हो गई हैं। बड़ी बहन को आरती उतारने की यह रस्म करनी थी। मीनू आरती करने को तैयार हुई तो बुआजी ने इस पर यह कहते हुए एतराज किया कि आरती तो शादीशुदा बहन ही कर सकती हैं। यह सुनकर मीनू उदास हो गई, लेकिन माँ ने कहा कि आजकल कोई नहीं मानता इन बातों को मीनू ही करेगी आरती। फिर मीनू ने आरती की।

(ii) बुआजी की बात सुनकर मीनू को अच्छा नहीं लगा। उसका चेहरा मुरझा गया। यह ताना उसके अन्तःकरण को दुःख से भर गया। माँ ने उस स्थिति को सँभाला और मीनू से ही आरती करवाई।

(iii) अगले दिन घर में विशेष चहल-पहल थी। काफी मेहमान आ चुके थे। बारात आने में कुछ ही घण्टे रह गये थे। बच्चे एक समूह में एकत्रित होकर खेल रहे थे। सभी बड़े व्यक्ति काम में व्यस्त थे। बारात के स्वागत की तैयारी की जा रही थी। हर एक को अलग-अलग काम बाँट दिया गया था।

(iv) मीनू नीचे उतरकर आई और आशा की सहेलियों से बात करने लगी। तभी उसका ध्यान उन दो महिलाओं की तरफ गया। पहली महिला ने पूछा कि इसकी बड़ी बहन कहाँ है जिसकी अभी शादी नहीं हुई है। दूसरी महिला ने बताया कि सामने जो हरे रंग की साड़ी पहने हुए खड़ी है, वही बड़ी बहन है। मीनू को यह बात अच्छी नहीं लगी। उसे लगा कि हमारे समाज में औरतें एक-दूसरे पर छींटाकशीं क्यों करती हैं।

Question 13.

Read the extract given below and answer in Hindi the questions that follow :

निम्नलिखित गद्यांश को पढ़िए और उसके नीचे लिखे प्रश्नों के उत्तर हिन्दी में लिखिए:

''मीनू ने दूसरे वर्ष की वकालत की परीक्षा भी प्रथम श्रेणी में उत्तीर्ण कर ली। अब तीसरे वर्ष की परीक्षा के लिए वह कठिन परिश्रम कर रही थी। उसने सफलता की मंजिल तक पहुँचने के लिए दूसरी सीढ़ी पार कर ली।''

(i) आजकल कॉलेज में क्या चल रहा था ?

(ii) मीनू नीलिमा के घर गई तो उसने क्या देखा ?

(iii) सुरेन्द्रजी ने मीनू से क्या कहा ?

(iv) मीनू से नीलिमा ने पढ़ाई के बारे में क्या कहा ?

उत्तर—(i) आजकल मीनू के कॉलेज में खेलकूद की प्रतियोगिताएँ चल रही थीं। मीनू ने उन प्रतियोगिताओं में भाग नहीं लिया था। कॉलेज में पढ़ाई भी नहीं चल रही थी। उसने सोचा कि आज नीलिमा के घर जाकर मिल आयें। पढ़ते-पढ़ते वह थक चुकी थी।

(ii) नीलिमा के घर पहुँचने पर उसने देखा कि नीलिमा बिस्तर पर पड़ी हुई है। उसने उसके सिर पर हाथ रखकर देखा तो वह ज्वर से तप रही थी; उसके पति सुरेन्द्र दवाई लेने गये थे। घर में उस समय और कोई नहीं था। मीनू ने उसके बच्चे को पालने में लिटाकर सुला दिया।

(iii) सुरेन्द्र जब लौटकर आये तो मीनू को देखकर उन्हें लगा कि वे कुछ समय के लिए नीलिमा के पास मीनू को बिठाकर अपनी फैक्ट्री देखने जा सकेंगे। उन्होंने आग्रहपूर्वक मीनू से कहा कि यदि वह कुछ देर नीलिमा के पास बैठे तो वह अपनी फैक्ट्री देखकर आ जाये।

(iv) नीलिमा ने धीमी आवाज में मीनू से पूछा कि उसकी पढ़ाई कैसी चल रही है ? आजकल वह पढ़ने में खूब व्यस्त होगी। वकालत की अन्तिम परीक्षा है इस साल। मीनू ने उसे बताया कि प्रथम और द्वितीय वर्ष की परीक्षाएँ तो उसने प्रथम श्रेणी में उत्तीर्ण की हैं। इस वर्ष क्या होता है, पता चलेगा।

एकांकी संचय

Question 14.

Read the extract given below and answer in Hindi the questions that follow :

निम्नलिखित गद्यांश को पढ़िए और उसके नीचे लिखे प्रश्नों के उत्तर हिन्दी में लिखिए:

''मुझे आप लोगों पर अभिमान है और बूँदी आप जैसे पुत्रों को पाकर फूली नहीं समाती। जिस बूँदी में ऐसे मान के धनी पैदा होते हैं, उस पर संसार आशीर्वाद के साथ फूल बरसा रहा है। चलो, हम दुर्ग की रक्षा की तैयारी करें।''

—'मातृभूमि का मान'—

लेखक—हरिकृष्ण 'प्रेमी'

(i) यहाँ कौन किससे यह कथन कह रहा है ?

(ii) यहाँ कौन से दुर्ग की रक्षा की बात हो रही है ? उसकी रक्षा की बात क्यों आई ?

(iii) वक्ता ने अन्य सैनिकों के मन में देश के प्रति उत्साह कैसे भरा ?

(iv) अन्त में क्या परिणाम हुआ ? क्या दुर्ग की रक्षा हो पाई ?

उत्तर—(i) वक्ता मेवाड़ के महाराणा लाखा का एक वीर सिवाही वीरसिंह है। वह बूँदी राज्य का रहने वाला है और नौकरी महाराणा लाखा के यहाँ करता है। वक्ता अपने अन्य बूँदी के ही रहने वाले सैनिकों से बात कर रहा है।

(ii) यहाँ मिट्टी के बनाये गये बूँदी के नकली दुर्ग की रक्षा की बात हो रही है। मेवाड़ के शासक ने बूँदी राज्य के शासक के पास सन्देश भेजा कि बूँदी राज्य को मेवाड़ के अधीन कर लें जैसा कि पहले था। वहाँ से इन्कार होने पर राणा ने प्रतिज्ञा की कि जब तक बूँदी को जीत नहीं लेंगे तब तक अन्न-जल ग्रहण नहीं करेंगे। अत: राणा के प्राणों की रक्षा के लिए यह उपाय किया गया कि बूँदी का नकली दुर्ग बनाकर जीत लिया जाये।

(iii) बूँदी के नकली दुर्ग की रक्षा में बूँदी के ही रहने वाले दो-चार सैनिक नियुक्त किये गये जो नकली युद्ध करेंगे और कुछ समय बाद आत्म-समर्पण कर देंगे। उनमें बूँदी का रहने वाला वीर राजपूत वीरसिंह भी था। उसमें अपने देश (राज्य) के लिए देशभक्ति जाग पड़ी। उसने सोचा कि वह प्राण रहते बूँदी का अपमान न होने देगा। उसने अपने साथियों को भी अपने राज्य की प्रतिष्ठा बचाने के लिए अपने प्राण भी न्योछावर करने के लिए उत्साहित किया और वे सब असली युद्ध करने को तैयार हो गये।

(iv) दोनों ओर से युद्ध शुरू हुआ। इधर मेवाड़ के सैनिक तो बनावटी युद्ध कर रहे थे, लेकिन दुर्ग के अन्दर से असली युद्ध हो रहा था। वीरसिंह असली बाण चला रहा था। सेनापति अभयसिंह ने जब यह देखा तो सफेद झण्डा फहराकर युद्ध को रुकवा दिया और दुर्ग के अन्दर जाकर वीरसिंह को समझाया। उस पर देशभक्ति का रंग चढ़ा था, वह नहीं माना। फिर क्या था इधर से भी असली युद्ध हुआ। गोले के प्रहार से वीरसिंह और उसके साथियों के प्राण पखेरू उड़ गये और महाराणा लाखा की विजय हुई लेकिन अत्यन्त दु:ख और ग्लानि के साथ।

Question 15.

Read the extract given below and answer in Hindi the questions that follow :

निम्नलिखित गद्यांश को पढ़िए और उसके नीचे लिखे प्रश्नों के उत्तर हिन्दी में लिखिए:

''व्यर्थ है दुर्योधन ! तेरी सारी कूटनीति व्यर्थ है। अपने पापों के परिणाम से अब तू किसी प्रकार भी नहीं बच सकता। बाहर निकलकर युद्ध कर, बस यही एक मार्ग है।''

—'महाभारत की एक साँझ'—
लेखक—भारतभूषण अग्रवाल

(i) यहाँ वक्ता कौन है और दुर्योधन से क्या चाहता है ?

(ii) दुर्योधन कहाँ आकर छिप गया है ? उसके प्राण संकट में क्यों हैं ?

(iii) पाण्डव उसे क्यों मारना चाहते थे ?

(iv) दुर्योधन ने बाहर आकर क्या कहा ?

उत्तर—(i) यहाँ वक्ता महाबली भीम है। सभी पाण्डव दुर्योधन को ढूँढ़ते हुए उस सरोवर के किनारे आ गये हैं, जहाँ दुर्योधन छिपा हुआ था तथा उसने दुर्योधन को ललकारा कि बाहर आकर युद्ध करे। बिना युद्ध करे काम नहीं चलेगा। अपने भाइयों और सैनिकों को मरवाकर स्वयं के प्राण बचाना चाहता है।

(ii) जब दुर्योधन के सभी महारथी—भीष्म पितामह, गुरु द्रोणाचार्य, धनुर्धारी कर्ण और उसके सभी भाई भी मारे गये थे तथा उसकी सेना चुक गई थी, तो स्वयं को बचाने के लिए वह स्वयं एक सरोवर में आकर छिप गया। उसके प्राण संकट में इसलिए हैं कि उसका सहायक कोई नहीं है और पाण्डव उसकी तलाश कर रहे हैं। यदि पाण्डव उसे ढूँढ़ लेते हैं जो जीवित नहीं छोड़ेंगे।

(iii) पाण्डवों की पूर्ण विजय के लिए दुर्योधन का मारा जाना आवश्यक था। जब तक राज्य का युवराज या कोई उत्तराधिकारी जीवित है, तब तक दूसरे पक्ष की विजय नहीं मानी जायेगी। दुर्योधन यदि जीवित रहता है और भाग जाता है तो वह फिर अपनी सेना खड़ी करके उपद्रव करेगा या पुन: युद्ध के लिए तैयार हो जायेगा। इसलिए वह इस काँटे को निकालना ही चाहते थे।

(iv) दुर्योधन सरोवर से निकलकर कहने लगा कि यदि उनकी हिंसा उसके प्राण लेने से ही तृप्त होगी तो उसके भी प्राण ले लो। वह लड़ने को प्रस्तुत है। उसने जो कुछ भी किया अपनी रक्षा के लिए किया। अब वह अपने प्राणों की रक्षा करके भी क्या करेगा। एक प्रकार से यह भी अच्छा होगा। जिन्होंने उसके लिए अपने प्राणों की बलि दी उन्हें तो वह अपना मुख दिखा सकेगा।

Question 16.

Read the extract given below and answer in Hindi the questions that follow :

निम्नलिखित गद्यांश को पढ़िए और उसके नीचे लिखे प्रश्नों के उत्तर हिन्दी में लिखिए:

''बहुत अच्छे हो ! तुम तो चित्तौड़ के सूरज हो। महाराणा साँगा जी के छोटे कुँवर ! सूरजकी तरह तुम्हारा उदय हुआ है। तभी तो तुम्हारा नाम उदयसिंह रखा गया है।''

—'दीपदान'—

लेखक—डॉ. रामकुमारवर्मा

(i) **उदयसिंह के क्या कहने पर वक्ता ने यह बात कही ?**

(ii) **कुलदीपक की बात सुनकर उदयसिंह ने क्या कहा ?**

(iii) **दीपदान का उत्सव क्यों मनाया गया है ?**

(iv) **दीपदान के उत्सव में न तो वक्ता गया न उदयसिंह को जाने दिया ? क्यों ?**

उत्तर—(i) जब पन्ना धाय ने कुँवर को यह कहा कि उन्हें नाच देखना अच्छा नहीं लगता। तब कुँवर ने कहा कि क्यों अच्छा नहीं लगता। वह तो बड़ी देर तक नाच देखते रहे। वे भी तो उसे बड़ी देर तक देखती रही धाय माँ। वह कितना अच्छा है। यह सुनकर ही धाय माँ ने यह कथन कहा।

(ii) जब धाय माँ ने उदयसिंह को कुलदीपक कहा तो उदयसिंह ने कहा कि वह कुलदीपक है तो कहीं उसे दान न कर देना। वे नाचने वाली लड़कियाँ तुलजा भवानी की पूजा में दीपदान करके ही नाच रही हैं। वे छोटे-छोटे दीपक कुण्ड में कैसे नाच रहे थे धाय माँ । धाय माँ चलकर उनका दीपदान देख ले। जिस तरह उनके दीपक नाचते हैं, उसी तरह वे भी नाच रही हैं।

(iii) बनवीर ने नगर भर में आज नाच-गान का त्योहार मनवाया, जिससे नगर-निवासियों का ध्यान नाच-रंग में ही रहे। मौका देखकर वह राजमहल जाकर महाराणा की हत्या कर दे और बाद में कुँवर उदयसिंह की हत्या कर दे। यह उसका षडयन्त्र था कि नगर-निवासियों को नाच-रंग में उलझाये रखे ताकि उनका ध्यान नाच-रंग में ही लगा रहे।

(iv) दीपदान के उत्सव में धाय माँ नहीं गई न ही उसने कुँवर उदयसिंह को जाने दिया। कुसमय में नाच रंग की बात सुनकर पन्ना धाय को बनवीर पर शक हो गया कि बनवीर कोई कुचक्र रच सकता है। इसलिए उसने कुँवर को वहाँ नहीं जाने दिया सम्भव था कि कुँवर वहाँ जाते और बनवीर अपने सहायकों से कोई काण्ड रच देता।

❑❑

MODEL SPECIMEN PAPER–14

SECTION–A

Question 1.

Write a short composition in Hindi of approximately 250 words on any one of the following topics :

निम्नलिखित विषयों में से किसी एक विषय पर हिन्दी में लगभग 250 शब्दों में संक्षिप्त लेख लिखिए—

(i) **बन्दर या भालू का नाच दिखाने वाले किसी मदारी (Juggler) की दिनचर्या का वर्णन कीजिए। आज के सन्दर्भ में क्या यह पशुओं पर अत्याचार नहीं ? अपने विचार लिखिए।**

(ii) **अपने जीवन के पिछले दस वर्षों के अनुभवों का वर्णन करिए जिन्होंने आपके व्यक्तित्व को सँभाला हो।**

(iii) **'पुस्तक एक उत्तम साथी होती है' इस कथन पर अपने विचार प्रकट कीजिए।**

(iv) **एक कहानी लिखिए जिसका आधार निम्नलिखित कथन हो—**

''जो गजरते हैं, वे बरसते नहीं।''

(v) **दिए गए चित्र को ध्यान से देखिए। इस चित्र को आधार बनाकर यथोचित वर्णन कीजिए। आपने जो लिखा है उसका विषय या चित्र हो आपने इस चित्र को रूपरेखा की तरह प्रयोग किया हो, परन्तु जो कुछ भी आपने लिखा हो उसका स्पष्ट तथा सीधा सम्बन्ध चित्र से ही होना चाहिए।**

उत्तर—

(i) मदारी

आज विद्यालय समय से कुछ पूर्व बन्द हो गया था। अत: मैं अपनी साइकिल उठाकर अपने मित्र के साथ घर की ओर चल दिया। आज का मौसम बड़ा सुहावना था। आकाश में बादल छाए हुए थे और शीतल एवं मन्द पवन बह रही थी। अपनी सहज प्रकृति के अनुसार हम खेलते हुए धीरे-धीरे चल रहे थे और सोच रहे थे कि वर्षा आ जाये तो कितना अच्छा हो। एक डुगडुगी की आवाज सुनकर अनायास ही हमारी साइकिलें उधर मुड़ गयीं। हम दोनों ने भी सड़क के किनारे खड़ी थोड़ी भीड़ में अपना स्थान बना लिया। सामने अधेड़ अवस्था को प्राप्त एक मदारी अपना खेल दिखा रहा था। अपने काम में तन्मय जैसे पुरखों से यह कार्य उसे धरोहर स्वरूप प्राप्त हुआ हो। लय में डुगडुगी बजाना और आकर्षक वाक् चातुरी में प्रवीणता स्पष्ट दिखाई दे रही थी। उसकी बातों को सुनने के लिए भीड़ अपने आप एकत्रित हो रही थी। हम दोनों मित्र भी उसकी बातों में आनन्द रस का लाभ उठाने लगे। देर की चिन्ता नहीं थी। जब भीड़ उसकी आशा के अनुसार हो गई तो उसने अपने सामने बैठे दो बन्दरों को खेल दिखाने के लिए कहा। पहले बन्दरिया का नाच हुआ। बच्चों ने खूब तालियाँ बजायीं। फिर बन्दरिया के रूठ जाने पर बन्दर ने उसे कई प्रकार से मनाने का उपक्रम किया। जब बन्दर ने उसे सिनेमा दिखाने का वायदा किया तब वह मानी। जो भी है बन्दरों के खेल बहुत अच्छे लगे। दोनों बन्दरों में जैसे चोली-दामन का साथ हो ऐसा लगता था। मदारी के निर्देशों का शीघ्रता से पालन वे कर रहे थे। उन्हें मालूम था कि मदारी ही उनकी रोटी और आश्रय का दाता है, लेकिन गौर से देखें तो वे दोनों बन्दर भी मदारी की रोजी रोटी हैं। खेल वास्तव में बड़ा मनोरंजक रहा। अन्त में बन्दर ने मदारी व अपने पेट के लिए पैसे माँगे। मदारी के उस अमुक वाक्य ने यह सोचने को मजदूर कर दिया कि कितनी दीन अवस्था में वह अपना जीवन यापन कर रहा है। खेल के अन्त में मैंने मदारी से बात की। उसने बताया कि सुबह 10 बजे तक तो घर पर ही रहता है। बन्दरों की देखभाल करके उनके खाने का प्रबन्ध करता है और स्वयं खाना खाकर खेल दिखाने निकलता है। दो बार भोजन देकर वह इन बन्दरों को उँगली पर नचाता है। मैंने उसकी हालत देखकर पाँच रुपये दिए।

जिन्हें देखकर वह फूला नहीं समाया और बोला—'बाबूजी आज पहली बार किसी ने मुझे पाँच रुपये दिए हैं।' दिन में वह दो-तीन खेल दिखाकर शाम को घर लौटता है और कभी पच्चीस कभी तीस रुपये ले जाता है। उन्हीं में से वह अपने परिवार का पालन करता है। दोनों बन्दर भी उसके परिवार के ही सदस्य हैं। वह उन्हें प्यार से रखता है। शाम को हारा थका वह भोजन करने के उपरान्त सो जाता है। यही है उसकी नियमित दिनचर्या। 'रोज कुआँ खोदना रोज पानी पीना' वाली कहावत चरितार्थ होती है। बरसात होने पर उसका खेल नहीं जमता। उन दिनों में कम से ही गुजारा करना पड़ता है।

आज के सन्दर्भ में यह पशुओं पर अत्याचार है कि स्वतन्त्र विचरण करने वाले शाखामृग को हम बन्धन में बाँध कर रखते हैं और उससे दिनभर काम करवाते हैं। जिस प्रकार मनुष्य को स्वतन्त्र विचरण का अधिकार है उसी प्रकार जानवरों को भी यह अधिकार प्राप्त है। पर मनुष्य ने स्वार्थवश उनको बन्दी बना लिया है। यह प्रश्न मैंने उससे किया तो वह उधेड़बुन में पड़ गया। कुछ सोचकर बोला कि ये हमारे पालतू जानवर हैं और हमारे साथ-साथ इनकी रोटी का भी प्रबन्ध होता है। एक निश्चित समय पर इनको भोजन और विश्राम मिल जाता है। इनके भरण-पोषण की जिम्मेदारी हमारी हो जाती है। जिन दिनों काम नहीं होता है उन दिनों इनको भूखा नहीं रखा जाता है। मेरे विचार से आज के सन्दर्भ में यह पशुओं पर अत्याचार तो है पर यदि उनको सही प्रकार से रखा जाये और उनके जीवन और भोजन पर प्रतिकूल प्रभाव न पड़े तो पशुओं का पालतू रखने में कोई हानि नहीं है। उन पर कोई अत्याचार न हो और उनके स्वास्थ्य का ध्यान रखा जाये। फिर पालतू पशुओं को उस प्रकार के जीवन में रहने की आदत पड़ जाती है। इस प्रकार उसकी बातों से सन्तुष्ट होकर हम दोनों ने घर की राह ली। थोड़ी देर जरूर हो गई थी, लेकिन किसी के बारे में इतनी जानकारी ली इस बात पर सन्तोष था।

(ii) अपने जीवन के पिछले दस वर्ष के अनुभवों का वर्णन

आज मैंने अपने विद्यालय के जीवन के दस साल पूरे कर लिये हैं और इन दस सालों में मेरा आत्मविश्वास बढ़ा है। मेरे पिता एक अधिकारी हैं और उनका स्थानान्तरण होता रहता है, इसलिए मुझे हॉस्टल में रहकर दस वर्ष तक पढ़ना पड़ा। यह मेरे लिए सौभाग्य रहा क्योंकि छात्रावास के जीवन में मैंने बहुत कुछ सीखा। जितना कुछ मैं यहाँ अपने विद्यालय में रहकर गृहण कर पाया, वह शायद घर में, रहकर सम्भव नहीं हो पाता। मैंने इन दस सालों में शिक्षा तो प्राप्त की ही, इसके अलावा नैतिक शिक्षा, खेलकूद आदि का भी ज्ञान प्राप्त किया। आचरण की पवित्रता और नियमबद्धजीवन यहाँ पर सीखा।

दस साल के अन्तर्गत घर से बाहर रहकर मैंने अपने स्वास्थ्य और शरीर की सुन्दरता पर ध्यान दिया। वास्तविक सुन्दरता शरीर में नहीं बल्कि आचरण में होती है। हमारे अध्यापकों ने कठोर परिश्रम करके हमको पढ़ाया और व्यावहारिक जीवन के बारे में बताया। विद्यालय में मुझे गरीबों की मदद के बारे में बताया गया। आत्मिक विश्वास का पाठ पढ़ाया गया। छात्रावास में हम लोगों से गलतियाँ भी हुईं जैसे बिना इजाजत बाजार या सिनेमा चले गये आदि पर हमें चेतावनी देकर छोड़ दिया गया। मैंने इन वर्षों में प्रौढ़ शिक्षा के बारे में सीखा। गर्मी की छुट्टियों में हमें सुबह-शाम गावों में ले जाकर प्रौढ़ शिक्षा का कार्यक्रम कराया जाता था। अब यह बात हमारे मस्तिष्क में बैठ गई है कि प्रौढ़ शिक्षा बहुत आवश्यक है। मुझे जब भी समय मिलेगा मैं अवश्य प्रौढ़-शिक्षा में अपना योगदान दूँगा। विद्यालय में मुझे सफाई और समय पर आने का पाठ पढ़ाया गया। सफाई सभी जगह होनी चाहिए। मैं ध्यान रखता हूँ कि मेरा शरीर, मेरे वस्त्र और मेरा कमरा स्वच्छ हो। इससे मुझे मानसिक खुशी मिलती है। सफाई पसंद व्यक्ति को सभी पंसद करते हैं। समय की कद्र बड़े-बड़े लोगों ने की है। महात्मा गांधी, जवाहरलाल नेहरू आदि समय के पाबन्द रहे। मैंने इन दस वर्षों में समय के सदुपयोग का पाठ सीखा। मैं अपना समय बेकार बर्बाद नहीं करता। यह एक मुख्य पहलू है। हमें याद रखना चाहिए कि बीता हुआ समय दोबारा लौटकर नहीं आता। कभी भी काम को कल पर टालना नहीं चाहिए।

इन दस वर्षों में विभिन्न क्षेत्रों के कई महापुरुष मेरे विद्यालय में आए और मुझे कोई न कोई सीख देकर गये। उन्होंने भी अपने अनुभव बताए कि किस प्रकार वे इस ऊँचे पद तक पहुँचे। उनके अनुभवों से मैंने शिक्षा ग्रहण की और उनको अपने जीवन में उतारने का प्रयास किया। मैंने सीखा कि विद्यार्थी जीवन में मितव्ययी बनना चाहिए। देशभक्ति का पाठ भी मैंने इस विद्यालय में सीखा। पढ़-लिखकर हम जो भी कार्य अपने देश में करेंगे, वही देश सेवा है। कुछ विद्यार्थी पढ़-लिखकर विदेश चले जाते हैं उनकी सेवा से हमारा देश वंचित रह जाता है। मैं ऐसा कभी नहीं करूँगा। मित्रों के साथ रहकर मैंने अच्छी-अच्छी बातें सीखीं और अपने चरित्र को उज्ज्वल बनाया। विद्यार्थी जीवन के दस वर्ष मेरे लिए अमूल्य निधि थे। वह निधि मेरे पास आज भी है जो मैंने हर वर्ष कुछ न कुछ इकट्ठा किया। मेरा भावी जीवन पिछले दस वर्षों के अनुभव पर ही आधारित है।

(iii) पुस्तक एक उत्तम साथी होती है

पुस्तकें ज्ञान का अक्षय भण्डार हैं। एक शिक्षित व्यक्ति के जीवन में पुस्तकों का महत्त्वपूर्ण स्थान है। पुस्तकों के पढ़ने से असीम आनन्द की प्राप्ति होती है। कुछ लोगों का तो शौक ही पुस्तकें पढ़ना होता है। पुस्तकों का चयन व्यक्तिगत रुचि पर निर्भर करता है। सामान्यतया पाठ्य-पुस्तकों का पठन-पाठन पुस्तक पढ़ने के आनन्द की श्रेणी में नहीं आता। पाठ्य-पुस्तकें तो परीक्षा उत्तीर्ण करने के लिए पढ़ी जाती हैं, लेकिन यदि पुस्तक अपनी रुचि के अनुसार है तो वह हमें पढ़ने में उदार दृष्टिकोण अपनाना चाहिए। पुस्तकें मनोरंजन के साथ-साथ ज्ञानवर्धन भी करती हैं। पुस्तकें पढ़ने के प्रति हमारे मन में एक सहज एवं स्वाभाविक प्रवृत्ति उत्पन्न हो जाय यह अच्छी बात है। पुस्तकें हमारे लिए एक अच्छे मित्र की तरह सहायक होती हैं। ये हमारे एकान्त की साथी हैं। हम उन्हें पढ़कर लेखक के विचारों को जान जाते हैं। पुस्तकें हमारी उत्तम साथी हैं; क्योंकि ये हमारे समय का सदुपयोग करती हैं और हमें व्यस्त रखती हैं। कुछ लोग अच्छे लेखकों के द्वारा लिखी गईं पुस्तकों को पढ़ने में आनन्द का अनुभव करते हैं। ये लेखक हैं—प्रेमचन्द, डिकिन्स, शेक्सपीयर, ओ-हेनरी, हार्डी, कालिदास आदि। प्राचीनकाल से ही मनुष्य की जिज्ञासा ज्ञान प्राप्त करने की रही है। वेद, उपनिषद् जैसे धार्मिक ग्रन्थ मनुष्य का ज्ञानवर्धन करते रहे। आधुनिक काल में

छापेखाने के अनुसन्धान से पुस्तकों का छपना प्रारम्भ हुआ। तभी से पुस्तकें मनुष्य की प्रिय मित्र एवं गुरु बन गईं। मनुष्य की जिज्ञासा पुस्तकों ने शान्त की। बड़े-बड़े विचारकों से हम पुस्तकों के माध्यम से ही बात करते हैं और उनके विचारों से अवगत होते हैं। आध्यात्मिक ज्ञान भी पुस्तकों में भरा पड़ा है। जब हमारा मन उदास होता है तो हम कोई अच्छी-सी पुस्तक लेकर बैठ जाते हैं और अपना मन लगाते हैं। कहानी, नाटक, प्रहसन, चुटकुले आदि की पुस्तकें हमारा भरपूर मनोरंजन करती हैं। वे हमें अकेलापन महसूस नहीं होने देतीं।

अब ध्यान देने योग्य बात यह है कि हमें अच्छी पुस्तकें ही पढ़नी चाहिए। जिन पुस्तकों से समय का सदुपयोग हो, ज्ञानवर्धन हो, चरित्र उज्ज्वल बने, सदाचार के गुण आएँ, वे ही पुस्तकें पढ़ने योग्य होती हैं। गन्दे विचारों वाली या मस्तिष्क को दूषित करने वाली पुस्तकें बुरे मित्र की तरह त्याग देनी चाहिए। जिस पुस्तक को भी हम पढ़ते हैं उसमें से महत्त्वपूर्ण बातों को गृहण कर लेना चाहिए। पढ़ने के बाद पुन: स्मरण कर उसके मुख्य बिन्दुओं पर विचार करना चाहिए तभी उस पुस्तक के पढ़ने से लाभ होगा। स्वाध्याय के लिए पुस्तकें बड़ी लाभदायक सिद्ध होती हैं। जो पुस्तकें हम खरीद नहीं सकते, उन्हें हम पुस्तकालय से लेकर पढ़ सकते हैं। संसार में जितने भी महापुरुष व विद्वान् हुए हैं उन सबका सहारा पुस्तकें ही रही हैं। बड़े-बड़े वैज्ञानिक, अभियन्ता, उद्योगपति आदि सभी के मस्तिष्क को पुस्तकों ने ही निखारकर उन्हें उन्नत आसन पर बिठाया है। विद्यार्थी से लेकर कार्यकुशल व्यक्ति तक सभी अध्ययन करते हैं। पुस्तकें एक उत्तम साथी की तरह हमारे पास रहती हैं। हमारे अकेलेपन को पुस्तकें दूर करती हैं। वे हमसे बात करती हैं, हमारे सुख-दु:ख में सहायक होती हैं और हर प्रकार से हमारी सहायता करने के लिए तत्पर रहती हैं। यदि किसी के पास पुस्तकें हैं तो वह कभी भी अकेलापन महसूस नहीं करता। लेखकों के बारे में जो जानकारी हमें पुस्तकों के द्वारा मिल जाती है वह हमें उनके साथ रहने पर भी नहीं मिलती। लेखक अपनी पुस्तक में अपने हृदय की सब बातें खोलकर लिख देते हैं। पुस्तकों से ही अच्छा साहित्य बनता है जो हमारे समाज का पथ प्रदर्शक होने के साथ-साथ शिक्षाप्रद एवं ज्ञानवर्द्धक भी होना चाहिए। पुस्तक ऐसी हो जिससे समय कटे नहीं, बल्कि समय का सदुपयोग हो। जब भी हम पुस्तकें पढ़ें तो समय बिताने के लिए नहीं पढ़ें, बल्कि कुछ पाने के लिए पढ़ें। यह सत्य है कि पुस्तक एक उत्तम साथी होती है।

(iv) ''जो गरजते हैं, वे बरसते नहीं''

उत्तर प्रदेश में किसनपुर एक बड़ा गाँव है। आधुनिक सुविधाओं से पूर्ण एक छोटा कस्बा कहें तो अत्योक्ति न होगी। सभी लोग कुछ न कुछ काम करते हैं—खेती, लुहारगीरी, बढ़ईगीरी, दुकान, मजदूरी या अपने लघु गृह-उद्योग। बच्चे शहर पढ़ने जाते हैं। जूनियर हाईस्कूल तक गाँव में ही पढ़ते हैं। इसी गाँव का एक सम्पन्न कृषक परिवार हैं—मुखिया का नाम है दाताराम। यह नाम लोगों ने रख दिया। हुआ यों कि बचपन में ये कहा करते थे कि 'सबके दाताराम' अत: लोगों ने इनका नाम ही दाताराम रख दिया। घर में दो लड़के हैं, पत्नी हैं जो खेती में उनका हाथ बँटाती है। खेती अधिक नहीं है पर स्वयं परिश्रम करने के कारण अच्छी फसल होती है। किसी बात की कोई कमी नहीं है। बुजुर्ग एवं शालीन व्यक्ति होने के नाते गाँव के सब लोग उनका आदर करते हैं। जब भी कोई ऐसी बात होती है जिसमें निर्णय लेना है तो दातारामजी को याद किया जाता है। उन्हें जीवन के अनुभव अधिक हैं। उनके समय वाले भी उनकी बात में वजन मानते हैं। दिनचर्या उनकी सन्तुलित है। अच्छे बीज व कर्ज के लिए सहकारिता समिति इन्होंने गाँव में खुलवाई। महाजनों से भी इनकी प्रार्थना है कि गरीब भाइयों से कम सूद लेकर कर्ज दें। काफी सीमा तक उनकी बात मानी जाती है।

पिछले चुनावों में इन्होंने कांग्रेस को समर्थन दिया और पूरे गाँव से वोट डलवाये, लेकिन इन पाँच वर्षों में कोई भी नेता, संसद सदस्य और विधान सभा सदस्य झाँकने तक नहीं आया। अब चुनाव आने के कारण नेताओं की भागदौड़ किसनपुर गाँव तक होने लगी। दातारामजी से कांग्रेस के एक संसद सदस्य ने सम्पर्क किया। अन्तत: एक दिन कांग्रेस की सभा का आयोजन किया गया। किसनपुर के अलावा आस-पास के अन्य गाँव भी बुलाए गए। बड़ी सजधज के साथ सभा का आयोजन हुआ। दातारामजी को मंच पर स्थान दिया गया, क्योंकि चापलूसी व स्वार्थी नेताओं को मालूम था कि दातारामजी की बात किसनपुर के अलावा आस-पास के सभी गाँव मानते हैं। नेताजी ने भाषण प्रारम्भ किया कि इस क्षेत्र के लिए विशेष अनुदान दिया जायेगा। कर्ज माफ कर दिया जायेगा आदि-आदि। दातारामजी को अन्त में बोलने को कहा गया। दातारामजी बोले—''सज्जनों हम इन नेताओं के आभारी हैं जिन्होंने पाँच वर्ष बाद इस गाँव में आकर अपने पैरों को कष्ट दिया। यही बातें इन्होंने पाँच वर्ष पूर्व कहीं थी जो एक भी पूरी नहीं हुई है। 'गरजने वाले बरसते नहीं'। हमें तो बरसने वाले मेघों की आवश्यकता है और किसान बरसने वाले मेघों को पहचानता है। हमें किसी की बातों में नहीं आना है। जो भी नेता हमें लिखित रूप में इस क्षेत्र की उन्नति करने का आश्वासन देगा हम उसके पिछले कार्यों और वायदों को देखकर ही वोट देंगे। आपने यहाँ आने का कष्ट किया इसके लिए मैं आपका आभारी हूँ। धन्यवाद।'' इसके साथ सभा समाप्त हुई और सभी नेता अपना-सा मुँह लेकर चले गए।

(v) चित्र प्रस्ताव

उपर्युक्त चित्र हाल ही में गुजरात में आए भयावह भूकम्प का है जिसने हजारों मकानों को ध्वस्त कर दिया और लगभग चालीस हजार से अधिक लोगों को काल के गाल में समा लिया। चित्र में दिखाई दे रहा है अनेक मकानों का मलबा और मलबे के ऊपर सहायता का कार्य करते हुए अनेक व्यक्ति। एक वृद्ध अपना कुछ सामान सिर पर रखे हुए जाता दिखाई दे रहा है, न जाने कितने लोग इस मलबे में दब गए होंगे। यह वाक्या है 26 जनवरी, 2001 की प्रात: का जब नई दिल्ली में राजपथ पर गणतन्त्र दिवस की परेड चल रही थी। लोगों को क्या पता था कि ऐसे खुशी के माहौल में गुजरात की तकदीर प्रकृति के निर्मम हाथों से तय होनी थी। सबसे अधिक नुकसान अहमदाबाद और भुज क्षेत्र में हुआ। कच्छ इलाके में स्थित 100 रेलवे स्टेशनों तथा 36 रेल पुलों को भी भारी क्षति पहुँची है। राजकोट तथा मोरवी में भी भयानक तबाही हुई। सेना, नौसेना तथा वायुसेना के अलावा राहत कार्यों में गुजरात स्थित सार्वजनिक प्रतिष्ठानों और निजी उद्योगों की भारी भरकम मशीनें

राहत कार्य में लगाई गईं। पुलिस तथा कई समाज-सेवी संस्थाएँ राहत कार्य में जुट गईं। देश विदेश से दान-राशि सहायता कार्य के लिए आनी शुरू हो गई। जो भी जिससे बना उसने मदद की। मानवता की यही पुकार है। घायलों को अस्पताल पहुँचाया गया, मृतकों की अन्त्येष्टि की गई और बेघर लोगों के आवास और भोजन का प्रबन्ध टैण्ट लगा कर किया गया। दूर-दराज के ग्रामीण इलाकों में सहायता पहुँचने में विलम्ब हुआ, लेकिन सरकार ने वह भी सँभाल लिया। यह है प्रकृति का प्रकोप जो इन्सान की पहुँच के बाहर है। रक्षामन्त्री भुज के क्षेत्र में निगरानी के लिए रुक गए। प्रधानमन्त्री ने सरकारी खजाने का मुँह खोल दिया। इस भयानक मंजर को देखकर हर एक की आँखें नम हो गईं। भूकम्प के झटके कई प्रमुख शहरों में महसूस किए गए। गृहमन्त्री और प्रधानमन्त्री ने प्रभावित इलाके में पहुँचकर स्थिति का जायजा लिया। इस प्राकृतिक आपदा से पूरा देश व्यथित हुआ। 1991 में उत्तरकाशी में भूकम्प आया था जिसमें एक हजार से अधिक लोग मारे गये थे। 1993 में महाराष्ट्र के लातूर व अहमदाबाद इलाकों में आए भूकम्प से लगभग दस हजार लोग मारे गए थे। 1999 में रुद्रप्रयाग में आए भूकम्प में 120 से अधिक लोग मारे गए थे। कहते हैं कि जानवरों और पक्षियों को पहले से भूकम्प का एहसास हो जाता है। वैज्ञानिकों के लिए यह एक बड़ी चुनौती है, कि वो भूकम्प का पहले से पता लगाएँ।

ऐसे अवसरों पर हमारा कर्त्तव्य हो जाता है कि भूकम्प पीड़ितों की भरपूर सहायता करें।

Question 2.

Write a letter in Hindi in approximately 120 words on any one of the topics given below :

निम्नलिखित में से किसी एक विषय पर हिन्दी में लगभग 120 शब्दों में पत्र लिखिए—

(i) **आई. सी. एस. ई. (ICSE) बोर्ड के सचिव को एक पत्र लिखिए और बताइए कि आई. सी. एस. ई. का हिन्दी स्तर कैसा है? पाठ्यक्रम में लगाई गई पुस्तकें कैसी हैं तथा हिन्दी के स्तर को सुधारने के क्या उपाय किये जा सकते हैं ?**

(ii) **आपके घर के निकट बरसात के कारण सड़क टूटी-फूटी अवस्था में है और उसके आगे एक पुलिया टूट गई है। अतः अपने शहर के विकास प्राधिकरण अधिकारी को पत्र लिखकर सड़क और पुलिया की मरम्मत के लिए प्रार्थना-पत्र भेजिए।**

उत्तर—(i) 72, नेहरू नगर,
आगरा 282 005
दिनांक : 14-5-2007

सेवा में,
सचिव,
काउंसिल फॉर आई. सी. एस. ई. एक्जामिनेशन
नेहरू प्लेस, नई दिल्ली।

विषय—हिन्दी स्तर की स्थिति, पुस्तकें एवं उसके सुधार हेतु पत्र

महोदय,

मैं स्थानीय सेंट जॉर्जेज कॉलेज, आगरा का छात्र हूँ। मैं इस वर्ष आई. सी. एस. ई. की परीक्षा में बैठ रहा हूँ। आई. सी. एस. ई. परीक्षा के लिए हिन्दी की पाँच पुस्तकें पाठ्यक्रम में हैं—एकांकी संचय, नया रास्ता, काव्य कल्प, कथा कुंज और गद्यांजलि। इनमें से कोई तीन पुस्तकें हमको पढ़नी हैं। ये सभी किताबें आई. सी. एस. ई. स्तर के लिए उपयुक्त हैं। काव्य कल्प में एक कमी महसूस होती है कि कवियों का जीवन-चरित्र नहीं दिया है। दूसरा पेपर होता है निबन्ध, पत्र और अपठित गद्यांश का। इस पेपर को तो हमें अपने आप ही तैयार करना होता है।

अवश्य ही यह स्तर माध्यमिक शिक्षा परिषद् की हिन्दी से कम है पर अंग्रेजी माध्यम के छात्रों के लिए हिन्दी का यह स्तर ठीक है। यदि समयानुसार हिन्दी के स्तर को थोड़ा-सा और ऊँचा कर दिया जाये तो भी कोई अहित नहीं है। पाठ्य-पुस्तकों का चयन विद्यार्थियों के स्तर को देखकर किया जाना चाहिए।

सधन्यवाद।
भवदीय,
अनुज कुमार
कक्षा 10 अ

(ii)

सेवा में,
श्रीमान् विकास प्राधिकरण अधिकारी
आगरा विकास प्राधिकरण कार्यालय
जयपुर हाउस, आगरा।

विषय—सड़क और पुलिया की मरम्मत हेतु पत्र।

महोदय,

सविनय निवेदन है कि मैं पुरानी विजय नगर कॉलोनी का निवासी हूँ। गत बरसात में मेरे घर के सामने सड़क टूट गई थी और उसके पास ही एक पुलिया है जो बरसात में ही क्षतिग्रस्त हो गई थी। वह आज तक उसी हालत में है और कई बार अँधेरे में दुर्घटनाएँ भी होती रहती हैं।

अत: आपसे निवेदन है कि शीघ्रातिशीघ्र इस दिशा में उचित कार्यवाही कर यहाँ की जनता की पीड़ा को दूर करने की कृपा करें।

दिनांक 20.05.2008

भवदीय,

राम प्रकाश,

19, पुरानी विजय नगर

कॉलोनी, आगरा

Question 3.

Read the passage given below and answer in Hindi the questions that follow using your own language as far as possible :

निम्नलिखित गद्यांश को ध्यान से पढ़िए और उसके नीचे लिखे प्रश्नों के उत्तर हिन्दी में लिखिए। उत्तर यथसम्भव आपके अपने शब्दों में होने चाहिए।

पाटिलपुत्र में मणिभद्र नामक एक सेठ रहता था। दुर्भाग्य से वह निर्धन हो गया। निर्धनता से विवश सेठ एक दिन सोचने लगा कि धनहीन व्यक्ति का जीवन निरर्थक है, क्योंकि तब सदाचार, शालीनता, क्षमा, धैर्य, उदारता जैसे गुण भी मात्र व्यक्ति के अवगुण बनकर रह जाते हैं। समाज तथा परिवार में उसका कोई मान-सम्मान नहीं रह जाता। ऐसी परिस्थिति से खिन्न होकर अपनी जीवन-लीला समाप्त करने का निर्णय कर वह सो गया।

अर्द्धरात्रि में सेठ ने एक विचित्र सपना देखा। सपने में पद्मनिधि बौद्ध संन्यासी के रूप में आकर उससे बोले—हे सेठ ! विषम समय हिम्मत हारने से नहीं, बल्कि उठकर मुकाबला करने के लिए होता है। धीर पुरुष इस प्रकार जीवन से विरक्त नहीं होते। मैं प्रात: काल इसी रूप में तुम्हारे घर आऊँगा। तुम मेरे सिर पर डण्डे से प्रहार करना जिससे मैं सोने का बन जाऊँगा। तदुपरान्त तुम चैन से गुजर-बसर करना।

प्रात: काल ठीक वैसा ही हुआ। पद्मनिधि संन्यासी के रूप में उपस्थित हुए और सेठ ने मुदित हो उसके सिर पर प्रहार किया। पद्मनिधि तत्काल सोने के होकर गिर पड़े। इस सारे घटनाक्रम को एक नाई देख रहा था जो कि सेठ की पत्नी के चरणों में महावर लगाने आया था। नाई ने इससे यह अनुमान लगाया कि हर संन्यासी के सिर पर प्रहार करने से वह सोने का हो जाता है।

अगले दिन ही वह नाई बौद्ध विहार-स्थल गया और वहाँ उसने प्रधान संन्यासी से पुस्तकें बाँधने योग्य रेशमी वस्त्र तथा पुस्तकें खरीदने के लिए धन स्वीकार करने के लिए विनम्रतापूर्वक आग्रह किया। इन दोनों वस्तुओं का लोभ संवरण न कर पाने के कारण सारे संन्यासी नाई के घर जा पहुँचे। नाई ने उनको घर में बन्द कर डण्डे से मारना शुरू कर दिया। इसकी वजह से बहुतों को जान से हाथ धोना पड़ा और बहुतों के सिर फूटे। इस अपराध में जब नाई को न्यायालय में उपस्थित किया गया तो उसने मणिभद्र के घर घटित घटना के बारे में सभी को बताया। अधिकारियों द्वारा पूछे जाने पर मणिभद्र ने सारी कथा कह सुनाई। कथा सुनने के उपरान्त नाई को शूली पर चढ़ा दिया गया।

(i) मणिभद्र कौन था और उसने आत्महत्या करने का निर्णय क्यों लिया ?

(ii) मणिभद्र ने अर्द्धरात्रि में क्या सपना देखा और बौद्ध संन्यासी ने उसे क्या शिक्षा दी और क्यों ?

(iii) मणिभद्र ने किसके सिर पर प्रहार किया और क्यों ? सकारण उत्तर दीजिए।

(iv) नाई सेठ के घर क्यों आया था ? उसने वहाँ क्या देखा और उसने क्या अनुमान लगाया ?

(v) नाई के घर कौन-सी घटना घटी और इसका क्या परिणाम हुआ ?

उत्तर—(i) मणिभद्र पाटिलपुत्र में रहने वाला एक सेठ था जो दुर्भाग्य से निर्धन हो गया था। निर्धनता से विवश होकर सेठ ने सोचा कि निर्धन व्यक्ति का जीवन निरर्थक है। उसके सभी गुण संसार में अवगुण बनकर रह जाते हैं। समाज एवं परिवार में उसका कोई सम्मान नहीं रहता। अत: इन्हीं बातों से खिन्न होकर उसने आत्महत्या करने का निर्णय लिया।

(ii) अर्द्धरात्रि में सेठ ने एक विचित्र सपने में देखा कि पद्मनिधि बौद्ध संन्यासी के रूप में बोले कि सेठ विषम परिस्थिति में हिम्मत नहीं हारनी चाहिए। धीर पुरुष इस प्रकार विरक्त नहीं होते। प्रात: मैं इसी रूप में तुम्हारे दरवाजे पर आऊँगा। तुम मेरे सिर पर डण्डे से प्रहार करना जिससे मैं सोने का हो जाऊँगा।

(iii) प्रात: मणिभद्र ने अपने द्वार पर आए हुए बौद्ध संन्यासी के सिर पर डण्डे से प्रहार किया। बौद्ध संन्यासी के रूप में पद्मनिधि थे जो तत्काल ही सोने के हो गए। यह प्रहार उसने अपने विचित्र स्वप्न को साकार करने के लिए किया। वह अपनी निर्धनता से निराश हो चुका था और अपने जीवन को समाप्त करना चाहता था तभी पद्मनिधि ने उसे धनी होने का उपाय सपने में बता दिया था।

(iv) नाई सेठ मणिभद्र की पत्नी के चरणों में महावर लगाने आया था। जब उसने देखा कि बौद्ध संन्यासी के सिर पर प्रहार करने से वह सोने का हो गया है तो उसने अनुमान लगाया कि हर बौद्ध संन्यासी के सिर पर प्रहार करने से वह सोने का हो जाता है।

(v) नाई के घर बौद्ध विहार स्थल के सब संन्यासी आए। नाई ने उन्हें घर में बन्द करके डण्डे से मारना प्रारम्भ कर दिया। इसके कारण बहुतों को तो जान से हाथ धोना पड़ा और बहुतों के सिर फूटे। इस अपराध के लिए नाई को न्यायालय में हाजिर किया गया। उसने अधिकारियों को मणिभद्र की कथा सुनाई। सारी बात जानने के बाद नाई के मूर्खतापूर्ण अपराध की सजा देने के लिए उसे शूली पर चढ़ा दिया गया।

Question 4.

Answer the following according to the instructions given :

निम्नलिखित प्रश्नों के उत्तर निर्देशानुसार लिखिए—

(i) **निम्नलिखित शब्दों में से किसी दो के अर्थ लिखिए—**
विवश, निर्णय, विषम, मुदित।
उत्तर—मजबूर होकर, फैसला, कठिन, प्रसन्न।

(ii) **निम्नलिखित शब्दों में से किन्हीं दो के विपरीतार्थक शब्द लिखिए—**
निरर्थक, निर्धन, उपस्थित, विनम्रता।
उत्तर—सार्थक, धनी, अनुपस्थित, कठोरता।

(iii) **निम्नलिखित तद्भव शब्दों में से किन्हीं दो के तत्सम शब्द लिखिए—**
आग, सपना, डण्डा, सोना, घर।
उत्तर—अग्नि, स्वप्न, दण्ड, स्वर्ण, गृह।

(iv) **निम्नलिखित शब्दों में से किसी एक शब्द के दो पर्यायवाची शब्द लिखिए—**
मार्ग, माता।
उत्तर—**मार्ग**—पथ, राह। **माता**—अम्बा, जननी।

(v) **निम्नलिखित मुहावरों में से किसी एक से वाक्य बनाइए—**
गुजर बसर करना, जान से हाथ धोना।
उत्तर—(a) भारत के अनेक छोटे-छोटे किसान गरीबी में किसी प्रकार अपनी गुजर-बसर कर रहे हैं।
(b) क्रीड़ा के लिए गये हुए कुछ अप्रशिक्षित तैराकों को यमुना में डूबकर अपनी जान से हाथ धोना पड़ा।

(vi) **कोष्ठक में दिये निर्देशानुसार वाक्यों में परिवर्तन कीजिए—**
(a) **ऐसी परिस्थिति से खिन्न अपनी जीवन-लीला समाप्त करने का निर्णय लेकर वह सो गया।**
(उसने ऐसी परिस्थिति से .... से शुरू करें)
(b) **अर्द्ध-रात्रि में सेठ ने एक विचित्र सपना देखा।**
(सेठ को .... से वाक्य प्रारम्भ कीजिए)
(c) **तदुपरान्त तुम मजे से गुजर-बसर करना।**
(तुम्हारी गुजर-बसर .... से वाक्य प्रारम्भ करें)
उत्तर—(a) उसने ऐसी परिस्थिति से खिन्न होकर अपनी जीवन-लीला समाप्त करने का निर्णय लिया और सो गया।
(b) सेठ को अर्द्ध-रात्रि में एक विचित्र सपना दिखाई दिया।
(c) तुम्हारी गुजर-बसर तदुपरान्त मजे से हो जायेगी।

SECTION–B

साहित्य सागर (गद्य)

Question 5.

Read the extract given below and answer in Hindi the questions that follow :

निम्नलिखित गद्यांश को पढ़िए और उसके नीचे लिखे प्रश्नों के उत्तर हिन्दी में लिखिए:

बेनीमाधव सिंह बाहर से आ रहे थे। दोनों भाइयों को गले मिलते देखकर आनन्द से पुलकित हो गये और बोल उठे, ''बड़े घर की बेटियाँ ऐसी ही होती हैं। बिगड़ता हुआ काम बना लेती हैं।''

—'बड़े घर की बेटी'—
लेखक—प्रेमचन्द

(i) बेनीमाधव सिंह दोनों भाइयों को गले मिलते देखकर क्यों पुलकित हो गये ?

(ii) उन दोनों में क्या अनबन हो गई थी ?

(iii) लालबिहारी के क्या कहने पर श्रीकंठसिंह का हृदय पिघला और फिर उसने क्या किया ?

(iv) बड़े घर की बेटी कौन है ? उसका परिचय दीजिए।

उत्तर—(i) बेनीमाधव सिंह दोनों भाइयों को गले मिलते देखकर अत्यन्त हर्षित हुए। वे कभी नहीं चाहते थे कि दोनों भाई अलग-अलग हो जायें और उनके परिवार की एकता टूट जाये। उन्होंने श्रीकंठसिंह को समझाया भी बहुत, लेकिन भाइयों का प्रेम और आनन्दी का बड़ापन अन्त में काम आया और दोनों भाई एक हो गये।

(ii) श्रीकंठसिंह बाहर नौकरी करते थे और शनिवार को ही घर आते थे। बृहस्पतिवार को यह घटना घटी कि खाने के समय दाल में घी न होने के कारण लालबिहारी ने क्रोध में आकर खड़ाऊँ फेंककर आनन्दी की तरफ मारी। आनन्दी ने उसे हाथ से रोक लिया नहीं तो सिर फट जाता। यह बात गुस्से में भरी हुई आनन्दी ने अपने पति को बताई। श्रीकंठसिंह को यह बात बुरी लगी और बात बढ़ गई।

(iii) लालबिहारी ने दु:खी मन से श्रीकंठसिंह से कहा कि जब तक उसे यह न मालूम हो जाये कि भैया का मन उसकी तरफ से साफ हो गया, तब तक वह इस घर में कदापि न रहेगा। यह सुनकर श्रीकंठसिंह का हृदय पिघला। उन्होंने बाहर आकर लालबिहारी को गले से लगा लिया और दोनों भाई खूब फूट-फूट कर रोये।

(iv) बड़े घर की बेटी श्रीकंठसिंह की पत्नी आनन्दी है। वह एक बड़े उच्च कुल की लड़की है। उसके पिता एक छोटी-सी रियासत के ताल्लुकेदार हैं। उनका विशाल भवन, एक हाथी, तीन कुत्ते, झाड़फानूस, आनरेरी मजिस्ट्रेटी और ऋण सभी उनके योग्य पदार्थ थे। उनका नाम भूपसिंह है जो बड़े उदार-चित्त और प्रतिभाशाली पुरुष हैं। आनन्दी उनकी चौथी लड़की है।

Question 6.

Read the extract given below and answer in Hindi the questions that follow :

निम्नलिखित गद्यांश को पढ़िए और उसके नीचे लिखे प्रश्नों के उत्तर हिन्दी में लिखिए:

शाम को पाँच बजे स्वयं सुपरिंटेंडेंट कवि की फाइल लेकर उसके पास आया, 'सुनते हो।' आते ही वह खुशी से फाइल को हिलाते हुए बोला, ''प्रधानमन्त्री ने इस पेड़ को काटने का हुक्म दे दिया है और इस घटना की सारी अन्तर्राष्ट्रीय जिम्मेदारी अपने सिर ले ली है।''

—'जामुन का पेड़'—
लेखक—कृष्ण चन्दर

(i) फाइल कहाँ-कहाँ होकर गई ?

(ii) सेक्रेटेरिएट के लॉन में क्या घटना घटी थी ?

(iii) लोगों ने उस पीड़ित आदमी को बचाने में मदद क्यों नहीं की ?

(iv) अन्त में लोगों की लापरवाही और कानून के चक्कर में क्या परिणाम हुआ ?

उत्तर—(i) जामुन के पेड़ के नीचे दबे हुए आदमी की एक फाइल बनी कि इस पेड़ को कौन हटायेगा। फाइल कृषि विभाग के पास गई। कृषि विभाग ने फाइल व्यापार विभाग को भेज दी। व्यापार विभाग ने इस फाइल को हॉर्टिकल्चर डिपार्टमेंट के हवाले कर दिया। फिर दबे हुए आदमी की मेडीकल सहायता के लिए फाइल को मेडीकल डिपार्टमेंट को भेज दिया गया। फिर वह फाइल कल्चरल डिपार्टमेंट को भेज दी गई। चूँकि फाइल अर्जेंट थी अत: वहाँ से वह फाइल साहित्य अकादमी के सेक्रेटरी के पास पहुँची। तब वह सेक्रेटरी फाइल लेकर दबे हुए आदमी के पास आया।

(ii) रात को बड़े जोर का झक्कड़ चला। सेक्रेटेरिएट के लॉन में जामुन का पेड़ गिर पड़ा। दुर्भाग्य से एक आदमी उस पेड़ के नीचे दब गया। पेड़ भारी था इसलिए वह उसके नीचे से निकल नहीं सका। सुबह होते ही वहाँ भीड़ इकट्ठी हो गई।

(iii) वहाँ इकट्ठे लोगों ने सोचा कि सब मिलकर इस पेड़ को हटा दें ताकि इस आदमी को बचाया जा सके। इकट्ठे हुए लोगों में तरह-तरह की बातें होने लगी। जब कुछ लोग पेड़ को हटाने की कहने लगे तो वहाँ के ऑफिस के सुपरिंटेंडेंट से पूछा। उन्होंने अपने ऊपर के अधिकारियों से पूछा। फिर सुपरिंटेंडेंट फाइल लेकर भागा-भागा आया और बोला कि वे लोग पेड़ को नहीं हटा सकते। उसकी वजह भी उसने बताई। इस प्रकार कानून के डर से या सरकारी विभागों की लापरवाही से उस पेड़ को नहीं हाटाया जा सका।

(iv) अन्त में लोगों की लापरवाही, उदासीनता और कानून के चक्कर में पेड़ को नहीं हटाया जा सका। दो तीन दिन बाद जब पेड़ को काटने का आर्डर आया तब तक वह अभागा व्यक्ति मर चुका था। यह था लोगों की बेहयाई, संवेदनहीनता, लापरवाही और सरकारी विभागों की उदासीनता का जीता-जागता नमूना।

Question 7.

Read the extract given below and answer in Hindi the questions that follow :

निम्नलिखित गद्यांश को पढ़िए और उसके नीचे लिखे प्रश्नों के उत्तर हिन्दी में लिखिए:

बच्चे की इच्छा न रहते हुए भी पिता के साथ विदा हुए। चित्रा को दोनों बच्चे बड़े ही प्यारे लगे। वह उन्हें देखती रही। जैसे ही वे आँखों से ओझल हुए उसने पूछा, ''सच-सच बता रुनी, ये दोनों प्यारे बच्चे किसके हैं ?''

—'दो कलाकार'—
लेखिक—मन्नू भण्डारी

(i) दो कलाकार कौन-कौन हैं तथा वे क्या काम करती हैं ?

(ii) दिल्ली में किस प्रदर्शनी का विराट आयोजन हुआ ? उद्घाटन करके कौन आया ?

(iii) किसके चित्रों की विदेश में धूम मच गई ? कौन से चित्र को प्रथम पुरस्कार मिला ?

(iv) श्रोता ने उन दो बच्चों के बारे में क्या बताया ?

उत्तर—(i) दो कलाकार चित्रा और अरुणा हैं। दोनों हॉस्टल में रहकर पढ़ाई कर रही हैं। चित्रा एक धनी परिवार की लड़की है और अरुणा एक साधारण परिवार से है। चित्रा अच्छे-अच्छे चित्र बनाती है और अरुणा का रुख समाज-सेवा की तरफ है।

(ii) तीन साल बाद चित्रा विदेश से लौटकर भारत आई। विदेश में उसके चित्रों की धूम मच गई थी। एक चित्र पर उसे प्रथम पुरस्कार भी मिल चुका था। इसके पिता बहुत प्रसन्न थे। दिल्ली में उसके चित्रों की प्रदर्शनी का विराट आयोजन किया गया। उसका उद्घाटन करने के लिए चित्रा को ही बुलाया गया।

(iii) चित्रा जब विदेश में थी तो वहाँ पर भी इसके चित्रों की खूब तारीफ हुई। कई प्रतियोगिताओं में उसके चित्रों ने ख्याति अर्जित की। अनेक प्रतियोगिताओं में उसका 'अनाथ' शीर्षक वाला चित्र प्रथम पुरस्कार पा चुका था। जाने क्या था उस चित्र में, जो देखता चकित रह जाता।

(iv) उसकी इस प्रदर्शनी को देखने के लिए अरुणा भी आई अपने पति के साथ। उसके साथ दो प्यारे बच्चे भी थे। अरुणा को देखकर चित्रा अत्यन्त पुलकित हो गई और उसे गले से लगा लिया। उसने उनको प्रदर्शनी दिखाई और बच्चों को प्यार किया। कुछ देर बाद अरुणा ने अपने पति से कहा कि वह बच्चों को लेकर घर चले, वह चित्रा को घर लेकर आयेगी। उसके पति चले गये। चित्रा के मन में यह कौतूहल चलता रहा कि आखिर ये दो बच्चे किसके हैं ? चित्रा ने अरुणा से पूछ ही लिया बच्चों के बारे में। पहले तो अरुणा उसे यह कहकर टाला कि ये उसी के बच्चे हैं। जब चित्रा नहीं मानी तो अरुणा ने बताया कि ये दोनों बच्चे 'अनाथ' चित्र वाले बच्चे ही हैं। यह सुनकर चित्रा चकित रह गई कि अरुणा अपने समाज-सेवा के कार्य में उससे कहीं ऊँचे दर्जे पर है। उसका यह कार्य प्रशंसनीय है। उसे स्मरण हो आया कि एक दिन अरुणा ने उससे कहा था कि वह कागज पर निर्जीव चित्रों को बनाने के बजाय दो-चार की जिन्दगी क्यों नहीं बना देती। उसके पास सामर्थ्य है, साधन हैं। चित्रा की नजर में अरुणा एक आदर्श कलाकार बन गई।

साहित्य सागर (पद्य)

Question 8.

Read the extract given below and answer in Hindi the questions that follow :
निम्नलिखित पद्यांश को पढ़िए और उसके नीचे लिखे प्रश्नों के उत्तर हिन्दी में लिखिए:

''जो सम्पत्ति दस सीस अरप करि रावन सिव पहँ लीन्ही।
सो सम्पदा-विभीषण कहँ अति सकुच सहित प्रभु दीन्ही।।
तुलसीदास सब भाँति सकल सुख जो चाहसि मन मेरो।
तौ भजु राम, काम सब पूरन करें कृपानिधि तेरो।।''

—'विनय के पद'—
कवि—तुलसीदास

(i) रावण किसका भक्त था ? उसे पूरी सम्पदा कैसे मिली ?

(ii) विभीषण को रामजी ने वह सम्पदा कब दी ?

(iii) विभीषण रामजी की शरण में क्यों आया ?

(iv) प्रस्तुत पंक्तियों का भावार्थ लिखिए।

उत्तर—(i) लंका का राजा रावण भगवान शिव का परम भक्त था। उसने अपने दस शीश महाशिव को अर्पण करके अतुल सम्पदा पाई। राज्य, धन-दौलत, बल और ऐश्वर्य आदि सब भगवान शिव की ही देन थी। वह ब्राह्मण था और ज्ञानी भी था। लेकिन आसुरी शक्ति ने उसे मदान्ध बना दिया था और पाप-कर्म करने लगा था।

(ii) हनुमान जी के उपदेश देने के बाद विभीषण रावण की लंका छोड़कर श्रीराम के शरण में आया। शरणागत विभीषण को रामजी ने अपनी शरण में ले लिया और उसे नेक अधिकारी जानकर समुद्र का जल मँगाकर उसका तिलक किया तथा लंका की सम्पूर्ण सम्पदा विभीषण को संकोच के साथ दे दी। संकोच दो बात का हो सकता है कि उनके शरणागत को उनके साक्षात दर्शन करने का फल सांसारिक सम्पदा से बहुत तुच्छ है। दूसरा संकोच यह हो सकता है कि जो सम्पदा रावण को उनके आराध्य शिव ने दी है, वही सम्पदा वह रावण से छीनकर विभीषण को देने वाले हैं।

(iii) एक तो हनुमान जी ने विभीषण को उपदेश दिया कि प्रभु राम की शरण में जाने से ही उसका कल्याण है। दूसरे रावण ने लात मार कर उसका अपमान किया और कहा कि वह वहीं जाये जिनका वह समर्थन कर रहा है। विभीषण ने अपने भाई रावण को बहुत समझाया कि श्रीराम कोई साधारण मानव नहीं हैं, वे साक्षात् ईश्वर के अवतार हैं अत: सीताजी को लौटाकर उनसे क्षमा माँग ले। इस पर रावण बहुत चिढ़ गया और लात मार कर उसे लंका से निकाल दिया।

(iv) तुलसीदास जी कहते हैं कि जो सम्पदा भगवान शिव ने रावण को उसके दस शीश चढ़ाने पर दी थी, वही सम्पदा प्रभु राम ने संकोच के साथ विभीषण को प्रदान की। कवि कहते हैं कि हे मेरे मन ! जो सब तरह से अपना सुख और हित चाहता है तो श्रीराम का भजन कर। वही कृपा करने वाले तेरे सब काम पूरे करेंगे।

Question 9.

Read the extract given below and answer in Hindi the questions that follow :

निम्नलिखित पद्यांश को पढ़िए और उसके नीचे लिखे प्रश्नों के उत्तर हिन्दी में लिखिए:

''चाट रहे जूठी पत्तल वे कभी सड़क पर खड़े हुए,
और झपट लेने को उनसे कुत्ते भी हैं अड़े हुए।
ठहरो, अहो मेरे हृदय में है अमृत, मैं सींच दूँगा।
अभिमन्यु जैसे हो सकोगे तुम,
तुम्हारे दुःख मैं अपने हृदय में खींच लूँगा।''

—'भिक्षुक'—
कवि—सूर्यकान्त त्रिपाठी 'निराला'

(i) **पहली दो पंक्तियों में कवि ने क्या दृश्य प्रस्तुत किया है ?**
(ii) **इस भावुक दृश्य से हमारे हृदय में क्या भाव उत्पन्न होते हैं ?**
(iii) **क्या भिक्षुकों की मदद करना मानवीय धर्म नहीं है ?**
(iv) **प्रस्तुत पंक्तियों का भावार्थ लिखिए।**

उत्तर—(i) अपनी 'भिक्षुक' नामक कविता में बताया है कि भिक्षुक अपनी भूख मिटाने को सड़क पर पड़ी जूठी पत्तल को चाट रहे हैं अर्थात् पत्तल में कुछ बचा हुआ भोजन है उसे खा रहे हैं, दूसरी ओर कुत्ते उनसे झपट लेने की कोशिश कर रहे हैं, क्योंकि सड़क पर पड़ी हुई जूठन को कुत्ते ही खाते हैं। यह दृश्य बड़ा करुणापूर्ण है।

(ii) इस दृश्य से हमारे हृदय में ये भाव उत्पन्न होते हैं कि हमारे देश में कितने अभागे लोग हैं, जिन्हें भरपेट भोजन भी नसीब नहीं है। इन अभावग्रस्त लोगों का कृपा-पात्र कोई नहीं है। भोजन मनुष्य की अति आवश्यक माँग है। इसकी पूर्ति न हो तो संसार सारहीन लगता है। समाज में कुछ समर्थ लोग आगे निकल कर आयें और कुछ ऐसी व्यवस्था करें कि कोई मनुष्य भूखा न सोये। कुछ व्यवस्था की जाये कि जो कुछ काम कर सकते हैं, उनसे काम के बदले रोटी दी जाये और जो अशक्त, वृद्ध और अपाहिज भिक्षुक हैं उनके लिए कम-से-कम भोजन की व्यवस्था की जाये।

(iii) जो भिक्षुक असहाय, अशक्त, अति वृद्ध और अपाहिज हैं, उनकी मदद करना अवश्य ही मानवीय धर्म है। लेकिन जो जवान हैं, काम करने लायक हैं उनको भिक्षा देना भिक्षा-वृत्ति को बढ़ावा देना होगा। साधु-संत इस श्रेणी में नहीं आते। वे तो ईश्वर की भक्ति में लीन हैं। उन्हें तो पाँच घर भिक्षा माँगाने की प्राचीनकाल से ही प्रथा चली आ रही है। वैसे देखा जाये तो हमारे देश में भिक्षा-वृत्ति बढ़ रही है, उसको प्रोत्साहित नहीं करना चाहिए। सरकार के सामने भी यह एक समस्या के रूप में बढ़ रही है। उसने प्रयास भी किया है कि इन्हें कहीं एक जगह बसाकर कुछ काम कराने की व्यवस्था की जाये। पर अभी तो 'ढाक के तीन पात' ही दिखाई दे रहे हैं।

(iv) कवि कहता है कि सड़क पर पड़ी हुई जूठी पत्तलों को कुछ भिक्षुक उठाकर चाट रहे हैं और दूसरी ओर कुत्ते उनसे छीनने को आतुर खड़े हैं। कवि के हृदय में दीन-हीनों के प्रति दया है, उसे वह उनमें बाँट देगा और अभिमन्यु जैसे वीर और कर्त्तव्यनिष्ठ बनकर अपने पथ पर डटे रहो तो कवि के हृदय में जो प्रेम गरीबों के लिए है उसको उनके हित में लगायेगा। कवि के हृदय में दीन-हीनों के प्रति करुणा है। वह उन्होंने अपनी कविता 'भिक्षुक' में प्रदर्शित कर दी है।

Question 10.

Read the extract given below and answer in Hindi the questions that follow :

निम्नलिखित पद्यांश को पढ़िए और उसके नीचे लिखे प्रश्नों के उत्तर हिन्दी में लिखिए:

''कुछ कह लिया, कुछ सुन लिया
कुछ बोझ अपना बँट गया,
अच्छा हुआ तुम मिल गईं
कुछ रास्ता ही कट गया।
क्या राह में परिचय कहूँ, राही हमारा नाम है।''

—'चलना हमारा काम है'—
कवि—शिवमंगलसिंह 'सुमन'

(i) **इन पंक्तियों में कवि ने क्या कहा है ?**
(ii) **राह में दूसरे यात्री से मिलने पर क्या होता है ?**

(iii) जीवन की राह लम्बी और कठिन है। इसे कैसे आसान किया जा सकता है ?

(iv) प्रस्तुत पंक्तियों का अर्थ लिखिए।

उत्तर—(i) कवि कहता है कि संसार में हम सभी अपनी जीवन-यात्रा में चल रहे हैं। आपस में अपना दु:ख-दर्द कहने से उसका बोझ कुछ कम हो जाता है। रास्ते में कोई साथी मिल जाता है तो उसके साथ रास्ता कट जाता है। हमारा परिचय सिर्फ 'राही' है, क्योंकि हम सभी अपनी जीवन रूपी यात्रा में चल रहे हैं।

(ii) राह में दूसरे यात्री के मिलने से हमें भरोसा रहता है। आपस के मेल-जोल से हमारा रास्ता आसानी से कट जाता है। एक-दूसरे का सहयोग होता है। सुख-दु:ख में एक-दूसरे का साथ रहता है। ये दो साथी पति-पत्नी हो सकते हैं, सच्चे मित्र या हितैषी हो सकते हैं। एक-दूसरे के सहारे से पथ की बाधाएँ आसानी से कट जाती हैं।

(iii) जीवन की राह कुछ लम्बी और दुरुह है। इसमें बाधाएँ हमारा रास्ता रोके खड़ी हैं। कितनी बहादुरी से हम उनका सामना करते हैं। यह महत्वपूर्ण है। हमें आशान्वित होना चाहिए, निराशा का भाव स्वप्न में भी न लायें। अपने साथी का सहयोग लेते हुए उत्साह के साथ आगे बढ़ें। किसी का अहित न करें। ईश्वर पर भरोसा रखें और सन्मार्ग पर चलें। भाग्य के भरोसे न रहकर कर्म पर भरोसा करें। आपस में प्रेम, सहानुभूति और सहयोग की भावना रखें।

(iv) कवि कहता है कि एक-दूसरे से कहने-सुनने से कार्य का बोझ कुछ कम हो जाता है। कहते हैं कि दु:ख बाँटने से कम हो जाता है। पत्नी के मिल जाने से जीवनरूपी रास्ता आसानी से कट जाता है। यदि कोई सुहृदय या हितैषी भी मिल जाता है तो भी रास्ता आसानी से कट जाता है। हमारा परिचय सिर्फ एक राही के रूप में ही दिया जा सकता है। जब हम अपने ठिकाने पर उतर जाते हैं तो पुन: उससे मिलना नहीं होता। अत: संसार में सभी राही हैं जो अपने जीवन के रास्ते पर चल रहे हैं। कुछ मिल जाते हैं, कुछ बिछड़ जाते हैं।

नया रास्ता

Question 11.

Read the extract given below and answer in Hindi the questions that follow :

निम्नलिखित गद्यांश को पढ़िए और उसके नीचे लिखे प्रश्नों के उत्तर हिन्दी में लिखिए :

मायारामजी की बात उनकी पत्नी की समझ में कुछ-कुछ आई। वह बोली, ''हाँ, यह बात तो सही है। ठीक है, जितना जेबर तुम खरीद सकते हो उतना ही चढ़ा देना। पर हाँ, एक बात याद रखना, बड़े घर की लड़की आ रही है। थोड़ा ज्यादा ही जेबर खरीद लेना। कम जेबर चढ़ायेंगे तो हमारी नाक नहीं कटेगी ?''

(i) मायारामजी की कौन-सी बात उनकी पत्नी की समझ में कुछ-कुछ आई ?

(ii) बुढ़ापे की कौन-सी बात मायारामजी ने कही ?

(iii) यहाँ कौन-सी बड़े घर की बेटी इनके यहाँ आ रही है ?

(iv) उनके रिश्ते की बात कैसे टूटी ?

उत्तर—(i) अमित के पिता ने अपनी पत्नी से यह बात कही कि बुढ़ापे में पैसा-जेवर रहना जरूरी है कम से कम उसके लालच में बच्चे उनकी सेवा तो करेंगे। उनकी पत्नी ने उत्तर दिया कि उनका बेटा अमित ऐसा नहीं है। मायारामजी हँसे और बोले कि वह अपने बेटे को तो जानती है, लेकिन उसकी आने वाली बहू को नहीं जानती। यदि बहू तेज निकली तो बेटा क्या करेगा ? यह बात मायारामजी की पत्नी की समझ में कुछ-कुछ आई।

(ii) मायारामजी ने अपनी पत्नी को समझाया कि बुढ़ापे के लिए धन और जेवर उनके पास होना आवश्यक है। उसके लालच में सन्तान बुजुर्गों की सेवा करती है। यदि बुजुर्गों के पास कुछ नहीं है तो उनकी बेकदरी हो जाती है। यह अपवाद भी है। अधिकतर संस्कारी सन्तान बिना किसी लोभ-लालच के अपने माता-पिता की सेवा करते हैं।

(iii) मायारामजी के बेटे अमित के लिए उसी शहर के एक धनी व्यक्ति धनीमलजी अपनी छोटी बेटी सरिता का रिश्ता लेकर आये थे। वह बी.ए. तक पढ़ी हुई है। उसके पिता उसकी शादी में पाँच लाख रुपये खर्च करने की बात इन लोगों से कह गये थे। उनकी आलीशान कोठी है, घर पर नौकर-चाकर हैं और गाड़ी भी है।

(iv) घर के सभी लोग अच्छा दहेज मिलने के कारण शादी करने को लगभग तैयार हो गये। वे सब धनीमलजी के यहाँ जाकर लड़की को भी देख आये। लड़की अमित को तो पसन्द नहीं आई, लेकिन उसके माँ-बाप और बहन को सरिता (लड़की) की जगह उसके रुपये दिखाई दे रहे थे। इसलिए सब कुछ ठीक लगा। अमित अपने माता-पिता के सामने बोल नहीं पाता था। एक-दो बार तो उसने कहा भी कि इतने पैसे वाली लड़की लेकर क्या करेंगे, वह घर का काम तो करने से रही। लेकिन बहुमत के सामने यह बात दब गई।

हुआ यह कि धनीमलजी ने मायारामजी के घर आकर यह कहा कि वह अपनी बेटी को तीन लाख का फ्लैट देना चाहते हैं क्योंकि शादी के बाद लड़का-लड़की अलग ही रहना पसन्द करते हैं। यह बात इनको खटकी कि ये तो अभी से अमित को उनसे अलग करने की बात कर रहे हैं। इस प्रकार यह बात आई गई हो गई।

Question 12.

Read the extract given below and answer in Hindi the questions that follow :

निम्नलिखित गद्यांश को पढ़िए और उसके नीचे लिखे प्रश्नों के उत्तर हिन्दी में लिखिए:

''अब सब कुछ व्यवस्थित हो चुका था। घर का काम तो माँ स्वयं ही कर लेती थी। मीनू को अब अपनी पढ़ाई की चिन्ता हो चली थी। जब तक शादी के कार्य में व्यस्त रही, तब तक उसका ध्यान पढ़ाई की ओर नहीं गया।''

(i) अब तक क्या व्यवस्थित हो चुका था ?

(ii) आशा की विदाई का दृश्य कैसा था ?

(iii) माँ को रोता हुआ देखकर मीनू ने क्या सोचा ?

(iv) मीनू मेरठ जाने के लिए क्यों तैयार हुई ?

उत्तर—(i) आशा की शादी के बाद सब कुछ व्यवस्थित हो चुका था। मीनू ने भी घर के सभी कामों में हाथ बटाया था। उसने अपनी पढ़ाई की तरफ ध्यान नहीं दिया था। वैसे शादी वाले घर में पढ़ाई की बात हो भी नहीं सकती। अब मीनू अपनी पढ़ाई के बारे में सोचने लगी और उसने अपने माता-पिता से मेरठ जाने की अनुमति ले ली।

(ii) आशा की विदाई का दृश्य बड़ा कारुणिक था। सभी की आँखों में आँसू थे। यह समय बड़ा भावुक होता है। यह कैसी विचित्र घड़ी होती है। माता-पिता जिस बेटी का लालन-पालन बड़े लाड़-प्यार से करते हैं, उसी को किसी दूसरे के हाथों में सौंप देते हैं। इसीलिए कहा गया है कि बेटी पराया धन होती है; जैसे ही आशा विदा हुई, माँ अन्दर जाकर फूट-फूटकर रोने लगी। पिताजी की आँखों में भी आँसू छलछला आये।

(iii) माँ को इस तरह रोता हुआ देखकर मीनू को लगा कि वह कभी भी शादी नहीं करेगी और सदा माँ के पास रहेगी। माँ के प्रति एक विचित्र स्नेह उसके हृदय में उमड़ पड़ा। कितना कष्ट सहा है माँ ने उनके लिए। उन्होंने बच्चों की हर सुख-सुविधा का ध्यान रखा पर यह कैसा रिश्ता होता है जो कि पलभर में बेटी को माँ से अलग कर देता है। इस तरह के अनेक विचार उसके मन में आने लगे।

(iv) मीनू मेरठ जाने के लिए इसलिए तैयार हुई, क्योंकि अब उसे अपनी पढ़ाई की चिन्ता होने लगी थी। अब तक आशा की शादी के कारण घर के कार्यों में व्यस्त रही। विवाह का कार्य सम्पन्न हो जाने पर उसका ध्यान अपनी पढ़ाई की ओर गया। मीनू को लगा कि अब मेरठ जाकर उसे बहुत लगन से पढ़ना पड़ेगा, क्योंकि वह काफी दिनों की छुट्टियाँ ले चुकी है।

Question 13.

Read the extract given below and answer in Hindi the questions that follow :

निम्नलिखित गद्यांश को पढ़िए और उसके नीचे लिखे प्रश्नों के उत्तर हिन्दी में लिखिए:

''अमित मेज पर बैठा खाना खाने लगा। माँ भी उसके पास बैठ गईं। बैठे-बैठे वह न जाने किन विचारों में खो गईं और एकटक अमित की ओर ही देखती रहीं।''

(i) माँ अमित की तरफ देखते हुए क्या सोच रही थी ?

(ii) दीपक कौन है ? उन्हें किस बात का कार्ड मिला ?

(iii) मधु के बारे में माँ ने अमित से क्या कहा ?

(iv) माँ को घर में बहू की कमी क्यों अखरती थी ?

उत्तर—(i) अमित जब खाना खा रहा था तो माँ उसके पास बैठकर उसको एकटक देख रही थी तो अमित ने पूछ ही लिया कि माँ क्यों विकल हो ? माँ ने बताया कि जब से उसका सम्बन्ध धनीमल जी की लड़की से टूटा है, वह शादी के लिए तैयार ही नहीं होता। दीपक उससे छोटा है उम्र में उसकी भी शादी हो रही है।

(ii) दीपक अमित की माँ के भाई का लड़का है। माँ को दीपक की शादी का कार्ड मिला। वह बहुत प्रसन्न हुई। बहुत दिनों से वह भाई के यहाँ नहीं गई है। अब शादी के बहाने वहाँ (कानपुर) जायेंगी और कुछ दिनों तक वहाँ रहेंगी।

(iii) अमित की बहन मधु के बारे में माँ ने अमित से कहा कि मधु भी शादी के योग्य हो गई है। वह उसकी (मधु) की भी शादी करना चाहती हैं, परन्तु उससे पहले उसकी (अमित) शादी हो जाती तो अच्छा था, क्योंकि आयु में वह मधु से सात वर्ष बड़ा है। घर में बहू पहले आ जायेगी तो मधु की शादी में मेरे साथ काम में हाथ बँटा लेगी।

(iv) माँ को घर में बहू की कमी खटकती है। घर में बहू होगी तो उसका अकेलापन दूर हो जायेगा और घर के कामों में उसे मदद मिलेगी। बहू होगी तो मधु की शादी में भी हाथ बँटायेगी।

मायारामजी और अमित तो सुबह अपनी फैक्ट्री चले जाते। मधु अपने कॉलेज चली जाती। अकेलेपन में उन्हें बहू की कमी विशेष रूप से अखरती थी। कई बार उन्होंने अमित से शादी की बात की; परन्तु वह हर बार बात को टाल जाता।

एकांकी संचय

Question 14.

Read the extract given below and answer in Hindi the questions that follow :

निम्नलिखित गद्यांश को पढ़िए और उसके नीचे लिखे प्रश्नों के उत्तर हिन्दी में लिखिए:

"(आर्द्र कंठ से) आप मुझे मेरे मायके भेज दीजिए। मुझे ऐसा लगता है जैसे मैं अपरिचितों में आ गई हूँ। कोई मुझे नहीं समझता, किसी को मैं नहीं समझती।"

—'सूखी डाली'—
लेखक—उपेन्द्र नाथ 'अश्क'

(i) **यहाँ वक्ता और श्रोता कौन है ? वह दु:खी क्यों है ?**

(ii) **वक्ता का परिचय दीजिए।**

(iii) **जब श्रोता (सुनने वाले) ने उससे कारण पूछा तो उसने क्या बताया ?**

(iv) **सब औरतों का उसके प्रति ऐसा व्यवहार क्यों हो गया है ?**

उत्तर—(i) यहाँ वक्ता परेश की पत्नी बेला है। वह अपने पति से शिकायत कर रही है कि वह घर की औरतों के व्यवहार से दु:खी है। उसे ऐसा लगता है कि वह जैसे अपरिचितों में आ गई है। उससे कोई बात नहीं करता आदि।

(ii) बेला पढ़ी-लिखी सुन्दर युवती है। वह नायब तहसीलदार परेश की पत्नी है। वह बड़े घर की इकलौती बेटी है। वह कभी नाते-रिश्तेदारों में भी नहीं रही। यहाँ ससुराल की भीड़-भाड़ में उसका दम घुटता है, उसे यहाँ का रहन-सहन और व्यवहार पसन्द नहीं है।

(iii) जब परेश ने पूछा कि उसकी उदासी और उद्विग्नता का क्या कारण है तो उसने बताया कि यहाँ कोई उसको समझता नहीं है। ऐसा लगता है कि वह कहीं अपरिचितों में आ गई है। वह जाती है तो सब खड़ी हो जाती हैं। न तो कोई उसके सामने हँसता है न ही उससे अधिक बात करता है। ऐसा लगता है मानो सब उससे डरते हैं। कभी सब जोर-जोर से हँस रही थीं और उसके जाते ही एकदम चुप। उसे सभी औरतों का व्यवहार अजीब लग रहा है।

(iv) सभी औरतों का उसके प्रति व्यवहार दादाजी के कहने पर बदल गया है। दादाजी ने सभी को बुलाकर समझाया कि उसकी पढ़ाई में कोई भी बाधा न डाले। उसे अकेले पढ़ने का समय दें। वह बड़े घर से आई है। अपने मायके में आदर पाती आई है और यहाँ उसे सबके सामने दबना पड़ता है। छोटी बहू उम्र में न सही पर अक्ल में हम सबसे बड़ी है। उनकी इच्छा है कि छोटी बहू को पूरा सम्मान और प्रेम मिले। उसका काम घर की सब औरतें बाँट लें और उसे पढ़ने का अधिक अवसर दें। उसे यह अनुभव ही न हो कि वह किसी दूसरे घर में आ गई है। दादाजी की बातों को औरतों ने अलग प्रकार से ही ग्रहण कर लिया और अपना व्यवहार कुछ ज्यादा ही बदल दिया जो बेला को अच्छा नहीं लगा।

Question 15.

Read the extract given below and answer in Hindi the questions that follow :

निम्नलिखित गद्यांश को पढ़िए और उसके नीचे लिखे प्रश्नों के उत्तर हिन्दी में लिखिए:

"सुयोधन तुम्हें भ्रान्ति हो गई है। तुम सत्य और मिथ्या का भेद करने में असमर्थ हो। तुम्हारे मस्तिष्क की यह दशा सचमुच सोचनीय है।"

—'महाभारत की एक साँझ'—
लेखक—भारतभूषण अग्रवाल

(i) **यहाँ वक्ता कौन है ? सुयोधन को क्या भ्रान्ति हो गई है ?**

(ii) **सुयोधन ने अभिमन्यु के वध को वीरोचित कैसे बताया ?**

(iii) **सुयोधन का गदा युद्ध किससे हुआ था और उसने कहाँ पर प्रहार किया ?**

(iv) **द्रोपदी के बारे में दुर्योधन ने क्या कहा ?**

उत्तर—(i) यहाँ पर वक्ता युधिष्ठिर हैं। वह दुर्योधन को कहते हैं कि उसे यह भ्रान्ति हो गई है कि उसने कोई बुरा आचरण नहीं किया न कोई धर्म के विपरीत ही काम किया है उसने सिर्फ अपनी रक्षा की है। बल्कि सत्य यह है कि उसने सभी कार्य धर्म के विपरीत उनसे ईर्ष्या के कारण ही किये हैं।

(ii) सुयोधन ने अभिमन्यु के वध को वीरोचित इसलिए बताया कि जब भीष्म पितामह, आचार्य द्रोण और कर्ण का वध वीरोचित हो सकता है तो अभिमन्यु का वध भी वीरोचित था और फिर भीम ने जिस प्रकार से पराजित किया है, वह भी वीरोचित कार्य नहीं था।

(iii) जब दुर्योधन सरोवर से निकल आया तो उसका गदा युद्ध भीमसेन से हुआ। गदा चलाने में दुर्योधन भी कुशल था और शक्तिशाली तो वह था ही। भीम ने द्यूत खेले जाने के समय यह प्रतिज्ञा की थी कि वह दुर्योधन की उस जंघा को तोड़ेगा जिस जंघा पर उसने (दुर्योधन) द्रोपदी को बैठने का संकेत किया था। फिर कृष्ण ने उसे जंघा की तरफ इशारा करके बताया कि वह क्या करे ? अत:भीम ने उसकी जंघा पर गदा का भीषण प्रहार किया जिससे वह घायल होकर भूमि पर गिर पड़ा।

(iv) जब युधिष्ठिर ने द्रोपदी के अपमान की बात की तो दुर्योधन ने कहा कि उसका अपमान भी द्रोपदी ने भरी सभा में किया था। (इन्द्रप्रस्थ की सभा में जब दुर्योधन तालाब में गिर गया था तो द्रोपदी ने उपहास में कह दिया था—'अन्धों के पुत्र अन्धे ही होते हैं।' इस अपमान को उसने दिल में रख लिया) फिर उसने युधिष्ठिर से कहा कि उसकी न्याय-भावना कहाँ चली गई थी जब उसने द्रोपदी को चौसर के दाब पर लगा दिया था। जब द्रोपदी को सभा में बलपूर्वक लाया गया तब वह द्रोपदी न होकर जीती हुई दासी थी।

Question 16.

Read the extract given below and answer in Hindi the questions that follow :

निम्नलिखित गद्यांश को पढ़िए और उसके नीचे लिखे प्रश्नों के उत्तर हिन्दी में लिखिए:

''सैनिकों को उसने अपनी तरफ मिला लिया है। लोग उससे डरते हैं। महाराणा विक्रमादित्य का राज्य भी तो ऐसा नहीं था कि लोग उनसे प्रेम रखते। उनके पहलवानों की सहायता से राज्य नहीं चल सकता। सभी सामंत महाराणा से असन्तुष्ट थे।''

—'दीपदान'—

लेखक—डॉ. रामकुमार वर्मा

(i) **वक्ता कौन है ? वह किसके बारे में बता रहा है ?**

(ii) **जब श्रोता (सुनने वाले) ने कहा कि अब क्या होगा तो वक्ता ने क्या जवाब दिया ?**

(iii) **कीरत ने सिपाहियों के बारे में क्या बताया ?**

(iv) **पन्ना धाय ने कुँवर उदयसिंह को कैसे बचाया ?**

उत्तर—(i) यहाँ महल के अन्त:पुर की परिचारिका सामली है जो महाराणा सांगा के भाई पृथ्वीराज के दासी पुत्र बनवीर के बारे में बात कर रही है जो क्रूर, विलासी और महत्वाकांक्षी है।

(ii) जब सामली ने पन्ना धाय को यह बताया कि बनवीर ने राजमहल के अन्त:पुर में जाकर महाराणा विक्रमादित्य की हत्या कर दी है। तब पन्ना ने कहा कि अब क्या होगा तो सामली ने आशंका प्रकट की कि थोड़ी देर बाद ही वह कुँवर उदयसिंह को मारने आ सकता है। आज की रात बहुत अँधेरी है। आज की रात में ही वह अपने को पूरा महाराणा बना लेना चाहता है। किसी तरह भी कुँवर की रक्षा होनी चाहिए।

(iii) कीरत बारी पन्ना के कमरे में जूठी पत्तलें उठाने आया था। उसके पास एक बड़ा-सा टोकरा था जिसमें जूठी पत्तलें रखी हुई थीं। उसने पन्ना धाय से कहा कि अन्नदाता ! (पन्ना धाय) बाहर सिपाहियों का डेरा लगा हुआ है। जान नहीं पड़ता कि आधी रात को वे यहाँ क्या कर रहे हैं। पैड में किसी का भी प्रवेश नहीं हो पाता। वह तो बारी है। इसलिए उसे किसी ने रोका नहीं।

(iv) पन्ना धाय कुँवर उदयसिंह को अपने पुत्र चन्दन की तरह ही प्यार करती थी। पन्ना धाय एक वीर क्षत्राणी और परम देशभक्त थी। उसने सोचा कि कुँवर उदयसिंह को क्रूर बनवीर से बचाया जाये। पन्ना का सभी कर्मचारी सम्मान करते थे। उसने कीरत से कहा कि वह कुँवर जी को अपनी टोकरी में डालकर ले जाये। ऊपर से उसने जूठी पत्तलें रख दीं। उससे कहा कि वह वेरिस नदी के किनारे शमशान में मिले। वहीं आकर वह कुँवर को ले लेगी। कीरत ने वैसे ही किया। इधर पन्ना ने अपने पुत्र को कुँवर के वस्त्र पहनाकर कुँवर के पलंग पर लिटा दिया। परिणाम यह हुआ कि बनवीर ने आकर चन्दन को कुँवर समझकर तलवार के एक ही वार से मार दिया। पन्ना ने अपने पुत्र का बलिदान देकर कुँवर उदयसिंह को बचा लिया।

❑❑

UNSOLVED

MODEL SPECIMEN PAPER–15

SECTION–A

Question 1.

Write a short composition in Hindi of approximately 250 words on any one of the following topics :

निम्नलिखित विषयों में से किसी एक विषय पर हिन्दी में लगभग 250 शब्दों में संक्षिप्त लेख लिखिए—

(i) सड़क पर चलते हुए किसी जुलूस का वर्णन कीजिए।

(ii) श्रमदान।

(iii) समय के साथ बदलता हुआ फैशन।

(iv) एक कहानी लिखिए जिसका आधार निम्नलिखित लोकोक्ति हो—

''अकेला चना भाड़ नहीं फोड़ता।''

(v) नीचे दिये गये चित्र को ध्यान से देखिये और इसके आधार पर यथोचित वर्णन कीजिए। जो कुछ भी आप लिखें उसका सीधा सम्बन्ध चित्र से ही होना चाहिए।

Question 2.

Write a letter in Hindi in approximately 120 words on any one of the topics given below :

निम्नलिखित में से किसी एक विषय पर हिन्दी में लगभग 120 शब्दों में पत्र लिखिए—

(i) राशनिंग अधिकारी को पत्र लिखकर अपना राशन कार्ड बनवाने के लिए प्रार्थना-पत्र लिखिए।

(ii) रोडवेज के जनरल मैनेजर को पत्र लिखकर बस कण्डक्टर के आपके साथ किए गए दुर्व्यवहार की शिकायत कीजिए।

Question 3.

Read the passage given below and answer in Hindi the questions that follow using your own language as far as possible :

नीचे लिखे गद्यांश को ध्यानपूर्वक पढ़िए और उसके नीचे लिखे प्रश्नों के उत्तर हिन्दी में लिखिए। उत्तर यथासम्भव आपके अपने शब्दों में होने चाहिए—

कोलाहल से दूर, आधुनिक सभ्यता से अछूत और सरलता के सपूत ग्राम्यजीवन में जो आनन्द है, वह नगरों की भन-भन में मग्न मनुष्यों को कहाँ प्राप्त ? यद्यपि वहाँ न बिजली के पंखे हैं, न नल का जल; न दमदमाती लैम्पें हैं, न मोटर व रेल का पथ; न मेवे और फलों की मण्डियाँ हैं, न मिठाइयों की दुकान। परन्तु फिर भी वहाँ कुछ ऐसी मिठास है कि वहाँ सचमुच स्वर्ग का वास है।

प्रात: काल उठिये। घड़ी देखने का काम नहीं। यहाँ तो प्रकृति घड़ी-घड़ी अपनी घड़ी लिये खड़ी है। धूप और चाँदनी से ही समय जान लिया जाता है, तारे भी उसमें सहायता करते हैं। जंगल में जाइये। लहलहाते वृक्ष अपने पत्तों के बहाने हाथ हिला-हिलाकर बुलाते हैं। समीर अपने सुखावह स्पर्श से मुख को खिला देता है। खुले मैदान में शौच क्रिया से निवृत्त होइये। किसी लखपति नगरवासी का शौचालय भी उतना विस्तृत और स्वास्थ्यकर न होगा, जितना कि ग्राम के कंगाल तेली का। कुएँ की मुण्डेर पर ताजी दातुन करते समय और सर्द पानी से स्नान करके दण्ड लगाते समय तो आनन्द की सीमा नहीं रहती। कहाँ वह वायु-सेवित सतेज ललाट और कहाँ गन्दगी से भरे नगरों के निवासियों के नीरस चेहरे ? फिर कहाँ दुहनी से उठता हुआ फेनवाला गर्मागर्म दूध और कहाँ दहकती हुई चाय ? कहाँ धौरी के दही से निकली हुई लेहनी और छाछ और कहाँ दुकानों के सिके हुए पकवान ?

दिन में गौएँ चराई तो ब्रज के गोपालों की भाँति क्रीड़ा करते रहे। हल जोता तो परिश्रम द्वारा जीवन सफल किया। काम करना और मगन रहना; 'न माधो के लेन न ऊधो के देन।' निश्चिन्तता ही इस जीवन का सार है। संसार के छल-छिद्र से दूर रहते हैं। वेद और उपनिषद् का तत्त्व जीवन में ही मिला हुआ है। भोजन और पहनावा इतना साधारण, स्वाभाविक, कि चाहें तो ऋषि-जीवन व्यतीत करें, लोकहित के लिये तो मानों ग्रामीणों का जन्म ही हुआ है। उन्हीं के परिश्रम की कठिन कमाई हमारी वेष-भूषा, खान-पान आदि का आधार है।

संध्या हुई। घर लौटे, गाय की सेवा की, बैलों को चारा डाला। चौपाल पर चार आदमियों में मन बहलाया। मोटा-झोंटा जो मिला पेट भर खाया। बन पड़ा तो रामायण की पोथी पढ़ ली। बाल बच्चों से बातें कीं सो गए। गहरी नींद आई उठे तो वही पुनीत प्रात: काल। चिड़ियाँ चहक रही हैं; और भगवान भास्कर मुस्कराते हुए चले आ रहे हैं।

(i) ग्रामों में नगरों की कौन सी सुविधाएँ उपलब्ध नहीं हैं ?

(ii) ग्राम में समय जानने के क्या साधन हैं ?

(iii) ग्रामीणों के मुख-मण्डल पर तेज का क्या कारण है और नगरवासियों के चेहरे नीरस क्यों रहते हैं ?

(iv) ग्रामवासियों और नगरवासियों के भोजन में क्या अन्तर है ?

(v) ग्रामीण लोगों की दिनचर्या कैसी है ?

Question 4.

Answer the following according to the instructions given :

निम्नलिखित प्रश्नों के उत्तर निर्देशानुसार लिखिए—

(i) निम्नलिखित शब्दों में से किन्हीं दो को अपने वाक्यों में प्रयोग करिए—
जटिल, हैरान, प्रमाण, अधिकारी

(ii) निम्नलिखित शब्दों में से किन्हीं दो के विलोम शब्द लिखिए—
सरलता, तेज, योग्यता, बड़ा।

(iii) निम्नलिखित मुहावरों में से किन्हीं दो को अपने वाक्यों में प्रयोग करिए—
जी जान से जुट जाना, उँगली पर नचाना, ईद का चाँद होना, अक्ल के घोड़े दौड़ाना।

(iv) निम्नलिखित शब्दों में से एक के दो पर्यायवाची शब्द लिखिए—
स्वर्ग, सेना।

(v) वाक्यों के अर्थ में कम से कम परिवर्तन करते हुए निम्नलिखित वाक्यों को नये प्रारम्भ से लिखिए—

(a) अध्यापक ने कक्षा में गणित की परीक्षा ली।
(अध्यापक द्वारा..............................)

(b) अन्त में एक बालक प्रश्न हल करके अध्यापक के सामने पहुँचा।
(अन्त में एक बालक ने.........................)

(c) पढ़ने लिखने में यह बालक इतना तेज नहीं था।
('तेज' के स्थान पर 'मंद बुद्धि' का प्रयोग कीजिए)

SECTION–B

साहित्य सागर (गद्य)

Question 5.

Read the extract given below and answer in Hindi the questions that follow :

निम्नलिखित गद्यांश को पढ़िए और उसके नीचे लिखे प्रश्नों के उत्तर हिन्दी में लिखिए:

रसीला ने रमजान का हठ देखा तो आँखें भर आईं। बोला, "घर से खत आया है, बच्चे बीमार हैं और रुपया नहीं है।"

—'बात अठन्नी की'—

लेखक—सुदर्शन

(i) रसीला से रमजान ने क्या हठ किया और क्यों ?

(ii) उसका जवाब सुनकर रमजान ने क्या किया ?

(iii) रसीला और रमजान का परिचय दीजिए ?

(iv) रसीला के खिलाफ फैसला सुनकर रमजान की क्या प्रतिक्रिया हुई ?

Question 6.

Read the extract given below and answer in Hindi the questions that follow :

निम्नलिखित गद्यांश को पढ़िए और उसके नीचे लिखे प्रश्नों के उत्तर हिन्दी में लिखिए:

''विश्वेश्वर हतबुद्धि होकर वहीं खड़े रह गये। उन्होंने फटी हुई पतंग उठाकर देखी। उस पर चिपके हुए कागज पर लिखा हुआ था—'काकी।'

—'काकी'—

लेखक—सियारामशरण गुप्त

(i) विश्वेश्वर कौन थे। उन्हें किस बात का गम था ?

(ii) उनके यहाँ आने का कारण क्या था ?

(iii) वे हतबुद्धि होकर वहाँ क्यों खड़े रह गये ?

(iv) क्या वे अपने बेटे की भावना को समझ पाये ? उन्होंने क्या प्रतिक्रिया व्यक्त की ?

Question 7.

Read the extract given below and answer in Hindi the questions that follow :

निम्नलिखित गद्यांश को पढ़िए और उसके नीचे लिखे प्रश्नों के उत्तर हिन्दी में लिखिए:

''मरने के लिए उसे वही जगह, वही दस बरस की उम्र और वही काले चिथड़ों की कमीज मिली। आदमियों की दुनिया ने बस यही उपहार उसके पास छोड़ा था।''

—'अपना अपना भाग्य'—

लेखक—जैनेन्द्र कुमार

(i) उक्त कथन में जिसका वर्णन किया गया है वह कौन था ? लेखक से उसकी मुलाकात कहाँ हुई थी ?

(ii) लेखक उसकी क्या मदद करना चाहता था ? वह ऐसा क्यों नहीं कर पाया ?

(iii) लेखक ने ऐसा क्यों कहा कि आदमियों की दुनिया ने बस यही उपहार उसके पास छोड़ा था ?

(iv) आप यदि इस सन्दर्भ में होते तो क्या करते ?

साहित्य सागर (पद्य)

Question 8.

Read the extract given below and answer in Hindi the questions that follow :

निम्नलिखित पद्यांश को पढ़िए और उसके नीचे लिखे प्रश्नों के उत्तर हिन्दी में लिखिए:

''गुरू गोविन्द दोऊ खड़े काके लागू पायँ।
बलिहारी गुरू आपनो, जिन गोविन्द दियौ बताय।।
जब मैं था तब हरि नहीं, अब हरि हैं मैं नाहि।
प्रेम गली अति साँकरी, तामे दो न समाहि।।''

—'साखी'—

कवि—कबीरदास

(i) कबीरदास समाज सुधारक और निर्भीक थे कैसे ?

(ii) पहले दोहे में किसकी महत्ता बताई है तथा क्यों ?

(iii) पहले दोहे का अर्थ समझाकर लिखिए ?

(iv) दूसरे दोहे का अर्थ समझाइए ?

Question 9.

Read the extract given below and answer in Hindi the questions that follow :

निम्नलिखित पद्यांश को पढ़िए और उसके नीचे लिखे प्रश्नों के उत्तर हिन्दी में लिखिए:

''लाठी में गुण बहुत हैं सदा राखिए संग।
गहरि, नदी, नारी जहाँ, तहाँ बचावै अंग।।
तहाँ बचावै अंग, झपटि कुत्ता कहँ मारै।
दुश्मन दावागीर, होयँ तिनहूँ को झारै।।
कह 'गिरधर कविराय', सुनो हो धूर के बाठी।
सब हथियार न छाँड़ि, हाथ महँ लीजै लाठी।।''

—'कुंडलियाँ'—
कवि—गिरधर कविराय

(i) कवि की कुंडलियाँ जनमानस में लोकप्रिय क्यों हैं ?

(ii) लाठी हमारी कहाँ-कहाँ रक्षा करती है ?

(iii) दुश्मन दावागीर से क्या तात्पर्य है ?

(iv) इन पंक्तियों का अर्थ समझाकर लिखिए।

Question 10.

Read the extract given below and answer in Hindi the questions that follow :

निम्नलिखित पद्यांश को पढ़िए और उसके नीचे लिखे प्रश्नों के उत्तर हिन्दी में लिखिए:

''यह जन्मभूमि मेरी, यह मातृभूमि मेरी
ऊँचा खड़ा हिमालय, आकाश चूमता है,
नीचे चरण तले पड़ नित सिन्धु झूमता है।
गंगा, यमुना, त्रिवेणी नदियाँ लहर रही हैं,
जगमग छटा निराली, पग-पग पर लहर रही हैं।''

—'वह जन्मभूमि मेरी'
कवि—सोहनलाल 'द्विवेदी'

(i) जन्मभूमि की महत्ता का संक्षिप्त वर्णन कीजिए ?

(ii) हिमालय से हमें क्या-क्या लाभ हैं ?

(iii) तीसरी पंक्ति में वर्णित तीन नदियाँ कहाँ मिलती हैं। उस स्थान को क्या कहते हैं ?

(iv) क्या तीसरी नदी का अस्तित्व है ? यदि नहीं तो जनश्रुति क्या कहती है ?

नया रास्ता

Question 11.

Read the extract given below and answer in Hindi the questions that follow :

निम्नलिखित गद्यांश को पढ़िए और उसके नीचे लिखे प्रश्नों के उत्तर हिन्दी में लिखिए:

''दूसरे दिन प्रातः होते ही दयाराम जी के घर में मेहमानों के स्वागत के लिए विभिन्न प्रकार की तैयारियाँ प्रारम्भ हो गयी थीं। घर की सारी चीजें झाड़-पोंछकर यथा-स्थान लगा दी गई थीं।''

(i) यहाँ कौन किसके घर आ रहा है ?

(ii) आने वाले मेहमानों को विशेष महत्व क्यों दिया जा रहा है ?

(iii) ''विभिन्न प्रकार की तैयारियाँ········'' से क्या तात्पर्य है ?

(iv) आने वाले मेहमानों से परिवार के लोगों को क्या उम्मीद थी ?

Question 12.

Read the extract given below and answer in Hindi the questions that follow :

निम्नलिखित गद्यांश को पढ़िए और उसके नीचे लिखे प्रश्नों के उत्तर हिन्दी में लिखिए:

''अमित ने सरिता से कुछ प्रश्न किये। अमित ने पूछा ''आपकी किस चीज में रुचि है ?'' सरिता ने तपाक से उत्तर दिया, ''जी सिलाई, बुनाई, कढ़ाई, खाना बनाना, पेंटिंग आदि सभी कर लेती हूँ।''

(i) धनीमल और मायाराम कौन हैं ? उनके बीच क्या बातचीत हो रही है ?

(ii) अमित और सरिता किस विषय में बात कर रहे हैं ?

(iii) सरिता के उत्तर को स्पष्ट करिये।

(iv) उनकी बातचीत का निष्कर्ष क्या होगा ?

Question 13.

Read the extract given below and answer in Hindi the questions that follow :

निम्नलिखित गद्यांश को पढ़िए और उसके नीचे लिखे प्रश्नों के उत्तर हिन्दी में लिखिए:

तभी बारात में आये एक नवयुवक ने उसकी आवाज की प्रशंसा करते हुए कहा, ''आपकी आवाज बहुत मधुर है, क्या सुन्दर गीत सुनाया है आपने।'' मीनू ने जैसे ही सिर उठाकर ऊपर की ओर देखा, तो वह आश्चर्यचकित हो उठी।

(i) नवयुवक कौन है ?

(ii) मीनू उस नवयुवक को देखकर क्यों चौंक गई ?

(iii) मीनू अपनी प्रशंसा सुनकर भी खुश क्यों नहीं हुई ?

(iv) उसकी भावनाओं को क्यों ठेस पहुँची—स्पष्ट कीजिए।

एकांकी संचय

Question 14.

Read the extract given below and answer in Hindi the questions that follow :

निम्नलिखित गद्यांश को पढ़िए और उसके नीचे लिखे प्रश्नों के उत्तर हिन्दी में लिखिए:

''जिन बातों का हम प्राण देकर भी विरोध करने को तैयार रहते हैं, एक समय आता है, वे ही बातें हम चुपचाप स्वीकार कर लेते हैं।''

—'संस्कार और भावना'—

लेखक—विष्णु प्रभाकर

(i) यह कथन किसका है और किसने ऐसा सोचा है ?

(ii) माँ और उमा की क्या बातें हुईं ?

(iii) माँ को क्या मालूम पड़ा और किससे ?

(iv) मिसरानी ने माँ को क्या बताया बहू के बारे में ?

Question 15.

Read the extract given below and answer in Hindi the questions that follow :

निम्नलिखित गद्यांश को पढ़िए और उसके नीचे लिखे प्रश्नों के उत्तर हिन्दी में लिखिए:

''लेकिन जरा सोचिए तो यदि आपने विदा नहीं की तो बहन की क्या दशा होगी।''

—'बहू की विदा'—

लेखक—विनोद रस्तोगी

(i) यहाँ किसकी किसके साथ बात हो रही है और किसके बारे में ?

(ii) श्रोता बहू को क्यों नहीं विदा करना चाहता है ?

(iii) वक्ता ने उसको क्या उत्तर दिया ?

(iv) श्रोता अपने किस निर्णय पर डटा हुआ है ?

Question 16.

Read the extract given below and answer in Hindi the questions that follow :

निम्नलिखित गद्यांश को पढ़िए और उसके नीचे लिखे प्रश्नों के उत्तर हिन्दी में लिखिए:

''महाराव, सिसोदिया वंश हाड़ाओं को आदर और स्नेह की दृष्टि से देखता है।''

—'मातृभूमि का मान'—

लेखक—हरिकृष्ण 'प्रेमी'

(i) यहाँ कौन किससे और कहाँ वार्तालाप कर रहा है ?

(ii) वक्ता यहाँ क्यों आया है ?

(iii) क्या श्रोता (सुनने वाले) ने वक्ता की बात का समर्थन किया ?

(iv) अन्त में श्रोता ने क्या निर्णय लिया ?

❑❑